에블린
휴고의

≫ ◇◇ →

일곱
남편

에블린 휴고의
일곱 남편

The
SEVEN
HUSBANDS
of
EVELYN
HUGO

테일러 젠킨스 레이드 지음 | 박미경 옮김

에블린 휴고의 드레스 경매

피리야 아미릿, 2017년 3월 2일

영화계의 전설이자 60년대 잇 걸, 에블린 휴고가 유방암 연구 기금을 모으고자 크리스티 경매에 자신의 가장 멋진 드레스 열두 벌을 내놓겠다고 발표했다.

일흔아홉 살인 휴고는 오랫동안 우아하면서도 섹시한 매력으로 대중을 사로잡았다. 절제된 관능미를 발산하는 휴고의 여러 스타일은 할리우드와 패션계의 교본으로 통한다.

휴고가 살아온 역사의 한 조각을 소유하고픈 사람은 드레스 자체뿐만 아니라 그 드레스에 얽힌 뒷얘기에도 매료될 것이다. 경매에는 휴고가 1959년 아카데미 시상식에서 걸쳤던 미란다 콘다의 에메랄드그린 드레스와 1962년 〈안나 카레니나Anna Karenina〉 시사회 때 걸쳤던 스쿠프 네크라인의 보라색 모슬린 수플 드레스, 1982년 〈우리를 위한 모든 것All for Us〉으로 오스카상을 받을 때 입었던 마이클 매덱스의 네이비블루 실크 드레스가 포함될 예정이다.

휴고는 할리우드 스캔들에서도 자기 몫을 충실히 해냈다. 단연 압권은 일곱 번의 결혼일 텐데, 영화 제작자인 해리 캐머런과는

10년 넘게 결혼생활을 유지했다. 할리우드의 두 거물 사이엔 코너 캐머런이라는 딸이 있었지만, 코너는 작년에 41세 생일을 맞은 직후 유방암으로 사망했다. 그 일이 본 경매에 지대한 영향을 끼쳤을 것으로 짐작된다.

휴고는 1938년에 쿠바 이민자 가정의 딸로 태어났고, 에블린 엘레나 헤레라라는 이름으로 불렸다. 뉴욕 시의 우범지구로 통하는 헬스 키친에서 성장했고, 1955년 무렵 할리우드로 진출해 금발로 변신하면서 이름도 에블린 휴고로 바꾸었다. 그리고 순식간에 할리우드 최상류층으로 도약했다. 30년 넘는 세월 동안 스포트라이트를 받다가 80년대 말에 로버트 제이미슨과 결혼하면서 은막을 떠났다. 금융 전문가인 제이미슨은 오스카를 세 번이나 수상한 셀리아 세인트 제임스의 오빠이다. 휴고는 일곱 번째 남편인 제이미슨과 사별한 후 맨해튼에서 홀로 지내고 있다.

아름답고 섹시한 매력과 대담한 섹슈얼리티의 화신, 에블린 휴고는 오랫동안 전 세계 영화 팬들을 매료시켰으며, 이번 경매로 2백만 달러 이상 모금할 것으로 예상된다.

01

"…, 내 사무실로 잠깐 올 수 있어?"

나는 누구한테 하는 말인지 몰라 주변을 둘러본 다음 프랭키를 다시 쳐다봤다.

"누구요? 저 말인가요?" 내가 손가락으로 나를 가리키면서 물었다.

프랭키는 참을성이 별로 없었다.

"그래, 모니크, 너. 내가 방금, '모니크, 내 사무실로 잠깐 올 수 있어?'라고 말하지 않았니?"

"죄송해요. 뒷부분만 들었거든요."

프랭키가 몸을 돌렸다. 나는 노트를 집어 들고 얼른 뒤를 따랐다.

프랭키는 어디서나 사람의 이목을 끌었다. 이목구비가 평범하고 미간도 아주 넓어서 전통적인 미인상은 아니었지만 한 번 보면 눈을 뗄 수가 없었다. 180센티미터가 넘는 호리호리한 몸매에 짧은 고수머리를 최대한 부풀린 아프로 헤어스타일, 크고 화려한 보석 등, 프랭키가 등장하면 누구든 시선을 돌리고 쳐다봤다.

내가 이곳으로 옮기는 데 프랭키도 한몫했다. 저널리즘을 공부하던 시절부터 프랭키의 기사를 빼놓지 않고 읽었다. 프랭키는 당시 일하던 잡지사를 인수해 경영하고, 나는 그 잡지사의 소속 기자로 일하고 있다. 솔직히 말하면, 흑인 여성이 경영자라는 사실에 상당한 자극을 받았다. 나 역시 흑인 아버지에게서 연갈색 피부와 흑갈색 눈을, 백인 엄마에게서 주근깨를 잔뜩 물려받은 혼혈 여성으로서, 프랭키를 보면 나도 언젠가 큰일을 할 수 있겠다는 확신이 들었다.

"거기 앉아."

프랭키가 자리에 앉으면서 투명한 책상 맞은편에 놓인 주황색 의자를 가리켰다.

나는 다리를 꼬고 앉으면서 프랭키가 무슨 소리를 하나 차분히 기다렸다.

"예상치 못한 일이 일어나서 말이야." 프랭키가 컴퓨터 화면을 쳐다보며 말했다. "에블린 휴고 쪽에서 특집 기사에 대한 문의를 했거든. 독점 인터뷰를 하고 싶대."

순간적으로 '웬 헛소리?'라는 말과 '그 얘길 왜 저한테 하는 거죠?'라는 말이 튀어나올 뻔했지만 꾹 누르고 물었다.

"정확히 뭐에 대해서요?"

"그야 뭐, 이번에 진행할 드레스 경매와 관련된 얘기 아닐까? 미국 유방암 재단을 위해 기금을 최대한 조성하고 싶을 테니까."

"그쪽에서 뭐라고 확인해 주진 않았나요?"

프랭키가 고개를 저었다.

"그쪽에선 에블린이 뭔가 말할 게 있다고만 했어."

에블린 휴고는 역대 최고의 영화배우 중 한 명으로 꼽혔다. 그녀가 딱히 말할 게 없어도 대중은 그녀를 주시했다.

"우리에겐 엄청난 특종이 될 수 있겠네요, 그렇죠? 알다시피, 그녀는 살아 있는 전설이잖아요. 결혼만 여덟 번인가 하지 않았어요?"

"일곱 번." 프랭키가 고쳐 주었다. "그래, 맞아. 이건 엄청난 기회야.

그래서 지금부터 내가 하는 말을 잘 들었으면 좋겠어."

"무슨 말을요?"

프랭키가 숨을 한 번 크게 들이쉬더니 당장 해고할 듯한 표정으로 나를 쳐다봤다. 하지만 그녀의 입에선 뜻밖의 말이 나왔다.

"에블린이 특별히 너를 요청했어."

"저를요?"

누군가 나와 이야기하고 싶다는 말에 두 번째 충격을 받았다. 이 방에 들어온 지 불과 5분 만에 벌어진 일이다. 아무래도 내가 요새 너무 주눅이 들었나 보다. 지금은 그럴 만한 사정이 있었다고만 해두자.

"솔직히 말하면, 내 반응도 별반 다르지 않았어." 프랭키가 말했다.

무슨 뜻으로 한 말인지 알면서도 은근히 기분이 상했다. 하긴 나는 비방트에서 근무한 지 1년도 안 됐고 그동안 별 시답잖은 기사만 맡아오긴 했다. 그 전엔 디스코스에서 블로거로 활동했다. 디스코스는 시사와 문화에 대한 담론을 이끄는 뉴스 매거진 사이트라고 자처했지만, 실제론 그럴싸한 제목으로 클릭수를 높이는 블로그일 뿐이었다. 그래도 거기선 모던 라이프 섹션에 트렌디한 주제와 기고문을 주로 작성했다.

수년간 프리랜서로 궁색하게 지내다가 그나마 디스코스 일감 덕분에 먹고 살 수 있었다. 하지만 비방트에서 내게 일자리를 제안했을 땐 뒤도 안 돌아보고 수락했다. 안정된 회사에 소속되어 전설적인 사람들과 함께 일하고 싶었다.

출근 첫 날, 복도를 지나는데 벽에 문화적 변화를 선도한 상징적 인물들의 표지가 줄줄이 걸려 있었다. 1984년판 표지에선, 여성 운동가인 데비 팔머가 맨해튼 고층 건물 옥상에서 알몸으로 시내를 내려다 보며 조심스럽게 포즈를 취하고 있었다. 1991년판 표지에선, 화가인 로버트 터너가 캔버스에 그림을 그리는 사진과 함께 에이즈 환자임을 밝혔다는 문구가 적혀 있었다. 내가 드디어 비방트 월드의 일원이 되다니, 꿈을 꾸는 것 같았다. 고급스러운 잡지 페이지에 찍힌 내 이름을 얼마나 보고 싶었는지 모른다.

하지만 안타깝게도, 입사하고 열두 권이 출시되는 동안 나는 그저 기득권층의 목소리를 들려줄 만한 기사만 써 댔다. 반면에 디스코스에서 함께 활동하던 동료들은 세상을 바꿀만한 기사로 주목을 받았다. 간단히 말해서, 나는 별 볼 일 없이 찌그러진 나에게 실망하고 있었다.

"그렇다고 우리가 너를 안 좋아한다는 말은 아니야. 우린 너를 좋아해." 프랭키가 먼저 입을 열었다. "네가 비방트에서 큰일을 해낼 거라 생각하지만, 이번엔 좀 더 경험 많은 톱타자를 투입하고 싶었거든. 그러니까 내가 에블린 팀의 후보로 네 이름을 올리지 않았다는 걸 솔직히 인정할게. 거물급으로 다섯 명을 추려서 보냈더니 이런 답장이 돌아왔더라고."

프랭키가 모니터를 내 쪽으로 돌려서 토마스 웰치라는 사람이 보낸 이메일을 보여주었다. 에블린 휴고의 홍보 담당자가 아닐까 싶었다.

발신: 토마스 웰치

수신: 프랭키 트룹

참조: 제이슨 스테미; 라이언 파워스

모니크 그랜트 아니면 에블린은 안 합니다.

나는 벙찐 표정으로 프랭키를 다시 쳐다봤다. 솔직히 말하면, 에블린 휴고가 나랑 뭔가를 하고 싶다는 사실에 살짝 으쓱하기도 했다.

"에블린 휴고랑 아는 사이니? 그런 거야?"

프랭키가 모니터를 다시 자기 쪽으로 돌리면서 물었다.

"아뇨." 그런 질문을 받았다는 사실만으로도 놀라워서 얼른 대답했다. "그녀의 작품은 몇 편 봤지만, 그녀가 저랑 어울릴 만한 나이는 아니잖아요."

"개인적으로 아무 연줄도 없단 말이지?"

나는 고개를 저었다.

"전혀 없어요."

"너 로스앤젤레스 출신이지?"

"그렇긴 하지만 그게 에블린 휴고와 무슨 연줄이 되겠어요. 억지로 엮어 보자면, 저희 아버지가 당시에 그녀가 나오는 영화에서 작업했을 순 있어요. 아버지는 영화 세트장에서 스틸 사진을 촬영했거든요. 엄마한테 물어보죠, 뭐."

"그래? 잘됐군." 프랭키가 기대에 찬 눈으로 나를 쳐다봤다.

"지금 당장 물어보라는 건가요?"

"안 될까?"

나는 주머니에서 휴대폰을 꺼내 엄마에게 문자 메시지를 보냈다.

아버지가 에블린 휴고의 영화 현장에서 작업한 적 있어요?

화면에 점 세 개가 나타나는 걸 보고 고개를 드니, 프랭키가 목을 빼고서 내 휴대폰을 힐끔거리고 있었다. 하지만 사생활 침해를 의식했는지 얼른 물러났다.

휴대폰에서 띵! 소리가 울렸다.

엄마의 메시지는 이랬다.

글쎄? 너무 많은 현장을 다녀서 일일이 물어보지 않았거든. 왜?

내가 답장을 보냈다.

설명하려면 길지만, 내가 에블린 휴고와 무슨 연줄이 있나 알아보는 중이에요. 혹시 아버지가 그녀와 알고 지냈을까요?

엄마가 답장을 보냈다.

하! 전혀! 네 아버지는 현장에서 유명한 사람들하고 전혀 안 어울렸어. 우리도 연예인 친구를 좀 사귀어 보자고 내가 그렇게 졸랐건만.

웃음이 쿡 나왔다.

"아무래도 에블린 휴고하고는 아무 연줄도 없는 것 같은데요."

프랭키가 고개를 끄덕였다.

"오케이. 그렇다면 자기들 멋대로 주무를 만만한 사람을 골랐다는 얘긴데. 너도 그렇고 인터뷰 내용도 그렇고."

휴대폰의 진동이 다시 느껴졌다.

아버지의 옛날 작품이 담긴 상자를 보내려 했었는데, 잊고 있었구나. 아주 근사하단다. 여기 두는 것도 좋지만 네가 더 좋아할 것 같아. 이번 주에 보내줄게.

"그들이 약한 먹잇감을 노렸다고 생각하는 거군요."

내 말에 프랭키가 슬며시 웃었다. "그런 셈이지."

"그러니까 에블린 쪽에서 발행인 란을 뒤지다가 하급 기자인 나를 점찍고서 멋대로 주무를 수 있을 거라 생각한다, 뭐 그런 건가요?"

"아무래도 그런 게 아닐까 싶어."

"제게 이 말을 하는 이유가…."

프랭키가 신중하게 말을 골라했다.

"네가 멋대로 휘둘릴 거라고 생각하지 않기 때문이야. 그냥 그쪽에서 너를 얕잡아본 것 같아. 나는 이 커버 기사가 욕심나. 진짜로 한 방 터뜨리고 싶거든."

"그래서요?" 내가 자세를 살짝 고쳐 앉으며 물었다.

프랭키는 짝! 소리가 나게끔 두 손을 맞잡아 책상에 내려놓고 몸을 쭉 내밀었다.

"에블린 휴고와 맞장뜰 배짱이 있냐고 묻는 거야, 지금."

오늘 누군가가 내게 물어볼 거라 생각한 온갖 질문 중에서 이건 아마도 900만 번째나 나올 법한 질문이었다. 에블린 휴고와 맞장뜰 배짱이 있냐고? 내가 그걸 어찌 알랴.

"예." 한참 만에 내가 대답했다.

"예? 그게 다야?"

나도 이 기회를 붙잡고 싶었고, 이 기사를 쓰고 싶었다. 조직의 맨 밑바닥에서 허우적거리는 데 신물이 났다. 내게도 한 방이 필요했다. 그것도 아주 큰 걸로.

"예, 죽을 각오로 붙어 볼게요."

"아까보다 낫군." 프랭키가 고개를 끄덕이며 말했다. "그래도 아직은 확신이 안 서는데."

나는 서른다섯이었다. 10년 넘게 글로 먹고 살았고, 언젠가 내 이름으로 된 책도 내고 싶었다. 내가 쓰고 싶은 기사를 고르고 싶었다. 에블린 휴고 같은 사람에게 연락이 오면 내보낼 거물급 명단에 이름을 올리고 싶었다. 그런데 아직까진 비방트에서 내 진가를 제대로 발휘하지도 못했다. 내가 가고 싶은 곳에 이르려면, 뭐라도 해야 했다. 내 앞길을 막는 장애물을 넘어뜨려야 했다. 그것도 아주 빨리. 지금 나한테 남은 거라고는 이 빌어먹을 직장뿐이었다. 상황이 바뀌길 바란다면, 나부터 바뀌어야 했다. 그것도 아주 과감하게.

"에블린이 저를 원한다면서요." 내가 말했다. "사장님이 에블린을 원하잖아요. 지금 제가 확신을 드려야 할 입장은 아닌 것 같은데요. 오히려 제가 확신을 갖게 하셔야죠."

프랭키는 입을 꾹 다문 채 구부정한 손가락 너머로 나를 뚫어지게 쳐다봤다. 이런… 세게 나가려다 공연히 헛방을 날린 건 아닌가 모르겠네.

예전에 웨이트 트레이닝을 할 때도 이런 기분으로 처음부터 40파운드를 집어 들었다. 뭘 하는지도 모르고 무작정 너무 세게 나간 것이다.

나는 뱉은 말을 무르지 않으려고, 쩔쩔매면서 사과하지 않으려고 기를 쓰고 참았다. 엄마는 늘 나한테 공손하고 예의 바르게 행동하라고 했다. 그래서 지금껏 몸을 낮추는 게 예의라고 생각하며 살았다. 하지만 그런 고분고분한 태도로는 되는 일이 없었다. 세상은 자기가 판을 쥐고 흔든다고 생각하는 사람을 존중하고 떠받든다. 도대체가 이해가 되진 않지만, 어쨌든 이젠 더 이상 고민하지 않을 거다. 나도 언젠가는 프랭키처럼, 아니 프랭키보다 더 멋지게 해내려고 지금 여기에 있다. 나 스스로 자랑스러워할 만큼 크고 중요한 일을 하려고, 세상에 나의 흔적을 남기려고 이 자리에 있는 것이다. 물론 아직은 그 근처에도 못 갔지만 말이다.

침묵이 길어지자 그만 숙이고 들어가야 하나 갈등이 일었다. 긴장감이 하늘을 찌르는 듯했다. 다행히, 프랭키가 먼저 입을 열었다.

"오케이."

프랭키가 자리에서 일어나며 손을 내밀었다. 놀란 가슴을 꾹 누르며 손을 내미는데, 자부심이 한껏 치솟았다. 맞잡은 손에 힘을 주자 프랭키가 더 세게 잡았다.

"실력을 발휘해 봐, 모니크. 우리를 위해서, 또 너를 위해서."

"그럴게요."

손을 풀고 문 쪽으로 걸어가는데 프랭키가 내 등에 대고 말했다.

"어쩌면 에블린이 디스코스에 실린 의사조력자살에 대한 네 기사를 읽었는지도 모르겠다."

"네?"

"대단히 감동적인 기사였거든. 아마도 그것 때문에 너를 원하는 걸 거야. 우리도 그걸 보고 너를 발탁했거든. 멋진 기사였어. 클릭 수가 많았기 때문만은 아니야. 내용 자체가 아주 훌륭했어."

그건 내 의지로 썼던 가장 뜻깊은 기사들 중 하나였다. 브루클린 레스토랑에서 새싹 채소의 인기가 높아지자 관련 내용을 취재해 오라는 임무가 나한테 떨어졌다. 나는 브루클린의 파크 슬로프 마켓으로 달려가 현지 농민과 인터뷰를 시도했다. 인터뷰 도중에 내가 겨자잎에는 도저히 손이 안 간다고 털어놓자, 농부는 자기 여동생도 예전엔 그랬다고 했다. 원래 고기를 굉장히 좋아했지만 뇌암과 싸우느라 작년부터 채식을 시작했다는 것이다.

이야기를 더 나누다가, 그가 여동생과 함께 가입한 의사조력자살 지원 그룹에 대한 이야기를 꺼냈다. 삶의 끝자락에 이른 사람들과 그들이 사랑하는 사람들을 위한 단체인데, 존엄하게 죽을 권리를 위해 힘겹게 싸운다고 했다. 건강한 식사만으론 병을 이길 수 없는 노릇이었다. 게다가 두 사람은 그녀가 필요 이상으로 병마에 시달리지 않기를 원했다.

농부의 이야기를 듣다 보니, 문득 그 지원 그룹의 목소리를 널리 알리고 싶어졌다.

나는 디스코스 사무실로 돌아가 심층 기사를 쓰고 싶다고 말했다. 물론 최근에 시시한 연예 기사로 혹평을 받았던 점을 감안하면 거부당할 게 뻔했다. 그런데 뜻밖에도 진행해 보라는 허락이 떨어졌다.

나는 바로 뛰어들었다. 교회 지하실에서 열리는 회의에 빠짐없이 참석하고 여러 회원들을 인터뷰하면서 기사를 완성해 나갔다. 고통받는 이들이 생을 마감하도록 돕는 일은 자비와 윤리적인 측면에서 대단히 복잡하게 얽혀 있었다. 그 점을 제대로 드러냈다는 확신이 들 때까지 고치고 또 고쳤다.

그 기사를 완성한 뒤에 얼마나 뿌듯했는지 모른다. 비방트에서 일을 마치고 집에 돌아가 그 기사를 읽은 날이 하루이틀이 아니었다. 내가 뭘 해낼 수 있는지, 힘든 상황에서도 진실을 널리 알릴 때의 만족감이 얼마나 큰지 다시 상기하고 싶었기 때문이다.

"고마워요." 내가 프랭키에게 말했다.

"너한테 재능이 있다고 말하는 거야. 아무튼 그 기사 때문일 거야."

"아닐지도 모르죠."

"그래, 아닐지도 모르지. 뭐가 됐든, 이번 기사는 제대로 써 봐. 그럼 없던 재능도 생길 테니까."

에블린 휴고, 드디어 입을 열다

줄리아 산토스, 2017년 3월 4일

떠도는 소문에 의하면, 살아 있는 전설이자 세계에서 가장 아름다운 금발 미인인 에블린 휴고가 드레스를 경매에 부치고 인터뷰까지 하겠다고 했단다. 수십 년 만에 처음 있는 일이다.

에블린이 마침내 그 빌어먹을 남편들 얘기를 털어놓을 준비가 됐나 보다. (넷, 아니 다섯까진 이해할 만하다. 뭐, 극단적으로 여섯까지 넘어갈 수도 있다. 그런데 일곱? 일곱 명이라고? 80년대 초에 잭 이스턴 하원의원과 바람을 폈다는 사실은 차치하고도 남편이 일곱 명이나 된다니! 정말 대.단.하.다.)

에블린이 남편들 얘기를 속 시원히 까발리지 않을 거라면, 적어도 그 눈썹 그리는 법은 밝혀주길 빌어보자. 에블린, 이참에 비법 좀 공개해요!

전성기 시절 사진에 담긴 에블린의 화려한 금발, 화살처럼 곧게 뻗은 진한 눈썹, 적갈색 피부, 황갈색 눈동자를 보면, 하던 일을 멈추고 멍하니 쳐다볼 수밖에 없다.

아, 몸매 얘기까지 하려면 한이 없다.

살집이라곤 없는 엉덩이지만 가녀린 몸에 가슴은 정말 **빵빵**하다. 나는 성인이 된 뒤로 그런 몸매를 가꿔 보려고 죽어라 노력했다. (참고: 아직 근처에도 못 갔다. 아무래도 이번 주 내내 점심으로 먹었던 스파게티 부카티니가 문제인 듯하다.)

그나저나 나를 열 받게 하는 게 한 가지 있다. 에블린은 인터뷰를 위해 아무나 선택할 수 있었다. (으흠, 나 어때요?) 그런데 비방트의 신참 기자를 골랐다고? 진짜로 아무나 선택할 수 있었는데. (으흠, 나 어떠냐고요?) 아니, 왜 (내가 아니라) 모니크 그랜트라는 풋내기를 골랐을까?

뭐, 괜찮다. 다만 좀 씁쓸할 뿐이다.

이참에 비방트로 옮겨야 하나? 좋은 건 그쪽에서 싹 쓸어가는 분위기다.

댓글:

Hihello565: 비방트 사람들도 더 이상 비방트에서 일하고 싶어 하지 않아. 윗대가리들이 광고주의 환심을 사려고 헛소리만 늘어놓거든.

Hihello565에 대한 Pppppppppps의 답글: 아, 그래? 하지만 국내에서 제일 잘나가는 그 잡지사가 당신한테 일자리를 준다고 하면, 당신도 덥석 물 걸.

EChristine999: 에블린의 딸이 최근에 암으로 죽지 않았나? 그런 기사를 어디선가 읽은 것 같은데. 가슴이 미어진다. 참, 해리 캐머런의 무덤에서 우는 에블린의 사진은 또 어떠냐는 말이지. 그 모습이 몇 달째 아른거린다. 진짜 멋진 가족이었는데. 불쌍한 에블린.

MrsJeanineGrambs: 나는 에블린 휴고에게 전혀 관심이 없다. 제발 그딴 사람들 얘기 좀 그만 써라. 그녀의 결혼과 바람과 대다수 영화는 딱! 한 가지, 그녀가 몸을 함부로 굴렸다는 점을 입증할 뿐이다. 영화 〈새벽 세 시Three A.M.〉는 여자들에게 치욕을 안겼다. 제발 좀 관심을 기울일 만한 사람들한테나 집중하라.

SexyLexi89: 에블린 휴고는 역사상 가장 아름다운 여성일 것이다. 영화 〈부띠 옹트렝Boute-en-Train〉에서 에블린이 벌거벗은 채 물 밖으로 나오는데 젖꼭지가 보이기 직전에 카메라가 멈춘 장면은 단연 압권이었다.

PennyDriverKLM: 금발 머리와 짙은 눈썹을 한 에블린 휴고에게 환호를 보낸다. 에블린, 당신에게 경의를 표합니다.

YuppiePigs3: 삐쩍 말랐어! 내 타입은 아냐.

EvelynHugoWasASaint: 이분은 매 맞는 여성들과 LGBTQ+(성소수자) 단체의 이익을 위해 수백만 달러를 기부했고, 이번엔 암 연구를 위해 드레스를 경매에 부친다고 한다. 그런데 기자라는 사람이 한다는 소리가 겨우 눈썹 그리는 비법을 알려달라고? 진심인가?

EvelynHugoWasASaint에 대한 JuliaSantos@TheSpill의 답변: 타당한 지적이라고 본다. 미안해요. 변명을 하자면, 그녀는 60년대부터 죽이는 몸매를 밑천으로 수백만 달러를 벌어들였다. 하지만 재능과 미모가 아니었다면 이만한 영향력을 행사할 수 없었을 것이다. 그리고 그 빌어먹을 눈썹이 없었다면 그렇게 아름답지도 않았을 것이다. 그럴더라도 아무튼 타당한 지적이다.

JuliaSantos@TheSpill에 대한 EvelynHugoWasASaint의 답변: 아, 고약하게 굴어서 오히려 내가 미안하다. 점심을 굶었더니 신경이 좀 날카로워졌다. 내 탓이로소이다! 그건 그렇다 치고, 비방트는 이 이야기를 당신만큼 잘 써내지 못

할 것이다. 에블린이 당신을 선택했어야 했다.

EvelynHugoWasASaint에 대한 JuliaSantos@TheSpill의 답변: 정말????
그나저나 모니크 그랜트가 누구지? 아, 따분해. 그녀가 누군지나 찾아봐야
겠다.

02

지난 며칠간 에블린 휴고에 대한 자료를 있는 대로 찾아봤다. 특별한 영화광도 아닌 내가 한물간 할리우드 스타에게 관심이나 있었겠는가마는 지금까지 찾아본 기록으로 볼 때, 에블린의 생애는 연속극 열편을 찍어도 남을 것 같았다.

열여덟 살에 종지부를 찍은 첫 결혼. 영화를 찍다가 눈이 맞은 할리우드의 금수저 돈 아들러와 떠들썩하게 치른 두 번째 결혼. 폭행 때문에 그를 떠났다는 루머. 프랑스의 뉴 웨이브 영화로 컴백. 가수 믹 리바와 라스베이거스로 떠난 사랑의 도피 행각. 쌍방 불륜으로 막을 내린 렉스 노스와의 화려한 결혼. 해리 캐머런과의 아름다운 러브 스토리와 딸 코너의 탄생. 캐머런과 가슴 아픈 이혼에 이어 오랜 지인인 맥스 지라드 감독과의 속성 결혼. 한참 어린 잭 이스턴 하원의원과 바람을 피웠다는 소문에 지라드와 또 이혼. 마지막으로, 셀리아 세인트 제임스의 오빠이자 금융인인 로버트 제이미슨과의 결혼. 그런데 이 마지막 결혼은 순전히 셀리아를 괴롭힐 목적으로 감행했다는 루머가 돌았다. 남편들이 모두 세상을 떠났으니, 내막을 알려줄 사람은 이제 에블린밖에 없다.

아무튼 그녀가 무슨 얘기라도 털어놓도록 하려면 애를 좀 먹을 듯하다.

오늘밤에는 사무실에 늦게까지 있다가 9시가 다 돼서 집에 돌아왔다. 집이라고 해봐야 손바닥만 하다. 하지만 살림의 절반이 사라지고 나니 얼마나 커 보이는지 놀라울 따름이다.

데이빗이 떠난 지 5주나 지났지만, 나는 아직도 그가 가져간 접시나 그의 어머니가 작년에 결혼 선물로 준 커피 테이블을 대체할 물건을 구하지 못했다. 그러고 보니 우린 첫 번째 결혼기념일도 맞이하지 못했다. 이런.

현관문을 열고 들어가 소파에 가방을 내려놓는데, 새삼 커피 테이블을 가져가 버린 그가 진짜 쪼잔하다는 생각이 들었다. 승진에 따른 전환 배치라서 샌프란시스코에 마련된 그의 새 아파트에는 가구가 다 갖춰져 있었다. 그러니 가져간 테이블은 아마 창고에 처박혀 있을 것이다. 아울러 그가 자기 물건이라고 극구 우긴 침실용 탁자와 요리책도 죄다 같은 신세일 것이다. 요리책은 전혀 아쉽지 않았다. 어차피 집에서 요리를 하지 않으니까. 하지만 물건에 "모니크와 데이빗에게, 행복하게 잘 살기를!"이라고 새겨져 있다면, 절반은 내 소유 아닌가.

나는 코트를 걸면서 또다시 생각에 잠겼다. 데이빗이 직무 전환 때문에 나를 버리고 샌프란시스코로 떠난 걸까? 아니면 내가 뉴욕을 떠나지 않으려고 그를 차버린 걸까? 반반일 거라고 애써 정리하면서 신발을 벗었다. 하지만 곧이어, 실제론 그가 떠난 거라는 사실이 비수처럼 가슴을 찔렀다.

팟타이 누들을 주문하고 샤워실로 들어갔다. 살갗이 데일 정도로 뜨거운 물을 틀었다. 워낙 뜨거운 물을 좋아해서 샤워를 하고 나면 온몸이 벌겋게 달아올랐다. 샴푸향도 좋아했다. 나는 샤워기 밑에 있을 때가 가장 행복한 순간인 것 같다. 뜨거운 김 속에서 비누 거품을 잔뜩 바르고 있으면, 버림받은 여자 모니카 그랜트처럼 느껴지지 않았다. 심지어 정체된 작가 모니카 그랜트처럼 느껴지지도 않았다. 그저 고급 목욕 용품을 쓰는 모니카 그랜트일 뿐이었다.

샤워를 마치고 몸을 말린 뒤, 추리닝 바지를 입었다. 머리를 말아 올리는데 배달원이 딱 맞춰 집 앞에 도착했다.

나는 플라스틱 용기를 들고 텔레비전 앞에 앉아 멍하니 화면을 응시하려 애썼다. 당장 처리해야 하는 일이나 데이빗에 대한 생각만 아니라면 뇌가 뭘 하든 상관없었다. 하지만 음식이 사라지자 다 헛된 바람이었음을 깨달았다. 차라리 일을 하는 편이 나을 성싶었다.

에블린 휴고를 만나 인터뷰할 생각을 하면, 솔직히 겁부터 났다. 그녀의 화술에 말려들지 않으면서 대화를 이끌어갈 수 있을까? 나는 가끔 지나칠 정도로 준비를 많이 한다. 마주하고 싶지 않은 현실을 피하려고 타조처럼 모래에 머리를 숨기고 싶지만 애써 마음을 다잡았다.

그 뒤로 사흘 내내 에블린 휴고만 들입다 조사했다. 낮에는 그녀의 결혼과 스캔들에 대한 옛날 기사를 뒤지고, 야밤엔 그녀의 옛날 영화를 봤다.

영화 〈캐롤라이나 선셋Carilina Sunset〉, 〈안나 카레니나〉, 〈비취 다이아몬드Jade Diamond〉, 〈우리를 위한 모든 것〉에서 그녀가 등장하는 클립을 죄다 찾아봤다. 〈부띠옹트렝〉에서 그녀가 물 밖으로 나오는 움짤은 하도 여러 번 보는 바람에 꿈에서까지 나타났다.

에블린의 영화를 보면 볼수록 조금씩, 아주 조금씩 그녀가 좋아지기 시작했다. 남들은 곤히 자는 밤 11시에서 새벽 2시 사이, 노트북 화면에선 그녀의 모습이 연신 깜박거렸고 거실에선 그녀의 목소리가 울려 퍼졌다.

에블린이 대단히 아름다운 여성이라는 점은 부인할 수 없었다. 사람들은 흔히 그녀의 곧고 짙은 눈썹과 금발 머리에 감탄했지만, 나는 그녀의 골상骨相에서 눈을 뗄 수 없었다. 강인한 턱선과 높은 광대뼈, 도톰한 입술까지 그야말로 흠잡을 데가 없었다. 큰 눈은 동그랗기보단 커다란 아몬드 모양이었다. 머리색보다 짙게 그을린 피부는 해변에서 많은 시간을 보낸 것처럼 보였다. 구릿빛 피부에 금발 머리를 타고날 수 없음을 알면서도, 인간은 모름지기 저런 모습으로 태어나야 마땅하다는 느낌을 떨칠 수 없었다.

그런 이유로, 영화사학자 찰스 레딩이 에블린의 얼굴을 두고 "필연적인 결과물로 보인다. 완벽에 가까울 정도로 너무나 아름다워서 그녀를 바라볼 때면 그런 조합과 그런 비율로 태어날 수밖에 없었다는 인상을 받게 된다"고 말했나 보다.

나는 에블린의 여러 이미지를 핀으로 고정시켜 놓았다. 50년대 유행한 꽉 끼는 스웨터와 불릿 브라(bullet bras, 총알 끝처럼 가슴 부분을 봉긋하게 만든 모양의 브래지어 – 역자 주) 차림의 에블린, 돈 아들러와 결혼 직후 선셋 스튜디오에서 기자 회견하는 에블린, 짧은 반바지 차림에 앞머리는 눈썹까지 자르고 뒷머리는 길게 늘어뜨린 60년대 초반의 에블린까지 무척 다양했다.

흰 원피스 차림으로 해변에 앉아 있는 모습의 사진도 있었다. 얼굴을 거의 다 가린 검정 모자 아래로 금발 머리와 오른쪽 옆얼굴이 햇빛을 받아 보석처럼 빛났다.

개인적으론, 1967년 골든글러브 시상식에서 찍힌 흑백 사진이 가장 마음에 들었다. 사진에서 에블린은 통로 쪽 의자에 앉아 있었다. 뒤로 느슨하게 올린 머리에 연한 레이스 드레스 차림이었다. 목선이 깊게 파인 탓에 가슴골이 적나라하게 드러났고, 길게 트인 스커트의 슬릿 사이로 오른쪽 다리가 섹시하게 드러났다.

그녀 옆에는 이름 모를 두 남자가 앉아 있었다. 그들은 무대를 응시하는 그녀를 홀린 듯 쳐다봤다. 바로 옆에 앉은 남자는 그녀의 가슴에, 그 남자 옆에 앉은 남자는 그녀의 허벅지에 시선이 꽂혀 있었다. 둘 다 조금이라도 더 보고 싶어 안달 난 표정이었다.

내 생각이 지나칠 수도 있지만 사진마다 일정한 패턴이 눈에 띄기 시작했다. 에블린은 항상 사람을 감질나게 하는 재주가 있었다. 사람들의 애를 잔뜩 태우고 휙 돌아서 버렸다.

1977년 상영된 〈새벽 3시〉에서, 에블린은 돈 아들러의 하체를 바라보는 쪽으로 올라타서 온몸을 비틀었다. 그런데 화제에 올랐던 이 섹스 장면에서조차 에블린의 가슴 노출 시간은 3초도 채 되지 않았다. 이 영화가 기록적인 흥행을 거둔 이유는 연인들이 여러 번 보러 갔기 때문이라는 소문이 몇 년간 돌았다.

어디까지 노출하고 어느 선에서 숨겨야 하는지를, 그녀는 도대체 어떻게 알았을까?

이제 와서 뜬금없이 할 말이 있다고 하는데, 뭐가 좀 달라질까? 오랫동안 관객 앞에서 연기하던 방식 그대로 내 앞에서도 감질나게 굴지 않을까?

에블린 휴고는 나를 자리에서 꼼짝 못하게 할 만큼 털어놓으면서도 자신의 실체를 전혀 드러내지 않을까?

03

알람이 울리기 30분 전에 눈을 떴다. 이메일을 확인하는데, 프랭키가 대문자로 "수시로 보고할 것"이라고 적은 제목이 눈에 띄었다. 일단 아침부터 간단히 차려 먹었다.

검정 바지와 흰 티셔츠를 입고, 그 위에 내가 가장 좋아하는 헤링본 블레이저를 걸쳤다. 긴 곱슬머리는 높이 틀어 올려서 묶었다. 콘택트 렌즈 대신 두툼한 검정 뿔테 안경을 선택했다.

거울을 보니 데이빗이 떠나기 전보다 얼굴이 좀 여윈 것 같았다. 원래 호리호리한 체구지만 체중이 늘거나 줄면 항상 엉덩이와 얼굴부터 달라졌다. 데이빗과 함께 지내는 동안, 그러니까 2년의 연애 기간과 11개월의 결혼 기간 동안 체중이 꽤 늘었다. 데이빗은 원래 먹는 걸 좋아했다. 하지만 새벽에 일어나 운동하는 데이빗과 달리 나는 그 시간에 잠을 더 잤다.

정신도 차리고 군살도 빠진 내 모습을 보니 자신감이 솟구쳤다. 보기에도 좋고 기분도 좋았다.

문을 나서면서 엄마가 작년 크리스마스 선물로 준 카멜 색상의 캐시미어 스카프를 집어 들었다. 그런 다음 맨해튼 도심으로 가는 지하철을 향해 씩씩하게 걸어 나갔다.

에블린의 거처는 센트럴 파크가 훤히 내려다보이는 5번가에 있었다. 인터넷을 뒤진 끝에, 그녀가 스페인의 말라가 외곽 해변에 별장을 소유하고 있다는 사실도 알아냈다. 이 아파트는 60년대 말에 해리 캐머런과 함께 구입해서 지금껏 소유하고 있었고, 별장은 5년쯤 전에 사망한 로버트 제이미슨에게 상속받았다. 다음 생에선 부디 인생 말년에 운이 트이는 영화배우로 태어나길 빌어야겠다.

에블린이 사는 건물은 외관만 봐도 참으로 아름다웠다. 보자르 양식의 라임스톤 외벽은 고전적인 아름다움이 살아 있었다. 건물로 들어서기도 전에 잘생긴 도어맨이 반갑게 맞아 주었다. 나이가 지긋한 그는 부드러운 눈매와 선한 미소가 인상적이었다.

"어떻게 도와드릴까요?" 도어맨이 말했다.

나는 속으로 살짝 당황하면서 입을 열었다.

"아, 에블린 휴고를 만나러 왔습니다. 제 이름은 모니크 그랜트입니다."

그는 내 방문을 예상했는지 선뜻 문을 열어 주었다. 그리고 엘리베이터로 앞장서더니 꼭대기 층 버튼을 눌렀다.

"즐거운 하루 보내세요, 그랜트 양."

그가 인사하고 사라지자 엘리베이터 문이 닫혔다.

나는 11시 정각에 에블린의 아파트 벨을 눌렀다. 면바지에 남색 블라우스 차림의 여성이 문을 열었다. 쉰 살쯤, 어쩌면 그보다 몇 살 더 먹었는지도 모르겠다. 아시아계 미국인으로, 검은 생머리를 포니테일 스타일로 묶어 길게 늘어뜨렸다. 손에는 반쯤 뜯은 우편물을 한 묶음 들고 있었다.

그녀가 웃으면서 내 손을 잡더니 상냥하게 말했다.

"모니크 맞죠?"

그녀는 사람 만나는 걸 진심으로 좋아하는 듯 보였다. 오늘 마주친 어떤 것에도 마음을 주지 않고 반드시 중립을 지키겠다던 다짐에도 불구하고, 그녀가 벌써 좋아졌다.

"그레이스라고 해요."

"안녕하세요, 그레이스." 내가 말했다. "만나서 반가워요."

"나도 반가워요. 어서 들어와요."

그레이스가 옆으로 비켜나면서 들어오라고 손짓했다. 나는 현관으로 들어가서 바닥에 가방을 내려놓고 코트를 벗었다.

"여기에다 걸면 돼요."

그레이스가 현관 바로 안쪽의 벽장문을 열고 목재 옷걸이를 내밀었다.

코트를 거는 벽장이 우리 집 욕실 크기만 했다. 에블린이 하나님보다 돈이 많다는 건 비밀이 아니었다. 그렇다고 주눅들 필요는 없다고 속으로 몇 번이나 되뇌었다. 미모와 재력, 권력과 매력까지 갖춘 에블린에 비해 나는 아무도 알아주지 않는 평범한 기자일 뿐이었다. 그렇더라도 그녀와 내가 동등한 입장이라는 점을 계속 상기했다. 처음부터 굽히고 들어갔다간 이 일을 제대로 해낼 수 없을 테니까.

"그럴게요, 고마워요."

내가 웃으며 말했다. 나는 코트를 옷걸이에 끼워 벽장 봉에 걸었다. 그리고 그레이스가 벽장문을 닫도록 놔두었다.

"에블린은 위층에서 준비하고 있어요. 뭐 좀 갖다 줄까요? 물이나 커피? 아니면 차?"

"커피로 부탁드려요."

그레이스가 나를 널찍한 응접실로 안내했다. 벽에는 바닥부터 천장까지 연결된 흰 책장이 늘어서 있고, 중앙에는 크림색의 푹신한 의자가 두 개 놓여 있었다.

"앉아서 기다려요." 그레이스가 말했다. "어떻게 타면 되죠?"

"커피요?" 나는 말뜻을 알아차린 후에 다시 입을 열었다. "크림이랑? 그냥 우유도 상관없어요. 하지만 크림이 더 좋긴 해요. 아니, 아무거나 상관없어요."

나는 정신을 가다듬으려 애쓰면서 다시 말했다.

"그러니까 제 말은, 크림이 있으면 살짝 넣어달라는 의미였어요. 저지금 너무 긴장했죠?"

그레이스가 미소를 지었다.

"약간요. 하지만 걱정할 건 하나도 없어요. 에블린은 아주 친절한분이에요. 깐깐하고 말수가 적은 편이긴 하지만, 익숙해지면 괜찮아요. 지금까지 아주 많은 사람들 밑에서 일해 봤는데, 에블린만 한 사람이 없었어요. 진심이에요."

"그렇게 좋게 이야기하라고 뭐라도 좀 챙겨주던가요?"

내가 물었다. 농담으로 한 말인데, 내 의도와 달리 다소 빈정대고핀잔하는 투로 들렸다. 다행히, 그레이스가 소리 내어 웃었다.

"에블린이 작년에 크리스마스 보너스로 런던과 파리에 보내주긴했어요. 부부 동반으로. 그러니까 간접적으론 그런 셈이네요."

맙소사.

"흠, 그렇군요. 혹시 그만두게 되면 저한테 넘기세요."

그레이스가 또 웃었다.

"그럴게요. 그리고 커피는 크림을 살짝 넣은 걸로 곧 준비할게요."

나는 자리에 앉아서 휴대폰을 확인했다. 엄마가 행운을 빈다며 보낸 문자 메시지가 하나 와 있었다. 답장을 보내면서 지진earthquake으로 자동 수정되지 않게 일찍early이라는 단어를 입력하고 있는데 계단을 내려오는 발소리가 들렸다. 몸을 돌리자 나를 향해 걸어오는 일흔아홉의 에블린 휴고가 보였다.

여느 사진 속 모습 못지않게 아름다웠다.

회색과 남색의 줄무늬 스웨터에 딱 붙는 검정 스트레치 팬츠 차림이 마치 발레리나 같았다. 예전과 똑같이 마른 몸매였고, 얼굴도 나이에 비해 한참 젊어 보였다. 그 나이에 의술의 도움 없이는 저렇게 보일 수 없을 거라 짐작해 볼 뿐이었다.

반짝거리는 피부는 뜨거운 물에서 방금 나온 듯 살짝 붉은기가 돌았다. 기다란 속눈썹은 가짜 속눈썹을 붙였거나 속눈썹 연장술을 받았을 것이다. 갸름하던 뺨은 이제 살짝 꺼진 느낌을 주었지만, 연한 장밋빛 블러셔를 발라서 생기 있어 보였다. 입술은 진한 누드톤이었다.

은발과 금발이 섞인 머리카락은 얼굴 옆선을 따라 어깨까지 자연스럽게 흘러내렸다. 저런 색상을 내려면 분명히 삼중 처리를 했을 테지만, 우아하게 나이 들어가는 여성의 모습을 제대로 살려냈다.

하지만 그녀의 특징으로 꼽혔던 곧고 짙은 눈썹은 세월이 흐르면서 가늘어졌다. 색도 옅어져서 머리색과 흡사했다.

가까이 다가왔을 때 보니, 그녀는 실내화 대신 두툼한 양말을 신고 있었다.

"안녕, 모니크." 에블린이 말했다.

마치 몇 년 전부터 알고 지낸 듯, 그녀가 스스럼없이 내 이름을 불러서 순간 당황했다.

"안녕하세요." 내가 말했다.

"난 에블린이라고 해."

그녀가 내 손을 잡고 가볍게 흔들었다. 이 방에 있는 사람들, 아니 전 세계 사람들이 다 안다는 걸 뻔히 알면서도 자기 이름을 말하다니, 참 묘한 힘이라는 생각이 얼핏 스쳤다.

그레이스가 흰 머그잔에 든 커피를 흰 접시에 받쳐 들고 왔다.

"자, 크림이 살짝 든 커피예요."

"고마워요." 내가 잔을 받아들며 말했다.

"아, 나도 그렇게 마시는데." 에블린이 말했다.

그 말을 들으니 취향이 비슷한 것 같아 괜히 설렜다.

"두 분 모두 더 필요한 게 있으세요?" 그레이스가 물었다.

나는 머리를 흔들었고, 에블린은 아무 말도 안 했다. 그레이스가 자리를 떴다.

"따라와." 에블린이 말했다. "거실로 가서 편히 앉게."

내가 가방을 집으려고 하자 에블린이 내 손에서 커피를 받아 직접 날라 줬다. 어디선가 '카리스마는 헌신을 이끌어내는 매력'이라는 말을 읽었는데, 에블린이 내 커피를 날라 주는 걸 보고 딱 그런 느낌을 받았다. 이렇게 힘 있는 여성이 사소한 친절을 베푸니, 더 매료될 수밖에 없었다.

우리는 바닥부터 천장까지 창으로 된 넓고 환한 거실로 들어갔다. 연한 청회색 소파 맞은편에는 석화 굴 같은 회백색 의자가 몇 개 놓여 있었다. 발밑으로 폭신하게 밟히는 카펫은 밝은 아이보리 색이었다. 카펫에서 눈길을 들자 창가에 검정 그랜드 피아노가 웅장하게 놓여 있었다. 벽에는 크게 확대된 흑백 사진 두 개가 걸려 있었다.

소파 위쪽에 걸린 사진은 영화 세트장에 있는 해리 캐머런을 담고 있었다.

벽난로 위쪽에 걸린 사진은 에블린이 1959년에 찍은 〈작은 아씨들 Little Women〉의 포스터였다. 에블린과 셀리아 세인트 제임스, 그리고 다른 두 여배우의 얼굴이 보였다. 네 배우 모두 50년대엔 누구나 아는 이름이었을 테지만, 무상한 세월을 견뎌낸 배우는 에블린과 셀리아뿐이었다. 그래서 그런지 에블린과 셀리아는 다른 두 여배우보다 더 환히 빛나는 것 같았다. 결과를 다 알고 나서 내가 보고 싶은 대로 보려는 사후 확신 편향 탓일 것이다.

에블린이 까맣게 옻칠된 커피 테이블에 내 잔과 받침을 내려놓았다.

"앉아." 에블린이 플러시 천으로 된 폭신한 의자 중 하나에 앉으며 말했다. 그리고 두 다리를 바싹 끌어 올리며 한 마디 덧붙였다. "거기 아무 데나."

나는 고개를 끄덕이며 가방을 바닥에 내려놓았다. 그리고 소파에 앉으면서 노트를 집어 들었다.

"그러니까 드레스를 경매에 내놓으신다고요." 나는 마음을 가라앉히고 나서 입을 열었다. 메모하려고 펜의 꼭지를 딸깍 눌렀다.

그런데 에블린의 입에선 뜻밖의 이야기가 나왔다.

"사실은 엉뚱한 구실로 너를 불렀어."

나는 잘못 들었나 싶어서 그녀를 빤히 쳐다봤다.

"방금 뭐라고 하셨죠?"

에블린은 자세를 고쳐 앉더니 나를 똑바로 쳐다봤다.

"크리스티 경매에 드레스를 내놓는 문제로 할 말이 뭐 있겠니."

"그럼, 무슨-"

"다른 일을 의논하려고 너를 여기로 불렀어."

"그게 뭐죠?"

"내 인생 스토리."

"당신의 인생 스토리요?"

도대체 무슨 말을 하는지 몰라 내가 당황해서 물었다.

"다 털어놓을 생각이야."

에블린 휴고가 다 털어놓는 인생 스토리라면… 글쎄, 올해의 스토리로 꼽히고도 남을 것이다.

"비방트에 다 털어놓겠다고요?"

"아니."

"다 털어놓겠다고 하셨잖아요?"

"비방트에 털어놓겠다고는 안 했어."

"그럼 제가 여기 왜 있죠?"

나는 조금 전보다 더 어리둥절했다.

"너한테 내 스토리를 주겠다는 거야."

도대체 무슨 말인지 이해하려고 그녀를 계속 응시했다.

"당신의 인생을 기록으로 남길 예정인데, 그 일을 비방트가 아니라 저와 하시겠다는 건가요?"

에블린이 고개를 끄덕였다.

"이제야 말귀를 알아들었네."

"정확히 뭘 제안하시는 거죠?"

현존하는 가장 흥미로운 인물 중 하나가 아무 이유도 없이 내게 인생 스토리를 들려주겠다니, 이런 복이 그냥 굴러 들어올 리 없었다. 내가 뭔가를 놓치고 있는 게 분명했다.

"우리 둘 다에게 도움되는 방식으로 너에게 내 인생 스토리를 들려줄 거야. 솔직히 말하면, 너한테 더 도움되긴 하지."

"그렇다면 얼마나 심층적으로 말씀하실 건데요?"

잘난척하는 회고록을 원하는 걸까? 아님 본인 취향에 맞게 각색한 가벼운 읽을거리?

"모든 내용이 다 들어갈 거야. 좋은 일, 나쁜 일, 추악한 일까지 전부다. 어떤 상투적인 표현도 필요 없이, '내가 했던 모든 일을 오직 너에게 있는 그대로 다 말해주겠다'는 뜻이야."

우와.

드레스에 대한 인터뷰를 예상하고 이곳에 온 내가 너무 바보처럼 느껴졌다. 나는 앞에 놓인 테이블에 노트를 내려놓고, 펜을 그 위에 살며시 올려놨다. 이 일을 완벽하게 처리하고 싶었다. 예쁘고 가녀린 새 한 마리가 내 어깨에 내려앉았는데, 까딱 잘못 움직이면 날아가 버릴 것이다.

"음. 제가 제대로 이해했다면, 당신은 지금 그간의 다양한 죄를 고백하시고 싶다-"

지금까지 아주 느긋하고 무심한 모습으로 앉아 있던 에블린이 자세를 바꾸더니, 내 쪽으로 몸을 쭉 내밀었다.

"죄를 고백하겠다는 말은 안 했는데. 나는 죄 비슷한 말도 꺼내지 않았어."

나는 뒤로 살짝 물러났다. 아무래도 망친 것 같았다.

"사과할게요. 단어를 잘못 골랐어요."

에블린은 아무 말도 하지 않았다.

"죄송합니다, 휴고 여사님. 지금 상황이 저한테는 좀 비현실적이어서요."

"에블린이라고 불러도 돼."

"네, 에블린. 그럼 다음 단계는 뭔가요? 우리가 정확히 무엇을 함께 한다는 건가요?"

나는 커피 잔을 입술에 대고 목을 살짝 축였다.

"우린 비방트의 커버스토리를 다루진 않을 거야."

"좋아요. 거기까진 알겠어요."

내가 잔을 내려놓으며 말했다.

"책을 쓸 거야."

"책을 쓴다고요?"

"너랑 나랑 합심해서." 에블린이 고개를 끄덕이며 말했다. "네 기사를 읽었어. 간단명료한 문체가 마음에 들더라고. 엉뚱한 소리를 늘어놓지 않는 걸 보니, 내 책을 맡겨도 되겠다 싶었어."

"지금 저한테 자서전을 대필해 달라고 요청하시는 건가요?"

엄청난 기회였다. 진짜 엄청난 기회였다. 이거야말로 내가 뉴욕에 머물러야 할 좋은 이유였다. 아니, 끝내주는 이유였다. 샌프란시스코에선 이런 일이 절대로 벌어지지 않을 테니까.

에블린이 다시 고개를 저었다.

"모니크 너한테 내 인생 스토리를 들려줄 거야. 진실을 다 털어놓을 거야. 그럼 너는 그걸 바탕으로 책을 쓰면 돼."

"그럼 우린 그 책을 당신 이름으로 포장해서 당신이 쓴 것처럼 세상에 내놓겠죠. 그게 바로 대필이에요."

나는 다시 잔을 집어 들었다.

"내 이름으로 내놓지 않을 거야. 이미 죽고 없을 테니까."

커피가 목에 걸려 캑캑거리다 그만 카펫에 흘리고 말았다.

"이런 맙소사." 놀라는 바람에 목소리가 다소 크게 나왔다. 나는 컵을 얼른 내려놓았다. "카펫에 커피를 흘리고 말았네요."

에블린은 괜찮다고 손사래를 쳤지만, 그레이스가 문을 조금 열고 고개만 살짝 내밀었다.

"별일 없으시죠?"

"안타깝게도, 제가 커피를 좀 흘렸어요."

그레이스가 문을 활짝 열고 들어와 카펫을 살폈다.

"정말 죄송해요. 제가 좀 충격을 받아서…"

그 순간 에블린과 눈이 마주쳤다. 그녀를 잘 알지는 못했지만, 아무 말 말라는 눈치 정도는 알아차렸다.

"별 문제 아니에요." 그레이스가 말했다. "제가 나중에 처리할게요."

"배고프지 않니, 모니크?"

에블린이 자리에서 일어나며 말했다.

"네?"

"근처에 맛있는 샐러드 가게가 있어. 내가 대접할게."

12시가 조금 안 된 시간이었다. 나는 긴장하면 입맛부터 떨어지지만, 좋다고 대답했다. 딱히 물어보는 투가 아니라는 인상을 받았기 때문이다.

"잘됐군." 에블린이 말했다. "그레이스, 트램비노스에 미리 연락 좀 해줄래?"

에블린이 내 어깨에 한 팔을 둘렀다. 그리고 10분도 채 지나지 않아 우리는 어퍼 이스트사이드의 깔끔한 거리를 걸어갔다.

몸서리가 쳐질 정도로 공기가 차가웠다. 에블린이 코트를 단단히 여미자 가녀린 허리가 드러났다. 햇빛 아래에선 노화의 징후가 더 쉽게 보였다. 눈의 흰자위가 흐릿하고 손등도 칙칙해 보였다. 선명한 핏줄을 보니 내 할머니가 떠올랐다. 할머니는 살결이 부드럽긴 하지만 탄력이 없어서 한 번 누르면 한참 동안 그대로 꺼져 있었다.

"에블린, 이미 죽고 없을 거라는 말이 무슨 뜻이죠?"

"내가 죽었을 때 네 이름이 찍힌 공인된 전기로 책을 출판하라는 뜻이야."

에블린이 웃으면서 말했다.

"아, 네." 누군가한테 그런 말을 해도 아무 문제가 없다는 듯 내가 대답했다. 하지만 다음 순간 깜짝 놀라서 되물었다. "무례하게 굴 의도는 없지만, 그 말은 당신이 곧 죽을 거라는 뜻인가요?"

"사람은 누구나 죽잖아. 너도 죽고 나도 죽고, 저기 저 남자도 죽을 거야."

에블린은 털북숭이 검정개와 함께 걸어가는 중년 남자를 가리켰다.

남자가 에블린의 말소리를 듣고 고개를 돌렸다. 그리고 자신을 가리키는 손가락의 주인이 누구인지 알아보고는 화들짝 놀랐다.

우리는 레스토랑에 도착해서 출입문으로 이어지는 계단을 두 칸 내려갔다. 에블린은 한참 안쪽 테이블로 걸어가서 앉았다. 누가 안내하지 않았는데도 자신이 앉을 자리를 아는 듯했다. 검정 바지에 흰 셔츠, 검정 타이를 맨 웨이터가 우리 테이블로 와서 물 잔을 두 개 내려놓았다. 에블린의 잔에는 얼음이 없었다.

"고마워, 트로이." 에블린이 말했다.

"찹 샐러드로 준비할까요?" 그가 물었다.

"나야 물론 그건데, 여기 이 친구는 모르겠네."

나는 테이블에서 냅킨을 집어 들어 무릎에 폈다.

"저도 찹 샐러드로 할게요. 고마워요."

트로이가 웃으며 자리를 떴다.

"맛이 괜찮을 거야." 에블린은 우리가 친구 사이라도 되는 양 스스럼없이 말했다.

"네." 나는 아까 하던 대화로 돌아가려고 시도했다. "우리가 쓰려는 이 책에 대해 더 말씀해 주세요."

"네가 알아야 건 이미 다 말했는데."

"저는 책을 쓰고 당신은 죽을 거라고만 말씀하셨잖아요."

"너는 단어 선택에 좀 더 신중을 기해야겠다."

아무래도 에블린은 내게 벅찬 상대인 것 같았다. 게다가 지금 이 자리는 내가 딱히 원해서 마련된 자리도 아니었다. 하지만 단어 선택이 문제라면 금세 따라잡을 수 있을 것 같았다.

"제가 오해했나 봅니다. 앞으론 좀 더 신중하게 말할게요. 약속해요."

에블린이 어깨를 으쓱했다. 이런 식의 대화가 그녀에겐 식은 죽 먹기일 것이다.

"요즘 젊은 애들은 원래 말을 좀 함부로 하는 경향이 있지."

"예, 좀 그렇죠."

"그리고 나는 죄를 고백하겠다고 말하지 않았어. 내가 말해야 할 것을 죄라고 부른다면, 오해의 소지도 있고 상처를 주기도 해. 나는 그간에 한 일을 후회하지 않아. 적어도 네가 기대하는 일에 대해선 전혀 후회하지 않아. 차분히 시간을 두고 따져보면, 그들이 무척 힘들었거나 불쾌했으리라고 생각할 수는 있겠지."

"쥬 느 리그레트리엥Je ne regrette rien, 그러니까 어떤 것도 후회하지 않는다?"(에디트 피아프의 일대기를 다룬 영화 '장밋빛 인생'의 OST – 역자 주)

나는 이렇게 말하고 물을 한 모금 마셨다.

"바로 그거야." 에블린이 말했다. "사실 그 노래는 과거를 바꿀 수 없으니까 후회하지 않는다는 뜻에 더 가깝지. 하지만 나는 그때나 지금이나 대체로 똑같이 결정할 거라는 뜻이야. 확실히 짚고 넘어가자면, 나도 후회하는 일이 있어. 다만… 그게 딱히 부도덕하다고 할 수는 없어. 내가 했던 온갖 거짓말로, 또는 사람들에게 상처 줬던 일로 후회하진 않아. 옳은 일을 하다 보면 어쩔 수 없이 추악해질 때가 있거든. 그랬어야만 하는 내가 측은하기도 해. 나는 나 자신을 믿어. 가령 아까 있었던 일을 예로 들어볼까. 네가 나한테 죄를 고백할 거냐고 말했을 때 내가 톡 쏘아붙였잖아. 그건 상냥한 태도가 아니었어. 게다가 네가 그런 대접을 받을 만했는지 잘 모르겠어. 하지만 나는 그 일을 후회하지 않아. 나한테 그럴 만한 이유가 있음을 알기 때문이야. 그렇게 행동하도록 유도한 온갖 생각과 느낌으로 내가 할 수 있는 최선을 다했기 때문이야."

"죄라는 말에는 유감스러워한다는 뜻이 담겨 있어서 기분이 상하신 거로군요."

샐러드가 나왔다. 트로이는 말없이 에블린의 접시에 후추를 갈아주다가 에블린이 웃으며 한 손을 들자 멈추었다. 나는 사양했다.

"어떤 일에 유감스러워하면서도 후회하지는 않을 수 있어." 에블린이 말했다.

"물론이죠." 내가 말했다. "무슨 뜻인지 알아들었어요. 우리가 하는 말을 정확하게 해석하는 방법은 여러 가지가 있겠지만, 한 배를 탄 이상 앞으론 제 말을 선의로 해석해 주시면 좋겠어요."

에블린은 포크를 집어들고 샐러드를 먹는 대신 하던 말을 계속했다.

"내 과거 유산을 손에 쥐게 될 기자라면, 내 말을 정확하게 이해하고 그 뜻을 정확하게 전달하는 게 무엇보다 중요하다고 봐. 너한테 내 인생 스토리를 들려줄 때, 나는 실제 있었던 일 그대로 말할 거야. 나의 모든 결혼생활, 내가 출연했던 영화들, 사랑했던 사람들, 몸을 섞었던 사람들, 상처를 줬던 사람들, 내가 불러들인 위기와 그 위기를 어떻게 풀어갔는지에 대해 속속들이 들려줄 거야. 그런 다음 네가 제대로 이해했는지 확인할 거야. 네 멋대로 추정하는 게 아니라 내가 너한테 하려는 말을 정확하게 알아들었는지 확인할 거야."

내가 틀렸다. 이 일은 에블린에게도 결코 쉽지 않았다. 에블린은 아주 중요한 일에 대해서도 가볍게 말할 수 있었다. 하지만 지금 이 순간, 그녀는 자신의 논점을 주지시키려고 오랜 시간을 들여 설명했다. 그제야 정신이 번쩍 들었다. 이건 꿈이 아니었다. 그녀는 진짜로 인생 스토리를 내게 들려줄 작정이었다. 거기엔 자신의 커리어와 결혼과 이미지의 이면에 담긴 온갖 껄끄러운 진실까지 포함될 터였다. 대단히 불리한 입장에 놓이게 될 텐데도 그 일을 자처한 것이다. 나한테 엄청난 권한을 주겠다는 건데, 도대체 왜 주겠다는 건지 이유를 알 수 없다. 그렇다고 그녀가 주겠다는 권한을 거부할 생각은 추호도 없었다. 오히려 지금은 내가 그 일을 할 자격이 있고, 또 훌륭하게 해낼 거라는 확신을 그녀에게 심어줄 필요가 있었다.

나는 포크를 내려놓았다.

"지당한 말씀입니다. 제가 너무 가볍게 굴었다면 죄송합니다."

에블린이 손사래를 쳤다.

"요즘엔 문화 자체가 가볍잖아. 시대가 바뀐 걸 어쩌겠어."

"몇 가지 더 질문 드려도 될까요? 그 전에 먼저, 제가 이 상황을 제대로 파악한 다음엔 당신의 이야기와 의도에만 전적으로 집중하겠다고 약속드릴게요. 당신의 비밀을 취급하는 일을 맡기기에 나보다 더 나은 사람이 없겠다고 생각하실 수 있게 할게요."

내 진심이 통했는지 에블린은 잠시나마 마음을 누그러뜨렸다. 그리고 샐러드를 한 입 베어 물면서 말했다.

"그래, 시작해 봐."

"당신이 떠난 뒤에 제가 이 책을 출판할 거라면, 어떤 식의 금전적 이득을 염두에 두고 계세요?"

"나한테, 아니면 너한테?"

"당신부터 시작하죠."

"내겐 아무런 이득도 없어. 명심해, 나는 죽고 없을 거라니까."

"그 점은 이미 언급하셨죠."

"다음 질문."

나는 무슨 음모라도 꾸미듯이 몸을 살짝 기울였다.

"너무 세속적인 질문을 던지긴 싫지만, 추진 일정은 어떻게 잡고 계세요? 제가 이 책을 몇 년이나 붙잡고 있어야 당신이…"

"죽느냐고?"

"그게… 결국 그 말이네요." 내가 말했다.

"다음 질문."

"네?"

"다음 질문을 하라니까."

"방금 그 질문에 답하지 않으셨잖아요."

에블린이 입을 다물었다.

"좋아요. 그럼 제게는 어떤 식의 금전적 이득이 생기죠?"

"훨씬 더 흥미로운 질문이로군. 이걸 왜 여태 안 묻는지 궁금했어."

"방금 물었잖아요."

"앞으로 며칠이 걸리든 내가 너한테 모든 이야기를 들려줄 거야. 그런 다음 우리 관계는 끝날 거야. 그리고 너는 자유롭게 책을 쓰면 돼. 아니, 책을 써서 최고 입찰자에게 팔아야 할 의무가 있다고 말하는 편이 낫겠다. 반드시 최고 입찰자라야 해. 협상할 땐 무자비하게 굴어야 하는 거야, 모니크. 백인 남자에게 지불할 만한 금액을 당당히 요구하란 말이야. 일이 다 끝나면 돈은 전부 네 차지가 될 거야."

"전부 제 차지가 될 거라고요?" 나는 어안이 벙벙했다.

"물 좀 마셔. 금방이라도 기절할 것처럼 보이니까."

"에블린, 일곱 번의 결혼 등에 대한 전모를 당신 입으로 들려준 전기라면…"

"전기라면?"

"그런 공인된 전기라면, 제가 굳이 협상하지 않더라도 수백만 달러를 받을 수 있을 텐데."

"아니, 넌 협상해야 해."

에블린이 물을 한 모금 마시면서 말했다. 왠지 기분이 좋아 보였다.

이젠 진짜 물어보고 싶은 질문을 던질 차례였다. 지금까지 너무 뜸을 들였다.

"도대체 왜 제게 이런 혜택을 주시는 거죠?"

에블린은 이미 예상하던 질문이라는 듯 고개를 끄덕였다.

"당분간은 그냥 선물이라고 생각해."

"하지만 왜?"

"다음 질문."

"진심으로 묻는 거예요."

"나도 진심이야, 모니크. 다음 질문."

나는 실수로 아이보리 색 테이블보에 포크를 떨어뜨렸다. 드레싱 오일이 원단에 스며들면서 점점 더 어둡게 변했다. 참 샐러드는 맛있긴 했지만 양파가 많이 들어가서 숨 쉴 때마다 양파 냄새가 훅 끼쳤다. 도대체 무슨 일인지 정신을 차릴 수가 없었다.

"은혜도 모르는 사람처럼 굴고 싶진 않지만, 역대 가장 유명한 여배우 중 한 분이 왜 미천한 저를 전기 작가로 발탁해서 자신의 스토리로 수백만 달러를 벌 기회를 주시는지 알아야 마땅하다고 생각하는데요."

"허핑턴 포스트에선 내 자서전이라면 1,200만 달러는 받을 수 있다던데."

"세상에!"

"호기심이 발동할만하겠군."

에블린이 나를 멋대로 주무르는 방식이나 나를 충격에 빠뜨리고서 즐거워하는 태도로 보니, 이 일이 왠지 파워 게임처럼 느껴졌다. 그녀는 타인의 삶을 바꾸게 될 일을 아무렇지 않게 해치우려 했다. 하긴 그게 바로 힘의 정의가 아닌가? 자기에겐 아무 의미도 없는 일로 사람들이 스스로 목숨을 거는 모습을 멀찍이서 지켜보는 것?

"1,200만 달러는 큰돈이야. 내 말을 오해하진 마. 물론…"

에블린이 말을 끝맺지 않았지만, 굳이 안 해도 뒷말이 뭔지는 알 수 있었다.

'물론 내게는 큰돈이 아니지만.'

"그렇긴 하지만 왜? 왜 저죠?"

에블린이 차가운 표정으로 나를 쳐다봤다.

"다음 질문."

"죄송한 말씀이지만, 당신은 별로 공정하지 못하시네요."

"나는 지금 너한테 어마어마한 돈을 벌게 해주고 네 일에서 최고 위치로 올려주겠다고 제안하는 거야. 굳이 공정할 필요까진 없잖아. 적어도 네가 정의하는 방식으론."

하긴 이런 제안은 묻지도 따지지도 말고 덥석 물어야 할 것 같았다.

하지만 한편으론 에블린은 구체적으로 아무것도 주지 않았다. 더구나 이런 식으로 스토리를 가로챘다간 직장을 잃을 수도 있었다. 지금 내게는 이 직장밖에 없었다.

"잠시 생각할 시간이 필요해요."

"뭘 생각한다는 거지?"

"이 모든 것에 대해서요."

에블린의 눈이 살짝 가늘어졌다.

"생각할 게 도대체 뭐가 있어?"

"기분 상하게 했다면 죄송해요. 하지만-"

에블린이 내 말을 끊었다.

"너 때문에 기분 상하지 않았어."

내가 자기를 짜증나게 할 수 있다는 암시만으로도 짜증난다는 뜻으로 들렸다.

"고려해야 할 사항이 많아요."

내가 잡지사에서 해고당할 수도 있고, 그녀가 중간에 손을 뗄 수도 있었다. 내가 이 책을 제대로 써내지 못할 수도 있었다.

에블린이 내 말을 제대로 들으려는 듯 몸을 앞으로 내밀었다.

"가령?"

"가령 비방트에는 뭐라고 얘기하죠? 그들은 당신과 독점 인터뷰를 한다고 생각하고 있어요. 아마 지금 이 순간에도 사진작가들에게 연락하고 있을 걸요."

"내가 토마스 웰치에게 아무 약속도 해주지 말라고 했는데. 그들이 제멋대로 표지를 찍겠다고 설친다면, 그건 그들의 문제야."

"하지만 제 문제이기도 해요. 당신이 그들과 일을 진행할 의도가 없음을 알았으니까."

"그래서?"

"그래서 저는 어떻게 해야 되는 거죠? 사무실로 돌아가서 상사에게 에블린은 비방트와 아무것도 안 할 거다, 오히려 당신과 합심해서 제가 책을 써서 팔 거다, 라고 말하라고요? 그럼 제 꼴이 뭐가 되죠? 근무 시간에 당신을 만나서 그들의 스토리를 강탈하는 꼼수를 부린 것처럼 보일 거예요."

"그 역시 내 문제가 아니야." 에블린이 말했다.

"그러니까 생각해 봐야 한다는 거예요. 이건 제 문제니까."

에블린이 귀를 기울였다. 물잔을 내려놓고 나를 똑바로 주시하는 폼으로 봐서는 내 말을 진지하게 듣는 게 분명했다.

"모니크, 너는 지금 일생일대의 기회를 눈앞에 두고 있어. 모르겠니?"

"물론 알죠."

"그럼 너 자신을 위해 그 기회를 꽉 잡고 놓치지 말아야지. 약삭빠르게 굴어야 할 시점에 옳은 일을 하겠다고 덤벼봤자 너만 손해야."

"이 문제를 제 고용주에게 솔직하게 털어놓지 말라는 건가요? 그들은 제가 엿 먹였다고 생각할 거예요."

에블린이 고개를 저었다.

"우리 홍보팀이 너를 특정해서 요청했을 때, 너희 회사는 경험 많은 다른 작가들을 추천했어. 내가 너 아니면 안 하겠다고 엄포를 놓으니까 그제야 너를 보내기로 동의했어. 그들이 왜 그렇게 했는지 아니?"

"그들은 제가 부족-"

"그들은 이익을 추구하기 때문이야. 너도 마찬가지야. 너는 지금 어마어마한 이익을 차지할 수 있어. 선택권은 너에게 있어. 나랑 책을 같이 쓸래 안 쓸래? 확실히 말해 두는데, 네가 안 쓴다면 나는 다른 누구에게도 말하지 않을 거야. 그럼 진실은 나와 함께 영원히 묻히고 말겠지."

"당신의 인생 스토리를 왜 저에게만 들려주시려는 거죠? 저를 제대로 아시지도 못하잖아요. 도무지 이해가 안 가요."

"내가 너를 이해시킬 의무는 전혀 없다고 보는데."

"도대체 뭘 노리시는 거죠, 에블린?"

"너는 너무 많은 걸 묻고 있어."

"애초에 당신을 인터뷰하러 왔잖아요."

"그렇더라도." 에블린은 물을 한 모금 삼킨 후 내 눈을 똑바로 쳐다봤다. "이 일을 다 마치게 되면, 너는 어떤 의문도 남지 않을 거야. 네가 지금 그토록 절박하게 알고 싶어 하는 모든 의문이 다 풀릴 거야. 이 일을 마치기 전에 다 답변하겠다고 약속할게. 하지만 내가 원하는 바로 그 순간에 털어놓을 거야. 결정은 내가 해. 이 일은 내가 원하는 방식으로 진행될 거야."

그녀의 말을 듣고 가만히 생각해 보니, 조건이 뭐든 내가 이 일에서 손을 뗀다면 그야말로 바보 천치가 된다는 걸 깨달았다. 자유의 여신상이 좋아서 데이빗만 샌프란시스코로 보내고 뉴욕에 혼자 남았던 게 아니다. 사다리의 최대한 높은 곳까지 오르고 싶었기 때문이다. 내 이름이, 아버지가 지어준 내 이름이 언젠가는 크고 굵은 글씨로 활자화

되길 원했기 때문이다. 일생일대의 기회가 나한테 찾아왔다.

"좋아요." 내가 말했다.

"반가운 소리로군. 좋아, 그럼." 에블린이 어깨의 긴장을 풀고 다시 물잔을 들었다. 그리고 웃으며 말했다. "모니크, 네가 좋아지려고 한다."

나는 숨을 깊이 들이마셨다. 그제야 내 호흡이 얼마나 얕았는지 깨달았다.

"고마워요, 에블린. 그 말씀을 들으니 마음이 조금 놓이네요."

04

에블린과 나는 다시 그녀의 아파트로 돌아왔다.

"30분 후에 내 서재에서 보자."

"네."

내 대답을 뒤로 하고 에블린은 복도를 따라 걸어가다 이내 시야에서 사라졌다. 나는 코트를 벗어서 벽장에 걸었다.

이 틈을 이용해 프랭키에게 연락하기로 마음먹었다. 얼른 보고하지 않으면 당장 쫓아올지도 모를 일이었다.

우선 이 상황을 어떻게 처리할지 결정해야 했다. 어떻게 하면 프랭키가 내게서 이 일을 빼앗으려 하지 않을까?

지금으로선 모든 일이 계획대로 진행되는 척하는 수밖에 없을 것 같았다. 내 유일한 계획은 결국 거짓말을 하는 것이다.

나는 숨을 깊이 들이마셨다.

아주 어렸을 때, 부모님과 함께 말리부에 있는 주마 해변에 놀러갔던 적이 있다. 봄이었던 것 같다. 물로 첨벙 뛰어들기엔 아직 서늘했다.

엄마는 모래사장에서 돗자리와 파라솔을 폈다. 아버지는 나를 번쩍 안아 들고 물가로 달려갔다. 나는 하늘을 나는 기분이었다. 그런데 아버지가 내 발을 물에 담그는 순간, 나는 너무 차갑다고 소리치며 울음을 터뜨렸다.

아버지는 내 말에 고개를 끄덕였다. 진짜로 차가웠으니까. 그런데 다음 순간, 아버지가 나를 어르며 말했다.

"숨을 다섯 번만 들이쉬고 내쉬어 봐. 그러면 별로 차갑지 않을 거야."

나는 아버지가 물에 발을 담그고 숨 쉬는 모습을 지켜봤다. 그리고 내 발을 다시 물에 담그고 아버지와 함께 숨을 쉬었다. 아버지 말이 맞았다. 별로 차갑지 않았다.

그 뒤로, 아버지는 내가 울먹일 때마다 나와 함께 호흡하곤 했다. 넘어져서 팔꿈치가 까졌을 때, 사촌이 내게 겉은 까맣고 속은 하얀 오레오 쿠키 같다고 놀렸을 때, 엄마가 우린 강아지를 키울 수 없다고 말했을 때, 아버지는 나와 함께 앉아서 숨을 쉬었다. 세월이 한참 흘렀지만, 그 순간들을 떠올리면 여전히 가슴이 아렸다.

에블린의 현관에 서 있는 이 순간, 나는 아버지가 알려준 대로 숨을 쉬었다.

마음이 진정됐다고 느꼈을 때 휴대폰을 꺼내 프랭키에게 전화를 걸었다.

"모니크." 두 번째 벨소리가 울리기 무섭게 프랭키의 목소리가 들렸다. "얼른 말해 봐, 어떻게 됐어?"

"잘 되고 있어요." 차분한 내 목소리에 속으로 뜨끔했다. "에블린은 영화계 우상답게 여전히 아름답고 카리스마도 넘치네요."

"그리고?"

"그리고… 순서대로 진행해 나가야죠."

"드레스 말고 다른 화제에 대해서도 이야기하겠대?"

내 속셈을 드러내지 않으려면 이제 뭐라고 말하지?

"예상대로 에블린은 경매 이야기 외엔 상당히 말을 아끼고 있어요.

지금으로선 살살 구슬리면서 저를 믿게 하는 게 중요한 것 같아요."

"에블린이 커버 사진을 찍겠다고 할까?"

"아직은 가타부타 말하기 어려워요. 일단 저를 믿고 기다려주세요, 프랭키."

내 입에서 나오는 말이 어찌나 진지하게 들리는지 나 자신이 싫어졌다.

"이 일이 얼마나 중요한지 알고 있어요. 하지만 지금으로선 에블린이 나를 좋아하게 하는 게 급선무예요. 그래야 마음을 열고 우리가 원하는 대로 따라오게 할 수 있죠."

"오케이." 프랭키가 말했다. "분명히 말하는데, 드레스에 대한 짤막한 코멘트만으론 부족해. 물론 그마저도 수십 년간 다른 잡지사에선 따내지 못했지만. 아무튼…"

프랭키가 뭐라고 계속 떠들었지만 내 귀엔 전혀 들리지 않았다. 그 짤막한 코멘트마저 얻지 못할 거라는 사실을 프랭키에게 어떻게 전할지 궁리하느라 바빴다.

반면에 나는 훨씬 더 많은 걸 얻어낼 거라는 사실도.

"이만 끊어야겠어요." 나는 얼른 핑계를 둘러댔다. "잠시 후에 에블린과 다시 이야기를 나눠야 해서요."

나는 전화를 끊고 나서 한숨을 푹 내쉬었다.

'골치 아프게 됐군.'

안쪽으로 들어가다 주방에서 그레이스의 인기척이 느껴졌다. 반회전문을 밀고 들어가자 그레이스가 꽃줄기를 다듬는 모습이 보였다.

"방해해서 미안해요. 에블린이 서재에서 만나자고 했는데 어디인지 몰라서요."

"아," 그레이스가 가위를 내려놓고 수건에 손을 닦으며 말했다. "내가 안내하죠."

나는 그레이스를 따라 계단을 올라가서 에블린의 서재로 들어갔다. 사방 벽은 짙은 회색이었고, 바닥엔 금빛이 감도는 은은한 베이지색 융단이 깔려 있었다. 커다란 창문엔 검푸른 커튼이 양 옆으로 달려 있었다. 벽면 한쪽엔 붙박이 책장이 세워져 있고, 그 앞으로 유리 책상이 회청색 소파를 마주보게 놓여 있었다.

그레이스가 떠나고 나 혼자 에블린을 기다렸다. 나는 가방을 소파에 내려놓고 휴대폰을 확인했다.

"책상에 앉지." 에블린이 들어오며 말했다. 그리고 내게 물을 한 잔 건네며 덧붙였다. "나는 말하고 너는 쓸 거니까 그래야지 않겠어?"

"그래야겠네요." 내가 의자에 앉으며 말했다. "자서전을 써 본 적이 없어서요. 제가 전기 작가는 아니니까."

에블린이 나를 날카롭게 쏘아보더니 책상 맞은편 소파에 가서 앉았다.

"지금부터 내가 하는 말 잘 들어. 열네 살 때였어. 어머니는 한참 전에 돌아가셨고 아버지와 단 둘이 살았어. 그런데 돌아가는 상황을 보니, 아버지가 나를 당신의 친구나 상사와 결혼시킬 게 뻔했어. 딸을 팔아서 처지를 개선할 속셈이었던 거지. 나는 몸이 성숙해질수록 점점 더 불안했어.

우린 정말 찢어지게 가난했어. 윗집 전기를 몰래 끌어다 쓸 정도로. 우리 집 콘센트 하나가 윗집 회로와 연결되어 있었거든. 그래서 필요할 때마다 그 콘센트에 플러그를 꽂아서 해결했어. 날이 어두워진 후에 숙제를 하려면, 난 그 콘센트에 램프를 꽂고 바닥에 앉아서 책을 펼쳤어.

어머니는 정말 천사 같았어. 빈말이 아니야. 눈이 부실 정도로 아름다웠어. 노래도 엄청 잘 불렀고 마음씨도 고운 분이셨지. 어머니는 우리가 헬스 키친을 벗어나 할리우드로 갈 거라고 입버릇처럼 말했어. 세상에서 가장 유명한 여성이 되어 해변에 멋진 저택을 마련할 거라고 했어. 나는 어머니와 둘이서 파티를 열고 샴페인을 마시는 꿈을 꾸곤 했어. 하지만 어머니가 돌아가시면서 그 꿈은 산산조각 났어. 그런 일이 결코 벌어지지 않을 세상으로 돌아온 거야. 헬스 키친에서 영원히 벗어날 수 없을 것 같았어.

난 열네 살 어린 나이에도 눈에 띄게 예뻤어. 세상은 자신의 파워를 모르는 여자를 좋아한다지만, 난 그런 말에 신물이 나. 그래서 고개를 돌렸어. 그렇게 자랑할 만한 일은 아니야. 내가 이 얼굴을 만든 것도 아니고 이 몸매를 빚은 것도 아니니까. 그렇다고 여기 앉아서, '어머, 사람들이 나를 진짜 예쁘다고 생각했나 보지?' 라면서 점잔빼고 싶진 않아.

비벌리라는 친구네 건물에 어니 디아즈라는 전기 기술자가 살았는데, 그가 MGM 스튜디오에서 일하는 남자와 알고 지낸다는 소문이 돌았어. 어느 날 비벌리가 그러더라고. 어니가 할리우드에서 전기 설비하는 일을 맡았다고. 그래서 난 그 주말에 비벌리네 집에 가야 할 구실을 짜냈어. 그리고 '실수로' 어니의 집 문을 두드렸어. 비벌리가 어디 사는지 정확히 알면서도 어니네 문을 두드리며 말했어. '비벌리 구스

타프슨을 만나러 왔는데요?'

어니는 스물두 살이었어. 딱히 잘생긴 얼굴은 아니지만 그럭저럭 봐줄만 했어. 그는 비벌리를 못 봤다면서 나를 뚫어지게 쳐다봤어. 처음엔 내 눈을 쳐다봤어. 하지만 그의 시선이 점점 아래로 내려가 초록색 원피스를 입은 내 몸을 구석구석 훑더라고.

한참 만에 어니가 입을 열었어. '귀여운 아가씨, 열여섯 살쯤 됐나?' 아까도 말했지만 난 열네 살이었어. 하지만 내가 뭐랬는지 아니? '이제 막 됐어요.'"

에블린이 나를 유심히 쳐다봤다.

"내가 무슨 말 하는지 알아들었니? 네 인생을 바꿀 기회가 생기면, 무슨 수를 써서라도 붙잡으라는 거야. 세상이 알아서 너를 챙겨주지 않아. 네가 차지해야 하는 거야. 네가 나에게 뭐라도 한 가지 배울 게 있다면, 바로 그 점이야."

와우. "알겠어요." 내가 말했다.

"너는 전기 작가였던 적이 없지만, 이제부터 전기 작가야."

나는 고개를 끄덕였다.

"무슨 뜻인지 알아들었어요."

"좋아," 에블린이 소파에 느긋하게 앉으며 말했다. "그럼 어디서부터 시작할까?"

나는 노트를 집어서 며칠 동안 끼적거린 페이지를 뒤적였다. 날짜와 영화 제목, 각종 사진과 그에 관련된 메모, 갖가지 루머에 대한 질문 등이 두서없이 적혀 있었다. 그런데 한 질문이 유난히 눈에 띄었다. 같은 글자에 대고 여러 번 덧쓰는 바람에 종이가 시커메질 정도였다.

에블린에게 인생의 사랑은 누구였을까???

사람들을 혹하게 할 중요한 질문이었다.

일곱 명의 남편들.

그중 누구를 가장 사랑했을까? 누가 진짜 사랑이었을까?

기자이자 대중으로서, 나는 그 점을 가장 알고 싶었다. 그 이야기로 책을 시작하진 않겠지만, 일단 그 이야기부터 나눠야 할 것 같았다. 나는 어떤 결혼이 가장 중요했는지 알고 싶었다.

고개를 들자 에블린이 똑바로 앉아서 나를 기다리고 있었다.

"당신에게 인생의 사랑은 누구였나요? 해리 캐머런이었나요?"

에블린이 잠시 생각하고 나서 천천히 대답했다.

"아니. 네가 의미하는 방식으론 아니야."

"그럼 어떤 방식으로?"

"내게 해리는 가장 멋진 친구였어. 그가 나를 창조했어. 아무 조건 없이 나를 가장 사랑해 준 사람이었고, 우리 딸을 제외하고 내가 가장 순수하게 사랑했던 사람이었어. 하지만 그가 내 인생의 사랑은 아니었어."

"왜 아니었죠?"

"다른 사람이 있었으니까."

"그렇다면… 그 다른 사람이 누구죠? 누가 당신 인생의 사랑이었나요?"

이 질문을 줄곧 예상이라도 한 듯, 상황이 이런 식으로 전개될 거라고 짐작이라도 한 듯, 에블린이 고개를 끄덕였다. 하지만 이내 고개를 저었다.

"그나저나," 에블린이 자리에서 일어나며 말했다. "시간이 벌써 이렇게 됐네."

나는 손목시계를 확인했다. 오후 중반으로 접어들고 있었다.

"늦은 시간인가요?"

"그렇다고 봐."

에블린은 그렇게 말하고 나를 지나서 문 쪽으로 걸어갔다.

"알겠어요."

나도 일어나서 그녀의 뒤를 따랐다. 에블린이 한 팔을 내게 두르며 현관 복도 쪽으로 이끌었다.

"월요일에 계속하자. 괜찮지?"

"아… 그럼요. 그런데 혹시 저 때문에 기분이 상하신 건가요?"

에블린이 계단을 앞서 내려가더니 손을 내저으며 말했다.

"전혀 아니야."

뭐라 꼬집어 말할 수 없는 긴장감이 감돌았다. 에블린은 현관까지 배웅을 나와서 벽장을 열어주었다. 나는 손을 뻗어 내 코트를 집었다.

"여기서 다시 볼까?" 에블린이 말했다. "월요일 아침 10시 정도면 괜찮겠어?"

"그러죠." 나는 두툼한 코트를 어깨에 두르며 말했다. "그 시간이 좋으시다면요."

에블린이 고개를 끄덕였다. 그러면서 내 어깨 너머를 물끄러미 응시했다. 하지만 특별히 뭘 쳐다보는 것 같지는 않았다. 에블린이 한참 만에 다시 입을 열었다.

"나는 아주 오랫동안 진실을… 가리느라 급급했어. 이제 와서 해체

작업을 하려니 쉽지 않네. 그동안 진실을 가리는 걸 너무 잘해 왔거든. 아직은 진실을 어떻게 말할지 확신이 서지 않아. 경험이 별로 없어서. 지금까지 내가 살아남은 방식과 너무 달라서 말이야. 하지만 기어이 해낼 거야."

나는 어떻게 반응할지 몰라 고개를 끄덕였다.

"그럼… 월요일에?"

"월요일에." 에블린이 눈을 한 번 길게 껌뻑이고는 고개를 끄덕이며 말했다. "그땐 준비가 돼 있을 거야."

나는 차가운 공기를 마시며 지하철역으로 걸어갔다. 사람들로 붐비는 객차에 몸을 밀어 넣고 머리 위 손잡이를 붙잡았다. 그리고 걸음을 재촉해서 아파트에 도착한 다음 현관문을 열었다.

소파에 앉아 노트북을 켜고 이메일 몇 개에 답장을 보냈다. 저녁거리를 주문하면서 다리를 들어 올리려다 커피 테이블이 없다는 사실을 퍼뜩 떠올렸다. 혼자 남겨진 아파트로 들어오면서 처음으로 데이빗 생각을 하지 않았다.

주말 내내 그러니까 금요일 밤부터 토요일 밤 잠깐의 외출, 일요일 아침의 공원 산책 때까지 내 마음 한구석에서 계속 떠오른 생각은 '내 결혼이 어째서 실패했을까?'가 아니었다. 오히려 '에블린 휴고가 사랑했던 사람은 도대체 누구였을까?'였다.

05

에블린의 서재에 다시 왔다. 창문으로 따사로운 햇살이 비쳐 들자 에블린의 오른쪽 얼굴이 거울처럼 그 빛을 반사했다.

에블린과 나. 주인공과 전기 작가. 드디어 시작이다.

에블린은 검정 레깅스에 감청색 버튼다운 셔츠를 걸치고 그 위에 벨트를 둘렀다. 나는 평소처럼 바지에 티셔츠, 블레이저를 걸쳤다. 여기서 하루 종일, 필요하면 밤도 새려고 일부러 편한 복장을 했다. 그녀가 이야기를 계속하면 나는 여기 앉아서 언제까지나 귀를 기울일 작정이었다.

"그럼," 내가 말했다.

"그럼," 에블린이 말했다. 나더러 얼른 진행하라고 재촉하는 듯했다.

나는 책상에 앉고 에블린은 소파에 앉으니, 왠지 서로 대립관계에 있는 것처럼 보일 듯했다. 나는 에블린이 우리를 한 팀으로 생각하길 바랐다. 진짜로 한 팀이니까. 아닌가? 하긴 아직은 에블린의 본 모습을 전혀 모르니까.

그녀가 정말로 진실을 말할 수 있을까? 이젠 준비가 됐을까?

나는 소파 옆에 놓인 의자에 자리를 잡았다. 노트를 무릎에 펼치고 손에 펜을 든 다음 몸을 앞으로 살짝 기울였다. 휴대폰을 꺼내 음성 녹음 앱을 켠 다음 녹음 버튼을 눌렀다.

"준비되셨나요?" 내가 물었다.

에블린이 고개를 끄덕였다.

"내가 사랑한 사람은 이제 모두 죽었어. 지켜야 할 사람이 하나도 안 남았어. 나 외엔 거짓말을 둘러댈 이유가 없어. 사람들은 내 인생의 가짜 스토리를 시시콜콜 믿고 따라왔어. 하지만 그건 다… 그러니까 이제라도 사람들이 진짜 스토리를, 진짜 나를 알았으면 좋겠어."

"좋습니다." 내가 말했다. "저한테 진짜 당신을 보여주세요. 그럼 제가 세상 사람들에게 당신의 본 모습을 고스란히 전할게요. 그들이 당신을 제대로 이해하게 할게요."

에블린이 나를 쳐다보며 슬며시 웃었다. 딱 듣고 싶었던 말이었나 보다. 다행히, 내 진심이기도 했다.

"시간 순으로 가죠." 내가 말했다. "어니 디아즈에 대해 더 들려주세요. 당신을 헬스 키친에서 구해준 첫 남편."

"오케이," 에블린이 고개를 끄덕이며 말했다. "거기서부터 시작하면 딱 좋지."

가엾은 어니 디아즈

♦ ♦ ♦

06

어머니는 브로드웨이의 코러스 걸이었어. 열일곱 살에 아버지와 함께 쿠바에서 미국으로 이주했었고. 나중에 알았지만, 코러스 걸은 매춘부를 에둘러 표현하는 말이기도 해. 어머니가 그런 사람이었는지는 나도 몰라. 아니었을 거라고 생각하고 싶어. 창피해서가 아니야. 다만 원치 않는 데도 누군가에게 몸을 내주는 게 어떤 건지 조금 알기 때문이야. 아울러 어머니는 그런 일을 하지 않아도 됐기를 바라기 때문이야.

어머니가 폐렴으로 세상을 떠났을 때 나는 겨우 열한 살이었어. 어머니에 대한 기억은 별로 없지만, 값싼 바닐라 향을 풍겼던 것과 갈라시아 수프를 맛있게 끓였던 것은 또렷이 기억나. 어머니는 나를 에블린이라고 부르지 않고 항상 미하mija라고 불렀어. 스페인어로 '내 딸'이라는 뜻인데, 어머니와 나 사이에 끈끈한 유대감을 뜻하는 것 같아서 듣기 좋았어. 어머니는 늘 영화배우가 되고 싶어 했어. 영화에 출연하게 되면 그곳에서 벗어나고 아버지에게서 멀어질 수 있을 거라고 생각했거든.

나는 딱 어머니처럼 되고 싶었어.

어머니가 눈을 감는 순간에 뭔가 근사한 말을, 평생 간직할 감동적인 말을 내게 들려주길 고대했어. 하지만 우린 막판까지 어머니가 얼마나 아픈지 몰랐어. 결국 어머니가 내게 마지막으로 한 말은, "딜레아 뚜 파드레 께 스타랭 라 카마Dile a tu padre que estare en la cama", 아빠한테 엄마 잔다고 전하라는 거였어.

어머니가 떠난 후, 아무도 내가 흐느껴 우는 모습을 보거나 우는 소리를 듣지 못했어. 샤워할 때만 울었거든. 나 역시 뺨을 타고 흐르는 게 눈물인지 수돗물인지 구별할 수 없었어. 왜 남몰래 울었는지는 나도 모르겠어. 수개월이 지난 후에야 울지 않고서도 샤워할 수 있었지.

그런데 어머니가 돌아가신 이듬해 여름부터 몸에 변화가 나타나기 시작했어.

가슴이 봉긋 솟더니 자꾸만 커지는 거야. 내게 맞는 브라가 있나 보려고 어머니의 옛날 물건을 뒤졌어. 딱 하나 찾았지만 너무 작았어. 그래도 어쩔 수 없이 착용했어. 내 나이 고작 열두 살 때였어.

열세 살이 되자 키가 175센티미터까지 자랐어. 짙은 갈색의 윤기 나는 머리칼, 긴 다리, 연한 구릿빛 피부, 원피스 단추가 벌어질 만큼 빵빵한 가슴을 하고서 내가 지나갈 때면, 동네 아저씨들이 고개를 돌리고 쳐다봤어. 같은 건물에 사는 몇몇 여자애들은 더 이상 나와 어울리려 하지 않았어. 외롭고 힘겨운 나날이 이어졌어. 어머니도 없이 폭력적인 아버지 밑에서 조마조마한 마음으로 지내야 했거든. 마음을 터놓을 친구도 없었고. 게다가 몸은 자꾸만 성숙해지는데 마음은 아직 어린 아이였어.

길모퉁이 잡화점에 가면 빌리라는 소년이 계산대를 지키고 있었어. 열여섯 살인 빌리는 학교에서 내 옆자리에 앉은 아이의 오빠였어. 10월 어느 날, 캔디를 사려고 잡화점에 갔더니 빌리가 내게 입을 맞추더군.

나는 그게 싫어서 힘껏 밀쳐냈지만, 빌리가 내 팔을 세게 붙잡았어. "아, 좀!" 그가 말했어.

가게는 텅 비어 있었어. 그는 팔 힘이 엄청 셌어. 그 힘으로 내 팔을 점점 더 세게 조이더라고. 그 순간 알았어. 내가 허락하든 말든, 그는 나한테서 원하는 걸 기어이 가져갈 거라는 걸.

두 가지 선택지가 있었어. 공짜로 하게 해 주느냐, 아니면 공짜 캔디를 받고 하게 해 주느냐.

그 뒤로 3개월 동안 나는 그 싸구려 잡화점에서 원하는 모든 걸 가질 수 있었어. 그 대가로 토요일 밤마다 빌리에게 내 셔츠를 벗기게 해 줬어. 나한테 다른 선택지가 있다고 생각하지 못했어. 욕구의 대상이 되면 마땅히 그 욕구를 채워줘야 했고, 적어도 그땐 그렇게 생각했어.

어둡고 비좁은 창고에서 커다란 나무 상자에 등을 대고 있을 때 빌리가 이렇게 말했어.

"네가 나한테 이런 힘을 휘두르는 거야."

빌리는 나에 대한 자신의 욕구가 내 잘못이라고 확신했어.

나는 그 말을 믿었어.

'내가 이 불쌍한 녀석한테 무슨 짓을 한 거지?' 그런데 한편으론 이런 생각도 들었어. '이게 내 가치이자 힘이야.'

그러다 나한테 싫증이 났는지, 좀 더 흥미로운 상대가 나타났는지, 빌리는 더 이상 나를 찾지 않았어. 깊은 안도감과 함께 왠지 모를 패배감이 느껴지더라고.

그런 식으로 내가 어쩔 수 없이 셔츠를 벗어야 한다고 느꼈던 남자애가 하나 더 있었어. 그 둘을 거치고 나서야 셔츠를 벗을지 말지는 나

64

한테 달려 있다는 걸 깨닫게 됐지.

나는 누구도 원하지 않았어. 그게 문제였어. 툭 까놓고 말하면, 나는 내 몸을 구석구석 알아차리게 됐어. 기분이 좋아지기 위해서 딱히 남자애가 필요하지 않았어. 그걸 깨닫자 내게 엄청난 힘이 생겼어. 나는 누구에게도 성적으로 끌리지 않았어. 진정으로 원하는 게 따로 있었거든.

나는 헬스 키친에서 멀리, 아주 멀리 벗어나고 싶었어.

집을 나가고 싶었던 거야. 아버지 입에서 나는 퀴퀴한 데킬라 냄새와 거친 손아귀에서 벗어나고 싶었어. 누군가가 나를 돌봐줬으면 싶었어. 좋은 집과 돈이 있었으면 싶었어. 내 인생에서 멀리, 아주 멀리 도망치고 싶었어. 어머니가 내게 약속했던, 꿈같은 곳으로 가고 싶었어.

할리우드.

그곳은 장소이기도 하고 느낌이기도 해. 그곳에 가면, 남부 캘리포니아를 향해 달릴 수 있어. 하늘엔 빛나는 태양이 떠 있고, 거리엔 음침한 건물과 지저분한 보도 대신 야자수와 감귤 나무가 늘어서 있어. 아울러 영화에서나 펼쳐질 만한 인생을 향해 달려갈 수도 있고.

도덕적이고 정의로운 세상을 향해 달려가는 거야. 그곳에선 착한 사람은 이기고 악한 사람은 져. 네가 마주한 고통은 너를 더 강하게 단련하기 위한 노력의 일환일 뿐이야. 그 덕에 결국 너는 훨씬 더 크게 이길 수 있어.

성적 매력이 넘친다는 이유만으로 인생이 술술 풀리진 않아. 하지만 그런 걸 알아차리기에 열네 살은 너무 어린 나이였지.

나는 제일 좋아하는 초록색 원피스를 꺼내 입었어. 가슴이 너무 껴서 갑갑했지만 달리 입을 게 없었어. 그 길로 달려간 곳은 조만간 할리우드로 떠날 거라는 남자의 집이었어.

나는 어니 디아즈의 얼굴에 떠오른 표정만으로 알아차렸어. 나한테 반했다는 걸.

내 처녀성과 맞바꾼 거래는 바로 할리우드로 가는 탑승권이었어.

어니와 나는 1953년 1월 30일에 결혼했어. 나는 에블린 디아즈가 됐어. 그때 내 나이가 겨우 열다섯이었지만 아버지는 군말 없이 서류에 서명했어. 어니는 내가 아직 성년이 아니라고 의심하긴 했던 것 같아. 하지만 내가 박박 우기니까 못 이기는 체 넘어갔어. 못생기진 않았지만 특별히 매력적이거나 똑똑한 남자는 아니었거든. 어니 본인도 알았을 거야. 나처럼 예쁜 여자를 아내로 맞을 기회가 많지 않다는 걸. 그러니 기회가 왔을 때 옳다구나, 하고 잡았던 거지.

몇 달 뒤, 어니와 나는 49년형 플리머스에 몸을 싣고 서부로 출발했어. 어니가 촬영 조수 일을 시작할 때만 해도 우린 그의 친구들 집을 전전했어. 하지만 얼마 안 가서 우리 아파트를 얻을 만큼 돈을 모았어. 우린 드 롱프리에 자리를 잡았어. 새 옷도 사고 주말에 고기도 구워 먹을 만큼 여유가 생겼지.

나는 고등학교를 마쳐야 했지만 학교에서 시간을 낭비하고 싶지 않았어. 어니가 내 성적표를 확인할 것 같지도 않았고, 할리우드에 왔으니, 이젠 그토록 꿈꾸던 일에 뛰어들어야지 않겠어.

학교로 가는 대신, 나는 점심을 해결하려고 날마다 포모사 카페로 갔어. 특별 할인 시간 내내 죽치고 앉아 있었지. 듣자 하니, 유명한 사람들이 그곳을 많이 찾는다더라고. 영화사 바로 옆에 있었으니까.

그렇게 해서 나는 흘림체로 된 글씨와 검정 차양이 설치된 붉은 건물의 죽순이가 됐어. 한심할 정도로 허접한 방법이었지만 달리 뾰족한 수가 없었어. 여배우가 되고 싶으면 어떻게든 눈에 띄어야 하는데, 영화계 사람들이 자주 모인다는 장소에서 어슬렁거리는 것 말고 내가 뭘 할 수 있었겠니.

그래서 날마다 그곳에 가서 콜라를 한 잔 시켜놓고 찔끔찔끔 마셨어.

내가 너무 자주, 너무 오랫동안 그러는 바람에 바텐더가 결국 폭발하고 말았어. 내 꿍꿍이를 모르는 척 눈감아 주는 데 질렸던 거야.

"이봐." 3주쯤 지나서 바텐더가 나한테 말했어. "여기 앉아서 험프리 보가트가 나타나길 기다리든 말든 상관하지 않을게. 하지만 너도 뭔가 쓸모 있게 굴어야지. 탄산음료 한 잔에 유료 좌석을 한없이 포기할 순 없잖아."

나이는 쉰 살쯤으로 보였지만 머리칼은 숱이 많고 어두웠어. 이마에 잡힌 굵은 주름은 내 아버지를 연상시켰지.

"그럼 제가 뭘 하면 되죠?"

어니에게 이미 준 것을 바라면 어쩌나 내심 걱정했는데, 뜻밖에도 그는 주문서를 획 던지며 나더러 주문을 받아보라고 했어.

웨이트리스 일을 어떻게 하는지 전혀 몰랐지만, 그렇다는 사실을 실토할 생각은 없었어.

"좋아요. 그런데 어디서부터 시작하죠?"

바텐더가 빽빽이 늘어선 테이블과 부스를 가리켰어.

"저게 1번 테이블이야. 나머진 세어 보면 알 수 있을 거야."

"오케이. 알았어요."

나는 둥그런 의자에서 훌쩍 내려와 2번 테이블로 걸어갔어. 정장 차림의 남자 셋이 앉아서 뭐라고 말하다가 메뉴판을 닫더라고.

"이봐, 꼬맹이!" 바텐더가 나를 불렀어.

"예?"

"너는 뽕 가게 하는 매력이 있어. 뭔가 좋은 일이 일어날 거라는 데 5달러를 걸지."

그날 주문을 열 개 받았는데, 세 사람의 샌드위치를 혼동하긴 했지만 4달러를 벌었어.

4개월 후, 당시 선셋 스튜디오의 젊은 제작자였던 해리 캐머런이 바로 옆 영화사의 임원을 만나러 우리 카페를 찾아왔어. 두 사람은 스테이크를 주문했어. 계산서를 내미는 나를 보고 해리가 입을 쩍 벌리더라고.

"세상에!"

2주 후, 나는 선셋 스튜디오와 계약을 맺었어. 집에 와서 어니에게 선셋 스튜디오의 누군가가 나 같은 풋내기한테 관심을 보여 놀랐다고 말했지. 배우 노릇은 잠시 재미삼아 해보는 하찮은 일일뿐, 엄마가 되는 게 나의 진짜 일이라고 강조했어. 그야말로 특급 거짓말이었지.

열일곱 살을 얼마 앞둔 시점이었어. 어니는 여전히 내가 나이를 더 먹었다고 생각했어. 1954년 말이었는데, 나는 아침에 눈을 뜨면 일단 선셋 스튜디오로 향했어.

연기라곤 해본 적이 없으니 어떻게 하는지 전혀 몰랐지. 하지만 하나씩 배워 나갔어. 로맨틱 코미디 두 편에 엑스트라로 출연했고, 전쟁 영화에선 대사도 한 줄 읊었어.

"그러면 왜 안 되죠?"

이게 내 대사였어. 부상병을 돌보는 간호사 역할이었어. 나한테 추파를 던지는 군인을 의사가 장난스레 나무라면, 내가 "그러면 왜 안 되죠?"라고 말하는 장면이었어. 나는 5학년 아이가 국어책 읽듯이 말했어. 뉴요커 악센트까지 곁들여서. 당시 내 말투는 참 어색했어. 영어는 뉴요커처럼 말하고, 스페인어는 미국인처럼 말했거든.

영화가 나왔을 때, 어니와 함께 영화를 보러 극장에 갔어. 어니는 어린 아내가 영화에서 한 마디 하는 게 무척 우습다고 생각했어. 그즈음 어니는 카메라 장비 책임자로 승진해서 수입이 쏠쏠했거든.

나는 예전엔 돈을 벌어본 적이 별로 없었지만 이젠 어니만큼 벌었어. 그래서 연기 수업에 등록해도 되느냐고 조심스럽게 물었어. 그날 밤엔 특별히 스페인식 닭고기 볶음밥인 라로즈 콘 뽀요를 준비했어. 식탁을 차릴 때도 앞치마를 벗지 않았어. 가정을 중시하는 아내로 보이려고 아주 조신하게 굴었어. 밖으로 나돌 거라는 인상을 주지 않으면 그가 반대하지 않을 것 같았거든. 내가 번 돈을 어떻게 쓸지 그에게 물어봐야 한다는 게 속상했지만 달리 선택지가 없었어.

"그래, 나도 그러는 게 현명한 처사라고 봐. 연기력이 좋아지면 혹시 알아? 훗날 영화에서 주인공을 맡을 수 있을지!"

나는 반드시 주인공을 맡을 거야.

그의 면상을 한 대 갈기고 싶었어.

하지만 이제 와 생각해 보면 어니 잘못은 아니었어. 사실 어니는 아무 잘못도 안 했어. 나이를 속인 것도 나고, 가정적인 사람처럼 군 것도 나였으니까. 그래놓고 그가 내 참모습을 못 알아본다고 화를 냈던 거야.

6개월 후, 나는 진심을 담아서 대사를 전달할 수 있게 됐어. 훌륭하다고까지는 할 수 없어도 그럭저럭 봐 줄만은 했어.

세 편의 영화에 더 출연했는데 죄다 시시한 역할이었어. 그러다 우연히 스투 쿠퍼가 출연하는 로맨틱 코미디에 십대 딸 역할이 필요하다는 이야기를 들었어. 바로 욕심이 생기더라고.

그래서 나 같은 초짜 여배우로선 감히 시도할 엄두조차 못 낼 일을 감행했어. 해리 캐머런의 사무실로 대뜸 찾아가 문을 두드렸지 뭐야.

"에블린," 그가 나를 보더니 깜짝 놀라서 말했어. "어쩐 일로 나를 찾아오셨나?"

"〈사랑이 다가 아니야Love Isnt All〉의 캐롤라인 역할을 나한테 줘요."

내가 아주 당돌하게 말했어.

해리가 내게 앉으라고 손짓했어. 임원치고는 잘생긴 얼굴이었어. 영화사의 제작자는 대부분 통통한 체구에 머리숱도 별로 없었거든. 하지만 해리는 키가 크고 늘씬했어. 게다가 젊기까지 했어. 나랑 열 살도 차이나지 않을 듯했지. 체형에 딱 맞으면서 연푸른 눈동자를 더욱 돋보이게 하는 양복을 즐겨 입었고, 그에게선 왠지 중서부 출신 같은 분위기가 풍겼어. 겉모습 때문이 아니라 사람을 대하는 방식 때문이었어. 처음엔 친절하지만 나중엔 자신의 힘을 그대로 드러냈거든.

해리는 내 가슴을 대놓고 쳐다보지 않는 몇 안 되는 남자 중 하나였어. 그게 오히려 신경이 쓰였어. 내가 뭘 잘못하는 바람에 그의 관심을 못 끄는 것 같았거든. 어떤 여자에게 너의 유일한 기술은 성적 매력이라고 말하면, 그 여자는 그걸 철석같이 믿게 돼. 나는 철들기 전부터 그걸 믿었어.

"굳이 돌려서 말하지 않을게, 에블린. 아리 설리반은 너한테 그 역할을 절대로 안 줄 거야."

"왜죠?"

"너한테 맞는 역이 아니니까."

"그게 무슨 뜻이죠?"

"아무도 네가 스투 쿠퍼의 딸이라고 믿지 않을 거야."

"내가 믿게 할 수 있어요."

"아니, 할 수 없어."

"왜요?"

"왜냐고?"

"네, 난 그 이유를 알고 싶어요."

"네 이름이 에블린 디아즈잖아."

"그래서요?"

"영화에 너를 집어넣고서 네가 멕시코 출신이 아니라고 우길 순 없거든."

"쿠바 출신인데요."

"우리 입장에선 그게 그거야."

그게 그거가 아니었지만, 애써 설명해 봤자 딱히 달라질 것 같지 않았어.

"음. 그럼 게리 듀퐁이 나오는 작품은 어때요?"

"너는 게리 듀퐁과 로맨스 주인공을 찍을 수 없어."

"아니 왜요?"

해리는 정말로 몰라서 묻느냐는 표정으로 나를 쳐다봤어.

"내가 멕시코 출신이라서?"

"게리 듀퐁의 작품엔 멋진 금발 아가씨가 필요하기 때문이야."

"나는 멋진 금발 아가씨가 될 수 있어요."

해리가 나를 빤히 쳐다봤어.

"진짜로 하고 싶어요, 해리." 나는 어떻게든 설득하려고 목소리를 높였다. "당신도 내가 할 수 있다는 걸 알잖아요. 나는 당신들이 내놓을 가장 흥미로운 여배우 중 하나라고요."

해리가 껄껄 웃었어.

"정말 대담하군. 그 점은 높이 살게."

해리의 비서가 문을 두드렸어.

"방해해서 미안합니다, 캐머런 씨. 1시까지 버뱅크에 가셔야 합니다."

해리가 손목시계를 쳐다봤어.

나는 마지막으로 한 번 더 호소했어.

"생각해 봐요, 해리. 난 지금도 잘하지만 앞으론 더 잘할 수 있어요. 그런데 당신들은 하찮은 배역으로 나를 허비하고 있다고요."

"우리 일은 우리가 더 잘 알아." 해리가 일어서며 말했어.

나는 따라 일어서며 말했어.

"1년 뒤에 내 커리어가 어디쯤 올라갔을 것 같아요, 해리? 세 마디 대사를 치는 여교사?"

해리는 나를 지나쳐 걸어가서 문을 열었어. 그리고 나를 배웅하며 말했어.

"두고 보자고."

나는 전투에선 졌지만 전쟁에선 이기겠다고 굳게 다짐했어. 얼마 후 스튜디오 식당에 갔다가 아리 설리반을 봤을 때 그 앞에서 지갑을 떨어뜨렸어. 그리고 다시 주우려다 '실수로' 눈요깃거리를 제공했지. 그와 눈이 마주쳤지만 나는 그에게 아무것도 바라지 않는 듯, 또 그가 누구인지 전혀 모르는 듯 알은체도 않고 그냥 지나쳤어.

일주일 뒤, 나는 임원들 사무실 근처에서 길을 잃은 척하다가 복도에서 아리와 마주쳤어. 그는 직책에 어울리게 상당히 우람한 체구였어. 눈동자가 진한 갈색이라 홍채를 분간하기 힘들었고, 거뭇거뭇한 수염이 항상 나 있었어. 하지만 웃는 모습은 괜찮았어. 내가 집중했던 건 바로 그 미소였어.

"디아즈 부인," 그가 말했어.

그가 내 이름을 알고 있다니, 놀랍기도 하고 당연한 것 같기도 했어.

"설리반 씨," 내가 말했어.

"아, 그냥 아리라고 불러."

"안녕하세요, 아리." 나는 손으로 그의 팔을 살짝 쓰다듬으며 말했어.

그렇게 열일곱 살의 단역 배우와 마흔여덟 살의 스튜디오 대표가 만났지.

그날 밤, 아리의 비서가 퇴근한 뒤 나는 스커트를 엉덩이까지 올린 채 그의 책상에 길게 눕혀졌어. 내 다리 사이로 아리가 얼굴을 깊숙이 묻었어. 알고 보니, 그 인간은 어린 소녀들을 입으로 애무해서 만족시키는 데 집착하는 사람이었어. 7분쯤 지나서 나는 잔뜩 흥분한 척 신음을 내뱉었어. 그게 좋았다고는 말할 수 없어. 하지만 그 자리에 있는 건 좋았어. 내가 원하는 걸 얻을 수 있게 해 줄 테니까.

섹스를 즐긴다는 말이 만족스럽다는 뜻이라면, 나는 즐겁지 않은 섹스를 많이 했어. 하지만 거래를 성사시켜 행복하다는 뜻이라면, 글쎄… 나는 싫었던 적이 별로 없었어.

그의 사무실을 나설 때 보니, 오스카 트로피가 줄줄이 놓여 있더군. 나도 언젠가 저걸 받을 거라고 속으로 되뇌었어.

내가 찍고 싶었던 〈사랑이 다가 아니야〉와 게리 듀퐁의 영화는 일주일 간격으로 나왔어. 〈사랑이 다가 아니야〉는 폭삭 망했어. 그리고 게리의 상대역을 맡았던 페넬로페 퀼스는 혹평을 받았지.

나는 페넬로페의 논평 기사를 오려서 쪽지와 함께 사내 우편으로 해리와 아리에게 보냈어. 쪽지엔 이렇게 적었어.

"저라면 기대 이상으로 잘 해냈을 거예요."

다음날 아침 내 트레일러에 이런 쪽지가 붙어 있었어.

"오케이. 네가 이겼다."

해리는 나를 사무실로 불러서 아리와 의논했다고 알려줬어. 나를 위해서 두 가지 역할을 점찍어 뒀더라고.

전쟁 로맨스에서 네 번째로 비중 있는 이탈리아 상속녀 역할을 하거나 〈작은 아씨들〉의 조 역할을 할 수 있다고 했어.

나는 백인인 조를 연기하는 게 어떤 의미인지 알았어. 그래서 조 역할이 더 탐났어. 단역이나 맡으려고 별짓 다한 게 아니었으니까.

"조." 내가 말했어. "조 역할을 할게요."

그리하여 대대적인 이미지 메이킹 작업이 시작되었어.

해리는 내게 스튜디오의 스타일리스트 그웬돌린 피터스를 소개해 주었어. 그웬은 내 머리칼을 탈색하고 어깨까지 오는 단발로 잘라냈어. 내 눈썹 모양도 다듬고 이마의 V자형 머리선도 깔끔하게 정리해 줬어. 영양사는 나와 상담한 뒤에 정확히 3킬로그램을 빼게 해 주었지. 담배를 피우고 양배추 스프만 죽어라 먹게 하더라고. 발성 전문가도 만났어. 그는 내 영어에서 뉴욕 분위기를 싹 없애 줬어. 그리고 스페인어는 입 밖에도 내지 말라고 했어.

그게 끝이 아니야. 그들은 내가 그날까지 살아온 인생을 속속들이 까발리도록 세 페이지짜리 질문지도 작성하게 했어. 아버지가 무슨 일로 생계를 꾸렸는가? 여가 시간에 뭘 즐겨 하는가? 동물을 기르는가?

솔직하게 작성해서 제출했더니, 담당자가 그 자리에서 질색하며 말하더라고.

"오! 노, 노, 노. 이대론 절대로 안 되겠어요. 자, 이렇게 바꿔봅시다. 당신 어머니가 사고로 돌아가시는 바람에 아버지 혼자서 당신을 키운 걸로 할게요. 아버지는 맨해튼에서 건축업자로 일하면서 주말과 여름엔 당신과 함께 코니아일랜드로 놀러 갔고요. 취미를 물어 보면 테니스와 수영을 좋아한다고 하고, '로저'라는 이름의 세인트버나드를 키운다고 하세요."

홍보 사진을 적어도 100장은 찍었던 것 같아. 나는 카메라 앞에서 산뜻한 금발과 더 늘씬해진 몸매로 흰 치아를 활짝 드러내며 웃었어. 그들은 나를 모델로 변신시키려고 별의별 요구를 해 댔어. 해변에선 입술이 떨리도록 웃었고 난생 처음 골프도 쳤어. 어느 무대 장식가한테 빌렸다는 세인트버나드에게 이끌려 죽어라 뛰기도 했고. 자몽에 소금을 뿌리는 사진도 찍고, 활을 들고 화살 쏘는 사진도 찍었어. 가짜 비행기에 탑승하는 포즈도 취했어. 기다려. 연말연시 사진은 아직 언급도 안 했으니까. 글쎄, 무더운 9월에 빨간 벨벳 드레스를 입고서 반짝이는 크리스마스트리 옆에 앉아 새끼 고양이를 담은 상자를 여는 시늉을 했다니까.

의상 담당자는 해리 캐머런의 지시에 따라 내 의상을 아주 깐깐하게 골랐어. 항상 타이트한 스웨터를 입히고 단추는 적당한 선까지 채우게 했어.

나는 허리가 잘록하고 골반이 큰 S라인 몸매가 아니었어. 오히려 엉덩이가 절벽에 가까워서 엉덩이에 액자를 걸어도 될 정도였지. 남자들의 시선을 끌었던 건 바로 가슴이었어. 반면에 여자들은 내 얼굴에 감탄했고.

솔직히, 사람들이 열광하는 각도와 포즈를 언제 간파했는지 모르겠어. 아마도 몇 주 동안 진행된 그 사진 촬영 때가 아니었을까 싶어.

나는 두 가지 상반된 이미지를 띄도록 설계되었어. 붙잡기는 쉽지만 해부하기는 어려운 복잡한 이미지. 순수함과 에로틱함 둘 다 갖췄지만 너무 순진해서 사람들이 나한테 품는 불순한 생각을 이해하지 못하는 캐릭터로 밀고 갔어.

물론 다 헛소리였어. 하지만 나한테는 식은 죽 먹기였어. 여배우와 스타 사이엔 차이점이 있는데, 스타는 세상이 원하는 존재로 사는 게 전혀 불편하지 않아. 나는 순진하면서도 선정적인 모습을 보여주는 게 아주 편했어.

사진이 현상되자 해리 캐머런이 나를 사무실로 불렀어. 나는 그가 무슨 얘기를 하려는지 짐작했어. 제자리에 놓아야 할 퍼즐 조각이 하나 남았거든.

"아멜리아 던. 어때? 멋지게 들리지 않아?"

해리가 말했어. 우리 둘은 그의 사무실에 앉아 머리를 맞대고 의논했어. 나는 잠시 생각한 후 이렇게 제안했어.

"EH라는 이니셜로 시작하는 이름은 어때요?"

나는 어머니가 지어준 에블린 헤레라라는 이름과 비슷하게 가고 싶었거든.

"엘렌 헤네시?" 해리가 말하면서 고개를 저었어. "너무 고루한데."

나는 그를 쳐다보다 지금 막 떠오른 생각인 양 전날 밤에 고안해 둔 이름을 제시했어.

"에블린 휴고는 어때요?"

"프랑스어처럼 들리는데." 해리가 씩 웃으며 말했어. "마음에 들어."

나는 일어서서 그와 손을 맞잡고 흔들었어. 아직 익숙지 않은 금발 머리가 같이 흔들렸어.

막 사무실 손잡이를 잡고 돌리는데 해리가 나를 멈춰 세웠어.

"걸리는 게 하나 더 있는데."

"뭐죠?"

"인터뷰 질문지에 대한 답변을 읽어 봤어." 해리가 나를 똑바로 쳐다보며 말했어. "아리는 당신의 변신에 아주 만족해하더군. 잠재력을 높이 사더라고. 스튜디오 측에선 당신이 데이트를 좀 하면 어떨까 하던데… 피트 그리어나 브릭 토마스, 아니면 돈 아들러 같은 친구들과 만나는 모습이 찍히면 좋을 거라더군."

돈 아들러는 선셋 스튜디오에서 제일 핫한 배우였어. 돈의 부모인

메리와 로저 아들러 부부는 1930년대를 주름잡던 대스타였으니까. 돈은 한마디로 할리우드의 금수저였지.

"문제될 거라도 있을까?" 해리가 물었어.

해리는 어니를 직접적으로 언급하지 않았어. 굳이 언급하지 않아도 될 걸 알았거든.

"없어요." 내가 말했어. "전혀."

해리가 고개를 끄덕이더니 내게 명함을 하나 내밀었어.

"베니 모리스에게 연락해 봐. 이 동네에서 제일 잘 나가는 변호사야. 루비 레일리가 맥 릭스에게 혼인 무효 선언을 받아낸 것도 그치 덕분이지. 연락하면 그가 알아서 처리해 줄 거야."

나는 그 길로 집에 가서 어니에게 떠나겠다고 말했어.

그는 여섯 시간 동안 내리 흐느꼈어. 오밤중에 내가 옆에 눕자 힘없이 말했어.

"비엥Bien(좋아). 그게 당신이 원하는 거라면."

스튜디오에서 어니에게 보상금을 지급했어. 나는 그를 떠나게 되어 가슴이 미어질 것 같다는 편지를 남기고 집을 나왔어. 전혀 사실이 아니었지만, 그를 사랑하는 척하면서 내가 주도했던 결혼을 끝내는 마당에 그 정도는 해야 한다고 느꼈거든.

그에게 한 짓이 자랑스럽진 않아. 그런 식으로 상처를 줬는데 나라고 속이 편했겠니. 그때도 그랬고 지금도 마찬가지야.

하지만 나는 그만큼 절박하게 헬스 키친을 떠나고 싶었어. 아버지가 나를 유심히 보는 게 너무 싫었어. 나를 미워해서 때리기로 결정할까 봐, 아니면 지나치게 사랑하기로 결정할까 봐 늘 가슴 조이며 살

앉거든. 그리고 내 앞날이 어떻게 펼쳐질지 훤히 보였어. 아버지와 판박이 같은 남자를 남편으로 만나서 원치 않을 때도 침대에 눕혀지고, 고기 살 돈이 없어서 저녁으로 비스킷과 통조림 옥수수로 때울 게 뻔했어.

그러니 무슨 짓을 해서라도 동네를 뜨고 싶어 했던 열네 살 어린애를 어떻게 나무랄 수 있겠니? 그리고 결혼을 끝내는 게 안전한 상황에서 기꺼이 그렇게 했던 열여덟 살 여자애를 어떻게 심판할 수 있겠냐고?

어니는 베티라는 여자와 재혼해서 아이를 여덟 명이나 낳았어. 듣자 하니, 90년대 중반에 세상을 떠나기 전까지 손자손녀도 많이 봤다더라고. 그는 스튜디오에서 받은 보상금으로 마 비스타라는 동네에서 괜찮은 집을 계약했어. 폭스 스튜디오에서 멀지 않은 곳이야. 그는 나와 헤어진 뒤로 한 번도 연락하지 않았어.

끝이 좋으면 다 좋다고 하잖아. 그런 측면에서 보면, 어니에게 딱히 미안해하지 않아도 될 것 같아.

07

"에블린," 그레이스가 서재로 들어오며 말했다. "한 시간 뒤에 로니 빌먼 씨와 저녁 약속이 있는데, 잊지 않으셨죠?"

"아, 그렇지." 에블린이 말했다. "상기해 줘서 고마워."

그레이스가 나가자 에블린이 내 쪽으로 몸을 돌리며 말했다.

"내일 이어서 하는 게 어떨까? 같은 시간에."

"좋아요." 내가 소지품을 챙기며 말했다. 나는 왼쪽 다리가 저려서 바로 일어서지 못하고 단단한 책상에 대고 다리를 툭툭 쳤다.

"지금까지 어땠어?" 에블린이 일어나서 나를 배웅하며 물었다. "이걸로 이야기를 엮어낼 수 있겠어?"

"저는 뭐든 할 수 있답니다." 내가 말했다.

"옳거니." 에블린이 웃으며 말했다.

"어떻게 지내니?"

전화를 받자마자 엄마가 대뜸 내 안부부터 물었다. 아마도 그 앞에 '데이빗도 없는데'라는 말을 덧붙이고 싶었을 것이다.

"잘 지내요."

나는 말하면서 가방을 소파에 내려놓고 냉장고 쪽으로 걸어갔다. 엄마는 애초에 데이빗을 내 짝으로 탐탁지 않게 생각했다. 데이빗과 사귄 지 몇 달 만에 나는 추수감사절을 맞아 엔시노에 있는 엄마 집에 그를 데려갔다.

엄마는 식탁을 차리고 치울 때 싹싹하게 거드는 데이빗을 보고 처음엔 예의 바르다며 좋아했다. 하지만 엄마 집을 떠나기로 한 날 아침, 내게 넌지시 데이빗과 진지하게 사귀냐고 물었다. 왠지 데이빗이 내 짝으로 보이지 않는다고 말했다.

나는 엄마가 어떻게 보든 내 느낌이 중요하다고 말했다.

하지만 엄마의 말이 내내 귓전을 맴돌았다. 때로는 작은 속삭임처럼, 때로는 우렁찬 메아리처럼.

1년 쯤 지나 우리의 약혼 소식을 전하면서 엄마가 여전히 걱정 어린 말을 내뱉을까 봐, 실수하는 거라고 할까 봐 내심 불안했다. 나는 엄마가 데이빗의 진가를 제대로 알아주길 바랐다. 그가 얼마나 다정하고 나와 얼마나 잘 어울리는지, 또 매사를 알아서 척척 해내는 게 얼마나 든든한지, 엄마가 잘 모른다고 생각했다.

내 우려와 달리, 엄마는 전혀 반대하지 않았다. 오히려 우리의 약혼을 응원했다.

이제 와 생각해 보니, 찬성보다는 존중에 가까웠던 게 아닐까 싶다.

"줄곧 생각했는데…" 엄마가 말을 하려다 말고 뜸을 들였다. "아니, 계획을 세웠다고 하는 게 맞겠다."

나는 냉장고 문을 열어 펠레그리노 탄산수와 방울토마토, 부라타 치즈를 꺼내면서 얼른 말했다.

"저런, 무슨 짓을 저지른 건데요?"

엄마가 까르르 웃었다. 엄마는 항상 이렇게 웃었다. 어린 아이처럼 너무나 태평하게. 내 웃음은 일관성이 없었다. 때로는 크게 웃고, 때로는 작게 키득거렸다. 또 때로는 노인네처럼 웃기도 했다. 데이빗은 노인네 웃음이 내 진짜 웃음이라고 말하곤 했다. 정신이 말짱한 상태에선 누구도 그런 식으로 웃고 싶어 할 리 없다는 이유였다. 내가 마지막으로 그렇게 웃었던 때가 언제였는지 기억도 안 났다.

"아직 아무 짓도 안 했다." 엄마가 말했다. "그냥 생각만 하고 있어. 하지만 조만간 너한테 가고 싶구나."

나는 잠시 아무 말도 않고서 방금 입에 넣은 치즈 덩어리를 씹으며 장단점을 저울질했다. 단점: 엄마는 내 옷장을 열고서 죄다 허접하다고 비판할 것이다. 장점: 마카로니 치즈와 코코넛 케이크를 만들어줄 것이다. 단점: 3초에 한 번씩 괜찮으냐고 물을 것이다. 장점: 집에 돌아왔을 때 적어도 며칠 동안은 허전하지 않을 것이다.

한참 만에 나는 치즈를 꿀꺽 삼킨 후 말했다.

"좋아요. 멋진 생각이에요. 괜찮은 공연이라도 같이 보러 가죠, 뭐."

"아, 다행이다." 엄마가 말했다. "벌써 표를 예매했거든."

"엄마," 내가 신음하듯 말했다.

"왜? 네가 싫다고 했으면 취소할 수도 있었어. 하지만 좋다고 했잖아. 아, 정말 좋구나. 2주쯤 후에 갈 건데, 괜찮니?"

나는 엄마가 작년에 강의를 대폭 줄이자마자 이런 일이 생길 거라고 짐작했다. 엄마는 사립 고등학교에서 과학부장으로 수십 년간 근무했다. 그런데 작년부터 보직을 그만두고 강의만 두 개 맡겠다고 했다. 남는 시간과 관심을 어딘가에 쏟아야 할 텐데, 나는 내심 불안했다.

"네, 괜찮아요." 나는 대답하면서 토마토를 잘라 올리브 오일을 살짝 뿌렸다.

"그냥 네가 괜찮은지 확인하고 싶을 뿐이야." 엄마가 말했다. "네 옆에 있고 싶어. 그러니까―"

"알아요, 엄마." 나는 얼른 엄마의 말을 잘랐다. "안다고요. 걱정해줘서 고마워요. 엄마랑 지내면 즐거울 거예요."

딱히 즐거울 것 같지는 않았다. 다만 좋기는 할 것이다. 일진이 사나운 날에 파티를 가는 것과 같을 것이다. 가고 싶진 않지만 어쨌든 가야 하는. 즐겁지 않으리라는 걸 알지만, 집에 혼자 처박혀 있는 것보단 좋을 테니까.

"내가 보낸 물건은 받았니?" 엄마가 말했다.

"물건이요?"

"네 아버지 사진이 든 물건을 보냈는데?"

"이런, 아직 안 왔어요."

우리 둘 다 잠시 말이 없었다. 그러다 엄마가 침묵을 견디지 못하고 먼저 입을 열었다.

"아이고! 네가 먼저 말을 꺼내길 기다리다간 목이 빠지겠구나. 에블린 휴고랑은 어떻게 돼 가니? 궁금해 죽겠는데, 어쩜 그렇게 시치미를 떼는 거니?"

나는 탄산수를 따르고 나서 에블린이 솔직한 것 같으면서도 속내를 잘 드러내지 않는다고 말했다. 그녀가 비방트 커버 기사를 위해서 나를 부른 게 아니며, 나한테 책을 써 달라고 했다는 말까지 털어놨다.

"그게 무슨 말이냐? 그녀가 너한테 자서전을 써 달랬다고?"

"네. 그런데 뭔가 흥미진진하면서도 이상하다니까요. 에블린은 비방트와 뭘 해볼 생각이 애초에 없었던 것 같아요. 아무래도 에블린은…"

나는 말끝을 흐렸다. 내가 하고자 하는 말이 정확히 뭔지 몰랐기 때문이다.

"뭔데?"

나는 잠시 뜸을 들인 후 말을 이었다.

"제게 연락하려고 비방트를 이용한 것 같아요. 아직은 잘 모르겠어요. 하지만 에블린은 아주 빈틈없는 사람이에요. 뭔가 꿍꿍이가 있을 거예요."

"글쎄다, 그녀가 너를 원했다는 게 전혀 놀랍지 않구나. 재능 있고, 똑똑하고…"

나는 엄마의 공치사에 눈을 굴리면서도 내심 고마웠다.

"그야 그렇지만, 아무래도 다른 속셈이 더 있는 게 분명해요."

"왠지 불길하게 들리는구나."

"저도 그래요."

"내가 걱정해야 하는 거니?" 엄마가 물었다. "내 말은, 혹시 네가 걱정할 만한 게 있는 거야?"

그렇게 직접적인 관점에서 생각해 보진 않았지만, 내 대답은 '아니요'였다.

"실은, 너무 흥미로워서 걱정할 새가 없어요."

"그 흥미로운 얘기를 엄마한테도 좀 들려다오. 너를 낳느라 스물두 시간이나 진통을 겪었단다. 그만한 자격은 있다고 생각하는데?"

내가 웃었다. 잠깐이었지만 노인네 같은 웃음이었다.

"그럴게요. 약속해요."

"오케이," 에블린이 말했다. "준비됐어?"

그녀는 자신의 자리에 앉았고, 나는 책상 앞에 앉았다. 그레이스가 쟁반에 블루베리 머핀과 흰 머그잔 두 개, 커피 단지, 스테인리스스틸 크리머를 들고 왔다. 나는 일어서서 내 커피를 따르고 크림을 넣은 다음 다시 앉았다. 그리고 녹음 버튼을 누르며 말했다.

"준비됐어요. 바로 시작하죠. 그 다음에 어떻게 됐어요?"

빌어먹을 돈 아들러

◆◆◆

08

〈작은 아씨들〉은 애만 태울 뿐 시작할 기미가 안 보였어. 내가 '금발 미녀, 에블린 휴고'로 변신하자마자 선셋에서 온갖 영화를 디밀었기 때문이야. 죄다 감상적인 코미디물이었어.

그래도 괜찮았어. 일단 내가 패를 쥐고 있지 않으니 선택할 여지가 없었잖아. 게다가 그런 작품으로 인기를 끌기 시작했거든. 그것도 아주 빨리. 그들이 내게 준 첫 번째 영화가 〈아버지와 딸Father and Daughter〉이었어. 1956년에 촬영했는데, 에드 베이커가 상처한 아버지 역을 맡았어. 부녀가 동시에 사랑에 빠지는 내용이었고, 아버지는 자신의 비서와 놀아나고 나는 아버지의 제자와 눈이 맞았어.

그즈음, 해리는 내게 브릭 토머스와 데이트하라고 자꾸 압박했어. 아역 스타였던 브릭은 여자들에게 인기가 많아서 자기가 무슨 구원자라도 되는 줄 알더라고. 자기 자랑을 얼마나 늘어놓던지 귀가 따가웠다니까.

금요일 밤, 유명인사들이 자주 찾는 체이슨스에서 몇 블록 떨어진 장소에서 나와 브릭, 해리와 그웬돌린 피터스가 만났어. 그웬은 내게 원피스를 입히고 스타킹과 힐을 신겼어. 머리는 위로 높이 틀어 올렸고. 브릭은 작업복 바지에 티셔츠 차림으로 나타났는데, 그웬이 멋진 양복으로 갈아 입혔어. 우리는 해리가 새로 뽑은 진홍색 캐딜락 비아리츠를 타고 체이슨스로 출발했어.

차에서 내리기도 전에 브릭과 나를 찍으려고 카메라 플래시가 연신 터졌어. 우리는 둥그런 테이블이 놓인 부스로 안내 받았어. 테이블이 워낙 작아서 바싹 붙어 앉았어. 나는 셜리 템플 칵테일을 주문했어.

"자기는 나이가 몇이야?" 브릭이 내게 물었어.

"열여덟이에요." 내가 말했어.

"그렇다면 벽에 내 사진을 붙여 놨겠네, 그치?"

잔을 들어서 그대로 그 사람 얼굴에 뿌리고 싶은 유혹을 간신히 눌렀어. 그 대신 최대한 정중하게 웃으며 말했지.

"어떻게 알았어요?"

우리가 얘기하는 모습을 담으려고 사진 기자들이 셔터를 눌러 댔어. 우리는 모르는 척하면서 계속 웃고 떠들었어. 팔짱까지 끼고서.

한 시간 뒤, 우리는 다시 해리와 그웬돌린을 만나서 평상복으로 갈아입었어.

헤어지기 직전에 브릭이 웃으며 말했어.

"내일 너와 나에 대한 소문이 쫙 돌겠구나."

"그러겠죠."

"소문을 사실로 만들고 싶으면 연락해."

나는 입을 다물고 가만히 있었어야 했어. 그냥 상냥한 웃음만 짓고 말았어야 했어. 하지만 도저히 못 참겠더라고.

"백날 기다려 보시든지."

브릭이 나를 쳐다보더니 농담인 양 웃어넘기려고 손까지 흔들더라고.

"저 남자 믿을 수 있어요?"

내가 물었어. 해리는 이미 차 문을 열고 내가 타길 기다리고 있었어.

"저 남자가 우리에게 돈을 엄청 벌어 주거든."

해리는 운전석에 앉아 키를 꽂고 시동을 걸었어. 하지만 바로 출발하지 않고 나를 쳐다보며 말했어.

"마음에 들지 않는 배우들과 억지로 어울리라는 게 아니야. 하지만 그중에 누구라도 마음에 들면, 그리고 한두 번의 언론 플레이 후에 진전이 있으면, 너한테도 도움이 될 거야. 스튜디오도, 팬들도 다 좋아할 테고."

순진하게도, 나는 만나는 모든 남자의 관심을 좋아하는 척하기만 하면 끝난다고 생각했던 거야.

"알았다고요." 내가 살짝 심통난 목소리로 대답했어. "노력해 볼게요."

잘 나가는 배우들과의 데이트가 내 커리어에 좋다는 걸 알면서도 피트 그리어와 바비 도너반을 만날 때는 속으로 이를 갈았어.

그러던 차에 해리가 돈 아들러와 나의 데이트를 잡아냈어. 돈을 만난 순간, 내가 애당초 그 아이디어에 왜 분개했는지도 잊어 버렸어.

돈 아들러가 내게 모감보에 가자고 초대했어. 그곳은 두말할 것도 없이 인근에서 가장 핫한 클럽이었어. 돈이 내 아파트로 직접 데리러 오더군.

나는 보트넥의 사파이어 블루 칵테일 드레스를 입고, 머리를 뒤로 땋아서 시뇽 스타일로 틀어 올렸어. 문을 여니 돈이 멋진 정장 차림에 백합꽃 다발을 들고 서 있더라고. 힐을 신은 나보다 몇 인치 더 컸어. 연갈색 머리칼에 담갈색 눈동자, 다부진 사각턱, 그리고 그 미소를 보면 똑같이 미소 짓지 않을 수 없다니까. 그의 어머니도 바로 그 미소로 최고의 인기를 누렸는데, 아들이 고스란히 물려받은 거야.

"자, 받아." 그가 살짝 수줍은 듯이 말했어.

"와," 내가 꽃다발을 받으며 말했어. "정말 멋지네요. 잠깐 안으로 들어와요. 물에 담가놔야겠어요."

나는 싱크대 밑에서 화병을 꺼내 물을 틀었어.

"굳이 이렇게까지 할 필요는 없었는데." 내가 말했어.

"흠, 나는 그러고 싶었어." 돈이 주방에서 나를 기다리며 말했어. "당신을 만나게 해달라고 해리를 한동안 괴롭혔거든. 그러니까 이건 아무것도 아니야. 나는 당신을 특별하게 대접하고 싶어."

"갈까요?" 내가 꽃을 카운터에 올려놓으며 말했어.

돈이 고개를 끄덕이며 내 손을 잡았어.

"당신이 출연한 〈아버지와 딸〉을 봤어."

돈이 자신의 컨버터블을 운전해 선셋가를 달리며 말했어.

"아, 그래요?"

"응. 아리가 감독판을 먼저 보여줬어. 아리 생각으론, 이 작품도 그리고 당신도 크게 성공할 것 같다던데."

"음, 당신 생각은 어땠어요?"

우리는 하이랜드에서 빨간 신호에 멈춰 섰어. 돈이 나를 쳐다보며 말했어.

"지금까지 본 여자들 중에 당신이 제일 예쁘다고 생각했어."

"아, 무슨 그런 말을."

말은 그렇게 하면서도 나도 모르게 웃음이 나왔어. 심지어 얼굴까지 빨개졌어.

"진짜야. 그리고 재능도 뛰어나고. 영화가 끝나고 아리한테 말했어. '바로 저 여자야,'라고."

"설마."

돈이 손을 들며 말했어. "하늘에 대고 맹세해!"

돈 아들러 같은 남자가 내게 남다른 영향을 끼쳐야 할 이유는 하나도 없었어. 그는 브릭 토머스보다 더 잘생기지도 않았고, 어니 디아즈보다 더 성실하지도 않았어. 게다가 내가 사랑하든 말든 그는 나를 상대역으로 고를 수 있었어. 이런 일은 원래 이유를 대기 어려워. 결국 페로몬 탓이라고 봐.

그 점에 더해서, 돈 아들러는 나를 한 인간으로 대해줬어. 적어도 처음에는. 예쁜 꽃을 보면 달려들어 꺾으려 드는 사람들이 있어. 그들은 그 꽃을 자기 손에 쥐고 싶어 해. 꽃의 아름다움을 자기 소유로 삼아서 멋대로 통제하고 싶어 하지. 하지만 돈은 그러지 않았어. 적어도 처음에는 말야. 돈은 그저 꽃 근처에 있는 것만으로, 그 꽃을 바라보는 것만으로 행복해했어. 단순히 그 꽃이 존재하는 것만으로도 고맙게 생각했지.

그런 남자, 그러니까 돈 아들러 같은 남자와 결혼할 땐 그냥 가서 이렇게 말하면 됐어.

"단지 바라보는 것만으로 행복해하는 이 아름다운 존재가, 음… 이젠 당신 거예요."

돈과 나는 모캄보에서 밤늦게까지 파티를 즐겼어. 아주 끝내줬어. 밖에는 몰려든 구경꾼들로 시끌벅적했고 안에는 신나게 놀고 즐기는 연예인들로 시끌벅적했어. 테이블마다 유명한 사람들이 한 자리씩 차지했고, 높다란 천장과 화려한 무대 공연까지 정말 멋졌어. 게다가 사방에서 새들이 지저귀고 있었지. 커다란 유리 새장에 갇힌 진짜 새들이었어.

돈이 MGM과 워너 브라더스 소속 배우들을 나에게 소개해 줬어. 보니 레이클랜드도 만났는데, 그녀는 막 프리를 선언하고 〈머니, 허니 Money, Honey〉로 크게 성공했어. 사람들이 돈을 할리우드의 왕자라고 하는 소리가 간간이 들렸어. 세 번쯤 들었을 때 돈이 내 귀에 대고 속삭였어.

"저들은 나를 과소평가하고 있어. 나는 조만간 할리우드의 왕이 될 거야."

그렇게 말하니까 돈이 더 매력적으로 보였어. 우리는 모캄보에서 자정이 훌쩍 넘도록 신나게 춤을 추었어. 막판엔 발이 다 아프더라니까. 노래가 끝날 때마다 이제 그만 자리에 앉자고 해놓고선 새로운 노래가 시작되면 또 플로어로 달려갔어.

집으로 돌아갈 때는 도심 거리가 한산하고 불빛도 희미했어. 도착해서 돈이 내 아파트 문 앞까지 따라왔어. 그는 들어가도 되냐고 묻지 않았어. 그 대신 이렇게 물었지.

"언제 다시 만날 수 있을까?"

"해리에게 연락해서 날짜를 잡으면 되죠."

"아니," 돈이 손으로 문을 짚으면서 말했어. "진짜로. 나와 너 둘이서."

"그리고 카메라도?" 내가 말했어.

"네가 원한다면 그들도 함께." 돈이 짓궂게 웃으며 말했어. "네가 원치 않으면 우리끼리만."

"좋아요. 다음 주 금요일 어때요?" 내가 웃으며 말했어.

돈이 잠시 생각하더니 말했어.

"솔직하게 말해도 돼?"

"그래야 한다면."

"다음 주 금요일 밤에 나탈리 엠버랑 트로카데로에 가기로 돼 있어."

"아…"

"'아들러'라는 이름값을 해야 하거든. 선셋은 내 명성을 있는 대로 우려먹으려고 해."

"나는 이름값 때문이라고 생각하지 않아요." 내가 고개를 저으며 말했어. "〈전우Brother's in Arms〉를 봤는데, 무척 훌륭했어요. 관객들도 당신에게 열광하던 걸요."

돈이 나를 쳐다보며 수줍게 웃었어.

"정말로 그렇게 생각해?"

나는 픕 하고 웃었어. 그는 내 말이 진심이란 걸 알고 있었거든. 단지 내가 다시 그렇게 말해주길 바랐던 거야.

"알면서 왜 그래요?"

"아니, 몰라서 그러는 거야."

"이제 그만." 내가 잠시 뜸을 들인 후 말을 이었어. "나는 한가한 시간을 알려줬어요. 당신 일은 당신이 알아서 해요."

그는 마치 명령이라도 듣는 것처럼 우뚝 서서 내 말을 들었어.

"오케이, 그럼 나탈리와의 약속은 취소할게. 금요일 7시에 데리러 오면 되지?"

나는 생긋 웃으며 고개를 끄덕였어.

"잘 가요, 돈."

"잘 있어, 에블린."

문을 닫으려는데, 돈이 손짓으로 나를 멈춰 세웠어.

"오늘밤에 즐거웠어?"

나는 무슨 말을 어떻게 할지 잠시 생각했어. 그러다 나도 모르게 그만 자제력을 잃었어. 처음으로 누군가에게 흥분을 느꼈거든.

"이렇게 즐거웠던 적이 별로 없었어요."

돈이 미소를 지으며 말했어. "나도 그래."

다음날, 연예지인 서브 로사에 우리 사진이 실렸어. 사진 밑에는 이런 캡션이 달렸지.

"돈 아들러와 에블린 휴고, 정말 잘 어울리는 커플이다."

09

〈아버지와 딸〉은 대성공을 거두었어. 선셋은 내 새로운 페르소나에 어찌나 흥분했던지, 영화 도입부에 "에블린 휴고를 소개하며"라는 크레디트까지 넣었다니까. 내가 가장 중요한 인물로 거론된 것은 그 때가 처음이자 마지막이었어.

개봉일 밤에 나는 엄마를 떠올렸어. 엄마가 그 자리에 있었다면 무척 기뻐했을 거야. 엄마에게 안겨서 자랑스럽게 말하고 싶었어. 해냈어요, 엄마. 우리 둘 다 거기서 벗어났어요, 라고.

〈아버지와 딸〉이 성공했으니, 이젠 〈작은 아씨들〉을 시작할 수 있겠다 싶었어. 그런데 아리는 에드 베이커와 나를 다음 영화에 바로 투입하고 싶어 했어. 당시엔 속편을 안 찍었거든. 그 대신 이름과 설정만 살짝 바꿀 뿐, 기본적으로 똑같은 영화를 만들곤 했지.

우리는 결국 〈이웃집Next Door〉이라는 영화를 촬영하기로 했어. 에드는 부모를 여읜 나를 받아준 삼촌 역할을 맡았어. 우리 이웃엔 남편을 여의고 아들과 단둘이 사는 여자가 살았고, 삼촌과 나는 순식간에 그 모자와 낭만적인 관계로 얽히게 됐어.

당시에 돈은 스릴러를 찍고 있었는데, 촬영이 잠시 멈추는 점심시간마다 나를 찾아오곤 했어.

나는 그에게 완전히 매료되어 난생 처음으로 몸과 마음이 후끈 달아올랐어.

그가 촬영장에 오면 나도 모르게 얼굴이 환해졌고, 그의 몸을 만지려고 갖은 핑계를 고안했어. 그가 곁에 없을 때도 수시로 그를 화제에 올리곤 했지. 해리는 그에 대한 이야기를 듣는 데 질려 버렸어.

"에블린, 정말 진심으로 하는 말인데…" 어느 날 오후 둘이서 술을 마시다가 해리가 푸념하듯 말했어. "그놈의 돈 아들러 얘기 좀 그만 할 수 없을까?"

그즈음 나는 거의 매일 해리한테 들렀어. 무슨 볼일이 있는 양 둘러 댔지만 실은 특별한 일이 없어도 그를 찾아갔어. 친구라고 부를 만한 사람이 해리밖에 없었거든.

물론 선셋 스튜디오의 다른 여배우들과 친하게 지내긴 했어. 특히 루비 라일리는 내가 제일 좋아하는 여배우였어. 늘씬한 몸매에 시원시원한 웃음, 차가운 분위기가 매력적이었어. 말을 좀 함부로 하는 편이었지만 자기보다 잘 나가는 사람에겐 비위를 잘 맞춰 줬지.

나는 루비를 비롯한 여배우 몇 명과 가끔 점심을 먹으면서 이런 저런 이야기를 나누곤 했어. 하지만 솔직히, 배역을 따내기 위해서라면 그들을 달리는 기차에 가차 없이 밀어버렸을 거야. 물론 그들도 나한테 똑같이 했을 테고.

친밀감은 서로 신뢰해야 쌓이는 거야. 우리들 사이에선 누구를 신뢰하면 바보짓이나 다름없었지.

하지만 해리는 달랐어.

해리와 나는 같은 걸 원했어. 바로 에블린 휴고가 누구나 아는 이름으로 자리 잡길 원한 거지. 아울러 우리 둘 다 서로 좋아했어.

"돈 얘기가 듣기 싫으면 〈작은 아씨들〉을 언제 착수할지나 알려줘요"

내가 투정부리듯 말했어.

"내가 결정하는 게 아니잖아. 잘 알면서."

"쳇, 아리는 그 작품을 왜 이렇게 질질 끄는 건데요?"

〈작은 아씨들〉은 지금 당장 하는 것보다 몇 달 여유를 두고 하는 게 나아." 해리가 말했어.

"하지만 난 지금 당장 하고 싶다고요."

해리가 고개를 젓더니 일어나서 위스키를 한 잔 더 따랐어. 하지만 내게는 마티니를 더 권하지 않았어. 해리는 애초에 첫 잔도 주지 말았어야 한다고 생각했을 거야.

"당신은 크게 성공할 수 있어." 해리가 말했어. "다들 그렇게 말하잖아. 〈이웃집〉이 〈아버지와 딸〉만큼 좋은 반응을 얻고 당신과 돈이 계속 잘 지낸다면, 진짜 끝내줄 거야."

"알아요." 내가 말했어. "그게 바로 내가 바라는 점이에요."

"〈작은 아씨들〉은 당신이 한 가지만 할 줄 안다고 사람들이 생각할 때 짠! 하고 나와야 해."

"그게 무슨 뜻이죠?"

"당신은 〈아버지와 아들〉로 엄청난 성공을 거뒀잖아. 사람들은 당신이 웃길 수 있다는 걸 알았어. 당신이 사랑스럽다는 것도 알았고, 그 영화에서 드러난 당신 모습을 좋아하는 거지."

"물론이죠."

"그러니까 그걸 한 번 더 하는 거야. 당신이 마법을 한 번 더 부릴 수 있다는 걸, 반짝 스타가 아니라는 걸 보여줘야지."

"그야 그렇지만…"

"돈과 함께 있는 사진을 찍히는 것도 괜찮아. 하지만 연예 잡지는 시로스나 트로카데로에서 둘이 춤추는 사진을 바로바로 내보낼 수가 없단 말이지."

"하지만-"

"내 말 끝까지 들어봐. 당신과 돈은 사진을 계속 활용해. 막간의 로맨스인 거지. 여자들은 모두 당신처럼 되고 싶어 할 테고, 남자들은 모두 당신과 함께 있고 싶어 할 테니까."

"좋아요."

"사람들이 당신을 잘 안다고 생각할 때, 그러니까 에블린 휴고를 '손에 넣었다'고 생각할 때, 조를 연기하는 거야. 깜짝 놀라게 하는 거지. 다들 '그래, 난 에블린이 뭔가 특별하다는 걸 알고 있었다니까,'라고 생각하게 될 거야."

"하지만 도대체 왜 지금은 〈작은 아씨들〉을 할 수 없다는 거죠? 사람들은 지금도 그렇게 생각할 거예요."

해리가 고개를 저었어.

"당신에게 투자할 시간을 줘야 해. 당신을 알게 할 시간을 사람들에게 줘야 하는 거야."

"그 말은 내가 예측 가능해야 한다는 뜻인가요?"

"내 말은, 사람들이 당신을 예측 가능하다고 생각하는 순간 전혀 다른 모습을 보여주라는 거야. 그러면 그들은 당신을 영원히 사랑할 거야."

나는 해리의 말을 곰곰이 생각한 후 말했어.

"말은 참 그럴듯하네요."

"아리의 계획이 그렇다는 거야." 해리가 웃으며 말했어. "당신이 좋든 싫든, 아리는 〈작은 아씨들〉을 주기 전에 몇 편 더 찍고 싶어 해. 하지만 결국엔 당신에게 줄 거야."

"알았어요."

나로선 다른 선택지가 없었어. 선셋과의 계약이 3년이나 남았는데, 내가 말썽을 부리면 그들은 언제든 나를 해고할 수 있었거든. 나를 임대할 수도, 아무 프로젝트에나 투입할 수도 있었어. 무급 휴가를 줄 수도 있었고, 나를 소유한 이상, 그들은 뭐든 할 수 있었어.

"지금 당신이 할 일은, 돈하고 진짜로 잘 지낼 수 있는지 보는 거야. 그게 둘 다에게 이로우니까."

"아, 이제야 당신 입에서 돈의 이야기가 나오는군요." 내가 웃으며 말했어.

"나는 여기 앉아서 돈에 대한 당신의 꿈같은 이야기를 듣고 싶진 않아." 해리가 씩 웃으며 말했어. "그런 얘긴 따분하기 짝이 없어. 두 사람이 언제 공식적으로 발표할지, 그것만 알고 싶을 뿐이야."

돈과 나는 시내를 활보하고 다녔어. 할리우드의 핫 플레이스마다 우리 사진이 내걸렸지. 댄 타나스에서 저녁을 먹고, 바인 스트리트 더비에서 점심을 먹고, 비벌리 힐스 테니스클럽에서 테니스를 쳤어. 우리가 무슨 짓을 하는지 알면서 공공연하게 돌아다녔던 거야.

나는 돈의 이름이 언급되는 문장에 함께 언급되어야 했고, 돈은 새로운 할리우드의 일원처럼 보여야 했지. 우리가 다른 스타들과 더블데이트하는 사진은 사교계의 한량 이미지를 굳히는 데 한몫 했어.

하지만 돈과 나는 그런 얘기를 입 밖에 내지 않았어. 서로 함께여서 진심으로 행복했거든. 그게 우리 커리어에 도움이 된다는 점은 보너스처럼 느껴졌어.

〈빅 트러블Big Trouble〉의 시사회가 열리던 날 밤, 돈이 짙은 양복을 입고 나를 데리러 왔어. 그의 손에는 티파니 보석함이 들려 있었어.

"그게 뭐예요?" 내가 물었지. 그날 나는 크리스천 디오르의 보라색 꽃무늬 드레스를 입었어.

"열어 봐." 돈이 웃으며 말했어.

안에는 커다란 백금 다이아몬드 반지가 들어 있었는데, 스퀘어 커팅된 보석이 영롱하게 빛났어.

나는 숨이 턱 막혔어.

"호, 혹시…"

그날이 올 줄은 알았어. 돈은 나와 자고 싶어 미칠 지경이었거든. 돈의 노골적인 요구에도 나는 줄곧 밀어냈어. 하지만 그게 점점 더 힘들더라고. 어둑한 곳에서 키스할 때나 리무진 뒷자리에 단둘이 있을 때면 그를 거부하는 게 나 역시 괴로웠어.

그런 느낌은 처음이었어. 육체적 욕구 말이야. 돈을 만나기 전까지는 누군가의 손길을 갈망한 적이 없었으니까. 그런데 돈과 함께 있을 때는 내 맨살에 그의 손길이 와 닿기를 간절히 바란 거야.

누군가와 사랑을 나눈다는 생각만으로도 달아올랐어. 섹스야 물론 해 봤지만, 이때까지 했던 섹스는 아무런 의미도 없었어. 나는 돈과 사랑을 나누고 싶었어. 돈을 진심으로 사랑했거든. 하지만 제대로 시작하고 싶었어.

드디어 그때가 온 거야. 청혼 말이야.

나는 손을 뻗어 반지를 만지려고 했어. 진짜인지 확인하고 싶었거든. 그런데 돈이 먼저 보석함을 탁 닫더라고.

"나와 결혼해 달라고 청하는 건 아니야." 돈이 말했어.

"뭐라고요?"

나는 바보가 된 기분이었어. 혼자서 헛된 꿈을 꿨던 거야. 에블린 헤레라가 에블린 휴고로 이름을 바꾸고는 영화배우와 결혼하겠다며 설치고 다녔던 거야.

"적어도 아직은 아니야."

"뭐, 그쪽 좋으실 대로." 내가 실망감을 감추려 애쓰며 말했어. 그리고 클러치를 집으려고 몸을 획 돌렸어.

"삐친 거야?" 돈이 말했어.

"삐치다니요?"

나는 아파트에서 나서면서 등 뒤로 문을 쾅 닫았어.

"오늘밤에 청혼하려고 했어." 돈이 달래듯 말했어. "시사회 때 사람들 앞에서."

그 말에 나는 바로 누그러졌어.

"다만 확실히 해 두고 싶었어… 당신이 받아줄지… "

돈이 내 손을 잡더니 한쪽 무릎을 꿇었어. 보석함을 꺼내지는 않고 그냥 나를 진지한 눈으로 쳐다봤어.

"이따 내 청혼을 받아줄 거야?"

"얼른 가야 해요. 당신 영화에 늦을 순 없잖아요."

"받아줄 거야? 그걸 확실히 해 두고 싶어."

나는 그를 똑바로 쳐다보며 말했어. "바보! 그걸 꼭 말로 해야 알아요? 내가 당신한테 얼마나 빠져 있는데."

돈이 나를 꼭 껴안고 키스했어. 그의 치아가 내 아랫입술을 세게 누르는 통에 살짝 아팠어.

나는 다시 결혼하게 됐어. 이번엔 내가 사랑하는 사람하고. 영화 속에서 내가 느끼는 척 연기하던 감정을 진짜로 느끼게 해 주는 사람하고.

헬스 키친의 그 작고 서글픈 아파트에서 꿈꾸던 것보다 더 꿈같은 현실이 펼쳐지려 했어.

한 시간 뒤, 수많은 사진작가와 홍보 담당자를 앞에 두고 돈 아들러가 레드 카펫에서 한 쪽 무릎을 꿇었어.

"에블린 휴고, 나와 결혼해 줄래?"

고개를 끄덕이는데 나도 모르게 눈물이 나오더라고. 돈이 일어나서 내 손에 반지를 끼워줬어. 그런 다음 나를 번쩍 들어 공중에서 휙 돌렸어.

돈이 나를 내려놓을 때 보니, 해리 캐머런이 극장 문 옆에서 우리를 향해 박수를 치고 있었어. 나와 눈이 마주치자 윙크를 하더라고.

서브 로사

1957년 3월 4일

돈과 에블린, 영원을 약속하다!

따끈따끈한 속보!

할리우드의 새로운 잇 커플, 돈 아들러와 에블린 휴고가 백년가약을 맺는다!

최고의 신랑감이 다른 누구도 아닌 금발의 신예 스타를 신부로 선택했다. 그동안 두 사람의 애정 행각이 여기저기서 목격되어 왔는데, 드디어 공식적으로 발표했다.

듣자 하니, 돈의 자랑스러운 부모 메리와 로저 부부도 에블린을 가족으로 맞게 되어 더 없이 행복하다고 한다.

두 사람의 결혼식은 이번 시즌 최고의 이벤트가 될 것이다. 할리우드의 금수저와 아름다운 신부의 결합으로 온 동네가 떠들썩할 것 같다.

10

참 멋진 결혼식이었어. 돈의 부모님은 하객을 300명이나 초대했지. 루비가 신부 들러리를 섰어. 나는 네크라인에 보석이 박힌 태피터 드레스를 입었어. 장미 레이스로 포인트를 주고 소매를 손목까지 길게 내렸어. 선셋의 수석 의상 담당자인 비비안 월리가 디자인했어. 머리 손질은 그웬돌린이 맡았어. 머리카락 한 올도 흐트러짐 없게 뒤로 말아 올린 후 면사포를 씌웠어. 우리 결혼식이었지만, 사실 우리가 관여한 부분은 별로 없었어. 메리와 로저가 거의 다 주관하고 나머지는 선셋에서 처리했거든.

돈은 늘 부모가 원하는 방식대로 행동해야 했어. 그래선지 부모의 그늘에서 얼른 벗어나고 싶은 눈치였어. 더 나아가, 부모의 스타덤을 뛰어넘고 싶어 했지. 추구할 가치가 있는 유일한 힘은 명성뿐이라고 배우면서 자랐기 때문이야. 나는 그가 언제 어디서나 가장 빛나고 가장 힘 있는 사람이 되려 한다는 점이 마음에 들었어.

결혼식은 주변 사람들의 기분에 휘둘렸을지 모르지만, 서로를 향한 사랑과 헌신은 신성하게 느껴졌어. 할리우드 사람들 절반이 모인 비벌리 힐스 호텔에서 돈과 내가 손을 맞잡고 눈을 맞추며 "맹세합니다"라고 말했을 때, 그 자리에 우리 둘 말고는 아무도 없는 것 같았어.

결혼식 종소리가 크게 울려 퍼지고 우리가 정식 부부라고 선포되었어. 흥겨운 피로연이 펼쳐졌지. 밤이 깊어갈 무렵, 해리가 내 곁으로 슬며시 다가오더니 기분이 어떠냐고 묻더군.

"세상에서 가장 유명한 신부가 됐으니, 기분이 끝내주죠."

해리가 싱긋 웃었어. 그러고는 넌지시 묻더라고.

"돈과 함께 행복할 것 같아? 돈이 당신을 잘 돌봐주겠지?"

"그야 물론이죠. 추호도 의심하지 않아요."

나를, 혹은 적어도 내가 되고자 애쓰는 나를 이해해 줄 사람을 찾았다고 굳게 믿었어. 열아홉의 나는 돈이 나와 해피 엔딩을 이룰 거라 생각했어.

해리가 한 팔로 나를 감싸며 말했어.

"당신이 그렇게 느낀다니, 나도 기쁘군."

나는 해리가 팔을 풀기 전에 손을 덥석 잡았어. 샴페인을 두 잔 정도 마신 데다 기분도 들뜬 상태였어.

"당신은 왜 아무런 시도도 안 했어요?" 내가 뜬금없이 물었어. "우리가 서로 안 지도 몇 년이 흘렀는데, 내 뺨에 뽀뽀조차 안 했잖아요."

"당신이 원하면 뺨에 뽀뽀해 줄게." 해리가 웃으며 말했어.

"내 말은 그 뜻이 아니잖아요. 다 알면서."

"무슨 일이 일어나길 바랐던 거야?" 해리가 물었어.

대단히 매력적인 남자였다는 사실에도 불구하고 나는 해리 캐머런에게 끌리지 않았어.

"아뇨," 내가 말했어. "딱히 그랬던 건 아니에요."

"하지만 내가 뭐라도 해 주길 바랐던 건 맞지?"

"그랬다면요?" 내가 웃으며 말했어. "그게 뭐 잘못인가요? 나는 여배우예요, 해리. 그 점을 잊지 말아요."

해리가 소리 내어 웃었어.

"당신 얼굴에 '여배우'라고 잔뜩 쓰여 있어. 그걸 한시도 잊은 적이 없답니다."

"그런데 왜죠, 해리? 왜 한 번도?"

해리가 위스키를 한 모금 삼키더니 내게서 팔을 뺐어.

"설명하기 어려워."

"일단 해 봐요."

"당신은 너무 어려."

나는 손을 흔들며 그의 말을 일축했어.

"남자는 대부분 어린 여자를 더 좋아하는 것 같던데요. 내 남편도 나보다 일곱 살이나 많아요."

나는 고개를 들어 돈이 댄스 플로어에서 자기 어머니와 춤추는 모습을 쳐다봤어. 메리는 오십 대인데도 여전히 아름다웠어. 무성영화 시대에 명성을 쌓기 시작해서 은퇴하기 전까지 발성 영화도 꽤 찍었어. 키가 크고 인상이 강해서 함부로 대하긴 어려운 사람이었어.

해리는 위스키를 벌컥 들이켠 후 잔을 내려놓았어. 그리고 잠시 생각하는 듯 하더니 어렵사리 입을 떼었어.

"얘기 하자면 길고 복잡해. 그냥 당신은 내 타입이 아니라고만 해 두지."

나는 그가 무슨 말을 하려는 건지 알아차렸어. 해리는 나 같은 여자한테 관심이 없었던 거야. 더 정확히 말하면, 여자한테 전혀 관심이 없었던 거야.

"당신은 내가 제일 좋아하는 친구예요, 해리. 알죠?"

해리가 미소를 지었어. 대답하진 않았지만, 살짝 안도하는 표정으로 봐선 알아들은 것 같았어. 그는 어렴풋하게나마 자신을 드러냈고, 나 역시 어렴풋하게나마 그를 받아들였어.

"정말로?" 해리가 물었어.

나는 고개를 끄덕였어.

"흠, 그렇다면 당신도 내가 제일 좋아하는 친구로 쳐주지."

내가 잔을 들며 말했어.

"절친끼리는 아무것도 숨기지 않는 거예요."

해리가 잔을 들며 씩 웃더니 장난스레 말했어.

"그런 헛소린 안 믿어. 절대로."

돈이 다가오더니 우리 이야기에 끼어들었어.

"캐머런, 내 신부와 춤을 추고 싶은데 괜찮겠습니까?"

해리가 항복하듯이 두 손을 들며 말했어.

"여부가 있겠습니까? 에블린은 이제 당신 차지인데."

"그야 물론이죠."

돈이 내 손을 잡더니 빙빙 돌리며 댄스 플로어로 이끌었어. 그리고 내 눈을 똑바로 쳐다봤어. 눈을 깜빡이지도 않고 나를 뚫어져라 바라보더군.

"에블린 휴고, 나를 사랑해?"

"세상 누구보다 사랑해요. 돈 아들러, 당신은 나를 샤랑해요?"

"나는 당신의 눈을 사랑해. 당신의 가슴도, 당신의 재능도 사랑해. 절벽 같은 당신의 엉덩이도 사랑해. 당신의 모든 면을 사랑해. 말로는 다 표현할 수 없을 만큼."

나는 웃으며 그에게 키스했어. 댄스 플로어에 가득 찬 사람들이 우리를 한가운데 두고 빙 둘러섰어. 돈의 아버지 로저는 한쪽에서 아리 설리반과 시가를 피우고 있었어. 나는 과거의 나와 영원한 작별을 고하는 기분이었어. 무슨 짓을 해서라도 어니 디아즈를 붙잡으려 애썼던 가여운 소녀는 이제 영영 사라졌어.

돈이 나를 끌어당기더니 귀에 대고 속삭였어.

"나와 너. 우리 둘이 이 동네를 지배할 거야."

그런데 결혼한 지 두 달 만에 돈이 나를 때리기 시작했어.

11

결혼한 지 6주가 흘렀어. 돈과 나는 멕시코 서부의 푸에르토 바야르타라는 도시에서 눈물 짜는 로맨스 영화의 촬영을 막 시작했어. 〈하루만 더One More Day〉라는 작품인데, 다이앤이라는 부잣집 여자애가 별장에서 여름휴가를 보내다 동네 청년과 사랑에 빠진다는 내용이야. 으레 그렇듯이, 다이앤의 부모가 둘 사이를 갈라놓지.

돈과 결혼하고 처음 몇 주는 더없이 행복했어. 우리는 비벌리 힐스에 저택을 구입해서 대리석과 리넨으로 멋지게 꾸몄어. 그리고 주말에 걸핏하면 수영장 파티를 열고 오후부터 밤까지 샴페인과 칵테일을 마셨어.

사랑을 나눌 때 돈은 마치 왕 같았어. 대군을 이끌고 기세등등하게 달려 나가는 왕 말이야. 나는 그의 불같은 기운에 한껏 달아올랐다가 사르르 녹아내렸어. 돈이 원하는 건 뭐든 했어.

돈은 내 안에 숨어 있던 스위치를 딸깍 켜 줬어. 섹스를 도구로 생각하던 여자에서 섹스를 갈망하는 여자로 바꿔 주는 스위치였어. 나는 그를 갈망했어. 그의 손길을, 그의 시선을 갈망했어. 그의 손길이 닿고 그의 시선을 받으면 온몸이 불같이 뜨거워졌어. 돈과의 결혼으로 내 안에 있는 줄도 몰랐던 모습이 밖으로 드러났어. 새로 알게 된 그 점이 나는 참 좋았어.

푸에르토 바야르타에 도착한 첫 날, 우리는 촬영에 앞서 동네를 며칠 돌아다녔어. 보트를 바다에 띄우고 풍덩 빠지기도 했어. 모래사장에서 사랑도 나누었지.

그런데 촬영이 시작되면서 할리우드의 일상적인 스트레스가 슬며시 고개를 들더군. 영원히 달콤할 것만 같던 기분에 금이 가기 시작했어. 조류가 바뀌는 게 느껴지더라고.

돈의 최근 영화 〈포인트듐의 총잡이The Gun at Point Dume〉는 흥행에 성공하지 못했어. 돈이 처음으로 액션 연기를 선보인 서부극이었거든. 그런데 연예 잡지인 포토모멘트에서 "돈 아들러는 존 웨인이 아니었다"라는 제목으로 혹평 기사를 내보낸 거야. 심지어 할리우드 다이제스트에선 "아들러는 총을 든 바보처럼 보였다"라고 썼어. 그런 기사 때문에 돈은 심기가 불편해졌고 자신의 능력까지 의심하게 된 거지. 액션 히어로로 자리매김하려던 계획이 틀어질까 봐 노심초사하더라고. 그의 아버지는 주로 코미디 영화에서 조연을 맡았었어. 어릿광대처럼 우스꽝스러운 행동으로 관객을 웃기는 사람이었지. 돈은 서부 영화에서 남자다운 카우보이 역할로 자신을 증명하고 싶어 했어.

그즈음 내가 관객이 뽑은 '최고의 신인 스타상'을 수상한 것도 우리 관계에는 전혀 도움이 되지 않았어.

다이앤과 프랭크가 해변에서 마지막 키스를 나누는 장면을 찍던 날 아침, 방갈로에서 막 일어나는데 돈이 나한테 아침을 차리라고 말했어. 부탁이 아니라 아예 대놓고 명령하는 투였지. 나는 그를 무시하고 도우미에게 연락했어.

마리아라는 멕시코 여자였어. 이곳에 막 도착했을 때, 나는 마리아를 비롯한 현지인에게 스페인어로 말해야 할지 고민됐어. 그런데 어떻게 할지 결정하기도 전에, 내 입에선 영어가 흘러 나왔어. 지나칠 정도로 또박또박 천천히.

"마리아, 아들러 씨에게 아침 식사를 좀 차려 줄래요?"

나는 전화에 대고 이야기하다 돈 쪽으로 몸을 돌리며 물었어.

"뭐로 준비하라고 할까요? 커피와 계란?"

로스앤젤레스에 있는 집에선 파올라라는 도우미가 매일 그의 아침 식사를 준비했어. 파올라는 돈이 뭘 좋아하는지 잘 알았지. 그제야 내가 너무 무심했다는 걸 깨달았어.

좌절한 돈은 베개를 움켜쥐더니 얼굴을 파묻고 비명을 질렀어.

"도대체 뭣 때문에 그러는데요?" 내가 말했어.

"내 아침 식사를 차려주는 마누라는 못 되더라도 최소한 내가 뭘 좋아하는지는 알아야 하는 거 아냐?"

돈은 격분해서 욕실로 가 버렸어. 나는 그의 태도가 거슬리긴 했지만 별로 놀라진 않았어. 돈은 자기가 행복할 때만 친절하고, 또 자신이 이길 때만 행복하다는 사실을 금세 알았거든. 나는 그가 연승을 거둘 때 만났고, 상승 가도를 달릴 때 결혼했던 거야. 돈에게 다정한 면만 있는 게 아님을 이미 간파했어.

아침을 먹고 돈은 렌트한 콜벳을 몰고 차고를 빠져나와 열 블록 쯤 떨어진 세트장으로 출발했어.

"오늘 일정을 시작할 마음의 준비는 됐어요?"

내가 그의 기분을 풀어 주려고 살갑게 물었어. 그러자 돈이 도로 한 가운데 우뚝 멈추더니 내 쪽으로 몸을 돌렸어.

"나는 당신이 살아온 세월보다 더 오랫동안 전문 배우로 살았어."

틀린 말은 아니었어. 아기였을 때 메리의 무성 영화 중 하나에 출연했으니까. 하지만 제대로 된 연기는 스물한 살에야 시작했어.

우리 뒤로 차가 여러 대 멈춰 섰어. 우리 때문에 교통 체증이 유발될 판이었어.

"돈…"

나는 어떻게든 그의 마음을 돌리려고 부드럽게 말했어. 하지만 그는 들으려 하지 않았어. 뒤에 있던 흰 트럭이 거칠게 차를 빼더니 우리 옆으로 빠져나가려고 시도했어.

"어제 앨런 토머스가 나한테 뭐라고 한 줄 알아?"

앨런 토머스는 돈의 새 에이전트였는데, 돈에게 선셋 스튜디오를 떠나 프리랜서로 활동하라고 권했어. 자신의 커리어를 스스로 개척하는 배우들이 늘어나는 추세였거든. 거물급 스타에겐 엄청난 출연료가 보장됐어. 돈 역시 마음이 흔들리고 있었어. 자기 부모가 평생 벌었던 돈보다 더 많은 액수를 한 방에 터뜨리겠다고 잔뜩 별렀거든.

증명할 게 있는 남자를 조심해야 하는 거야.

"당신이 왜 아직도 에블린 휴고로 사는지 궁금하대."

"법적으로 이름을 바꿨잖아요. 무슨 뜻으로 묻는 거죠?"

"홍보 문구에 '돈과 에블린 아들러'라고 써야 한다는 뜻이야. 다들 그렇게 말하대."

"누가 그렇게 말해요?"

"사람들이."

"도대체 어떤 사람들이 그러냐고요?"

"그들은 당신이 나를 쥐고 흔든다고 생각해."

"돈, 바보 같은 소리 말아요." 나는 두 손으로 얼굴을 감싸 쥐며 말했어.

다른 차가 또 옆으로 지나가다 돈과 나를 기어이 알아보고 말았어. 할리우드의 잉꼬 커플이 어떻게 서로의 목을 조르는지에 대한 기사가 서브 로사에 대문짝만하게 실릴 판이었어. 보나마나 "아들러 부부 애들처럼 싸우다?" 같은 제목으로 소설을 써 대겠지?

똑같은 헤드라인 기사가 번쩍 스쳤는지, 돈이 다시 시동을 걸고 세트장으로 출발했어. 현장에 도착했을 때 내가 속상해서 말했어.

"45분이나 늦다니 믿을 수가 없네."

그러자 돈이 말했어. "뭐 어때, 우린 아들러야. 늦어도 상관없어."

나는 그의 그런 태도가 몹시 불쾌했어. 그래서 그의 트레일러에 우리 둘만 있을 때까지 기다렸다가 말했어.

"그런 말이 얼마나 재수 없게 들리는지 알아요? 앞으론 사람들이 듣는 데서 그런 식으로 말하지 말아요."

돈은 재킷을 벗고 있었어. 의상이 곧 도착할 예정이었거든. 그때 난 그쯤에서 물러나 내 트레일러로 갔어야 했어. 그를 혼자 놔뒀어야 했지.

"아무래도 당신이 뭔가 착각하고 있는 것 같아, 에블린." 돈이 말했어.

"그게 뭐죠?"

돈이 내 앞에 바짝 다가섰어.

"우린 대등한 관계가 아니야. 내가 너무 오냐오냐 하니까 그 점을 잊었나 보군."

나는 말문이 막혔어.

"이 영화가 당신의 마지막 작품이 될 거야." 돈이 말했어. "우리도 이젠 아이를 가질 때가 됐다고 봐."

그즈음 돈은 일이 뜻대로 굴러가지 않았어. 자기가 집안에서 제일 잘 나가는 사람이 되지 않으면, 자기 마누라가 그렇게 되도록 허용하지도 않을 사람이었어.

나는 그를 똑바로 쳐다보며 말했어. "그런 말도 안 되는 소리를!"

그 순간, 눈앞이 번쩍했어.

무슨 일이 벌어졌는지 알아차리기도 전에 얼굴이 화끈거렸어.

얼굴을 맞아본 적이 없는 사람은 모를 거야. 얼마나 치욕스러운지. 전혀 울고 싶지 않아도 눈물이 핑 돌아. 충격과 아픔이 눈물샘을 자극하기 때문이야.

얼굴을 강타당하고도 의연해 보일 방법은 없어. 고작해야 벌게진 얼굴로 꼼짝 않은 채 눈에 실핏줄이 돋도록 힘을 주는 수밖에.

그래서 나는 그렇게 했어.

아버지가 때릴 때 그랬던 것처럼.

턱에 손을 댔더니 불에 덴 것처럼 화끈거렸어.

그때 마침 조감독이 문을 두드렸어.

"아들러 씨, 휴고 양과 함께 계십니까?"

돈은 아무 말도 못 했어. 그래서 내가 얼른 나섰어.

"잠깐만요, 바비."

내 목소리가 얼마나 태연한지 나마저 놀랄 지경이었어. 평생 한 번도 맞아본 적 없는 여자의 목소리처럼 들렸거든.

나는 얼른 거울을 찾았어. 하지만 돈이 가리고 있어서 볼 수 없었어. 별 수 없이 턱을 살짝 내밀며 물었어.

"빨개요?"

처음에 돈은 나를 제대로 쳐다보지도 못했어. 결국 힐끔 보더니 고개를 끄덕였어. 그 모습은 마치 이웃집 창문을 깼느냐고 물어보는 엄마 앞에서 잔뜩 주눅 든 소년 같았어.

"밖에 가서 나한테 생리적인 문제가 생겼다고 둘러대요. 그럼 바비가 당황해서 자세히 물어보진 않을 거예요. 그런 다음, 당신의 의상 담당자한테 내 분장실에서 만나자고 해요. 그리고 내 의상 담당자한테는 30분 후에 이리로 오라고 바비더러 전하게 해요."

"알았어." 돈은 그렇게 말하고 재킷을 움켜쥐더니 슬그머니 나갔어.

돈이 나가자마자 나는 안에서 문을 걸어 잠갔어. 그리고 벽에 등을 대고서 털썩 주저앉았어. 눈물이 왈칵 쏟아지더라고.

태어난 곳에서 오천 킬로미터나 멀리 달아났는데. 성공 가도를 달릴 방법을 찾아냈는데. 이름을 바꾸고, 머리색과 치아까지 바꿨는데. 연기를 배우고 유명한 가문의 며느리로 들어갔는데.

미국인 대다수가 내 이름을 아는데.

그런데도…

그런데도.

나는 간신히 일어나 눈물을 닦았어. 그리고 마음을 가다듬었어.

일단 화장대에 앉았어. 앞에 놓인 삼면거울을 백열전구가 환히 비춰 주었어. 영화배우의 분장실에 있으면 아무 문제도 없을 거라고 생각하다니, 미련할 만큼 어리석었지 뭐야.

몇 분 후, 그웬돌린이 머리를 만져주려고 문을 두드렸어.

"잠깐만요!" 내가 소리쳤어.

"에블린, 서둘러야 해요. 안 그래도 예정보다 늦었어요."

"잠깐이면 돼요!"

거울로 얼굴을 확인해 보니, 붉은기를 도저히 가릴 수 없겠더라고. 그웬을 믿을 수 있을지 잠시 고민했어. 일단은 믿는 수밖에 없었어. 나는 일어서서 문을 열었어.

"아, 이런! 얼굴이 엉망이네요."

"알아요."

그녀는 나를 유심히 보더니 무슨 일이 있었는지 간파했어.

"넘어졌어요?"

"맞아요. 그것도 아주 세게 넘어지다 카운터에 턱을 찍었어요."

우리 둘 다 거짓말인 걸 알았어.

나는 아직까지도 그웬이 넘어졌냐고 물어본 이유를 정확히 모르겠어. 내가 거짓말 할 필요성을 없애줄 의도였는지, 아니면 입 다물고 조용히 지나가라는 압력이었는지.

당시엔 매 맞는 여성이 드물지 않았어. 그들도 그때 내가 했던 고민을 똑같이 했겠지. 이런 일에 대한 암묵적인 룰 같은 게 있었는데, 그중 첫 번째가 그냥 입을 다물라는 거였어.

한 시간 뒤, 나는 세트장으로 안내받았어. 그날 촬영은 해변 저택 앞에서 이뤄질 예정이었어. 돈은 의자에 앉아 있었어. 의자 다리 네 개가 모래에 깊이 파묻혔더라고. 나를 보더니 벌떡 일어나 달려왔어.

"자기야, 오늘 컨디션 어때?"

목소리가 어찌나 쾌활하고 다정한지, 그새 방금 전 일을 잊은 줄 알

앗지 뭐야.

"좋아요. 얼른 시작해요."

우리는 자리를 잡았어. 음향 담당자가 마이크를 달아줬어. 촬영 기사들은 조명이 제대로 비추는지 확인했어. 나는 머릿속을 싹 비웠어.

"잠깐, 잠깐!" 감독이 소리쳤어. "로니, 이동식 촬영기의 받침대에 문제가…" 그는 상황을 파악하려고 그쪽으로 이동했어.

그 순간, 돈이 자신의 마이크를 가리더니 손을 뻗어 내 마이크도 가렸어.

"에블린, 미안해." 그가 내 귀에 대고 속삭였어.

나는 몸을 빼고 놀란 눈으로 그를 쳐다봤어. 그때까지 나를 때리고 나서 사과한 사람은 한 명도 없었거든.

"당신에게 손을 대다니, 내가 미쳤었나 봐." 돈이 눈물까지 글썽이며 말했어. "너무 부끄러워 고개를 못 들겠어. 당신을 아프게 하다니…"

돈은 정말로 고통스러워 보였어.

"당신에게 용서받기 위해 뭐든 다 할게."

그 말에 내가 꿈꾸던 인생에서 그리 멀리 벗어나진 않은 것 같았어.

"나를 용서해 줄 테야?" 돈이 물었어.

이게 다 실수인 것 같았어. 아무것도 바꾸지 않아도 될 것 같았어.

"용서할게요."

감독이 다시 카메라 쪽으로 돌아왔어. 돈이 뒤로 물러나며 마이크에서 손을 뗐어.

"자, 액션!"

돈과 나는 둘 다 〈하루만 더〉로 아카데미상 후보에 올랐어. 그 당시 분위기는 우리가 얼마나 배역에 몰입했는지는 중요하지 않은 듯했어. 사람들은 그저 우리가 함께 있는 모습을 보고 싶어 했거든.

둘 중에 하나라도 연기를 제대로 했는지 지금도 잘 모르겠어. 그 작품은 내가 찍었던 수많은 작품 중에서 차마 못 보는 유일한 영화야.

12

남자가 처음 손찌검을 하고 사과하면, 너는 그런 일이 다신 없을 거라고 생각하겠지.

하지만 네가 아이를 낳고 싶은지 확신이 안 선다고 말하면, 그는 너한테 또 손을 대. 너는 그를 이해하려 애쓰지. 그의 뜻을 거역했으니 맞을 만했다고. 물론 너도 언젠가는 아이를 낳고 싶어. 진심으로. 다만 영화를 찍으면서 어떻게 가정을 꾸려나갈지 막막할 뿐이야. 애초에 그렇게 말했더라면 좋았을 텐데.

다음날 아침, 그가 미안하다고 사과하면서 꽃을 건네 줘. 무릎까지 꿇고서.

세 번째 폭행은 로마노프스 레스토랑에 갈지 말지를 두고 다투다 벌어져. 그가 너를 거칠게 벽으로 밀칠 때, 너는 문득 대중에게 비치는 너희 부부의 이미지가 실상과 얼마나 다른지 깨달아.

네 번째 폭행은 너희 둘 다 오스카상 수상이 불발되면서 벌어져. 너는 한쪽 어깨가 드러난 에메랄드그린 실크 드레스 차림이야. 연미복을 멋지게 차려 입은 그는 상처를 달래려고 뒤풀이에서 술을 잔뜩 마셔. 간신히 집으로 돌아와 진입로에 들어서는데, 그는 상을 놓친 것 때문에 도저히 분을 삭이지 못해.

네가 괜찮다고 말해.

그는 네가 뭘 알겠냐고 무시해.

너도 수상하지 못했다는 사실을 그에게 상기해 주지.

그러자 그가 말해.

"그래. 하지만 네 부모는 롱아일랜드 출신의 쓰레기들이라 너한테 뭘 기대하지도 않잖아."

가만히 있어야 한다는 걸 알면서도 너는 발끈해서 말하지.

"난 헬스 키친 출신이야, 이 개자식아."

그가 멈춰 선 차문을 열더니 너를 밖으로 밀쳐내.

다음날 아침 그가 눈물을 흘리며 굽실거려도 너는 더 이상 그를 믿지 않아. 그렇다고 특단의 조치를 취하진 않지.

드레스에 생긴 구멍을 옷핀으로 고정하듯, 유리창에 생긴 균열을 테이프로 붙이듯 임시방편으로 모면할 뿐이야.

문제의 근본 원인을 해결하기보단 사과를 받아들이는 게 더 쉬우니까. 그렇게 매번 넘어가던 어느 날, 해리 캐머런이 내 분장실에 들러서 좋은 소식을 전했어. 〈작은 아씨들〉의 촬영 허가가 떨어졌다는 거야.

"당신이 조를 맡고 루비 레일리가 메그, 조이 네이선이 에이미, 셀리아 세인트 제임스가 베스를 맡을 거야."

"셀리아 세인트 제임스? 올림피아 스튜디오 소속 배우 말이에요?"

해리가 고개를 끄덕였어.

"아니, 왜 눈살을 찌푸리지? 감격할 줄 알았는데."

"오," 내가 해리에게 몸을 더 돌리며 말했어. "감격했어요, 그것도 엄청."

"셀리아 세인트 제임스가 마음에 걸리나 보지?"

"그 십대 싸가지가 나를 연기로 누를 것 같아서요."

내가 씩 웃으며 말하자 해리가 고개를 뒤로 젖히며 껄껄 웃었어.

셀리아 세인트 제임스는 연초에 헤드라인을 장식했어. 열아홉 나이에 전쟁미망인으로 분해서 열연을 펼쳤거든. 다들 그녀가 내년도 아카데미 후보에 지명될 거라고 말했지. 스튜디오 측에선 베스 역의 적임자로 충분히 꼽을 만했어.

바로 그런 이유로, 루비와 내가 싫어할 만했고.

"에블린, 당신은 이제 겨우 스물한 살이야. 당대 최고의 배우와 결혼한데다 얼마 전엔 아카데미 후보에도 올랐었잖아."

해리의 말도 일리가 있었지만 나는 여전히 셀리아가 신경에 거슬렸어.

"그야 그렇죠. 내 인생 최고의 연기를 펼칠 준비는 다 됐어요. 사람들이 영화를 보면서 이렇게 말할 거예요. '베스가 누구지? 아, 병에 걸려 죽는 셋째? 걔가 뭐라고?'"

"그렇게 될 걸 믿어 의심치 않아." 해리가 나를 팔로 감싸 안으며 말했어. "에블린, 당신은 정말 대단해. 그 점을 세상 사람들이 다 알고 있어."

내가 웃으며 말했어. "정말로 그렇게 생각해요?"

그나저나 사람들이 스타에 대해 꼭 알아야 할 점이 있어. 우리는 대단하다, 멋지다는 말을 듣는 걸 좋아해. 그런 말은 아무리 들어도 질리지 않아. 나이 드니까 사람들이 걸핏하면 그러더라고. "대단하다는 소리를 하도 많이 들어서 이젠 듣기 싫죠?" 그럼 나는 농담처럼 이렇게 대꾸하지. "한 번 더 듣는다고 나쁠 건 없죠." 사실, 칭찬은 마약과 같아. 들으면 들을수록 갈망하게 되거든.

"물론이지." 해리가 말했어. "정말로 그렇게 생각한다니까."

나는 의자에서 일어나 해리를 꼭 안아 줬어. 그 순간, 내 얼굴이 환한 조명에 고스란히 노출되고 말았어.

해리가 내 얼굴을 찬찬히 살피더라고.

짙은 화장으로 가려 둔 푸르스름한 멍이 드러나고 말았어.

"에블린…"

해리가 확인이라도 하려는 듯 손으로 내 얼굴을 만졌어.

"해리, 모른 척해 줘요."

"그 자식을 죽여 버릴 테야."

"아뇨, 그러지 말아요."

"우린 가장 친한 친구잖아, 에블린. 당신과 나."

"알아요. 나도 알아요."

"당신이 그랬잖아, 절친끼리는 아무것도 숨기지 않는 거라고."

"그런 헛소린 안 믿는다면서요."

나를 뚫어져라 바라보는 해리를 나도 똑같이 응시했어.

"내가 도와줄게." 해리가 말했어. "뭘 어떻게 해 주면 될까?"

"당신은 내가 셀리아보다 멋지게 보이도록 해 주면 돼요. 다른 누구보다 돋보이게."

"내 말은 그 뜻이 아니잖아."

"하지만 그것만 해 주면 돼요."

"에블린…"

"모른 척해 줘요, 해리." 나는 이를 꽉 깨물며 말했어.

해리는 내 뜻을 알아차렸어. 내가 돈 아들러를 떠날 수 없다는 것을.

"아리에게 의논할 수도 있어."

"그이를 사랑해요."

내가 몸을 휙 돌리며 말했어. 그 바람에 귀걸이가 크게 흔들렸어. 진심이었어. 돈과 나는 문제가 있었어. 하지만 문제없는 부부가 어디 있을라고.

그는 나를 불꽃처럼 활활 타오르게 해 준 유일한 남자였어. 때로는 그를 갈망하는 나 자신이 미울 정도였지. 그의 관심을 목말라하고 그의 인정을 받으면 활짝 피어나는 나 자신이 싫었어. 하지만 어쩌겠어. 나는 그를 사랑했어. 내 곁에 그가 있기를 바랐어. 그리고 계속해서 스포트라이트를 받고 싶었어.

"이 문제로 더 이상 왈가왈부하지 말아요."

잠시 후, 내 분장실을 두드리는 소리가 들렸어. 루비 라일리였어. 그즈음 드라마에서 어린 수녀 역을 맡은 탓에 기다란 검정 튜닉 차림으로 헐레벌떡 왔더라고. 두건을 손에 들고서.

"그 소식 들었어요?" 루비가 불쑥 말했어. "아, 들었겠네요. 해리가 여기 있으니."

해리가 웃으며 말했어. "3주 후에 리허설이 시작될 거야."

루비가 장난스레 해리의 팔을 툭 치며 투덜댔어.

"안 돼요, 그 역할은! 셀리아 세인트 제임스가 베스를 맡는다면서요? 그 계집애 때문에 우리가 다 죽게 생겼어요."

"봤죠?" 내가 말했어. "셀리아 세인트 제임스가 죄다 망쳐 놓을 거라고요."

13

〈작은 아씨들〉의 리허설을 시작하는 날 아침, 돈이 침대로 아침을 들고 왔어. 자몽 반쪽과 불붙인 담배. 내가 딱 원했던 거라 무척 낭만적으로 느껴졌어.

"자기야, 행운을 빌어." 돈이 옷을 입고 문 쪽으로 걸어가면서 말했어. "셀리아 세인트 제임스에게 연기가 뭔지, 여배우가 되는 게 진정 어떤 의미인지 제대로 보여줘."

나는 웃으며 그에게 잘 다녀오라고 인사했어. 그리고 자몽을 먹고 쟁반을 침대에 둔 채 샤워하러 갔어.

씻고 나왔더니 파올라가 침대를 정리하고 있더라고. 이불에서 담배 꽁초를 막 집고 있었어. 내가 분명히 쟁반에 내려놨었는데, 굴러 떨어졌나 봐.

나는 집을 깔끔하게 쓰지 않았어.

간밤에 벗은 옷은 바닥에 떨어져 있고, 슬리퍼는 화장대에 뒤집어져 있었어. 수건은 싱크대에 널브러져 있었고.

파올라가 고생이 많았어. 그래서 그런지 나를 별로 좋아하는 것 같지 않았지. 그 점은 확실했어.

"나중에 와서 치울래?" 내가 말했어. "미안한데, 내가 좀 서둘러야 하거든."

파올라가 공손하게 웃으며 자리를 떴어.

사실 나는 전혀 급하지 않았어. 그냥 옷을 입어야 하는데, 파울라가 보는 데서 입고 싶지 않았을 뿐이야. 갈비뼈 주변에 든 멍 자국을 보이고 싶지 않았거든. 자줏빛에서 노르스름하게 변해가는 멍 자국을.

9일 전에 돈이 나를 계단에서 밀쳤어. 오랜 세월이 흐른 지금에 와서도 나는 그를 변호하고픈 마음이 들어. 밀치긴 했지만 그렇게 심각한 상황은 아니었다는 뜻이야. 네 계단쯤 남았을 때, 돈이 나를 떠미는 바람에 휘청 하고 몸이 앞으로 쏠린 거야.

문 옆에 열쇠와 우편물을 올려놓는 테이블이 있었거든. 나는 넘어지면서 테이블 첫 번째 서랍 손잡이에 왼쪽 옆구리를 찧고 말았어.

갈비뼈가 부러진 것 같다고 했더니, 돈은 마치 내가 실수로 넘어진 듯 대수롭지 않게 묻더라고.

"오, 이런. 자기야, 괜찮아?"

거기에 대고 나는 또 바보 같이 대답했어.

"괜찮을 것 같아요."

그때 생긴 멍 자국이 아직도 남아 있었어.

그런데 잠시 후 문이 벌컥 열리며 파울라가 들어왔어.

"미안하지만, 아들러 부인. 제가 두고 간-"

나는 깜짝 놀라서 소리쳤어.

"맙소사! 파울라, 들어오지 말랬잖아!"

파울라가 몸을 휙 돌려서 나갔어. 그런데 내가 열 받은 게 뭔지 아니? 파울라가 정보를 팔려 했다면 왜 그 일을 까발리지 않았느냐는 거야. 왜 돈 아들러가 자기 마누라를 두들겨 팬다는 이야기가 아니었을까? 그 여자는 왜 나를 걸고넘어진 걸까?

두 시간 뒤, 나는 〈작은 아씨들〉 세트장에 도착했어. 촬영과 녹음이 동시에 이뤄지도록 설계된 사운드 스튜디오는 뉴잉글랜드 오두막으로 바뀌어 있었어. 창문엔 눈까지 쌓여 있었어.

베스 역을 누가 맡든 관객은 손수건을 젖게 하는 사람에게 시선을 주기 마련이지만, 루비와 나는 어떻게든 셀리아 세인트 제임스가 주목받지 못하도록 공동 전선을 펼쳤어.

여배우들 사이에선 밀물이 들면 모든 배가 떠오른다는 말은 통하지 않아. 누군가가 떠오르면 누군가는 뒷전으로 밀려 나거든.

리허설 첫 날, 루비와 내가 간식 테이블에서 커피를 마시면서 보니까 셀리아 세인트 제임스는 우리가 자기를 얼마나 싫어하는지 전혀 모르는 눈치였어.

"어우, 겁나 죽겠어요." 셀리아가 루비와 나를 향해 다가오며 말했어.

셀리아는 회색 바지에 분홍색 반팔 스웨터 차림이었어. 그냥 옆집에 놀러온 여자애 같았어. 동그랗게 큰 눈에 푸르스름한 눈동자, 기다란 속눈썹, 큐피드의 활 모양 같은 윗입술, 딸기처럼 붉고 긴 머리카락. 그야말로 청순한 모습이었어.

나하고는 분위기가 너무 달랐어. 대부분의 여자들은 나의 아름다움을 절대로 모방할 수 없다고들 생각했어. 남자들은 애초에 나 같은 여자에게 감히 범접하지 못했고, 루비는 우아하고 세련됐어. 전체적으로 차갑고 도도한 분위기를 풍겼지.

하지만 셀리아는 친근한 아름다움을 지녔어. 잘만 하면 손에 넣을 수 있고 결혼도 할 수 있을 것 같은 그런 느낌이랄까.

루비와 나는 그 힘이 어떤 건지 잘 알았어. 우리에게 없는 무기, 바로 친근함이었지.

셀리아가 간식 테이블에서 빵을 한 조각 집어 땅콩버터를 바른 다음 한 입 먹었어.

"도대체 뭐가 겁나는데?" 루비가 물었어.

"내가 뭘 하는지 전혀 모르겠다니까요!" 셀리아가 말했어.

"셀리아, 설마 우리가 그런 헛소리에 넘어갈 거라고 기대하진 않지?" 내가 말했어.

셀리아가 나를 쳐다봤어. 그런데 그 표정이 너무 낯설더라고. 나를 그런 얼굴로 쳐다본 사람은 아무도 없었던 것 같아. 돈 조차도.

"그렇게 말하니까 마음이 좀 아프네요." 셀리아가 말했어.

살짝 미안한 마음이 들었지만 그런 속내를 내비치고 싶진 않았어.

"별 뜻 없이 한 말인데." 내가 말했어.

"아뇨." 셀리아가 말했어. "살짝 비꼬는 것 같았다고요."

제 몸만 사리는 루비는 조감독이 부르는 것 같다며 자리를 떴어.

"내년에 아카데미상 후보에 오를 거라고 칭찬이 자자한 여배우가 베스 역에 자신이 없다니, 곧이곧대로 믿을 수 있어야지. 가장 쫄깃하고 호감 가는 역할인데."

"그렇게 괜찮은 역이면 당신이 하지 그랬어요?" 셀리아가 물었어.

"나는 너무 늙었잖아, 셀리아. 아무튼 제안해 줘서 고마워."

셀리아가 씩 웃었어. 그제야 내가 그녀의 손아귀에서 놀아났다는 걸 깨달았지.

그 순간 왠지 세인트 셀리아 제임스가 좋아지기 시작했어.

14

"자, 내일 이어서 하자." 에블린이 말했다.

해는 진작 졌고, 주변을 둘러보니 아침, 점심, 저녁 식사의 잔해가 널려 있었다.

"그러시죠." 내가 소지품을 챙기면서 말했다.

"그나저나," 에블린이 문득 생각났다는 듯이 덧붙였다. "홍보 담당자가 오늘 너희 편집자에게 이메일을 받았다던데. 6월호 커버의 화보 촬영에 대해 물었다더군."

"아." 나는 더 말을 잇지 못했다. 프랭키가 몇 번이나 연락했지만 여태 답변을 주지 못했다. 뭐라고 해야 할지 확신이 서지 않았다.

"우리 계획을 아직 알려주지 않았나 보군." 에블린이 말했다.

"예, 아직." 내가 노트북을 가방에 넣으며 말했다. 내 목소리에서 살짝 당황한 기색이 엿보이는 게 싫었다.

"괜찮아." 에블린이 말했다. "난 너를 판단하지 않아. 네가 혹시 그 점을 걱정하는 거라면. 내가 뭐 진실의 수호자도 아니고."

내가 웃었다.

"넌 그냥 네가 해야 할 일을 하면 돼."

"그럴게요."

다만 그게 뭔지 아직 모를 뿐이다.

집에 오니 엄마가 보낸 소포가 건물 문 바로 안쪽에 놓여 있었다. 번쩍 들려고 보니 너무 무거웠다. 하는 수 없이 발로 밀면서 옮겼다. 계단을 올라갈 땐 한 번에 한 칸씩 간신히 들어 올렸다. 한참 만에 내 아파트까지 끌고 들어왔다.

상자를 열자 아버지의 사진 앨범이 가득했다.

앨범 겉면마다 우측 하단에 "제임스 그랜트"라고 양각으로 새겨져 있었다.

급할 게 하나도 없었지만 나는 그 자리에 쪼그리고 앉아서 하나씩 펼쳐봤다.

감독과 유명 배우, 지루해 하는 엑스트라, 조감독 등 수많은 사람의 스틸 사진이 들어 있었다. 아버지는 그 일을 좋아했다. 사진에 찍히는 줄도 모르는 사람들의 모습을 순간순간 포착하는 걸 무척이나 좋아했다.

아버지는 돌아가시기 일 년쯤 전에 밴쿠버에서 두 달간 근무한 적이 있다. 엄마와 함께 두 번이나 방문했는데, LA보다 어찌나 춥던지 아버지가 왜 그런 데서 일하나 궁금했던 기억이 있다. 그래서 왜 가까운 데서 일하지 않는지, 그 일을 왜 맡아야 했는지 물었다.

아버지는 가슴 뛰게 하는 일을 하고 싶다고 했다. 그러면서 나한테도 그런 일을 하라고 했다.

"모니크, 너도 그래야 해. 네 가슴을 뛰게 하는 일을 찾아야 한단다. 그냥 아무 일이나 하지 말고. 알았니? 아빠한테 약속할 수 있지?"

나는 아버지가 내민 손을 잡고 흔들었다. 거래라도 하는 것처럼. 그때 내 나이가 여섯 살이었다. 그리고 두 살 더 먹었을 때 아버지는 우리 곁을 떠났다.

하지만 나는 그 말을 깊이 아로새겼다. 십대 시절 내내 어떤 식으로든 내 혼을 불태울 수 있는 일을 찾으려고 무진 애를 썼다. 하지만 그런 일을 찾기가 쉽지 않았다. 아버지와 작별한 지 한참 지난 고등학교 시절, 나는 연극부와 오케스트라부에 들어갔다. 합창부에도 들어가고, 축구부와 토론부에도 잠시 발을 들여놨다. 혹시나 싶어 사진부에도 들어갔다. 아버지의 가슴을 뛰게 한 일이라면 내 가슴도 뛰게 하지 않을까 기대하면서.

결국 서던캘리포니아 대학에 입학한 후에야 그런 일을 찾을 수 있었다. 1학년 작문 시간에 학급 친구 중 한 명을 자세히 소개하는 글을 쓰라는 과제가 떨어졌다. 나는 사람들에 대한 글을 쓰는 게 좋았다. 현실 세계를 해석할 참신한 방법을 찾는 것도 좋았다. 아버지가 말한 가슴 뛰는 일이 어떤 건지 그제야 감이 왔다. 사람들의 이야기를 공유하고 서로 연결시키는 일이 참으로 멋지게 느껴졌다.

그렇게 해서 뉴욕 대학교 언론 대학원까지 가게 되었다. 그 후 한동안 라디오 방송국인 WNYC에서 인턴으로 근무했다. 가슴 뛰는 일을 찾아 헤매느라 민망한 블로그에 글을 기고하면서 근근이 생활하다 결국 디스코스에 정착했다. 디스코스 소속 블로거로 활동하던 중에 사이트 개편 작업을 맡았던 데이빗을 만났다. 나중에 비방트로 옮겼고, 어쩌다 보니 에블린을 만나게 됐다.

내 인생 궤적은 결국 밴쿠버에서 몹시 추웠던 어느 날 아버지가 들려준 말에서 비롯된 셈이다.

문득 아버지가 아직 살아 계셨다면 내가 이렇게 말을 잘 들었을까,

하는 생각이 들었다. 아버지의 충고가 한없이 이어졌다면 내가 그 말을 매번 지켰을까?

마지막 사진 앨범을 넘기는데 영화 세트장에서 찍은 것 같지 않은 사진이 몇 장 나왔다. 바비큐 파티를 하면서 자연스럽게 찍은 사진이었다. 배경 부분에 엄마 모습이 몇 번 보였다. 그리고 부모님과 내가 함께 찍은 사진도 하나 있었다.

네 살 남짓이나 됐을까. 나는 케이크를 먹으면서 카메라를 쳐다보고 있었다. 엄마는 나를 안고 있고 아버지는 두 팔로 우리를 감싸고 있었다. 당시에 다른 사람들은 나를 엘리자베스라는 이름으로 불렀다. 엘리자베스 모니크 그랜트.

엄마는 내가 크면서 리즈나 리지로 불릴 거라고 생각했다. 하지만 아버지는 늘 모니크라는 가운데 이름을 좋아했고 그 이름으로 나를 불렀다. 나는 아버지에게 내 첫 번째 이름이 엘리자베스라는 사실을 상기해 주곤 했다. 그때마다 아버지는 내가 원하는 이름을 첫 번째로 삼아도 된다고 얘기했다. 아버지가 세상을 떠난 후 엄마와 나는 자연스레 모니크를 내세우게 되었다. 아버지 뜻을 기리는 게 우리의 고통을 눈곱만큼이나마 덜어 주었기 때문이다. 그렇게 내 애칭이 진짜 이름이 되었다. 엄마는 가끔 지나가는 말로 내 이름이 아버지의 선물이라고 말했다.

이 사진을 보니, 함께 있는 부모님 모습이 얼마나 아름다운지 감회가 새로웠다. 제임스와 안젤라. 아버지와 엄마는 가정을 꾸리고 나를 낳기 위해 혹독한 대가를 치렀다. 80년대 초엔 백인 여성과 흑인 남성의 결합을 반기는 사람이 거의 없었으니까. 양가 식구들도 특별히 좋아하진 않았다. 우리는 아버지가 죽기 전까지 참 많이도 이사를 다녔다. 두 분 모두 마음 편히 지낼 만한 동네를 찾기가 쉽지 않았기 때문이다. 볼드윈 힐스에선 엄마가 환영받지 못한다고 느꼈고, 브렌트우드에선 아버지 마음이 편치 않았다.

나는 학교에 다니기 시작한 후에야 나와 비슷한 사람을 만날 수 있었다. 그 친구는 이름이 야엘이었다. 도미니카 출신 아버지와 이스라엘 출신 어머니를 둔 아이였다. 야엘은 축구를 좋아했고 나는 인형 놀이를 좋아했다. 우리는 의견이 일치할 때가 거의 없었다. 하지만 누가 유대인이냐고 물으면 야엘이 "나는 반은 유대인이야"라고 말하는 게 좋았다. 그 애 말고는 내 주변에 반반인 사람이 없었다.

오랫동안 나는 그렇게 반반인 사람으로 살았다.

그런데 아버지가 세상을 떠난 뒤로는 엄마 쪽 반만 있고 나머지 반은 영영 사라져 버렸다. 그래서 반쪽만 남은 불완전한 존재가 된 것 같았다.

하지만 지금 이 사진을, 1986년에 셋이서 함께 찍은 이 사진을 보니 내가 온전한 한 사람으로 존재하는 기분이 들었다. 아버지는 폴로 셔츠를, 엄마는 데님 재킷을 입고 있었다. 상하의가 연결된 우주복 차림의 나는 전혀 반반처럼 보이지 않았다. 부모에게 사랑을 듬뿍 받는 온전한 한 사람으로 보였다.

나는 아버지를 그리워했다. 우리 곁을 떠난 그 순간부터 내내 그리워했다. 지금 이 순간, 가슴 뛰게 할지도 모르는 일을 하려는 이 순간, 아버지에게 편지라도 보낼 수 있다면 얼마나 좋을까. 내가 뭘 하려는지 알릴 수 있다면, 아버지가 내게 답장을 보낼 수 있다면 얼마나 좋을까.

나는 아버지가 답장에 뭐라고 쓸지 이미 알았다. "네가 자랑스럽구나. 사랑한다, 모니크." 뭐, 이런 식일 것이다. 그런 답장이라도 좋으니, 뭐라도 받고 싶었다.

"좋습니다." 내가 말했다.

나는 에블린의 책상이 내 집처럼 편안했다. 습관처럼 마시던 스타벅스 커피 대신, 이젠 그레이스의 모닝커피에 의존하게 되었다.

"어제 중단했던 부분부터 갈게요. 〈작은 아씨들〉의 리허설 장면이었죠. 자, 시작하세요!"

에블린이 소리 내어 웃었다.

"이젠 제법 노련미가 보이네."

"전 뭐든 빨리 배우거든요."

15

리허설을 시작한 지 일주일쯤 지났을까. 침대에 같이 누워 있던 돈이 어떻게 되어 가냐고 물었어. 나는 셀리아가 생각만큼 잘하더라고 말해줬어.

"흠, 〈몽고메리 카운티 사람들Montgomery County〉이 이번 주에 다시 1위를 차지할 거야. 내가 다시 선봉에 올라섰어. 그런데 내 계약이 올해 말에 만료될 예정이라 아리 설리반이 내 눈치를 엄청 보더라고. 내 말이라면 죽는 시늉이라도 할 기세야. 그러니까 셀리아가 꼴 보기 싫으면 말만 해. 당장 당신 눈앞에서 사라지게 해 줄 테니까."

"아니," 나는 그의 가슴에 손을 얹고 어깨에 머리를 기대며 말했어. "괜찮아요. 내가 주인공이고 그녀는 조연일 뿐이에요. 크게 신경 쓸 일 없을 거예요. 게다가 그녀에게 마음에 드는 구석도 있더라고요."

"나도 당신에게 마음에 드는 구석이 있다니까." 돈이 나를 자기 위로 끌어 올리며 말했어. 그 순간 온갖 시름이 싹 사라져 버렸어.

다음날, 점심 휴식 시간에 조이와 루비는 터키 샐러드를 먹으러 나갔어. 셀리아가 나한테 슬며시 다가오더라고.

"당신이 다이어트를 중단하고 밀크셰이크를 먹을 일은 전혀 없겠죠?"

선셋의 영양사는 내가 밀크셰이크를 마신다고 하면 난리를 피우겠지만, 몰래 마시는 거야 어쩔 수 없겠지.

10분 뒤, 우리는 셀리아의 1956년식 연분홍 쉐비를 타고 할리우드 대로로 나갔어. 셀리아는 운전 실력이 형편없더라고. 나는 손잡이가 구명줄이라도 되는 양 내내 잡고 있었어.

셀리아가 선셋 대로와 카우엥가 교차로의 신호등에 멈춰 섰어.

"슈왑스에 갈까 하는데요." 셀리아가 씩 웃으며 말했어.

슈왑스는 당시 사람들이 즐겨 찾는 레스토랑이었어. 포토플레이의 칼럼니스트인 시드니 스콜스키가 거의 매일 슈왑스에서 글을 쓰기도 했지.

셀리아는 그곳에서 자신을 드러내고 싶었던 거야. 거기서 나와 같이 있는 모습을 보이고 싶었던 거지.

"무슨 수작을 꾸미려고?" 내가 물었어.

"수작이라뇨?" 셀리아는 내 말에 마음이 상한 것처럼 반문했어.

"아, 셀리아." 나는 한 손을 내저으며 그녀의 반응을 무시했어. "이 바닥에서 내가 너보다 몇 년은 더 굴러서 하는 말인데, 너는 아직 세상 물정 모르는 촌뜨기야. 그 점을 잊지 마."

신호등이 초록색으로 바뀌자 셀리아가 총알같이 출발했어.

"저는 조지아 주 출신이에요. 서배너 바로 외곽에서 살았어요."

"그래서?"

"촌뜨기가 아니라는 말이에요. 거기서 파라마운트 임원에게 스카우트 됐다고요."

그녀를 얻으려고 누군가가 비행기를 타고 직접 날아갔다니 나는 살짝, 아니 상당히 위협을 느꼈어. 나는 피땀을 흘리고 눈물을 쏟아가며 이 동네에 왔는데, 그녀는 별 볼 일 없던 시절부터 누군가에게 발탁

되어 할리우드로 진출했다는 뜻이잖아.

"그건 그렇다 치지 뭐." 내가 말했어. "아무튼 나는 네가 무슨 수작을 꾸미는지 알아. 밀크셰이크 마시러 슈왑스에 가는 사람은 아무도 없거든."

"그냥," 셀리아가 목소리 톤을 살짝 바꾸더니 진지하게 말했어. "기사 한두 개 정도 나가는 거야 괜찮잖아요. 조만간 주연을 맡아 연기하려면 나도 이름을 좀 알려야 해서요."

"그러니까 이 밀크셰이크 수작은 나와 함께 노출되려는 계략에 불과한 거지?"

나는 왠지 모욕을 당하는 느낌이 들었어. 셀리아에게 이용당하는 것 같기도 하고 우습게 보인 것 같기도 했거든.

"아뇨, 전혀 그렇지 않아요." 셀리아가 고개를 내저으며 말했어. "나는 그냥 당신과 함께 밀크셰이크를 마시고 싶었을 뿐이에요. 스튜디오를 벗어나면서 문득 '슈왑스에 가면 좋겠다'는 생각이 들었다고요."

셀리아가 선셋과 하이랜드 교차로 신호등에서 급정거하는 바람에 몸이 앞으로 확 쏠렸다가 뒤로 젖혀졌어. 그제야 그녀의 운전 스타일을 알아차렸어. 셀리아는 액셀과 브레이크를 동시에 밟는 폭주족이었던 거야.

"우회전해." 내가 말했어.

"뭐라고요?"

"우회전하라니까."

"왜요?"

"셀리아, 당장 차 문 열고 뛰어내리기 전에 우회전하라니까!"

셸리아가 나를 미친 사람마냥 쳐다보더라고. 그럴 만했지. 깜빡이를 켜지 않으면 죽어버리겠다고 위협한 거나 마찬가지였으니.

셸리아가 하이랜드 방향으로 우회전했어.

"저 신호등에서 다시 좌회전해." 내가 말했어.

셸리아가 이번엔 아무 말 없이 좌회전 깜빡이를 켜더라고. 그런 다음 할리우드 대로로 선회했어. 나는 샛길에 차를 세우라고 지시했지. 그리고 CC 브라운스로 걸어갔어.

"여기 아이스크림이 더 맛있거든." 안으로 들어가면서 내가 말했어.

나는 셸리아의 콧대를 팍 꺾어 버렸어. 내가 원하지 않으면, 그리고 그게 내 아이디어가 아니라면, 그 애랑 사진 찍힐 마음이 없었거든. 나보다 덜 유명한 사람에게 떠밀릴 생각이 추호도 없었어.

셸리아는 고개를 끄덕였지만 내심 상처받은 눈치였어.

우리가 자리에 앉자 카운터 뒤에 있던 남자가 다가왔어. 처음엔 말을 제대로 잇지 못하더라고.

"어… 저기… 메뉴판 갖다 드릴까요?"

"나는 뭐로 할지 이미 정했어." 내가 고개를 저으며 말했어. "셸리아 너는?"

"초콜릿 몰트로 주세요." 셸리아가 점원을 쳐다보며 말했어.

나는 남자의 눈길이 셸리아에게 꽂히는 모습을 지켜봤어. 셸리아가 두 팔을 모으며 상체를 살짝 내밀자 가슴이 도드라졌거든. 무의식중에 한 행동이라 그가 더 매료되는 것 같았어.

"나는 딸기 밀크셰이크로 할게요." 내가 말했어.

남자가 나를 쳐다본 순간, 내 모습을 최대한 많이 담고 싶은 양 눈이 더 커지더라고.

"호, 혹시 에블린 휴고? 맞죠?"

"아닌데요."

나는 씩 웃으며 그의 눈을 똑바로 쳐다봤어. 시내에서 나를 알아보는 수많은 사람들한테 짓궂게 대응하는 내 나름의 방법이었어.

남자가 놀란 표정으로 황급히 물러났어.

"기운 내, 풋내기." 내가 셀리아를 쳐다보며 말했어. 그녀는 반짝반짝 윤이 나는 카운터를 흘겨보더라고. "내 덕에 더 맛있는 밀크셰이크를 먹게 됐잖아."

"제가 슈왑스 어쩌고 하면서 화나게 했군요. 미안해요." 셀리아가 말했어.

"셀리아, 네가 원하는 만큼 확실히 성공하려면 두 가지를 먼저 배워야 해."

"그게 뭐죠?"

"첫째, 상대를 한껏 밀어붙인 다음엔 후회하지 말 것. 네가 달라고 부탁하지 않으면 아무도 너한테 거저 주지 않아. 일단 달라고 했다가 거절당하면, 그걸로 끝이야. 깨끗이 잊어 버려."

"두 번째는요?"

"사람을 이용하려면 제대로 할 것."

"당신을 이용하려던 게 아니-"

"아니, 너는 날 이용하려 했어. 그게 뭐 어때서? 네가 이용할 가치가 있었다면 나는 선뜻 이용했을 거야. 그러니까 너도 날 얼마든지 이용해도 돼. 우리 둘의 차이점이 뭔지 아니?"

"우리 둘의 차이점이야 굉장히 많죠."

"내가 말하려는 그 차이점을 아냐고?"

"뭔데요?"

"내가 사람을 이용한다는 점을 잘 안다는 거야. 그게 뭐 어때서? 그리고 네가 사람을 이용하지 않는다고 너 자신을 설득하는 데 쓰는 에너지를 나는 더 잘 이용하는 데 쓴다는 거야."

"그런데 그게 자랑스럽다는 건가요?"

"그렇게 해서 얻어낸 게 자랑스럽지."

"나를 이용하는 건가요? 지금?"

"내가 너를 이용하는지 여부를 너는 절대로 모를 거야."

"그래서 묻잖아요."

카운터 뒤에 있던 남자가 밀크셰이크를 들고 다시 나타났어. 그걸 우리에게 갖다 주기 위해 어지간히 용기를 낸 듯 보였어.

"아니." 남자가 가고 나서 내가 셀리아에게 말했어.

"뭐가 아니라는 거죠?"

"너를 이용하는 게 아니라는 거야."

"그렇다니 마음이 놓이네요."

내 말을 이렇게 쉽게, 이렇게 선뜻 믿다니, 셀리아가 너무 순진하다는 생각이 들었어. 사실대로 말하긴 했지만 그래도.

"내가 너를 왜 이용하지 않는지 아니?" 내가 말했어.

"나랑 있는 게 좋아서?"

셀리아가 셰이크를 한 모금 마시면서 시큰둥한 목소리로 말했어.

그 목소리가 웃겨서 나는 깔깔 소리 내어 웃었어.

셀리아는 당시 우리 또래 중에서 오스카상을 제일 많이 수상할 것으로 기대를 받았어. 그것도 아주 강렬하고 극적인 역할로 말이야. 하지만 나는 그녀가 코미디에서 한방 터뜨릴 거라고 생각했어. 순발력이 무척 뛰어났거든.

"내가 너를 이용하지 않는 이유는 네가 나한테 줄 게 하나도 없기 때문이야. 적어도 아직까지는."

셰이크를 마시는 셀리아의 표정이 썩 좋아 보이진 않았어. 나는 아랑곳 않고서 내 셰이크를 한 모금 들이켰어.

"그건 사실이 아닌 것 같은데요." 셀리아가 말했어. "당신이 나보다 더 유명하다는 점은 인정할게요. 할리우드 최고 배우와 결혼했으니, 그만한 효과는 누릴 수 있죠. 하지만 그것 말고는 당신이나 나나 똑같잖아요, 에블린. 당신은 두어 편의 영화에서 좋은 연기를 펼쳤어요. 나도 그랬고요. 이번엔 같은 영화에 함께 출연하고요. 이 영화로 둘 다 아카데미상을 노리고 있죠. 솔직히 말하면, 이 부분에선 내가 더 유리한 입장이에요."

"왜 그렇다고 생각하지?"

"내가 연기를 더 잘하잖아요."

나는 빨대로 셰이크를 훅 빨아들이다 멈추고 셀리아 쪽을 쳐다봤어.

"어째서 그렇게 생각하는데?"

"그런 건 자로 잴 순 없어요." 셀리아가 어깨를 으쓱하며 말했어. "하지만 사실이에요. 〈하루만 더〉를 봤는데, 당신 연기는 정말 괜찮았어요. 하지만 내가 더 뛰어나요. 당신도 내가 더 뛰어나다는 걸 알잖아요.

그러니 당신과 돈이 이 프로젝트에서 나를 거의 쫓아내려 했겠죠."

"아니, 우린 그런 적 없어."

"그랬잖아요. 루비가 알려줬어요."

내가 했던 말을 셀리아에게 고자질했다고 루비를 나무랄 생각은 없었어. 우편배달부를 보고 멍멍 짖는다고 개한테 화를 낼 순 없잖아. 원래 그런 종자들이니까.

"아, 뭐 네가 나보다 더 뛰어난 배우라고 치자. 그리고 돈과 내가 너를 내쫓는 문제로 의논했다고 치자. 그래서 어쨌다는 건데? 그게 뭐 대수라고!"

"음, 그게 바로 내 요점이에요. 내가 당신보다 재주가 많다는 것, 그리고 당신이 나보다 힘이 세다는 것."

"그래서?"

"당신 말이 맞아요. 나는 사람을 이용하는 데 젬병이에요. 그래서 다른 방식으로 접근하려는 거예요. 우리 둘이서 힘을 합쳐 봐요."

나는 밀크셰이크를 다시 홀짝였어. 왠지 호기심이 발동하더라고.

"어떻게?"

"촬영 후에 당신 장면을 함께 연습하도록 해요. 내가 아는 걸 알려 줄게요."

"그리고 나는 너와 함께 슈왑스에 가고?"

"당신이 이뤄낸 걸 나도 이루게 도와줘요. 스타가 되는 법을 알려 달라고요."

"하지만 그 다음엔?" 내가 말했어. "우리 둘 다 유명해지고 연기도 뛰어나면 어떻게 되는데? 잘나가는 역할마다 피 튀기게 경쟁하게 되는 건가?"

"그것도 한 가지 옵션이 될 수 있죠."

"그럼 다른 옵션은?"

"나는 당신이 정말 좋아요, 에블린."

나는 셀리아를 곁눈질로 흘겨봤어.

셀리아가 그런 나를 보며 웃었어.

"이 동네 여배우들이 무슨 뜻으로 그렇게 말하는지 알아요. 하지만 나는 그런 여배우들처럼 되고 싶지 않아요. 나는 당신을 정말로 좋아해요. 스크린에서 당신을 보는 게 좋아요. 당신이 장면마다 등장하는 방식도 좋고요. 다른 사람은 전혀 눈에 안 들어와요. 금발에 비해 짙은 피부색도 좋아요. 전혀 어울릴 것 같지 않은데, 당신에게는 너무나 자연스러워 보여요. 솔직히 말해서 당신의 그 계산적이고 못된 점도 좋아요."

"난 못되지 않았어!"

셀리아가 깔깔 웃었어.

"아, 당신은 지독하게 못됐어요. 내가 당신보다 돋보일 것 같다는 이유로 자르려고 했잖아요? 진짜 못된 거죠. 게다가 사람들을 어떻게 이용하는지 자랑스레 떠벌리다니, 진짜 별로예요. 하지만 그런 걸 숨기지 않고 말하는 당신이 정말 좋아요. 솔직하고 당당하잖아요. 이 동네 여자들은 노상 헛소리를 떠벌리죠. 하지만 당신은 뭔가 얻어낼 게 있을 때만 헛소리를 하잖아요. 그 점이 아주 마음에 들어요."

"칭찬인지 욕인지 잘 모르겠네." 내가 말했어.

셀리아가 씩 웃더니 말을 이었어.

"당신은 뭘 원하는지 정확히 알고 제대로 밀어 붙이죠. 에블린 휴고가 조만간 할리우드 최고의 스타로 등극하리라는 점을 의심할 사람은 아무도 없다고 봐요. 당신이 볼만한 가치가 있어서 뿐만 아니라, 당신이 그만큼 성공하겠다고 결정했기 때문이에요. 이제 당신은 실제로 그렇게 될 거예요. 나는 그런 여자와 친구가 되고 싶어요. 진짜 친구. 앞에선 좋다고 시시닥거리고 뒤에선 험담을 일삼는 루비 라일리 같은 친구가 아니라 참다운 우정을 나누는 진짜 친구요. 속내를 털어놓으며 믿고 의지할 친구요."

나는 셀리아의 말을 곰곰이 생각해 봤어.

"서로 머리도 만져 주고 그래야 하는 거니?"

"아뇨. 그런 일을 하는 사람에게 선셋에서 돈을 지불하잖아요."

"내가 너의 남자 문제 따위에 귀를 기울여야 하는 거니?"

"그럴 일은 없을 거예요."

"그럼 뭐야? 그냥 함께 시간을 보내면서 곁에 있어 주기만 하면 되는 거야?"

"에블린, 친구 사귀어 본 적 한 번도 없어요?"

"물론 사귀어 봤지."

"진짜 친한 친구요? 진정한 친구?"

"나도 진정한 친구가 있어. 그런 걸 묻다니!"

"그게 누군데요?"

"해리 캐머런."

"해리 캐머런이 당신 친구예요?"

"나랑 제일 친한 친구야."

"아, 좋아요." 셀리아가 한 손을 내밀며 말했어. "그럼 난 두 번째로 친한 친구가 될게요. 해리 캐머런 다음으로."

나는 셀리아의 손을 꼭 잡고 흔들었어.

"좋아. 내일 너랑 슈왑스에 갈게. 그 뒤로, 우리 둘이서 리허설을 하는 거야."

"고마워요." 셀리아가 환하게 웃으며 말했어. 원하는 걸 다 가진 사람 같았어. 심지어 나를 끌어안기도 했어. 카운터 뒤에 있던 남자가 우리를 한동안 쳐다봤어.

내가 계산서를 달라고 했어.

"그냥 가세요. 두 분에겐 공짜로 드리겠습니다."

나는 그 남자가 멍청하다고 생각했어. 음식을 공짜로 먹어야 할 사람이 있다면, 그게 부자여선 안 되잖아.

"당신 남편에게 〈포인트듐의 총잡이〉를 감명 깊게 봤다고 전해 주세요."

셀리아와 내가 자리에서 일어나는데 남자가 말했어.

"무슨 남편이요?" 내가 아주 새침하게 말했어.

셀리아가 깔깔 웃자 나는 그녀에게 싱긋 웃어 보였어. 하지만 속으론 전혀 다른 생각을 하고 있었어.

'그런 말을 전할 순 없어. 그는 내가 놀린다고 생각할 거야. 그럼 나를 또 때리겠지.'

서브 로사

1959년 6월 22일

냉정하기 그지없는 에블린

침실이 다섯 개나 있는 대저택의 멋진 커플이 왜 아기를 낳아 그 집을 채울 생각을 안 할까? 돈 아들러와 에블린 휴고에게 이 질문을 하지 않을 수 없다.

아니, 그냥 에블린에게만 물어보는 게 낫겠다.

돈은 아기를 원하니까. 우리도 이 아름다운 커플의 2세가 언제 세상에 나올지 손꼽아 기다리고 있다. 두 사람의 유전자를 물려받은 아이라면 기절할 정도로 예쁠 테니까.

그런데 에블린이 협조를 안 한다. 에블린은 최신작인 〈작은 아씨들〉을 비롯해 자신의 커리어 외엔 관심이 없다.

집을 깨끗하게 유지하지도 않고, 남편의 간단한 부탁도 들어주지 않으며, 집안일을 거드는 사람들에게 친절을 베풀지도 않는다.

그저 셀리아 세인트 제임스 같은 독신녀들과 슈왑스에서 노닥거리기만 한다! 가엾은 돈은 집에 틀어박혀 아기를 갈망하는데, 에블린은 밖에서 흥겨운 시간을 보내고 있다.

그 집에선 모든 게 에블린 중심으로 돌아간다.

그리고 홀로 남은 남편은 점점 더 불만이 쌓인다.

16

"이거 진짜 실화예요?"

내가 해리의 책상에 잡지를 던지며 말했어. 물론 해리는 그 기사를 벌써 봤더라고.

"그렇게 나쁘진 않아."

"좋지도 않잖아요."

"그렇지 않다니까."

"왜 아무도 손쓰지 않았던 거죠?"

"서브 로사가 더 이상 우리 얘길 듣지 않기 때문이야."

"그게 무슨 뜻이죠?"

"그쪽은 더 이상 진실에 신경 쓰질 않아. 그냥 원하는 대로 찍어댈 뿐이야."

"돈 버는 일엔 신경 쓸 거 아니에요?"

"그야 그렇지. 하지만 우리가 지불할 수 있는 액수보다 당신의 결혼 생활에 대한 내막을 들춰내는 일로 훨씬 더 많이 벌 거야."

"여긴 선셋 스튜디오잖아요."

"아직 눈치를 못 챘나 본데, 우린 예전만큼 많이 못 벌어."

나는 어깨를 축 늘어뜨리고 해리의 책상 맞은편에 앉았어. 때마침 노크 소리가 났어.

"셀리아예요." 문 너머에서 셀리아가 말했어.

나는 걸어가서 문을 열어 주었어.

"기사를 봤구나."

내 말에 셀리아가 나를 물끄러미 쳐다보더니 입을 열었어.

"그렇게 나쁘진 않아요."

"좋지도 않잖아."

"그렇지 않아요."

"둘이 짰어? 아무튼 고마워."

셀리아와 나는 그 전 주에 〈작은 아씨들〉의 촬영을 마쳤어. 마지막 촬영 다음날 무쏘&프랭크에서 조촐하게 축하 파티를 열었어. 해리와 그웬돌린까지 합류해서 스테이크를 썰고 칵테일을 마셨지.

그날 해리가 셀리아와 내게 기쁜 소식을 전해 줬어. 아리가 우리 둘다 아카데미상 후보에 오를 거라고 했다는 거야.

셀리아와 나는 날마다 촬영을 마친 후 내 트레일러에 남아 늦게까지 연습했어. 셀리아는 극사실주의 연기 스타일인 메소드 연기를 추구했어. 극중 캐릭터에 온전히 몰입해서 그 인물이 되려고 했어. 나는 몰입 속도가 다소 느렸지만 셀리아가 순간적으로 감정 잡는 방법을 알려줬고.

당시 할리우드는 다소 혼란스러운 시기였어. 두 가지 상반된 방식이 동시에 통용되는 것 같았거든.

하나는 스튜디오를 중심으로 소속 배우들이 활약하는 전통적 방식이었고, 다른 하나는 반영웅과 어수선한 결말로 불쾌한 현실을 그대로 보여주는 새로운 할리우드 방식이었어. 새로운 방식에선 메소드 배우들이 관객의 가슴을 파고드는 연기를 펼쳤어.

셀리아와 함께 밤마다 담배를 피우고 와인을 마시며 연습하고 나서야, 나는 새로운 풍조에 눈을 돌리게 됐어. 그 전에는 전혀 관심이 없었거든.

하지만 셀리아가 내게 어떤 영향을 미쳤든 결과적으론 좋았던 것 같아. 아리 설리반이 이번 오스카상은 내 차지가 될 것 같다고 했거든. 그 말을 들으니 셀리아가 더 좋아지더라고.

주말마다 로데오 드라이브 같은 번화가에 나가서 셀리아에게 관심을 끌게 하는 일이 전혀 부담스럽지 않았어. 함께 있는 시간이 즐거웠기 때문에 내가 호의를 베푼다는 생각도 안 들었어.

그래서 해리의 사무실에 앉아 둘 다 도움이 안 된다고 화난 척하면서도, 나는 가장 좋아하는 두 사람과 함께 있다는 사실에 안도했어.

"돈은 뭐라고 그래요?" 셀리아가 물었어.

"보나마나 나를 찾느라 스튜디오를 뒤지고 다니겠지."

해리가 나를 힐끔 쳐다보더라고. 돈이 불쾌한 기분일 때 그 기사를 읽으면 무슨 일이 벌어질지 알았으니까.

"셀리아, 오늘 촬영 있나?" 해리가 물었어.

셀리아가 고개를 저었어. "〈벨기에의 자랑거리The Pride of Belgium〉는 다음 주나 돼야 촬영을 시작할 거예요. 이따가 의상 피팅만 하면 돼요."

"의상 피팅은 다른 날로 바꿔줄 테니 에블린과 함께 쇼핑이나 가지 그래? 포토플레이 쪽에 연락해서 두 사람이 로버트슨에 있을 거라고 일러둘게."

"아니, 지금 나더러 셀리아 세인트 제임스 같은 독신녀와 시내에서 노닥거리는 모습을 보이라고요?" 내가 놀라 물었어. "그건 내가 하지 말아야 할 일의 완벽한 한 예처럼 들리는데요."

그나저나 내 머릿속에선 그 멍청한 기사 내용이 계속 맴돌았어. "집 안일을 거드는 사람들에게 친절을 베풀지도 않는다." 이 말이 영 찜찜하더라고.

"쥐새끼 같은 여자 같으니라고."

내가 의자 팔걸이를 주먹으로 내리치면서 말했어. 왜 찜찜했는지 알아냈거든.

"그게 무슨 소리야?" 해리가 물었어.

"망할 도우미가 문제였어요."

"당신 도우미가 서브 로사에 홀렸다고 생각해?"

"아뇨, 확신해요."

"좋아. 그렇다면 당장 해고해야겠군." 해리가 말했어. "벳시한테 바로 가서 도우미를 내보내라고 할게. 당신이 집에 도착할 즈음엔 그림자도 안 비칠 거야."

나는 다른 선택지를 궁리해 냈어.

내가 돈에게 아기를 낳아 주지 않는다는 이유로 대중이 내 영화를 보기 꺼려한다면 그야말로 날벼락일 테니까. 물론 사람들이 그렇게 말하진 않겠지. 아마 그렇게 생각한다는 사실도 깨닫지 못할 거야. 하지만 이런 기사를 읽고 나면, 다음에 내 영화를 보다가 뭐라고 꼬집어 말할 순 없더라도 왠지 마음에 안 드는 구석이 있다고 생각하겠지.

사람들은 가정보다 자신을 우선하는 여자에게 연민을 느끼지 않아. 그런 여자를 사랑스럽다고 생각하지도 않고. 게다가 아내를 단속하지 못하는 남자를 존경하지도 않아. 그러니 기사 내용이 돈에게도 좋을 리 없었어.

"돈과 얘기해 봐야겠어." 내가 일어서며 말했어. "해리, 오늘밤에 로 파니 박사에게 우리 집으로 전화하라고 해 줄래요? 한 여섯 시쯤?"

"왜?"

"그와 통화해야 해서요. 이따가 파올라가 전화를 받으면 굉장히 중 요한 일이니 나를 얼른 바꿔달라고 요구하라고 해요. 파올라가 솔깃할 정도로 심각하게 말해야 돼요."

"음 알았어…."

"에블린, 무슨 일을 꾸미려는 건데요?" 셀리아가 나를 올려다보며 물었어.

"내가 전화를 받으면, 그는 정확히 이렇게 말해야 돼요."

나는 말하다 말고 종이에 뭐라고 급히 썼어.

해리가 먼저 읽고 나서 셀리아에게 종이를 건넸어. 셀리아가 나를 쳐다보더군.

때마침 노크 소리가 나더니 대답할 새도 없이 돈이 들어왔어.

"당신을 찾으려고 한참 돌아다녔잖아."

돈이 말했어. 그의 목소리에선 분노도, 애정도 전혀 드러나지 않았 어. 하지만 나는 돈을 잘 알았어. 감정이나 온기가 없다는 건 조만간 오싹한 상황이 닥친다는 뜻이었어.

"다들 이 거지 같은 기사를 봤겠지?"

돈이 손에 잡지를 들고 흔들었어.

"나한테 계획이 있어요." 내가 말했어.

"빌어먹을! 당연히 계획이 있어야지. 그것도 아주 괜찮은 계획이. 마누라한테 쥐여 사는 놈처럼 비치는 건 질색이니까. 캐머런, 도대체 이게 무슨 일입니까?"

"지금 처리하고 있네, 돈."

"다행이군."

"하지만 그 전에 에블린의 계획을 들어보는 게 어떨까 싶네. 어차피 에블린과 자네는 함께 움직여야 하니까."

돈이 셀리아 맞은편에 가서 앉으며 고개를 까딱했어.

"셀리아."

"돈."

"미안한 얘기지만 이 문제는 우리 셋이 의논해야 할 것 같은데." 돈이 셀리아에게 말했어.

"아, 물론이죠." 셀리아가 의자에서 일어나며 말했어.

"아니야." 내가 손을 뻗어 셀리아를 제지했어. "그냥 있어."

돈이 나를 쳐다봤어.

"앤 내 친구예요."

돈이 눈을 굴리며 어깨를 으쓱하더라고.

"그래, 그 계획이란 게 뭐야, 에블린?"

"유산한 것처럼 꾸밀까 싶어요."

"도대체 뭣 때문에?"

"내가 당신 아기를 낳지 않으려 한다고 사람들이 생각하면 보나마나 나를 미워할 거예요. 그리고 당신을 향한 존경심도 사그라질 테고요."

실제로는 아기를 낳지 않으려 했으면서도 일단은 그렇게 말했어. 언급하기 껄끄러운 문제였지만 어쨌든 사실이니까.

"하지만 에블린이 아기를 낳을 수 없다고 사람들이 생각하면 두 분을 동정할 거예요." 셀리아가 말했어.

"뭐, 동정? 그게 대체 무슨 소리야? 동정이라니! 나는 동정 따위 받고 싶지 않아. 동정에는 힘이 없잖아. 동정을 미끼로 영화를 팔 순 없어."

그러자 해리가 냉큼 동의했어.

"절대로 그럴 순 없지."

6시 10분에 전화벨이 울리자 파올라가 받더니 침실로 뛰어왔어. 의사 선생님이 급하게 찾는다면서 얼른 받아 보라고 했어.

나는 전화기를 집어 들었어. 옆에서 돈이 기대에 찬 눈으로 쳐다보더군.

로파니 박사가 해리에게 건네받은 원고를 그대로 읽었어.

나는 털썩 주저앉아 엉엉 울었어. 혹시라도 파올라가 못 들을까 싶어 최대한 소리 높여서.

30분 후, 돈이 아래층에 내려가서 파올라에게 해고를 통보했어. 돈은 그녀를 열 받게 할 만큼 심술궂게 말했어.

좋게 나가면, 파올라가 언론사에 우리의 유산 문제를 떠벌리지 않을 수도 있잖아. 하지만 열 받은 상태로 쫓겨나면, 당장 언론사로 달려가 자신을 방금 해고한 사람들에 대해 시시콜콜 떠벌리지 않겠어?

서브 로사

1959년 6월 29일

돈과 에블린에게 신의 은총을!

세상 모든 걸 가졌지만 진정으로 원하는 걸 가질 수 없다니…

돈 아들러와 에블린 휴고의 가정은 겉으로 보이는 게 다가 아닌 것 같다. 아기 문제에서 에블린이 돈을 밀어내는 것으로 보였지만 실상은 전혀 다른 상황이 전개됐나 보다.

지금까지 에블린은 돈을 밀어내기는커녕 밤낮없이 노력하고 있었다. 에블린과 돈 둘 다 집안에서 아기들이 뛰놀기를 간절히 원했지만 하늘은 그들 편이 아니었다.

그들에겐 새 생명을 잉태했다는 기쁨을 누릴 새도 없이 슬픔이 찾아들었다. 이번까지 벌써 세 번째로 닥친 비극이란다.

앞으론 돈과 에블린에게 좋은 일만 가득하길 빌어주자.

돈으로 행복을 살 수 없다는 옛말이 하나도 틀리지 않는다.

17

새로운 기사가 나온 날 밤, 돈은 그게 올바른 대처였는지 확신하지 못했어. 해리는 바빠서 말할 새가 없었어. 눈치로 봐선 누군가를 만나는 듯했지.

하지만 나는 어떻게든 축하하고 싶었어.

결국 셀리아를 집에 불러서 와인을 마시기로 했어.

"그럼 이제 도우미가 없겠네요." 셀리아가 주방에서 와인 오프너를 찾으며 말했어.

"없어." 내가 한숨을 쉬면서 말했어. "스튜디오에서 지원자를 죄다 조사할 때까진 없이 지내야지 뭐."

셀리아가 와인 오프너를 찾았기에 내가 카베르네를 한 병 건네주었어.

나는 주방에서 시간을 보낸 적이 별로 없었어. 그래서 그 자리에 있는 게 왠지 낯설더라고. 늘 나를 은근히 흘겨보며 샌드위치를 만들어 준다거나 필요한 물건을 찾아 주겠다고 나서는 사람이 있었으니까. 부자로 살면 집의 일부가 자기 집처럼 느껴지지 않아. 나한테는 주방이 그런 곳이었어.

나는 와인 잔이 어디 있는지 기억을 더듬으며 수납장을 여기저기 뒤졌어.

"아, 여기 있었네."

한참 만에 찾아서 잔을 건네자 셀리아가 말했어.

"그건 샴페인 잔이에요."

"아, 그렇군."

나는 잔을 원래 위치에 내려놓았어. 보아 하니, 크기가 다른 잔이 두 종류 더 있더라고. 둘 중 하나를 꺼내 보이며 물었어.

"이거?"

"아뇨. 둥그스름한 거요. 유리 용품을 잘 모르나 봐요?"

"유리 용품이든 서빙 용품이든 하나도 몰라. 말했잖아. 나는 벼락부자라고."

셀리아가 잔에 와인을 따르며 깔깔 웃었어.

"나는 너무 가난해서 그런 데 눈 돌릴 여유가 없었거나, 너무 부유해서 눈 돌릴 필요가 없었어. 그 중간은 겪어 보지 않았거든."

"당신의 그런 점이 정말 좋아요." 셀리아가 잔을 가득 채워 내게 건네며 말했어. "나는 평생 돈이 궁한 적이 없었어요. 우리 부모님은 지금도 조지아 주에서 귀족 행세를 하며 살아요. 오빠인 로버트만 빼고 나머지 형제자매도 똑같아요. 언니인 레베카는 내가 영화에 나오는 걸 가문의 수치라고 생각해요. 할리우드의 풍조 때문이 아니라 내가 '일을 한다'는 사실 때문에요. 품위가 없다나 뭐라나. 나는 그들을 미워하기도 하고 사랑하기도 해요. 어쨌거나 가족이니까요."

"잘 모르겠어. 나는… 가족이 별로 없거든. 실은 하나도 없어."

헬스 키친에 두고 온 아버지와 나머지 친척들은 나에게 연락하는 데 성공하지 못했어. 애초에 연락할 시도조차 했는지도 모르지만. 뭐가 됐든, 나는 그들 생각에 잠을 설친 적이 단 하루도 없었어.

셀리아가 나를 쳐다봤어. 나를 동정하거나, 자라면서 내가 누리지 못했던 것을 다 가졌다고 불편해 하는 것 같지는 않았더군.

"그래서 내가 당신을 더 우러러볼 수밖에 없다니까요." 셀리아가 말했어. "지금 당신이 누리는 이 모든 걸 직접 쟁취했다는 뜻이니까."

셀리아가 자기 잔을 내 잔에 대고 쨍 부딪히며 말했어.

"누구도 막을 수 없는 존재가 된 당신을 위하여!"

나는 기분 좋게 와인을 마셨어. 그런 다음 몸을 돌려 거실로 향했어.

"따라와."

머리핀 보관 겸용 탁자에 잔을 내놓고 레코드플레이어 쪽으로 걸어갔어. 잔뜩 쌓인 레코드판들 중에서 맨 밑에 놓인 빌리 홀리데이의 '레이디 인 새틴'을 꺼냈어. 돈은 빌리 홀리데이를 싫어했어. 하지만 돈은 그 자리에 없었거든.

"그녀의 본명이 일리노어 페이건이라는 거 알고 있니?" 내가 셀리아에게 물었어. "빌리 홀리데이라는 예명이 훨씬 더 예쁘지."

나는 파란색 소파에 가서 앉았어. 셀리아는 내 맞은편에 앉더니 두 다리를 모아 올렸어.

"당신은요?" 셀리아가 물었어. "에블린 휴고가 본명이에요?"

나는 와인 잔을 꼭 쥐고서 솔직하게 고백했어.

"헤레라. 에블린 헤레라."

셀리아에게선 별 반응이 없었어. 내 우려와 달리, "그렇다면 라틴계로군요"라거나 "어쩐지 이상하다 싶었어요"라고도 말하지 않았어. 내 피부색이 자기나 돈보다 더 어두운 이유를 알겠다고 말하지도 않았어. "정말 예쁜 이름이네요."라고 하기 전까진 아무 말도 안 했어.

"너는?" 내가 우리 사이의 간격을 없애려고 일어나 그녀 옆으로 가면서 물었다. "셀리아 세인트 제임스…"

"제이미슨."

"뭐?"

"세실리아 제이미슨. 이게 내 본명이에요."

"아주 멋진 이름인데, 그들이 왜 바꿨을까?"

"내가 바꿨어요."

"아니 왜?"

"왜냐하면 옆집 여자애처럼 너무 평범하게 들려서요. 나는 늘 한 번 쳐다만 봐도 행운이라고 느껴지는 여자처럼 되고 싶었거든요." 셀리아가 고개를 젖히고 와인을 죽 들이켠 다음 덧붙였다. "당신처럼."

"아, 그만해."

"당신이나 그만해요. 당신이 누구인지, 주변 사람들에게 어떤 영향을 미치는지 다 알잖아요. 나는 당신의 섹시한 가슴과 입술을 위해서라면 무슨 짓이든 불사하겠어요. 당신이 옷을 다 입은 채 등장하기만 해도 사람들은 당신을 벗기고픈 욕망을 느낀다고요."

셀리아가 나에 대해 그런 식으로 말하니까 괜히 얼굴이 빨개지더라고. 남자들이 평소에 나를 바라보듯 말했잖아. 여자가 나한테 그런 식으로 말하는 걸 들어본 적이 없었어.

셀리아가 내 잔을 가져가더니 자기 입으로 꿀꺽 넘겼어. 그리고 잔을 흔들며 말했어.

"더 따라와야겠네요."

나는 웃으며 잔을 들고 주방으로 갔어. 셀리아가 따라와 카운터에 기대서더라고.

"〈아버지와 딸〉을 처음 봤을 때 내가 무슨 생각을 했는지 알아요?"

셀리아의 목소리 뒤로 빌리 홀리데이의 감미로운 목소리가 희미하게 들려왔어.

"글쎄?"

내가 잔을 건네며 말했어. 셀리아는 잔을 받아 옆에 내려놓더니 카운터에 훌쩍 올라앉았어. 암청색 카프리 바지에 흰색 민소매 터틀넥 차림이었어.

"당신이 세상에서 가장 멋진 여자라고 생각했어요. 누구도 흉내 낼 수 없는."

셀리아는 말을 마치고 잔을 반쯤 비웠어.

"무슨 그런 생각을…"

"진짜예요."

나도 잔을 입에 대고 한 모금 마셨어.

"말도 안 돼. 너는 그렇지 않은 것처럼 나를 우러러 보는데, 너도 뽕 갈 정도로 멋지거든. 청순한 매력에 커다란 푸른 눈과 S라인 몸매까지… 아무튼 우리 둘 다 남자들을 혹하게 한다고 봐."

셀리아가 생긋 웃으며 말했어. "고마워요."

나는 와인을 죽 들이켠 후 잔을 카운터에 내려놨어. 셀리아가 도전이라도 하듯 단숨에 마신 후 손가락으로 입을 닦더라고. 나는 잔을 다시 채웠어.

"그런 은밀하면서도 교활한 수법은 다 어떻게 익혔어요?" 셀리아가 물었어.

"무슨 말을 하는지 전혀 모르겠는데." 내가 수줍게 말했어.

"함부로 알려줄 수 없다는 건가요? 역시나 빈틈이 없군요."

"내가?"

그때 마침 셀리아의 팔에 소름이 돋기 시작하기에 내가 거실로 가자고 했어. 그쪽이 더 따뜻했거든. 6월인데도 밤이 되면 사막 바람이 밀려와서 쌀쌀했어. 나 역시 춥다고 느껴져서 셀리아에게 불을 피울 줄 아느냐고 물었지.

"사람들이 피우는 건 봤지만." 셀리아가 어깨를 으쓱하며 말했어.

"나도 마찬가지야. 돈이 피우는 건 봤지만 직접 피워 보진 않았거든."

"우리도 할 수 있어요." 셀리아가 말했어. "우리는 뭐든 할 수 있어요."

"좋아!" 내가 맞장구쳤어. "너는 가서 와인을 한 병 더 따고, 나는 불을 어떻게 피울지 궁리해 볼게."

"좋은 생각이에요!" 셀리아는 어깨에 두른 담요를 벗어 던지고 주방으로 뛰어갔어.

나는 벽난로 앞에 무릎을 꿇고서 재를 쿡쿡 쑤셨어. 그러다 장작을 두 개 집어서 서로 교차하도록 내려놨어.

"신문이 필요하겠네." 셀리아가 돌아오더니 말했어. "아, 잔은 더 이상 필요 없을 것 같아요."

고개를 들고 쳐다보니, 셀리아가 와인을 병째로 꿀꺽꿀꺽 마시더라고.

나는 웃으면서 테이블에 놓인 신문을 가져다가 벽난로에 던져 넣었어.

"아, 더 좋은 게 있었지!"

나는 이렇게 말하고 위층으로 뛰어갔어. 나를 냉정한 싸가지라고 비난했던 서브 로사를 집어 들고 잽싸게 내려왔어.

"이걸 태우는 거야!"

나는 벽난로에 잡지를 던지고 성냥을 켰어.

"그 쓰레기를 얼른 태워 버려요!" 셀리아가 소리쳤어.

불꽃이 일면서 잡지가 오그라들다가 금세 꺼져 버렸어. 나는 다른 성냥에 불을 붙여 던졌어. 불씨가 몇 개 튀면서 신문에 옮겨 붙더니 작은 불꽃이 일어났어.

"됐다. 이젠 장작에 옮겨 붙어서 서서히 타오르지 않을까?"

셀리아가 내 쪽으로 오더니 와인병을 건넸어. 나는 병을 받아 홀짝홀짝 마셨어. 그런 다음 다시 병을 건네려는데 셀리아가 그러더라고.

"당신도 아직 배워야 할 게 더 있군요."

나는 웃으면서 병을 도로 내 입으로 가져갔어.

비싼 와인이었어. 나는 이런 와인을 물처럼 마시는 게 좋았어.

'헬스 키친의 가난한 여자들은 이런 와인을 마실 수 없겠지.'

"알았어요, 알았어요. 나도 좀 마시자고요." 셀리아가 말했어.

나는 짓궂게 병을 꼭 쥐고서 놓지 않았어. 셀리아가 내 손을 움켜잡더니 나와 같은 힘으로 당겼어. 잠시 씨름하다 내가 손의 힘을 풀면서 말했어.

"오케이. 네가 다 마셔."

그런데 힘을 너무 빨리 푸는 바람에 셀리아의 하얀 옷에 와인이 왈칵 쏟아졌어.

"오, 어떡해. 미안해서 어쩌지."

나는 병을 얼른 테이블에 내려놓고 셀리아의 손을 잡아 위층으로 이끌었어.

"내 셔츠를 빌려줄게. 너한테 딱 맞는 게 있거든."

나는 셀리아를 침실로 들인 후 곧장 옷장 쪽으로 갔어. 그런데 셀리아는 내가 돈과 함께 쓰는 침실을 찬찬히 둘러보더라고.

"뭐 좀 물어봐도 돼요?"

셀리아의 목소리에서 뭔지 모를 아쉬움과 애석함이 묻어났어. 나는 셀리아가 귀신이나 첫눈에 반한 사랑 따위를 믿느냐고 물을 거라 생각했어.

"물론이지."

"솔직하게 말하겠다고 약속할 수 있죠?" 셀리아가 침대 모서리에 앉으며 물었어.

"글쎄, 그건 장담할 수 없지."

셀리아가 웃었어.

"그래도 일단 물어봐." 내가 말했어.

"그를 사랑해요?"

"돈을?"

"누구겠어요?"

나는 잠시 생각했어. 예전엔 그를 사랑했거든. 그것도 아주 많이. 하지만 지금은?

"글쎄, 잘 모르겠어."

"다 홍보 때문인 거예요? 아들러 가문의 일원이 되려고?"

"아니, 그렇지는 않아."

"그럼 뭔데요?"

나는 침대로 걸어가 앉았어.

"그를 사랑한다거나 안 한다거나, 또는 이런 저런 이유로 그와 함께 산다는 식으로 말하긴 어려워. 나는 그를 사랑해. 물론 미워할 때가 훨씬 더 많지. 그와 함께 사는 이유는 그의 이름 때문이기도 하지만 함께 있으면 즐겁기 때문이기도 해. 예전엔 정말 즐겁게 지냈어. 지금도 가끔은 그래. 아무튼 한 마디로 설명하긴 어려워."

"돈이 남편의 의무는 다 하나요?" 셀리아가 물었어.

"물론, 하고말고. 때로는 내가 너무 뜨겁게 달아올라서 당황스럽기도 해. 여자가 남자를 이렇게 간절히 원해도 되나 싶을 만큼."

돈은 내가 누군가를 사랑하고 갈망할 수 있다는 걸 가르쳐 줬는지도 모르겠어. 더 나아가, 누군가를 좋아하지 않을 때조차, 아니 좋아하지 않을 때 더 갈망할 수 있다는 것도 가르쳐 줬어. 요즘 사람들은 그걸 증오 섹스라고 부른다지? 하지만 그토록 인간적이고 관능적인 경험에 그렇게 조악한 이름을 붙이는 건 아니라고 봐.

"내가 괜한 걸 물어봤네요."

셀리아가 침대에서 일어나며 말했어. 왠지 기분이 상한 것 같았어.

"셔츠 갖다 줄게."

내가 제일 좋아하는 셔츠 중 하나인데, 은은한 광택이 나는 연보라색 버튼다운 블라우스였어. 나한테는 가슴이 너무 껴서 입기 불편했거든.

셀리아는 나보다 체구가 작아서 꼭 맞을 것 같았어.

"자, 여기." 내가 블라우스를 건네며 말했어.

셀리아가 받아 들고 한참 쳐다봤어.

"색이 끝내주네요."

"그렇지?" 내가 말했어. "실은 〈아버지와 아들〉 촬영장에서 슬쩍 한 거야. 하지만 아무한테도 말하지 마."

"이쯤이면 내게 어떤 비밀을 털어놔도 안전하다는 걸 알아줬으면 해요."

셀리아가 블라우스 단추를 풀면서 말했어. 그냥 툭 던지듯 한 말이었지만 나한테는 큰 의미가 있었어. 셀리아가 그렇게 말했기 때문이 아니라, 그 말을 듣는 순간 내가 그녀를 신뢰한다는 사실을 깨달았기 때문이야.

"그래," 내가 말했어. "알고 있어."

사람들은 친밀감이 섹스에서 비롯된다고 생각하지.

실제로 친밀감은 진실에서 비롯되는 거야.

누군가에게 진실을 털어놓을 수 있다고 느낄 때, 너 자신을 있는 그대로 보여줄 수 있을 때, 벌거벗은 모습을 보여도 상대방이 "나랑 있으면 안전해"라고 답할 때. 바로 그럴 때 친밀감이 생기는 거야.

그런 기준에 따르면, 셀리아와 함께 있던 그때가 내게 가장 친밀한 순간이었어.

그게 너무나 소중하고 고마워서 그녀를 두 팔로 감싸서 절대 놓지 않고 싶었어.

"나한테 맞을지 모르겠어요." 셀리아가 말했어.

"일단 입어봐. 잘 맞을 것 같은데. 맞으면 너 가져."

나는 셀리아에게 뭐든 주고 싶었어. 내 것 네 것 없이 다 주고 싶었어. 누군가를 사랑한다는 게 이런 기분이 아닐까 싶었어. 나는 이미 누군가와 사랑에 빠진다는 게 어떤 의미인지 알고 있었어. 그렇게 느꼈었고 그에 따라 행동했었어. 하지만 누군가를 사랑한다는 것, 누군가를 아낀다는 것은 다른 문제였어. 그건 그 사람과 운명을 같이 한다는 뜻이야. 무슨 일이 벌어지든 너와 나는 함께 할 거라는 뜻.

"알았어요."

셀리아가 셔츠를 침대에 내려놓더니 입고 있던 터틀넥을 벗었어. 옆모습을 힐끔 쳐다보는데 살결이 무척 희고 고왔어. 가슴을 감싼 하얀 브래지어는 나처럼 가슴을 모아주기는커녕 그냥 장식용으로 입은 것 같았어.

나는 셀리아의 오른쪽 옆구리에서 엉덩이까지 길게 나 있는 갈색 주근깨를 따라갔어.

"다들 안녕." 돈이 말했어.

나는 화들짝 놀랐어. 셀리아는 숨도 못 쉴 정도로 허둥대면서 옷을 다시 입었어.

돈이 깔깔 웃더니 우리를 놀리듯 말했어.

"도대체 이 안에서 무슨 일이 벌어지고 있는 거야?"

나는 그에게 다가가며 말했어.

"아무 일도 아니에요."

포토모멘트

1959년 11월 2일

파티 걸의 일상

셀리아 세인트 제임스가 이 동네에서 자신의 이름을 확실히 알리고 있다! 단순히 뛰어난 연기만으로 존재감을 뽐내는 게 아니다. 조지아 피치Georgia Peach, 즉 조지아 주 출신의 이 멋쟁이 아가씨는 좋은 친구를 사귈 줄도 안다.

그중 가장 주목받는 스타는 누구나 좋아하는 에블린 휴고이다. 셀리아와 에블린이 함께 쇼핑하고 수다 떠는 모습이 사방에서 목격되고 있다. 심지어 비벌리 힐스 골프 클럽에서 골프 라운딩을 즐기는 모습도 포착되었다.

조만간 훨씬 더 멋진 모습도 볼 수 있을 것 같다. 셀리아가 다른 누구도 아닌 로버트 로건과 트로카데로에서 목격되었는데, 로건은 에블린의 남편 돈 아들러의 절친 아닌가! 조만간 두 커플의 더블데이트 모습을 기대해도 될 듯하다.

멋진 데이트 상대, 매혹적인 친구들, 수상을 보장하는 뛰어난 연기력. 바야흐로 세인트 셀리아 제임스에게 멋진 시간이 다가오고 있다!

18

"정말 이러고 싶지 않아요." 셀리아가 말했어.

셀리아는 깊게 파인 V자 네크라인의 검정 드레스를 입고 있었어. 나라면 집 밖으로 절대 입고 나갈 수 없는 드레스였어. 성매매 혐의로 체포될 게 뻔했으니까. 목에는 다이아몬드 목걸이를 착용했는데, 돈이 선셋을 설득해서 특별히 빌려준 거야.

선셋은 프리랜서 여배우들에게 너그럽지 않지만, 셀리아는 그 목걸이를 하고 싶어 했어. 나는 셀리아가 원하는 건 뭐든 해 주고 싶어 했고, 돈은 또 내가 원하는 건 뭐든 해 주고 싶어 했어. 적어도 기분이 좋을 때는. 돈은 얼마 전에 두 번째 서부 영화 촬영을 마쳤어. 한 번만 더 기회를 달라고 아리 설리반을 엄청 졸라댔거든. 다행히, 이번에 찍은 〈정의로운 사람들The Righteous〉은 비평가들의 호평을 받았어. 돈이 "남자답게 행동했다"는 등 칭찬 일색이었지. 두 번째 도전에서 액션 스타로 확실히 자리 잡은 거야.

결국 돈은 최고의 흥행 배우가 되었고 아리 설리반은 돈의 요구라면 뭐든 해 주게 됐지.

그래서 그 다이아몬드 목걸이가 셀리아의 목에 걸리게 된 거야. 가운데 매달린 커다란 루비가 그녀의 가슴골에서 아름답게 빛났어.

나는 이번에도 에메랄드그린 드레스를 입었어. 에메랄드그린은 이제 나를 상징하는 색으로 자리 잡기 시작했어. 두툼한 실크인 포드 수아 재질에 허리를 묶어 스커트를 풍성하고 길게 늘어뜨렸어. 어깨를 드러내고 네크라인에 진주 장식을 빙 둘렀어. 머리는 단발보다 짧은 길이에 굵은 웨이브를 넣었어.

나는 거울에 비친 셀리아를 쳐다봤어. 자신의 부풀린 머리를 만지작거리면서 거울을 들여다보고 있었어.

"이렇게 해야 해." 내가 말했어.

"내가 싫다니까요. 내 의사는 안중에도 없어요?"

나는 드레스와 어울리는 클러치를 집어 들었어.

"말 참 안 듣는다." 내가 말했어.

"나한테 이래라 저래라 하지 말아요."

"우리가 왜 친구로 지내니?"

"솔직히, 기억도 안 납니다요."

"우리는 따로 떨어져 있을 때보다 뭉쳐야 더 멋지다니까."

"그게 이거랑 무슨 상관인데요?"

"네가 어떤 역할을 맡고 어떻게 연기할지에 관해선 누가 책임을 져?"

"그야 내가 책임자죠."

"그럼 우리 영화가 개봉할 때는? 누가 책임자야?"

"아무래도 당신이 책임자겠죠."

"아무렴."

"하지만 그 사람이 정말 싫다니까요, 에블린." 셀리아가 손으로 얼굴을 감싸 쥐면서 말했어.

"얼굴에 손대지 마. 그웬이 얼마나 예쁘게 꾸며놨는데."

"내 말 들었어요? 그 사람이 싫다고 했잖아요."

"물론 싫겠지. 족제비처럼 교활한 남자를 누가 좋아하겠니?"

"다른 사람으로 바꿀 수 없어요?"

"너무 늦었어."

"그럼 나 혼자 가면 안 될까요?"

"네 영화 개봉일에?"

"그냥 당신이랑 나랑 둘이 함께 가면 되잖아요."

"나는 돈이랑 갈 거야. 너는 로버트랑 갈 거고."

셀리아가 얼굴을 찡그리며 거울 쪽으로 돌아섰어. 눈을 가늘게 뜨고 입술을 깨무는 폼으로 보아, 자신이 얼마나 화났는지 가늠하는 듯했어.

내가 얼른 셀리아의 가방을 집어 건네줬어. 나갈 시간이었으니까.

"셀리아, 이제 그만 좀 할래? 신문에 이름 올리는 데 필요한 일을 하지 않겠다면, 도대체 여기 왜 있는 거니?"

셀리아가 내 손에서 가방을 홱 낚아채더니 문으로 걸어갔어. 아래층으로 성큼성큼 내려가는가 싶더니, 거실로 들어설 때는 만면에 환한 미소를 지으며 로버트의 품에 안기더라고. 그가 인류의 구세주라도 되는 양.

나는 돈에게 다가갔어. 턱시도를 멋지게 차려 입었더라고. 그곳에서 돈이 가장 잘생긴 남자라는 걸 부인할 수 없었어. 하지만 나는 그에게 점점 질려가고 있었지. 그런 말 있잖아? 매혹적인 여자 뒤에는 그녀랑 섹스 하는 데 질린 남자고 있다고. 음, 그 말은 양쪽에 다 적용되는 거야. 다만 아무도 언급하지 않을 뿐이지.

"갈까요?"

셀리아는 로버트와 팔짱을 끼고 극장에 들어가는 순간을 더 이상 기다릴 수 없는 사람처럼 말했어. 과연 뛰어난 여배우였어. 그 점은 누구도 부인하지 않았지.

"1분도 더 지체하고 싶지 않아요."

내가 돈의 팔짱을 끼고 다정하게 잡으면서 말했어. 돈이 내 팔과 나를 쳐다보더라고. 뜻밖의 상냥한 태도에 기분 좋게 놀란 눈치였어.

"자, 〈작은 아씨들〉에서 우리의 작은 아씨들이 어떻게 나오나 보러 갈까?"

돈이 말했어. 나는 하마터면 그의 얼굴을 한 대 갈길 뻔했어. 그는 나한테 한두 대 맞아도 쌌어. 아니 한 열다섯 대쯤.

차 두 대가 우리를 태우고 그라우맨스 차이니즈 극장으로 향했어.

할리우드대로의 일부 구간은 우리를 위해 통제됐어. 운전기사가 극장 앞에서 셀리아와 로버트를 태운 차 뒤에 멈춰 섰어. 일렬로 늘어선 네 대 중 우리 차가 맨 뒤에 섰지.

한 영화에 스타 여배우가 여러 명 출연하면, 스튜디오에선 큰 이벤트를 펼치고 싶어 해. 그들은 네 여배우가 차 네 대에 나눠 타고 데이트 상대와 동시에 입장하도록 연출해. 물론 내 경우엔 데이트 상대가 남편이었고.

남자들이 먼저 차에서 내려 한 손을 내밀었어. 나는 루비와 조, 셀리아 순으로 내리는 모습을 뒤에서 지켜봤어. 그들이 다 내린 후에도 잠시 뜸을 들였지. 그리곤 발부터 내린 다음 우아하게 레드카펫에 올라섰어.

"당신이 여기서 가장 아름다워." 돈이 옆에서 귓속말을 했어. 거기서 내가 가장 매혹적인 여자라고 돈이 생각한다는 걸 이미 알고 있었어. 그렇지 않았다면 돈은 내 옆에 서 있지도 않았을 테니까.

내 인간적인 매력에 반해서 나한테 달려든 남자는 거의 없었어.

그렇다고 인간적으로 매력적인 여자가 예쁜 여자를 동정해야 한다는 말은 아니야. 다만 자신이 하지도 않은 일로 사랑받는 게 썩 대단한 일은 아니라는 말이야.

우리가 걸어 나가자 사진 기자들이 우리 이름을 연호했어. 사방에서 불러대는 통에 머리가 어지러울 지경이었어.

"루비! 조이! 셀리아! 에블린!"

"아들러 부부! 이쪽이요, 이쪽!"

펑펑 터지는 카메라 플래시와 군중의 함성 때문에 생각을 집중하기 어려웠어. 그래도 나는 오래 전부터 스스로 단련해온 대로 행동했어. 동물원 호랑이로 취급받는 게 내게는 가장 편안한 상황인 양 아주 침착하게 행동했어.

돈과 나는 손을 잡고서 플래시가 터질 때마다 활짝 웃었어. 레드카펫 끝에는 마이크를 든 남자가 몇 명 있었는데, 루비가 그중 한 남자와 이야기했어. 조이와 셀리아가 다른 남자를 사이에 두고 번갈아 말했어. 세 번째 남자가 내 얼굴에 마이크를 들이 밀었어.

키가 작고 째진 눈에 동글납작한 코를 한 남자였어. 흔히 하는 말로, 라디오에 맞는 얼굴이었지.

"휴고 양, 영화가 개봉되어 흥분되십니까?"

이렇게 어리석은 질문이 다 있나 싶었지만 속내를 숨기고 상냥하게 웃어 줬어.

"조 마치를 연기하려고 평생을 기다렸어요. 오늘밤엔 정말 믿을 수 없을 정도로 흥분됩니다."

"촬영하는 동안 좋은 친구를 사귀신 것 같더군요."

"무슨 말씀이세요?"

"당신과 셀리아 세인트 제임스 말입니다. 두 분이 아주 친해 보여서요."

"그녀는 정말 멋져요. 영화에서도 아주 멋질 거예요. 정말로."

"셀리아와 로버트 로건이 요즘 뜨거운 사이로 보이던데, 맞습니까?"

"아, 그건 그들에게 물어보세요. 나는 모르니까."

"하지만 당신이 연결해 주지 않았나요?"

그 순간 돈이 끼어들었어.

"질문은 이걸로 충분한 것 같군요."

"돈, 당신과 에블린은 언제쯤 2세를 보실 건가요?"

"이걸로 됐다고 했죠, 친구. 자, 그만 가지."

돈이 나를 앞으로 밀었어.

우리는 문 쪽으로 향했어. 루비 커플이 먼저 들어가고 뒤이어 조이 커플이 들어가는 게 보였어.

돈이 앞장서서 문을 열고 나를 기다렸어. 옆에선 로버트가 다른 쪽 문을 열고 셀리아를 기다렸고.

문득 아이디어가 떠올랐어.

나는 셀리아의 손을 잡고 돌아섰어.

"군중을 향해 손을 흔들어." 내가 웃으며 말했어. "우리가 영국 여왕이라도 된 것처럼."

셀리아가 환하게 웃으며 나를 따라 손을 흔들었어. 검정 드레스와 에메랄드그린 드레스. 빨간 머리와 금발 머리. 섹시한 엉덩이와 섹시한 가슴. 우리는 지배자라도 되는 양 군중을 향해 손을 흔들었어.

루비와 조이는 어디에도 보이지 않았어. 군중은 우리를 향해 함성을 내질렀어.

잠시 후, 다시 돌아서서 극장 안으로 들어갔어. 그리고 각자의 자리에 가서 앉았어.

"대단하네." 돈이 말했어.

"그러게요."

"몇 달 후에 당신은 이 작품으로, 나는 〈정의로운 사람들〉로 오스카 트로피를 거머쥘 거야. 그 뒤론 거칠 게 하나도 없을 거야."

"셀리아도 후보에 오를 거예요." 내가 귓속말을 했어.

"영화가 끝나고 나갈 때 사람들은 당신 얘기만 할 거야." 돈이 힘주어 덧붙였어. "그 점을 추호도 의심치 않아."

나는 고개를 돌려 로버트가 셀리아에게 속삭이는 모습을 지켜봤어. 재미난 얘기라도 들은 양 셀리아가 깔깔 웃더라고. 하지만 그녀에게 다이아몬드 목걸이를 채워 준 사람은 나였어. 내일 헤드라인 기사에 그녀와 나란히 서 있는 사진 속 주인공도 나일 테고. 셀리아가 지금 저렇게 자신의 드레스를 벗겨도 좋은 양 웃고 있지만, 로버트는 그녀의 엉덩이에 주근깨가 길게 나 있다는 걸 절대로 알 수 없을 테지. 나는 아는데… 머릿속에서 자꾸 그런 생각이 맴돌았어.

"셀리아는 재능이 정말 뛰어나요."

"아, 그만 해." 돈이 말했어. "그 여자 이름만 들어도 지긋지긋해. 기자들은 당신에게 그녀 얘기를 물어볼 게 아니라 우리 얘기를 물어봤어야 해."

"돈, 나는-"

돈이 내 얘기는 들을 가치도 없다는 듯 손사래를 쳤어.

조명이 어두워지고 객석이 조용해졌어. 제작자 이름을 포함한 크레디트가 올라가기 시작했어. 그리고 스크린에 내 얼굴이 나타났어.

스크린에서 눈을 떼지 못하는 관객을 향해 화면 속의 내가 말했어.

"선물도 없는 크리스마스가 무슨 크리스마스야!"

하지만 셀리아가 "우리에겐 아빠와 엄마, 언니와 동생이 있잖아."라고 말하는 순간, 나는 모든 게 끝났음을 알았어.

영화가 끝나고 나갈 때 다들 셀리아 세인트 제임스에 대해 떠들 터였어.

그게 나를 두렵게 하거나 질투하게 하거나 불안하게 했어야 했어. 나는 그녀가 내숭을 떤다거나 몸을 함부로 굴린다는 이야기를 지어내면서 어떻게든 1점이라도 앞서나갈 궁리를 해야 했어. 조신하게 행동하지 않는다는 소문이 여자의 명성을 훼손하는 가장 빠른 방법이니까.

하지만 나는 영화가 상영되는 1시간 45분 동안 상처를 달래는 대신, 자꾸만 솟아나는 미소를 참아야 했어.

셀리아가 오스카상을 받을 게 불 보듯 뻔했어. 그런데 그게 내 질투심을 자극하지 않는 거야. 오히려 나를 행복하게 했지.

나는 베스가 죽는 장면에서 눈물이 나왔어. 돈과 로버트의 무릎 위로 팔을 뻗어 셀리아의 손을 꽉 잡았어.

돈이 나를 흘겨봤어.

나는 속으로 생각했어. '나중에 돈이 나를 때릴 구실을 또 찾겠지. 무슨 핑계를 대든 이것 때문일 거야.'

나는 베네딕트 캐넌 꼭대기에 자리 잡은 아리 설리반의 저택 한가운데 서 있었어. 구불구불한 거리를 지나 그곳까지 오면서 돈과 나는 별로 입을 열지 않았어.

영화에 나온 셀리아를 보면서 돈도 나와 똑같은 생각을 했다고 짐작했어. 누가 화제의 중심이 될지 그의 눈에도 뻔히 보였을 테니까.

운전기사가 우리를 내려준 후, 우리는 안으로 들어섰어. 그런데 돈이 화장실을 찾아봐야겠다며 황급히 사라지는 거야.

주위를 둘러보며 셀리아를 찾았지만 어디에도 없더라고.

그 대신, 달콤한 칵테일을 마시며 아이젠하워에 대해 떠드는 척하면서 팔꿈치로 나를 슬쩍 건드리고 싶어 하는 아첨꾼들밖에 없었어.

"잠깐 실례할게요." 머리를 흉측하게 부풀린 여자에게 내가 말했어.

그 여자는 불행을 부른다는 호프 다이아몬드에 대해 끝없이 지껄이고 있었어. 희귀 보석을 수집하려 애쓰는 여자들은 나와 하룻밤만이라도 보내고 싶어 애태우는 남자들과 똑같아 보였어. 그들에게 세상은 그저 소유의 대상일 뿐이었거든.

"아, 여기 있었군요, 에블린."

루비가 복도에서 나를 발견하고 말했어. 양손에 초록색 칵테일을 들고 있었어. 나를 대하는 태도가 미적지근했지만 무슨 꿍꿍이인지 알

175

아채긴 어려웠어.

"즐겁게 보내고 있니?" 내가 물었어.

루비가 어깨 너머를 힐끔거리더니 양손에 든 칵테일 잔의 기다란 부분을 한손에 거머쥐고 남은 손으로 내 팔꿈치를 잡아끌었어. 그 바람에 칵테일이 넘쳐 내 드레스에 쏟아졌어.

"아우, 루비." 내가 크게 당황하며 말했어.

루비가 고개를 까딱하면서 오른편 세탁실을 가리켰어.

"도대체 무슨…" 내가 말했어.

"빌어먹을 문이나 좀 열어 보라고요, 에블린?"

내가 손잡이를 돌리자 루비는 냉큼 들어서며 나를 잡아 당겼어. 그런 다음 뒤로 문을 닫았어.

"이거," 루비가 어둠 속에서 칵테일 하나를 건넸어. "조이한테 갖다 주려던 건데 당신이 마셔요. 어차피 당신 드레스하고 잘 어울리네요.

눈이 조금 적응되자 나는 잔을 받아 들었어.

"내 드레스 색과 어울리는 걸 다행으로 알아. 거의 반이나 쏟았잖아."

루비가 이젠 자유로워진 한 손을 들어 조명 체인을 잡더니 밑으로 당겼어. 비좁은 세탁실 불이 환히 켜지자 눈이 부셨어.

"오늘밤엔 정말 예의가 없구나, 루비."

"당신이 나를 어떻게 생각하든 알게 뭐야. 자, 이젠 어떻게 할 건데요?"

"뭘 어떻게 해?"

"뭐긴 뭐에요, 세인트 셀리아 제임스지. 이젠 어쩔 거예요?"

"셀리아가 뭘 어쨌다고?"

루비가 답답해서 고개를 수그렸어. "에블린, 맙소사!"

"셀리아는 출중한 연기를 펼쳤어. 우리가 뭘 어쩌겠어?"

"내가 해리한테 말한 그대로 됐잖아요. 하긴, 해리는 귓등으로도 안 들었죠."

"그래서 내가 뭘 어떻게 했으면 좋겠냐고?"

"당신도 놓치고 말 거라고요. 설마 그게 안 보여요?"

"안 보이긴!"

나도 분명히 신경이 쓰였어. 하지만 나는 여전히 여우주연상을 탈 가능성이 있었어. 셀리아와 루비는 여우조연상을 두고 경쟁할 테고.

"너한테 무슨 말을 해야 할지 모르겠다, 루비. 우리는 셀리아를 잘 알아. 연기력이 뛰어나고 멋지고 매력적이지. 너보다 잘난 사람이 있으면, 때로는 그냥 수긍하고 넘어가는 게 좋아."

루비는 나한테 뺨이라도 맞은 듯 쳐다봤어.

나는 달리 더 할 말이 없었지만 루비가 문을 막고 있었어. 그래서 칵테일을 입에 대고 꿀꺽꿀꺽 두 모금에 다 마셨어.

"이건 내가 알고 존경하던 에블린이 아니네." 루비가 말했어.

"아, 루비. 그만 좀 해."

루비가 자신의 잔을 단숨에 들이켰어.

"사람들이 이러쿵저러쿵 떠들어도 나는 믿지 않았어요. 그런데 지금은… 잘 모르겠네요."

"사람들이 뭘 이러쿵저러쿵 떠드는데?"

"알잖아요."

"분명히 말하지만, 나는 전혀 몰라."

"일을 왜 이렇게 어렵게 만들어요?"

"루비, 네가 나를 세탁실로 끌고 왔고 내가 통제할 수도 없는 일로 소리치고 있잖아. 일을 어렵게 만드는 사람은 내가 아니야."

"에블린, 걔 레즈비언이에요."

그때까진 우리를 둘러싼 파티 소음이 희미하게나마 들렸어. 그런데 루비가 그 말을 하는 순간, 레즈비언이라는 단어를 들은 순간, 피가 너무나 빨리 돌면서 맥박 뛰는 소리밖에 들리지 않았어. 루비 입에서 나오는 이야기가 단속적으로 귓전을 스쳐갔어. 호모니, 다이크dyke(여자 동성애자를 모욕적으로 부르는 말)니, 비정상이라느니 하는 말만 간신히 알아들었어.

가슴이 따끔하고 귀가 화끈거렸어.

나는 어떻게든 마음을 진정하려고 애썼어. 뛰는 가슴을 간신히 가라앉히고 루비의 말에 집중하니 마침내 루비가 내게 하려던 다른 이야기가 귀에 들어왔지.

"그나저나 당신 남편 단속이나 좀 신경 써요. 지금 아리의 침실에서 MGM 소속의 암캐한테 쭉쭉 빨리고 있으니까."

그 말을 듣자 내 머릿속엔 '오, 맙소사! 내 남편이 바람을 피운다고?'라는 생각보다 '당장 셀리아를 찾아야 해'라는 생각이 맴돌았어.

19

에블린이 소파에서 일어나 전화기를 집어 들더니, 그레이스에게 길모통이에 있는 지중해 식당에서 저녁 식사를 주문해 달라고 부탁했다.

"모니크? 뭐로 시켜줄까? 소고기, 아니면 닭고기?"

"닭고기요."

나는 에블린이 다시 자리로 돌아가는 모습을 지켜보며 그녀가 이야기를 계속할 거라 짐작했다. 하지만 에블린은 자리에 앉아 나를 물끄러미 쳐다보기만 했다. 방금 했던 말이 사실이라고 거듭 인정하거나 내 추정이 맞는지 속 시원히 확인해 주지도 않았다. 결국 직접 물어보는 수밖에 없었다.

"알고 계셨어요?"

"뭘 알고 있었냐는 거지?"

"셀리아 세인트 제임스가 동성애자라는 거요."

"차차 얘기할 거야."

"그야 그러시겠죠. 하지만…"

"하지만 뭐?"

에블린은 대단히 침착했다. 내 짐작이 뭔지 알고 드디어 진실을 들려줄 준비가 됐기 때문인지, 아니면 내가 헛다리를 짚는 바람에 그녀가 내 속내를 전혀 모르기 때문인지 알 수 없었다.

그 답을 알기 전에는 질문을 해도 되나 확신이 서지 않았다.

에블린은 입술을 한일자로 굳게 다물고 나를 뚫어져라 쳐다봤다. 내가 입을 열기를 기다리는 게 분명했다. 그녀의 가슴이 빠르게 오르락내리락했다. 긴장하는 게 역력했다. 앞서 했던 말과 달리 자신이 없었던 것이다. 어쨌거나 에블린은 배우였다. 나도 이젠 눈에 보이는 게 다가 아님을 알아차릴 때가 되었다.

그래서 다 털어놓든, 적당히 털어놓든 에블린이 준비된 만큼 말할 거라 기대하며 기어이 질문을 던졌다.

"당신에게 인생의 사랑은 누구였나요?"

에블린이 내 눈을 똑바로 쳐다봤다. 조금만 더 밀어붙이면 될 것 같았다.

"괜찮아요, 에블린. 말씀하셔도 돼요."

함부로 털어놓기엔 엄청난 사안이었다. 하지만 괜찮았다. 지금은 예전과 상황이 많이 달라졌으니까. 물론 아직도 완전히 안전하지는 않았다. 그 점은 나도 인정해야 했다.

그래도.

그녀는 말해도 괜찮았다.

나한텐 말해도 괜찮았다.

솔직하게 인정해도 괜찮았다. 지금, 여기서는.

"에블린, 누구를 가장 사랑하셨나요? 저한테 말씀해 주세요."

에블린이 창밖을 내다보며 숨을 한 번 깊이 들이마신 후 말했다.

"셀리아 세인트 제임스."

방안이 조용했다. 방금 내뱉은 말을 에블린 본인도 또렷이 들을 수 있었다. 잠시 후, 에블린이 미소를 지었다. 그야말로 크고 환하고 진심어린 미소였다. 그 다음엔 아예 소리 내어 웃었다. 그러다 돌연 나를 쳐다보며 말했다.

"평생 셀리아를 사랑한 것 같아."

"그렇다면 이 책은, 당신의 전기는… 동성애자로 커밍아웃할 준비가 됐다는 뜻인가요?"

에블린이 잠시 눈을 감았다. 처음엔 그녀가 내 말의 무게를 가늠하는 줄 알았다. 하지만 그녀가 다시 눈을 떴을 때 깨달았다. 내 말의 어리석음을 가늠했다는 걸.

"내가 하는 말을 제대로 귀담아 듣고 있니? 나는 셀리아를 사랑했지만, 그 전에 돈도 사랑했어. 실제로, 돈이 그런 개자식으로 판명되지 않았다면 나는 다른 누구하고도 사랑에 빠지지 않았을 거야. 나는 양성애자야. 모니크, 나를 어떤 틀에 가두려고 내 절반을 무시하는 우를 범하지 마. 다시는."

가슴이 뜨끔했다. 사람들이 멋대로 추정하거나 단면만 보고서 꼬리표를 붙이는 게 어떤 기분인지, 나는 잘 알았다. 내가 흑인처럼 보이지만 실제론 혼혈이라는 사실을 설명하려고 평생 애써야 했으니까. 그래서 단면만 보지 말고 그 사람을 온전히 보고 판단해야 한다는 사실을 누구보다 잘 알았다.

그래놓고 이 자리에서 내가 에블린에게 똑같은 짓을 하다니.

에블린이 여자와 연애한다는 사실만 놓고 게이라고 성급하게 판단해 버렸다. 그녀가 양성애자라고 말해주길 기다리지 않았다.

애초에 그녀가 우려했던 점이 바로 이거였다. 그래서 완벽한 단어 선택과 함께 정확하게 이해받기를 그토록 원했던 것이다. 회색에도 50

가지 색조가 있듯이 자신의 참모습을 제대로 알리고 싶었던 것이다. 내가 나 자신을 정확히 알리고 싶었던 것처럼.

결국 내가 또 일을 그르쳤다. 완전히 그르쳤다. 그냥 지나쳐 버리거나 별일 아닌 듯 넘어가고픈 욕구가 일었지만, 깨끗이 사과하는 게 더 낫다는 걸 누구보다 잘 알았다.

"죄송해요." 내가 말했다. "당신이 전적으로 옳아요. 함부로 추정하지 말고 당신이 자신을 어떻게 정의하는지 먼저 여쭤봤어야 했어요. 그런 점에서, 다시 여쭤볼게요. 이 책에서 양성애자 여성으로 커밍아웃할 준비가 되셨나요?"

"그래," 에블린이 고개를 끄덕이며 말했다. "준비됐어."

내 사과에 에블린의 마음이 어느 정도 풀린 것 같았다. 그래서 얼른 본론으로 넘어갔다.

"그런데 그걸 어떻게 알아차리셨어요? 셀리아를 사랑한다는 걸요. 결국, 당신은 그녀가 여자에게 관심이 있다는 것도 알아차리지 못했고, 당신이 그녀에게 관심이 있다는 것도 쉽사리 깨닫지 못했잖아요."

"흠, 그건 내 남편이 위층에서 바람을 피웠던 게 도움이 됐어. 당시 양쪽으로 질투심이 솟구쳤지. 일단 셀리아가 게이라는 걸 알았을 때 질투심이 일었어. 그녀가 다른 여자와 함께 있거나 예전에 있었다는 뜻이니까. 그녀에게 나만 있는 게 아니라는 뜻이니까. 다음으로, 내가 참석한 파티에서 내 남편이 다른 여자와 놀아났다는 사실에도 질투심이 일었어. 당혹스럽기도 했지만 그게 내 삶의 방식을 위협하기도 했으니까. 나는 셀리아와 친밀감을 유지하고 남편과 거리감을 유지할 수 있는 세상에 살면서, 두 사람이 나 말고 다른 누군가에게서 뭐가 필요할 거라고 생각하지 않았거든. 열심히 쌓아 올린 성벽이 한순간에 무너져 버린 기분이었어."

"당시엔 동성인 사람과 사랑에 빠졌다고 결론내리기가 쉽지 않았을 것 같아요."

"물론 쉽지 않았어! 만약 내가 그때까지 줄곧 여자를 향한 감정과 싸우며 살았다면, 뭔가 요령이 있었을 거야. 하지만 나는 그게 처음이었어. 나는 남자를 좋아하도록 배웠고, 또 실제로 잠깐이나마 남자와 뜨거운 사랑을 나누기도 했으니까. 그런데 내가 늘 셀리아와 함께 있고 싶었다는 사실, 내 행복보다 그녀의 행복을 더 소중히 여길 만큼 그녀를 아꼈다는 사실, 그녀가 셔츠를 벗고 내 앞에 섰던 순간을 떠올리는 게 좋았다는 사실들을 한데 합치면, 너는 수학 공식처럼 내가 여자와 사랑에 빠졌다고 계산하겠지. 하지만 당시엔, 적어도 내 경우엔 그런 공식이 없었어. 공식이 있는 줄도 모르는데, 어떻게 그 답을 찾아낼 수 있었겠니?"

에블린이 잠시 숨을 고른 후 말을 이었다.

"난 드디어 여자 친구가 생겼다고 생각했어. 그리고 내 남편이 개자식이라 결혼생활이 엉망이 됐다고 생각했어. 실제로 둘 다 사실이었고. 다만 그게 전부가 아니었을 뿐이야."

"그래서 어떻게 하셨어요?"

"파티에서?"

"네. 누구한테 먼저 가셨어요?"

"글쎄," 에블린이 뜸을 들이다 말했어. "둘 중 하나가 나한테 왔어."

20

루비가 나만 두고 훌쩍 나가 버렸어. 나는 건조기 옆에서 한 손에 빈 칵테일 잔을 들고 멍하니 서 있었어.

파티장으로 돌아가야 했지만 꼼짝할 수 없었어. 머릿속에선 '여기서 나가야 해'라는 생각이 맴도는데 손잡이를 돌릴 수 없었어. 그런데 잠시 후, 문이 저절로 열렸어. 셀리아였어. 등 뒤로 시끌벅적한 소리와 환한 불빛을 달고 셀리아가 나를 찾아왔어.

"에블린, 여기서 뭐하는 거예요?"

"내가 여기 있는 줄 어떻게 알았어?"

"루비와 우연히 마주쳤는데, 당신이 세탁실에서 정신줄을 놓고 있을 거라더군요. 장난치는 줄 알았는데…"

"아니야."

"그러네요."

"너 혹시 여자들이랑 자?" 내가 물었어.

셀리아가 놀라면서 얼른 등 뒤로 문을 닫았어.

"그게 무슨 말이에요?"

"루비 말로는 네가 레즈비언이라던데."

"루비가 뭐라 하든 무슨 상관이에요?" 셀리아가 내 어깨 너머를 쳐다보며 말했어.

"맞아?"

"그래서 이젠 나랑 친구 안 하려고요? 지금 그 말을 하려는 건가요?"

"아니," 내가 고개를 저으며 말했어. "물론 아니야. 나는… 절대로 그러지 않을 거야. 절대로."

"그럼 뭔데요?"

"그냥 알고 싶을 뿐이야."

"왜죠?"

"나한테 알 권리가 있다고 생각하지 않아?"

"경우에 따라선."

"루비 말이 맞아?" 내가 재차 물었어.

셀리아가 손잡이를 돌려서 떠나려 했어. 나도 모르게 앞으로 다가가 셀리아의 손목을 잡았어.

"뭐하는 거예요?" 셀리아가 물었어.

나는 그녀의 손목에서 느껴지는 감촉이 좋았어. 조그만 세탁실에 은은히 퍼지는 그녀의 향기도 좋았어. 몸을 앞으로 내밀고 그녀에게 키스했어.

내가 뭘 하는지 몰랐어. 그 말은 곧 내 움직임을 완전히 통제하지도 못했고, 그녀에게 제대로 키스하는 방법도 몰랐다는 뜻이야. 남자에게 키스하듯이 해야 할지, 아니면 뭔가 다른 방식이 있을지. 내 행동의 감정적 범위도 이해하지 못했고, 그 의미나 위험성도 제대로 파악하지 못했어.

할리우드에서 가장 큰 스튜디오를 운영하는 대표의 저택에서, 나는 여러 프로듀서와 스타들, 그리고 서브 로사에 달려가 멋대로 떠들어떨 사람들에게 둘러싸인 채 유명한 여자에게 키스한 유명한 여자였던 거야.

하지만 그 순간, 다른 건 전혀 신경 쓰지 않았어. 그녀의 부드러운 입술과 한없이 매끄러운 살결 외에는. 그녀가 내게 다시 키스했다는 것과 문손잡이에서 손을 떼고 내 허리를 잡았다는 것 외에는.

셀리아에게선 라일락 꽃향기가 났어. 입술은 촉촉했고, 달콤한 숨결에선 담배 냄새와 함께 박하향이 나는 크렘 드 망트 술맛이 느껴졌어.

셀리아가 내게 몸을 밀착했을 때, 서로의 가슴과 골반이 맞닿았을 때, 느낌이 사뭇 다르면서도 또 전혀 다르지 않다는 생각뿐이었어. 돈의 납작한 곳은 봉긋하게 부풀어 올라 있었고, 돈의 부풀어 오른 곳은 납작했다는 것 말고는.

심장이 터질 것만 같았다는 것, 내 몸이 그걸 더 원했다는 것, 다른 사람의 향기와 맛과 감촉에 나 자신을 빼앗겼다는 것. 그런 감각은 똑같았어.

셀리아가 먼저 몸을 뗐어.

"여기 계속 있을 순 없어요."

셀리아가 손등으로 입술을 닦으며 말했어. 그러더니 엄지손가락으로 내 입술 아래쪽도 닦아 줬어.

"기다려, 셀리아." 내가 셀리아를 멈추려고 말했어.

하지만 셀리아는 벌써 세탁실을 나선 뒤 문을 닫았어.

나는 몸을 어떻게 가눌지, 뇌를 어떻게 진정시킬지 몰라 잠시 눈을 감았어.

숨을 깊이 들이마셨지. 그런 다음 문을 열고 곧장 계단으로 가서 한 번에 두 칸씩 뛰어 올라갔어.

2층에 있는 문을 하나씩 열어젖혔어. 내가 찾으려는 사람을 기어이 발견할 때까지.

돈은 셔츠를 바지춤 안으로 집어넣고 있었어. 구슬 장식이 달린 금색 드레스 차림의 여자는 구두를 신고 있었고.

나는 바로 뛰쳐나왔지. 돈이 내 뒤를 따라 나왔어.

"집에 가서 얘기하자." 돈이 내 팔꿈치를 잡으며 말했어.

나는 홱 뿌리치며 셀리아를 찾으려고 주변을 둘러봤어. 하지만 어디에도 보이지 않았어.

마침 현관문을 열고 들어오는 해리가 보였어. 술을 입에도 대지 않은 멀쩡한 얼굴이었어. 나는 돈을 계단에 남겨 둔 채 해리에게 달려갔어. 그때 얼큰하게 취한 프로듀서 하나가 멜로드라마에 대한 이야기를 하자며 돈을 붙잡았어.

"밤새 어디 있었어요?" 내가 해리에게 물었어.

"그건 나 혼자만 알고 있을 거야." 해리가 싱긋 웃으며 말했어.

"집까지 태워다 줄 수 있어요?"

해리가 나를 쳐다본 다음 여전히 계단에서 발이 묶인 돈을 쳐다봤어.

"남편이랑 같이 안 가나?"

내가 고개를 저었어.

"돈이 당신 의중을 알고 있어?"

"모른다면 저능아겠죠."

"그래." 해리가 상황을 파악하고 수긍하듯 고개를 끄덕였어. 내가 뭘 원하든 들어줄 표정이었어.

내가 해리의 쉐비 앞자리에 오른 후 해리가 기어를 넣고 막 출발하려는데 돈이 허겁지겁 달려 나왔어. 내 쪽 창문을 두드렸지만 나는 내리지 않았지.

"에블린!" 돈이 소리쳤어.

유리창 때문에 그가 멀리서 이야기하는 것처럼 들리는 게 마음에 들었어.

"미안해." 돈이 말했어. "당신이 생각하는 그런 게 아니야."

나는 앞만 똑바로 응시했어.

"얼른 가죠."

나 때문에 해리는 한쪽 편을 들어야 하는 난처한 입장에 처하게 됐어. 하지만 믿음직스럽게도, 해리는 눈 하나 깜짝하지 않았어.

"캐머런, 감히 누구 마음대로 내 아내를 데려가려는 거야!"

"돈, 내일 아침에 이야기하세."

해리는 창문을 통해 말한 후 그대로 출발해서 협곡 도로로 나아갔어.

선셋 대로에 이르러서야 내 맥박이 느려졌어. 나는 몸을 돌리고 해리에게 이야기를 시작했어. 돈이 위층에서 여자와 있었다고. 해리는 그럴 줄 알았다는 듯 고개를 끄덕였지.

"아니 왜 전혀 놀라는 것 같지 않죠?"

도히니 대로와 선셋 대로의 교차로를 막 통과하자 멋진 비벌리 힐스가 한눈에 들어왔어. 시원하게 쭉 뻗은 도로 양쪽으로 아름다운 나무가 늘어서 있고 말끔하게 다듬어진 잔디밭과 깨끗한 보도가 차창으로 스쳐 지나갔어.

"돈은 늘 새로운 여자를 끼고 노니까. 나는 당신이 이미 알고 있는지, 혹은 그런 데 신경이나 쓰는지 확신이 들지 않더라고."

"난 전혀 몰랐어요. 그리고 당연히 신경 쓰죠."

"그렇다면 미안하게 됐군." 해리가 말하면서 나를 힐끔 쳐다봤어. "그런 줄 알았으면 진작 당신에게 말해줬을 텐데."

"우리는 서로 털어놓지 않는 게 많은 것 같네요." 내가 창밖을 내다보며 말했어. 한 남자가 개를 데리고 걸어가는 모습이 보였어.

그 순간, 나는 누군가가 필요했어.

친구가 필요했어. 내 진실을 털어놔도 될 친구, 나를 받아줄 친구, 나한테 괜찮을 거라고 말해줄 친구.

"우리가 진짜로 그런다면 어떨까요?" 내가 말했어.

"진실을 다 털어놓는다면?"

"진실을 다 털어놓는다면."

해리가 나를 쳐다봤어.

"당신에게 그런 부담을 지우고 싶지는 않은데."

"당신에게도 부담이 될 거예요." 내가 말했어. "나한테도 어마어마한 비밀이 있거든요."

"당신은 쿠바 출신이고 권력욕이 강하며 대단히 계산적인 여자야." 해리가 나를 향해 씩 웃으며 말했어. "그런 비밀은 썩 나쁘지 않아."

나는 고개를 젖히고 깔깔 웃었어.

"그리고 당신은 내가 어떤 사람인지 알지." 해리가 말했어.

"알죠."

"하지만 지금까진 알아도 모르는 척했잖아. 앞으로도 당신은 그와 관련해서 들을 필요도, 볼 필요도 없어."

해리가 언덕으로 올라가는 대신 핸들을 왼쪽으로 꺾어 평지로 향했어. 나를 자기 집으로 데려갈 생각이었나 봐. 돈이 내게 무슨 짓을 할지 두려웠던 거야. 실은 나도 두려웠거든.

"이젠 준비가 된 것 같아요. 진정한 친구가 될 준비. 뭐든 지켜주고 지지해줄 친구." 내가 말했어.

"당신이 지켜줬으면 하는 비밀인지 나는 확신이 서지 않아. 아주 불편한 비밀이거든."

"알고도 모르는 척하는 비밀이 생각보다 흔한가 봐요." 내가 말했어. "누구에게나 그런 비밀이 조금씩은 있겠죠. 나도 그런 비밀이 막 생긴 것 같기도 해요."

해리가 우회전한 후에 자기 집 진입로로 들어갔어. 차를 세운 후 돌아서서 말했어.

"당신은 나와 같은 부류가 아니야, 에블린."

"조금은 같을지도 몰라요." 내가 말했어. "조금은. 셀리아도 그렇고."

해리가 핸들 쪽으로 몸을 돌리고 생각에 잠겼어. 그러다 한참 만에 입을 열었어.

"그래, 셀리아는 그럴지도 몰라."

"알고 있었어요?"

"의심만 했어." 해리가 말했어. "그리고 그녀가… 당신에게 마음을 두고 있나 싶기도 했고."

세상 사람들이 다 아는 걸 나만 몰랐다는 생각이 들었어.

"돈을 떠날 거예요."

해리가 놀라는 표정도 없이 고개를 끄덕였어.

"듣던 중 반가운 소리로군. 하지만 그게 무슨 의미인지 당신이 충분히 알고 있기를 바라."

"내가 뭘 하려는지 알아요, 해리."

그런데 아니었어. 내가 뭘 하려는지 전혀 몰랐거든.

"돈이 가만히 앉아서 당하진 않을 거야. 그 점을 명심해."

"그럼 나더러 가식 떨면서 계속 살라는 거예요? 그가 여자들과 바람을 피우고 내킬 때마다 나를 때려도 그냥 참고 살라는 거냐고요?"

"물론 아니야. 내가 설마 그런 의도로 말했을 것 같아?"

"그럼 뭔데요?"

"당신이 하려는 일에 대한 대비를 잘 했으면 싶어서 그래."

"이 얘긴 더 이상 하고 싶지 않아요."

"그래, 그럼."

해리는 차에서 내린 후 내 쪽으로 걸어와서 문을 열어 주었어.

"다 왔어, 에블린." 해리가 상냥하게 말하면서 한 손을 내밀었어. "정말 긴 밤이었을 거야. 들어가서 푹 쉬도록 해."

해리가 그렇게 말하니까 문득 몹시 피곤하더라고. 그때까진 내가 피곤하다는 것도 의식하지 못했던 거지. 나는 해리를 따라 그의 집으로 들어갔어.

거실은 목재 가구와 가죽 소파만 있고 전체적으로 단출했어. 벽감과 출입구는 모두 아치형이었고 사방 벽은 깔끔한 흰색이었어. 장식품으로는 소파 위쪽에 붉은색과 푸른색으로 된 마크 로스코의 작품이 유일했어. 그 순간, 해리가 할리우드에서 돈을 벌려고 프로듀서로 일하는 게 아니라는 생각이 들었어. 물론 그의 집은 괜찮았어. 하지만 남에게 과시하려고 갖춰놓은 게 하나도 없었어. 그저 잠을 자기 위한 장소였을 뿐이야.

해리는 나와 같은 부류였어. 명예를 추구하고자 헐리우드에 있었던 거야. 그 일이 자신을 바삐 움직이게 하고, 중요한 사람이 되게 하며, 정신을 날카롭게 유지하도록 하기 때문에 그곳에 있었던 거지.

나처럼 해리도 자부심 때문에 거기에 깊이 빠져 있었어.

그리고 우리 둘 다 운이 좋았어. 그 가운데 인간미를 발휘할 수 있었으니까.

우리는 계단을 올라갔어. 해리가 나를 손님방으로 안내했어. 침대에는 얇은 매트리스와 두툼한 모직 담요가 깔려 있었어. 나는 비누로 화장을 지웠어. 해리가 드레스 뒷부분의 지퍼를 내려준 후 자신의 파자마를 한 벌 건네줬어.

"옆방에 있을 테니까 필요한 게 있으면 불러."

"고마워요. 전부 다."

해리가 고개를 끄덕였어. 그리고 몸을 돌려 나가는가 싶더니 다시 돌아섰어.

"우리는 서로 이해관계가 맞지 않아, 에블린." 해리가 말했어. "당신과 나. 그건 알고 있지?"

나는 그를 빤히 쳐다봤어. 내가 제대로 아는지 모르는지 궁리하면서.

"스튜디오에 돈을 벌어다 주는 게 내 일이야. 당신이 스튜디오 측에서 원하는 대로 움직인다면, 당신을 행복하게 해 주는 일도 내 일이야. 하지만 아리가 원하는 건 무엇보다도-"

"돈을 행복하게 해 주는 일이죠."

해리가 내 눈을 똑바로 쳐다봤어. 내가 핵심을 파악했던 거야.

"오케이." 내가 말했어. "나도 알고 있어요."

해리가 어색하게 웃으며 등 뒤로 문을 닫았어.

너는 내가 앞날을 걱정하면서 여자와 키스한 게 무슨 의미인지, 또 돈을 정말로 떠나야 하는지 고민하느라 밤새 뒤척였을 거라 생각하겠지.

하지만 나는 전혀 그러지 않았어. 그냥 푹 잤어.

다음날 아침, 해리가 우리 집까지 태워다 주었어. 나는 돈과 싸우려고 단단히 별렀지. 그런데 막상 도착했더니 돈은 어디에도 보이지 않더라고.

그 순간 알았어. 우리 결혼이 이미 끝났다는 걸. 그리고 내가 내릴 거라고 생각했던 결정이 이미 내려져 있다는 걸.

돈은 나를 기다리지도 않았던 거야. 애초에 나와 싸울 계획도 없었던 거야. 내가 떠나기 전에 이미 나를 두고 떠났던 거야.

문 앞에서 나를 기다린 사람은 셀리아 세인트 제임스였어.

해리는 내가 셀리아에게 다가갈 때까지 진입로에서 기다렸어. 나는 몸을 돌려 그에게 가라고 손짓했어.

아침 7시가 조금 넘은 비벌리 힐스는 참으로 고요했어. 줄지어 늘어선 아름다운 나무가 아침 햇살을 받아 반짝거렸어. 나는 셀리아의 손을 잡아 안으로 이끌었어.

"나는 아무 여자하고나…" 내가 문을 닫자 셀리아가 말했어. "다만… 고등학교 때 친한 여자애가 있었어요. 그 애랑 나는-"

"그런 얘기는 듣고 싶지 않아." 내가 말했어.

"오케이." 셀리아가 말했어. "나는 그냥… 나는 아무… 나한텐 아무런 문제가 없어요."

"너한테 아무런 문제가 없다는 거 알아."

셀리아는 내가 자기에게 정확히 뭘 원하는지, 자기가 정확히 뭘 고백해야 하는지 알아내려는 듯 나를 빤히 쳐다봤어.

"내가 아는 걸 말할게." 내가 말했어. "나는 돈을 사랑했었어."

"나도 그건 알아요!" 셀리아가 반발하듯 말했어. "당신이 돈을 사랑한다는 건 나도 알아요. 진작부터 알고 있었어요."

"나는 방금 돈을 사랑했었다고 말했어. 하지만 그를 사랑한다고 생각하지 않은지 꽤 됐어."

"그렇다면."

"지금 내가 생각하는 사람은 너뿐이야."

그 말을 끝으로 나는 위층에 올라가서 가방을 쌌어.

21

나는 열흘 가량 셀리아의 아파트에서 죽은 듯이 숨어 지냈어. 셀리아와 나는 매일 밤 한 침대에 나란히 누웠어. 나란히 누워서 그냥 잠만 잤어.

낮에는 나 혼자 아파트를 지키며 책을 읽었어. 셀리아는 워너 브라더스에서 새 영화를 찍는다고 외출했어.

우리는 키스도 안 했어. 이따금 팔이 스칠 때나 손이 닿을 때 다소 미적거렸을 뿐, 눈도 잘 마주치지 않았어. 하지만 오밤중 우리 둘 다 잠든 것처럼 보일 때 나는 셀리아의 몸에 등을 가까이 대곤 했어. 뒷목에 느껴지는 그녀의 숨결이 참으로 따뜻하게 느껴졌어.

아침에 눈을 뜰 때면 셀리아의 머리칼이 내 얼굴을 간지럽혔어. 나는 그녀를 내 안으로 한껏 받아들이듯 그 머리칼에 얼굴을 묻고 숨을 깊이 들이마셨어.

나는 그녀와 다시 키스하고 싶었어. 셀리아를 만지고 싶었지. 그런 내 마음은 잘 알았지만 내가 정확히 뭘 해야 하는지, 혹은 어떻게 해야 하는지는 전혀 몰랐어. 어두운 세탁실에서 했던 키스는 그저 우연이라고 생각하니까 차라리 마음이 편했어. 내가 그녀에게 품은 감정은 그저 플라토닉한 거라고, 정신적인 사랑일 뿐이라고 나 자신에게 말하는 것도 그리 어렵지 않았어.

셀리아에 대한 생각에 푹 빠져들다가도, 때로는 그게 진짜가 아니라면서 마음을 다스리려고 애썼어. 당시 동성애자는 부적응자였으니까. 그렇다고 그들을 나쁜 사람들이라고 생각한 건 아니야. 어쨌거나 나는 해리를 오빠처럼 사랑했으니까. 다만 내가 그런 사람이 될 준비는 안 됐던 거야.

그래서 셀리아와 나 사이에 튀었던 불꽃은 그저 기이한 경험이었다고 되뇌었어. 그렇게 생각하고 넘어가야 한다고 나를 계속 설득했지.

현실은 우리 눈앞에 순식간에 닥치기도 하지만, 때로는 그 현실을 부정하는 데 필요한 에너지가 바닥나도록 참을성 있게 기다리기도 해.

셀리아가 샤워를 하고 내가 아침으로 계란을 요리하던 어느 토요일 아침, 실제로 그런 일이 나한테 일어났어.

노크 소리가 나서 현관문을 열었더니, 내가 유일하게 반길 만한 사람이 서 있었어.

"어머나, 해리." 나는 뒤집개에 묻은 기름이 그의 옥스퍼드 셔츠에 묻지 않도록 조심스럽게 그를 안았어.

"이게 무슨 일이야?" 해리가 탄성을 내질렀어. "당신이 요리를 하다니!"

"그러게나 말이에요." 나는 길을 터주며 그에게 안으로 들어오라고 했어. "해가 서쪽에서 뜨려나 보죠. 내가 요리한 계란 맛 좀 볼래요?"

해리가 나를 따라 주방으로 들어오더니 팬을 힐끔 쳐다봤어.

"요리를 얼마나 잘하나 볼까?"

"계란을 시커멓게 태우지 않을 정도는 되죠."

해리가 싱긋 웃더니 두툼한 봉투를 식탁에 탁 내려놨어. 봉투가 식탁에 부딪히며 내는 둔탁한 소리로 봐서 내용물이 뭔지 짐작할 수 있었어.

"뭔지 맞춰볼게요." 내가 말했어. "내가 드디어 이혼하는 거군요."

"아무래도 그런 것 같아."

"무슨 명목이죠? 그 사람 변호사들이 간통이나 폭행 칸에 체크하진 않았을 텐데."

"권리 포기."

"현명하네요." 내가 눈썹을 치켜 올리며 말했어.

"명목이 중요한 게 아니야. 알잖아."

"알죠."

"꼼꼼하게 읽어 보고, 당신 변호사에게 충분히 검토하라고 해. 하지만 핵심 내용은 한 가지야."

"그게 뭔데요?"

"당신 재산과 집, 그리고 그의 재산 중 절반을 갖게 될 거야."

나는 해리가 나한테 브루클린 다리라도 팔려는 사람인 것처럼 쳐다봤어.

"돈이 왜 그렇게까지 하죠?"

"당신이 결혼생활 중에 벌어진 일을 절대로 발설하면 안 되기 때문이야."

"그 사람도 발설하면 안 되나요?"

해리가 고개를 저었어.

"그런 말은 기록되어 있지 않아."

"그럼 나는 입에 지퍼를 달지만 그 인간은 동네방네 떠들고 다녀도 된다? 내가 왜 그런 조건에 동의할 거라 생각했을까요?"

해리는 잠시 식탁을 내려다보다 다시 고개를 들고 나를 멋쩍게 쳐다봤어.

"선셋이 나를 방출하는군요, 그렇죠?"

"돈은 당신이 스튜디오에서 나가길 원해. 아리는 당신을 MGM이나 컬럼비아에 임대할 계획인가 봐."

"그런 다음엔?"

"그런 다음엔 홀로 서는 거지."

"뭐, 괜찮아요. 그 정도는 감당할 수 있으니까. 셀리아도 프리랜서잖아요. 나도 셀리아처럼 에이전트를 구하죠, 뭐."

"그래, 당신은 감당할 수 있어." 해리가 말했어. "아, 감당하고도 남지. 하지만…"

"하지만 뭔데요?"

"돈은 당신이 오스카 후보에서 배척되도록 아리가 나서주길 원해. 아리는 거기에 동의할 테고, 내 생각엔, 아리가 당신을 임대한 후 일부러 궁지에 몰아넣을 것 같아."

"설마?"

"그러고도 남을 사람이야. 지금은 돈이 황금알을 낳는 거위니까. 스튜디오들이 요새 다 자금난에 허덕이고 있어. 사람들이 예전처럼 극장에 자주 가지 않아. 〈포연Gunsmoke〉 같은 드라마의 다음 에피소드를 기다린다니까. 선셋은 극장을 매각할 수밖에 없던 순간부터 쇠락하고 있어. 그나마 돈 같은 스타가 있어서 버티는 거야."

"그리고 나 같은 스타도 있잖아요."

해리가 고개를 끄덕였어.

"하지만 티켓 파워는 돈이 당신보다 훨씬 크거든. 이렇게 말해서 미안하지만 당신이 상황을 직시하길 바라기 때문에 나도 어쩔 수 없어."

나는 기가 팍 꺾였어.

"가슴이 아프네요."

"나도 알아." 해리가 말했어. "그래서 더 미안해."

욕실에서 나던 물소리가 끊기고 셀리아가 샤워기에서 물러나는 소리가 들렸어. 그때 마침 창문으로 산들바람이 불어 왔어. 창문을 닫고 싶었지만 몸이 움직이지 않았어.

"그러니까 돈이 나를 원하지 않으면 누구도 나를 원하지 않는다, 이거네요."

"돈은 자신이 당신을 원하지 않을 때, 다른 사람이 당신을 갖는 것도 원하지 않아. 미묘한 차이긴 하지만…"

"그나마 살짝 위안이 되긴 하네요."

"다행이군."

"돈의 꿍꿍이가 결국 이거군요? 내 인생을 망쳐놓고 집과 백만 달러도 안 되는 돈으로 내 입을 닫겠다. 허?"

"그 정도면 엄청난 금액이야." 해리가 말했어. 그게 중요하다는 듯, 그게 도움이 된다는 듯.

"내가 재산에 신경 안 쓴다는 거 알잖아요." 내가 말했어. "그게 다가 아니니까."

"그야 알지."

셀리아가 젖은 머리카락을 늘어뜨린 채 가운 차림으로 욕실에서 나왔어.

"아! 안녕하세요, 해리?" 셀리아가 반갑게 말했어. "잠깐만요."

"나 때문에 서두를 필요 없어. 막 떠나려던 참이야."

셀리아가 웃으며 침실로 걸어갔어.

"갖다 줘서 고마워요." 내가 말했어.

해리가 고개를 끄덕였어.

"한 번 했는데 두 번이라고 못하겠어요?" 내가 해리와 함께 문 쪽으로 걸어가면서 말했어. "나는 밑바닥부터 다시 일어설 수 있어요."

"당신은 마음만 먹으면 뭐든 해낼 사람이야." 해리가 손잡이를 잡고 돌리려다 주춤하더라고. "설사 당신이… 앞으로도 당신과 친구로 지낼 수 있으면 좋겠어, 에블린. 우리가 여전히-"

"아, 무슨 그런 말을!" 내가 해리의 말을 끊었어. "우리는 여전히 절친이에요. 서로에게 모든 것을 말해도 되고 안 해도 되는. 그건 변하지 않아요. 당신은 여전히 나를 아끼고 사랑하죠, 그렇죠? 내가 곧 쫓겨나더라도?"

"물론이지."

"나도 여전히 당신을 아끼고 사랑해요. 그러니까 그런 말은 입에 올리지도 말아요."

해리가 안도의 미소를 지었어. "그렇지, 당신과 나는 절친이지."

"당신과 나, 우리는 변치 않는 친구예요."

해리는 아파트에서 나가 차를 세워둔 곳까지 걸어갔어. 나는 해리가 차에 오르는 모습을 지켜본 다음 돌아서서 문에 기댔어.

그동안 애써 쌓아 올린 것들을 모두 잃게 된 거야.

재산 빼고 모두.

어쨌거나 궁색하진 않았지.

그것만 해도 나쁘진 않았어.

그러다 퍼뜩 깨달았어. 나를 기다리는 다른 게 있다는 걸. 내가 원하면 자유롭게 가질 수 있는 다른 게 있다는 걸.

할리우드에서 가장 유명한 남자와 이혼을 앞두고 셀리아의 아파트먼트에 기대어 있는 바로 그 순간 깨달은 거야. 내가 원하는 것이 뭔지를 스스로 속이느라 너무 많은 에너지를 소모했다는 걸.

그래서 그게 무슨 의미인지, 그 때문에 어떻게 될지 궁금해 하는 대신, 나는 허리를 곧게 펴고 셀리아의 방으로 걸어갔어.

셀리아는 여전히 가운만 입은 채 화장대 앞에서 머리를 말리고 있었어.

나는 셀리아에게 다가가 매혹적인 푸른 눈을 들여다보며 말했어.

"널 사랑하는 것 같아."

그런 다음 셀리아의 몸을 감싼 가운의 매듭을 붙잡았어.

셀리아가 마음만 먹으면 나를 막을 수 있도록 천천히, 아주 천천히 잡아 당겼어. 하지만 매듭이 다 풀릴 때까지 셀리아는 나를 막지 않았어.

오히려 몸을 꼿꼿이 세우고 나를 대담하게 바라보더니 내 허리에 손을 얹었어.

가운 자락이 풀리면서 밑으로 스르르 떨어졌어. 셀리아가 벌거벗은 채 내 앞에 앉아 있었지.

살결이 크림처럼 희고 고왔어. 가슴은 내가 예상했던 것보다 풍만

했고, 젖꼭지는 핑크색이었어. 납작한 배는 배꼽 아래쪽으로만 살짝 나온 듯 말 듯 했어.

내 시선이 다리 쪽으로 내려가자 셸리아가 다리를 살짝, 아주 살짝 벌렸어.

나는 충동적으로 셸리아에게 키스했어. 그녀의 가슴에 손을 얹고 주물렀어. 내가 원하는 방식대로, 내 가슴이 만져졌으면 하는 방식대로.

셸리아가 신음을 내뱉자 내 가슴이 마구 요동쳤어.

셸리아가 내 목에, 내 가슴골에 키스했어.

그러다 내 셔츠를 머리 위로 벗겨 주었어.

그리고 훤히 드러난 내 젖가슴을 황홀하게 바라봤어.

"너무 매혹적이에요." 셸리아가 말했어. "내가 상상했던 것보다 훨씬 더 매혹적이에요."

나는 얼굴을 붉히며 손으로 감쌌어. 걷잡을 수 없는 내 행동과 감정에 너무 당황했거든.

셸리아가 내 얼굴에서 손을 떼고 나를 쳐다봤어.

"내가 뭘 하는지 모르겠어." 내가 말했어.

"괜찮아요." 셸리아가 말했어. "내가 알아요."

그날 밤, 셸리아와 나는 벌거벗은 채 서로 꼭 껴안았어. 우리는 더 이상 우연히 부딪힌 척하지 않았어. 다음날 아침 눈을 뜨고 나는 그녀의 머리에 얼굴을 묻고 숨을 깊이 들이마셨어. 아주 당당하게, 큰소리로.

사방 벽으로 가로막힌 그 안에서 우리는 전혀 부끄럽지 않았어.

서브 로사

1959년 12월 30일

아들러와 휴고, 파경!

돈 아들러, 다시 할리우드 최고의 신랑감으로?

돈과 에블린이 헤어지기로 했다! 결혼 2년 만에 돈이 에블린 휴고에게 이혼을 신청했다.

잉꼬부부가 헤어지는 걸 보니 마음이 아프지만, 예상치 못했다고 말한다면 거짓말일 것이다. 그동안 돈의 스타성은 하늘 높이 치솟는데 반해 에블린은 시기와 질투로 심술을 부린다는 소문이 자자했다.

게다가 돈은 선셋 스튜디오와 재계약을 맺었고 (아리 설리반 대표가 싱글벙글한 이유가 있었다!), 올해에만 세 편이나 개봉될 예정이다. 돈은 정말 쉼 없이 달렸다!

한편, 에블린의 최신작 〈작은 아씨들〉이 세상을 깜짝 놀라게 할 만큼 흥행에 성공하고 훌륭한 평가도 받았지만, 선셋은 곧 촬영에 들어갈 〈조커스 와일드Joker's Wild〉에 에블린 대신 루비 라일리를 꽂아 넣었다.

에블린에게 비추던 선셋Sunset의 태양Sun은 이대로 지는set 것일까?

22

"어떻게 그토록 자신만만할 수 있었죠? 그토록 확고하게 결심을 굳힐 수 있었죠?"

내가 에블린에게 물었다.

"돈이 나를 떠났을 때? 아니면 내 커리어가 무너졌을 때?"

"둘 다…" 내가 머뭇거리며 말을 이었어. "하긴 당신에겐 셀리아가 있었으니 조금 다르긴 하네요."

에블린이 고개를 살짝 젖히며 물었다.

"무엇과 다르다는 거지?"

"예?" 나는 잠시 딴 생각에 빠지느라 에블린의 말을 놓치고 말았다.

"네가 방금 그랬잖아. 나에겐 셀리아가 있었으니 조금 다르긴 하다고." 에블린이 따지듯 말했다. "그러니까 무엇과 다르다는 거냐고?"

"죄송해요. 잠시… 딴 생각에 빠져서 그만."

일방적으로 전개되어야 할 대화에 괜히 내 문제를 끼워 넣고 말았다.

에블린이 고개를 저었다.

"죄송해 하지 않아도 돼. 그냥 뭐와 다른지나 말해."

그녀의 완강한 태도를 보면서 내가 닫을 수 없는 문을 열었다는 걸 깨달았다.

"임박한 제 이혼과 다르다는 뜻이었어요."

에블린이 히죽 웃었다. 그 모습은 마치 이상한 나라의 엘리스에서 공연히 히죽거리는 체셔 고양이 같았다.

"일이 재미있게 돌아가는 걸."

에블린이 취약한 내 상황을 놓고 너무 무심하게 말해서 기분이 살짝 상했다. 물론 애초에 말을 꺼낸 내가 잘못이었다. 그렇긴 해도 좀 더 친절하게 말해줄 수 있었을 텐데. 괜히 내 상처를 노출하고 말았다.

"서류에 서명은 했니?" 에블린이 물었다. "모니크^{Monique}의 i를 쓸 때 조그마한 하트라도 새겨 넣지 그랬어? 나라면 그랬을 텐데."

"저는 당신처럼 이혼을 가볍게 여기진 않거든요."

내가 너무 단호하게 말했나 싶어 뭐라고 덧붙일까 하다가 입을 다물었다.

"물론 그러면 안 되지." 에블린이 상냥하게 말했다. "네 나이에 그러면, 부정적인 거지."

"그럼 당신 나이에는요?"

"나만큼 산전수전을 다 겪은 나이라면? 현실적인 거지."

"이혼은 그 자체로 대단히 부정적인 행위 아닌가요? 어쨌거나 손실이니까."

에블린이 고개를 저었다.

"비통함이 손실이지. 이혼은 그냥 종이 쪼가리일 뿐이야."

고개를 숙여 보니, 내가 줄곧 파란 펜으로 노트에 정육면체를 그리고 있었다. 노트가 거의 찢어질 듯했다. 나는 펜을 떼지도 않고 더 세게 누르지도 않았다. 그저 정육면체 모양을 따라 계속 잉크를 낭비할 뿐이었다.

"네가 지금 비통한 상태라면, 나는 너를 무척 가엾게 여길게." 에블린이 말했다. "네 감정을 최대한 존중할게. 그야말로 가슴이 찢어질 듯 아플 테니까. 하지만 돈이 떠났을 때 나는 비통하지 않았어. 그저 실패한 결혼이라고 느꼈을 뿐이야. 그 둘은 아주 다른 거야."

에블린이 이렇게 말했을 때 나는 낙서를 멈췄다. 그리고 그녀를 올려다보면서 내가 왜 이런 말을 듣게 됐나 생각했다.

이런 말을 듣기 전까지 나는 왜 이런 식으로 구별 짓지 못했나 생각했다.

지하철역으로 걸어가는 길에 프랭키가 오늘 두 번이나 전화했음을 알았다.

하지만 바로 연락하지 않았다. 브루클린까지 지하철을 타고 와서 내 아파트를 향해 묵묵히 걸음을 옮겼다. 문 앞에 이르니 벌써 아홉 시가 다 됐다. 그래서 전화 대신 문자 메시지를 보냈다.

에블린의 집에서 막 나가려던 참이에요. 너무 늦었는데, 내일 얘기할까요?

내가 현관문에 열쇠를 꽂고 돌리려는데 프랭키가 답장을 보냈다.

늦어도 괜찮아. 최대한 빨리 전화해.

나는 눈을 굴렸다. 프랭키는 정말 틈을 주지 않는 사람이었다.

가방을 내려놓고 집안을 왔다 갔다 했다. 그녀에게 뭐라고 말하지? 아무리 따져 봐도 두 가지 선택지밖에 없었다.

다 잘 되고 있다고, 6월호 발행에 맞춰 좀 더 구체적으로 털어놓도록 에블린을 설득 중이라고 거짓말을 할까?

아니면, 해고를 감수하고 사실대로 말할까?

이 시점에선 해고되더라도 썩 나쁠 것 같지 않다는 생각이 얼핏 들었다. 앞으로 출간할 책이 적어도 수백만 달러는 벌어줄 것이다. 게다가, 그 뒤로 다른 유명인사의 전기를 쓸 기회도 얻게 될 것이다. 결국엔 내가 쓰고 싶은 주제를 마음대로 정해서 멋지게 써 내면 어떤 출판사든 사려고 덤빌 것이다.

그런데 이 책을 언제 펴낼 수 있게 될 지 알 수가 없었다. 더구나, 내가 원하는 스토리를 골라 쓰는 게 진정한 목표라면, 무엇보다 신뢰가 중요하다. 특집 기사를 훔쳤다는 이유로 비방트에서 해고된다면 내 평판에 나쁜 영향이 미칠 것이다.

앞으로 어떻게 할지 확실히 결정하기도 전에 휴대폰이 울렸다.

"여보세요?"

"모니크." 프랭키였다. 반가움과 짜증이 동시에 묻어나는 목소리였다. "에블린과의 일은 어떻게 되고 있니? 아는 대로 다 말해 봐."

프랭키와 에블린과 나, 각자가 원하는 것을 얻고서 이 상황을 벗어날 방법이 뭐가 있을까? 그 방법을 찾으려고 머리를 굴리다 문득 나는 그저 내가 원하는 것만 통제할 수 있다는 생각이 퍼뜩 스쳤다.

그러면 왜 안 되는 거지?

정말로.

나를 앞세우면 왜 안 되는 거야?

"프랭키, 안녕하세요? 일찍 연락하지 못해 미안해요."

"괜찮아, 괜찮아." 프랭키가 말했다. "괜찮은 기삿거리만 챙겨오면 돼."

"애를 쓰고 있긴 한데, 유감스럽게도 에블린이 이젠 비방트에 기사를 제공하는 데 관심이 없대요."

프랭키의 침묵이 이어지는 동안 나는 오히려 귀가 먹먹했다. 그러다 프랭키의 한 마디에 정신이 번쩍 났다.

"뭐?"

"어떻게든 설득하려고 며칠째 노력하는 중이에요. 실은 그래서 연락을 못 드렸어요. 이 일을 비방트와 해야 한다고 거듭 설명하는 중이에요."

"관심 없다면서 우리한테 왜 연락했대?"

"에블린이 저를 원했대요."

이렇게만 대답하고 다른 말은 덧붙이지 않았다. 그녀가 나를 원해서 지금 이런 상황이 됐다거나 그녀가 나를 원하니 미안하지만 나도 어쩔 수 없다고 말하지 않았다.

"에블린이 너한테 접근하려고 우리를 이용했다고?" 프랭키가 살다 살다 이런 모욕은 처음이라는 투로 말했다. 따지고 보면, 프랭키도 에블린에게 접근하려고 나를 이용했다.

"예. 아무래도 그런 것 같아요. 에블린은 자신의 전기에 관심이 있어요. 제가 쓴 전기요. 어떻게든 마음을 돌려보려고 지금까진 거기에 호응하는 척했어요."

"전기? 우리 기사를 가로채서 책을 출간할 거라고?"

"에블린이 그걸 고집한다니까요. 제가 어떻게든 설득하려고 무지 애쓰고 있어요."

"그래?" 프랭키가 물었다. "그래서 설득했어?"

"아뇨." 내가 말했다. "아직은. 하지만 잘하면 설득할 수도 있을 것 같아요."

"그럼 확실히 설득하도록 해."

지금부터는 내가 칼자루를 쥐었다.

"제가 에블린 휴고에 관한 엄청난 특집 기사를 전달할 수 있을 것 같은데," 내가 살짝 뜸을 들이며 말했다. "진짜로 그렇게 하면 승진을 기대해도 되죠?"

"승진? 무슨 승진?"

프랭키가 이건 또 무슨 엉뚱한 소리냐는 투로 말했다.

"선임편집자 자리요. 제가 내킬 때 출근하고, 쓰고 싶은 기사를 마음대로 고르고."

"안 돼."

"그럼 비방트에 특집 기사를 싣도록 에블린을 설득하고도 아무런 보상을 못 받는다는 얘기네요."

프랭키가 자신의 선택지를 놓고 저울질하는 모습이 훤히 그려졌다. 숨소리조차 들리지 않았다. 프랭키가 결정할 때까진 나 역시 입도 뻥긋하면 안 될 것 같은 분위기였다.

"네가 표지 기사를 가져오고." 프랭키가 마침내 입을 열었다. "에블린이 표지 촬영에 동의한다면, 너를 선임기자로 올려줄게."

그 제안을 생각해볼 새도 없이 프랭키가 말을 이었다.

"우리에게 선임편집자는 한 명뿐이야. 게일이 애써 얻어낸 그 자리를 너 때문에 쫓아낼 순 없어. 그 점은 너도 이해해 줄 거라고 봐. 선임기자까지는 내 재량으로 올려줄 수 있어. 네가 뭘 쓸지 크게 간섭하지 않을게. 그리고 그 자리에서 실력을 입증하면 다른 사람들처럼 더 올라갈 수도 있어. 이만하면 괜찮은 조건이야, 모니크."

나는 프랭키의 제안을 조금 더 따져봤다. 선임기자 정도면 나쁘지 않은 것 같았다. 아니, 괜찮은 것 같았다.

"알겠어요."

나는 그렇게 말하고 조금 더 밀어붙이기로 했다. 처음 시작할 때 몸값을 최대한 높여 불러야 한다고 에블린이 전에 말했기 때문이다.

"그리고 직함에 걸맞게 월급도 올려줬으면 해요."

돈 얘기를 대놓고 하기가 민망해서 나도 모르게 움츠러들었다. 하지만 프랭키가 바로 "그야 당연하지. 좋아," 라고 말해줘서 마음이 놓였다. 물론 프랭키가 선선히 들어줄 사람은 아니었다.

"단 내일까지 확답을 받아오도록 해. 그리고 다음 주까지 사진 촬영 스케줄도 잡고."

"네." 내가 말했다. "그렇게 해볼게요."

프랭키는 전화를 끊으려다 말고 기어이 몇 마디 덧붙였다.

"너한테 감탄했어. 하지만 동시에 열도 받았어. 내가 너를 용서할 수 있게 이번 일을 제대로 해."

"걱정하지 마세요. 제대로 해낼 테니까."

23

다음날 아침 에블린의 서재로 들어갈 때, 나는 너무 긴장한 나머지 등줄기에 땀이 솟구쳤다.

그레이스가 숙성된 돼지고기로 샤퀴테리 모듬 요리를 내놓았다. 에블린과 그레이스가 리스본의 여름에 대해 한참 수다를 떠는 사이, 나는 프랑스식 오이 피클인 코르니숑에 자꾸 눈이 갔다.

그레이스가 나갔을 때 나는 에블린에게 몸을 돌렸다.

"얘기 좀 해요."

에블린이 웃었다. "솔직히, 우리가 내내 하는 게 얘기 아닌가?"

"제 말은 비방트에 대해서요."

"오케이. 말해 봐."

"이 책이 언제 출시될지 일정을 알아야겠어요."

나는 에블린의 반응을 잠시 기다렸다. 그녀가 내게 뭐라도 말해 주길, 대답 비슷한 거라도 해 주길 기다렸다.

"계속해." 에블린이 말했다.

"이 책이 실제로 언제 팔릴지 말씀해 주지 않으면, 저는 앞으로 몇 년, 혹은 몇 십 년 걸릴지도 모를 일을 위해 직장에서 쫓겨날 위험을 감수하는 거라고요."

"내 수명에 대한 기대치가 지나치게 높은 것 같다."

"에블린," 나는 그녀가 내 이야기를 심각하게 받아들이지 않아 다소 낙심했다. "이게 언제 나올지 알려주든, 아니면 비방트 6월호에 발췌문을 실어도 된다고 약속하든, 둘 중 하나는 허락해 주세요."

에블린은 내 맞은편 소파에 다리를 꼬고 앉아 생각에 잠겼다. 검정 저지 바지에 회색 민소매 티, 흰 오버사이즈 카디건 차림이었다.

"좋아," 에블린이 고개를 끄덕이며 말했다. "비방트엔 발췌문이든 뭐든 네가 알아서 주도록 해. 단, 그 일정 얘기는 두 번 다시 꺼내지 않겠다고 약속해."

나는 기쁜 표정을 드러내지 않으려 애썼다. 이제 절반쯤 왔다. 끝나기 전까진 마음을 놓을 수 없었다. 그녀를 더 밀어붙여야 했다. 안 된다는 대답을 예상하면서도 일단 물어보고 직접 확인해야 했다. 내 가치를 알아볼 차례였다.

어쨌든, 에블린은 내게서 뭔가를 원했다. 내가 필요한 상황이었다. 왜, 혹은 무엇을 위해서 그런지는 몰랐지만, 그렇지 않다면 내가 여기 있을 이유가 없었다. 나는 에블린에게 어떤 가치가 있었다. 그 점은 알았다. 이제 그걸 써먹을 차례였다. 그녀가 나라면 그렇게 했을 테니까.

자, 이제 시작하자.

"사진 촬영에 응하셔야 해요. 표지 사진."

"안 돼."

"협상의 여지가 없어요."

"어림없는 소리. 발췌문을 줘도 된다고 했잖아. 그거면 충분하지 않니?"

"당신의 새로운 이미지가 얼마나 가치 있는지 우리 둘 다 알잖아요."

"안 된다고 했잖아."

오케이. 자, 힘을 내자. 나는 할 수 있다. 에블린이 했던 것처럼 하면 된다. 에블린 휴고를 상대하려면, "에블린 휴고"가 되어야 한다.

"표지 촬영에 응하지 않으시면 저는 빠지겠습니다."

에블린이 몸을 앞으로 내밀었다.

"뭐라고?"

"당신은 저한테 당신의 인생 스토리를 맡기고 싶어 하고, 저는 당신의 인생 스토리를 쓰고 싶어 해요. 하지만 제게도 조건이 있어요. 당신 때문에 직장에서 쫓겨날 순 없잖아요. 제가 직장을 유지할 방법은 표지와 함께 에블린 휴고의 특집 기사를 전달하는 거예요. 그러니까 이 일로 직장에서 쫓겨나도 된다고 저를 설득하든가, 음… 그러려면 이 책이 언제 팔리게 될지 알려주셔야 가능하겠죠. 아니면 표지 촬영에 응하든가, 둘 중 하나를 선택하세요."

에블린이 나를 똑바로 쳐다봤다. 기대 이상이라는 듯한 표정이었다. 나는 기분이 으쓱했지만 입가에 번지는 미소를 꾹 참았다.

"이 일로 나를 압박하는 게 재미있나 보지?" 에블린이 말했다.

"제 밥줄을 지키려는 거예요."

"그래. 게다가 꽤 잘 하는데. 즐기는 것 같기도 하고."

나는 참았던 미소를 드디어 내보냈다.

"최고한테 배우고 있잖아요."

"그야 그렇지." 에블린이 코를 찡그리며 말했다. "표지 촬영?"

"예, 표지 촬영."

"좋아. 할게. 그 대신, 월요일을 시작으로 네가 깨어 있는 시간은 전부 여기서 보내도록 해. 가능한 한 빨리 너에게 할 말을 다 해 버리고 싶어. 그리고 지금부터는 내가 첫 질문에 대답하지 않으면 두 번 다시 묻지 마. 약속할 수 있니?"

나는 일어나서 에블린에게 걸어가 손을 내밀었다.

"약속해요."

에블린이 소리 내어 웃었다.

"기특하네. 이대로 계속하면 언젠가 한자리 차지하고도 남겠어."

"다 당신 덕분이에요."

"자, 자, 자," 에블린이 기분 좋게 말했다. "이제 그만 책상으로 가서 앉아. 녹음기도 켜고. 우리의 본분으로 돌아가야지."

나는 시키는 대로 하고 나서 에블린을 쳐다봤다.

"그러니까 셀리아하고는 사랑에 빠지셨고 돈하고는 이혼하셨죠. 커리어는 파멸의 길로 치달을 예정이고. 다음엔 뭐죠?"

에블린이 잠시 뜸을 들이는 찰나, 나는 그녀가 절대로 안 하겠다고 맹세했던 일에 동의했음을 깨달았다. 순전히 내가 그만둘까 봐 불안했기 때문에 비방트의 표지 촬영에 응했던 것이다.

에블린은 그 정도로 나를 원했다. 그 이유가 뭘까? 도대체 뭘 위해서?

그제야 내가 두려워해야 할 일이 닥칠 거라는 의심이 들기 시작했다.

멍청한 믹 리바

포토 모멘트
1960년 2월 1일

에블린, 더 이상 그린은 당신의 색이 아니다

에블린 휴고가 지난 목요일 프로듀서 해리 캐머런의 팔짱을 끼고 '1960년 관객상' 시상식에 모습을 드러냈다. 에메랄드그린 실크 칵테일 드레스 차림이었는데, 과거와 같은 탄성을 자아내진 못했다. 에블린의 시그니처 컬러가 점점 빛을 잃어 가는 것 같다.

한편, 셀리아 세인트 제임스는 연청색의 태피터 셔츠드레스를 입고 눈부신 모습으로 등장했다. 평범한 드레스도 그녀가 입으면 멋지고 화려해 보이는 신선한 반전을 선사했다.

하지만 냉정한 에블린은 옛 친구에게 인사는커녕 내내 눈길조차 보내지 않았다.

그날 밤 셀리아가 '가장 전도유망한 여성상'을 받았다는 사실을 감당하지 못한 탓일까? 아니면 함께 출연했던 〈작은 아씨들〉로 셀리아는 아카데미 여우조연상 후보에 올랐는데 자신은 이름조차 언급되지 않았던 탓일까?

아무래도 에블린 휴고의 그린은 질투의 상징으로 전락할 것 같다.

24

아리가 선셋에서 제작하는 영화에서 나를 배제하고 콜롬비아에 임대했어. 하는 수 없이 별 볼일 없는 로맨틱 코미디 두 편을 억지로 찍었지. 두 영화 너무 형편없어서 망할 게 뻔했어. 그러다 보니 다른 스튜디오들도 나를 달갑게 여기지 않았어.

돈은 라이프 지의 표지를 장식했어. 바다에서 해변으로 막 나오는 장면을 찍은 사진이었는데, 생애 최고의 순간인 양 환하게 웃고 있었지.

1960년 아카데미 시상식이 열리던 날, 나는 공식적으로 환영받지 못하는 인물이었던 거야.

"나랑 같이 가면 돼." 그날 오후에 해리가 내 기분을 살피려고 전화했어. "말만 해. 그럼 당장 데리러 갈게. 차려 입을 멋진 드레스야 쎄고 쎘잖아. 당신과 함께 들어가면 모두의 부러움을 살 거야."

나는 셸리아의 아파트에서 막 떠나려던 참이었어. 헤어와 메이크업을 담당하는 사람들이 금방이라도 닥칠 테니까. 셸리아는 주방에서 레몬물을 마시고 있었어. 드레스에 몸을 맞추려고 음식은 입에 대지도 않았어.

"말이라도 고마워요." 내가 전화에 대고 말했어. "하지만 나랑 가면 당신 얼굴에 먹칠만 할 거예요."

"괜찮아. 당신만 좋다면 정말로 함께 가도 돼."

"나는 안 괜찮아요. 게다가 당신 제안을 받아들이지 않을 걸 뻔히 알면서."

해리가 껄껄 웃었어.

"눈이 부어 보이지 않아요?"

해리와 통화를 마쳤을 때 셀리아가 내게 물었어. 내가 대답하는 데 도움이 될 거라 생각했는지, 셀리아가 눈을 더 크게 뜨고 쳐다봤어. 딱히 이상해 보이진 않았어.

"눈부시게 예쁜 걸. 게다가 그웬이 너를 멋지게 꾸며줄 텐데 뭘 걱정하니?"

"오, 맙소사! 에블린," 셀리아가 장난스럽게 내 말투를 따라했어. "내가 뭘 걱정하는지 뻔히 알면서."

나는 민소매 스웨터에 반바지 차림이고 셀리아는 얇은 레이스 슬립 차림이었어. 셀리아의 허리를 잡았는데, 젖은 머리칼에서 샴푸 냄새 대신 향긋한 흙냄새가 났어.

"네가 이길 거야." 나는 셀리아를 바짝 끌어당기며 말했어. "너한테 대적할 만한 상대가 하나도 없잖아."

"자신 없어요. 그들이 엘렌 맷슨이나 조이에게 줄지도 모르잖아요.

"엘렌 맷슨에게 주느니 LA 강에 던져버리려 할 걸. 그리고 조이에겐 안 된 말이지만, 걔는 너랑 급이 달라."

셀리아가 얼굴을 붉히며 두 손으로 얼굴을 감쌌어. 그러다 이내 나를 다시 쳐다봤어.

"혼자 들떠서 자꾸 그 얘길 꺼내다니 내가 너무 꼴불견이죠? 당신은…"

"몰락의 길을 걷고 있는데?"

"부당하게 후보에서 배제됐다고 말하려던 참이었어요."

"네가 꼴불견이면, 눈뜨고 봐줄 만한 사람이 세상에 하나도 없게."

나는 셀리아에게 키스하면서 그녀의 입술에 묻은 레몬즙을 음미했어.

하지만 마냥 여유를 부릴 수는 없었어. 헤어와 메이크업 담당자들이 금방이라도 닥칠 시간이라 시계를 확인하면서 열쇠를 움켜쥐었어.

셀리아와 나는 함께 있는 모습을 보이지 않으려고 무진 애를 썼어. 친구로 지낼 때는 상관없었지만, 숨길 게 있을 때는 확실히 숨겨야 했거든.

"사랑해." 내가 말했어. "나는 널 믿어. 행운을 빌게."

손잡이를 돌리는데 셀리아가 나를 불렀어. 젖은 머리칼에서 흘러내린 물이 슬립의 가는 끈에 스며들었어.

"내가 수상 못 해도 날 여전히 사랑할 거죠?"

나는 셀리아가 농담하는 줄 알았어. 그런데 눈을 보니 사뭇 진지하더라고.

"네가 단칸방에 사는 무명 인사라도 너를 여전히 사랑할 거야."

전에는 그런 말을 해본 적이 없었어. 그럴 의도도 전혀 없었지.

셀리아가 활짝 웃었어.

"나도 그래요. 단칸방이든 뭐든 당신과 함께라면 만사 오케이예요."

* * *

몇 시간 뒤, 한때는 돈과 공유했지만 이제는 전적으로 내 집이라고 할 만한 곳에서 나는 케이프 코더 칵테일을 직접 만들었어. 그리고 소파에 앉아 TV를 켜고 NBC 방송을 틀었지. 내가 사랑하는 여인과 여러 친구들이 레드 카펫을 밟으며 판타지스 극장으로 들어가는 모습을 지켜봤어.

화면으로 보니까 훨씬 더 멋졌어. 환상을 깨는 것 같아 유감이지만, 직접 보면 극장이 생각보다 작거든. 사람들도 허여멀겋고 무대도 별로 화려하지 않아.

순전히 시청자의 눈을 사로잡고, 그 자리에 끼지 못한 사람을 벽에 붙은 파리처럼 느끼게 하려고 그럴듯하게 꾸며놓은 거야. 그런데 얼마 전까지만 해도 그 무대의 중심에 섰던 나조차 무대가 멋지고 화려하게 보이는 걸 보면 그들의 솜씨가 놀라울 따름이었어.

칵테일을 두 잔 정도 마시고 자기연민에 빠질 즈음 최우수 여우조연상을 발표할 차례가 됐어. 카메라가 셀리아를 비추는 순간, 나는 술이 확 깨면서 두 손을 꽉 움켜잡았어. 단단히 잡을수록 셀리아가 이길 가능성이 커지기라도 하는 양 맞잡은 손에 힘을 주었지.

"네, 수상자는 바로… 〈작은 아씨들〉의 셀리아 세인트 제임스입니다."

나는 자리에서 벌떡 일어나 함성을 내질렀어. 셀리아가 무대로 걸어가는 모습을 보는데 나도 모르게 눈물이 핑 돌더라고.

셀리아가 트로피를 들고 마이크 앞에 서자, 나는 넋을 잃고 말았어. 아름다운 보트넥 드레스, 다이아몬드와 사파이어로 만든 화려한 귀걸이, 흠잡을 데 없이 완벽한 얼굴.

"아리 설리반과 해리 캐머런에게 감사의 마음을 전합니다. 에이전트인 로저 콜튼과 가족들, 아울러 함께 촬영할 수 있어서 행운이라고 느꼈던 동료 배우들, 특히 조이, 루비, 그리고 에블린 휴고에게도 감사의 마음을 전합니다. 정말 고맙습니다."

셀리아가 내 이름을 호명했을 때, 나는 자부심과 기쁨과 사랑으로 가슴이 터질 것 같았어. 너무 행복한 나머지 엉뚱한 짓을 저질렀지 뭐야. 텔레비전에 키스까지 했거든.

나는 흑백으로 송출된 셀리아의 얼굴에 대고 키스를 했어.

그런데 딱! 하는 소리가 들렸어. 셀리아가 관중에게 손을 흔들며 단상에서 사라지고 나서야 이가 깨진 걸 알았어.

하지만 전혀 신경 쓰지 않았어. 셀리아의 수상에 마냥 행복하고 들뜬 나머지 아픈 줄도 몰랐고.

칵테일을 한 잔 더 만들어서 시상식의 나머지 순서도 억지로 지켜봤어. 그리고 최우수 작품상이 발표된 후, 엔딩 크레디트가 올라갈 때가 되어서야 텔레비전을 껐어.

나는 해리와 셀리아가 밤새 파티를 즐길 거라 생각했어. 그래서 불을 끄고 위층 침실로 올라갔어. 화장을 지우고 영양크림을 발랐어. 이불을 젖히고 누웠는데, 혼자라는 생각에 외로움이 밀려오더라고.

셀리아와 나는 논의 끝에 함께 살 수 없다는 결론에 이르렀어. 셀리아보단 내가 더 단호했어. 내 커리어는 시궁창에 빠졌지만 셀리아는 승승장구하고 있었거든. 그녀가 위험을 감수하게 둘 수 없었어.

베개에 머리를 댔지만 눈은 말똥말똥했어. 그런데 느닷없이 진입로로 차가 들어오는 소리가 들렸어. 창밖을 내다보니 셀리아가 차에서 내리며 운전기사에게 손을 흔드는 모습이 보였어. 다른 손에는 오스카 트로피가 들려 있었고.

"편안해 보이네요."

셀리아가 침실로 들어오며 말했어.

"이리 와." 내가 말했어.

셀리아는 술을 한두 잔 마신 듯했어. 술에 취했을 때의 셀리아는 더 사랑스러웠어. 붕 떠올라 어딘가로 멀리 날아가 버릴 것 같아 때로는 걱정되기도 했어.

셀리아가 침대로 훌쩍 뛰어 올라왔어. 나는 사랑스러운 그녀에게 키스를 퍼부었어.

"네가 너무 자랑스러워."

"보고 싶어서 혼났어요."

셀리아는 여전히 트로피를 들고 있었어. 매트리스에 닿은 부분이 푹 꺼질 정도로 꽤 무거워 보였어. 그런데 이름을 표기하는 공간이 비어 있더라고.

"이걸 받아도 되는지 모르겠어요." 셀리아가 웃으며 말했어. "하지만 도로 돌려주고픈 마음은 없어요."

"왜 밖에서 축하하지 않고 왔어? 선셋에서 떠들썩한 파티가 열렸을 텐데."

"당신하고만 축하하고 싶었어요."

나는 셀리아를 바짝 끌어당겼어. 셀리아가 구두를 벗어 던졌어.

"당신이 없으면 아무 의미도 없어요. 당신이 없는 곳은 시궁창이나 다름없다고요."

나는 고개를 젖히고 깔깔 웃었어.

"어, 앞니가 왜 그래요?" 셀리아가 물었어.

"눈에 띄어?"

셀리아가 어깨를 으쓱했어.

"그렇진 않아요. 다만 내가 기억하는 당신 모습과 좀 달라 보여서요."

몇 주 전, 나는 셀리아 옆에 벌거벗은 채로 누워 나를, 내 몸을 온전히 보여주었어. 셀리아가 내 몸을 피카소 작품을 연구하듯 세세한 부분까지 다 살펴보고 싶어 했거든.

"별일 아니야." 내가 민망한 표정으로 말했어.

셀리아는 호기심이 발동했는지 일어나 앉았어.

"텔레비전 화면에 대고 키스했거든." 나는 마지못해 실토했어. "네가 수상할 때 화면에 비친 너에게 키스하다 그만 앞니가 깨졌어."

셀리아가 큰소리로 웃다가 숨이 막혀 캑캑거렸어. 그 바람에 손에 꼭 쥐고 있던 트로피가 매트리스에 쿵 하고 떨어졌어. 셀리아가 나를 타고 올라가더니 내 목에 팔을 둘렀어.

"인류가 탄생한 이래로 가장 사랑스러운 행동이네요."

"아무래도 아침에 일어나자마자 치과 예약을 해야겠어."

"그러는 게 좋겠어요."

나는 셀리아의 오스카 트로피를 집어 들고 한참 쳐다봤어. 나도 받고 싶었던 거니까. 돈 옆에 좀 더 붙어 있었더라면 오늘밤 나도 하나 받았을 테니까.

셀리아는 여전히 드레스 차림이었어. 구두는 진작 벗어 던졌고 우아하게 틀어 올린 머리는 산발이 됐어. 립스틱은 흐릿하게 지워졌지만 귀걸이는 여전히 영롱하게 빛났어.

"오스카 수상자와 사랑을 나눠본 적 있어요?" 셀리아가 말했어.

전에 아리 설리반과 아주 흡사한 행위를 하긴 했지만, 셀리아에게 들려줄 이야기는 아닌 것 같았어. 게다가 그때의 경험과는 전혀 다른 취지로 물었잖아.

대답 대신 뜨겁게 키스하면서 내 얼굴에 닿은 셀리아의 손길을 느꼈어. 그런 다음 그녀가 드레스를 벗고 내 침대로 들어오는 모습을 지켜봤어.

내가 찍은 영화 두 편은 모두 흥행에 참패했어. 하지만 셀리아가 찍은 로맨스는 연일 매진을 기록했고, 돈은 스릴러 영화의 주인공을 맡아 큰 인기를 끌었어. 〈조커스 와일드〉의 여주인공을 맡은 루비 라일리를 놓고서도 "놀라울 정도로 완벽하다"라거나 "대체 불가능하다"라는 호평이 쏟아졌지.

나는 미트로프를 만들고 바지 다리는 법을 터득하며 시간을 보냈어.

그러던 어느 날 극장에서 〈네 멋대로 해라Breathless〉를 본 거야. 영화가 끝난 후 곧장 집으로 와서 해리에게 전화를 걸었어.

"좋은 생각이 났어요. 당장 파리로 갈래요."

25

셀리아는 3주 일정으로 빅베어 호수 인근에서 야외 촬영을 시작했어. 내가 함께 가거나 중간에 만나러 가는 건 선택지가 아니었어. 셀리아가 주말마다 집에 오겠다고 했지만 내가 만류했어. 너무 위험해 보였거든.

어쨌거나 셀리아는 싱글이었어. 그런데 주말마다 집에 간다고 하면 사람들이 '혼자 살면서 뭐 하러 자꾸 집에 가는 거지?' 싶어서 뒤를 캘 수도 있잖아.

그러니 바로 지금이 프랑스에 갈 적기라고 생각한 거지.

해리는 파리의 영화 제작자를 몇 명 알고 있었어. 그래서 나 몰래 그들에게 연락해 두었어.

파리에서 만난 프로듀서와 감독들 중 일부는 내가 누군지 알았지만, 일부는 해리에 대한 호의로 나를 만나준다는 점을 은근히 밝히기도 했어. 그런데 그중 신진 뉴웨이브 감독인 맥스 지라드는 나를 전혀 모르고 있었어.

"당신은 폭탄 같은 존재예요."

우리는 파리 생제르맹 인근의 조용한 술집에 있었어. 실내가 비좁아서 바싹 붙어 앉아야 했지. 저녁 식사 시간이 막 지난 시간이었지만, 나는 아직 저녁을 못 먹은 상태였어. 맥스는 화이트 보르도를 마셨고 나는 클라레라는 레드와인을 마셨어.

"칭찬으로 들어도 되겠죠?" 내가 와인을 한 모금 마시며 말했어.

"당신처럼 매력적인 여자를 만나본 적이 있나 모르겠습니다."

맥스는 나한테서 눈을 떼지 못했어. 하지만 그의 말투가 너무 알아듣기 어려워서 나도 모르게 몸을 기울였어.

"고마워요."

"혹시 연기할 줄 알아요?"

"연기가 외모보다 나을 걸요."

"그럴 리가."

"그렇다니까요."

나는 맥스가 머리를 팍팍 굴리는 게 느껴졌어.

"배역 테스트 한 번 받아볼래요?"

나는 배역을 따기 위해서라면 변기라도 닦을 작정이었어.

"마음에 드는 배역이라면."

맥스가 미소를 지었어.

"진짜 멋진 배역이에요. 유명 영화배우 역할이거든요."

나는 고개를 끄덕였어. 아주 천천히. 몸이 달았다는 걸 들키지 않으려면 최대한 절제해야 하거든.

"대본을 보내면 살펴보고 나중에 얘기할게요." 나는 남은 와인을 죽들이켠 다음 자리에서 일어났어. "맥스, 미안하지만 먼저 일어날게요. 저녁 즐겁게 보내고, 나중에 또 봐요."

내 이름을 들어보지도 못한 남자와 바에 앉아 밤새 노닥거릴 수는 없었어. 시간이 남아돈다고 생각할 테니까.

걸어 나오는데 그의 시선이 내내 따라오는 게 느껴졌어. 현재 곤경에 처했음에도 불구하고 나는 허리를 곧게 펴고 당당하게 문으로 향했어. 그리고 곧장 호텔방으로 돌아가 잠옷으로 갈아입었지. 한숨 돌린 다음 룸서비스를 주문하고 텔레비전을 켰어.

잠자리에 들기 전에 셀리아에게 편지도 썼어.

사랑하는 씨씨에게,

당신의 미소와 함께 해가 뜨고 진다는 걸 잊지 말아요. 적어도 나한테는 그렇소. 이 행성에서 숭배할 건 당신뿐이오.

당신을 미치도록 사랑하는,

에드워드

나는 편지를 반으로 접어 그녀의 주소가 적힌 봉투에 넣었어. 그런 다음 불을 끄고 눈을 감았어.

3시간 뒤, 협탁에 놓인 전화기가 요란하게 울렸어.

잠결에 짜증 섞인 목소리로 수화기를 들었어.

"봉주르?" 내가 말했어.

"당신의 언어로 말해도 돼요, 에블린." 수화기 너머에서 맥스 특유의 알아듣기 어려운 영어가 쩌렁쩌렁 울렸어. "내가 촬영하려는 영화에 당신이 출연할 수 있는지 궁금해서 전화했어요. 다다음 주에 시작할 거예요."

"2주 후에 시작한다고요?"

"그보다 빠를 수도 있어요. 촬영지는 파리에서 6시간 떨어진 곳인데, 할래요?"

"역할이 뭐죠? 그리고 얼마 동안 촬영하죠?"

"〈부띠웅트렝〉이라는 영화예요. 제목은 일단 이렇게 붙었어요. 안시 호수에서 2주 동안 촬영하고, 그 뒤엔 거기 있지 않아도 돼요."

"부똥트렝? 그게 무슨 뜻이죠?"

그가 말한 대로 따라하려 했지만 너무 어색하게 들렸어. 그래서 다시는 시도하지 않겠다고 속으로 다짐했어. 서투른 짓은 안 하는 게 상책이거든.

"파티에서 분위기를 띄우는 사람이라는 뜻이에요. 바로 당신 같은 사람이죠."

"파티 걸?"

"모임에 활기를 불어넣는 사람이죠."

"그럼 내 캐릭터는요?"

"남자라면 누구나 사랑에 빠질 만한 여성이에요. 원래는 프랑스 여배우를 위해 쓰였지만, 내가 오늘밤에 바꿨어요. 당신이 하겠다고만 하면 그녀를 해고할 겁니다."

"그럼 안 되죠."

"그녀는 당신이 아니거든요."

그의 매력과 열정에 놀라 나도 모르게 웃음이 나왔어.

"두 좀도둑이 스위스로 도망가다 매력적인 여성을 만나고, 셋이서 산을 넘으며 모험을 즐긴다는 이야기예요. 내가 밤새 대본을 넘기면서 이 여성이 미국인이어도 괜찮은지 살폈는데, 괜찮을 것 같아요. 실은 더 재미있을 것 같아요. 이 시기에 당신을 만나다니, 운명의 장난 같아요. 당신도 구미가 당기지 않나요?"

"일단 하룻밤 자면서 생각해 볼게요."

나는 그 역할을 맡을 생각이었어. 내가 얻을 수 있는 유일한 배역이었으니까. 하지만 손쉽게 얻을 수 있다는 인상을 줘서 좋을 게 없었거든.

"물론 그래야죠." 맥스가 말했어. "누드 촬영은 해본 적 있죠?"

"없는데요."

"상반신을 노출해야 해요. 영화에서 말입니다."

가슴을 보여 달라는 부탁을 받을 거라면, 그게 프랑스 영화인 게 낫지 않을까? 그리고 프랑스 사람들이 그 역을 누군가에게 부탁할 거라면, 그 사람이 나여야 하지 않을까? 애초에 내가 뭣 때문에 유명해졌는지 알고 있었어. 그걸 한 번 더 써먹는다고 누가 뭐라겠니?

"내일 의논하는 게 어때요?"

"내일 아침에 얘기합시다." 맥스가 말했어. "내가 말한 다른 여배우는 가슴을 보여줄 거랍니다, 에블린."

"늦었어요, 맥스. 아침에 연락할게요."

그렇게 말하고 전화를 끊었어. 나는 눈을 감고 숨을 깊이 들이마셨어. 이런 역할에 기뻐할 정도로 바닥까지 떨어졌다는 탄식과 이런 기회나마 생긴 게 다행이라는 안도감이 복잡하게 겹쳤어. 과거의 나와 현재의 나를 조화시키는 게 어려웠어. 다행히, 나는 그런 일로 오랫동안 시달리지 않아도 됐어.

2주 뒤, 다시 영화 촬영장으로 복귀했어. 게다가 이번엔 선셋이 썩

워 놓은 순수한 이미지에서 벗어났어. 뭐든 내가 원하는 대로 할 수 있었던 거야.

촬영하는 내내 맥스는 나한테 사로잡혀 있었어. 나를 힐끔힐끔 훔쳐보는 눈빛이 감독으로서 뿐만 아니라 남자로서도 내 매력에 푹 빠진 눈치였지.

촬영을 끝내기 이틀 전, 맥스가 내 분장실에 왔어.

"마벨, 오조흐뒤 뛰 세하 성 어^{Ma belle, aujourd'hui tu seras sans haut}."

나도 그때쯤 프랑스어를 웬만큼 알아들었어. 오늘 호수에서 나오는 장면을 촬영하겠다는 말이었어. 가슴이 큰 미국 여배우가 프랑스 영화에 출연하면서 프랑스 남자가 성 어^{sans haut}라고 말하면 상반신을 노출하자는 뜻임을 모를 수가 없어.

명성을 되찾을 수만 있다면 상의를 훌훌 벗고 기꺼이 내 자산을 보여줄 용의가 있었어. 하지만 그 무렵, 나는 한 여자와 미친 듯이 사랑에 빠져 있었어. 내 몸의 모든 세포가 그녀를 갈망했지. 여자의 벗은 몸에서 기쁨을 찾는 즐거움을 알게 된 거야.

그래서 맥스가 원하는 방식으로 촬영에 응하긴 하지만 나한테 훨씬 더 선정적으로 보이게 할 방법이 있다고 제안했어.

나는 그 방법이 먹힐 줄 알았어. 여자의 셔츠를 찢고 싶은 기분이 어떤 건지 알았으니까.

맥스도 내가 제안한 방법이 센세이션을 일으킬 줄 대번에 알았어. 내 셔츠를 찢고 싶어 안달 난 상태였으니까.

편집실에서, 맥스는 내가 호수에서 나오는 장면을 달팽이처럼 느리게 조작한 다음 내 가슴이 다 보이기 1000분의 1초 전에 영상을 잘라

버렸어. 마치 필름 자체가 조작된 것처럼, 어쩌다 잘못 편집된 것처럼 영상이 시커멓게 변했어.

기대감은 한껏 치솟았지만 영상을 아무리 여러 번 봐도, 기막힌 타이밍에 중단 버튼을 눌러도 입맛만 다시게 될 뿐이었어.

이 방법이 먹혔던 이유는 간단해. 남자든 여자든, 동성애자든 이성애자든 상관없이 사람은 누구나 후끈 달아오르고 싶어 하거든.

〈부띠옹트렝〉 촬영을 끝낸 지 6개월 만에 나는 세계적으로 센세이션을 일으켰어.

포토모멘트

1961년 9월 15일

가수 믹 리바, 에블린 휴고에게 푹 빠지다

어젯밤 트로카데로에서 성황리에 공연을 마친 믹 리바가 잠시 시간을 내서 우리의 질문을 받아주었다. 동료 가수 베로니카 로우와 이혼하게 되어 행복하다고 밝히면서 그 이유를 이렇게 둘러댔다.

"나는 그런 여자를 품을 자격이 없고, 그녀는 나 같은 남자를 품을 자격이 없습니다."

따로 만나는 여자가 있느냐는 질문에, 믹은 꽤 많은 여자를 만나고 있지만 에블린 휴고와 하룻밤만 보낼 수 있다면 다 포기하겠다고 고백했다.

돈 아들러의 전 부인은 요즘 자신이 대단히 핫한 상품임을 다시금 입증했다. 맥스 지라드 프랑스 감독의 최신작 〈부띠옹트렝〉에 출연하여 올 여름 유럽 전역의 영화관을 매진시켰고, 이젠 미국을 강타하고 있다. 자, 그녀에게 푹 빠진 믹의 반응을 들어보라.

"〈부띠옹트렝〉을 세 번이나 봤지만, 조만간 또 볼 겁니다. 호수에서 나오는 그녀의 모습은 봐도, 봐도 또 보고 싶거든요."

믹은 에블린을 직접 만나 데이트라도 하고 싶은 걸까?

"흠, 내가 하고 싶은 건… 그녀와 결혼하는 겁니다."

듣고 있나요, 에블린?

할리우드 다이제스트

1961년 10월 2일

에블린 휴고, 안나 카레니나를 맡다

장안의 화제 에블린 휴고가 〈안나 카레니나〉에서 주인공 역할을 맡기로 하고 폭스 스튜디오와 계약을 마쳤다. 이 작품을 위해 선셋 스튜디오에서 함께 일했던 해리 캐머런과 다시 뭉쳤다.

휴고와 캐머런은 선셋에서 〈아버지와 딸〉, 〈작은 아씨들〉 같은 히트 작품을 함께 완성했다. 이 작품은 그들이 선셋의 그늘을 벗어나 추진하는 첫 번째 프로젝트가 될 것이다.

캐머런은 뛰어난 안목과 더 뛰어난 비즈니스 감각으로 업계에서 명성을 떨쳐왔지만, 선셋의 수장 아리 설리반과 대립하다 자리를 박차고 나왔다고 한다. 폭스는 박스 오피스에서 휴고와 캐머런의 영향력과 지분을 고려해 기꺼이 작품을 함께 하기로 했다.

휴고의 다음 프로젝트가 무엇일지 다들 궁금해 했는데, 〈안나 카레니나〉는 흥미로운 선택으로 보인다. 한 가지는 분명하다. 관객은 에블린 휴고가 맨 어깨를 힐끔 보여줘도 얼씨구나 하고 극장으로 달려갈 것이다.

서브 로사

1961년 10월 23일

돈 아들러와 루비 라일리가 약혼한다고?

메리와 로저 아들러 부부가 지난 토요일에 열었던 파티는 흥분의 도가니였다고 한다! 참석한 손님들은 아들러 부부의 아들을 만나려나 싶었다가 뜻밖의 소식을 들었다.

그날 파티는 다른 누구도 아닌 선셋 스튜디오의 여왕, 루비 라일리와 돈의 약혼 발표를 위한 자리였던 것이다!

두 사람은 2년 전 돈이 섹시한 금발 미녀 에블린 휴고와 이혼한 뒤로 가깝게 지냈다. 돈은 루비와 에블린이 〈작은 아씨들〉을 함께 촬영하던 때부터 루비에게 눈길을 주었다고 인정했다.

돈과 루비의 행복을 빌면서도, 한편으론 돈이 에블린의 치솟는 명성을 어떻게 생각하는지 궁금하지 않을 수 없다. 요즘 하늘 아래 가장 핫한 존재는 단연 에블린이기 때문이다. 혹시 그녀를 놓친 걸 자책하고 있지 않을까?

뭐가 됐든, 돈과 루비에게 행운을 빌어주자! 이번엔 부디 끝까지 잘 살기를!

26

그해 가을, 할리우드 원형 극장에서 열리는 믹 리바의 공연 초대장이 날아왔어. 고민 끝에 가기로 했어. 믹 리바가 보고 싶었다기보다는 밤 나들이가 재미있을 것 같았거든. 뭐가 됐든, 타블로이드판 신문의 먹잇감이 될 생각은 없었어.

셀리아, 해리, 나. 이렇게 셋이서 함께 가기로 했어. 우리에게 쏠리는 시선이 많아서 셀리아와 단둘이 다닐 엄두조차 못 냈거든. 다행히, 해리가 완벽한 완충제 역할을 해 줬지.

그날 밤, LA의 밤공기는 예상보다 서늘했어. 나는 카프리 바지에 반팔 스웨터를 입었어. 그리고 앞머리를 조금 길러서 옆으로 넘기고 다녔어. 셀리아는 파란색 시프트 드레스에 단화를 신었어. 해리는 슬랙스에 반팔 옥스퍼드 셔츠로 여느 때처럼 말쑥한 차림이었지. 추우면 우리 중 누구라도 입으라고 캐멀 색상의 카디건을 들고 있었어.

우리는 두 번째 줄에 앉았어. 해리의 프로듀서 친구들도 두어 명 있었는데, 다들 파라마운트 소속이었어. 통로 건너편에 에드 베이커가 보였어. 딸이라고 해도 될 만한 젊은 여자랑 왔더라고. 인사를 할까 하다가 그만 뒀어. 그가 여전히 선셋 소속인데다 애초부터 그를 좋아하지도 않았거든.

믹 리바가 무대에 오르자 관중석에 있던 여자들이 환호성을 내질렀어. 그 소리가 어찌나 크던지 셀리아는 손으로 귀를 막을 지경이었어. 믹은 짙은 정장 차림에 타이를 느슨하게 매고 나왔어. 검정색 머리칼을 뒤로 빗어 넘겼지만 살짝 헝클어져 있었어. 보아하니, 술을 한두 잔 마시고 올라온 듯했어. 그렇다고 공연에 지장을 줄 정도는 아니었고.

"도무지 이해가 안 가요." 셀리아가 내 귀에 대고 말했어. "저 사람이 뭐가 좋다고 이 난리죠?"

"얼굴이 잘생겨서?" 내가 어깨를 으쓱하며 말했어.

믹이 마이크 앞으로 걸어 나오자 스포트라이트도 그를 따라왔어. 믹은 거칠면서도 부드럽게 마이크 스탠드를 움켜쥐었어. 그게 마치 자신의 이름을 외쳐대는 수많은 소녀들 중 한 명인 양 다루더라고.

"그리고 자기가 뭘 하는지 잘 알잖아." 내가 말했어.

"차라리 브릭 토머스가 낫겠네요." 이번엔 셀리아가 어깨를 으쓱하며 말했어.

"아니, 브릭 토머스는 정말 재수 없는 인간이야. 장담하건대, 그 사람과 만나면 넌 5초 안에 토하고 말걸."

"내 눈엔 귀엽기만 하던데." 셀리아가 웃으며 말했어.

"전혀 그렇지 않다니까."

"흠, 나는 브릭이 믹 리바보다 귀여운 것 같아요." 셀리아가 끝까지 우겼어. "해리, 당신 생각은 어때요?"

해리가 내 쪽으로 몸을 기울이고 들릴 듯 말 듯 말했어.

"옆에서 비명을 질러대는 소녀들과 공통점이 있다는 게 부끄럽긴 하지만, 나는 믹이 침대에서 크래커를 먹더라도 쫓아내진 않을 거야."

셀리아가 또 웃었어.

"진짜 못 말린다니까." 믹이 무대를 신나게 가로지르는 모습을 눈으로 좇으며 내가 말했어. "그나저나 공연 끝나고 어디서 먹지? 그게 진짜 문제네."

"무대 뒤로 가 봐야 하는 거 아니에요?" 셀리아가 물었어. "그게 예의 아니겠어요?"

믹의 첫 번째 노래가 끝나자 다들 박수와 환호를 보내기 시작했어. 해리는 박수를 치면서 셀리아가 잘 들을 수 있도록 큰소리로 말했어.

"오스카 수상자신데, 뭐든 말씀하세요. 우린 분부대로 따르겠습니다."

셀리아가 박수를 치다 말고 고개를 뒤로 젖히고 깔깔 웃었어.

"아, 그렇다면 나는 스테이크가 당기는데요."

"스테이크 좋지." 내가 말했어.

떠들썩한 웃음소리와 박수갈채로 주변이 무척 시끄럽고 혼란스러웠어. 그 분위기에 휩쓸린 탓인지 한순간 나 자신을 잊고 말았어. 내가 어디 있는지, 누구인지, 누구와 함께 있는지 다 잊고 말았어.

나는 셀리아의 손을 잡고 꼭 쥐었어.

셀리아가 놀라서 아래를 쳐다봤어. 해리의 시선도 우리 손에 꽂혔어.

나는 얼른 손을 빼고 자세를 바로잡았어. 그런데 바로 그때 앞줄에 앉은 한 여자가 나를 뚫어져라 쳐다봤어. 30대 중반으로 보였어. 고상한 얼굴에 작고 푸른 눈을 하고 있었어. 진홍색 립스틱을 곱게 바른 그녀의 입술이 순간적으로 일그러지더라고.

다 봤던 거야.

내가 셀리아의 손을 잡는 것도.

화들짝 놀라며 손을 빼는 것도.

그녀는 내가 방금 뭘 했는지 알아차렸어. 내가 그 모습을 들키고 싶어 하지 않았다는 것도 알아차렸어. 나를 노려보던 그녀의 작은 눈이 더 작아졌지.

나를 몰라보길 바라던 희망은 그녀가 남편으로 보이는 남자에게 귓속말을 하는 순간 날아갔어. 남자의 시선이 믹 리바에게서 내게로 옮겨 왔어.

그는 설마 하는 표정으로 나를 쳐다보다가 이내 그런 생각만으로도 구역질이 나는지 눈살을 찌푸렸어.

나는 두 사람의 뺨이라도 때리면서 남의 일에 신경 끄라고 소리치고 싶었어. 하지만 그럴 수 없다는 걸 누구보다 잘 알았지. 그랬다간 안전하지 않았으니까. 나도, 셀리아도 모두 안전하지 않았어.

마침 반주만 나오는 구간이라 믹이 무대 바로 앞까지 걸어와 관객들과 이야기를 나누기 시작했어. 나는 이때다 싶어 벌떡 일어나서 그를 응원했어. 팔짝팔짝 뛰면서 거기 있던 누구보다 크게 소리쳤어. 내가 뭘 하는지 제대로 생각하지도 않았어. 그저 앞에 앉은 두 사람이 서로에게, 혹은 다른 누군가에게 쑥덕거리지 않기만 바랐어. 여자에게서 촉발된 소문이 전화선을 타고 동네방네 퍼지지 말고 거기서 멈추길 바랐어. 나는 뭔가 다른 일로 시선을 끌고 싶었어. 그래서 뒷줄에 앉은 십대 소녀들처럼 목이 터져라 믹을 환호했어. 내 인생이 거기에 달린 것처럼 소리쳤어. 정말로 그럴지도 몰랐으니까.

"내가 뭘 잘못 본 걸까요?"

믹 리바가 무대에서 말했어. 그러더니 조명을 가리려고 손을 눈썹 부근에 갖다댔어. 마침내 믹이 나를 똑바로 쳐다봤어.

"아니면 꿈에 그리던 분이 내 앞에 서 있는 걸까요?"

서브 로사

1961년 11월 1일

에블린 휴고와 셀리아 세인트 제임스, 파자마 파티를 즐기다!

얼마나 가까우면 지나치게 가까운 것일까?

이웃집 소녀 같은 셀리아 세인트 제임스는 오스카상을 수상하고 출연하는 작품마다 대 히트를 기록했다. 그리고 섹시하기론 둘째가라면 서러운 금발 미녀 에블린 휴고와 오랜 친구로 지내왔다. 그런데 최근 들어서 이 둘 사이에 뭔가 다른 꿍꿍이가 있다는 의심이 일기 시작했다.

내부 소식통에 따르면 두 사람이 진짜로 "연기"를 한다고 말한다.

물론 여자 친구들끼리 쇼핑도 하고 술도 한두 잔 마실 수 있다. 그런데 셀리아의 차가 매일 밤 에블린의 집 밖에 주차되어 있다. 에블린이 돈 아들러와 함께 살던 바로 그 집 밖에. 그것도 밤새도록.

과연 그 집에선 날마다 무슨 일이 벌어지고 있을까?

뭐가 됐든, 평범하고 정상적인 일은 아닐 것 같다. 틀림없이.

27

"믹 리바와 데이트할 거야."

"미쳤어요?"

셀리아는 화가 나면 얼굴부터 빨개졌어. 이번엔 그 어느 때보다 더 빨리 빨개지더라고.

우리는 팜 스프링스에 있는 셀리아의 주말 별장에 있었어. 셀리아는 야외 주방에서 저녁에 먹을 햄버거를 굽고 있었어.

기사가 나온 뒤로 LA에서는 셀리아와 함께 있는 모습을 보일 수 없었어. 다행히, 팜 스프링스의 거처는 쓰레기 같은 언론에 노출되지 않았어. 그래서 주말엔 거기서 함께 보내고 주중엔 LA에서 떨어져 지내기로 했어.

셀리아는 내가 하자는 대로 순순히 따랐어. 나와 싸우는 것보단 그게 더 쉬웠으니까. 하지만 데이트를 하겠다는 내 계획엔 격렬히 반대했어.

물론 내가 좀 지나치긴 했어. 그 점은 나도 알았지만.

"내 얘기를 좀 들어봐." 내가 말했어.

"아뇨, 당신이 내 얘기를 좀 들어봐요."

셀리아가 그릴 뚜껑을 쾅 닫더니 집게로 나와 자신을 번갈아 가리켰어.

"당신이 착안한 속임수는 뭐든 따를게요. 하지만 우리 둘 중 누가 남자와 데이트하자는 계획엔 따르지 않을 거예요."

"선택의 여지가 없잖아."

"선택의 여지는 쌔고 쌨어요."

"아니. 네 일을 계속하고 싶다면, 이 집을 지키고 싶다면, 우리 친구들 중 누구라도 잃고 싶지 않다면, 선택의 여지는 없어. 게다가 경찰이 우리를 쫓아올 수도 있어."

"그건 피해망상이라고요."

"그렇지 않아, 셀리아. 하지만 그렇게 될까 봐 무서워. 분명히 말하는데, 그들은 알고 있어."

"코딱지만 한 신문에 실린 기사 하나가 아는 척하는 것일 뿐이에요. 그들이 진짜로 아는 게 아니라고요."

"네 말이 맞아. 그러니까 지금은 우리가 막을 수 있어."

"그냥 가만히 놔두면 저절로 사그라질 거예요."

"셀리아, 너는 내년에 개봉할 영화가 두 편이나 있어. 그리고 사람들은 요즘 만났다 하면 내 영화로 이야기꽃을 피운단 말이야."

"맞아요. 그러니까 우리는 뭐든 하고 싶은 대로 해도 된다고요. 해리도 늘 그렇게 말했잖아요."

"그러니까 우리는 잃을 게 많다는 거야."

화가 난 셀리아는 담배를 꺼내 불을 붙였어.

"그래서 당신은 뭘 어떻게 하고 싶은 거죠? 우리가 진짜로 뭘 하는지, 또 어떤 사람인지 평생 숨기면서 살겠다는 거예요?"

"다른 사람들도 다 그렇게 살아."

"쳇, 나는 그렇게 살고 싶지 않아요."

"그렇다면 유명해지지 말았어야지."

셀리아는 나를 쏘아보면서 담배를 뻐끔거렸어. 핑크빛 립스틱이 필터에 진하게 묻어났어.

"당신은 비관론자예요, 에블린. 아주 뼛속까지."

"그럼 너는 뭘 어떻게 하길 바라는 거야? 내가 서브 로사에 직접 전화라도 걸어야겠어? FBI에 연락할까? '그래요, 셀리아 세인트 제임스와 나는 변종이에요!'라고 신고하면 되겠어?"

"우리는 변종이 아니에요!"

"그건 나도 알아, 셀리아. 물론 너도 알고. 하지만 사람들은 모른단 말이야."

"하지만 그들도 알려고만 하면 알 수 있어요."

"그들은 알려고 하지 않을 거야. 알겠어? 아무도 우리 같은 사람을 이해하려 들지 않는단 말이야."

"하지만 그 사람들도 노력해야죠."

"우리 모두 노력해야 할 일이 굉장히 많아. 하지만 세상은 그런 식으로 돌아가지 않아."

"이런 얘기 너무 싫어요. 기분이 더럽다고요."

"나도 알아. 미안해. 하지만 기분이 더럽다고 무작정 회피할 수는 없어. 네 일을 계속하고 싶으면, 너와 내가 친구 이상이라는 점을 사람들이 믿게 내버려 둬선 안 돼."

"내가 일을 계속하고 싶지 않다면요?"

"너는 계속하고 싶어 해."

"아뇨, 당신이 계속하고 싶으면서 괜히 나한테 핑계 대는 거죠."

"물론 나도 계속하고 싶어."

"난 포기할래요. 돈이고 일이고 명성이고 뭐고 전부 다요. 당신과 함께 있을 수 있다면, 당신과 평범하게 지낼 수 있다면, 다 포기할 거라고요."

"그 말이 무슨 뜻인지도 모르고 하는 말이야, 셀리아. 미안하지만, 너는 정말 몰라."

"사실은 그게 아니라, 당신이 나를 위해 아무것도 포기하고 싶지 않은 거겠죠."

"아니, 진짜 사실은 그게 아니야. 연기 활동이 어려워지면 너는 서배너로 돌아가 부모한테 얹혀살겠다고 생각하는 철부지라는 거야."

"돈 문제를 거론했으니 하는 말인데, 당신은 이미 쓰고도 남을 만큼 가졌잖아요."

"그래, 많이 가졌지. 하지만 그건 잘난 부모덕에 거저 생긴 게 아니야. 내가 뼈 빠지게 일하고, 나를 두들겨 패는 개자식과 결혼하고도 꾹 참았기 때문에 생긴 거야. 내가 왜 그랬는지 아니? 순전히 유명해지고 싶었기 때문이야. 지금 우리가 누리는 삶을 계속 살고 싶었기 때문이야. 그런데 내가 그걸 포기할 것 같니? 천만에."

"이게 다 당신 때문이라는 걸 인정하긴 했네요."

나는 고개를 흔들며 내 콧등을 꼬집었어.

"셀리아, 내 말 잘 들어. 너 오스카 트로피가 소중하잖아? 머리맡에 놓고서 잠자리에 들 때마다 쓰다듬는 그 물건 말이야."

"함부로-"

"네가 이른 나이에 수상했다는 점에서, 사람들은 오스카를 여러 번 수상할 여배우가 탄생했다고 하더라. 나도 그렇게 생각해. 그렇게 되길 바라고. 너도 그러길 바라지 않아?"

"그야 물론이죠."

"그런데 날 만난다는 이유로 그걸 빼앗길 셈이야?"

"아뇨, 하지만–"

"내 말 잘 들어, 셀리아. 난 널 사랑해. 그래서 더욱 네가 쌓아온 것들을, 그리고 네 뛰어난 재능을 물거품이 되게는 할 수 없어. 아무도 우리 편에 서지 않을 때 맞서면 결과는 불 보듯 훤해."

"하지만 우리가 맞서지 않으면…"

"우리를 지지해 줄 사람은 아무도 없어, 셀리아. 나는 한동안 이 동네에서 배척당하다 간신히 복귀했어. 내가 어떤 기분으로 버텨냈는지 알아? 너는 우리가 골리앗에 맞서 이기는 상상이라도 하나 본데, 그런 일은 벌어지지 않아. 진실을 까발리는 순간 우리는 바로 매장당할 거야. 감옥에 갇히거나 정신 병원에 감금될 수도 있어. 내 말 알아들었어? 견디지 못하고 목숨을 끊을 수도 있다고. 터무니없는 말 같지만 실제로 그런 일이 왕왕 있잖아. 장담하건대, 아무도 우리 전화를 받지 않을 거야. 해리조차도."

"그럴 리 없어요. 해리는… 우리와 같잖아요."

"그러니까 해리는 더더욱 우리랑 얽히면 안 되는 거야. 모르겠니? 해리는 훨씬 더 위험해지거든. 사실이 알려지면 해리를 죽이려 드는 사람도 있을 거야. 우리는 그런 세상에 살고 있어. 우리에게 연락하는 사람은 누구든 조사받게 될 거야. 해리는 그런 위험을 감수할 수 없을 거야. 설사 감수하려 해도 내가 용납하지 않을 거거든. 그가 쌓아온 모든 걸 잃을 수도 있고, 목숨까지 잃을 수도 있는데 어떻게 그러겠어? 절대로, 절대로 안 돼. 결국 우리 둘만 남을 거야. 우리 둘만 버림받게 될 거라고."

"그래도 우리에겐 서로가 있잖아요. 난 그걸로 충분해요."

셀리아는 이제 눈물까지 흘렸어. 시커먼 마스카라가 눈 밑으로 번졌어. 나는 셀리아를 안으면서 엄지손가락으로 뺨의 얼룩을 닦아 줬어.

"셀리아, 사랑해. 너무너무 사랑해. 하지만 우리 사랑을 가로막는 게 너무 많아. 너는 이상주의자이자 낭만주의자야. 그리고 아름다운 영혼을 지녔어. 세상 사람들이 네 방식을 받아들일 준비가 됐다면 얼마나 좋겠니? 그들이 네 기대에 부응할 수 있다면 얼마나 좋겠고? 하지만 그들은 전혀 그렇지 않아. 세상은 너무나 추악해. 누구도 낯선 것을 우호적으로 바라보려 하지 않아. 우리가 일과 명성을 잃으면 친구들도 잃고, 마지막으로 재산까지 다 잃고 나면 우리는 결국 밑바닥으로 추락할 거야. 나는 예전에 그렇게 살아 봤어. 네가 그런 처지로 내몰리게 둘 순 없다고. 그렇게 되지 않도록 무슨 짓이든 할 거야. 알겠니? 나는 너를 너무 사랑하기 때문에 네가 나만을 위해 살아가게 할 수 없단 말이야."

셀리아가 흑흑 울면서 내 품에 파고들었어. 그렇게 울다간 뒷마당이 셀리아의 눈물로 흥건해질 것 같았어.

"사랑해요." 셀리아가 말했어.

"나도 사랑해." 내가 셀리아의 귀에 대고 속삭였어. "이 세상 그 무엇보다 너를 더 사랑해."

"당신을 사랑하는 게 나쁜 건 아니잖아요." 셀리아가 말했어.

"나빠서도 안 되고. 그게 어떻게 나쁠 수 있어요?"

"그래, 그건 나쁜 게 아니야. 아니고말고." 내가 말했어. "나쁜 건 바로 그들이야."

셀리아가 내 어깨에 대고 고개를 끄덕이며 나를 더 꼭 껴안았어. 나는 셀리아의 등을 토닥이고, 셀리아의 머리에 대고 숨을 깊이 들이마셨어.

"우리가 할 수 있는 일이 별로 없어." 내가 말했어.

셀리아는 마음이 진정되자 내게서 몸을 떼고 다시 그릴을 열었어. 나를 애써 외면하면서 고기 패티를 뒤집다가 한참 만에 물었어.

"그래서 앞으로 어떻게 할 계획이에요?"

"믹 리바와 눈이 맞아 사고를 칠까 해."

우느라 빨개진 셀리아의 눈에 다시 눈물이 고이기 시작했어. 셀리아는 재빨리 눈물을 훔친 후 그릴에 시선을 고정했어.

"그게 우리한테 무슨 의미죠?"

나는 셀리아 뒤로 가서 꼭 안아 줬어.

"우리한테는 아무런 의미도 없어. 믹이 나와 눈이 맞아 사고를 치게 한 다음 법적으로 바로 취소해 버릴 거야."

"그러면 그들이 당신을 더 이상 주시하지 않을 거라 생각해요?"

"아니, 오히려 그들은 나를 더 주시할 거야. 하지만 그때 가선 다른 기삿거리를 찾겠지. 나를 창녀나 바보라고 하면서 남자 보는 눈이 형편없다고 비난하겠지. 너무 충동적이라고 비난하겠지. 하지만 그런 문제로 나를 비난하려면 내가 너랑 사귄다는 말은 못 할 거야. 앞뒤가 안 맞잖아."

"알았어요." 셀리아가 그릴에서 패티를 꺼내 접시에 담았어.

"좋아, 그럼 됐어."

"뭐든 당신이 계획한 대로 해요. 하지만 이런 얘기는 두 번 다시 듣고 싶지 않아요. 최대한 빨리 매듭짓고 싶어요."

"오케이."

"이 일이 정리된 후엔 둘이 함께 지냈으면 해요."

"셀리아, 그건 안 돼."

"이 방법이 워낙 효과적이라 아무도 우리를 언급하지 않을 거라면서요."

실은 나도 셀리아와 함께 지내고 싶었어. 그런 마음이 굴뚝같았어.

"그래." 내가 말했어. "함께 사는 문제는 이 일이 다 정리된 후에 다시 얘기하자."

"알겠어요." 셀리아가 말했어. "그렇게 해요, 그럼."

악수하려고 손을 내밀었지만 셀리아가 뿌리쳤어. 이렇게 슬프고 저속한 일엔 악수하고 싶지 않다면서.

"그런데 믹 리바와의 일이 제대로 안 되면 어떡할 거예요?" 셀리아가 물었어.

"잘 될 거야."

셀리아가 마침내 나를 쳐다봤어. 슬며시 웃으면서.

"당신이 너무 멋져서 당신의 매력을 거부할 수 없다는 건가요?"

"물론이지."

"맞아요." 셀리아가 내게 키스하려고 발을 살짝 들며 말했어. "당신을 누가 거부할 수 있겠어요."

28

나는 크림색 칵테일 드레스를 입었어. 깊이 파인 목선을 따라 황금빛 구슬 장식이 촘촘히 박혀 있었어. 긴 금발 머리는 뒤에서 높이 묶어 늘어뜨렸어. 그리고 다이아몬드 귀걸이를 착용했어.

나는 그야말로 영롱하게 빛났어.

남자가 너랑 눈이 맞아 사고 치게 하려면 제일 먼저 라스베이거스에 가자고 졸라야 해.

그러려면 먼저 LA의 한 클럽에 가서 술을 몇 잔 마셔야 하고. 너랑 같이 있는 모습을 사진 찍히고 싶어 안달하는 남자에게 눈을 흘기고 싶은 충동도 무시할 수 있어야 해. 누구든 꿍꿍이가 있다는 사실을 감수해야지. 네가 그를 갖고 놀 듯 그도 너를 갖고 놀아야 공평하잖아. 서로 도와야 각자 원하는 걸 얻을 수 있지 않겠니?

너는 스캔들을 내고 싶어 하고.

그는 너랑 잤다는 사실을 세상에 떠벌리고 싶어 해.

그 둘은 결국 동일한 거야.

너는 그를 위해서 솔직하게 말할까도 생각해. 네가 원하는 것을 설명하고 그에게 선뜻 주려는 것도 설명할 수 있어. 하지만 쓸데없는 말은 안 하느니만 못하다는 사실을 잘 알아.

그래서 내일 자 신문에 우리 이야기로 대서특필되고 싶다고 말하는 대신, 그냥 이렇게 말해.

"믹, 라스베이거스에 가 본 적 있어?"

믹이 그런 질문을 받았다는 게 믿기지 않는다는 얼굴로 코웃음을 치는 순간, 너는 이 일이 생각보다 쉽겠다고 확신하지.

"가끔 그냥 주사위를 굴리고 싶을 때가 있거든."

성적인 암시는 단계적으로 접근하는 게 좋아. 시간이 지나면서 점점 더 빨려들게 해야 하거든.

"자기, 주사위 굴리고 싶어?"

그의 말에 너는 고개를 끄덕이지.

"하지만 너무 늦었잖아." 너는 아쉽다는 듯이 말해. "게다가 이미 여기 왔잖아. 여기서 재미있게 놀면 되지, 뭐."

"애들한테 비행기를 준비하라고 해서 그쪽으로 태워다 달라면 돼."

믹이 손가락으로 딱 소리를 냈어.

"아니야, 굳이 그렇게까지 할 필요 없어."

"당신을 위해서라면 못 할 게 없어."

당신을 위해서라면 못 할 게 없다는 그 말이 무엇을 뜻하는지, 너는 잘 알아.

"정말 그럴 수 있어?"

1시간 30분 뒤, 너는 비행기에 올라.

너는 술을 몇 잔 마시고 그의 무릎에 앉아. 그의 손이 이리저리 더듬을 때마다 은근히 즐기는 척하다가 찰싹 뿌리쳐. 너는 그가 너에게 몸이 달고 너를 가질 방법은 하나뿐이라고 믿게 해야 해. 그가 너를 미친 듯이 갖고 싶어 하지 않거나, 너를 다른 식으로 가질 수 있다고 생각한다면, 계획은 수포로 돌아갈 거야. 그럼 너는 지고 말아.

비행기가 착륙하고 그가 샌즈 호텔에 방을 잡을지 물어보면, 너는 당황한 표정을 지으며 항변해야 해. 결혼하지 않은 상태에선 절대로 몸을 주지 않는다고, 그런 사실을 그가 당연히 아는 줄 알았다고 말해야 해.

의지가 확고하다는 점도, 그래서 더 애석하다는 점도 분명히 드러내야 해. 너는 그가 이렇게 생각하도록 만들어야 해.

'그녀도 나를 원해. 우리 둘 다 간절히 원하는 일을 하려면 결혼하는 수밖에 없어.'

문득 네가 너무한다는 생각이 들기도 해. 하지만 이 남자가 너를 침대에 눕히고 실컷 농락한 다음 이혼할 거라는 점을 떠올려. 결국 여기선 누구도 미안해할 필요가 없어.

너는 그가 원하는 걸 줄 거야. 그러니까 공정한 거래야.

너는 주사위 테이블로 가서 두어 번 게임을 해. 처음엔 계속 져. 그도 마찬가지야. 그 때문에 흥이 깨질까 봐 슬슬 걱정 돼. 충동적으로 행동하려면 세상만사가 내 마음대로 된다고 믿어야 하거든. 상황이 자기한테 유리하게 돌아가지 않으면 무모하게 행동하지 않는 법이거든.

너는 샴페인을 마셔. 그래야 축하 분위기를 조성할 수 있잖아. 오늘밤을 신나는 이벤트처럼 꾸밀 수 있잖아.

사람들이 너희 둘을 알아보고 사진을 찍자고 요청하면 흔쾌히 응해. 그럴 때마다 너는 그에게 찰싹 달라붙어. 나를 차지하면 이렇게 스포트라이트를 받을 수 있다고 온몸으로 말하는 거야.

룰렛 테이블에선 연승을 거두게 돼. 너는 신나서 펄쩍펄쩍 뛰어. 그의 시선이 어디로 갈지 아니까 일부러 그러는 거야. 너를 붙잡고 싶은 그의 마음을 계속 자극하는 거야.

룰렛 휠이 돌아갈 때 그의 손이 네 엉덩이를 더듬어도 모르는 척해.

이번에도 네가 이기자 너는 엉덩이를 그에게 더 밀착해.

너는 그가 네게 몸을 기울이며 이렇게 말하도록 자극해.

"여기서 나갈까?"

너는 이렇게 대답해.

"그건 좋은 생각이 아니야. 당신이랑 단둘이 있으면 내가 어떻게 할지 모르겠거든."

네가 먼저 결혼 이야기를 꺼낼 수는 없어. 운은 이미 띄웠잖아. 그가 다시 꺼내도록 기다려야 해. 예전에 인터뷰에서 한 번 말했으니 또 말할 거야. 하지만 재촉하면 안 돼. 차분히 기다려야 해.

그가 한 잔 더 마셔.

너희 둘은 게임에서 세 번 더 이겨.

너는 그의 손이 허벅지를 더듬도록 놔두다 슬며시 밀어내. 벌써 새벽 2시야. 피곤이 밀려오면서 네 사랑이 그리워. 당장 집으로 돌아가고 싶어. 그녀와 함께 침대에 눕고 싶어. 자장가 같은 그녀의 코고는 소리를 들으며 잠들고 싶어. 여긴 네가 사랑하는 게 하나도 없어.

하지만 여기 있어야 네가 사랑하는 것들을 지킬 수 있어.

너는 토요일 밤에 사랑하는 이와 마음 편히 손잡고 다녀도 되는 세상을 상상해. 아무도 이상한 눈으로 쳐다보지 않는 세상. 문득 서글픔이 밀려와. 그토록 소박한 일상을 누릴 수 없다니, 눈물이 날 것 같아. 지금까지 너는 화려한 삶을 위해 죽어라 노력했어. 그런데 이젠 최소한의 자유와 평범한 일상을 꿈꾸고 있어.

오늘밤은 그런 삶을 위해 치러야 할 작으면서도 큰 희생이야.

"자기야, 더 이상 못 참겠어." 그가 말해. "당신과 단 둘이 있고 싶어. 당신을 만지고 싶어. 당신과 사랑을 나누고 싶다고."

드디어 기회가 왔어. 낚싯줄에 물고기가 걸렸으니 살살 당겨야 해.

"오, 믹." 네가 애석한 목소리로 말해. "나는 그럴 수 없어. 그럴 수 없다고."

"아무래도 당신을 사랑하는 것 같아."

눈물까지 글썽이는 그를 보면서 너는 그가 생각보다 복잡한 사람임을 깨달아.

너 역시 그가 애초에 생각했던 것보다 더 복잡한 사람이고.

"진심이야?"

너는 그 말이 진심임을 간절히 바라는 목소리로 그에게 질문해.

"진심인 것 같아. 아니, 진심이야. 당신의 모든 걸 사랑해. 방금 만났을 뿐인데 당신 없이는 못 살겠어."

사실은 너를 따먹지 않으면 못 살겠다는 뜻이지. 그러고도 남을 거라고 너는 믿어.

"오, 믹."

너는 이렇게만 말하고 입을 다물어. 이럴 땐 침묵이 금이거든.

그의 코가 네 목을 간질여. 뉴펀들랜드종의 개가 들이대는 것처럼 질척이지만 너는 기분이 좋은 척해. 너희 둘은 라스베이거스 카지노의 화려한 불빛 속에 있어. 사람들이 다 쳐다보지만, 너는 그들을 전혀 의식하지 못하는 것처럼 굴어야 해. 그래야 너희 둘이 십대 커플처럼 시시덕거렸다고 신문에 떠벌릴 테니까.

너는 셀리아가 쓰레기 같은 기사를 단 한 줄도 읽지 않기를 바라. 물론 셀리아는 똑똑해서 신문을 거들떠보지도 않을 거야. 자신을 보호할 방법을 알 테니까. 하지만 확신할 수는 없어. 이 일이 다 끝나고 집에 돌아가면 그녀가 얼마나 소중한 사람인지, 그녀가 얼마나 아름다운지, 그녀가 없으면 네 삶이 얼마나 공허한지 낱낱이 알려야 해.

"우리 결혼하자."

그가 네 귀에 대고 속삭여.

됐어.

이젠 움켜잡으면 돼.

하지만 너무 들뜨면 안 돼.

"믹, 제정신이야?

"당신 때문에 정신을 차릴 수가 없어."

"우린 결혼할 수 없어!"

네 말에 그가 바로 대꾸하지 않자, 너는 너무 밀어냈나 싶어 슬며시 꼬리를 내려.

"음… 진짜로 해도 될까? 내 말은 그러니까… 해도 될 것 같기도 해!"

"물론 해도 되지." 믹이 말해. "우리는 세상 꼭대기에 올랐어. 원하는 건 뭐든 할 수 있다고!"

너는 두 팔로 그를 끌어안고 몸을 밀착시켜. 그 말에 네가 얼마나 놀랐는지, 또 얼마나 흥분했는지 보여 줘. 그가 무엇을 위해 그런 일을 하는지 상기해 주는 거야. 기대감을 한껏 높이는 거지.

그가 너를 번쩍 들어 올리고 빙그르르 돌아. 너는 사람들이 다 쳐다보도록 함성을 질러. 그들은 신문에 대고 신나게 떠들어 댈 거야. 그리고 눈앞에서 본 장면을 평생 기억하겠지.

40분 뒤, 너희 둘은 잔뜩 취한 채 제단 앞에 섰어.

그는 너를 평생 사랑할 거라고 약속해.

너는 순종하겠다고 약속하고.

그는 너를 안고 트로피카나 호텔에서 가장 멋진 방의 문지방을 넘어가. 그리고 곧장 침대로 가서 너를 풀썩 내려놔. 너는 놀란 척하면서 킥킥거리지.

이제 두 번째로 중요한 부분이 펼쳐질 거야.

너는 화끈한 잠자리를 연출할 수 없어. 그에게 실망을 안겨야 하거든.

너와 하는 섹스가 좋으면 그가 또 하고 싶어 할 테니까. 하지만 너는 그럴 수 없어. 이 일을 한 번 이상 할 수는 없어. 그랬다간 네 마음이 찢어질 테니까.

그가 네 드레스를 찢을 듯이 덤비면 정색하며 말해야 해.

"이게 무슨 짓이야, 닉. 진정해."

너는 드레스를 천천히 벗은 후, 그에게 네 가슴을 실컷 보게 해. 구석구석 질리도록 보게 해. 그는 〈부띠옹트렝〉에서 감질났던 그 장면의 결말을 보려고 오랫동안 기다렸잖아.

너에 대한 신비와 흥미를 싹 없애 줘야 해.

그가 지겨워할 때까지 네 가슴을 주무르게 해.

그러고 나서 다리를 벌려.

너는 그 남자 밑에 판자처럼 뻣뻣하게 누워 있어.

이젠 네가 피하고 싶어도 결코 피할 수 없는 부분이야. 그는 콘돔을 사용하지 않을 거야. 네가 아는 여자들은 피임약을 갖고 다니기도 하지만 너는 그렇지 않아. 이 계획을 꾸미던 며칠 전까지만 해도 그런 게 전혀 필요하지 않았으니까.

너는 등 밑에서 손가락을 교차하며 별일 없기를 기원해.

그리고 눈을 질끈 감아.

묵직한 그의 몸이 네 위로 풀썩 떨어지는 게 느껴져. 다 끝난 거야.

너는 문득 울고 싶어져. 섹스가 너에게 어떤 의미인지, 얼마나 황홀한 기분을 안기는지 떠올랐거든. 너는 그 기억을 얼른 떨쳐내.

믹은 그 이후로 아무 말도 안 해.

너도 마찬가지고.

너는 벌거벗은 채 자고 싶지 않아. 어둠 속에서 믹의 러닝셔츠를 걸치고 눈을 감아.

다음날, 아침 햇살이 창문으로 쏟아져 들어와서 눈을 뜰 수가 없어. 너는 팔로 얼굴을 가려.

머리는 지끈거리고 가슴은 따끔거려.

하지만 이제 거의 다 왔어.

그와 눈이 마주쳤어. 그가 미소를 지으며 너를 안으려고 해.

너는 그를 밀어내며 말해.

"나는 아침에 섹스하는 걸 좋아하지 않아."

"그게 무슨 뜻이야?"

"미안해." 네가 어깨를 으쓱하며 말해.

그가 다시 "왜 그래, 자기?"라며 네 위에 올라타. 다시 싫다고 하면 그가 들어줄지 너는 확신이 서지 않아. 그 답을 알아보고 싶은지, 혹은 그 답을 감당할 수 있는지도 확신이 서지 않아. 그래서 그냥 이렇게 말해.

"그래, 좋아. 꼭 해야 한다면."

그가 얼굴을 들고 네 눈을 똑바로 쳐다봐. 그 순간, 네 뜻대로 이뤄졌음을 깨달아. 그는 이미 너에게 흥미를 잃었어.

그가 머리를 흔들더니 침대에서 내려가. 그리고 이렇게 말해.

"당신은 내가 상상했던 것과 영 딴판이야."

믹 리바 같은 남자에겐 여자가 얼마나 매력적인지는 중요하지 않아. 일단 품에 안은 뒤엔 흥미가 떨어지거든. 너는 그 점을 알아. 그래서 그 효과를 더 극대화하려고 머리를 매만지지도 않고 눈 밑에 번진 마스카라 자국을 지우지도 않아.

너는 믹이 욕실로 들어가는 모습을 지켜봐. 금세 샤워하는 소리가 들려.

믹이 샤워를 마치고 나와서 침대에 걸터앉아.

그는 깨끗해. 너는 씻지도 않았고.

그에게선 비누 냄새가 나. 너에게선 술 냄새가 나고.

그는 똑바로 앉아 있어. 너는 러닝셔츠 차림으로 누워 있고.

이 역시 다 계산된 거야.

그는 모든 힘이 자기 자신에게 있다고 느껴야 해.

"자기야, 정말 멋진 시간이었어." 그가 말해.

너는 고개를 끄덕여.

"하지만 우린 너무 취해 있었어." 어린 아이에게 말하듯 부드러운 목소리야. "우리 둘 다. 우린 뭘 하는지도 몰랐던 거야."

"맞아." 네가 수긍해. "정말 미친 짓이었어."

"자기야, 나는 좋은 남자가 아니야." 그가 말해. "당신은 나 같은 남자를 품을 자격이 없어. 나는 당신 같은 여자를 품을 자격이 없고."

전처와 헤어질 때 신문에 떠벌린 대사를 너한테 똑같이 읊어대다니, 그는 정말로 웃기고 뻔뻔한 자식이야.

"그게 무슨 말이야?"

너는 금방이라도 울음을 터뜨릴 것처럼 감정을 실어야 해. 이런 상황에선 대다수 여자들이 그렇게 하거든. 너는 그에게 대다수 여자들처럼 보여야 해. 그에게 당한 것처럼 보여야 해.

"자기야, 아무래도 혼인 무효 신청을 하는 게 좋겠어."

"하지만 믹―"

그가 말을 자르는 통에 너는 화가 나. 정말로 할 말이 있었거든.

"아무래도 그러는 게 좋겠어. 당신이 싫다고 해도 소용없어."

너는 문득 남자로 사는 게 어떤 건지 궁금해. 자신감이 넘쳐서 뭐든 제멋대로 하잖아.

그가 침대에서 일어나 재킷을 집어들 때, 너는 미리 계산하지 않았던 요소가 있음을 깨달아. 그는 거절하는 것을 좋아해. 잘난 체하는 것도 좋아해. 간밤에 자신의 행동을 계산하면서 이 순간도 염두에 뒀던 거야. 너를 떠나는 이 순간도.

그래서 너도 염두에 두지 않았던 일을 감행해.

그가 문으로 걸어가다 돌아서서 말해.

"자기야, 이렇게 끝나게 돼서 유감이야. 그래도 자기가 잘 되길 빌게."

그 순간 너는 침대 옆에 놓인 전화기를 집어서 그에게 던져.

그렇게 해야 그가 좋아한다는 걸 알기 때문이야. 네가 노리던 걸 그가 다 줬으니, 너도 그가 노리던 걸 다 줘야지.

그는 얼른 피하며 너를 노려봐. 숲에 남겨 두고 떠나야 하는 작은 사슴을 바라보듯.

너는 엉엉 울기 시작해.

곧 그는 떠나고 없어.

너는 울음을 뚝 멈추지.

그리고 생각해.

'이 정도면 오스카상을 받고도 남겠다.'

포토모멘트

1961년 12월 4일

리바와 휴고, 정신줄을 놓다

속성 결혼에 대해 들어봤나? 그럼 속성 이혼에 대해선? 아무튼 이번 일은 정말 최악이다!

섹시한 금발 미녀 에블린 휴고가 지난 금요일 밤 라스베이거스 중심가에서 다른 누구도 아닌 자신의 열혈 팬, 믹 리바의 무릎에서 목격되었다. 카드 게임과 주사위 게임을 즐기던 사람들은 두 사람의 낯 뜨거운 쇼를 가까이서 지켜보는 특혜를 누렸다. 두 사람은 잔뜩 취해서 엉덩이를 주무르고 허벅지를 마구 더듬다가 결국 룰렛 테이블을 박차고 일어나 곧장… 교회로 갔다!!!

그렇다! 에블린 휴고와 믹 리바가 결혼했다! 그런데 더 어이없게도, 바로 혼인 무효 소송을 제기했다.

그놈의 술이 문제였던 것 같다. 술김에 사고를 치고 아침이 되어 정신을 차린 것!

하긴 두 사람 다 결혼에 연이어 실패했는데, 한 번 더 보탠다고 뭐가 달라지겠는가?

서브 로사

1961년 12월 12일

에블린 휴고의 가슴앓이

에블린과 믹의 만취 사건에 대한 이야기를 곧이곧대로 믿지 마라. 그날 밤 믹이 잔뜩 취해서 열정적으로 들이댔는지 모르지만, 소식통에 따르면 에블린이 상황을 완전히 장악했다고 한다. 게다가 결혼하고 싶어 안달 난 것 같았다고 한다.

불쌍한 에블린은 돈이 떠난 후 자신을 사랑해 줄 사람을 찾는 데 무척 애를 먹었다. 그러니 우연히 마주친 첫 미남에게 몸을 던진 게 놀랄 일은 아니다.

듣자 하니, 믹이 떠난 뒤로 에블린은 또다시 슬픔을 가누지 못한다고 한다.

믹은 에블린을 그저 하룻밤 유희 상대로 치부한 것 같은데, 에블린은 둘이 펼쳐갈 미래를 꿈꿨나 보다. 에블린이 얼른 털고 일어나길 바랄 뿐이다.

29

그 뒤로 두 달 동안 나는 더 없이 행복하게 지냈어. 셀리아와 나는 믹 이야기는 한 마디도 꺼내지 않았어. 꺼낼 필요가 없었으니까. 우리는 거리낌 없이 행동할 수 있었어. 가고 싶은 데도 자유롭게 가고, 하고 싶은 일도 실컷 했어.

셀리아는 차를 한 대 더 샀어. 단조로운 갈색 세단이었는데, 밤마다 진입로에 세워놔도 누구 하나 묻지 않았어. 우리는 잠들기 한 시간 전에 불을 껐어. 어둠 속에서 꼭 껴안은 채 수다를 떨었어. 나는 아침에 눈을 뜨면 손가락으로 셀리아의 손금을 따라 그리곤 했어. 내 생일날, 셀리아가 비벌리 힐스 호텔의 폴로 라운지로 나를 데려갔어. 우리는 잘 보이는 곳에서 숨어 지냈지.

다행히도 나를 남편 간수도 못하는 여자로 묘사하는 기사가 동성애자로 몰아가는 기사보다 더 많이, 더 오래 팔렸어. 가십 칼럼니스트들이 거짓말인 줄 뻔히 알면서도 그런 기사를 써댔다고 말하려는 게 아니야. 그들은 내가 떠벌리는 거짓말을 너무나 쉽게 믿었어. 상대방이 진실이길 간절히 바라는 거짓말은 그야말로 식은 죽 먹기거든.

나는 그저 내 연애 스캔들이 계속 헤드라인을 장식할 만한 이야기처럼 느껴지게 했을 뿐이야. 내가 그렇게 하는 한, 쓰레기 같은 언론은 셀리아에게 시선을 돌리지 않았어.

세상은 내가 의도한 그대로 굴러갔어.

전혀 의도하지 않았던 일이 벌어지기 전까진.

"말도 안 돼." 셀리아가 내게 말했어. 셀리아는 연보라색 물방울무늬 비키니에 선글라스를 끼고 풀에 들어가 있었어.

"아니," 내가 말했어. "정말이야."

나는 주방에서 아이스티를 가져와 셀리아에게 막 건넨 참이었어. 파란색 겉옷에 샌들 차림으로 그녀를 내려다보고 있었어. 지난 2주 동안 임신이 아닐까 의심이 들긴 했어. 그러다 버뱅크의 한 병원에서 해리가 추천한 의사를 만나기 전날엔 거의 확신이 들더라고.

사실을 알고 나서 셀리아에게 말할까 말까 고민했어. 그러다 풀에서 쉬는 셀리아에게 아이스티를 건네는 순간, 기어이 털어놓고 말았어. 도저히 숨길 수 없었거든.

나는 필요하면 언제든 거짓말을 지어냈어. 하지만 셀리아에겐 그러고 싶지 않았어. 나한테 셀리아는 신성한 존재였거든.

나는 우리가 함께 지내기 위해 얼마나 큰 대가를 치렀는지, 앞으로도 얼마나 큰 대가를 치러야 하는지 잘 알았어. 그건 행복하게 살기 위해 치러야 하는 세금과 같았거든. 세상은 내 행복의 절반을 가져갔어. 그래도 나한테는 절반이 남아 있었지.

그게 바로 셀리아였어. 그리고 우리가 누리는 이 삶이었어.

하지만 그걸 지키겠다고 거짓말을 하는 게 영 찜찜했어. 그래서 솔직하게 털어놨어.

나는 셀리아를 내려다보는 곳에 앉아 발을 담갔어. 그녀를 만지며 어떻게든 달래려고 시도했어. 내 임신 소식을 듣고 셀리아가 화낼 걸 예상하긴 했지만, 아이스티 잔을 풀 반대편 벽 쪽으로 내던져 산산조각 낼 줄은 미처 예상하지 못 했어. 유리 파편이 물속으로 마구 튀었어.

나는 또 셀리아가 물속으로 쑥 들어가며 비명을 내지를 줄도 미처 예상하지 못 했어. 하긴 배우는 원래 극적으로 행동하기 마련이지.

다시 올라왔을 때 셀리아는 잔뜩 헝클어진 모습이었어. 머리카락이 얼굴을 가리고 마스카라 자국이 뺨을 타고 흘러내렸지.

내가 팔을 붙잡자 셀리아가 휙 뿌리쳤어. 힐끗 스치는 눈빛에서 상처가 얼마나 큰지 고스란히 드러났어. 그 순간 깨달았지. 믹 리바를 상대로 벌였던 일에 대해서 셀리아와 나는 이해하는 내용이 달랐다는 걸.

"그 남자랑 잤어요?" 셀리아가 물었어.

"내가 그런 뜻으로 말했던 것 같은데."

"아뇨, 나한테는 그렇게 들리지 않았어요."

셀리아는 풀에서 나오더니 물기를 닦을 새도 없이 성큼성큼 걸어갔어. 시멘트 바닥에 셀리아의 발자국이 선명하게 찍히면서 작은 웅덩이가 생겼어. 계단에 깔아둔 카펫에도 물기가 번졌어.

고개를 들고 침실 창문을 보니, 셀리아가 왔다 갔다 하는 모습이 비쳤어. 짐을 싸는 것 같았어.

"셀리아! 멈춰." 내가 계단을 뛰어 올라가며 소리쳤어. "이 일로 바뀌는 건 하나도 없어."

침실에 이르러 문을 열려는데, 안으로 잠겨 있었어.

"셀리아, 제발!" 내가 문을 쾅쾅 두드리며 말했어.

"그냥 내버려 둬요."

"아, 제발. 우리 얼굴 보고 얘기하자, 응?"

"됐어요."

"이러지마, 셀리아. 얘기하면서 풀자니까."

나는 문에 바싹 기대며 좁은 문틈으로 얼굴을 들이밀었어. 간절한 내 목소리가 좀 더 잘 전달되길, 비통한 내 마음이 좀 더 이해되길 바랐거든.

"에블린, 이건 살아도 사는 게 아니에요." 셀리아가 말했어.

셀리아가 문을 벌컥 열고 나를 지나쳐 갔어. 나는 문에 체중을 거의 다 싣고 있었기 때문에 하마터면 앞으로 고꾸라질 뻔했어. 간신히 균형을 잡고 셀리아를 따라 계단을 내려갔어.

"아니, 우리는 이렇게 사는 거야. 이렇게 살기 위해서 너무나 많은 희생을 치렀어. 이제 와서 포기할 순 없어."

"아뇨, 나는 포기할 수 있어요." 셀리아가 말했어. "나는 더 이상 이렇게 살고 싶지 않아요. 이런 식으로 살고 싶지 않다고요. 남들 눈에 띄지 않으려고 거지같은 갈색 차를 몰고 당신 집까지 오고 싶지 않아요. 실제론 이 집에서 당신과 함께 지내는데, 겉으론 할리우드에서 혼자 사는 척하고 싶지도 않아요. 무엇보다도, 나를 사랑한다는 걸 들키지 않으려고 아무 가수하고나 붙어먹는 여자를 사랑하고 싶지 않다고요."

"진실을 왜곡하지 마."

"당신은 겁쟁이예요. 내가 그걸 여태 모르고 있었다니!"

"너를 위해서 그런 거잖아!" 내가 소리쳤어.

우리는 어느새 계단 끝에까지 내려왔어. 셀리아는 한 손으론 문고리를, 다른 손으론 가방을 잡고 있었어. 여전히 수영복 차림이었고 머리에선 물이 뚝뚝 떨어졌어.

"나를 위해서 그런 빌어먹을 짓을 했다고요?" 셀리아는 가슴과 뺨이 벌겋게 달아올랐어. "천만에! 당신 자신을 위해서 그랬죠. 당신의 그 잘난 명성을 잃게 될까 봐 그랬죠. 당신의 가슴을 조금이라도 더 보겠다고 몇 번이나 극장으로 향하는 당신의 소중한 팬들을 지키려고 그랬잖아요. 나를 위해서 그런 게 아니라고요."

"셀리아, 너를 위해서 그랬던 거야. 진실이 알려지면, 너희 가족들이 너를 용납할 것 같아?"

내 말에 셀리아는 더 발끈해서 문고리를 돌렸어.

"네가 어떤 사람인지 알려지면 너는 모든 걸 잃게 될 거야."

"우리가 어떤 사람인지죠." 셀리아가 내게 돌아서며 말했어. "당신은 뭐 나랑 다른 줄 알아요?"

"그래, 나는 너랑 달라." 내가 말했어. "너도 알잖아."

"헛소리 말아요."

"나는 남자를 사랑할 수 있어, 셀리아. 내가 원하는 어떤 남자하고든 결혼해서 아이 낳고 행복하게 살 수 있어. 하지만 너는 그렇게 할 수 없잖아."

셀리아가 눈을 가늘게 뜨고 입을 삐죽거리며 나를 쳐다봤어.

"그래서 당신이 나보다 낫다는 건가요? 그런 거예요? 내가 불쌍해서 데리고 놀아준 거냐고요?"

나는 방금 내뱉은 말을 도로 주워 담고 싶었어. 그런 뜻으로 한 말이 아니었거든. 나는 얼른 셀리아를 붙잡았어.

하지만 셀리아가 뿌리치며 소리쳤어.

"다시는 내 몸에 손대지 말아요."

나는 셀리아를 놔 주었어.

"사람들이 우리 일을 다 알아버리면 어떻게 될지 생각해 봤니? 나는 결국 다 용서받을 거야. 돈 같은 남자를 또 만나서 결혼하면, 사람들은 내가 애초에 너를 안다는 것조차 잊을 거야. 나는 이번에도 살아남을 수 있어. 하지만 너는 그럴 것 같지 않아. 남자와 사랑에 빠질 수있니? 사랑하지도 않는 남자와 결혼할 수 있어? 너한테는 어느 쪽도쉽지 않은 일이잖아. 그래서 걱정돼, 나보다 셀리아 네가 더 걱정된다고. 내가 무슨 짓이든 하지 않았다면, 네 커리어가 회복될 것 같지 않았어. 네 인생도 마찬가지고. 그래서 내가 아는 유일한 방법을 동원했어. 그리고 제대로 먹혔어."

"그게 먹힌 거예요? 임신한 게 제대로 먹힌 거냐고요?"

"그 문제는 내가 알아서 처리할게."

셀리아가 바닥을 내려다보면서 코웃음을 쳤어.

"당신은 어떤 상황이 닥치든 처리할 방법이 있군요. 그렇죠?"

"그런 셈이지." 내가 이 일로 왜 모욕을 당해야 하는지 억울했지만그냥 넘어갔어.

"하지만 인간이 되는 문제에 관한 한 아무것도 모르는 것 같네요."

"함부로 말하지 마."

"당신은 창녀예요, 에블린. 명성을 위해 아무 남자하고나 붙어먹죠.내가 당신을 떠나는 이유는 바로 그 때문이에요."

셀리아는 문을 열더니 나를 돌아보지도 않고 그대로 가버렸어. 현관 앞 계단을 내려가 차를 세워 둔 곳으로 뛰듯이 걸었어. 그 모습을 멍하니 쳐다보다 퍼뜩 정신을 차리고 셀리아를 따라 진입로까지 뛰어 갔지.

셀리아는 가방을 조수석에 던져 넣었어. 그런 다음 운전석 문을 열고 타려다 멈춰 섰어.

"당신을 사랑했어요. 당신이 내 삶의 의미라고 생각할 정도로 무척 사랑했어요." 셀리아가 울면서 말했어. "나는 사람들이 자신의 짝을 찾으려고 세상에 왔다고 생각했어요. 나 역시 당신을 찾으려고 여기 왔다고 생각했어요. 당신을 찾고 당신의 살결을 어루만지고 당신의 숨결을 느끼고 당신의 생각을 들으려고 여기 왔다고 생각했어요. 하지만 이젠 아닌 것 같아요."

셀리아가 눈물을 훔친 후 말을 이었어.

"당신 같은 사람하고 더 이상 엮이고 싶지 않아요. 당신은 내 짝이 아니에요."

뜨거운 아픔이 가슴 속에서 치밀어 올랐어.

"그래, 맞아. 나는 네 짝이 아니야. 더 이상 나 같은 사람하고 엮이지 마."

나는 잠시 뜸을 들인 후 말을 이었어.

"나는 우리가 살아갈 세상을 만들기 위해 무슨 짓이든 불사할 각오가 돼 있어. 하지만 너는 늘 말만 앞세우고 뒤로 물러나. 어려운 결정은 내리지도 못하고 난처한 일은 피하려고만 해. 네가 그런 사람인 줄 이미 알고 있었어. 하지만 네가 직접 못하더라도 너한테 그런 일을 해 줄 사람이 필요하다는 사실은 인정할 줄 알았어. 적어도 그만한 예의는 차릴 줄 알았어. 너는 스스로를 지키기 위해 너 대신 손을 더럽힐 누군가가 항상 옆에 있어야 해. 항상 고개를 빳빳하게 치켜들고 고상하게 행동하고 싶어 하니까. 자, 이젠 너를 지켜주는 사람 없이 혼자 계속 고상하게 살아 봐."

셀리아의 얼굴이 얼음처럼 차갑게 굳어졌어. 내가 한 말을 제대로 들었는지 확신할 수 없었어.

"아무래도 우리는 서로에게 맞지 않는 것 같아요."

셀리아는 그 말을 뒤로 하고 차에 올랐어. 나는 셀리아의 손이 운전대를 잡는 그 순간에야 깨달았어. 이 일이 실제로 벌어지고 있다는 걸. 이 일이 단순한 다툼이 아니라는 걸. 이 일이 우리 사이를 끝장낼 다툼이라는 걸. 순조롭게 흘러가다 순식간에 틀어져 버렸어. 쭉 뻗은 고속도로에서 갑자기 나타난 진입금지 표지판처럼.

"아무래도 그런가 보다."

내 입에선 그 말밖에 나오지 않았어. 모래를 한 줌 삼킨 듯 갈라진 목소리였어.

셀리아가 시동을 걸고 후진 기어를 넣었어.

"안녕, 에블린."

셀리아는 그 한마디를 남기고 진입로로 후진해 나간 뒤 금세 사라져 버렸어.

나는 집안으로 들어와서 셀리아가 남긴 물기를 닦았어. 그런 다음 서비스 팀에 연락해서 풀의 물을 빼고 유리 파편을 치우라고 시켰어.

잠시 숨을 돌리고 나서 해리에게 연락했어.

사흘 뒤, 해리가 나를 태우고 멕시코 국경 도시인 티후아나까지 손

수 운전해서 갔어. 그곳에선 아무도 묻지 않는다고 했어. 나는 정신줄을 놓고 멍한 상태로 있으려고 무진 애를 썼어. 그래야 나중에 잊으려고 애쓸 필요가 없을 테니까. 시술을 마치고 다시 차로 걸어가면서 안도감이 들더라고. 감정에 휘말려 흔들리지 않는 나 자신이 대견했어. 임신을 끝내기로 한 결정을 단 1분도 후회하지 않았어. 옳은 결정이었으니까. 그 점에 대해선 한 치의 흔들림도 없어.

그렇긴 하지만 샌디에이고를 지나 캘리포니아 해변을 달려서 집으로 돌아오는 길 내내 펑펑 울었어. 내가 잃어버린 모든 것과 그동안 내린 모든 결정이 주마등처럼 스쳐 지나갔어. 월요일에 〈안나 카레니나〉의 첫 촬영이 예정돼 있었지만 의욕이 솟지 않았어. 내 연기나 세간의 평가에 무덤덤해진 그 상황이 너무 속상했어. 애초에 멕시코에 갈 일이 없었더라면 얼마나 좋았을까. 셀리아가 내게 연락해서 잘못했다고, 자기가 다 잘못했다고 울며 매달리길 바랄 뿐이었어. 우리 집 현관에 나타나서 다시 같이 지내게 해 달라고 간청하길 바랐어. 나는 셀리아가 돌아오길 간절히 바랐어.

샌디에이고 고속도로를 막 벗어나려 할 때, 며칠 동안 머릿속에서 맴돌던 질문을 해리에게 물었어.

"당신은 내가 창녀라고 생각해요?"

해리가 길가에 차를 세우고 내게 몸을 돌렸어.

"나는 당신이 훌륭하다고 생각해. 강인하기도 하고. 그리고 창녀라는 말은 쥐뿔도 없는 무지한 사람들이 함부로 내뱉는 말이라고 생각해."

나는 해리의 말을 듣고 나서 고개를 돌려 창밖을 내다봤어.

"남자들은 참 편리한 것 같지 않아?" 해리가 뜬금없는 말을 꺼냈어.

"규칙을 만들 때, 자기들한테 가장 큰 위협이 될 만한 것은 애초에 무시해 버리니까. 세상 모든 여자들이 자기 몸을 포기하는 대가로 뭔가를 원한다고 상상해 봐. 그럼 여자들이 세상을 지배하게 될 거야. 중무장한 세력이 되는 거지. 그렇게 되면 나 같은 남자들만 당신들을 상대할 가능성이 있지. 그런데 그 멍청한 자식들이 가장 바라지 않는 게 바로 그런 세상이야. 당신과 나 같은 사람들이 지배하는 세상."

통통 부운 눈엔 여전히 눈물이 글썽거렸지만 해리의 말에 나도 모르게 깔깔 웃었어.

"그래서 내가 창녀라는 거예요, 아니라는 거예요?"

"누가 알겠어? 우리 모두 어떤 식으로든 창녀인 걸. 적어도 할리우드에서는 말이야. 봐, 그녀가 셀리아 세인트Saint 제임스인 이유가 있다니까. 성스러운 이름에 걸맞게 수년 동안 착한 여자를 연기했잖아. 나머지 우리는 그렇게 순수하지 않아. 하지만 나는 당신의 지금 모습이 좋아. 농익고 거칠고 과감한 모습이 좋아. 세상을 있는 그대로 보고 맨몸으로 맞서 싸우며 원하는 걸 차지하는 에블린 휴고가 좋다고. 거기에 대고 어떤 꼬리표를 붙이든, 그대로 밀고 나가. 괜히 바꾸려 한다면, 그거야말로 진정한 비극일 거야."

집에 도착하자 해리는 나를 침대에 눕히고 아래층에 내려가 저녁을 준비했어. 그리고 밤이 돼서도 자기 집에 돌아가지 않았어. 내 옆에 누워서 함께 잤지. 다음날 아침, 눈을 뜨니 해리가 블라인드를 거두고 있었어.

"일어나! 일어나라고! 해가 중천에 떴어."

그 뒤로 5년 동안 셀리아와 한 번도 연락하지 않았어. 셀리아는 내게 전화를 하거나 편지 한 통 보내지 않았어. 나 역시 셀리아에게 손을 내밀 수 없었지.

그 뒤로는 신문에서 떠드는 소리나 동네에서 떠도는 소문으로 셀리아가 어떻게 지내는지 어렴풋이 알았어. 아무튼 햇살이 눈부셨던 그날 아침, 멕시코에 다녀와서 몸은 여전히 피곤했어도 마음은 견딜 만했어.

나한테는 해리가 있었으니까. 정말 오랜만에 가족이 생긴 기분이었어.

정신없이 살다 보면, 자신이 얼마나 빨리 달리는지, 얼마나 열심히 일하는지, 얼마나 많이 지친지 몰라. 뒤에서 누군가가 붙잡아 주며 "괜찮아. 이젠 넘어져도 돼. 내가 잡아줄게."라고 말하기 전까진.

그래서 넘어졌어.

넘어지는 나를 해리가 잡아 줬어.

30

"셀리아와 한 번도 연락하지 않으셨다고요?" 내가 물었다.

에블린이 고개를 끄덕였다. 그러더니 일어나서 창가로 걸어가 창문을 열었다. 시원하게 들어오는 바람이 반가웠다. 에블린은 자리에 와서 앉은 다음, 다른 이야기로 넘어가겠다는 얼굴로 나를 쳐다봤다. 하지만 나는 그냥 넘어갈 수 없었다.

"그 시점까지 두 분이서 얼마 동안 함께 지내셨던 건가요?"

"한 3년 정도?" 에블린이 말했다.

"그런데도 그냥 떠났다고요? 다른 말도 없이?"

에블린이 고개를 끄덕였다.

"셀리아에게 연락해 보셨어요?"

에블린이 이번엔 고개를 저었다.

"나는… 아직도 잘 모르겠어. 진정으로 원하는 것을 위해 굽실거려야 하는지. 그녀가 나를 원하지 않는다면, 내가 왜 그렇게 했는지 그녀가 이해하지 못한다면… 그렇다면 나는 그녀가 필요하지 않다고 생각했어."

"괜찮으셨어요?"

"아니, 비참했지. 나는 몇 년 동안 그녀 때문에 전전긍긍했거든. 그렇다고 내가 늘 슬픔에 젖어 지냈다는 말은 아니니까 오해하진 마. 즐거운 일도 많았어. 하지만 셀리아는 어디에도 없었어. 가끔 서브 로사에 실린 셀리아의 기사를 읽었어. 셀리아와 함께 사진 찍은 사람들을 보면서 누구인지, 어떻게 아는 사이인지 분석하곤 했어. 셀리아도 나만큼 비통해 했다는 걸 나중에야 알았지. 내가 먼저 연락해서 사과하기를 기다리고 또 기다렸대. 하지만 그 당시 나는 그냥 혼자서 아픔을 삭이기만 했어.”

“그녀에게 연락하지 않았던 걸 후회하세요?” 내가 물었다. “잃어버린 그 시간이 아쉽지 않으세요?”

에블린은 그런 멍청한 질문이 어디 있냐는 표정으로 나를 쳐다봤다.

“그녀는 이제 가고 없어.” 에블린이 한참 만에 입을 열었다. “내 사랑은 이제 영영 떠났어. 연락해서 미안하다고 말할 수도, 돌아와 달라고 간청할 수도 없어. 영원히 떠났으니까. 그래, 모니크. 그때 바로 연락하지 않은 걸 후회해. 그녀와 함께 보내지 못 한 시간이 너무나 아쉬워. 그녀를 아프게 했던 온갖 어리석은 행동을 죽도록 후회해. 셀리아가 나를 떠나던 날, 끝까지 쫓아가서 붙잡았어야 했어. 떠나지 말라고 애원했어야 했어. 내가 무조건 잘못했다고 사과하고 장미꽃을 보냈어야 했어. 십자가에 못 박힐지언정, 할리우드 표지판 위에 올라서서 ‘나는 셀리아 세인트 제임스를 사랑한다!’고 외쳤어야 했어. 정말로 그렇게 했어야 했어. 이젠 하고 싶어도 할 수가 없어. 그녀가 없으니까. 주체할 수 없을 만큼 돈도 많고 할리우드 역사에 이름도 길이 남겼지만, 그게 얼마나 공허한지 이제야 알았어. 그녀를 떳떳하게 사랑하는 것 대신에 명성을 좇았던 나 자신을 내내 원망하고 자책하며 살았어. 그때만 해도 내가 원하는 것을 하는 데 필요한 시간이 항상 있다고 생각했어. 내가 손만 뻗으면 뭐든 다 가질 수 있다고 생각했어.”

"셀리아가 당신에게 돌아올 거라고 생각하셨군요."

"그녀가 내게 돌아올 줄 알았어. 그녀도 그걸 알았어. 둘 다 우리의 시간이 끝나지 않았다는 걸 알고 있었어."

그때 마침 내 휴대폰에서 삐 소리가 났다. 일반 문자메시지가 왔을 때 나는 친숙한 소리가 아니었다. 작년에 결혼하고 나서 데이빗만을 위해 설정해 둔 소리였다. 참으로 오랜만에 듣는 소리였다.

고개를 숙이고 힐끔 보니, 그의 이름이 찍혀 있었다. 이름 밑으로 이런 메시지가 스치듯 지나갔다.

M, 얘기 좀 해. 우리가 너무 경솔했던 것 같아. 너무 갑작스러웠다고. 차분하게 얘기 좀 해.

나는 메시지를 무시하고 바로 고개를 들었다.

"그러니까 그녀가 당신에게 돌아올 줄 알면서도 렉스 노스와 결혼하셨다는 건가요?"

내가 다시 집중하면서 물었다.

에블린은 잠시 고개를 숙이고 설명할 준비를 했다.

"〈안나 카레니나〉는 예산을 훨씬 초과했고 예정보다 몇 주나 늦어졌어. 렉스는 카운트 브론스키 역을 맡았지. 감독본이 나왔을 즈음, 우리는 전체 내용을 다시 편집해야 한다고 판단했어. 영화를 구해 줄 뭔가가 필요했거든."

"더구나 당신은 그 영화에 지분이 있었죠."

"해리도 마찬가지였어. 선셋을 나오고 처음 찍은 영화였으니까. 그게 망하면, 해리는 다른 작품을 맡는 데 어려움을 겪게 될 터였어."

"그럼 당신은요? 그게 망하면 당신은 어떻게 됐을까요?"

"〈부띠옹트렝〉 이후 첫 프로젝트였으니 걱정이 많았지. 반짝 성공으로 그치게 될까봐 불안했어. 나는 그때까지 몇 차례나 절망을 딛고 일어섰어. 그 과정을 또다시 겪고 싶지 않았어. 그래서 사람들이 영화를 보고 싶어 안달 나게 할 방법을 동원했어. 카운트 브론스키와 결혼해 버린 거지."

영악한 렉스 노스

31

뭐 하나 숨길 게 없는 남자와 결혼하면 확실히 편하고 자유롭긴 해.

셀리아는 떠나고 없었어. 나는 누구와 사랑에 빠질 입장이 아니었고, 렉스는 내가 사랑에 빠질 수 있을 것 같은 타입의 남자도 아니었어. 혹시라도 우리가 인생의 다른 시기에 만났더라면 눈이 맞았을지도 몰라. 하지만 당시 렉스와 나는 전적으로 흥행만 염두에 둔 사이였어.

거짓과 속임수가 난무했지.

그 덕에 나는 수백만 달러를 버는 여배우로 거듭났지만 말야.

셀리아를 되찾을 수도 있었고.

지금까지 누군가와 거래하면서 내 패를 그렇게 내보인 적은 거의 없었는데.

그런 점에서 나는 늘 렉스 노스를 고맙게 생각할 거야.

"그러니까 나랑은 절대로 잠자리를 안 하겠다고?" 렉스가 말했어.

렉스는 내 거실에서 태평하게 다리를 꼬고 앉아 맨해튼 칵테일을 마시고 있었어. 가느다란 넥타이에 검정색 정장 차림이었어. 금발 머리를 뒤로 깔끔하게 빗어 넘겨서 바다처럼 푸른 눈이 더 밝게 빛났지.

렉스는 고른 치열, 살짝 팬 보조개, 아치형으로 살짝 굽은 눈썹까지 정말로 흠잡을 데 없이 잘생긴 남자였어. 그가 씩 웃으면 주변 여자들이 죄다 쓰러졌다니까.

렉스도 나처럼 스튜디오에서 만들어 낸 인물이었어. 아이슬란드에서 태어나 칼 올비르손으로 불리다가 할리우드에 와서 이름을 바꾸고 사투리도 완벽하게 고친 사람이야. 자신이 원하는 바를 손에 넣기 위해서라면 몸을 사리지 않았지. 여자들에게 인기가 많아서 이런 저런 배역을 맡았지만, 제대로 평가받지는 못했어. 잘생긴 외모에 연기력이 묻혔거든. 〈안나 카레니나〉는 그의 진가를 제대로 발휘할 기회였어. 렉스는 나만큼이나 절실하게 영화의 성공을 고대하는 사람이었지. 그래서 내가 하고자 하는 일에 선뜻 응하게 됐어. 위장 결혼 말이야.

실리에 밝은 렉스는 점잔 빼며 뒤로 물러서지 않았어. 열 걸음 앞을 내다봤지만 속내는 잘 드러내지 않는 사람이었지. 그런 점에서 우리는 한통속이었던 거야.

나는 거실 소파에 나란히 앉아 그의 등 뒤로 팔을 걸쳤어.

"당신과 절대로 잠자리를 안 하겠다고 단언할 순 없어." 내가 말했어. 그럴 자신은 진짜로 없었거든. "당신이 그 잘생긴 얼굴로 유혹하면 한두 번 넘어갈 수도 있겠다 싶네."

렉스가 껄껄 웃었어. 워낙 능구렁이라 옆에서 뭐라고 해도 실실 웃으며 넘어갈 사람이었지. 아주 고단수였다니까.

"내 말은 그게 아니라, 당신이 나한테 푹 빠지지 않을 거라고 확신할 수 있냐는 거야?" 내가 진지하게 물었어. "만약 진짜 결혼한 부부처럼 살고 싶어지면 어떡할 건데? 그렇게 되면 불편해질 사람이 많을 거야."

"나를 그렇게 만들 만한 여자가 있다면, 그건 바로 에블린 휴고 당신일 거야. 가능성은 언제나 있는 법이니까."

"내가 당신과 잠자리를 하는 것도 딱 그런 거야." 내가 말했어. "가능성은 언제나 있는 법이잖아."

나는 탁자에서 잔을 들어 깁슨 칵테일을 한 모금 들이켰어.

렉스가 또 웃었어.

"그렇다면 거처는 어디로 정할까?"

"흠… 좋은 질문이야."

"내 집은 버드 스트리트에 있어. 바닥부터 천장까지 통유리라 전망이 끝내주지. 풀에서 협곡 전체가 한눈에 보여. 하지만 진입로에서 빠져나가는 게 골치 아파."

"그래." 내가 말했어. "내가 당신 집으로 옮겨서 한동안 지내도 상관없어. 한 달쯤 후부터 컬럼비아사의 영화를 찍을 건데, 당신 집에서 더 가깝거든. 아, 그리고 루이자도 데려갈 거야."

셀리아가 떠난 후, 나는 다시 도우미를 고용할 수 있었어. 내 침실에 누굴 숨기지 않아도 됐으니까. 엘살바도르 출신인 루이자는 나보다 겨우 몇 살 어렸어. 근무 첫 날, 루이자가 점심 휴식 시간에 자기 엄마랑 통화를 하더라고. 내 앞에서 스페인어로 거리낌 없이.

"라 세뇨라 에스 딴 보니따, 뻬로 로까.La senora es tan bonita, pero loca" ("이 여자는 아름답긴 한데 맛이 살짝 간 것 같아요.")

나는 몸을 돌리고 루이자를 쳐다봤어.

"디스꿀뻬? 요 테 푸에도 엔뗀데.Disculpe? Yo te puedo entender" ("저기, 있잖아? 나는 네가 하는 말을 다 알아들어.")

루이자는 눈이 휘둥그레져서 얼른 전화를 끊었어.

"로 시엔또. 노 사비아 꿰 어스테드 하블라바 에스파뇨르.Lo siento. No

sabia que usted hablaba Espanol" ("죄송합니다. 당신이 스페인어를 하는 줄은 미처 몰랐어요.")

나는 스페인어를 더 쓰고 싶지도 않고, 내 입에서 나오는 낯선 소리가 듣기도 싫어서 영어로 말했어.

"나는 쿠바 출신이야. 평생 스페인어를 사용했어."

최근 몇 년 동안 스페인어를 한 마디도 안 했으니 다 맞는 말은 아니었지.

루이자는 낯선 그림을 분석하려는 듯 나를 유심히 쳐다보더니, 미안한 목소리로 말했어.

"당신은 쿠바 사람 같지 않으시네요."

"뿌에스, 로 소이.Pues, lo soy" ("하지만 사실이야.") 내가 거만하게 말했어.

루이자는 고개를 끄덕이더니, 먹던 점심을 얼른 치우고 침대시트를 갈러 갔어. 나는 식탁에 그대로 앉아 생각에 잠겼어. 족히 30분은 앉아 있었던 것 같아.

'감히 내 정체성을 부정하려 들다니! 어떻게 그럴 수 있지?'

그런데 문득 집안을 돌아보니까 가족사진도 없고 라틴 아메리카에 관한 책 하나도 없더라고. 머리빗에는 금발 머리카락이 엉켜 있고, 양념 선반엔 쿠민 향신료조차 없었어. 루이자가 부정한 게 아니라 내가 내 정체성을 부정했던 거야. 내 본 모습을 숨긴 사람은 바로 나였던 거지.

당시엔 피델 카스트로가 쿠바를 통치했어. 아이젠하워 대통령이 시행한 경제 제재가 그때까지 계속 이어졌지. 쿠바 남서부 연안에 있는 피그만은 처참한 상태였어. 쿠바계 미국인으로 사는 게 쉽지 않았어.

그래서 쿠바 출신 여성으로 세상에 당당히 나서는 대신, 나는 내 출신지를 저버린 거야. 어떤 점에선, 그 덕에 아버지와 나를 연결하는 미약한 유대마저 끊어낼 수 있었던 거야. 하지만 어머니에게서도 멀어질 수밖에 없었어. 나를 그곳으로 이끌어준 어머니마저 저버릴 수밖에 없었어.

그건 다 내 선택의 결과였다는 걸, 그중 어느 것도 루이자의 잘못이 아니었다는 걸, 식탁에 앉아 그녀를 나무랄 권리가 없다는 걸 그제야 깨달았지.

일을 마치고 떠나려는 루이자를 보니, 나를 여전히 어려워하는 게 느껴졌어. 그래서 다정하게 웃으면서 다음날 또 와줬으면 좋겠다고 말했어.

그날 이후로 나는 루이자에게 한 번도 스페인어로 말하지 않았어. 정체성을 감춘 나 자신이 너무 초라하게 느껴졌거든. 하지만 루이자는 이따금 스페인어로 말했고, 내가 듣는 줄 알면서도 자기 어머니와 통화할 때 스페인어로 농담을 하기도 했어. 나는 다 알아들었다는 듯 슬며시 웃어 넘겼고, 루이자에게 금세 정이 들었어. 자신의 본 모습을 당당하게 드러내는 루이자가 때로는 부럽기도 했고. 그녀는 루이자 히메네스로 사는 걸 자랑스러워했거든.

루이자는 내가 아낀 첫 직원이었지. 그래서 루이자 없이는 집을 옮기지 않을 생각이었어.

"당신이 데려오고 싶어 할 정도라면 당연히 괜찮은 사람이겠지." 렉스가 말했어. "같이 데려와. 그렇게 되면 우린 한 침대에서 자야 하는 건가?"

"굳이 그럴 필요는 없다고 봐. 루이자는 입이 무겁거든. 예전에 도우미한테 데인 적이 있어서 아무나 쓰지 않아. 그냥 1년에 몇 번 파티를 열어서 우리가 한 집에 같이 사는 것처럼 보이게만 하면 될 거야."

"그럼 나는 평소… 하던 대로 살아도 되는 거지?"

"당신이 세상 어떤 여자와 자더라도 상관 안 해."

"내 아내만 빼고." 렉스가 씩 웃으며 술을 한 모금 더 마셨어.

"절대로 걸리지만 마."

렉스가 걱정 말라는 듯 손을 내저었어.

"진심이야, 렉스. 바람피우다 걸리면 가볍게 넘어갈 수 없어. 내 얼굴에 먹칠하는 거라고."

"걱정하지 않아도 돼." 렉스가 사뭇 진지하게 말했어. 내가 했던 어떤 부탁보다, 어쩌면 〈안나 카레니나〉의 어떤 장면에서보다 더 진지했어. "당신 얼굴에 먹칠하는 일은 절대로 안 할 거야. 우리는 한 배를 탔잖아."

"고마워." 내가 말했어. "그 말 믿을게. 물론 나도 조심할 거야. 당신에게 문제될 일은 전혀 안 할 거야. 약속해."

나는 렉스가 내민 손을 잡고 흔들었어.

"자, 나는 이만 일어나야겠어." 렉스가 시계를 보면서 말했어. "나한테 푹 빠진 아가씨와 데이트가 있거든. 그녀를 한없이 기다리게 할 순 없잖아."

렉스가 코트 단추를 잠그면서 물었어.

"참, 식은 언제 올리는 게 좋을까?"

"일단 이번 주에는 시내에서 몇 번 만나는 게 좋을 것 같아. 한동안 그렇게 지내다가 11월경 내 손가락에 반지라도 하나 끼워줘. 해리는 영화가 극장에 걸리기 2주 전쯤 거사를 치르면 어떻겠느냐고 하더라고."

"판을 흔들어라, 이건가?"

"영화에 대한 기대감을 한껏 높이는 거지."

"브론스키와 안나의 결합이라…"

"우리가 합법적으로 결혼하는 순간, 새로운 신파가 시작되는 거지."

"추잡하면서도 깨끗하군." 렉스가 말했어.

"바로 그거야."

"그게 당신의 밥벌이 수단이잖아."

"당신의 밥벌이 수단이기도 해."

"천만에!" 렉스가 반박했어. "나는 추잡하기만 해. 뼛속까지 다."

나는 렉스와 함께 현관까지 걸어가 작별인사로 가볍게 안아 줬어.

"참, 마지막 편집본 봤어? 괜찮은 것 같아?"

렉스가 현관을 나서려다 말고 물었어.

"끝내줘. 하지만 상영 시간이 너무 길어. 거의 3시간이야. 사람들을 극장에 오게 하려면…"

"한바탕 쇼를 펼쳐야겠군."

"바로 그거야."

"그게 주특기 아닌가? 당신이나 나나?"

"그쪽 방면에선 우리가 최고지."

포토모멘트

에블린 휴고와 렉스 녹스, 결혼에 골인하다!

에블린 휴고가 또 한 건 올렸다. 이번엔 아주 잘한 것 같다. 에블린과 렉스 노스는 지난 주말 할리우드 힐스에 있는 노스의 저택에서 결혼식을 거행했다.

두 사람은 곧 개봉할 〈안나 카레니나〉를 촬영하면서 만났는데, 리허설 중에 홀딱 반해 순식간에 사랑에 빠졌다고 한다. 안나와 카운트 브론스키로 분한 두 금발 연인은 몇 주 뒤부터 극장가를 뜨겁게 달굴 것이다.

렉스는 이번이 첫 결혼이지만 에블린은 두어 차례 실패한 전력이 있다. 그녀의 유명한 전 남편 돈 아들러는 현재 〈해트 트릭Hat Trick〉에서 열연한 루비 라일리와 두 번째 이혼을 앞두고 있다.

신작 영화, 인기 스타들이 대거 참석한 결혼식, 각자 소유한 대저택. 에블린과 렉스에게는 지금이 인생의 전성기가 아닌가 싶다.

포토모멘트

1962년 12월 10일

셀리아 세인트 제임스,
쿼터백 존 브레이버만과 약혼하다!

슈퍼스타 셀리아 세인트 제임스는 시대극 〈로열 웨딩Royal Wedding〉과 뮤지컬 〈축하연Celebration〉의 선전으로 영화 부문에서 뜨거운 호평을 받고 있다.

그런데 이번엔 그보다 더 축하할 일이 생겼다. 뉴욕 자이언츠의 쿼터백 존 브레이버만과 사랑에 빠진 것이다. 두 사람이 로스앤젤레스와 맨해튼에서 식사를 하거나 데이트를 즐기는 모습이 연이어 포착되었다.

셀리아가 브레이버만에게 행운의 부적이 되길 진심으로 바란다. 그녀의 손가락에서 빛나는 커다란 다이아몬드는 확실히 그녀에게 행운의 부적처럼 느껴질 테니까!

할리우드 다이제스트

1962년 12월 17일

안나 카레니나, 박스 오피스를 강타하다!

손꼽아 기다리던 〈안나 카레니나〉가 이번 주 금요일 개봉하면서 뜨거운 주말을 맞이하고 있다.

에블린 휴고와 렉스 노스에 대한 극찬이 쏟아지면서 관객이 극장으로 몰려들고 있는 것! 영화와 현실 세계를 넘나들며 펼쳐지는 두 주인공의 케미와 최상급 연기 덕분에 흥분과 기대감이 극에 달했다.

사람들은 벌써 아카데미 시상식에서 두 사람 모두 주연상을 수상한다면 최고의 결혼선물이 될 거라고 수군거린다.

이 영화의 제작자이기도 한 에블린은 박스 오피스에서 흥행 보증 수표임을 확실히 보여주었다.

브라보, 휴고!

32

아카데미 시상식 밤, 렉스와 나는 손을 잡고 나란히 앉아 있었어. 주변 사람들이 부러운 눈으로 우리를 힐끔거렸지.

수상 결과가 발표되자 우리는 점잖게 웃으며 수상자들을 향해 박수를 보냈어. 실망하긴 했지만 딱히 놀라진 않았어. 렉스와 나처럼 외모가 출중한 배우들이 오스카상까지 받으면 너무 과하지 않겠어? 시상식이 끝나자마자 일어나고 싶었지만, 보아하니 우리가 끝까지 자리를 지켜줬으면 하는 눈치였어. 그래서 우리는 아무렇지 않은 얼굴로 꼭두새벽까지 춤추고 마시면서 파티를 즐겼어.

셀리아는 그해 시상식에 얼굴을 비치지 않았어. 렉스와 함께 파티에 가면 나는 늘 셀리아도 왔나 둘러봤어. 하지만 따로 만나거나 눈길을 주진 않았어. 그 대신 술을 마시며 신나게 놀았어.

윌리엄 모리스가 주최한 파티에선 해리를 만났어. 우리는 조용한 곳으로 가서 샴페인을 홀짝이며 영화의 흥행으로 돈방석에 앉겠다고 시시덕거렸지.

그나저나 부자의 속성이 뭔지 아니? 벌면 벌수록 더 벌고 싶어 한다는 거야. 더 많은 돈을 손에 넣는 건 전혀 지겨운 일이 아니야.

어렸을 땐, 묵은쌀로 지은 콩밥 말고 다른 게 있나 부엌을 뒤지면서 생각하곤 했어. 매일 밤 맛있는 식사를 할 수 있으면 정말 행복할 거라고.

선셋 스튜디오에서 일할 땐, 대저택에 살면 더 바랄 게 없을 거라고 되뇌었어.

대저택을 손에 넣었을 땐, 별장도 하나 갖고 내 전담팀을 꾸리면 좋겠다고 생각했지.

스물다섯 살이 되고서야 사람 욕심은 끝이 없다는 걸 깨달았어.

렉스와 나는 새벽 다섯 시경 집으로 돌아왔어. 둘 다 정신을 못 차릴 정도로 취해 있었지. 기사가 우리를 내려주고 떠난 뒤, 나는 열쇠를 꺼내려고 지갑을 뒤졌어. 렉스는 내 목덜미에 시큼한 술 냄새를 풀풀 풍기며 서 있었어.

"내 마누라가 열쇠를 못 찾네!" 렉스가 혀 꼬부라진 소리로 말했어. "지갑을 열심히 뒤지는데도 못 찾네."

"그 입 좀 다물 수 없어?" 내가 차갑게 말했어. "동네 사람들 다 깨울 거야?"

"깨우면 안 돼?" 렉스가 더 큰 소리로 말했어. "깨우면, 뭐 우리를 동네에서 쫓아내기라도 한대? 응? 내 소중한 에블린, 그들이 우리를 블루 제이 웨이에서 로빈 드라이브나 오리올 레인으로 쫓아낸대?"

나는 열쇠를 찾아서 구멍에 넣고 손잡이를 돌렸어. 우리 둘 다 쓰러질 듯 안으로 들어갔어. 나는 렉스에게 잘 자라고 말하고 내 방으로 갔어.

지퍼를 내려줄 사람이 없어서 혼자 어렵게 드레스를 벗었어. 문득 외로움이 확 밀려오더라고.

거울에 비친 내 모습을 힐끔 봤는데 정말 아름답더라. 하지만 그럼 뭐해? 나를 사랑해 줄 사람이 옆에 없는데. 나는 슬립 차림으로 거울

앞에 서서 화려한 금발과 진갈색 눈동자, 짙은 눈썹을 지그시 바라봤어. 이 모습을 사랑해 줄 그녀가, 내 옆에 있었어야 할 그녀가 그리웠어. 셀리아가 못내 그리웠어.

그 순간, 셀리아가 존 브레이버만과 함께 있을지도 모른다는 생각에 정신이 아득했어. 떠도는 소문을 곧이곧대로 믿지는 않았지만 내가 알던 모습이 다가 아닐까 봐 두렵기도 했어. 그를 정말로 사랑할까? 나를 잊었을까? 내 베개를 뒤덮던 그녀의 붉은 머리카락이 떠오르면서 눈물이 핑 돌았어.

"거봐, 거봐."

등 뒤에서 뜬금없이 렉스의 목소리가 들렸어. 몸을 획 돌렸더니, 렉스가 문가에 서 있었어. 그는 턱시도 재킷을 어딘가에 벗어 놓고 셔츠도 반쯤 풀어 헤쳤어. 풀린 나비넥타이는 목에 대충 걸려 있었지. 이 나라의 수백만 여자들이 껌뻑 넘어갈 바로 그런 모습이었어.

"잠자리에 든 줄 알았는데," 내가 말했어. "아직 안 자는 줄 알았으면 드레스 벗는 걸 도와달라고 할 걸."

"아, 그럼 나도 좋았을 텐데."

내가 손사래를 치며 말했어. "뭐하는 거야 지금? 잠이 안 오나 봐?"

"아직 시도조차 안 했어."

렉스가 방으로 들어와 내게 가까이 다가왔어.

"그럼 시도해 봐. 늦었잖아. 이러다간 우리 둘 다 저녁때까지 곯아떨어지겠어."

"생각해 봐, 에블린."

렉스가 말했어. 창으로 비쳐드는 새벽 햇살에 렉스의 금발이 환하게 빛났어. 씩 웃을 때 생기는 그의 보조개가 그날따라 더 매력적으로 보였어.

"뭘 생각해 보라는 거야?"

"어떨지 생각해 보라니까."

렉스는 더 가까이 다가와 내 허리에 손을 얹었어. 목덜미에 그의 뜨거운 숨결이 또다시 느껴졌어. 그의 손길이 싫지는 않았어.

영화배우는 아무나 하는 게 아니야. 물론 우리도 시간이 지나면 결국 시들고 말지. 남들처럼 결점 많은 인간에 불과하니까. 그래도 우리는 남달리 비범하기 때문에 선택된 사람들이야.

그리고 비범한 사람들끼리는 서로 통하는 게 있어.

"렉스."

"에블린." 렉스가 내 귀에 대고 속삭였어. "한 번만. 응? 한 번은 괜찮지 않겠어?"

"안 돼." 내가 말했어. "한 번도 안 돼."

말은 그렇게 하면서도 몸은 자꾸만 달아올랐어. 렉스는 눈이 거의 풀렸어.

"둘 다 나중에 후회할 일을 벌이기 전에 당신 방으로 돌아가는 게 좋겠어."

"정말이야?" 렉스가 말했어. "당신 뜻이 정 그렇다면. 하지만 눈 딱 감고 한 번만 하면 안 될까?"

"안 된다니까."

"그래도 생각해 봐." 렉스가 끈질기게 말했어. 내 허리를 잡고 있던 두 손이 점점 위로 올라왔어. 얇은 슬립 너머로 그의 뜨거운 손길이 느껴졌어. "내가 당신 위에 올라섰을 때 어떤 기분일지 생각해 보라니까."

내가 웃으며 말했어. "그런 생각은 안 할 거야. 그랬다간 우리 둘 다 침몰할 테니까."

"우리가 몸을 섞고 함께 움직인다고 생각해 봐. 처음엔 부드럽게, 그러다 점점 더 뜨겁고 격렬하게…"

"이러면 다른 여자들한테는 먹혀?"

"다른 여자들한테는 이렇게 애원해 본 적도 없어." 렉스는 말하면서 내 목에 키스했어.

나는 그에게서 벗어날 수 있었어. 정색하며 그의 뺨을 찰싹 때릴 수 있었어. 그러면 그는 입술을 깨물며 내 방을 나갔을 거야. 하지만 나는 거기서 멈추기 싫었어. 유혹당하는 게 좋았거든. 잘못된 결정을 내릴 수도 있다는 걸 안다는 게 좋았거든.

그대로 끝까지 갔다면, 정말로 잘못된 결정이었을 거야. 침대에서 내려오자마자 렉스는 나를 품고자 얼마나 애썼는지 까맣게 잊어버릴 테니까. 그저 나를 가졌다는 것만 기억할 테니까.

더구나 우리는 평범한 결혼생활을 꾸리는 게 아니었잖아. 엄청난 판돈이 걸려 있었잖아.

나는 렉스가 슬립의 한쪽 끈을 내리게 놔두었어. 그의 손이 아래로, 아래로 내려가게 놔두었어.

"아, 당신을 갖고 싶어. 내 위에 올라탄 당신이 온몸을 비트는 모습을 보고 싶어."

하마터면 그럴 뻔했어. 내 슬립을 벗어 던지고 그를 침대로 밀어뜨릴 뻔했어.

그런데 바로 그때 렉스가 말했어.

"자기야, 얼른. 자기도 하고 싶잖아."

렉스가 그동안 얼마나 많은 여자를 상대로 이렇게 했을지 감이 왔어.

그게 누구든 너를 평범한 사람처럼 느끼게 하면 안 돼.

"내 방에서 나가줘." 내가 담담한 목소리로 말했어.

"하지만-"

"됐어. 얼른 가서 잠이나 자."

"에블린-"

"렉스, 너무 취했어. 나를 당신의 그 숱한 여자들과 혼동하고 있잖아. 나는 당신 아내야."

"한 번도 안 돼?" 렉스가 말했어. 술이 확 깬 듯한 목소리였어. 반쯤 풀렸던 눈은 다 연기였나 싶었어.

렉스 노스는 정말 알다가도 모를 인간이었어.

"다시는 이러지 마, 렉스. 앞으로도 절대 통하지 않을 거니까."

렉스는 눈을 굴리며 내 뺨에 키스했어.

"잘 자, 에블린."

그런 다음 아까 들어올 때처럼 조용히 내 방을 빠져 나갔어.

다음날 아침, 전화벨 소리에 눈을 떴어. 술이 덜 깬 탓에 순간적으로 여기가 어딘가 싶었지.

"여보세요?"

"에블린! 일어나! 해가 중천에 떴어."

"해리, 무슨 일이에요?"

햇살이 너무 따가워서 눈을 뜰 수 없었어.

"간밤에 당신이 폭스 파티를 떠난 뒤, 샘 풀과 흥미진진한 대화를 나눴거든."

"파라마운트 임원이 폭스 파티에서 도대체 뭘 하고 있었대요?"

"당신과 나를 찾아다녔대." 해리가 말했어. "아, 그리고 렉스도."

"왜요?"

"당신과 렉스를 주인공으로 영화 세 편을 계약하고 싶다던데."

"뭐라고요?"

"자그마치 세 편이야 세 편. 우리가 제작하고, 당신과 렉스가 주인 공인 작품으로. 샘이 금액을 제시해 달랬어."

"금액을 제시해 달랬다고요?"

술을 잔뜩 마신 다음날 아침에는 늘 물속에 잠긴 듯한 기분이었어. 눈앞이 뿌옇고 소리도 흐릿하게 들렸지. 나는 해리의 말을 다시 확인했어.

"금액을 제시하라니, 그게 무슨 뜻이에요?"

"한 편에 백만 달러 어때? 듣자 하니, 돈이 〈더 타임 비포The Time Before〉로 그만큼 받을 거래. 우리도 당신에게 그만큼 받아 줄 수 있어."

내가 돈만큼 많이 받고 싶었냐고? 그야 물론이지. 나는 수표를 받으면 그걸 복사해서 내 가운데 손가락 사진과 함께 돈에게 부치고 싶었어. 하지만 그보다는 내가 하고 싶은 걸 할 자유를 더 원했어.

"아뇨, 됐어요. 그 사람들이 던져 주는 아무 영화나 찍겠다고 덥석 계약하고 싶진 않아요. 내가 찍을 영화는 당신과 내가 결정해야 해요. 그게 아니면 조건이 아무리 좋아도 싫어요."

"내 말을 제대로 듣지 않는군."

"제대로 듣고 있어요."

나는 몸을 돌려서 수화기를 들고 있던 팔을 바꾸었어. 그리고 속으로 생각했어.

'뜨끈한 물에 몸을 좀 담가야겠다. 루이자에게 풀장 물 좀 데우라고 해야지.'

"우리가 영화를 선택한다니까." 해리가 말했어. "완전히 일방적인 계약이야. 파라마운트 쪽에선 당신과 렉스가 마음에 드는 영화라면 뭐든 좋대. 돈도 우리가 원하는 대로 주고."

"〈안나 카레니나〉 때문인가 보죠?"

"당신이 사람들을 극장으로 끌어들인다는 걸 입증했잖아. 그리고 이건 내 직감인데, 샘 풀은 아리 설리번을 엿 먹이고 싶어 하는 것 같아. 아리 설리번이 내다 버린 걸로 황금을 만들어 내고 싶어 하는 것 같아."

"그러니까 난 결국 힘 있는 사람들의 노리개네요."

"우리 모두 노리개야. 새삼스러운 일도 아닌데 괜히 마음 쓰지 마."

"우리가 원하는 아무 영화나 상관없다고요?"

"그렇다니까."

"렉스한테 얘기했어요?"

"당신과 상의하기 전에 내가 그 비열한 자식한테 한 마디라도 내비 쳤을 것 같아?"

"비열한 자식까진 아니에요."

"조이 네이선한테 그렇게 말하면 가만있지 않을 걸. 조이가 그 자식한테 차였잖아."

"해리, 그이는 내 남편이에요."

"에블린, 그는 당신 남편이 아니야."

"그이를 예쁘게 봐줄 만한 구석이 한군데도 없어요?"

"예쁘게 봐줄 만한 구석이야 많지. 그 자식이 우리한테 돈을 얼마나 많이 벌어줬고 또 앞으로도 얼마나 많이 벌어줄지 생각하면 예뻐 죽겠어."

"아무튼 나한테는 항상 잘해 준다고요." 내가 싫다고 하니까 내 방에서 순순히 물러났잖아. 남자들이 다 그러진 않거든. 다 그러진 않았거든.

"그건 순전히 당신 둘이 원하는 게 같기 때문이야. 원하는 게 같을 때 상대의 실체에 대해 한마디도 못 한다는 걸 당신이 더 잘 알 텐데. 개와 고양이가 쥐새끼를 죽이고 싶은 마음에 사이좋게 지내는 거나 다름없지."

"아무튼 나는 렉스가 좋아요. 당신도 렉스를 좋아했으면 해요. 더구나 이 거래에 서명한다면, 우리가 애초 생각했던 것보다 더 오래 렉스와 결혼 상태를 유지해야 하잖아요. 그렇게 되면 렉스는 계속 나와 가족으로 지내야 해요. 당신은 이미 내 가족이고. 그럼 두 사람도 서로 가족인 셈이네요."

"가족끼리 헐뜯고 싸우는 사람도 많아."

"아이참, 그만해요."

"렉스에게 알리고 얼른 서명합시다. 오케이? 당신네 에이전트를 소집해서 세부 사항을 조율해 보라고. 하늘의 별이든 달이든 다 따지 뭐."

"알았다고요." 내가 말했어.

"에블린?" 해리가 전화를 끊으려다 말고 나를 불렀어.

"왜요?"

"이제 무슨 일이 벌어질지 알지?"

"뭔데요?"

"당신은 이제 할리우드에서 몸값이 제일 비싼 배우가 될 거야."

33

그 뒤로 2년 반 동안 렉스와 나는 결혼을 유지했어. 언덕에 자리 잡은 집에서 함께 지내며 파라마운트에서 영화를 기획하고 촬영했지.

우리 일을 도와줄 전담팀까지 꾸렸어. 각자의 에이전트와 홍보 담당자, 변호사, 업무 관리자, 현장 보조원, 루이자를 포함한 도우미 등이 우리를 다방면으로 지원했어.

한 집에서 살았지만 생활공간은 달랐어. 각자의 방에서 일어나 출근 준비를 마친 후 같은 차를 타고 촬영장으로 향했거든. 손을 잡고 현장에 도착해서 하루 종일 촬영하고 함께 집으로 돌아왔어. 그때부턴 다시 각자의 공간으로 돌아가 사생활을 즐긴 거지.

나는 주로 해리를 만나거나 마음이 통하는 파라마운트 스타 몇 명과 어울렸어. 때로는 비밀을 지켜줄 만한 사람과 데이트를 하기도 했지.

렉스와 지내는 동안 나는 애타게 보고 싶다고 느낄 만한 사람을 만나진 못했어. 물론 잠자리를 함께 한 사람은 몇 명 있었지. 그중엔 영화계 스타도 있고 록 가수도 있어. 몇 명은 유부남이었어. 공통점이 있다면 나 같은 여배우와 잤다는 사실을 비밀에 부치고 싶어 할 사람들이었다는 거야. 다 의미 없는 만남이었어.

렉스도 별 의미 없는 만남을 이어갔을 거라고 봐. 원래 그런 사람이었으니까. 그런데 언제부턴가 사람이 달라지더라고.

어느 토요일, 루이자가 나를 위해 토스트를 만드는 동안 렉스가 주방에 불쑥 들어왔어. 나는 커피와 담배를 즐기며 해리를 기다리고 있었어. 함께 테니스 치러 가기로 했거든.

렉스는 냉장고로 가서 오렌지 주스를 한 잔 따랐어. 그냥 나갈 줄 알았는데 식탁으로 와서 내 옆에 앉더라고.

루이자가 내 앞에 토스트를, 식탁 중앙에 버터 접시를 내려놨어.

"뭐 좀 드릴까요, 노스 씨?" 루이자가 물었어.

"고맙지만 괜찮아, 루이자." 렉스가 고개를 저으며 말했어.

루이자는 곧 자리를 비켜줘야 한다는 걸 직감했어. 심상치 않은 기운을 느꼈나봐.

"그럼 저는 빨래할 게 있어서요." 루이자가 슬그머니 주방을 나갔어.

"사랑하는 사람이 생겼어."

우리 둘만 남자, 렉스가 말했어. 그런 말을 하리라고는 상상도 못했어.

"사랑하는 사람?" 내가 놀라서 물었어.

그런 나를 보고 렉스가 큰소리로 웃더라고.

"믿기지 않지? 실은 나도 그래."

"그 사람이 누군데?"

"조이."

"조이 네이선?"

"응. 지난 몇 년 동안 만나다 헤어지다를 반복했거든. 뭔 말인지 알지?"

"당신이 그간에 한 짓을 생각하면 알고도 남지. 그나저나 내가 마지막으로 들었던 말은 당신이 조이를 찼다는 건데?"

"아, 그래. 당신도 알다시피 내가 예전엔 좀… 매정한 놈이었다고 할 수 있지."

"아무렴."

"그런데 언제부턴가 아침에 일어났을 때 내 옆에 누가 있으면 좋겠다는 생각이 들더라고."

"거참 신기하네."

"그 사람이 누구였으면 좋을지 생각해 봤는데, 조이가 떠오르더라고. 그래서 다시 만났어. 물론 은밀하게. 그런데 이젠 조이에 대한 생각을 멈출 수가 없어. 늘 내 곁에 두고 싶다니까."

"렉스, 정말 멋지네."

"당신이 그렇게 생각해 주길 바랐어."

"그럼 우리는 이제 어떻게 하지?" 내가 물었어.

"글쎄," 렉스가 숨을 깊이 들이쉬며 말했어. "조이와 나는 결혼하고 싶어."

"그래."

내가 그렇게 대답하는 사이, 내 머리는 이혼을 발표할 완벽한 시점을 계산하느라 분주히 움직였어. 우리는 이미 영화 두 편을 끝마쳤어. 한 편은 그럭저럭 체면을 지켰고, 다른 한 편은 대박이 났어. 세 번째 작품인 〈캐롤라이나 선셋〉은 몇 달 뒤에 개봉될 예정이었어. 자식을 잃은 젊은 부부가 새 출발을 위해 노스캐롤라이나의 작은 마을로 이주하는데, 결국엔 각자 다른 사람을 만나서 상처를 치유받는다는 내용이었어.

렉스는 이번 작품에 열과 성을 다하지 않았어. 하지만 나는 이 영화가 나를 키워줄 잠재력이 있다고 생각해 최선을 다했어.

"〈캐롤라이나 선셋〉 촬영하면서 스트레스를 많이 받았다고 둘러댈까?" 내가 조심스럽게 제안했어. "촬영장에서 서로 다른 상대에게 빠져드는 모습을 지켜보며 마음이 상했다고 할까? 다들 우리를 안쓰럽게 여기겠지만 크게 개의치는 않을 거야. 원래 남의 불행에 더 고소해하는 법이잖아. 우리는 그동안 너무 무사안일하게 지냈어. 이제 그 대가를 치러야지. 일단 좀 기다려 봐. 내가 당신의 행복을 비는 차원에서 조이에게 당신을 소개하는 식으로 이야기를 짜볼게."

"멋진 생각이야, 에블린." 렉스가 말했어. "조이가 임신했다는 것만 빼면. 곧 아기가 태어날 거야."

나는 답답한 마음에 눈을 감았어. "허. 그렇다면 얘기가 달라지는데."

"결혼생활이 행복하지 않아서 한동안 따로 지냈다고 하면 어떨까?"

"그건 우리의 케미가 시들해졌다는 말이잖아. 그러면 누가 〈캐롤라이나 선셋〉을 보러 오겠어?"

해리가 나한테 경고했던 게 바로 이런 일이었어. 나와 달리, 렉스는 〈캐롤라이나 선셋〉을 별로 신경 쓰지 않았어. 캐릭터에 매력을 느끼지 못했거든. 게다가 사랑하는 사람과 태어날 아기에게 푹 빠져 있었잖아.

렉스가 창밖을 내다보다 한참 만에 고개를 돌리고 말했어.

"그래, 당신 말이 맞아. 우리는 이 일을 함께 시작했어. 그러니 함께 마무리 해야지. 어떻게 하면 좋을까? 조이한테는 일단 아기가 태어날 때까지 결혼을 미루자고 할게."

과연 렉스 노스는 사람들이 평가하는 것보다 더 대범한 남자였어.

"물론 그래야지." 내가 말했어.

때마침 초인종이 울리더니 잠시 후 해리가 주방으로 들어왔어.

순간적으로 아이디어가 떠올랐어.

완벽한 아이디어라고는 할 수 없었지만 말이지.

하긴 애초에 완벽한 아이디어가 얼마나 있겠냐고.

"바람을 피우는 거야." 내가 말했어.

"바람?"

"잘들 지냈어?" 해리는 우리가 무슨 이야기를 하나 궁금한 얼굴로 인사했어.

"바람피우는 영화를 찍다가 우리 둘 다 진짜로 바람났다고 하는 거야. 당신은 조이와, 나는 해리와."

"뭐라고?" 해리가 놀라며 말했어.

"사람들은 우리가 함께 일한다는 걸 알잖아요." 내가 해리에게 말했어. "우리가 함께 있는 모습도 지겹도록 봤을 테고. 내 사진의 배경엔 당신이 수시로 등장하니까 아마 바로 믿을 걸요."

나는 렉스에게 돌아서서 말을 이었어.

"이런 이야기를 퍼트린 직후에 이혼하는 거야. 당신이 나를 배신하고 조이와 눈이 맞았다고 비난하려던 사람들은 결국 입을 다물 수밖에 없는 거지. 나도 당신을 배신한 셈이니까."

"흠, 괜찮은 아이디어 같은데?" 렉스가 말했어.

"하지만 우리 둘 다 나쁜 인간으로 보이게 되겠지."

"하긴 그러네."

해리가 마지막으로 한마디 보탰어.

"하지만 티켓은 잘 팔리겠군."

렉스가 씩 웃으며 나를 쳐다보더니 손을 내밀었어. 우리는 손을 맞잡고 힘차게 흔들었어.

"아무도 믿지 않을 거야." 그날 아침 늦게 해리가 테니스 클럽으로 운전해 가면서 말했어. "적어도 이 동네 사람들은."

"그게 무슨 말이에요?"

"당신과 나 말이야. 그 얘기를 듣자마자 묵살해 버릴 사람들이 많아."

"아니, 왜요?"

"그들은 내가 어떤 사람인지 알거든. 아, 물론 나도 그런 생각을, 언젠가 아내를 맞이할 생각을 안 해본 건 아니야. 그렇게만 하면 우리 어머니가 엄청 기뻐하실 텐데. 어머니는 지금도 일리노이 주 샴페인에서 내가 얼른 참한 아가씨를 만나 가정을 꾸리길 빌고 계시거든. 실은 나도 가정을 꾸리고 싶어. 하지만 실상을 꿰뚫어 볼 사람이 너무 많아."

해리는 나를 힐끔 쳐다본 후에 말을 이었어.

"이번 일도 실상을 꿰뚫어 볼 사람이 많을 거야."

나는 창밖으로 스치는 야자수를 무심히 쳐다봤어. 나무 꼭대기에 걸린 기다란 잎들이 바람에 흔들렸어.

"그럼 아무도 부정할 수 없게 해야죠."

해리는 늘 내가 하는 말을 귀신 같이 알아들었어.

"단둘이 있는 사진을 찍히면 되겠군."

"빙고! 다정한 모습으로 슬쩍 찍히는 거죠."

"그냥 나 말고 다른 사람을 동원하는 게 더 쉽지 않을까?"

"다른 사람이랑 더 이상 엮이고 싶지 않아요." 내가 말했어. "행복한 척하는 것도 이젠 신물 나요. 그나마 당신하고 있으면, 내가 진짜 아끼고 사랑하는 사람을 사랑하는 척하는 거잖아요."

해리는 한동안 말이 없었어. 그러다 어렵사리 입을 열었어.

"아무래도 당신이 알아야 할 게 한 가지 있어."

"뭔데요?"

"진작부터 말해야겠다고 생각했던 거야."

"그래요, 그게 뭐냐고요?"

"존 브레이버만을 만나고 있었어."

내 심장이 빠르게 뛰기 시작했어.

"셀리아의 남편?"

해리가 고개를 끄덕였어.

"얼마나 됐어요?"

"몇 주 됐어."

"도대체 나한테 언제쯤 말하려고 했던 건데요?"

"말해도 되나 확신이 안 들었어."

"그렇다면 두 사람의 결혼은…"

"가짜야."

"셀리아가 그를 사랑하지 않는다고요?" 내가 물었어.

"둘이 따로 자."

"셀리아를 본 적 있어요?"

해리는 바로 대답하지 않았어. 할 말을 신중하게 고르는 것 같더라고. 하지만 나는 틈을 주지 않았어.

"해리, 셀리아를 본 적 있냐고요?"

"있지."

"어떻게 지내는 것 같아요?" 나는 그렇게 묻고 나서 금세 더 나은 질문을 떠올렸어. "셀리아가 나에 대해 물었어요?"

나는 셀리아 없이 사는 게 너무 괴로워서 그녀가 아예 다른 세계에 존재한다고 치부하며 살았어. 그게 차라리 더 쉬웠거든. 그런데 이제 그녀가 나와 같은 궤도를 돈다고 하니, 그동안 억눌렀던 감정이 봇물 터지듯 밀려왔어.

"아니, 묻지 않았어." 해리가 말했어. "알고 싶지 않았다기보다는 묻고 싶지 않았던 것 같아."

"하지만 그를 사랑하지는 않죠?"

해리가 고개를 끄덕였어.

"그래, 셀리아는 그를 사랑하지 않아."

나는 고개를 돌려 창밖을 내다봤어. 당장 해리에게 그녀의 집으로 데려다 달라고 부탁할까 싶었어. 셀리아의 집으로 달려가 무릎을 꿇고서 네가 없는 삶은 외롭고 공허하고 무의미하다고 고백할까 싶었어.

하지만 실제로는 이렇게 말했어.

"사진은 언제 찍을까요?"

"사진?"

"당신과 나의 사진. 우리 둘이 바람피우다 걸린 것처럼 어디서 연출할까요?"

"내일 밤에 하지 뭐. 힐스에 차를 세워 놓으면, 사진 기자들이 우리를 찾아낼 수 있을 거야. 아무래도 외진 곳이 좋을 테니, 리치 라이스에게 미리 연락해 둘게. 요새 돈이 궁하다고 들었거든."

내가 고개를 저었어.

"우리 쪽에서 흘리면 안 돼요. 소문이 눈덩이처럼 불어나려면 밖에서 시작되어야 해요. 다른 사람이 기레기에게 넌지시 흘려야 하는데, 나를 엿 먹이고 싶어 할 만한 사람이 좋은데."

"누구 생각나는 사람 있어?"

얼핏 스치는 얼굴이 있었지만 나는 고개를 저었어. 왠지 꺼림칙했거든.

서재에 앉아 한동안 전화기를 노려봤어. 문이 닫혀 있는지 확인한 후 다이얼을 돌렸어.

"루비, 에블린이야. 부탁 좀 할게."

나는 루비가 전화를 받자마자 한달음에 말했어.

"듣고 있어요."

루비는 전혀 주저하는 기색이 없었어.

"기자들 몇 명한테 이야기 좀 흘려줘. 내가 비벌리 힐스의 트루스데일 지구에 차를 세워놓고 남자랑 시시덕거리는 걸 봤다고 말이야."

"뭐라고요?" 루비가 깔깔 웃으면서 말했어. "에블린, 이번엔 또 무슨 꿍꿍인데요?"

"내 꿍꿍이는 신경 쓰지 마. 넌 네 일로도 바쁠 테니까."

"그렇다면 렉스가 곧 싱글이 된다는 뜻이네요?"

"넌 내가 버린 걸 주워다 쓰는 게 취미야?"

"무슨 소릴! 돈이 나한테 달려든 거라고요."

"물론 그랬을 거야."

"최소한의 경고라도 좀 해 주지 그랬어요." 루비가 아쉬운 목소리로 말했어.

"그 인간이 내 등 뒤에서 어떻게 했는지 너도 알았잖아." 내가 바로 반박했어. "너는 다르게 대할 거라 생각했던 거니?"

"외도 얘기가 아니에요, 에블린."

그제야 돈이 루비에게도 폭력을 행사했음을 깨달았어.

나는 뒤통수를 한 대 맞은 듯 멍했어.

"지금은 괜찮아? 완전히 끝낸 거야?"

"이혼으로 깔끔하게 마무리 했어요. 곧 해변으로 이사할 거예요. 산타모니카에 집을 하나 구했거든요."

"그 인간이 네 활동을 막으려 들 거라는 생각은 안 해봤고?"

"이미 막으려 들었어요." 루비가 자신에 찬 목소리로 말했어. "하지만 성공하지 못할 거예요. 최근 상영된 그의 영화 세 편이 손익분기점을 겨우 넘겼거든요. 모두의 예상과 달리 〈나이트 헌터〉는 후보에도 오르지 못했잖아요. 돈도 이젠 내리막길을 걷나 봐요. 이빨 빠진 호랑이처럼 힘이 빠지고 있어요."

나는 전화기 코드를 빙빙 돌리면서 돈에게 일말의 동정심을 느꼈어. 하지만 루비에게 향하는 동정심이 훨씬 더 컸어.

"얼마나 심했던 거야?"

"짙은 화장과 긴 소매로 숨길 수 없을 정도는 아니었어요."

이런 말을 하면서도 루비가 자존심을 세우는 걸 보니, 마음이 아팠어. 괴로웠다고 말하면 자신의 굴복을 인정하는 셈이었던 거거든. 그런 일을 겪은 루비가 안쓰러웠어. 수년 전에 같은 일을 겪었던 나도 안쓰러웠고.

"언제 우리 집에 와서 저녁이나 같이 먹자." 내가 루비에게 말했어.

"됐어요, 에블린." 루비가 바로 사양했어. "만나서 희희낙락하기엔 우리 둘 다 너무 많은 일을 겪었잖아요."

"하긴 그래." 내가 웃으며 말했어.

"그나저나 내가 특별히 연락했으면 하는 사람 있어요? 아니면 그냥 아무한테나 제보하면 될까요?"

"조무래기 말고 파급력이 센 기자면 아무나 상관없어. 내 추락으로 돈을 벌고 싶어 하는 사람으로."

"그렇지 않은 사람이 없는데요." 루비가 말했어. "아, 기분 상하게 할 뜻은 없어요."

"기분 상할 게 뭐 있겠어."

"당신은 엄청난 성공을 거뒀잖아요." 루비가 말했어. "내놓는 작품마다 히트하고, 잘생긴 남편도 많고, 다들 당신을 추락시키고 싶어 한다고요."

"나도 알아, 안다고. 그들이 나를 추락시킨 다음엔 너한테 달려갈 거야."

"당신을 좋아하는 사람이 여전히 남아 있다면, 당신이 덜 유명하다는 뜻이겠죠." 루비가 말했어. "내일 연락할게요. 무슨 꿍꿍인지는 모르지만 행운을 빌어요."

"고마워. 이 은혜는 꼭 갚을게."

전화를 끊는데 문득 이런 생각이 들었어.

'돈이 나한테 한 짓을 사람들에게 알렸더라면, 루비가 똑같은 피해자가 되진 않았을 텐데.'

내가 내린 결정으로 피해 입은 사람을 일일이 열거할 마음은 없었지만, 만약 그렇게 했다면 루비 라일리를 목록에 올렸어야 할 거야.

34

가슴골이 푹 파인 원피스 차림으로 해리와 함께 힐케스트 로드를 운전해 올라갔어.

해리가 한쪽에 차를 세우자 내가 해리에게 몸을 기울였어. 나는 누드 립스틱을 바르고 있었어. 빨간 립스틱은 너무 지나친 것 같았거든. 너무 완벽하게 보이지 않도록 세심하게 준비했어. 잔뜩 꾸민 모습으로 사진에 찍히면 곤란했거든. 외부 시선을 전혀 신경 쓰지 않다가 우연히 발각된 것처럼 보여야 했으니까. 사진은 많은 걸 말해 주거든. 게다가 눈으로 본 건 쉽게 잊히지 않는 법이야.

"자, 그럼 이제 어떻게 하고 싶어?" 해리가 물었어.

"긴장돼요?" 내가 물었어. "전에 여자랑 키스해 본 적은 있어요?"

해리는 무슨 그런 멍청한 질문이 다 있냐는 표정으로 나를 쳐다봤어.

"물론 해 봤지."

"그럼 사랑을 나눠 본 적은 있어요?"

"한 번."

"좋았어요?"

해리가 잠시 생각한 후에 대답했어.

"그건 대답하기 곤란한데."

"그럼 나를 남자라고 가정해요. 나를 꼭 품어야겠다고 가정해요."

"그런 말 안 해도 당신에게 키스할 수 있어, 에블린. 걱정하지 마."

"우리는 꽤 오래 그러고 있어야 해요. 그 사람들이 들이닥치면 여기서 한동안 그러고 있었던 것처럼 보여야 하니까."

해리가 느닷없이 머리카락을 헝클어뜨리고 옷깃을 풀어 헤쳤어. 나도 웃으면서 내 머리를 헝클고 드레스의 한쪽 어깨를 살짝 내렸어.

"오오!" 해리가 말했어. "이거 점점 짜릿해지는 걸."

나는 깔깔 웃으면서 해리를 밀어냈어. 때마침 뒤쪽에서 자동차 다가오는 소리와 함께 헤드라이트 불빛이 비추었어.

깜짝 놀란 해리가 내 팔을 움켜잡고 와락 당겼어. 그리고 자신의 입술로 내 입술을 세게 눌렀어. 차가 옆으로 휙 지나갈 때 해리가 한 손을 내 머리카락 사이로 넣었어.

"그냥 이 동네 사람인가 봐요."

내가 자동차 후미등을 쳐다보며 말했어. 차가 협곡 위로 한참을 더 올라가더라고.

해리가 갑자기 내 손을 잡았어.

"우리 진짜로 할까?"

"뭘요?"

"결혼 말이야. 결혼한 척 지내는 동안은 진짜로 결혼한 거나 마찬가지잖아. 그렇게 미친 짓은 아니라고 봐. 어쨌든 나는 당신을 사랑해. 물론 남편이 아내를 사랑하는 식으로는 아니지만 그래도 충분히 아끼고 사랑하거든."

"해리."

"그리고… 내가 어제 아내를 맞이하고 싶다고 했잖아. 계속 생각해 봤는데, 이 방법이 먹힌다면, 사람들이 속아 넘어간다면… 어쩌면 우리 둘이 가정을 꾸릴 수도 있겠다 싶어. 당신은 가정을 꾸리고 싶지 않아?"

"꾸리고 싶죠. 언젠가는 꾸릴 생각이고요."

"우리는 멋진 짝이 될 수 있어. 게다가 우리 사이엔 사랑이 식고 말고 할 것도 없잖아. 서로 모르는 것도 없고."

"해리, 당신 말이 진심인지 아닌지 잘 모르겠어요."

"완전 진심이야. 적어도 나는 그렇게 생각해."

"나랑 결혼하고 싶다고요?"

"사랑하는 사람과 함께 살고 싶어. 동반자가 있으면 좋겠어. 누군가를 우리 가족에게 소개하고 싶어. 더 이상 혼자 살고 싶지 않아. 그리고 아들이든 딸이든 낳아 키우고 싶어. 당신하고는 그렇게 할 수 있을 것 같아. 물론 당신에게 다 해 줄 수는 없어. 그건 나도 알아. 하지만 나도 이젠 가정을 꾸리고 싶어. 그 가정을 당신과 함께 꾸리고 싶어."

"해리, 나는 도도하고 뭐든 내 마음대로 해야 직성이 풀려요. 게다가 나를 은근히 부도덕하다고 생각하는 사람도 많아요."

"당신은 강한 사람이야. 회복력도 좋고 재능도 뛰어나. 내적으로나 외적으로나 특출난 사람이야."

해리는 이 문제를 정말로 진지하게 생각한 듯했어.

"그럼 당신은요? 당신의… 성향은요? 결혼생활을 어떻게 꾸려갈 건데요?"

"그야 당신과 렉스가 했던 것처럼 하면 되지. 나는 그냥 평소 하던 대로 하고. 물론 조심스럽게 해야지. 당신도 평소 하던 대로 하고."

"하지만 나는 평생 바람피우면서 살고 싶진 않아요. 내가 사랑하는 사람과, 그리고 나를 사랑하는 사람과 마음 편히 살고 싶다고요."

"흠, 그건 내가 어떻게 해 줄 수 없어." 해리가 말했어. "그걸 원한다면, 당신이 직접 그녀에게 연락하는 수밖에."

나는 고개를 숙이고 손톱만 뚫어져라 쳐다봤어.

셀리아가 나를 다시 받아줄까?

셀리아와 존. 나와 해리.

왠지 먹힐 것 같았어. 그것도 아주 멋지게.

내가 만약 셀리아와 잘 풀지 못하면 다른 사람을 또 사귈 수 있을까? 글쎄, 다른 건 몰라도 해리와 한 지붕 아래 사는 건 자신 있었어.

"오케이." 내가 마침내 말했어. "그렇게 해요."

다른 차가 다시 우리 뒤로 다가왔어. 해리가 나를 또 붙잡았어. 이번엔 천천히, 달콤하게 키스했어. 한 남자가 카메라를 들고 차에서 뛰어내리자, 해리는 그를 못 본체 하면서 내 원피스 안으로 손을 쓱 집어넣었어.

그다음 주 신문에 대문짝만하게 실린 이미지는 꽤나 저속하고 충격적이었어. 해리의 손이 내 가슴을 더듬고 있었거든. 사람들 눈을 피해 쾌락을 좇는 우리의 모습은 내가 봐도 수치스러울 지경이었지.

다음 날, 조이 네이선이 임신했다는 헤드라인 기사가 쏟아졌어.

온 나라가 우리 네 사람 이야기로 들썩거렸어.

하나 같이 부도덕하고 불충실하고 음탕한 죄인들이었지.

〈캐롤라이나 선셋〉은 극장가에서 가장 오랫동안 머문 영화로 기록됐어. 렉스와 나는 이혼을 기념하려고 이름도 그럴싸한 더티 마티니

(dirty martinis, 올리브 통조림의 국물을 넣어 짭짤한 맛을 더한 칵테일 – 역자 주)
를 마셨지.

"각자의 성공적 결합을 위하여!" 렉스가 말했어.

우리는 잔을 부딪친 후 한 잔 쭉 들이켰어.

35

집에 돌아오니 새벽 3시였다. 에블린은 커피를 넉 잔이나 마신 덕분인지 내내 긴장을 놓치지 않고 이야기를 이어 나갔다.

나는 중간에 에블린을 멈추게 할 수 있었지만 그러지 않았다. 오히려 내 인생으로 돌아오지 않을 핑계로 삼고 귀를 기울였다. 에블린의 이야기에 빠져든 시간에는 내 이야기를 생각하지 않아도 될 테니까.

게다가 그곳에서 규칙을 정하는 사람은 내가 아니었다. 고민할 것 없이 그저 에블린을 따라가기만 하면 됐다.

녹초가 된 몸을 이끌고 침대로 기어들어가 바로 잠에 빠져들었다. 데이빗에게 답장을 보내지 않아도 될 구실이 있다는 점에 안도하면서.

다음날 아침, 휴대폰이 울리는 바람에 눈을 떴다. 시계를 보니 9시도 안 됐다. 토요일이라 늦잠을 자고 싶었는데, 누구람?

휴대폰 화면에서 활짝 웃는 엄마 얼굴이 보였다. 그쪽 시간으로는 아직 6시도 안 됐을 텐데 어쩐 일인가 싶었다.

"엄마? 무슨 일 있어요?"

"일은 무슨." 엄마가 환한 대낮에 전화한 듯한 목소리로 말했다. "네가 외출하기 전에 안부 인사나 할 겸 전화했지."

"거긴 아직 6시도 안 됐잖아요." 내가 푸념하듯 말했다. "게다가 주말이라 늦게까지 자고 나서 이따가 에블린의 녹음을 글로 옮길 생각이었어요."

"30분쯤 전에 약한 지진이 났지 뭐니. 다시 자려니까 잠이 와야지. 참, 에블린하고는 어떻게 돼 가니? 내 입으로 그녀를 에블린이라고 부르니까 좀 이상하다. 예전부터 알고 지내던 사람 같아."

나는 프랭키에게 승진 약속을 받아냈다는 점과 에블린에게 표지 기사를 진행하도록 설득했다는 점을 알려주었다.

"그러니까 하루 동안 비방트의 편집장과 에블린 휴고를 상대로 협상을 벌였다고? 게다가 네가 원하는 대로 다 받아냈다고?"

엄청 대단한 일을 해 낸 것처럼 들려서 나도 모르게 웃음이 나왔다.

"네, 그랬나 봐요."

엄마가 평소처럼 까르르 웃음을 터뜨렸다.

"역시 내 딸이야! 아, 네 아버지가 살아 있었으면 무척 기뻐했을 텐데. 너무 자랑스러워서 어깨춤이라도 췄을 거야, 아마. 그 사람은 항상 네가 커서 대단한 실력자가 될 거라고 입버릇처럼 말했거든."

정말로 그랬을까 의문이 들었다. 평소에 엄마가 나한테 거짓말을 했다는 뜻은 아니다. 다만 아버지가 나를 그렇게 묘사했다고 상상하기가 힘들었다. 내가 커서 친절하거나 똑똑한 사람이 될 거라고 말하는 모습은 상상할 수 있었다. 뭐, 그럴 수 있으니까. 하지만 내가 대단한 실력자가 될 거라고 생각해 본 적은 없었다. 흠… 이제라도 나 자신을 그렇게 생각해야겠다. 어쩌면 진짜로 그렇게 될지도 모르니까.

"실력자 비슷하게 되긴 했죠? 나한테 까불지 마라, 세상아! 이젠 본때를 보여줄 거니까."

"그래, 바로 그거야."

엄마에게 사랑한다고 말한 후 전화를 끊는데, 나도 모르게 어깨에 힘이 들어갔다.

　하지만 그땐 몰랐다. 일주일도 지나지 않아 에블린 휴고가 이야기를 다 마쳤을 때, 이 모든 일이 어떻게 일어났는지 다 알게 됐을 때, 그녀가 너무 미워서 죽일지도 모른다는 두려움에 휩싸일 줄… 그땐 미처 몰랐다.

멋지고 자상한,
그러나 극심한 고통에 시달린
해리 캐머런

•••

36

나는 〈캐롤라이나 선셋〉으로 여우주연상 후보에 올랐어.

그런데 문제가 생겼어. 그 해에 셀리아도 후보에 올랐거든.

나는 해리와 함께 레드카펫에 올라섰어. 우리는 이미 약혼한 상태였지. 해리가 내게 다이아몬드와 에메랄드로 된 반지를 끼워줬어. 그 날 밤, 검정 비즈 드레스를 입은 탓에 반지가 더욱 돋보였어. 스커트 양 옆은 허벅지 중간까지 길게 트여 있었지. 나는 그 드레스가 무척 마음에 들었어.

다른 사람들도 마찬가지였나 봐. 내 커리어를 조명할 때마다 그 드레스 차림의 사진이 등장했거든. 그래서 이번 경매에 그 드레스가 포함되도록 특별히 신경 썼어. 기금을 조성하는 데 크게 일조할 거라고 봐.

사람들이 그 드레스를 나만큼 좋아하는 걸 보면 기분이 좋아. 그해에 오스카상을 수상하진 못했지만 내게는 대단히 멋진 밤이었거든.

셀리아는 쇼가 시작되기 직전에 도착했어. 끈이 없는 담청색 드레스를 입었는데, 네크라인이 하트 모양으로 파여 있었어. 붉은 머리카락이 드레스 색상에 대비되어 더 화려해 보였지. 5년 만에 눈앞에서 마주하자 나는 그만 숨이 멎을 것 같았어.

인정하긴 싫지만 그동안 셀리아의 영화는 빠짐없이 봤어. 그러니까 셀리아를 줄곧 보긴 한 거야.

하지만 어떠한 매체도 사람을 맨눈으로 직접 보는 것만큼 선명하게 포착하지 못하거든. 너를 힐끔 쳐다보기만 해도 왠지 중요한 사람으로 느끼게 해 주는 그런 사람이라면 더욱.

그녀의 눈길에는 뭔지 모를 위엄이 서려 있었어. 셀리아는 스물여덟 살밖에 안 먹었지만 굉장히 성숙하고 당당했어. 자신이 누구이며 어떤 존재인지 정확히 아는 듯 보였다고나 할까.

셀리아가 앞으로 나서면서 존 브레이버만의 팔짱을 끼더군. 존은 턱시도가 꽉 끼어 보일 정도로 어깨가 넓었어. 그 앞에선 누구도 함부로 덤비지 못할 것 같았지. 속사정이야 어떻든 두 사람은 정말 멋진 커플처럼 보였어.

"에블린, 너무 빤히 보는 거 아냐?"

해리가 나를 슬쩍 밀면서 말했어.

"아, 미안해요. 그리고 고마워요."

우리는 자리에 앉으면서 주변 사람들에게 웃으며 손을 흔들었어. 조이와 렉스가 우리보다 몇 줄 뒤에 앉아 있었어. 마음 같아선 달려가 안아주고 싶었지만 사람들이 쳐다보는 걸 알기에 점잖게 손만 흔들었어.

인사가 끝나자 해리가 물었어.

"당신이 수상하면, 그녀에게 가서 말할 건가?"

내가 웃으며 반문했어.

"만나서 좀 으스댈까요?"

"아니, 하지만 어쨌든 당신이 고대하던 우위를 점하게 되잖아."

"셀리아가 나를 떠났다고요."

"당신이 딴 남자랑 잤잖아."

"내가 누구 때문에 그랬는데요."

해리는 내가 논점에서 벗어났다는 듯 얼굴을 찡그렸어.

"오케이, 오케이. 내가 수상하면 가서 말을 붙여 볼게요."

"고마워."

"나한테 왜 고맙다고 하는 거예요?"

"그야 당신이 행복하길 바라니까. 그리고 먼저 손을 내민 당신이 기특하기도 하고."

"쳇, 그녀가 수상하면 한 마디도 안 할 거예요."

"그녀가 수상하면." 해리가 다정하게 말했어. "만에 하나 그녀가 수상하고 당신에게 말을 걸면, 나는 당신을 꼼짝 못하게 붙들고 그녀의 말에 대답하게 할 거야."

나는 해리를 똑바로 쳐다볼 수 없었어. 왠지 수세에 몰린 기분이었어.

"너무 앞서 가지 말아요." 내가 말했어. "이번엔 루비가 수상할 거라는 얘기가 돌고 있다고요. 작년에 〈위험한 비행The Dangerous Flight〉으로 수상을 못 해서 다들 안타까워했잖아요."

"그냥 떠도는 얘기일 뿐이야."

"그야 그렇죠. 소문대로 다 되면 무슨 재미가 있겠어요."

조명이 어두워지고 사회자가 등장했을 때, 나는 수상 가능성을 희박하게 보진 않았어. 아카데미가 드디어 그놈의 오스카 트로피를 나한테 줄지도 모른다고 은근히 기대했거든.

그들이 여우주연상 후보를 하나씩 호명할 때, 나는 객석에서 셀리아를 찾아봤어. 내가 그녀를 발견한 바로 그 순간 그녀도 나를 발견했어. 눈이 마주친 거야. 때마침 발표자가 수상자를 발표했어. 에블린도, 셀리아도 아닌 루비의 이름이 울려 퍼졌어.

나는 가슴이 철렁 내려앉았어. 내심 수상을 기대한 나 자신에게 화가 치밀었지. 그와 동시에 셀리아는 괜찮은지 궁금했어.

해리가 내 손을 꼭 잡아줬어. 나는 존도 셀리아의 손을 꼭 잡아주길 바라면서 일어나 화장실로 향했어.

화장실 문을 열고 들어가니 레이클랜드가 손을 씻고 있더라고. 그녀는 내게 미소를 지은 후 바로 나갔어. 이젠 나 혼자뿐이었어. 나는 화장실 한 칸으로 들어가 문을 닫았어. 그리고 마음 놓고 눈물을 흘렸어.

"에블린?"

그리워하지 않으려고 몇 년이나 애썼던 그 목소리가 별안간 귓가에 들려왔어.

"셀리아?"

나는 칸막이 문에 등을 기대고 서서 얼른 눈물을 닦았어.

"당신이 여기로 들어가는 걸 봤어요." 셀리아가 말했어. "혹시라도 당신이… 속상해하지 않을까 싶어서…"

"루비를 위해 기뻐하려고 노력 중이야." 내가 웃으면서 말했어. 그리고 화장지로 눈 밑을 톡톡 두드리며 눈물 자국을 지웠어. "하지만 갑자기 변하려니 쉽진 않네."

"나도 마찬가지예요." 셀리아가 말했어.

문을 열자 그녀가 눈앞에 있었어. 연푸른 드레스에 붉은 머리, 자그마한 체구인데도 언제 어디서나 좌중을 압도할 만큼 존재감을 뽐내는 그녀가 내 앞에 있었어. 그녀의 시선이 내게로 향하자 나는 알았어. 셀리아가 나를 여전히 사랑한다는 걸. 동공이 커지고 부드러워지는 모습을 보면서 바로 알아챘지.

"여전히 아름답고 멋지네요."

셀리아가 두 팔로 등 뒤의 세면대를 짚으며 말했어. 나를 바라보는 셀리아의 시선에선 늘 도취된 듯한 분위기가 풍겼어. 그런 시선을 받으면 나는 호랑이 앞에 놓인 고깃덩어리가 된 기분이었어.

"너도 나쁘지 않은걸."

"여기서 함께 있는 모습을 들키면 안 될 것 같은데요."

"왜 안 되는데?"

"우리가 한때 어떤 짓을 벌였는지 아는 사람들이 꽤 많이 앉아 있잖아요." 셀리아가 잠시 뜸을 들인 후 말했어. "당신은 우리가 다시 그런 짓을 한다는 소문이 도는 걸 끔찍이 싫어할 테니까."

그건 테스트였어.

나도 알고, 셀리아도 알았어.

내가 제대로 말하면, 소문 따윈 신경 쓰지 않는다고 말하면, 무대 한 가운데서 보란 듯이 그녀와 사랑을 나누겠다고 말하면, 그녀를 되찾을 수 있을지도 몰랐어.

정말로 그렇게 해볼까. 내일 아침에 담배와 커피향이 은은히 퍼지는 그녀의 숨결을 느끼며 눈을 떠볼까 잠시 생각했어.

하지만 그게 다 내 탓은 아니라는 걸, 이렇게 된 데에는 자신도 한몫 했다는 걸 셀리아가 인정하길 바랐지.

"아니 어쩌면, 네가 그 뭐냐… 창녀라고 불렀던 사람과 함께 있는 모습을 들키고 싶지 않을 수도 있지."

셀리아가 씩 웃더니 고개를 숙였어. 그러다 다시 고개를 들더니 나를 똑바로 쳐다봤어.

"내가 뭐라고 말하면 돼요? 잘못했다고? 그래요, 내가 잘못했어요. 당신에게 상처를 주고 싶었거든요. 당신이 내게 그런 것처럼."

"하지만 난 네게 상처를 줄 생각은 전혀 없었어. 널 일부러 아프게 할 만한 짓은 결단코 하지 않았어."

"날 사랑하는 걸 부끄러워했잖아요."

"절대 그렇지 않아. 그건 사실이 아니야."

"아무튼 그걸 감추려고 별짓 다했잖아요."

"우리 둘 다를 지키기 위해 할 일을 했을 뿐이야."

"그건 논란의 여지가 있죠."

"그럼 나랑 한 번 논란을 벌여봐." 내가 말했어. "또다시 도망가지 말고."

"나는 멀리 도망가지 않았어요, 에블린. 당신이 마음만 먹으면 붙잡을 수 있었다고요."

"나는 그런 수작을 좋아하지 않아, 셀리아. 너랑 처음 밀크셰이크를 먹으러 갔을 때 말했잖아."

"하지만 당신은 사람들한테 온갖 수작을 부리잖아요."

셀리아가 어깨를 으쓱하며 말했어.

"내가 위선자가 아니라고 한 적은 없어."

"도대체 어떻게 그래요?"

"뭘 어떻게 그래?"

"다른 사람들에게 소중한 것들을 어쩜 그렇게 무신경하게 대하냐고요?"

"다른 사람들은 나와 아무 상관도 없으니까."

셀리아가 가볍게 코웃음을 치더니 고개를 숙였어.

"너만 빼고."

내 말에 보상이라도 하듯이 셀리아가 나를 다시 쳐다봤어.

"너를 아끼니까."

"나를 아꼈었죠." 셀리아가 바로 반박했어.

내가 고개를 저으며 다시 반박했어.

"아니, 그때나 지금이나 변함없이 너를 아낀다니까."

"말로만. 렉스 노스한테 빨리도 갈아타던데요."

"셀리아," 내가 얼굴을 찡그리며 말했어. "너는 그런 걸 곧이곧대로 믿을 만큼 어리석지 않잖아."

"그럼 가짜였다는 거군요."

"처음부터 끝까지 다."

"따로 마음에 둔 사람은 없었어요? 다른 남자는 없었냐고요."

셀리아는 늘 남자를 질투했어. 자기가 이기지 못할까 봐 걱정하면서. 반대로, 나는 늘 여자를 질투했어. 내가 이기지 못할까 봐 걱정하면서.

"재미를 본 적이야 있지." 내가 말했어. "너도 분명히 그랬을 텐데."

"존은 그냥―"

"존을 말하는 게 아니야. 너라고 정조를 지키고 있지는 않았을 거라는 말이야."

듣게 되면 뻔히 마음 아플 줄 알면서도 나는 셀리아를 넌지시 떠봤어. 사람 심리가 원래 그렇잖아.

"그야 물론이죠."

"남자?"

나는 긍정적인 대답이 나오길 바라면서 물었어. 남자라면 셀리아에게 아무 의미도 없을 테니까.

하지만 셀리아가 고개를 저었어. 나는 상처가 덧날 때처럼 아픈 가슴이 더 아렸어.

"내가 아는 사람이야?"

"그중에 유명한 사람은 하나도 없었어요." 셀리아가 말했어. "나한테 의미 있는 사람도 없었고요. 그들을 만지면서 당신을 만질 때 어땠는지 생각했어요."

그 말에 가슴이 아프면서 동시에 부풀어 올랐어.

"나를 떠나지 말았어야 했어, 셀리아."

"나를 떠나게 두지 말았어야 했어요."

그 순간, 내 안에서 벌어지던 싸움이 멈췄어. 내 심장에서 메아리치던 진실이 목구멍을 타고 터져 나왔어.

"알아, 알아. 나도 안다고."

때로는 일이 너무 순식간에 벌어져서 그저 당할 수밖에 없잖아. 셀리아는 분명히 세면대에 기대고 있었는데, 다음 순간 두 손으로 내 얼굴을 잡고 몸을 바싹 붙인 채 키스했어. 짙게 바른 립스틱에선 사향 냄새가 은은하게 풍기고 혀끝에선 톡 쏘는 럼주 맛이 느껴졌어.

나는 순식간에 그녀에게 빠져들었어. 그녀가 내게 다시 관심을 보인다는 사실에 기뻤고, 나를 여전히 나를 사랑한다는 사실에 황홀했어.

바로 그때 문이 벌컥 열리고 프로듀서의 아내 두 명이 들어왔어. 우리는 잽싸게 갈라섰어. 셀리아는 손을 씻는 척했고, 나는 거울을 쳐다보며 화장을 수정하는 척했어. 두 여자는 수다 떠느라 바빠서 우리에게 눈길조차 안 줬어.

그들이 화장실 칸으로 각각 들어간 뒤, 나는 셀리아를 쳐다봤어. 셀리아도 나를 힐끔 쳐다보며 수도꼭지를 잠그고 타월로 물기를 닦았어. 셀리아가 그 길로 그대로 나갈까 봐 마음을 졸였는데, 그러지 않았지.

두 여자가 나가고 다시 우리 둘만 남았어. 가만히 귀를 기울이니 광고 시간이 끝나고 쇼가 다시 시작됐더라고.

나는 셀리아를 붙잡고 키스하기 시작했어. 문에 바싹 밀어 붙이고 진하게 키스했지. 그녀가 필요했거든. 나에게 셀리아는 그 어떤 약보다 잘 듣는 특효약이었어.

멈출 새도 없이 내 손이 셀리아의 스커트를 들추고 허벅지로 향했어. 온몸으로 그녀를 압박하며 뜨겁게 키스하면서 한 손으론 그녀가 좋아하는 방식으로 아래를 더듬었어.

셀리아가 신음을 내뱉으며 몸을 살짝 비틀더니 손으로 자기 입을 막았어. 나는 그녀의 목에 키스했어. 우리 두 사람은 한 몸처럼 단단히 붙은 채 서로에게 전율을 느꼈어.

우리는 당장이라도 들킬 수 있었어. 그 7분 동안 극장에 모인 여자들 중에 단 한 명이라도 여자 화장실에 들렀다면, 우리는 그동안 애써 이뤄낸 모든 걸 잃을 수도 있었어.

셀리아와 나는 그렇게 서로를 용서했어.

우리가 더 이상 떨어져 지낼 수 없다는 것도 알았지.

이젠 둘 다 함께 지내기 위해 어떠한 위험도 기꺼이 감수할 거라는 것도.

포토모멘트

1967년 8월 14일

에블린 휴고, 프로듀서 해리 캐머런과 결혼하다

다섯 번째는 좀 다를까? 에블린 휴고와 프로듀서 해리 캐머런이 지난 토요일 카프리 해변에서 결혼식을 올렸다.

에블린은 은은한 흰색 실크 드레스를 입고 긴 금발을 양 갈래로 늘어뜨렸다. 해리는 할리우드의 멋쟁이답게 크림색 린넨 정장을 말쑥하게 차려 입었다.

미국인의 연인 셀리아 세인트 제임스가 신부 들러리로, 그녀의 멋진 남편 존 브레이버만이 신랑 들러리로 자리를 빛냈다.

해리와 에블린은 50년대부터 함께 작업하면서 〈아버지와 딸〉, 〈작은 아씨들〉 같은 작품으로 공전의 히트를 기록했다. 지난해 말 두 사람의 낯 뜨거운 장면이 목격되며, 에블린이 렉스를 두고 해리와 바람을 피웠다는 사실을 인정했다.

렉스는 현재 조이 네이선과 결혼했으며, 슬하에 귀여운 딸 바이올렛을 두고 있다.

에블린과 해리가 마침내 정식 부부가 된 것을 진심으로 축하한다! 쇼킹한 폭로와 오랜 약혼 기간을 뒤로 하고 새롭게 출발할 때가 됐다!

37

결혼식이 거행되는 동안 셀리아는 심사가 몹시 뒤틀려 있었어. 다 가짜라는 걸 알면서도 질투에 눈이 멀 지경이었거든. 셀리아의 남편은 해리 옆에 서서 눈물을 철철 흘렸어. 그 속내를, 아니 우리 모두의 속 내를 누가 알았겠니?

두 남자가 함께 잠자리에 들었어. 그들과 결혼한 두 여자가 함께 잠 자리에 들었고, 우리는 세상을 완벽하게 속인 거야.

나는 "맹세합니다"라고 결혼 서약을 하면서 생각했어.

'이제 시작이야. 진짜 인생이, 우리의 인생이 시작됐어. 드디어 한 가족이 되는 거야.'

해리는 존과, 나는 셀리아와 마음껏 사랑을 나눴어.

이탈리아에서 돌아와서 나는 비벌리 힐스에 있는 저택을 팔았고 해리도 살던 집을 팔았어. 우리는 맨해튼의 어퍼 이스트 사이드에 있 는 이 집을 구했어. 길 아래편에 셀리아와 존의 거처가 있었지.

이사 전, 나는 해리에게 내 아버지가 살아 있는지 알아봐 달라고 부 탁했어. 아버지랑 같은 도시에서 살다가 혹시라도 마주치면 감당할 자 신이 없었거든.

그런데 해리의 조수가 알아본 바로는 아버지가 1959년에 심장마 비로 돌아가셨더군. 얼마 안 되는 유품은 찾아가는 사람이 없어서 주 정부에 귀속되었고.

그 말을 듣는 순간, '아, 그래서 나한테 돈 뜯으러 안 왔구나'라는 생각이 퍼뜩 스쳤지. 그리고는 아버지가 나에게 원한 게 돈뿐이라고 생각하자 꽤나 서글퍼졌지만.

나는 그런 생각을 밀어내고 아파트 계약 서류에 서명했어. 그리고 해리와 함께 우리의 보금자리 마련을 축하했어. 이젠 원하는 곳 어디든 자유롭게 갈 수 있었어. 그래서 맨해튼의 어퍼 이스트 사이드로 기분 좋게 이사했지. 우리와 함께 가자고 루이자도 설득했어.

헬스 키친은 걸어서 갈 수 있는 거리에 있었지만, 한없이 먼 곳이나 마찬가지였어. 아버지는 세상에 없었고, 나는 세계적으로 유명한 사람이 되었어. 결혼도 했고 사랑하는 사람도 있으며 믿기지 않을 만큼 돈도 많았으니까.

이사한 지 한 달 만에 셀리아와 나는 택시를 타고 헬스 키친에 갔어. 동네를 둘러보니 내가 떠났을 때와는 많이 달라 보이더군. 전에 살던 건물 앞에 이르러서 내가 쓰던 방의 창문을 가리키며 말했어.

"바로 저기야. 5층. 난 저기서 살았어."

셀리아는 연민이 가득한 눈으로 나를 바라봤어. 그곳에서 내가 겪었던 온갖 고초를, 또 그곳에서 벗어나고자 내가 겪었던 온갖 일들을 그려보면서 내 손을 꽉 잡아 줬어.

보는 눈이 많은 데서 이러면 사람들이 어떻게 생각할지 내심 두려웠어. 하지만 사람들은 남이야 뭘 하든 개의치 않고 걸음을 재촉할 뿐이었어. 우리를 알아보지 못했거나 아니면 길거리에서 손잡고 있는 여자들에게 전혀 관심이 없는 듯했지.

셀리아와 나는 내 아파트에서 함께 밤을 보냈어. 해리와 존은 그들의 거처에서 함께 밤을 보냈고. 때로는 넷이서 저녁 식사를 하러 나갔어. 누가 봐도 이성애자 두 쌍처럼 보였을 거야.

타블로이드 신문은 우리를 '미국인이 가장 좋아하는 더블 데이터'라고 불렀어. 심지어 우리 넷이 배우자를 바꿔가며 성관계를 맺는다는 소문도 돌았지. 당시엔 그런 일이 그렇게 미친 짓은 아니었거든. 참 이상하지 않아? 그 사람들은 우리가 배우자 스와핑을 한다고 믿을지언정 일부일처를 고집하는 동성애자라는 생각은 전혀 안 한 거야. 혹시라도 그런 의심이 들었다면 우리를 절대로 용납하지 않았겠지.

나는 스톤월 항쟁이 일어난 다음날 아침을 절대로 잊지 못할 거야. 해리는 넋 놓고 뉴스를 지켜봤고 존은 친구들과 통화하느라 하루 종일 전화통을 붙들고 있었지.

셀리아는 잔뜩 흥분해서 거실을 서성거렸어. 그날 밤 이후로 세상이 바뀔 거라고 믿었어. 그녀는 동성애자들이 똘똘 뭉쳐서 용감하게 나선 만큼 사람들의 태도가 바뀔 거라고 굳게 믿었거든.

루프탑 테라스에 앉아 남쪽을 내다보던 때가 어제 일처럼 생생해. 나는 그제야 셀리아와 해리, 나와 존 같은 사람이 더 있음을 깨달았어. 바보처럼 들릴지 모르지만, 나는 뭐랄까… 워낙 자기중심적이라 바깥 세상에 나 같은 사람들이 있다는 생각은 좀처럼 안 해봤거든.

그렇다고 세상이 어떻게 돌아가는지 신경 쓰지 않았다는 말은 아니야. 해리와 나는 바비 케네디를 위한 캠페인에 동참했어. 셀리아는 베트남 전에 반대하는 시위자들과 함께 이펙트지 표지 사진을 찍었고, 존은 인권 운동의 열렬한 지지자였어. 그리고 나는 마틴 루터 킹 목사를 공개적으로 지지했어. 하지만 이번 일은 달랐어.

이번엔 우리와 같은 사람들이 일으킨 항쟁이었던 거야.

그들은 타고난 모습 그대로 살 권리를 지키고자 들고 일어났어. 하지만 그들이 경찰과 대치하는 동안, 나는 스스로 만든 황금 감옥에 가만히 앉아 있기만 했지.

첫 항쟁이 일어난 다음 날 오후, 나는 하이웨이스트 진에 검정 민소매 차림으로 테라스에 나갔어. 햇볕이 쏟아지는 테라스에서 기브슨 칵테일을 마시는데 갑자기 눈물이 나더라고. 저 사람들은 내가 감히 상상하지도 못한 꿈, 그러니까 두려움과 수치심을 느끼지 않고 우리가 타고난 모습 그대로 살 수 있는 세상을 이루고자 기꺼이 싸우는데 나는 여기서 뭐하는 건가 싶었거든. 그 사람들이 나보다 더 용감하고 더 희망적이라는 말 외에는 달리 표현할 길이 없었어.

"오늘밤 다시 투쟁할 계획이랍니다."

존이 테라스로 나오면서 말했어. 존은 180센티가 넘는 키에 100킬로가 넘는 몸무게, 짧은 스포츠형 머리를 하고 있어서 옆에 있기만 해도 위협적으로 느껴졌어. 왠지 상종하면 안 될 것 같은 사람처럼 보였어. 하지만 그를 아는 사람들, 특히 그를 사랑하는 사람들에겐 가장 어울리고 싶은 사람으로 꼽혔어. 축구장에선 전사였을지 몰라도, 우리 네 사람 사이에선 다정한 연인이었지. 간밤에 잘 잤냐고 물어봐 주는 남자였고, 3주 전에 내가 한 말을 시시콜콜 기억하는 남자였어. 게다가 존은 셀리아와 해리, 더 나아가 나까지 보호하는 일을 자신의 임무로 여겼어. 존과 나는 같은 사람들을 사랑했어. 그래서 우리는 서로 사랑했어. 그리고 2인용 카드게임인 진 러미를 즐겼지. 둘 다 지는 걸 끔찍이 싫어해서 밤늦게까지 카드 패를 손에 쥐고 승부를 벌였고.

"우리도 내려가 봐야죠." 셀리아가 테라스로 나오면서 말했어. 존은 구석 쪽 의자에 앉아 있었어. 셀리아는 내 의자 팔걸이에 걸터앉으며 덧붙였어. "내려가서 저들과 합류해야 한다고요."

마침 해리가 주방에서 존을 부르는 소리가 들렸어.

"다들 여기 나와 있어요!"

내가 해리에게 소리쳤어. 그와 동시에 존도 "나 테라스에 있어!"라고 말했어.

곧이어 해리가 문간에 나타났어.

"해리, 우리도 내려가서 저기에 합류해야 하는 거 아니에요?"

셀리아가 말했어. 그리고 담배에 불을 붙여 한 모금 빤 후에 내게 건넸어.

나는 머리를 가로저었고, 존은 대놓고 안 된다고 말했어.

"안 된다니, 그게 무슨 말이야?" 셀리아가 존에게 따지듯 말했어.

"당신은 저기 내려가면 안 돼. 내려갈 수도 없고. 우리 중 누구도 내려갈 수 없어."

"나는 얼마든지 내려갈 수 있어." 셀리아는 존에게 반박한 후 지원을 바라는 얼굴로 나를 쳐다봤어.

"미안," 내가 담배를 돌려주며 말했어. "나는 이 문제에선 존의 편이야."

"해리?" 셀리아가 마지막 응원군을 청하듯 해리를 불렀어.

하지만 해리 역시 고개를 저었어.

"우리는 내려가 봤자 관심만 끌 뿐이야. 그럼 저들의 대의가 묻힐 거야. 동성애자의 권리 대신, 우리가 동성애자인지 여부에 관심이 쏠릴 거라고."

셀리아가 담배를 입에 물고 길게 빨더니, 못마땅한 표정으로 허공에 연기를 내뿜었어.

"그럼 우리는 뭘 하죠? 그냥 여기 앉아서 손 놓고 있을 순 없잖아요. 우리를 위한 싸움을 저들한테만 맡겨둘 순 없다고요."

"우리는 저들에겐 없지만 우리에겐 있는 것을 내주면 돼." 해리가 말했어.

"자금을 지원하자는 거군요." 내가 해리의 생각을 읽고 얼른 말했어.

"내가 피터에게 연락해 볼게." 존도 고개를 끄덕이며 호응했어. "피터는 우리가 그들에게 어떻게 지원할 수 있는지 알아봐 줄 거야. 자금이 필요한 사람들을 알고 있을 테니까."

"진작부터 그렇게 했어야 했어." 해리가 말했어. "자, 이제라도 그렇게 하도록 합시다. 오늘밤 무슨 일이 벌어지든, 이 싸움이 어떤 방향으로 진행되든, 우리는 자금을 조달하기로 결정합시다."

"나는 찬성해요." 내가 말했어.

"물론 나도 찬성." 존이 고개를 끄덕이며 말했어.

"오케이." 셀리아도 동의했어. "그게 우리가 할 수 있는 최선이라고 다들 확신한다면."

"그래," 해리가 말했어. "나는 이 방법이 최선이라고 확신해."

우리는 그날부터 은밀히 돈을 대기 시작했어. 나는 그 일을 평생 계속하고 있지.

대의를 추구하는 과정에, 나는 사람들이 다양한 방식으로 기여할 수 있다고 생각해. 내 방식은 예나 지금이나 돈을 많이 벌어서 필요한 단체에 전달하는 거였어. 물론 내 잇속을 먼저 차렸지. 그건 나도 알아. 하지만 내가 유명한 배우였기 때문에, 그리고 내 일부를 숨기려고 치른 희생 때문에, 나는 대다수 사람들이 평생 구경도 못할 만큼 많은 돈을 기부할 수 있었어. 나는 그 점이 자랑스러워.

그렇다고 내게 아무런 갈등도 없었다는 말은 아니야. 그런 양면성에서 비롯된 갈등은 정치적인 측면보단 개인적인 측면이 훨씬 더 컸어.

대놓고 나설 수 없다는 현실을 받아들였지만 그렇다고 그래야만 한다고는 생각하진 않았거든. 어떤 것을 진실이라고 받아들인다고 해서 그것을 정당하다고 생각하는 것과 같지는 않아.

셀리아는 1970년에 〈우리의 남자들Our Men〉로 두 번째 오스카상을 받았어. 제1차 세계대전 중에 군인으로 복무하려고 남장을 감행한 역할이었지.

시상식날 밤, 나는 LA에 없었어. 마이애미에서 〈비취 다이아몬드〉를 찍고 있었거든. 술주정뱅이와 한 아파트에 사는 매춘부 역할이었어. 아무리 내가 자유분방하다고 해도 아카데미상 시상식에 셀리아와 팔짱을 끼고 입장할 형편은 아니었잖아. 그 점은 우리 둘 다 잘 알고 있었어.

그날 밤, 셀리아가 시상식과 파티를 다 끝내고 집에 돌아와서 내게 전화했어.

나는 전화기에 대고 환호성을 내질렀어. 정말로 기뻤거든.

"해냈구나! 벌써 두 번이나 해냈어!"

"정말로 두 번이나 받다니, 믿기지 않아요!"

"너라면 충분히 받을 만해. 나라면 너한테 매일 오스카상을 줘도 된다고 봐."

"상은 됐고 여기 내 옆에나 있지 그래요."

셀리아가 퉁명스럽게 말했어. 술에 잔뜩 취한 목소리였어. 내가 셀리아 입장이었더라도 잔뜩 마셨을 거야. 그렇지만 한편으론 현실을 직시하지 못하는 셀리아에게 짜증이 나기도 했어. 나도 함께 있고 싶었거든. 셀리아는 그런 내 마음을 몰랐을까? 곁에 있고 싶어도 그럴 수 없는 현실을 몰랐을까? 그 때문에 내가 얼마나 괴로운지 정녕 몰랐을까? 왜 항상 셀리아는 자기 입장에서만 생각하는 걸까?

"나도 그러고 싶어." 내가 말했어. "하지만 지금은 떨어져 있는 게 더 좋아. 너도 알잖아."

"아, 네. 그래야 당신이 레즈비언이라는 사실을 들키지 않죠."

나는 레즈비언으로 불리는 게 싫었어. 오해하지 마. 여자를 사랑하는 게 잘못이라고 생각하는 건 아니야. 그 점은 이미 오래 전에 받아들였지. 하지만 셀리아는 매사를 흑백 논리로 바라봤어. 그녀는 여자를, 오로지 여자를 좋아했어. 그래서 셀리아는 걸핏하면 내 나머지 부분을 부정하려 들었지.

셀리아는 내가 한때 돈 아들러를 진심으로 사랑했다는 사실을 무시했어. 내가 남자와 사랑을 나눴고 그런 행위를 즐겼다는 사실도 자꾸 무시했어. 그러다 결정적인 순간에 자신이 위협받는다고 판단했어. 그게 습관처럼 굳어진 것 같았지. 나는 그녀의 기분에 따라 레즈비언이 되기도 하고 이성애자가 되기도 했어.

그때는 양성애자에 대한 이야기가 막 나오기 시작했어. 나는 그 말이 나를 가리킨다는 것조차 의식하지 못했어. 내가 이미 아는 것을 뭐라고 부르든 전혀 관심이 없었거든. 나는 남자도 사랑했고 셀리아도 사랑했어. 그게 뭐 어쨌다고.

"셀리아, 그만해. 이런 이야기는 지긋지긋해. 어린애처럼 자꾸 징징대지 마."

셀리아가 차갑게 웃었어.

"내가 수년 동안 상대했던 에블린에서 한 치도 달라지지 않았군요. 당신은 당신의 본 모습을 두려워해요. 그리고 여태 오스카상 하나 못 받았죠. 예나 지금이나 섹시한 가슴만 들이댈 뿐이라고요."

잠시 침묵이 흘렀어. 우리 둘 다 전화기의 윙윙거리는 소리만 들을 수 있었어.

다음 순간, 셀리아가 울음을 터뜨렸어.

"미안해요. 그런 말을 내뱉는 게 아니었는데. 진심이 아니었어요. 정말 미안해요. 술에 취한데다 당신이 너무 보고 싶어서 괜한 헛소리를 하고 말았어요."

"괜찮아." 내가 차분하게 말했어. "이만 가봐야겠어. 여긴 늦은 시간이잖아. 아무튼 다시 한 번 축하해."

나는 대답을 기다리지 않고 전화를 끊었어.

셀리아는 늘 그런 식이었어. 자기가 원하는 걸 거부하면, 그러니까 내가 그녀를 아프게 하면 그녀도 반드시 나를 아프게 했어.

38

"그 문제로 셀리아에게 뭐라고 하셨나요?"

에블린에게 질문을 던지는데 가방에서 휴대폰이 낮게 울렸다. 벨소리로 봐선 데이빗이었다. 그의 문자 메시지에 여태 답장을 보내지 않았다. 뭐라고 말할지 주말 내내 고민해 봤지만 마땅한 답을 찾지 못했던 거다. 오늘 아침에 다시 여기 와서는 그 일을 아예 잊고 있었다.

나는 손을 뻗어서 벨소리를 껐다.

"셀리아가 심술궂게 나오면 싸워봤자 소용없었어. 팽팽한 상황에선 나는 맞서기보단 일단 물러나곤 했어. 셀리아에게 사랑한다고, 너 없이는 살 수 없다고 말한 다음 윗옷을 벗었지. 그러면 보통은 대화가 끝났어. 셀리아는 화를 내다가도 내 가슴을 보면 저절로 누그러졌거든. 셀리아와 미국의 거의 모든 이성애자 남자들의 공통점이 하나 있다면, 그저 내 가슴을 주무르고 싶어 했다는 거야."

"그래도 그런 말을 마음에 담아 두진 않으셨나요?"

"마음에 담아 뒀냐고? 글쎄. 그땐 나한테는 섹시한 가슴뿐이라고 내가 먼저 말하곤 했어. 젊었을 땐 내 유일한 자산이 섹슈얼리티였기에 나는 그걸 돈처럼 활용했어. 할리우드에 처음 왔을 때 교육을 제대로 받은 상태도 아니었고, 요령도 없었고 힘도 없었어. 연기력을 갖춘 것도 아니었고. 그저 예쁘다는 것 말고는 남들보다 나은 점이 하나도 없었던 셈이야. 미모 하나로 먹고 살려면 불리한 게 많았어. 나를 내세울 유일한 무기가 한심할 정도로 유통기한이 짧았으니까.

에블린은 잠시 숨을 돌리고 말을 이었다.

"셀리아가 내게 그런 말을 하던 때가 내가 30대에 접어들 시기였어. 솔직히 말해서, 앞으로 얼마나 더 버틸지 알 수 없었지. 하지만 셀리아는 계속해서 왕성하게 활동할 수 있다고 봤어. 사람들이 그녀의 재능을 높이 샀으니까. 반면 나는 자신이 없었어. 주름살이 생기고 신진대사가 느려져도 사람들이 나를 계속 쓸지 확신할 수 없었지. 그래, 맞아. 나는 마음이 아팠어. 몹시 아팠어."

"하지만 당신도 재능이 뛰어난 분이에요." 내가 반박했다. "아카데미상 후보에 세 번이나 오르셨잖아요."

"괜한 이유를 갖다 대네." 에블린이 살짝 웃어 보이며 말했다. "그런다고 다 먹히는 건 아니란다."

39

1974년, 내 서른여섯 번째 생일에 해리와 셀리아, 존과 나는 팰리스에 갔어. 그 당시 전 세계에서 가장 비싼 레스토랑이었을 거야. 게다가 나는 터무니없이 사치스러운 걸 좋아하는 사람이었어.

쉽게 번 돈은 소중하게 다룰 필요가 없는 양 물 쓰듯 낭비했어. 이제 와 생각해 보면 조금 부끄럽기도 해. 캐비아, 전용기, 야구팀을 관리해도 될 만큼 많은 스탭들이 있었으니까. 하지만 팰리스 레스토랑은 그만한 가치가 있는 곳이었어.

여기저기에서 카메라 플래시가 터졌어. 타블로이드 신문이나 잡지에 실릴 줄 알면서도 우리는 포즈를 취했어. 셀리아가 돔 페리뇽을 한 병 샀어. 해리는 맨해튼 칵테일 네 잔을 다시 제자리에 갖다 뒀어. 그리고 중앙에 촛불이 하나 켜진 디저트가 나오자, 세 사람은 주위 사람들이 쳐다보는 가운데 나를 위한 노래를 불러줬어.

해리만 케이크를 한 조각 받고 나머지 셋은 손도 안 댔어. 셀리아와 나는 몸매를 생각해서 참았고, 존은 주로 단백질만 먹는 식이요법을 철저하게 지켰거든.

"그래도 한 입이라도 먹어 봐요, 에블린." 존이 해리 앞에 놓인 접시를 빼앗아 내게 밀어주면서 온화하게 말했어. "아우, 괜찮아요! 오늘은 당신 생일이잖아요."

"존이 괜찮다고 하면 괜찮은 거니까."

나는 눈썹을 치켜 올리고 포크를 잡았어. 그리고 초콜릿 케이크를 포크로 푹 떴어.

"그런데 왜 나는 안 된다는 거야?"

해리가 존에게 따지듯 묻자 존이 웃음을 터뜨렸어.

"일거양득이랄까."

셀리아가 포크로 자신의 잔을 톡톡 쳤어.

"자, 자. 나도 말 좀 합시다."

셀리아는 다음 주에 몬태나에서 영화를 촬영할 예정이었어. 그날 밤 나와 함께 있으려고 촬영 일자를 늦췄던 거야.

"존재 자체로 모든 공간을 환히 빛나게 해 주는," 셀리아가 잔을 높이 들면서 말했어. "그리고 날마다 우리가 꿈속에서 사는 것처럼 느끼게 해 주는 에블린을 위하여!"

"내가 당신과 결혼생활을 가장 오래 유지한 사람인 거 알아?"

그날 밤 늦게, 셀리아와 존이 택시를 잡으러 나간 사이에 해리가 내게 말했어. 그 시점까지 우리는 7년째 결혼생활을 유지하고 있었어.

"그리고 모든 면에서 가장 나은 사람이었다는 것도 알아요."

"그래서 생각해 봤는데…"

나는 해리가 무슨 생각을 하는지 이미 알고 있었어. 아니, 적어도 짐작은 하고 있었어. 나도 같은 생각을 하고 있었으니까.

나는 서른여섯 살이었어. 아기를 낳으려면 더는 미루기 어려운 나이였지.

물론 그보다 늦게도 아이를 낳는 여자들이 있긴 하지만 흔한 일은 아니었거든. 지난 몇 년 동안 나는 유모차를 탄 아기가 주변에 있으면 눈을 뗄 수가 없었어.

친구들의 아기를 보면 아기 엄마가 눈치를 줄 때까지 안고 있었어. 내 아이는 어떤 모습일지 생각해 봤어. 새 생명이 생기면, 우리 넷이 집중할 또 다른 존재가 생기면 어떤 기분일지 생각해 봤어.

하지만 생각만으로는 아무것도 생기지 않았어. 행동에 옮겨야 했지.

그런데 아기를 낳는 일은 우리 둘이 결정할 사안이 아니었잖아. 네 사람이 합의할 사안이었지.

"무슨 생각인지 말해 봐요."

내가 레스토랑 출입구 쪽으로 향하면서 말했어.

"아기 말이야." 해리가 말했어. "당신과 나의 아기."

"존과 의논해 봤어요?"

"딱히… 당신은 셀리아와 의논해 봤어?"

"아뇨."

"하지만 낳을 준비는 됐어?" 해리가 조심스레 물었어.

내 커리어는 당연히 타격을 입겠지만 어쩔 수 없는 일이었어. 여자에서 엄마로 바뀌는 거니까. 할리우드에서 그 둘은 양립하기 어려웠어. 몸매도 변할 테고 한동안 일도 할 수 없을 테니까. 해리의 질문에 선뜻 그렇다고 답하기는 쉽지 않았어. 하지만 더 고민하지 않았어.

"네, 준비됐어요."

해리가 고개를 끄덕였어. "나도 마찬가지야."

"그래요." 내가 앞으로 어떻게 할지 생각하며 말했어. "그럼 존과 셀리아에게 말해야겠네요."

"그래," 해리가 말했어. "아무래도 그래야겠지."

"다들 동의한 다음엔 어쩔 건데요?"

내가 인도로 나서려다 잠시 멈추고 물었어.

"그럼 시작해야지." 해리가 나를 따라 멈추며 말했어.

"입양이 제일 확실한 방법이라는 거 알아요." 내가 말끝을 흐렸어.

"하지만…"

"우리의 친자식을 낳아야 한다고 생각하는 거로군."

"그래요. 뭔가 숨기려고 입양했다는 소리를 듣고 싶진 않아요."

"알겠어." 해리가 고개를 끄덕였어. "나도 당신과 내 피를 반반씩 물려받은 친자식을 원해. 그 점에선 당신과 전적으로 같은 생각이야."

"아기가 어떻게 생기는지 알긴 해요?"

내가 눈썹을 치켜 올리며 물었어.

그러자 해리가 씩 웃더니 내게 몸을 바싹 붙이고 속삭였어.

"미약하게나마, 당신을 만난 이후로 줄곧 잠자리를 하고 싶다는 욕구가 내 몸 어딘가에 도사리고 있어."

나는 소리 내어 웃으면서 그의 팔을 툭 쳤어.

"그럴 리가."

"'미약하게'라고 했잖아." 해리가 방어조로 말했어. "나의 더 큰 본능에 어긋나긴 하지만 어쨌든 그런 욕구가 있긴 있다니까."

"흠…" 내가 슬며시 웃으며 말했어. "그 부분은 우리끼리만 알고 있도록 해요."

해리가 껄껄 웃으며 손을 내밀었어. 나는 그 손을 잡고 흔들었어.

"좋아, 에블린. 그렇게 추진해 보자고."

40

"아기는 두 분이 키울 건가요?" 셀리아가 물었어.

우리는 둘 다 알몸으로 침대에 누워 있었어. 내 등에선 식은땀이 흐르고 이마도 축축했어. 내가 몸을 옆으로 돌리고 셀리아의 가슴에 손을 얹었어.

셀리아는 다음에 찍을 작품 준비로 머리카락을 갈색으로 염색했어. 나는 원래 황금빛이 감도는 붉은 머리에 매료됐던 터라, 나중에 그들이 제대로 되돌려 놓을지 걱정됐어. 셀리아가 예전 모습 그대로 돌아오길 간절히 바랐거든.

"물론," 내가 말했어. "그래야지. 우리 아기니까 우리가 키워야겠지."

"그럼 내가 설 자리는 어디죠? 그리고 존은?"

"네가 원하는 곳은 어디든지."

"그게 무슨 말인지 모르겠어요."

"차차 알아보자는 뜻이야."

셀리아는 내 말을 곰곰이 생각하면서 천장을 뚫어져라 쳐다봤어. 그러다 한참 만에 입을 열었지.

"이게 당신이 원하는 건가요?"

"응." 내가 말했어. "아주 간절히."

"내가 그걸 전혀… 원하지 않는 게 마음에 걸리지는 않아요?"

"네가 아기를 원하지 않는 거?"

"네."

"아니, 딱히 그런 건 아니야."

"내가 당신에게 그걸… 줄 수 없는 점은요?"

셀리아는 목소리가 갈라지고 입술이 떨리기 시작했어. 스크린에서 눈물을 흘릴 때는 흔히 눈을 찡그리면서 손으로 얼굴을 가렸어. 하지만 그건 억지로 쥐어 짠 가짜 눈물이었지. 진짜로 울 때는 얼굴을 가리지 않았어. 눈물이 그렁그렁 맺힌 눈에 입술 끝만 삐죽일 뿐이었어.

"셀리아," 나는 셀리아를 바싹 끌어당기며 말했어. "그럴 리가 있니."

"나는… 나는 당신이 원하는 걸 다 주고 싶어요. 하지만 그건, 그건 내가 어떻게 해줄 수 없어요."

"셀리아, 아니야. 전혀 그렇지 않아."

"그렇지 않다고요?"

"너는 내가 이번 생에 가질 수 있다고 생각했던 것보다 더 많은 걸 줬어."

"정말이에요?"

"그럼, 정말이고말고."

셀리아가 희미하게 웃더니 또 물었어.

"나를 사랑해요?"

"오, 맙소사. 그 정도 표현으론 어림도 없지."

"정신 못 차릴 만큼 많이 사랑해요?"

"너한테 쏟아지는 수많은 팬레터를 보면서, 가끔 '그래, 그럴 만도 해. 그럼 나는 셀리아의 속눈썹이라도 모을까?'라고 생각할 정도로 너를 무지하게 사랑해."

셀리아가 깔깔 웃더니 내 팔을 쓰다듬으며 다시 천장을 응시했어. 그러다 한참 만에 나를 쳐다보며 말했어.

"당신이 행복하면 좋겠어요."

"해리와 내가… 뭘 할지 네가 알아야 해."

"다른 방법은 없는 거예요?" 셀리아가 물었어. "요즘엔 남자의 정자만 이용해서 임신하는 방법도 있다던데."

"다른 방법도 생각해 봤어." 내가 고개를 끄덕이며 말했어. "하지만 보안 문제가 걸리더라고. 우리가 그런 식으로 아기를 가졌다는 사실을 들키지 않을 방법이 도통 떠오르지 않아."

"그러니까 해리와 사랑을 나눠야 한다, 그 말이죠?" 셀리아가 말했어.

"내가 사랑하는 사람은 너야. 내가 사랑을 나눌 사람도 너고. 해리와 나는 그저 아기를 가지려는 거야."

셀리아가 내 속을 읽으려고 지그시 쳐다봤어.

"확실히 그것뿐이에요?"

"그래, 그것뿐이야."

셀리아는 다시 천장으로 고개를 돌렸어. 한동안 말이 없더라고. 옆에서 보니 셀리아의 눈동자가 이리저리 움직이는 게 보였어. 점점 호흡이 느려지더군. 그러다 한참 만에 내게 고개를 돌리더니 힘겹게 입을 열었어.

"그게 당신이 원하는 거라면… 아기를 갖고 싶다면… 그럼 그렇게 해요. 다른 문제는 내가… 우리가… 차차 알아보도록 해요. 흠, 나는 이모가 되는 건가요? 셀리아 이모. 그래요, 내가 어떻게든 적응할 방법을 찾아볼게요."

"내가 도와줄게."

셀리아가 웃었어.

"어떻게 도와줄 건데요?"

"너를 좀 더 즐겁게 해줄 방법을 한 가지 알고 있거든."

내가 셀리아의 목덜미에 키스하면서 말했어. 셀리아는 귓불 바로 아래를 자극하면 무척 좋아했지.

"아, 당신은 정말…"

셀리아는 이렇게만 말하고 입을 다물었어. 내 손이 그녀의 가슴을 주무르다 배를 타고 다리 사이로 내려가도 말리지 않았어. 오히려 신음소리를 내며 나를 더 가까이 끌어당겼어. 그리고 그녀도 내 몸을 더듬었어. 내가 그녀를 만지는 동안 그녀도 나를 만졌어. 그녀의 손길은 처음엔 부드럽게, 그러다 점점 더 거칠게, 점점 더 빠르게 움직였어.

"사랑해요."

셀리아가 가쁜 숨결 사이로 말했어.

"나도 사랑해."

셀리아의 뜨거운 눈길이 나를 황홀감에 빠트렸어. 그날 밤, 셀리아는 자신을 아낌없이 내주면서 내게 아기를 허락해 줬어.

포토모멘트

에블린과 해리, 어여쁜 딸을 얻다!

에블린 휴고가 드디어 엄마로 거듭났다. 서른일곱에도 여전히 섹시한 에블린은 자신의 이력에 '엄마'를 추가했다. 코너 마고 캐머런은 지난 주 화요일 오후에 마운트 시나이 병원에서 3킬로그램으로 태어났다.

해리 캐머런은 딸의 출산으로 '하늘을 둥둥 떠다니는 기분'이라고 한다.

에블린과 해리는 분명히 일련의 히트작을 뒤로 하고, 어린 코너를 그들의 가장 소중하고 멋진 합작품으로 꼽을 것이다.

41

코너가 나를 쳐다본 순간, 나는 바로 사랑에 빠졌어. 풍성한 머리카락과 동그랗고 파란 눈이 셀리아와 꼭 닮았다는 생각이 들었어.

코너는 잘 먹긴 했지만 한시도 혼자 있지 않으려 했어. 내가 옆에 있어야 순하게 잠이 들었지. 그리고 해리를 보면 방실방실 웃으며 좋아했어. 코너가 집에 오고 처음 몇 달 동안은 셀리아는 영화 두 편을 연이어 찍었어. 두 편 다 시내를 벗어난 곳에서 촬영했는데, 첫 번째 영화인 〈구매자The Buyer〉는 셀리아가 좋아할 만한 작품이었어. 하지만 조직 폭력단의 이야기를 다룬 두 번째 영화는 셀리아가 딱 싫어할 만한 작품이었지. 폭력적인 내용도 그랬지만 촬영 기간 내내 LA와 시칠리아에서 4주씩 머물러야 했거든. 제안을 받고 나는 셀리아가 당연히 거절할 줄 알았어. 그런데 의외로 덥석 맡더라고. 게다가 존이 셀리아와 동행하겠다고 나섰어.

두 사람이 떠나 있는 동안 해리와 나는 여느 부부처럼 지냈어. 해리는 나를 위해 베이컨과 계란으로 아침 식사를 준비하고 목욕물도 받아줬어. 나는 코너에게 젖을 먹이고 거의 매시간 기저귀를 갈아줬어.

나머지 집안일은 루이자가 맡아서 처리했어. 시트를 갈고 빨래를 하고 우리가 어지른 부분을 죄다 치웠지. 루이자가 쉬는 날엔 해리가 그 일을 맡았고.

내가 예전만 못하다는 걸 알면서도 여전히 아름다워 보인다고 말해 준 사람은 해리였어. 코너가 좀 더 컸을 때 내가 맡을 완벽한 역할을 찾겠다고 대본을 계속 읽어준 사람도 해리였어. 밤마다 내 옆에 누워 손을 꼭 잡아준 사람도 해리였고. 내가 코너를 목욕시키다가 아이 얼굴에 상처를 내고 자책할 때 나를 꼭 안아준 사람도 해리였지.

우리는 늘 가까웠고 오랫동안 가족으로 살았지만, 그즈음엔 진짜로 해리의 아내가 된 것 같은 기분이었어. 내 곁을 든든하게 지켜주는 그에게 애정이 점점 더 깊어졌지. 코너를 사이에 두고 해리와 나는 미처 생각지도 못 한 방식으로 굳게 결속한 거야. 우리는 행복을 함께 누렸고 괴로움을 함께 견뎌냈지.

그래서 그런지 우정도 운명처럼 맺어지는 관계라는 생각이 들더라고. 어느 날 오후엔 코너를 데리고 베란다에 앉아 있다가 뜬금없이 해리에게 말했어.

"소울메이트에도 여러 종류가 있다면, 당신은 내 소울메이트 중 하나예요."

반바지만 입은 해리는 코너를 가슴에 포근히 안고 있었어. 아침에 면도를 안 해서 턱밑이 거뭇거뭇했지. 코너를 안고 느긋하게 앉아 있는 해리를 보니, 두 사람이 무척 닮았다는 생각이 들었어. 코너의 기다란 속눈썹과 앙증맞은 입술이 해리를 똑 닮았더라고.

해리가 한 손으론 가슴에 안은 코너를 잡고 다른 손으론 내 손을 잡았어.

"내가 살아가는 데 가장 큰 힘이 되는 존재는 바로 당신이야. 유일한 예외는-"

"코너겠죠."

내 말에 우리 둘 다 웃었어.

남은 인생 동안 우리는 늘 서로에게 그렇게 말하겠지. 유일한 예외로 항상 코너가 있을 테고.

셀리아와 존이 돌아온 뒤로, 셀리아는 나와 함께 지내고 해리는 존과 함께 지내던 예전 생활로 돌아가게 됐어. 코너는 나와 함께 머물고 해리가 밤낮으로 찾아와서 우리를 돌봐주기로 했지.

그렇게 하기로 한 첫날 아침, 평소라면 해리가 아침을 차려줄 시간에 셀리아가 가운을 걸치더니 주방으로 향했어. 그리고 오트밀을 만들기 시작한 거야.

나는 잠옷 차림으로 주방에 내려갔어. 식탁에 앉아서 코너에게 젖을 먹이는데 때마침 해리가 들어왔어.

"아," 해리가 셀리아를 보고 멈칫했어. 그리고 냄비를 힐끔 쳐다보며 말했어. "내가 베이컨과 계란으로 아침을 준비하려고 했는데."

"내가 벌써 준비했어요." 셀리아가 말했어. "따끈따끈한 오트밀이에요. 아직 아침 식사 전이라면 같이 들어요. 충분하니까."

해리가 난감한 얼굴로 나를 쳐다봤어. 나 역시 난처한 얼굴로 해리를 바라봤지.

셀리아는 본체만체하며 냄비만 저었어. 잠시 후 그릇을 세 개 준비해서 우리 앞에 내려놓더니 싱크대에서 설거지를 하고 있던 루이자에게 냄비를 건넸어.

그제야 나는 이런 방식이 좀 이상하다고 생각했어. 해리와 내가 루이자의 월급을 주는데, 정작 해리는 이 집에 살지 않았고, 셀리아와 존은 해리가 사는 집의 융자금을 갚았으니까.

해리가 자리에 앉더니 앞에 놓인 스푼을 집어 들었어. 해리와 나는 동시에 오트밀 접시를 비우기 시작했어. 셀리아가 등을 돌리자 우리는 눈을 마주치며 얼굴을 찡그렸어. 해리는 내게 입 모양으로만 뭐라고 말했어. 정확히 읽어낼 순 없었지만 무슨 뜻인지 다 알아들었지. 내 생각도 딱 그랬거든.

너무 밍밍해.

셀리아가 다시 우리를 향해 돌아서더니 건포도를 권했어. 우리는 순순히 받았어. 그런 다음 셋이서 식탁에 앉아 조용히 오트밀을 먹었어. 대화가 오가진 않았지만 그 자리에 있던 사람들은 셀리아의 주장을 확실히 알아들었어. 나는 셀리아 차지였고, 내 아침 식사는 앞으로도 셀리아가 만들어 줄 것이며, 해리는 그저 방문자라는 거였지.

코너가 우는 바람에 해리가 안고 나가서 기저귀를 갈아줬어. 루이자는 빨랫감이 있다면서 세탁실로 갔어. 단둘이 남자 셀리아가 입을 열었지.

"맥스 지라드 감독이 파라마운트에서 〈새벽 세 시〉라는 영화를 제작할 거래요. 대단히 실험적인 작품이라는데, 당신이 맡으면 좋을 것 같아요."

〈부띠옹트렝〉을 찍은 이후로 이따금 맥스와 연락하며 지냈어. 맥스의 작품을 찍고 나서 다시 정상에 올라설 수 있었으니, 그 고마움을 잊지 않았거든. 하지만 셀리아는 맥스가 나한테 너무 노골적으로 들이댄다며 엄청 싫어했어. 농담조로 그를 페페 르 퓨라고 부르곤 했어. (Pepe Le Pew: 루니 툰 애니메이션 시리즈에 등장하는 캐릭터 중 하나. 수고양이 페페는 등에 하얀 줄무늬가 있어서 스컹크처럼 보이는데, Le pew가 불어로 스컹크라는 뜻이다. 페페는 암고양이 뒤를 졸졸 쫓아다니며 노골적으로 추파를 던지는데, 당시 미국 여자들에게 비치는 프랑스 남자를 희화화한 캐릭터이다. – 역자 주)

"내가 맥스랑 영화를 찍으면 좋겠다고?"

셀리아가 고개를 끄덕였어.

"애초에 나한테 제안이 들어왔는데, 당신이 더 적임자 같아서요. 맥스가 네안데르탈인처럼 야만적이고 무례하긴 하지만, 솔직히 영화 하나는 잘 만들잖아요. 이번 역할은 당신에게 딱 맞아요."

"그게 무슨 말이야?"

셀리아는 내 그릇을 자기 그릇과 함께 집어 들면서 일어났어. 그릇을 싱크대에 넣은 다음 돌아서서 말했어.

"섹시한 역할이거든요. 그러니 진짜 섹시 금발 미녀가 나서야죠."

내가 고개를 저었어.

"나는 이제 아기 엄마야. 세상 사람들이 다 아는 사실이야."

이번엔 셀리아가 고개를 저었어.

"그러니까 당신이 꼭 해야 한다고요."

"왜?"

"에블린, 당신은 예나 지금이나 섹시해요. 관능적인데다 아름답고 탐나도록 매력적이에요. 그런 매력을 빼앗기지 말아요. 사람들이 뭐라 하든 당신의 성적 매력을 계속 어필하라고요. 당신의 커리어를 그 사람들 눈높이에 맞추지 말아요. 앞으로 따분한 엄마 역할만 할 거예요? 평범한 가정주부나 선생님 역할만 할 거냐고요?"

"아니," 내가 말했어. "그건 아니야. 나는 어떤 역할이든 다 하고 싶어."

"그러니까 어떤 역할이든 다 해요." 셀리아가 말했어. "이런 때일수록 대범하게 나가야죠. 사람들의 예상을 뒤엎어야 한다고요."

"이젠 나한테 어울리지 않는다고 할 걸."

"내가 사랑하는 에블린은 그런 말에 콧방귀도 안 뀔 걸요."

나는 눈을 감은 채 셀리아의 이야기를 들으며 고개를 끄덕였어. 셀리아는 나를 위해서 내가 그 역할을 맡았으면 했어. 내가 역할에 제약을 받거나 덜 중요한 역할로 강등되면 행복하지 않으리라는 걸 알고 있었던 거지. 내가 계속해서 사람들 입에 오르내리고 감질나게 하고 놀래길 바란다는 점을 셀리아는 다 알고 있었어. 하지만 셀리아 본인이 내가 변하는 걸 원치 않아서 나더러 그 역할을 맡길 바란다고 한 거란 걸 알았으려나? 글쎄, 그건 잘 모르겠어.

셀리아는 계속해서 섹시한 금발 미녀와 살고 싶었던 거야.

어떤 내용이 동시에 참일 수도 거짓일 수도 있고, 어떤 사람이 좋을 수도 나쁠 수도 있으며, 누군가가 사심 없이 상대방을 사랑하면서도 자기 욕심을 다 채울 수 있다니, 신기한 일이지.

내가 셀리아를 사랑했던 것도 그 때문이야. 셀리아는 굉장히 난해한 사람이었어. 속내를 파악하려면 늘 신경을 곤두세워야 했거든. 그리고 이번 일로 또 한 번 나를 놀라게 했지.

그녀는 내게 '아기를 갖고 싶으면 가져요'라고 말했지만 '단, 엄마처럼 굴지는 말아요'라는 말을 속으로 덧붙인 거야.

셀리아에게 다행인지 불행인진 모르지만 나는 다른 사람들의 말에 휘둘릴 생각이 없었어. 남들이 뭐라 하든 내 뜻을 굽힐 생각도 전혀 없었고.

그래서 원고를 읽으며 며칠간 깊이 생각해 봤어. 해리에게 조언을 구하기도 했어. 그렇게 고민을 거듭하던 어느 날 아침, 나는 눈을 뜨면서 생각했어.

'그래, 그 역할을 해야겠어. 내가 여전히 매력적인 여자라는 걸 확실히 보여주고 싶어.'

나는 맥스 지라드에게 전화해서 내게 관심이 있는지 궁금하다고 물었어. 관심이 있다는 대답이 돌아왔지.

"하지만 이 역할을 맡고 싶다니, 뜻밖인데요." 맥스가 말했어. "나중에 마음이 바뀌는 건 아니죠?"

"노출 장면이 있나요?" 내가 물었어. "있더라도 상관없어요. 정말이에요, 맥스. 나는 환상적으로 보이니까 아무 문제도 없어요."

나는 환상적으로 보이지 않았어. 그렇게 느껴지지도 않았고. 그게 문제였지. 그래도 그건 해결 가능한 문제였어. 그리고 해결 가능한 문제는 진짜 문제가 아니야.

"여부가 있겠습니까?" 맥스가 웃으면서 말했어. "에블린, 당신이 아흔일곱이래도 세상 사람들은 당신 가슴을 보려고 줄을 설 겁니다."

"그렇다면 걸리는 게 뭐죠?"

"돈 말입니다." 맥스가 말했어.

"돈?"

"당신 역할도, 영화 내용도 다 걸립니다."

"뭐라고요?"

"상대역이 돈 아들러거든요."

42

"그때 왜 하겠다고 하셨어요?" 내가 에블린에게 물었다. "왜 그 사람을 영화에서 빼달라고 하지 않으신 거예요?"

"글쎄… 일단, 이길 거라는 확신이 들지 않으면 함부로 권력을 휘둘러선 안 돼." 에블린이 말했다. "내가 미쳐 날뛰어서 맥스가 그를 쫓아내는 상황을 80퍼센트 정도만 확신했거든. 다음으로, 솔직히 그런 요구가 좀 잔인한 것 같았어. 당시에 돈은 형편이 좋지 않았거든. 몇 년 동안 히트작이 없었으니까. 젊은 영화 팬들은 대부분 돈이 누군지도 몰랐어. 루비와 이혼한 뒤로는 진지하게 사귀는 사람도 없었고. 음주 습관이 걷잡을 수 없게 됐다는 소문도 돌았지."

"그러니까 그 사람이 안쓰러웠다는 건가요? 당신을 학대했던 사람인데?"

"인간관계는 원래 복잡한 거야." 에블린이 말했다. "사람은 골치 아픈 존재이고 사랑은 추해질 수 있어. 그래서 나는 늘 지나치다 싶을 정도로 연민을 베푸는 경향이 있어."

"그분이 겪은 일에 연민을 느꼈다는 뜻인가요?"

"당시 그 상황에서 내 심경이 얼마나 복잡했을지 네가 좀 감안하라는 말이야."

콧대가 꺾인 나는 에블린을 쳐다볼 수 없어서 고개를 푹 숙였다.

"죄송해요. 그런 상황에 처해본 적이 없어서 괜히 주제넘게 굴었어요, 제가… 제 생각이 어떤 식으로든 남을 판단하는 건지 몰랐어요. 사과드릴게요."

에블린은 살며시 웃으며 내 사과를 받아줬다.

"사랑하는 사람에게 맞고 산 사람들을 내가 다 대변할 수는 없지만, 용서한다고 죄가 없어지진 않아. 그 점은 확실히 말할 수 있어. 돈은 나한테 더 이상 위협이 되지 않았어. 나는 그가 두렵지 않았어. 막강한 힘과 자유가 있었으니까. 그래서 맥스에게 돈을 만나보겠다고 했던 거야. 셀리아는 나를 응원하면서도 돈이 내 상대역이라는 사실을 알고 내심 주저했어. 해리는 조심스러워하긴 해도 내가 상황을 잘 처리할 거라고 믿었지. 그래서 내 대리인이 돈의 측근에게 연락해 LA에서 만날 시간과 장소를 잡았어. 내가 비벌리 힐스 호텔의 바에서 만나자고 제안했는데, 돈이 막판에 캔터스 델리로 바꿨어. 그렇게 이혼한 지 15년 만에 나는 전남편을 만나 루벤 샌드위치를 먹게 됐어."

43

"미안해, 에블린."

돈이 자리에 앉으며 말했어. 나는 주문한 아이스티와 시큼한 피클을 이미 반이나 먹었어. 그래서 돈이 늦어서 사과하는 줄 알았지.

"1시 5분밖에 안 됐는데, 뭐. 괜찮아."

"그게 아니라…"

돈이 고개를 저었어. 낯빛이 창백한데다 최근 사진으로 본 것보다 더 여윈 것 같더라고. 나와 떨어져 지냈던 세월이 돈에게는 좋지 않았던 거야. 볼살이 늘어지고 허리에도 군살이 붙었고. 그럼에도 그곳에 있는 누구보다 잘생기긴 했지. 돈은 어떤 풍파를 겪더라도 멋진 모습을 유지할 그런 사람이었어. 잘생긴 외모를 타고난 덕분이었지.

"정말 미안해."

돈이 두 번이나 강조해서 말하니까 왠지 진정으로 느껴졌어. 그래선지 나도 모르게 경계심을 풀었어. 웨이트리스가 다가와서 돈에게 음료 주문을 받았는데, 돈은 마티니나 맥주 대신에 코카콜라를 시켰어. 둘만 남으니 도통 무슨 말을 꺼내야 할지 떠오르지 않더라고.

"술을 끊었어." 돈이 먼저 입을 열었어. "256일 동안 한 모금도 안 마셨어."

"그렇게 오랫동안?" 내가 아이스티를 한 모금 마시면서 말했어.

"나는 술꾼이었어, 에블린. 그걸 이제야 알았어."

"사기꾼에 돼지처럼 욕심도 많았지."

내 말에 돈이 고개를 끄덕였어.

"그것도 알아. 깊이 후회하고 있어."

나는 돈과 영화를 찍을 수 있는지 알아보려고 먼 거리를 날아간 거지, 사과를 들으려고 간 게 아니었어. 그런 생각은 애초에 하지도 않았고. 단지 예전에 그를 이용했듯이 이번에도 그를 이용하려는 속셈이었어. 우리 둘이 뭉치면 사람들 입에 오르내릴 게 뻔하잖아.

그런데 내 앞에서 뉘우치는 돈을 보니, 놀랍기도 하고 당황스러웠던 거야.

"그래서 나더러 어쩌라는 거야?" 내가 물었어. "이제 와서 후회한다고? 그게 나한테 무슨 의미가 있지?"

웨이트리스가 다가와 음식 주문을 받았어.

"루벤 샌드위치 부탁해요." 내가 메뉴판을 건네며 말했어. 돈과 제대로 붙으려면 든든하게 먹어야 했거든.

"나도 같은 걸로." 돈이 말했어.

웨이트리스는 우리가 누군지 알아봤어. 입가에 번지는 미소를 억지로 참는 기색이 역력하더라고.

웨이트리스가 가자 돈이 몸을 내밀며 말했어.

"이제 와서 후회한다고 해서 당신에게 한 짓을 만회할 수 없다는 건 알아."

"알면 됐어."

"하지만 내가 잘못했다고 인정함으로써 당신 기분이 조금이라도 나아지면 좋겠어. 당신한테 더 잘했어야 했어. 늦었지만, 지금이라도 더 나은 사람이 되려고 날마다 노력하고 있어."

"늦어도 한참 늦었지." 내가 말했어. "당신이 더 나은 남자가 되더라도 나랑은 아무 상관도 없으니까."

"예전에 당신에게, 또 루비에게 했던 짓을 앞으로는 어느 누구에게도 하지 않을 거야."

차디찬 내 마음이 잠시나마 녹아내렸어. 그래서 그의 말에 기분이 조금 나아졌다고 인정했어. 그렇다고 아예 없던 일로 되돌릴 수 있다고는 안 했어.

"사람을 개똥처럼 취급하고 '미안해'라는 말을 한다고 해서 그 죄가 다 없어지는 건 아니야."

"물론 아니지." 돈이 고개를 끄덕였어. "나도 알아."

"그리고 당신 영화가 망하지 않았거나 당신이 나를 쫓아냈듯이 아리 설리반이 당신을 똑같이 대하지 않았더라면, 당신은 아마 여전히 호의호식하면서 술독에 빠져 살았을 거야."

돈이 또 고개를 끄덕였어.

"유감스럽지만, 아마도 당신 말처럼 딱 그렇게 살고 있을 거야."

유감을 표하는 정도로는 부족했어. 그렇다고 돈이 나한테 굽실거리거나 눈물이라도 찔끔거리길 바랐던 건 아니야. 다만 고작 한두 마디 사과로는 충분하지 않았던 거지.

"이 점은 확실히 말할게." 돈이 굳은 표정으로 말을 이었어. "당신을 처음 본 순간부터 사랑했어. 아주 열렬히. 그런데 내가 다 망쳐 버렸어. 어처구니없이 못나게 구는 바람에 내가 다 망쳐 버렸어. 당신한테 그런 짓을 하다니, 나는 정말 형편없는 인간이었어. 미안해. 결혼식 날로 돌아가서 당신과 처음부터 다시 시작하고 싶다는 생각을 가끔 해. 나 때문에 당신이 겪었던 불행을 바로잡고 싶어. 물론 그럴 수는 없겠지. 하지만 지금 내 앞에 앉은 당신을 보면서 진심으로 말할 수 있어. 이젠 당신이 얼마나 대단한 사람인지도 알고, 우리 둘이서 얼마나 멋지게 살아갈 수 있었는지도 알아. 우리가 잃은 모든 것들이 다 내 탓이라는 것도 안다고. 다시는 그렇게 형편없는 인간으로 살지 않겠다고 맹세할 게. 진심으로, 진심으로 미안해."

돈과 헤어진 뒤로 나는 온갖 영화를 찍고 결혼도 숱하게 했지만, 단 한 번도 옛날로 돌아가서 돈과 제대로 살았더라면 하고 바라진 않았어. 내 인생은 스스로 개척했고, 내가 내린 결정으로 쓴맛과 단맛을 두루 경험했어. 그런 일련의 경험 덕분에 지금 내가 누리는 모든 것들을 갖추게 되었지.

나는 괜찮았어. 뭐 하나 부족한 게 없었어. 어여쁜 딸에 헌신적인 남편, 사랑하는 여자까지 있었으니까. 부와 명성도 있었고, 도망치듯 떠났던 고향으로 돌아와 멋진 집도 샀어. 이제 와서 돈 아들러가 나한테 뭘 뺏어갈 수 있겠어?

나는 돈의 사과를 들으면서 함께 영화를 찍어도 될지, 그를 견딜 수 있을지 생각해 봤어. 충분히 감당할 수 있을 것 같았어. 돈이 눈곱만치도 두렵지 않았거든.

그 순간, '내가 잃을 게 뭐지?' 하는 생각이 들더라고.

돈 아들러에게 "당신을 용서할게"라는 말은 안 했어. 그냥 가방에서 지갑을 꺼내며 말했어.

"코너 사진 있는데, 볼래?"

돈이 웃으며 고개를 끄덕였어. 내가 사진을 건네자 돈이 소리 내어 웃었어.

"당신을 꼭 닮았네."

"그 말, 칭찬으로 받아들일게."

"달리 받아들일 방법이 있기나 할까? 세상 여자들이 전부 에블린 휴고를 닮고 싶어 할 텐데."

나는 고개를 젖히며 깔깔 웃었어. 반쯤 먹다 남긴 샌드위치 접시를 웨이트리스가 들고 간 뒤에 나는 돈에게 영화를 찍겠다고 말했어.

"잘됐군." 돈이 말했어. "정말 잘됐어. 당신과 내가 뭉친다면 정말로… 우리는 진짜로 멋진 모습을 보여줄 수 있을 거야."

"우린 친구가 아니야, 돈." 내가 말했어. "그건 분명히 해두고 싶어."

돈이 고개를 끄덕였어. "오케이. 이해해."

"그래도 친근하게 지낼 수는 있을 거야."

돈이 씩 웃으며 말했어. "나야 당신과 친근하게 지낼 수 있는 것만으로도 황송하지."

44

촬영 시작 직전에 해리가 마흔다섯 살 생일을 맞았어. 해리는 떠들썩한 외식이나 거창한 파티 대신에 우리끼리 즐겁게 보내고 싶어 했어.

그래서 존과 셀리아와 나는 공원에서 소풍을 즐기기로 뜻을 모았어. 루이자가 도시락을 싸 줬고 셀리아가 레드 와인에 과즙을 섞은 상그리아를 만들었어. 존은 스포츠용품점에 가서 대형 파라솔을 사 왔어. 햇빛도 가리고 사람들의 시선도 피할 수 있는 묘책이었지. 파라솔을 사서 돌아오는 길에, 존은 또 다른 아이디어를 내서 가발과 선글라스도 샀어.

그날 오후, 우리 셋은 해리에게 깜짝 놀랄 일을 준비했다고 말했어. 해리는 어디로 가는 줄도 모르고 코너를 등에 업고 우리를 따라나섰어. 코너는 해리의 등에 업히는 걸 무척 좋아했지. 해리가 걸으면서 위로 들썩들썩 튕겨줄 때마다 까르르 웃었어.

내가 해리의 손을 잡고 이끌었어.

"어디로 가는 거야?" 해리가 물었어. "누가 힌트라도 좀 줘."

"내가 작은 힌트를 하나 줄게요."

셀리아가 5번가를 지나면서 말했어.

"안 돼." 존이 고개를 저으며 말했어. "해리는 힌트를 주면 금세 눈치채거든. 그럼 재미 없잖아."

"코너, 다들 아빠를 어디로 데려가는 거니?"

해리가 등 쪽에 대고 말했어. 옆에서 보니, 코너는 자기 이름 소리가 들리는 것만으로 좋다고 웃었어.

우리 아파트에서 공원까지는 한 블록도 안 되는 거리였어. 셀리아가 앞서서 공원으로 들어가자 해리의 입가에 미소가 번졌어. 파라솔과 피크닉 바구니가 준비된 자리를 벌써 발견했던 거야.

"소풍을 준비한 거야?" 해리가 말했어.

"조촐한 가족 소풍이에요." 내가 말했어.

해리가 미소를 지으며 잠시 눈을 감았어. 천국에라도 오른 듯한 표정이었어.

"완벽해. 정말 완벽해."

"상그리아는 내가 만들었어요." 셀리아가 말했어. "물론 도시락은 루이자가 썼지만."

"그런 것 같군." 해리가 웃으며 말했어.

"파라솔은 존이 준비했어요."

존이 몸을 수그리더니 가발을 꺼냈어.

"그리고 이것도 준비했지."

존이 곱슬곱슬한 검정 가발을 내게 건넸어. 셀리아에게는 짧은 금발 가발을 건네고, 해리에게는 빨간 가발을 건넸어. 그리고 자기는 기다란 갈색 가발을 썼어. 그러니까 꼭 히피처럼 보이더라고.

우리는 서로 쳐다보며 깔깔 웃었어. 다들 원래 그런 모습인 듯 자연스러웠어. 가발에 어울리는 선글라스까지 끼니까 한결 자유로운 기분이 들었어.

"존은 가발을 준비하고 셀리아는 상그리아를 만들었다면, 에블린은 뭘 한 거야?"

해리가 등에서 코너를 내리며 물었어. 나는 옆에서 코너를 붙잡아 돗자리에 앉혔지.

"좋은 질문이야." 존이 웃으며 말했어. "자기가 직접 물어봐."

"아, 나는 그냥 좀 거들었죠." 내가 말했어.

"음… 정말로 당신은 뭘 했죠, 에블린?" 셀리아가 말했어.

나는 짓궂게 쳐다보는 세 사람을 올려다봤어.

"나는…" 나는 말끝을 흐리면서 피크닉 바구니를 슬쩍 가리켰어. "알잖아…"

"아니," 해리가 웃으며 말했어. "난 모르겠는데."

"아이 참, 내가 요새 무척 바빴잖아요."

"아하!" 셀리아가 말했어.

"그래, 그래." 나는 코너를 일으켜 세우며 말했어. 코너가 내 표정을 보면서 얼굴을 찡그렸거든. 금방이라도 울음을 터뜨릴 기세였어. "나는 아무것도 안 했어. 아무것도 안 했다고."

세 사람이 나를 보면서 웃음을 터뜨렸어. 그러자 코너도 얼굴을 풀고 까르르 웃었어.

존이 바구니를 열고 음식을 꺼냈어. 셀리아는 상그리아를 따랐지. 해리는 몸을 수그리고 코너의 이마에 뽀뽀했고.

그날은 우리가 한 가족으로 다 같이 웃고 떠들며 행복하게 보낸 마지막 나날 중 하루였어.

그날 이후로 내가 다 망쳐버렸거든.

45

돈과 나는 뉴욕에서 〈새벽 세 시〉를 촬영하느라 바빴어. 내가 일하는 동안 루이자와 셀리아와 해리가 번갈아서 코너를 돌봤어. 처음 예상한 것보다 촬영 기간이 늘고 촬영 시간도 길어졌어.

나는 마약 중독자와 사랑에 빠진 패트리샤 역을 맡았어. 돈이 마약 중독자인 마크 역을 맡았고. 촬영장에서 매일 만나는 돈은 내가 알던 돈이 아니었어. 세트장에 웃으면서 나타나 주변 사람들에게 다정하게 인사도 건네더라고. 정말 놀랍고 기특한 변화였어. 돈은 변화된 삶의 태도를 영화에도 고스란히 투영했어.

촬영장에서, 우리는 카메라 렌즈에 모든 걸 마법처럼 멋지게 담고 싶어 해. 하지만 다 끝나기 전까진 제대로 담아냈는지 확실하게 알아낼 방법이 없어.

해리와 내가 직접 작품을 제작할 때도 우리는 걸핏하면 촬영본을 돌려보곤 했어. 눈이 뻑뻑해지고 현실과 영화 속 세계가 혼동될 정도로 자주 봤지만, 가편집본을 보기 전까진 모든 부분이 완벽하게 조화를 이룰지 백 퍼센트 확신할 수 없었거든.

그런데 〈새벽 세 시〉의 촬영장에선 단번에 알 수 있었어. 사람들이 나를 바라보는 방식을, 그리고 돈을 바라보는 방식을 확 바꿔놓을 영화라고 직감했지. 누군가의 인생을 바꿔놓고, 더 나아가 영화 제작 방식까지 바꿔놓을 만큼 괜찮은 영화라고 확신한 거야.

그래서 다른 건 다 희생시켰어.

맥스가 촬영 기간을 늘이고 싶어 하자 나는 코너와 놀아줄 시간을 포기했어. 맥스가 밤늦게까지 촬영하고 싶어 하자 나는 셀리아와 약속한 저녁 식사와 여흥을 포기했어. 셀리아에게 사과하려고 촬영장에서 거의 매일 전화했던 것 같아. 레스토랑에 시간 맞춰 도착하지 못할 거라고 사과하고, 나 대신 집에 머물면서 코너와 놀아달라고 부탁하면서 또 사과했어.

셀리아는 내게 그 영화를 추천한 걸 은근히 후회하는 듯했어. 내가 전남편과 종일 붙어 지내는 게 좋을 리 없었을 거야. 맥스 지라드와 날마다 늦게까지 작업하는 것도 마음에 들지 않았을 거고. 그리고 내 딸을 아끼긴 해도 아이를 돌보는 시간이 딱히 즐겁진 않았겠지.

그런데도 셀리아는 속내를 애써 감추고 나를 응원했어. 늦을 것 같다고 백만 번쯤 전화했을 때도 셀리아는 늘 이렇게 말했어.

"괜찮아요. 걱정 말고 촬영이나 열심히 해요."

그런 점에서 셀리아는 나를 먼저 생각하고 내 일을 존중하는 정말 멋진 파트너였어.

촬영이 막바지로 접어들던 어느 날, 감정을 쏟아내는 장면을 늦게까지 찍고 분장실에서 퇴근 준비를 하는데 맥스가 문을 두드렸어.

"어머, 어쩐 일이에요?"

맥스는 할 말이 있는 듯한 표정으로 나를 쳐다보더니 의자에 앉았어. 나는 금방 나갈 생각에 그대로 서 있었어.

"에블린, 아무래도 함께 의논해 볼 사항이 있습니다."

"그래요?"

"다음 주에 정사 장면을 찍잖아요."

"알고 있어요."

"이번 작품도 벌써 막바지에 이르렀어요."

"그러게요."

"그런데 내 생각엔 뭔가 좀 빠진 것 같아요."

"가령?"

"자석처럼 이끌리는 패트리샤와 마크의 매력을 관객이 이해할 필요가 있다고 보거든요."

"그 점엔 나도 동의해요. 그래서 가슴을 온전히 노출하겠다고 한 거고요. 당신 자신을 포함한 어느 감독도 내게서 얻어내지 못했던 걸 당신이 이번에 얻어냈죠. 어때요, 흥분되지 않아요?"

"예, 물론 흥분되죠. 그런데 그걸 좀 색다르게 보여줄 필요가 있다고 봐요. 패트리샤는 자신이 원하는 것, 그러니까 육체적 쾌락을 적극적으로 취하는 여성이잖아요. 하지만 지금까지는 너무 순교자인양 묘사됐어요. 줄곧 마크를 돕고 곁에서 꿋꿋하게 지켜주는 성녀처럼 말이죠."

"맞아요. 그만큼 마크를 뜨겁게 사랑하기 때문이잖아요."

"그렇죠. 하지만 우리는 그녀가 도대체 왜 그를 사랑하는지도 보여줄 필요가 있습니다. 마크는 그녀에게 무엇을 줍니까? 그녀는 마크에게서 무엇을 얻고요?"

"지금 무슨 얘기를 하려는 거죠?"

"나는 우리가 지금까지 거의 누구도 시도하지 않았던 걸 찍었으면 합니다."

"어떤 거요?"

"나는 당신이 섹스가 좋아서 한다는 걸 보여줬으면 합니다."

맥스의 눈이 커졌어. 그런 남다른 시도에 전율을 느끼는 것 같았어. 맥스가 원래 좀 음탕한 남자이긴 했지만, 이건 그 사람의 기질과 관련된 문제가 아니었어. 이건 통념에 반하는 행동이었어.

"생각해 봐요. 섹스신은 사랑을 나누는 장면이지만, 힘을 보여주는 기회기도 하거든요."

"그렇죠. 게다가 다음 주 러브신은 패트리샤가 마크를 얼마나 사랑하는지, 그를 얼마나 믿는지, 그들의 유대가 얼마나 강한지 보여주는 게 목적이죠."

맥스가 고개를 저었어.

"패트리샤가 마크를 사랑하는 이유 중 하나는 그가 오르가즘을 선사하기 때문이에요. 나는 그 점을 관객에게 제대로 보여주고 싶은 거예요."

나는 흠칫 놀라면서도 맥스의 관점에서 생각해 보려고 애썼어. 너무 야하고 도발적으로 보지 않으려 애썼지만 자꾸 그렇게 보였어. 여자는 원래 친밀감을 위해 섹스를 하고, 남자는 쾌락을 위해 섹스를 하잖아. 적어도 우리는 그렇게 배우고 자랐거든.

내 몸을 즐기고, 상대가 나를 원하는 만큼 나 역시 상대를 원하며, 자신의 육체적 쾌락을 최우선하는 여성으로 그려진다니, 상당히 대담하게 느껴졌어.

맥스의 말은 결국 여성의 욕망을 적나라하게 보여주자는 뜻이었어. 나는 그 말에 확 끌렸어. 물론 돈과 적나라한 섹스신을 찍는다고 상상하면 맛대가리 없는 시리얼로 식욕을 돋워야 하는 것처럼 느껴졌어. 하지만 난 한계를 초월하고 싶었어. 남자의 비위를 맞추는 게 아니라 자신의 욕구를 채우려고 섹스하는 여자를 보여준다는 발상이 마음에 들었거든. 그래서 들뜬 마음에 더 깊이 생각해 보지도 않고 손을 내밀었어.

"할게요."

맥스가 자리에서 벌떡 일어나더니, 내 손을 덥석 잡으며 프랑스어로 소리쳤어.

"판타스티크, 마 벨르!Fantastique, ma belle!"

하지만 그러지 말았어야 했어. 그 순간엔 그냥 생각해 보겠다고 말했어야 했어. 집에 가서 셀리아에게 먼저 얘기하고 의견을 구했어야 했어.

셀리아에게 불안한 마음을 표출할 기회를 줬어야 했어. 물론 내 몸뚱이로 내가 뭘 할지에 대해 셀리아가 이래라 저래라 할 권리는 없었어. 하지만 나는 내 행동이 그녀에게 어떤 영향을 미칠지 물어볼 책임은 있었던 거야. 셀리아에게 근사한 저녁을 사면서 내가 뭘 하고 싶고 왜 하고 싶은지 설명했어야 했어. 그날 밤 그녀와 사랑을 나누며, 내가 진정으로 쾌락을 얻고 싶은 유일한 육체는 그녀의 몸이라는 것을 확실히 보여줬어야 했어.

최소한 그 정도는 해야 하는 거야. 직업상, 세상 사람들에게 네가 섹스하는 모습을 보여줘야 한다면, 사랑하는 사람에게 그 정도 호의는 베풀어야 하는 거야.

그런데 나는 셀리아에게 어느 것도 하지 않았어.

그냥 피하기만 했어.

나는 집에 가서 코너를 한 번 안아주고 주방으로 직행했어. 그리고 루이자가 냉장고에 남겨 둔 치킨 샐러드를 먹었어.

셀리아가 다가와서 나를 안아줬어.

"오늘 촬영은 어땠어요?"

"좋았어." 내가 말했어. "아무 문제도 없었어."

셀리아가 '오늘 하루 어땠어요?'라거나 '맥스랑 재미난 일 없었어요?', 심지어 '다음 주는 어떨 것 같아요?'라고 묻지 않았기 때문에, 나는 굳이 그 얘기를 꺼내지 않았어.

맥스가 "액션!"을 외치기 전에 나는 버번위스키를 두 잔이나 들이켰어. 촬영장은 철저히 차단되었어. 나와 돈, 맥스, 카메라맨, 조명과 음향 담당자 외엔 얼씬도 못 하게 했어.

나는 눈을 감고서 그 옛날 돈을 뜨겁게 갈망하던 순간을 떠올리려고 애썼어. 욕망에 눈을 뜨면서 내가 섹스를 좋아한다는 사실을, 섹스라는 게 남자들만 원하는 욕구가 아니라 나 역시 원할 수 있다는 사실을 깨닫고 얼마나 희열을 느꼈는지 생각했어. 그리고 그런 생각의 씨앗을 다른 여자들의 머리에 어떻게 심어줄지 생각했어. 저 바깥 세상에 자신의 쾌락을, 자신의 힘을 두려워하는 여자들이 얼마나 많을지 생각했어. 어떤 여자가 집에 가서 남편에게 "돈이 에블린에게 줬던 걸 나에게도 줘요"라고 말하는 게 어떤 의미일지 생각했어.

나는 갈망하는 상태로, 다른 사람만이 채워줄 수 있는 것을 미친 듯이 갈망하는 상태로 점점 더 빠져들었어. 예전엔 돈을 통해서, 이젠 셀리아를 통해서 채워지는 욕망이었지. 나는 눈을 감고 나 자신에게 집중했어. 그리고 기어이 절정에 이르렀어.

나중에, 돈과 내가 영화에서 정말로 섹스를 했다는 소문이 파다하게 돌았어. 사람들은 연기가 아니라 진짜 섹스였다는 말을 공공연하게 떠들었어. 하지만 죄다 헛소리였지.

사람들이 진짜 섹스라고 여겼던 건, 분위기가 후끈 달아올랐기 때문이었어. 그건 순전히 내가 그를 간절히 원하는 상태로 나 자신을 세뇌했기 때문에 가능했지. 그리고 돈도 예전에 나를 한 번도 품지 못했을 때 얼마나 간절히 갈망했었는지 기억해 냈기 때문이라고.

그날 촬영장에서, 나는 다 내려놓고 바로 그 순간에만 온전히 몰입했어. 그 전에도, 그 이후로도 그때만큼 혼신의 힘을 기울였던 적은 없었어. 순전히 상상만으로 극도의 행복감을 맛본 순간이었어. 나는 맥스가 "컷!"을 외치자마자 순식간에 그 감정에서 빠져나왔어. 그리고 얼른 몸을 일으키고 가운을 걸쳤어. 얼굴이 빨갛게 달아올랐지. 나, 에블린 휴고가 얼굴을 붉힌 거야.

돈이 괜찮으냐고 물었어. 나는 돈과의 접촉을 원치 않았기에 얼른 외면했어. 괜찮다고 말한 뒤 서둘러 분장실로 가서 문을 닫았어. 그리고 펑펑 울었어.

내가 한 짓이 부끄럽진 않았어. 관객이 보고 뭐라 할지도 걱정하지 않았어. 눈물을 쏟은 이유는, 내가 셀리아에게 무슨 짓을 했는지 깨달았기 때문이었어.

나는 셀리아가 자신만의 규칙을 지키려 한다는 걸 알고 있었어. 다른 사람들이 지지하는 규칙은 아니었을지 모르지만 나에게는 통하는 규칙이었지. 그중 일부는 셀리아를 솔직하고 다정하게 대하는 거였어.

그런데 이번 일은 셀리아에게 솔직하지도, 다정하지도 않았어.

셀리아에게 허락을 구하지도 않고 그런 짓을 하다니, 사랑하는 여자에게 몹쓸 짓을 하고 말았어.

그날 일정을 다 마치고, 나는 차를 타는 대신 50블록쯤 떨어진 집까지 걸어갔어. 혼자 생각할 시간이 필요했거든.

가는 길에 꽃집에 들러 꽃을 샀어. 공중전화로 해리에게 연락해서 오늘 밤엔 코너를 맡아달라고 부탁도 했어.

집에 도착하니 셀리아는 침실에서 머리를 말리고 있더라고.

"이거 받아."

내가 흰 백합 다발을 내밀며 말했어. 흰 백합의 꽃말이 '순결한 사랑'이라던 꽃집 주인의 말은 굳이 전하지 않았어.

"어머나!" 셀리아가 놀라며 말했어. "정말 예쁘네요. 고마워요."

셀리아는 꽃향기를 맡고 나서 눈에 보이는 유리잔을 하나 집어 들었어. 그리고 수도꼭지에서 물을 채운 다음 꽃을 꽂았어.

"어느 꽃병에 꽂을지 결정할 때까지 여기에 꽂아둘게요."

"너한테 물어보고 싶은 게 있어." 내가 말했어.

"옳거니! 뭔가 아부할 게 있어서 꽃을 사온 거군요?"

"아니야." 내가 고개를 저으며 말했어. "그 꽃은 너를 사랑하기 때문에 준비한 거야. 내가 너를 얼마나 자주 생각하는지, 네가 나한테 얼마나 중요한 사람인지 알리고 싶었거든. 내가 그런 말을 잘 안 하잖아. 이런 식으로라도 너한테 전하고 싶었어."

나한테 죄책감은 너무나 감당하기 힘든 감정이야. 혼자서 오는 법이 없거든. 어떤 일로 죄책감이 들기 시작하면, 내가 죄책감을 느껴야 할 다른 일들까지 우르르 밀려와.

나는 침대 발치에 앉아 어렵사리 이야기를 꺼냈어.

"다른 게 아니라… 맥스와 내가 논의한 일을 너한테 알리고 싶었어. 영화 속 러브 신이 너와 내가 생각하던 것보다 더 적나라할 것 같아."

"얼마나 적나라한데요?"

"좀 더 격렬하다고 할까. 쾌락을 느끼고 싶은 패트리샤의 절박한 욕구를 전달해야 하거든."

나는 미리 알리지 않았다는 점을 숨기려고 아예 새롭게 각색했어. 셀리아는 내가 이미 한 짓을 하기 전에 자신에게 허락을 구한다고 생각했을 거야.

"쾌락을 느끼고 싶은 그녀의 욕구?"

"우리는 패트리샤가 마크와의 관계에서 무엇을 얻는지 보여줄 필요가 있거든. 단순히 사랑 때문만은 아니야. 또 다른 뭔가가 있어야 해."

"그야 그렇죠." 셀리아가 말했어. "'그녀가 왜 그를 떠나지 않을까?'라는 질문에 답이 될 수 있겠네요."

"그래, 바로 그거야."

나도 모르게 흥분해서 말했어. 어쩌면 셀리아가 이번 일을 이해할 수도, 내가 이 상황을 늦게나마 좋게 수습할 수도 있겠다 싶었거든.

"그래서 돈하고 노골적인 장면을 찍을 거야. 나는 거의 누드로 촬영하게 될 거야. 영화의 핵심 메시지를 제대로 전달하려면, 두 주인공이 다 내려놓고 서로… 육체적으로 온전히 결합하는 모습을 보여줘야 하니까."

셀리아는 내 말에 귀를 기울이면서 제대로 이해하려고 애썼어. 내 뜻을 어떻게든 존중하려고 기를 쓰며 노력했어.

"당신이 하고 싶은 대로, 찍고 싶은 대로 해요."

"고마워."

"다만…"

셀리아가 고개를 숙이더니 좌우로 흔들기 시작했어.

"기분이 몹시… 아, 잘 모르겠어요. 내가 견뎌낼 수 있을지 확신이 안 서요. 당신이 하루 종일 돈과 함께 있는데, 밤늦도록 붙어 있는데… 나는 당신 얼굴도 못 보고… 거기에 섹스까지… 섹스는 우리 둘이서만 하는 신성한 건데… 그걸 지켜볼 자신이 없어요."

"지켜보지 않아도 돼."

"하지만 그런 일이 있었다는 걸 어차피 알게 되잖아요. 당신이 밖에서 뭘 했는지 알게 되잖아요. 그리고 사람들이 다 볼 거잖아요. 그렇더라도 아무렇지 않았으면 좋겠어요. 정말로 괜찮았으면 좋겠어요."

"그럼 괜찮다고 생각하면 되잖아."

"노력해 볼게요."

"고마워."

"정말로 노력해 볼게요."

"그래, 아주 기특해."

"아, 에블린, 아무래도 안 되겠어요. 당신이 전에 믹과 하룻밤을 보내면서 진짜로… 했다는 걸 알았을 때도 정말 미칠 것 같았어요. 그 뒤로 몇 년간 둘이서 뒹구는 모습이 자꾸 떠올랐다고요."

"그래, 알아."

"당신은 해리하고도 그랬죠. 코너를 갖기 위해서 몇 번이나 했을지…"

"알아, 다 알아. 하지만 이번엔 돈하고 직접 하지는 않을 거야."

"하지만 예전에 했잖아요. 그것도 여러 번. 사람들은 화면에 나온 두 사람을 보면서 예전에 두 사람 사이에서 벌어졌던 상황을 떠올릴 거예요."

"그냥 연기일 뿐이야." 내가 말했어.

"알아요. 하지만 진짜처럼 보이게 하겠다고 당신이 방금 말했잖아요. 지금까지 어느 누가 했던 것보다 더 진짜처럼 보이게 하겠다는 거잖아요."

"그래, 그렇게 하겠다고 말한 것 같다."

셀리아가 갑자기 두 손으로 얼굴을 가리고 흐느끼기 시작했어.

"아무래도 당신의 기대에 부응하지 못할 것 같아요. 도저히 견딜 수 없어요. 나로서는 이 일을 도저히 감당할 수 없다고요. 마음이 너무 아플 거예요. 나는 당신이 그 사람하고 함께 있는 모습을 떠올리며 전전 긍긍할 거예요."

셀리아가 고개를 세게 내젓더니 단호하게 말을 이었어.

"미안하지만 안 되겠어요. 내가 감당할 수 없는 일이에요. 당신을 위해서 더 강해지고 싶어요. 정말이에요. 입장이 바뀌면 당신은 감당할 수 있겠죠. 하지만… 하지만 난 못 하겠어요. 실망시켜서 미안해요, 에블린. 앞으로 살면서 다 갚을게요. 당신이 원하는 어떤 배역이든 딸 수 있게 도울게요. 앞으로 평생. 다른 일이라면 뭐가 됐든 감당할 수 있도록 강해질게요. 하지만 이것만은… 제발, 당신이 다른 남자랑 부둥켜안는 모습을 더는 견딜 수 없어요. 이번엔 그냥 진짜처럼 보이는 거라고 하더라도, 나는 감당할 수 없어요. 그러니 제발…"

셀리아가 잠시 뜸을 들인 후 말을 이었어.

"제발 하지 말아요."

나는 가슴이 철렁 내려앉았어. 속이 울렁거려서 하마터면 토할 뻔했어.

고개를 숙이고 바닥을 내려다봤어. 나무판자 두 개가 내 발밑에서 만나는 부분을 유심히 쳐다봤어. 못대가리가 표면보다 살짝 들어가 있는 게 눈에 띄었어.

한참 만에 고개를 들고 말했어.

"이미 찍었어."

나는 흐느껴 울었어.

울면서 애원했어.

그리고 절망감에 무릎까지 꿇었어. 진정으로 원하는 것을 지키려면 몸을 날려서 붙잡아야 한다는 교훈을 오래전에 배웠으니까.

하지만 셀리아가 선수를 쳤어.

"내가 원한 건 딱 한 가지, 당신을 온전히 차지하는 거였어요. 하지만 당신은 한 번도 내 것이었던 적이 없어요. 한 번도. 나는 늘 당신의 반쪽에 만족해야 했어요. 나머지 반쪽은 세상 사람들 차지였어요. 그렇다고 당신을 탓하진 않아요. 당신을 향한 사랑이 반감되지도 않고요. 하지만 이젠 못 하겠어요. 더 이상은 못 하겠어요, 에블린. 가슴의 반이 찢어진 채로 더 이상은 못 살겠어요."

그 길로 셀리아는 나를 떠났어.

일주일도 되지 않아 셀리아는 내 아파트와 자신의 집에서 물건을 다 챙겨 LA로 돌아갔어.

내 전화도 받지 않았어. 백방으로 애써도 연락이 닿지 않았어.

그렇게 떠나간 지 몇 주 뒤, 셀리아가 존에게 이혼 신청을 했어. 이혼 서류는 존이 받았지만 맹세컨대, 그 서류는 내게 보낸 거나 다름없었어. 존과 이혼한다는 건 어느 모로 보나 나와 이혼하는 거였으니까.

존은 내 부탁으로 셀리아의 에이전트와 매니저에게 연락하여 기어이 거처를 알아냈어. 셀리아는 비벌리 윌셔 호텔에 머물고 있었어. 나는 LA까지 날아가서 호텔 방문을 두드렸어.

내가 제일 좋아하는 다이앤 본 퍼스텐버그의 드레스를 입고 갔어. 내가 그 드레스를 입으면 도저히 거부할 수 없다고 셀리아가 전에 말했거든. 호텔 방에서 나오던 커플이 복도를 지나며 나를 힐끔거렸어. 내가 누군지 알아본 거야. 난 숨지 않았어. 그냥 셀리아의 방문만 계속 두드렸지.

셀리아가 결국 문을 열었어. 나는 셀리아의 눈을 똑바로 쳐다봤을 뿐, 한 마디도 안 했어. 셀리아 역시 입을 꾹 다물고 나를 쳐다보기만 했어. 한참 만에 내가 눈물을 글썽이며 간신히 말했어.

"제발…"

셀리아는 나를 외면했어.

"내가 실수했어." 내가 얼른 말했어. "다시는 그러지 않을게."

지난번에 이 정도로 심하게 다퉜을 때 나는 사과를 거부했었어. 그래서 이번엔 내가 얼마나 잘못했는지 인정하면, 내가 진심으로 항복하면, 셀리아가 용서해 줄 거라고 생각했어.

하지만 아니었어.

"더는 못 하겠어요."

셀리아가 고개를 내저으며 말했어. 셀리아는 하이웨이스트 진에 코카콜라 티셔츠를 입고 있었어. 머리가 어깨 아래까지 길게 내려왔어. 서른일곱 살이었지만 여전히 이십대로 보였어. 내가 한 번도 갖지 못한 청순미를 여전히 간직하고 있었어. 나는 그때 서른여덟 살이었고, 그렇게 보이기 시작했어.

셀리아의 말이 떨어지기 무섭게 나는 무릎을 꿇고 호텔 복도에서 소리 내어 울었어.

셀리아가 나를 안으로 당겼어.

"다시 받아줘, 셀리아." 내가 애원했어. "나를 다시 받아줘. 다 포기할게. 코너만 빼고 다 포기할게. 다시는 그런 실수를 저지르지 않을게. 우리 사이도 세상에 알릴게. 너한테 나를 온전히 다 줄게. 제발…"

셀리아는 내 말을 잠자코 듣더니 침대 옆 의자에 앉았어.

"에블린, 당신은 포기할 사람이 아니에요. 예전에도 못 했고 앞으로도 못 할 거예요. 내가 당신을 온전히 차지할 만큼 충분히 사랑할 수 없다는 것, 그리고 당신이 누군가의 차지가 될 만큼 충분히 사랑받을 수 없다는 것, 그게 내 인생의 비극이에요."

나는 한동안 그 자리에 서서 셀리아가 다른 말을 해 주길 기다렸어. 하지만 셀리아는 그러지 않았어. 달리 더 할 말이 없었던 거야. 나도 그녀의 마음을 돌릴 말을 찾을 수 없었어.

나는 현실을 직시하고 마음을 다잡았어. 눈물을 참고 그녀의 관자

놀이에 입을 맞춘 후 방에서 나왔어.

고통을 삭이며 비행기를 타고 뉴욕으로 돌아왔어. 집에 돌아오고 나서야 비로소 그녀를 잃은 감정을 토해냈어. 나는 셀리아가 저 세상으로 떠난 듯 목 놓아 울었어.

정말 딱 그런 느낌이었거든.

내가 셀리아를 너무 멀리 밀어냈던 거야. 결국 다 끝나고 말았어.

46

"진짜로 그렇게 끝난 건가요?" 내가 물었다.

"셀리아하고는 그렇게 끝났어." 에블린이 말했다.

"그럼 영화는 어떻게 됐어요?"

"그럴 만한 가치가 있었냐는 거지?"

"뭐, 그런 셈이죠."

"영화는 엄청난 성공을 거뒀어. 하지만 그럴 만한 가치는 없었지."

"돈 아들러는 그 영화로 오스카상을 받았죠, 그렇죠?"

에블린이 눈알을 굴렸어.

"그 자식은 오스카상을 탔는데, 나는 후보에도 못 올랐어."

"아니, 왜요? 저도 봤는데… 다 본 건 아니지만, 아무튼 당신 연기는 대단하던데요. 정말 훌륭했어요."

"내가 그걸 모르겠니?"

"그런데 왜 후보에 오르지 못 한 거죠?"

"왜냐하면!" 에블린이 불만에 찬 목소리로 말했어. "왜냐하면 내가 그 일로 환호를 받아서는 안 됐으니까. 그 영화는 X등급을 받았어. 이 나라 거의 모든 신문사의 독자 투고란에 항의 편지가 쏟아졌어. 너무 추잡하고 노골적이라고. 물론 사람들은 흥분했어. 하지만 속으론 흥분하더라도 겉으론 누군가를 비난해야 했던 거지. 내가 그 비난의 대상이 된 거야. 달리 누구를 비난할 수 있었겠어? 프랑스 감독? 프랑스 사

383

람들은 원래 그런 걸. 새롭게 각성하고 돌아온 돈 아들러? 천만에. 그들은 나를 금발의 섹시한 요부로 만들어 놓곤 이제 와 나를 창녀라고 손가락질했어. 그런 내게 오스카상을 줄 리 만무했지. 다들 어두운 극장에서 은밀히 즐기고 나와선 대놓고 나를 비난할 뿐이었어."

"그래도 이듬해 영화를 두 편이나 찍으신 걸 보면, 커리어엔 아무런 영향도 받지 않으셨나 봐요."

"돈벌이가 됐으니까. 돈벌이를 마다할 사람은 없거든. 다들 자기네 영화에 좋다고 출연시켜 놓고는 뒤에서 이러쿵저러쿵 떠들었어."

"그래도 몇 년 지나지 않아서 10년에 한 번 볼까 말까한 연기라고 칭송받으셨잖아요."

"그래. 하지만 애초에 그렇게 비난받을 이유는 없었어. 잘못한 게 없었으니까."

"이젠 다들 알아요. 80년대 중반부터는 당신과 그 작품을 칭송하기 바쁘잖아요."

"지나고 나면 다 괜찮은 법이지." 에블린이 말했다. "세상 사람들이 영화의 의미를 생각하면서 머리를 쥐어짜는 동안 나는 주홍글씨를 가슴에 달고 힘든 세월을 보냈다는 점만 빼면 말이야. 사람들은 '뻑 가고' 싶은 여자의 욕정에 대한 노골적 묘사에 충격을 받았어. 내 표현이 조악하다는 건 알지만 달리 묘사할 방법이 없네. 패트리샤는 사랑을 나누고 싶었던 게 아니었어. 뻑 갈 정도로 섹스를 하고 싶었던 거야. 그래서 우리는 그걸 보여줬어. 사람들은 그걸 보고 또 뻑 갔지. 그래놓곤 그런 사실을 숨기고 싶어 했어. 속으론 환호하면서도 겉으론 싫다고 떠들었어."

어금니를 꽉 깨무는 모습을 보니, 에블린은 여전히 화가 나 있는 듯했다.

"그 뒤로 얼마 안 가서 오스카상을 수상하셨죠."

"그 영화로 셀리아를 잃었어." 에블린이 말했다. "내가 끔찍이 아꼈던 내 인생은 그 영화로 다 뒤집어졌어. 물론 내 잘못이었어. 먼저 양해를 구하지 않고 전남편과 노골적인 섹스신을 찍은 사람은 나였으니까. 내 자신의 관계에서 저지른 실수를 남의 탓으로 돌릴 생각은 없어. 그렇긴 하지만…"

에블린은 말하다 말고 잠시 생각에 빠졌다.

"여쭤보고 싶은 게 있어요." 내가 말했다. "그 점에 대해선 당신 입으로 직접 말씀하시는 게 중요할 것 같아서요."

"오케이…"

"당신의 양성애 성향이 관계에 부담을 주었나요?"

나는 그녀의 성적 취향, 그러니까 섹슈얼리티에서 비롯된 미묘한 차이와 복잡한 측면을 다 묘사하고 싶었다.

"그게 무슨 말이지?"

에블린의 목소리에 살짝 날이 서 있었다.

"남자들과의 성관계 때문에 사랑하는 여자를 잃으셨잖아요. 그게 당신의 더 큰 정체성과 관련된 것 같아서요."

에블린이 내 말을 듣고 잠시 생각하더니 고개를 저었다.

"아니, 내가 사랑하는 여자를 잃었던 이유는, 그녀를 아끼는 만큼 내 명성을 지키는 것에도 신경 썼기 때문이야. 그건 내 섹슈얼리티와 전혀 상관없어."

"하지만 셀리아가 당신에게 줄 수 없는 것을 남자한테서 취하려고 당신의 섹슈얼리티를 이용하셨잖아요."

에블린이 고개를 더 세차게 흔들었다.

"섹슈얼리티와 섹스는 서로 달라. 나는 원하는 걸 얻기 위해 섹스를 이용했어. 섹스는 단지 행위일 뿐이야. 섹슈얼리티는 욕망과 쾌락의 진정한 표현이야. 그건 셀리아를 위해서 내가 고이 간직했던 거야."

"저는 그런 식으로 생각해 본 적이 없거든요." 내가 말했다.

"양성애 성향 때문에 내가 셀리아에게 충실하지 않았던 적은 없어." 에블린이 말했다. "그 둘은 서로 아무 상관도 없어. 그 때문에 셀리아가 내 욕구의 절반만 채워줬다는 뜻도 아니야."

"그런 뜻으로 말씀-"

내가 반박하려 하자 에블린이 내 말을 잘랐다.

"그런 뜻으로 말하지 않았겠지. 그래도 내가 하는 말을 명심했으면 해. 셀리아가 나를 온전히 가질 수 없다고 말했던 이유는, 내가 이기적이었기 때문이야. 내가 모든 걸 잃게 될까 봐 두려워했거든. 내가 한 사람만으론 결코 만족할 수 없는 양면성을 가졌기 때문이 아니야. 내가 셀리아의 마음을 아프게 했던 이유는, 내 시간을 셀리아에게 온전히 바치지 않았기 때문이야. 반은 셀리아를 사랑하는 데 쓰고, 나머지 반은 그 사랑을 숨기는 데 썼으니까. 하지만 셀리아를 속이고 부정한 짓을 저지른 적은 한 번도 없었어. 마음으론 다른 사람을 갈망하면서 그 사람과 사랑을 나누는 걸 부정한 행위라고 정의한다면, 나는 한 번도 그러지 않았어. 셀리아와 함께 있을 땐 셀리아만 생각했어. 한 남자와 결혼한 여자가 그 남자에게 충실한 것과 똑같아. 그래도 다른 사람을 바라보지 않았냐고? 물론 그랬었지. 한눈팔지 않는 사람은 세상에 없거든. 하지만 나는 셀리아를 사랑했고, 내 본 모습을 셀리아하고만 공유했어."

"문제는, 내가 원하는 것들을 손에 넣으려고 내 몸을 이용했다는 거야. 게다가 그녀를 위해서도 그 짓을 멈추지 않았다는 거야. 그게 나의 비극이었어. 가진 게 몸뚱이뿐이었을 때도 이용했고, 다른 옵션이 있을 때도 이용했어. 심지어 사랑하는 여자를 아프게 한다는 걸 알면서도 계속 이용했지. 게다가 나는 그런 일에 그녀를 연루시켰어. 그녀의 뜻과 상관없이 내 선택을 인정해야 할 상황으로 몰았으니까. 셀리아가 발끈해서 내 곁을 떠났을지 모르지만, 그때까지 피 말리는 시간을 견뎠던 거야. 나는 매일같이 그녀에게 작은 상처를 안겼어. 그러고서는 그 상처가 너무 악화되어 치유할 수 없게 되자 깜짝 놀랐던 거지."

"내가 믹과 잤던 건, 나와 셀리아의 커리어를 지키고 싶었기 때문이야. 내겐 우리의 커리어가 관계의 신성함보다 더 중요했거든. 내가 해리와 잔 건, 아기를 원해서였어. 입양하면 사람들의 의심을 살 것 같거든. 부부관계를 전혀 안 한다는 말이 돌까 봐 두려웠어. 우리 관계의 신성함보다 사람들의 시선을 먼저 생각한 거야. 그리고 맥스 지라드가 영화에서 참신한 아이디어를 내놨을 때 나는 뒤로 빼지 않았어. 오히려 우리 관계의 신성함을 희생해서라도 선뜻 하고 싶었어."

"자신에게 너무 가혹하신 것 같아요." 내가 말했다. "셀리아도 완벽하진 않았잖아요. 매정하기도 했고."

에블린이 어깨를 살짝 으쓱했다.

"셀리아는 늘 나쁜 점 하나를 좋은 점 열 개로 상쇄하려고 애썼어.

나는… 음, 나는 그러지 않았어. 늘 반반이었어. 그건 사랑하는 사람에게 할 수 있는 가장 잔인한 짓이야. 온갖 악행을 견디고 네 옆에 붙어 있을 만큼만 좋게 대하는 거니까. 하지만 그땐 몰랐어. 그녀가 떠난 뒤에야 모든 걸 깨달았어. 깨달은 뒤엔 고치려고 노력했어. 하지만 너무 늦었더라고. 셀리아는 더 이상 견딜 수 없었던 거야. 그 이유는 순전히 내가 뭐에 신경 쓰는지 알아내는 데 너무 오래 걸렸기 때문이야. 내 섹슈얼리티 때문이 아니고. 이젠 내 말을 제대로 알아들을 수 있을까?"

"네, 그럴게요." 내가 말했어. "약속해요."

"그래야지. 그리고 나를 묘사하는 방식에 대한 이야기가 나온 김에 네가 꼭 알아뒀으면 싶은 사항이 하나 더 있어. 내가 떠난 뒤에는 상황을 바로잡을 수 없으니까 지금 똑똑히 알아둬. 내가 지금 하는 말을 정확하게, 한 치의 오차도 없이 정확하게 기술해야 해."

"네." 내가 말했다. "그게 뭔데요?"

에블린의 분위기가 조금 어두워졌다.

"나는 좋은 사람이 아니야, 모니크. 책에서 그 점을 확실히 드러내도록 해. 내가 좋은 사람이라고 주장하는 게 아니라는 걸 말이야. 사람들에게 상처 주는 일을 많이 저질렀고, 필요하면 또다시 그럴 거라는 점을."

"잘 모르겠어요. 당신은 그렇게 나쁜 사람 같지 않아요, 에블린."

"생각이 바뀔 거야. 다른 사람은 몰라도 너는. 그것도 금방."

그 순간, 내 머릿속에선 이런 생각이 들었다.

'도대체 뭔 짓을 했기에?'

47

1980년에 존이 심장마비로 사망했어. 아직 50도 넘기지 않은 나이였지. 정말 어처구니가 없었어. 우리 중에서 제일 건강했고, 담배도 안 피우고 운동을 하루도 거르지 않던 사람이었으니까. 존의 심장이 제일 쌩쌩하게 돌아가야 마땅했어. 하지만 세상일이 순리대로만 돌아가지는 않잖아. 존이 떠난 뒤 우리 삶에는 커다란 빈자리가 생겼어.

그때 코너가 다섯 살이었어. 존 삼촌이 어디로 갔는지 코너에게 설명하기 어려웠어. 아빠가 왜 그렇게 가슴 아파하는지 설명하기는 더더욱 어려웠어. 해리는 몇 주가 지나도록 침대에서 일어나지도 못했어. 어쩌다 일어나면 위스키를 마셨지. 술에 취하지 않은 때가 거의 없었고, 내내 침울해했어. 때로는 고약하게 굴기도 했고.

그즈음 셀리아는 애리조나에서 촬영 중이었어. 벌겋게 충혈된 눈으로 트레일러에 오르는 사진을 보고 당장 달려가서 안아주고 싶었어. 서로 보듬으며 힘든 시기를 견뎠으면 했지. 물론 그런 일은 일어나지 않을 거라는 걸 알았어.

하지만 곁에 있는 해리는 도울 수 있었잖아. 코너와 나는 날마다 해리의 아파트에 머물렀어. 코너는 자기 방에서 잤고, 나는 해리의 침실 소파에서 잤어. 뭐라도 먹게끔 챙겨주고, 씻으라고 잔소리도 했지. 잠깐이라도 정신을 차리도록 코너와 놀아주게 했어.

하루는 아침에 일어나보니 해리와 코너가 주방에 먼저 나와 있더라고. 코너는 그릇에 시리얼을 따르고, 해리는 잠옷 바지 차림으로 멍하니 창밖을 내다보고 있었어.

빈 잔을 손에 들고 있더군. 해리가 고개를 돌려 코너를 쳐다보기에 내가 아침 인사를 건넸어.

"잘 잤어요?"

코너가 아빠를 쳐다보며 물었어. "아빠 눈이 왜 촉촉해?"

나는 그가 울고 있었는지, 혹은 그렇게 이른 시간에 벌써 몇 잔이나 마셨는지 알 수 없었어.

장례식 날, 나는 검정 빈티지 할스톤 원피스를 입었어. 해리는 검정 양복에, 셔츠와 넥타이, 벨트와 구두까지 죄다 검정으로 통일했어. 침통한 얼굴마저 거무스름하게 보였지.

목구멍 깊은 곳에서 고통스럽게 새어 나오는 해리의 신음은 우리가 지금까지 언론에 팔았던 이야기와 맞지 않았어. 그들은 해리와 존이 친구 사이이고 해리와 내가 사랑하는 부부 사이인 줄 알았으니까. 존이 해리에게 집을 남겼다는 사실도 마찬가지야. 나는 내심 불안하긴 했지만 해리에게 감정을 숨기라거나 집을 받지 말라고 권하진 않았어. 우리의 본모습을 숨길 힘이 거의 남아 있지 않았거든. 그리고 때로는 고통이 체면을 유지하려는 욕구보다 더 강하다는 걸 충분히 배웠거든.

셀리아는 소매가 긴 검정 원피스 차림이었어. 나한테 인사는커녕 눈길도 안 주더라고. 나는 다가가서 손이라도 잡고 싶었지만, 마음과 달리 그쪽으로 한 발짝도 떼지 않았어.

해리의 상실감을 이용해서 내 상실감을 덜 수는 없었어. 그런 식으로 셀리아와 풀고 싶지는 않았어.

해리가 애써 눈물을 삼키는 가운데 존의 관이 땅속으로 내려졌어. 셀리아가 도중에 자리를 떴어. 코너가 내 눈길이 향하는 곳을 쳐다보면서 말했어.

"엄마, 저 사람 누구예요? 내가 아는 사람 같은데."

"그래, 네가 아는 사람이야."

그러자 내 사랑스러운 딸이 말했어.

"아, 엄마 영화에서 죽었던 사람이구나."

코너는 셀리아를 전혀 기억하지 못했어. 그저 〈작은 아씨들〉에 나온 모습으로 알아봤던 거야.

"저 사람은 모두가 행복하길 바라는 착한 사람이야." 코너가 말했어.

그 순간, 내가 한때 이루었던 가족이 정말로 해체되었다는 걸 알았어.

나우 디스

1980년 7월 3일

셀리아 세인트 제임스와 조앤 마커, 절친이 되다

셀리아 세인트 제임스와 할리우드의 신인 조앤 마커가 연일 화제를 뿌리고 다닌다! 작년에 〈약속해 줘Promise Me〉로 얼굴을 알린 마커는 잇 걸의 자리를 빠르게 꿰차고 있다. 그녀에게 요령을 알려줄 만한 사람으로 미국인의 연인보다 더 나은 사람이 누가 있겠는가? 산타 모니카에서 쇼핑하고 비벌리 힐스에서 함께 점심을 즐기는 모습을 보면, 두 사람은 전혀 질리지 않는 모양이다.

조만간 두 사람이 영화에 함께 나오는 모습을 기대해 본다. 연기 하나는 끝내주는 배우들 아닌가!

48

해리를 다시 힘차게 살아가게 하려면 코너를 붙여놓거나 일을 잔뜩 안기는 수밖에 없었어. 코너 쪽은 식은 죽 먹기였어. 아빠를 무척 사랑했고, 매순간 아빠의 관심을 받고 싶어 했으니까. 코너는 자라면서 푸르스름한 눈과 늘씬한 체구까지 해리를 점점 더 닮아갔어. 해리는 코너와 함께 있을 땐 술을 거의 안 마셨어. 좋은 아빠가 되려고 신경 썼지. 딸을 위해 멀쩡한 정신을 유지할 책임이 있음을 알았거든.

하지만 밤에 사람들 눈을 피해서 자기 집으로 돌아가면 딴 사람이 됐어. 맨 정신으론 버티지 못하고 술에 취해서 곯아 떨어졌거든. 우리와 시간을 보내지 않는 날엔 침대를 벗어나지도 않았지.

남은 옵션은 작품뿐이었어. 나는 해리가 좋아할 만한 작품을 열심히 찾았어. 해리의 열정을 되살리고 나한테 멋진 역할을 제공할 만한 대본이어야 했어. 내가 멋진 역할에 욕심났기 때문만은 아니었어. 해리가 자신을 위해서라면 마다하더라도 나에게 필요하다 싶으면 선뜻 나설 거라고 믿었기 때문이야.

그래서 닥치는 대로 대본을 읽었어. 몇 달 동안 수백 편은 읽었을 거야. 그러던 어느 날, 맥스 지라드가 제작에 어려움을 겪는 대본을 보내왔어. 그 작품이 바로 〈우리를 위한 모든 것All for Us〉이야.

세 아이를 둔 싱글맘이 뉴욕으로 건너가 자식들을 키우고 자신의 꿈도 좇는다는 내용이었어. 차가운 도시에서 아등바등 살아가는 이야기이면서 동시에 우리가 더 나은 대접을 받아 마땅하다고 희망과 용기를 주는 이야기였어. 해리에게 먹힐 만한 주제였지. 엄마 역의 르네 캐릭터는 솔직하고 정의롭게 강인했어.

나는 해리에게 달려가서 대본을 읽어 보라고 간청했어. 손을 내저으며 피하려는 해리에게, "내게 오스카상을 안겨줄 작품을 드디어 찾은 것 같아요."라며 설득했지. 그 말에 해리가 대본을 집어 들었어.

나는 〈우리를 위한 모든 것〉을 정말 즐겁게 찍었어. 그 작품으로 빌어먹을 오스카 트로피를 받아서가 아니야. 촬영장에서 맥스 지라드와 한층 더 가까워졌기 때문도 아니지. 내가 〈우리를 위한 모든 것〉의 촬영을 좋아한 진짜 이유는, 해리가 술병을 내려놓진 않았지만 적어도 침대에서 일어나긴 했기 때문이야.

영화 개봉 4개월 후, 해리와 나는 오스카상 시상식에 함께 참석했어. 맥스 지라드는 브리짓 매너스라는 이름의 모델과 참석했지. 하지만 몇 주 전부터 나와 함께 가고 싶다고 아주 노래를 불렀어. 지금껏 나와 결혼한 모든 남자들을 고려해 보면, 자기와 결혼한 적이 없다는 사실이 비통하다는 농담까지 던지더군. 물론 맥스와 진심으로 가까워졌다는 점은 부인할 수 없어. 맥스에게 다른 파트너가 있긴 했지만, 우리가 첫 번째 줄에 나란히 앉아 있을 때 기분은 마치 내게 가장 중요한 남자 둘을 양쪽에 거느린 것만 같았거든.

코너는 호텔로 돌아가서 루이자와 함께 TV로 시상식을 지켜봤어. 그날 일찍, 코너가 그림을 그려서 해리와 내게 줬는데 말이야. 내 그림은 황금별, 해리의 그림은 번개였어. 코너 말로는 둘 다 행운의 상징이라더군. 나는 별 그림을 접어 클러치에 넣었어. 해리도 번개 그림을 턱시도 주머니에 넣었지.

여우주연상 후보를 호명할 때, 나는 잔뜩 기대하면서도 동시에 자신이 없었어. 간절히 바랐지만 내가 받을 거라는 확신이 안 들었거든. 오스카상에는 신뢰성과 진지함이 수반되어야 하는데, 내 내면을 깊이 들여다보면 그러한 신뢰성이나 진지함이 없었으니까.

브릭 토머스가 봉투를 여는데 해리가 내 손을 꼭 잡더라고.

그러고는 브릭이 내 이름을 불렀어.

나는 방금 들은 말을 제대로 이해할 수가 없어서 가슴을 들썩이며 앞만 바라봤어. 그러자 해리가 나를 쳐다보며 말하더군.

"당신이 해냈어."

나는 일어서서 해리를 껴안았어. 그런 다음 무대로 걸어가서 브릭이 건네주는 오스카 트로피를 받았어. 뛰는 가슴을 진정시키려고 가슴에 손을 올렸어.

박수갈채가 잦아들자 나는 마이크에 다가갔어. 예전에 상을 받을 거라 예상하고 준비했던 말들을 기억하려고 애쓰면서 즉석에서 수상 소감을 전했어.

"감사합니다."

나는 익숙한 얼굴들을 죽 훑어보며 말했어.

"영원토록 소중히 간직할 이 상을 주신 점도, 제게 이 일을 하게 기회를 열어준 점도 감사드립니다. 지나온 길이 늘 순탄하지만은 않았어요. 얼마나 험난했는지는 하나님만이 아시겠죠. 하지만 이 길을 걸어올 수 있어서 저는 정말 운이 좋았습니다. 50년대 중반부터 저와 작업했던 모든 제작자들에게, 오, 세상에, 그럼 제 나이가 도대체 몇인 거죠? 특히 제가 가장 좋아하는 제작자인 해리 캐머런에게 진심으로 감사드립니다. 사랑해요. 당신도, 우리 아이도. 보고 있지, 코너! 시간이 늦었구나. 이젠 그만 가서 자렴. 그리고 저와 함께 작업했던 모든 배우들, 제가 연기자로 성장하도록 도와준 모든 감독들, 특히 맥스 지라드에게 감사드립니다. 그나저나 이번 작품으로 우린 해트 트릭을 기록했네요, 그렇죠, 맥스? 그리고 제가 날마다 생각하는 이가 한 사람 더 있습니다."

10년 전이었다면 너무 두려워서 거기까지만 말하고 입을 다물었을 거야. 아니, 어쩌면 그런 말조차 꺼내지 못했을 거야. 하지만 그녀에게 전해야 했어. 몇 년 동안 말 한 마디 나누지 못했지만 여전히 사랑한다는 걸, 앞으로도 영원히 사랑한다는 걸 꼭 전해야 했어.

"그녀도 지금 이 장면을 지켜보고 있겠죠. 그녀가 제게 너무나 소중한 사람이라는 사실을 꼭 전하고 싶습니다. 감사합니다, 여러분. 감사합니다."

나는 무대 뒤로 걸어가 떨리는 마음을 가라앉혔어. 그리고 기자들과 잠시 이야기도 하고 축하 인사도 받았어. 때맞춰 내 자리로 돌아와서 맥스가 최우수 감독상을, 해리가 최우수 작품상을 수상하는 모습을 지켜봤어. 그 뒤로, 우리 세 사람은 입이 귀에 걸리도록 활짝 웃으며 여기저기서 터지는 플래시에 포즈를 취했어.

우리는 험준한 산을 힘겹게 끝까지 올랐고, 그날 밤 기어이 정상에 깃발을 꽂은 거야.

49

새벽 1시쯤, 해리가 코너를 보러 호텔로 먼저 출발한 뒤, 맥스와 나는 파라마운트 사장이 소유한 저택의 뜰에 나와 있었어. 원형 분수대에서 뿜어져 나온 물이 밤하늘로 솟구치다가 떨어졌어. 그 앞에 앉아서 우리가 함께 이뤄낸 일에 감탄하는데, 맥스의 리무진이 다가와 멈췄어.

"호텔까지 태워다 줄까요?"

"같이 온 분은 어떡하고요?"

"그녀는 공연 티켓에만 관심이 있었나 봐요."

어깨를 으쓱하는 맥스에게 내가 웃으며 말했어.

"가엾은 맥스."

"가엾긴요." 맥스가 고개를 저으며 말했어. "세상에서 제일 아름다운 여성과 저녁을 함께 보냈는데요."

이번엔 내가 고개를 저었어.

"너무 띄우지 말아요."

"배고프지 않아요? 타요. 어디 가서 햄버거라도 먹읍시다."

"햄버거?"

"천하의 에블린 휴고도 이따금 햄버거는 먹을 거라고 봅니다."

맥스가 리무진 문을 열고 장난스레 말했어. "마차를 대령했습니다."

나는 그냥 호텔로 가서 코너가 입을 헤 벌리고 자는 모습을 보고 싶었어. 하지만 맥스 지라드와 햄버거를 먹는 것도 그리 나쁘게 들리진 않더라고.

몇 분 뒤, 리무진 기사가 잭인더박스의 드라이브스루로 진입하는 데 애를 먹었어. 맥스와 나는 차에서 내려 직접 주문하는 게 더 쉽겠다고 판단했어.

우리는 감청색 실크 드레스와 턱시도 차림으로 줄을 섰어. 바로 앞에서 10대 소년 둘이 감자튀김을 주문했어. 우리 차례가 되어 앞으로 나서자 계산원이 생쥐라도 본 듯 비명을 질렀어.

"어머! 에블린 휴고다!"

"무슨 얘길 하는 건지 도통 모르겠네요." 내가 웃으며 말했어. 25년이 지났건만 이 대사는 여전히 먹혔어.

"당신이 에블린 휴고잖아요."

"무슨 소릴!"

"오늘은 내 인생 최고의 날이에요." 계산원은 이렇게 말한 후 뒤쪽에 대고 소리쳤어. "노먼, 잠깐 나와 봐. 에블린 휴고가 왔어. 드레스 차림으로."

맥스가 소리 내어 웃었어. 사람들이 하나둘 우리 쪽을 쳐다봤어. 왠지 우리에 갇힌 동물이 된 기분이었어. 좁은 공간에서 시선을 한 몸에 받는 상황은 도무지 익숙해지지 않았어. 주방에 있던 사람들이 나를 보러 우르르 나왔지.

"햄버거 두 개만 주문해도 될까요?" 맥스가 말했어. "제 건 치즈 추가요."

하지만 아무도 맥스를 상대해 주지 않더라고.

"사인 좀 받을 수 있을까요?" 카운터 뒤에 있던 여자가 물었어.

"그럼요."

상냥하게 말하긴 했지만 얼른 음식을 받아 나가고 싶은 마음뿐이었어. 나는 메뉴판과 모자에 사인을 하기 시작했어. 영수증에 사인한 것도 두어 장 있었어.

"그만 가야 하는데…" 내가 말했어. "늦었거든요."

하지만 아무도 물러나지 않았어. 계속해서 내게 뭔가를 내밀었지.

"당신이 올해 오스카상을 받았죠." 나이가 지긋한 여자가 말했어. "몇 시간 전에. 내가 봤어요. 직접 봤다고요."

"맞아요, 제가 받았어요." 나는 손에 든 펜으로 맥스를 가리키며 덧붙였어. "저 사람도 받았어요."

맥스가 손을 흔들었어.

나는 사인을 몇 군데 더 하고 악수도 몇 차례 더 했어.

"여기까지." 내가 말했어. "이젠 정말 가야겠어요."

하지만 사람들은 나를 더 에워쌌어.

"자자, 숙녀 분에게 숨 쉴 틈을 주셔야죠."

목소리가 나는 쪽으로 고개를 돌렸더니, 맥스가 군중을 헤치며 다가오더라고. 그는 내게 햄버거를 건넨 다음, 나를 번쩍 들어 올려서 어깨에 메고 곧장 레스토랑 밖으로 나왔어.

"와우!"

내가 리무진에 타면서 말했어. 맥스가 내 옆에 앉더니 가방을 만지작거렸어.

"에블린."

"왜요?"

"당신을 사랑합니다."

"나를 사랑한다니, 그게 무슨 뜻이에요?"

맥스가 몸을 바싹 붙이며 내게 키스했어. 그 바람에 햄버거가 뭉개졌어.

마치 오랫동안 방치된 건물에 누군가가 전류를 통하게 한 것처럼 찌릿찌릿했어. 셀리아가 떠난 뒤론 그런 키스를 받은 적이 없었거든. 내 인생의 사랑이 가버린 뒤론 내 욕구를 자극할 정도로 뜨거운 키스를 받은 적이 없었어.

뭉개진 햄버거 두 개를 사이에 놓고 맥스의 입술과 내 입술이 포개졌어.

"이게 바로 내 뜻이에요." 맥스가 몸을 떼면서 말했어. "이젠 당신의 처분만 기다리겠습니다."

다음날 아침, 나는 오스카상 수상자라는 타이틀을 달고 일곱 살짜리 딸과 함께 침대에서 룸서비스를 먹었어.

밖에서 문 두드리는 소리가 났어. 가운을 걸치고 나갔더니, 눈앞에 붉은 장미 스물네 송이가 쪽지와 함께 놓여 있었어. 쪽지에는 이렇게 적혀 있었어.

처음 본 순간부터 당신을 사랑했습니다. 멈추려 애썼지만 소용이 없네요. 그를 떠나고 나와 결혼해 줘요, 내 사랑. 제발.

사랑을 담아, M

50

"오늘은 이쯤에서 그만 하자."

에블린이 말했다. 끝날 시간이 꽤 지났다. 내겐 처리할 이메일과 부재중 전화가 여러 건 있었다. 데이빗이 보냈음직한 음성 메시지도 있었다.

"그럴까요?"

내가 노트를 덮고 녹음기의 정지 버튼을 누르며 말했다.

에블린은 흩어져 있는 서류와 하루 동안 마신 커피 머그잔을 한 데 모았다.

그 사이 나는 휴대폰을 확인했다. 부재중 전화가 네 통이나 찍혀 있었다. 데이빗이 두 통, 프랭키가 한 통, 엄마가 한 통을 보냈다.

나는 에블린에게 작별 인사를 하고 거리로 나왔다.

공기가 생각보다 따뜻해서 코트를 벗었다. 주머니에서 휴대폰을 꺼내 엄마의 음성 메시지부터 들었다. 아직 데이빗이 뭐라고 할지 들어볼 준비가 되지 않았기 때문이다. 실은 그가 무슨 말을 하길 원하는지도 모르겠다. 그러니 그가 그 말을 하지 않는다고 내가 실망하게 될지 아닐지도 모르겠다.

"안녕, 내 딸." 엄마가 말했다. "곧 너한테 간다고 알려주려고 연락했어! 금요일 저녁에 도착하는 비행기야. 공항으로 나올 생각 마라. 지하철에서 헤매는 것도 한두 번이지, 이젠 알아서 찾아갈 수 있어. 정말이야. JFK 공항에서 네 아파트까지 가는 방법을 꿰고 있거든. 아니, 라구아디아 공항이었나? 설마, 너 내가 뉴어크행 비행기를 끊었다고 생각하는 건 아니지? 전혀 아니야. 음, 아닐 거야. 아무튼 너를 곧 만난다니 무척 신나는구나. 귀여운 만두야, 사랑한다!"

나는 메시지를 다 듣기도 전에 웃음이 터졌다. 엄마는 뉴욕에서 길을 잃은 게 한두 번이 아니었다. 택시를 타면 되는데, 굳이 다른 대중교통을 이용하려다 그랬다. 엄마는 LA에서 나고 자랐기 때문에 두 도시의 교통체계가 얼마나 다른지 전혀 몰랐다.

한 가지 더, 나는 예나 지금이나 귀여운 만두라고 불리는 게 싫었다. 어릴 적 내가 속이 꽉 찬 만두처럼 통통했다는 사실을 굳이 기억하고 싶지 않았다.

엄마의 음성 메시지를 듣고 나서, *나도 무척 신나요! 공항에서 만나요. 어느 비행기인지 알려주세요*, 라고 답장을 보내니 어느새 지하철역에 도착했다.

데이빗의 음성 메시지는 브루클린에 도착하면 듣겠노라고 결정할수도 있었다. 실제로 그러려고 했고 거의 그럴 뻔했다. 하지만 지하철역 계단 앞에서 기어이 재생 버튼을 누르고 말았다.

"헤이," 그의 걸걸한 목소리가 익숙하게 들렸다. "문자를 보냈는데 답장이 없어서. 나 지금… 뉴욕에 와 있어. 집이야. 그러니까 우리 아파트, 아니… 당신 아파트, 뭐가 됐든, 여기서 당신을 기다리고 있어. 그래, 너무 갑작스러운 건 알아. 하지만 이대로 끝낼 수는 없지 않겠어? 얘기를 더 해야 한다고 생각하지 않아? 당신은 더 할 말 없어? 아, 자꾸 횡설수설하게 되네. 이만 끊을게. 얼른 와."

메시지를 다 듣고 나는 계단을 뛰어 내려갔다. 교통 카드를 인식기에 탁 찍은 뒤, 문이 닫히려는 지하철에 홀쩍 올라탔다. 그리고 가쁜 숨을 몰아쉬면서 사람들 틈을 비집고 들어갔다.

'집에서 도대체 뭘 하고 있는 거지?'

나는 지하철에서 내린 후 거리로 나왔다. 신선한 공기를 마시며 코트를 걸쳤다. 오늘밤엔 브루클린이 맨해튼보다 더 춥게 느껴졌다.

걸음을 재촉하면서도 뛰지는 않았다. 평정을 유지하려고 마음속으로 이렇게 읊조렸다.

'서두를 필요 없어. 전혀 서두를 필요 없어.'

숨을 헐떡이면서 그와 마주하고 싶지 않았다. 뛰느라 머리 스타일을 망치고 싶지도 않았다.

정문을 지나서 내 아파트로 가는 계단을 올라갔다.

열쇠를 밀어 넣고 문을 열었다.

그 사람이 거기 있었다.

데이빗이…

주방에서 접시를 닦고 있었다. 마치 여기 사는 사람처럼.

"왔어?"

내가 그를 쳐다보며 말했다. 데이빗은 전과 똑같아 보였다. 푸른 눈에 짙은 속눈썹, 짧게 깎은 머리. 적갈색 티셔츠에 진회색 면바지 차림까지.

데이빗을 만나 사랑에 빠졌을 때 나는 그가 백인이라는 사실에 내심 안도했었다. 나한테 충분히 까맣지 않다고 말할 일은 없을 테니까. 그리고는 가정부가 스페인어로 말하는 소리를 처음 들었을 때 에블린은 어떻게 했었는지 생각해 봤다.

나는 그가 잘 읽지 않는다는 사실에도 내심 안도했었다. 나를 형편 없는 작가라고 생각할 일은 없을 테니까. 셀리아가 자기에게 좋은 배우가 아니라고 말했을 때 에블린은 어떻게 했었는지 생각해 봤다.

나는 내가 무척 매력적인 사람이라는 사실에 내심 안도했었다. 버림받을 일은 없다는 뜻일 테니까. 그리고는 에블린이 세상 누구보다 아름다운 사람인데도 돈 아들러가 그녀를 어떻게 대했었는지 생각해 봤다.

에블린은 그러한 시련을 다 이겨냈다.

데이빗을 마주한 지금에야 알았다. 내가 그저 피하려고만 했다는 걸.

어쩌면 앞으로도 계속 그럴지도 모르겠다.

"어, 왔어."

데이빗이 말했다.

"여기서 대체 뭐하는 거야?"

나는 토하듯이 말을 내뱉었다. 반가운 척하거나 상냥하게 전달할 시간도, 기운도, 자제력도 내겐 없었다.

데이빗이 손에 든 그릇을 찬장에 넣고 내게 돌아섰다.

"몇 가지 해결할 게 있어서 돌아왔어."

"내가 그 해결할 몇 가지 중 하난가 보지?"

나는 가방을 구석에 내려놓고 구두를 차듯이 벗었다.

"당신은 내가 바로잡아야 할 거야." 데이빗이 말했다. "내가 잘못했어. 아니, 우리 둘 다 잘못했다고 생각해."

이 순간까지, 나는 왜 내 자신감이 문제라는 사실을 깨닫지 못했을까? 내 온갖 문제의 근원이 나라는 존재를 싫어하는 사람들에게 썩 꺼지라고 당당하게 말하지 못하는 데서 비롯됐음을 왜 몰랐을까? 세상이 나에게 더 큰 일을 기대한다는 걸 알면서도 나는 왜 작은 일에 만족했을까?

"나는 잘못하지 않았어."

내 말에 나는 데이빗만큼 놀랐다.

"모니크, 우리 둘 다 경솔하게 굴었어. 나는 당신이 샌프란시스코로 옮기지 않을까 봐 화가 났어. 나를 위해, 내 커리어를 위해 당신에게 희생해달라고 요청할 권리가 있다고 생각했거든."

내가 뭐라고 반박하려는데 데이빗이 바로 말을 이었다.

"그리고 당신은 내가 애초에 그런 요구를 할까 봐 화가 났어. 여기서 하는 일을 무척이나 소중하게 생각했으니까. 그런데… 이 상황을 처리할 다른 방법이 있어. 장거리 연애처럼 한동안 장거리 결혼을 했다고 생각하면 되잖아. 당분간 떨어져 지내다가 내가 결국 여기로 돌아올 수도 있고, 어느 시점에 당신이 샌프란시스코로 옮길 수도 있고, 우리에겐 선택권이 있어. 이 말을 꼭 하고 싶었어. 굳이 이혼하지 않아도 돼. 이렇게 포기하지 않아도 된다고."

나는 소파에 앉아 손을 만지작거리며 생각했다. 데이빗이 이렇게 말하니, 지난 몇 주 동안 내가 무엇 때문에 그토록 서글펐는지 깨달았다. 무엇 때문에 괴로웠는지도, 무엇 때문에 나 자신을 싫어했는지도 깨달았다.

거부당해서가 아니었다.

비통함 때문도 아니었다.

패배감 때문이었다.

"돈이 떠났을 때 나는 비통하지 않았어. 그저 결혼이 실패했다고 느꼈을 뿐이야. 그 둘은 아주 다른 거야."

에블린이 지난주에 했던 말이다.

그 말이 왜 신경에 거슬렸는지 이제야 알았다.

내가 휘청거렸던 이유는 실패해서였다. 내게 맞지 않는 남자를 골라서였다. 애초에 잘못된 결혼을 해서였다. 서른다섯 살이나 먹고도 내 모든 걸 희생할 만큼 사랑하는 사람을 만나지 못해서였다. 누군가를 그 정도로 받아들일 만큼 내 마음을 온전히 열지 못해서였다.

어떤 결혼은 그렇게 대단하지 않다. 어떤 사랑은 전부를 포용하지 못한다. 때로는 처음부터 삐걱거리는 관계여서 헤어지기도 한다.

때로는 이혼한다고 해서 하늘이 무너지진 않는다. 그저 두 사람이 안개 속에서 헤어 나오는 것이다.

"나는… 아니, 당신은 그냥 샌프란시스코로 돌아가는 게 좋겠어."

데이빗이 소파로 와서 앉았다.

"그리고 나는 그냥 여기서 지내는 게 좋아. 장거리 결혼 생활은 옳은 방법이 아니라고 봐. 내 생각엔… 이혼이 답이야."

"모니크…"

데이빗이 내 손을 잡았다.

"미안해. 나도 그렇게 생각하고 싶진 않아. 하지만 속으론 당신도 그렇게 생각할 걸. 내가 너무 보고 싶었다거나 나 없이 사는 게 너무 괴로웠다고 말하러 온 게 아니잖아. 당신 입으로 방금 포기하고 싶지 않다고 말했잖아. 그래, 나도 포기하고 싶지 않아. 이 결혼에 실패하고 싶지 않아. 하지만 그건 우리가 함께 해야 할 좋은 이유가 아니야. 포기하고 싶지 않은 이유가 있어야 해. 그냥 포기하기 싫다는 것만으론 안 돼. 그런데 나는… 하나도 없어."

나는 하고 싶은 말을 부드럽게 전할 방법이 떠오르지 않았다. 그래서 그냥 대놓고 말했다.

"당신을 내 반쪽처럼 느꼈던 적이 전혀 없어."

데이빗이 소파에서 일어나고 나서야 나는 우리가 여기서 오래도록 이야기를 나눌 거라고 생각했다는 걸 깨달았다. 그리고 데이빗이 재킷을 걸치고 나서야 나는 그가 오늘밤 여기서 자고 갈 생각이었다는 걸 깨달았다.

그렇긴 하지만 데이빗이 손잡이를 돌리는 순간, 나는 허접한 인생에 종지부를 찍고 끝내주는 인생으로 가는 길에 들어섰음을 깨달았다.

"언젠가 당신의 반쪽처럼 느껴지는 사람을 찾길 바랄게."

데이빗이 말했다.

'셀리아처럼.'

"고마워." 내가 말했다. "당신도 그런 사람을 찾길 바랄게."

데이빗은 웃는지 찡그리는지 모를 미소를 뒤로 하고 떠났다. 영영 떠났다.

결혼 생활을 끝내면 보통은 잠을 뒤척이게 마련이다.

하지만 나는 그렇지 않았다. 오랜만에 아주 푹 잤다.

다음날 아침, 에블린의 집에서 막 자리를 잡을 즈음 프랭키에게서 전화가 왔다. 음성 사서함으로 연결되도록 그냥 둘까 싶었다. 안 그래도 머릿속이 복잡한데 나중에 '프랭키에게 전화할 것'이라는 지시까지 저장할 수가 없었다. 차라리 그 자리에서 처리하는 게 나을 성싶었다.

"안녕하세요, 프랭키."

"안녕." 프랭키의 목소리는 잔뜩 들떠 있었다. "사진작가들과 일정을 잡아야 하는데, 에블린은 당신 아파트에서 찍기를 바라겠지?"

"아, 좋은 질문이에요. 잠깐만요." 나는 휴대폰의 음소거 버튼을 누르고 에블린 쪽으로 돌아앉았다. "사진 촬영을 언제, 어디서 하면 좋겠냐고 묻는데요."

"여기서 하지 뭐." 에블린이 말했다. "금요일로 잡자."

"그럼 사흘밖에 안 남았잖아요?"

"그래, 목요일 다음이 금요일이니까. 내 말이 맞지?"

나는 웃으면서 에블린에게 고개를 흔들어 보인 뒤, 음소거 버튼을 풀었다.

"에블린이 금요일에 여기서 하자고 하시네요."

"오전이 좋겠다." 에블린이 말했다. "11시."

"11시, 괜찮아요?" 내가 프랭키에게 말했다.

"괜찮고말고!" 프랭키가 바로 동의했다.

나는 전화를 끊고 에블린을 쳐다봤다.

"사흘 뒤에 사진 촬영을 하시겠다고요?"

"네가 하라고 했잖아. 잊었어?"

"정말로 금요일에 하신다는 거죠?"

"그때까진 다 끝날 거야." 에블린이 말했다. "너는 평소보다 더 늦게까지 작업해야 할 거야. 그레이스한테 네가 좋아하는 머핀이랑 피츠 커피를 준비해 놓으라고 할게."

"좋아요." 내가 말했다. "늦게까지 하는 건 괜찮아요. 하지만 아직 다뤄야 할 내용이 많잖아요."

"걱정 마. 금요일까진 끝날 테니까."

내가 미심쩍은 눈으로 쳐다보자 에블린이 말했다.

"기뻐해야지, 모니크. 네 질문의 답을 곧 얻게 될 텐데."

51

해리는 맥스가 내게 보낸 쪽지를 읽고 놀라서 아무 말도 안 했어. 처음엔 괜히 보여줘서 마음을 상하게 했나 싶었어. 그런데 가만 보니, 해리는 생각에 잠겨 있더라고.

당시 우리는 코너를 데리고 비벌리 힐스의 콜드워터 캐년으로 놀러갔었어. 뉴욕으로 돌아갈 비행기가 몇 시간 뒤에 출발할 예정이었지. 코너는 해리와 내가 지켜보는 가운데 그네를 타고 있었어.

"이혼하더라도," 해리가 한참 만에 입을 열었어. "우리 사이엔 아무것도 바뀌지 않을 거야."

"하지만 해리…"

"존도 떠났고, 셀리아도 떠났잖아. 더블데이트로 우릴 숨길 것도 없고. 아무것도 바뀌지 않을 거야."

"우리가 바뀌잖아요."

나는 말하면서 코너가 무릎을 더 깊이 굽혔다 펴는 모습을 조심스럽게 지켜봤어. 그네가 점점 더 높이 올라갔어.

해리는 선글라스 너머로 코너를 바라보면서 활짝 웃었어.

"잘했어, 코너." 해리가 손을 흔들며 큰 소리로 말했어. "그렇게 높이 타려면 체인을 단단히 잡아야 한다. 알았지?"

해리는 술을 조금씩 자제하기 시작했어. 맘껏 마시고 싶은 순간을 정해 효과적으로 푸는 법도 익혔어. 그래서 업무를 보거나 딸을 돌보는 데 지장 없었어. 그래도 나는 여전히 걱정이 남아 있었지.

해리가 나를 돌아보며 말했어.

"우리는 바뀌지 않을 거야, 에블린. 내가 장담할게. 나는 지금처럼 내 집에서 살 거야. 당신은 당신 집에서 살 테고. 내가 매일 들를게. 코너는 원할 때면 언제든 내 집에서 자면 돼. 그래야 남들 눈에도 이상하지 않을 거야. 머지않아 사람들은 우리가 왜 따로 사는지 물을 테니까."

"해리-"

"그냥 당신 하고 싶은 대로 해. 맥스와 함께 지내고 싶지 않으면, 그러지 말고. 그게 아니라도 우리가 이혼할 이유는 쌔고 쎘으니까. 자랑스러운 당신을 내 아내로 부를 수 없다는 점만 빼면 애석할 것도 별로 없어. 우리는 앞으로도 여전히 가족으로 지낼 거야. 그리고… 나는 당신이 누군가와 사랑에 빠지는 게 좋다고 봐. 당신은 그런 식으로 사랑받아 마땅한 사람이니까."

"그건 당신도 마찬가지예요."

해리가 서글프게 웃었어.

"내가 사랑하던 사람은 영영 떠났어. 하지만 당신에겐 지금이 기회야. 그게 맥스일 수도, 다른 사람일 수도 있을 뿐."

"당신과 이혼한다는 게 싫어요." 내가 말했지. "이혼으로 바뀌는 게 전혀 없다 하더라도 그냥 싫어요."

"아빠, 나 좀 봐."

코너가 무릎을 힘껏 굽혀 그녀를 높이 띄우더니 훌쩍 뛰어내렸어. 코너의 두 발이 땅에 닿을 때까지 나는 하마터면 심장마비를 일으킬 뻔했어.

"대단하구나, 우리 딸!" 해리가 웃으며 소리쳤어. 그런 다음 나를 쳐다보며 덧붙였어. "미안해. 내가 저런 기술을 가르쳐 줬을지도 몰라."

"어련하시겠어요."

코너는 다시 그네에 올라탔고, 해리는 내게 바싹 다가앉으며 내 어깨를 감쌌어.

"나하고 이혼하는 게 싫은 마음도 있지만, 맥스와 결혼하고 싶은 마음도 있잖아. 그렇지 않았다면 애초에 나한테 쪽지를 보여주지도 않았을 것 같은데."

"정말 심각하게 생각하고 이러는 거예요?"

내가 맥스에게 물었어. 우리는 뉴욕에 있는 그의 아파트에 있었어. 맥스가 나한테 사랑한다고 말한 지 3주쯤 흘렀어.

"심각하게 생각했다마다요." 맥스가 말했어. "이럴 때 쓰는 말이 있죠? 뭐더라, 암처럼 심각하다?"

"심장마비처럼."

"그래요. 나는 지금 심장마비처럼 심각한 상태입니다."

"우린 서로 잘 모르잖아요."

"우린 1960년부터 알고 지냈어요, 내 사랑. 당신만 시간이 얼마나 흘렀는지 모르나 보네요. 벌써 20년이 넘었답니다."

나는 그때 40대 중반이었어. 맥스는 나보다 몇 살 더 많았고. 내막이야 어떻든 남편에 딸까지 둔 입장에서 다시 사랑에 빠진다니, 어림도 없는 일 같았어.

그런데 한 남자가, 사랑하기보단 좋아하는 쪽에 가까운 남자가, 나와 역사를 같이 썼던 이 잘생긴 남자가 나를 사랑한다고 고백했어.

"그러니까 지금 나더러 해리를 떠나라는 말인가요? 그런 거예요? 우리 사이에 펼쳐질지도 모를 일 때문에?"

맥스가 나를 보고 얼굴을 찌푸렸어.

"나는 당신이 생각하는 것만큼 멍청하지 않습니다."

"당신을 멍청하다고 생각하지 않아요."

"해리는 동성애자잖아요."

나는 화들짝 놀라며 그에게서 멀찍이 떨어졌어.

"당신이 무슨 얘길 하는 건지 도통 모르겠네요."

맥스가 소리 내어 웃었어.

"그 대사는 전혀 안 먹힙니다. 전에 햄버거를 사먹을 때도 그렇고, 지금도 그렇고."

"맥스…"

"나랑 함께 시간을 보내는 게 즐겁지 않아요?"

"물론 즐거워요."

"그리고 우리가 서로 잘 통하는 것 같지 않아요?"

"물론 잘 통하죠."

"내가 당신의 인생에서 가장 중요한 영화를 세 편이나 감독하지 않았나요?"

"그야 그렇죠."

"그게 다 우연이라고 생각해요?"

나는 잠시 생각한 후에 대답했어.

"아뇨, 그건 아니에요."

"당연히 아닙니다." 맥스가 힘주어 말했어. "그 이유는 내가 당신의 진가를 알아봤기 때문이에요. 내가 당신을 갈망했기 때문이에요. 당신을 처음 본 그 순간부터 내 몸이 당신을 향한 갈망으로 끓어올랐기 때문이에요. 수십 년이 흘렀지만 당신을 여전히 사랑합니다. 내가 당신을 바라보듯 카메라도 당신을 바라봐요. 그렇기 때문에 당신이 날아오른 겁니다."

"당신은 유능한 감독이에요."

"그야 물론이죠." 맥스가 말했다. "하지만 순전히 당신이 내게 영감을 주기 때문이에요. 에블린 휴고, 당신이야말로 지금까지 출연한 모든 영화의 원동력입니다. 당신은 나의 뮤즈이고, 나는 당신의 지휘자죠. 당신의 에너지를 가장 멋지게 끌어내는 사람입니다."

나는 숨을 깊이 들이마시면서 맥스의 말을 생각했어.

"당신 말이 맞아요." 내가 마침내 말했어. "당신 말이 다 맞아요."

"이보다 더 에로틱한 게 있을까요? 나는 우리가 서로에게 영감을 주는 존재라는 점보다 더 에로틱한 게 있을 것 같진 않아요."

맥스가 바싹 다가앉으며 말했어. 그의 열기가 내 피부에 느껴졌어.

"그리고 우리가 서로를 이해하는 방식보다 더 의미 있는 것은 없습니다. 당신은 해리를 떠나야 해요. 해리는 괜찮을 거예요. 아무도 그가 어떤 사람인지 모르니까. 설사 안다 해도 떠들어댈 사람은 없을 겁니다. 해리는 이제 당신의 보호가 필요 없어요. 당신의 보호가 필요한 사람은 바로 나예요, 에블린. 그것도 아주 절실히."

맥스가 내 귀에 대고 속삭였어. 그의 뜨거운 숨결과 까칠한 턱수염이 내 뺨을, 아니 나를 자극했어.

나는 그를 붙잡고 키스했어. 내 셔츠를 벗어 던지고 그의 셔츠를 찢었어. 그리고 그의 벨트 버클을 젖혀 풀었어. 내 바지의 단추가 뜯어지도록 급하게 당기며 그에게 몸을 붙였어.

후끈 달아오른 맥스의 몸놀림을 보니, 나를 얼마나 갈망했는지 알 수 있었어. 처음엔 나를 품에 안은 게 믿기지 않는 듯했어. 내가 브래지어 끈을 풀어 가슴을 노출하자, 그는 내 눈을 한 번 쳐다보더니 감춰졌던 보물 대하듯 내 가슴에 손을 얹었어.

뜨거운 손길이 닿자 기분이 좋았어. 꼭꼭 눌려 있던 욕망이 분출하는 것 같았어. 소파에 길게 누운 맥스의 몸에 올라탔어. 내가 원하는 대로 움직이며 그에게서 필요한 것을 맘껏 취했어. 몇 년 만에 처음으로 쾌감을 느꼈어.

그건 마치 메마른 사막에서 만난 오아시스 같았어.

다 끝나고 나서도 나는 그에게서 떨어지고 싶지 않았어. 그의 곁을 떠나고 싶지 않았거든.

"당신은 새아버지가 돼야 해요." 내가 말했어. "알았어요?"

"나는 코너를 사랑해요." 맥스가 말했어. "애들을 원래 좋아하거든요. 그러니까 코너는 나한테 특별한 선물이에요."

"그리고 해리가 늘 주변에 있을 거예요. 우리 삶에서 빼놓을 수 없는 존재거든요."

"상관없어요. 나는 늘 해리를 좋아했으니까."

"나는 지금처럼 내 집에서 지내고 싶어요." 내가 말했어. "여기 말고. 코너의 삶을 흔들고 싶지 않아요."

"좋습니다."

나는 더 말을 못했어. 그를 더 원한다는 것 말고는 딱히 뭘 원하는지 정확히 몰랐거든. 그에게 키스하면서 신음소리를 내뱉었어. 그를 내 위에 올라가게 하고는 슬며시 눈을 감았어. 몇 년 만에 처음으로 셀리아가 보이지 않았어.

"그래요." 나는 맥스와 사랑을 나누면서 말했어. "당신과 결혼할게요."

실망스러운 맥스 지라드

•••

나우 디스

1982년 6월 11일

에블린 휴고, 해리 캐머런과 이혼하고
맥스 지라드 감독과 결혼하다

에블린 휴고가 제작자인 해리 캐머런과 15년간의 결혼 생활을 청산하고 각자의 길을 가기로 했다. 두 사람은 올 초에 〈우리를 위한 모든 것〉으로 오스카 트로피를 품에 안았다.

그런데 소식통에 따르면 에블린과 해리는 한동안 별거를 이어 왔다고 한다. 그들의 결혼생활은 몇 년 전부터 사랑보단 우정에 가까웠던 것이다. 혹자는 해리가 고인이 된 친구 존 브레이버만의 집에서 지냈다고 주장한다. 에블린의 집 바로 건너편에 있는 곳이다.

한편, 에블린은 정말 혼자서는 못 사는 사람인가 보다! 〈우리를 위한 모든 것〉의 감독인 맥스 지라드와 벌써 뜨거워졌고, 얼마 전엔 결혼 계획까지 발표했다. 맥스 지라드가 에블린을 행복으로 이끌어 줄 행운의 티켓일까? 그건 시간이 말해줄 것이다. 지금 우리는 그저 맥스가 여섯 번째 남편이 될 거라는 사실만 알뿐!

52

맥스와 나는 드넓은 조슈아 트리 국립공원에서 결혼식을 올렸어. 코너와 해리, 그리고 맥스의 동생인 루크가 우리의 결혼을 축하해 줬어. 맥스는 애초에 프랑스 남동부의 생트로페나 스페인 북동부의 바르셀로나에서 결혼식을 올린 후 허니문을 즐기자고 제안했었어. 하지만 나는 우리 둘 다 LA에서 막 영화 촬영을 끝냈으니, LA 사막에서 우리끼리 조촐하게 치르는 게 좋겠다고 생각했어.

나는 순백의 드레스를 일찌감치 포기하고 푸르스름한 맥시 드레스를 입었어. 틀어 올린 금발 머리엔 수수한 깃털 장식만 달았어. 그때 내 나이가 마흔네 살이었어.

코너는 머리에 꽃을 달았어. 코너 옆에 선 해리는 정장 바지에 깔끔한 셔츠를 걸쳤어.

신랑인 맥스는 하얀 리넨 정장을 입었어. 맥스의 첫 번째 결혼인 만큼 흰색은 그가 입어야 한다고 우리가 우겼거든.

그날 밤, 해리와 코너는 뉴욕으로 돌아갔어. 루크도 비행기를 타고 리옹에 있는 자기 집으로 돌아갔고, 맥스와 나는 통나무집에서 둘만의 시간을 즐겼어.

우리는 침대에서도 사랑을 나눴고 책상에서도 사랑을 나눴어. 오밤중엔 베란다에서 별을 바라보며 또 사랑을 나눴지.

아침엔 자몽을 먹으며 카드놀이를 했어. 텔레비전 채널을 이리저리 돌리고 사소한 일에도 깔깔댔지. 우리가 좋아하는 영화, 그동안 찍었던 영화, 앞으로 찍고 싶은 영화 이야기도 나눴어.

사막으로 산책을 나갔는데, 맥스가 나를 주인공으로 액션 영화를 찍고 싶다고 했어. 나는 내가 액션 히어로에 적합한지 자신이 없다고 했지.

"나는 이미 40대라고요, 맥스." 내가 말했어.

머리 위에서 뜨거운 태양이 작열하는데, 나올 때 깜빡하고 물을 챙기지 않았어.

"당신은 전혀 늙지 않았어요." 맥스가 발로 모래를 툭툭 차면서 말했어. "지금도 뭐든 할 수 있어요. 천하의 에블린 휴고니까."

"나는 에블린이에요." 내가 걸음을 멈추고 그의 손을 잡으며 말했어. "매번 에블린 휴고라고 부를 필요 없어요."

"하지만 그게 바로 당신이거든요." 맥스가 말했어. "천하의 에블린 휴고를 아무렇게나 부를 수는 없죠."

나는 미소를 지으며 그에게 키스했어. 사랑받는다고 느끼고 또 사랑한다고 느끼자 마음이 놓였어. 다시 누군가와 함께 있고 싶어지자 마음이 한껏 들떴지. 셀리아는 결코 내게로 돌아오지 않겠지만, 맥스는 내 곁에 있었어. 그는 내 차지였어.

통나무집으로 돌아와서 보니 우린 햇볕에 심하게 그을렸어. 입도 바짝 탔고. 저녁으로 내가 피넛버터와 젤리 샌드위치를 준비했어. 우리는 저녁을 먹고 나서 침대에 앉아 뉴스를 봤지. 그야말로 평화로운 저녁이었어. 증명할 것도 없고 숨길 것도 없는.

나는 맥스의 품에 안겨 잠들었어. 웅크린 등 뒤로 그의 심장박동이 느껴졌어.

다음날 아침, 나는 헝클어진 머리와 입 냄새를 풍기며 눈을 떴어. 다정한 미소를 기대하며 맥스를 쳐다봤어. 그런데 그는 몇 시간째 천장을 응시한 듯 차가운 표정을 하고 있었어.

"무슨 걱정이라도 있어요?"

"아뇨."

희끗희끗한 가슴털 때문에 더 근엄해 보이는 것 같았어.

"무슨 일인지 말해 봐요."

맥스가 몸을 돌리고 나를 쳐다봤어. 나는 흐트러진 내 모습에 당황해서 얼른 머리를 매만졌어. 맥스는 다시 천장을 올려다봤어.

"이건 내가 상상했던 모습과 다릅니다."

"뭘 상상했는데요?"

"당신을." 맥스가 말했어. "그리고 당신과 함께 펼쳐나갈 찬란한 인생을 상상했어요."

"그런데 지금은 아니란 건가요?"

"아뇨, 내 말은 그게 아니라…" 맥스가 고개를 저으며 말했어. "솔직하게 말해도 됩니까? 나는 사막이 싫습니다. 햇빛은 너무 강하고 음식은 너무 형편없고, 우리가 여기 왜 있죠? 우리는 도시 사람이에요, 내 사랑. 차라리 집으로 갑시다."

나는 내심 안도하며 웃었어.

"여기 일정이 사흘이나 남았어요."

"그건 나도 알아요, 내 사랑. 하지만 제발 부탁이니, 그냥 집으로 갑시다."

"이렇게 일찍?"

"그럼 며칠 간 월도프 호텔에서 지내도록 해요. 여기 대신에."

"오케이. 당신 뜻이 정 그렇다면."

"그럼요, 내 뜻은 확고해요."

맥스는 말을 마치자마자 일어나서 샤워를 했어.

나중에, 공항에서 탑승을 기다리다 말고 맥스가 읽을거리를 사러 갔어. 잠시 후 피플지를 사 들고 오더니 우리의 결혼식 기사를 보여주더군.

그들은 나를 '치명적 요부'라고 칭하고 맥스를 '백마 탄 기사'라고 칭했어.

"상당히 멋지죠, 그렇죠?" 맥스가 말했어. "우리가 무슨 왕족처럼 보이잖아요. 이 사진에서 당신은 정말 아름답네요. 물론 실제로도 아름답죠. 천하의 에블린 휴고니까."

나는 겉으론 미소를 지었지만 속으론 리타 헤이워드의 명대사를 되뇌었어.

남자들은 길다와 함께 잠자리에 들지만 나와 함께 깨어난다. (길다 Gilda: 리타 헤이워드가 길다 역을 맡아 팜므 파탈의 모습을 보여준 영화. 영화 〈쇼생크 탈출〉에서 죄수들이 넋 놓고 보던 영화가 〈길다〉였고 팀 로빈슨의 감방 벽에 처음 붙은 사진이 리타 헤이워드였다. -역자 주)

"그나저나 살을 좀 빼야겠어요." 맥스가 배를 두드리며 말했어. "당신을 위해 멋져 보이고 싶거든요."

"당신은 예전에도, 지금도 충분히 멋져요."

"아뇨." 맥스가 고개를 내저으며 말했어. "이 사진에 찍힌 내 모습을 좀 봐요. 턱이 세 개로 보이잖아요."

"그야 사진을 잘못 찍어서 그렇죠. 실물은 입이 떡 벌어지게 잘생겼어요. 나라면 지금 상태에서 하나도 바꾸지 않겠어요. 정말로."

하지만 맥스는 내 말을 귓등으로도 안 들었어.

"아무래도 튀긴 음식을 끊어야겠어요. 내가 요즘 미국 사람이 다 된 것 같아요. 그렇다고 생각지 않아요? 나는 당신을 위해 멋져 보이고 싶다고요."

하지만 그는 나를 위해서 멋져 보이려는 게 아니었어. 나와 함께 찍을 사진 때문에 멋져 보이려는 거였던 거야.

비행기에 오르는데 내 마음이 조금 아리더라고. 비행하는 내내 잡지만 들여다보는 맥스를 보면서 내 마음이 찢어지는 듯했지.

착륙 직전, 이코노미석 승객 하나가 화장실을 사용하려고 일등석으로 들어왔다가 나를 보더니 화들짝 놀랐어. 그가 가고 나자 맥스가 내게 몸을 돌리더니 씩 웃으며 그러는 거야.

"이 비행기에 탄 사람들은 죄다 집에 가서 에블린 휴고와 한 비행기에 탔다고 자랑하겠죠?"

그 얘길 듣는 순간, 내 마음은 갈기갈기 찢어졌어.

* * *

맥스가 나의 이미지를 사랑할 뿐, 진정한 나를 사랑하려고 노력할 의도조차 없음을 깨닫는 데 넉 달이 걸렸어. 그런데도 나는 그를 떠나고 싶지 않았어. 이혼하고 싶지 않았거든. 지금 생각하면 미련할 정도로 어리석었지.

사랑하는 남자와 결혼한 건 맥스가 두 번째였어. 이번엔 끝까지 갈 줄 알았어. 게다가 지난번에도 돈이 나를 떠났지, 내가 돈을 떠난 게 아니었으니까.

맥스와 살면서 내가 노력하면 뭔가 바뀔 줄 알았어. 어떤 계기가 생기면 그가 내 진가를 알아보고 나를 진심으로 사랑할 줄 알았어. 내가 그의 본 모습을 충분히 사랑하면 그도 내 본 모습을 사랑하도록 설득될 줄 알았어.

드디어 누군가와 의미 있는 결혼 생활을 영위할 수 있을 줄 알았는데.

그런 일은 결코 일어나지 않았어.

그 대신, 맥스는 나를 무슨 트로피인 양 우쭐해서 데리고 다녔어. 모든 사람이 에블린 휴고를 원하지만, 에블린 휴고는 자신을 원한다면서.

〈부띠웅트렝〉의 그 소녀는 모든 이들의 마음을 사로잡았어. 심지어 그녀를 창조한 사람의 마음까지도. 나 역시 그녀를 사랑했어. 하지만 나는 그 소녀가 아니었어. 그 점을 맥스에게 어떻게 전해야 할지 알 수 없었어.

53

1988년에 셀리아는 희곡을 각색한 영화에서 맥베스 부인 역을 맡았어. 그녀보다 더 큰 역할을 맡은 여배우가 없었으니, 셀리아는 당연히 여우주연상에 도전할 수 있었지. 하지만 뜻밖에도 여우조연상에 도전했어. 투표용지가 나오고 나서야 그 사실을 알았어. 나는 그게 셀리아의 결정이었음을 알았어. 그만큼 영리했던 거야.

나는 당연히 그녀에게 투표했어.

셀리아가 수상자로 호명될 때, 나는 해리와 함께 코너를 돌보고 있었어. 맥스는 그날 시상식에 혼자 갔어. 실은 그 문제로 맥스와 다퉜어. 맥스는 나를 데려가고 싶어 했지만, 나는 그냥 가족과 함께 있고 싶었거든. 숨 막히는 드레스에 15센티 하이힐을 신은 채로 억지웃음을 짓고 싶지 않았어.

그리고 솔직히 말하면, 그때 내 나이가 쉰이었어. 매끈한 피부에 빛나는 머릿결을 흩날리는 젊은 여배우들과 경쟁해야 했지. 섹시한 금발 미녀로 사랑받던 사람이 젊은 여배우들 사이에서 무슨 굴욕을 당할 줄 알고? 그런 모습은 상상하기도 싫었어.

예전에 내가 얼마나 아름다웠는지는 중요하지 않았어. 세월은 흘렀고, 사람들은 그 여파를 눈으로 확인할 수 있었지.

제안받는 역할도 점점 쪼그라들었어. 멋진 역할은 내 나이 절반쯤 되는 여배우들에게 돌아갔고 내게는 그들의 엄마 역할이 돌아왔어. 할리우드의 수명은 종형 곡선을 따르기 마련이야. 그나마 나는 남들보다 정상에서 최대한 오래 버텨낸 편이야. 이젠 은퇴하고 쉴 일만 남았지.

그래서 아카데미 시상식에 가고 싶지 않았던 거야. LA로 날아가서 온종일 메이크업 의자에 앉아 있다가 억지로 수백 대의 카메라와 수백만 개의 시선 앞에서 포즈를 취하는 대신, 나는 내 딸과 즐겁게 하루를 보냈어.

루이자는 휴가를 떠났어. 우리는 루이자를 대신할 마땅한 사람을 찾지 못했지. 그래서 코너와 나는 소꿉놀이 하듯이 집안을 치웠어. 저녁도 함께 준비했어. 그런 다음, 팝콘을 튀겨 해리와 함께 TV로 셀리아가 수상하는 모습을 지켜봤어.

셀리아는 주름 장식이 달린 노란 실크 드레스를 입고 있었어. 전보다 짧아진 붉은 머리는 뒤에서 틀어 올렸어. 확실히 나이가 들었지만 여전히 숨 막힐 듯 아름다웠어. 이름이 불리자 셀리아는 무대로 올라와 여느 때처럼 우아하고 진심어린 모습으로 트로피를 받았어. 그런데 마이크를 막 벗어나려다 말고 몇 마디 덧붙였어.

"오늘밤 TV에 키스하고픈 유혹을 느끼는 분이 있다면, 이가 깨지지 않게 조심하세요."

"엄마, 왜 울어?" 코너가 내게 물었어.

나는 얼굴에 손을 대보고서야 눈물이 흐른 줄 알았어.

해리가 내게 미소를 지으며 등을 쓰다듬어 주었어.

"전화라도 해 봐. 이참에 화해하는 것도 좋은 방법이야."

나는 전화 대신 편지를 택했어.

친애하는 셀리아에게

축하해! 너는 정말 받을 자격이 있어. 우리 세대 여배우들 중에서 너만큼 뛰어난 배우는 눈 씻고 찾아도 없거든.

나는 네가 정말로 완벽하게 행복하길 빌어. 이번엔 TV에 키스하지 않았지만, 저번과 마찬가지로 요란하게 환호했어.

내 모든 사랑을 담아,

에드워드

에블린

나는 병속에 쪽지를 담아 띄우는 심정으로 편지를 보냈어. 그러니까 답장을 기대하지 않았다는 뜻이야. 그런데 일주일 뒤 답장이 왔더라고. 작고 네모난 크림색 봉투가 내 앞으로 배달되었어.

친애하는 에블린에게

당신 편지를 읽으니 물속에 갇혔다가 헉 하고 숨을 토해낸 것 같았어요. 그동안 너무 무뚝뚝하게 굴었던 나를 용서해주면 좋겠어요. 우리가 도대체 어쩌다 이렇게 됐을까요? 그리고 우리가 10년 동안 말 한 마디조차 나누지 않는데, 내 머릿속에선 어째서 날마다 당신 목소리가 들리는 걸까요?

사랑을 담아,

셀리아

친애하는 셀리아에게

　모두 내 탓이야. 내가 이기적이고 근시안적이었어. 네가 다른 곳에서 행복을 찾았기를 바랄 뿐이야. 너는 행복을 누릴 자격이 차고도 넘치거든. 내가 그 행복을 주지 못해서 미안할 따름이야.

사랑하는,
에블린

친애하는 에블린에게

　당신은 날 좋게 해석해주고 있군요. 나야말로 불안정하고 옹졸하고 순진했어요. 당신이 우리 비밀을 지키려고 했던 일을 사사건건 비난했어요. 그런데 실은 외부의 편협한 시선이 우리 삶을 망치지 못하도록 당신이 막아줄 때마다, 나는 엄청난 안도감을 느꼈어요. 그리고 내가 대단히 행복했던 순간은 모두 당신이 선사했어요. 그 공을 제대로 인정하지 않았어요. 오히려 비난만 했죠. 우리 둘다 책임이 있지만, 매번 미안하다고 사과한 사람은 당신이었어요.

　이제라도 바로잡을게요. 미안해요, 에블린.

사랑하는,
셀리아

추신.

　몇 달 전에 〈새벽 세 시〉를 봤어요. 대담하고 용감하고 중요한 영화더군요. 나 때문에 못 찍었더라면 어쨌을까 싶어요. 당신은 내가 인정했던 것보다 훨씬 더 뛰어난 배우예요.

친애하는 셀리아에게

　너는 사랑하는 사람들이 친구로 지낼 수 있다고 생각해? 나는 우리가 서로 말도 안 하고 흘려버린 세월을 생각하면 가슴이 미어질 것 같아.

사랑하는,
에블린

친애하는 에블린에게

　맥스는 해리나 렉스 같은 사람인가요?

사랑하는,
셀리아

친애하는 셀리아에게

　유감스럽게도 그렇지 않아. 그는 달라. 아, 네가 미치도록 보고 싶어. 우리 만날까?

사랑하는,
에블린

친애하는 에블린에게

　솔직히, 당황스럽네요. 그 상황을 알면서 내가 당신을 만날 수 있을지 모르겠어요.

사랑하는,
셀리아

친애하는 셀리아에게

지난주에 여러 번 전화했는데, 도무지 안 받네. 그래도 다시 할
거야. 제발, 셀리아. 제발.

사랑하는,

에블린

54

"여보세요?"

셀리아의 목소리는 예전과 똑같이 들렸어. 다정한 듯하면서도 단호한 목소리.

"나야."

"안녕하세요."

살짝 누그러진 말소리에 나도 모르게 예전으로, 함께 지내던 시절로 돌아갈 수 있을지도 모른다는 희망이 들었어.

"그를 사랑하긴 했어." 내가 말했어. "맥스를. 하지만 지금은 아니야."

처음엔 아무런 반응이 없었어. 그러다 조금 지나서 셀리아가 물었어.

"그게 무슨 말이에요?"

"너를 만나고 싶다는 말이야."

"당신을 만날 수 없어요, 에블린."

"아니, 만날 수 있어."

"우리가 뭘 어떻게 하길 바라는 건데요?" 셀리아가 말했어. "또 다시 서로 힘들게 하려고요?"

"나를 아직도 사랑해?"

셀리아는 아무 말도 안 했어.

"나는 너를 여전히 사랑해, 셀리아. 맹세코."

"나는… 이런 얘기는 안 하는 게 좋겠어요. 만약에…"

"만약에 뭐?"

"아무것도 바뀌지 않았어요, 에블린."

"모든 게 바뀌었어."

"사람들한테 우리가 어떤 사람인지 여전히 알릴 수 없어요."

"엘튼 존은 자신의 정체성을 공개했어." 내가 말했어. "이미 몇 년 전에."

"엘튼 존은 자식도 없고, 이성애자라는 전제로 커리어를 쌓지도 않았죠."

"우리가 일자리를 잃게 된다고 말하는 거야?"

"내가 이런 말을 해야 하다니, 믿기지 않네요."

"흠, 그럼 바뀐 게 뭔지 말해줄게." 내가 말했어. "난 더 이상 상관하지 않아. 다 포기할 준비가 됐거든."

"설마, 진심은 아니죠?"

"완전 진심이야."

"에블린, 우린 몇 년 동안 얼굴 한 번 안 봤어요."

"네가 나를 잊을 수 있었다는 것 알아. 조앤과 함께 지냈다는 것도 알아. 다른 사람도 있었을 테고."

나는 잠시 기다렸어. 셀리아가 내 말을 정정해 주기를, 다른 사람은 없었다고 말해주기를 바라면서. 하지만 아무 말도 없더라고. 그래서 이야기를 계속했어.

"하지만 솔직히, 나를 사랑하는 것까지 멈췄다고 말할 수 있어?"

"물론 아니에요."

"나도 아니야. 너를 사랑하지 않은 날이 단 하루도 없었어."

"그런데도 다른 사람하고 결혼했죠."

"내가 그 사람과 결혼했던 건 그가 너를 잊도록 도와줬기 때문이었어. 너를 사랑하는 걸 멈춰서가 아니야."

셀리아 쪽에서 숨을 깊이 들이마시는 소리가 났어.

"내가 LA로 갈게." 내가 말했어. "같이 저녁이라도 먹자. 응?"

"저녁?"

"그래, 저녁 식사. 우린 할 얘기가 있잖아. 저녁 먹으면서 얘기 정도는 할 수 있잖아. 다다음 주 어때? 해리에게 코너를 맡겨놓고 거기서 며칠 지낼 수 있어."

셀리아가 다시 조용해졌어. 생각에 잠긴 듯했지. 그 시간이 내 미래를, 우리 미래를 결정짓는 순간이 될 것 같았어.

"오케이." 셀리아가 말했어. "저녁 식사, 좋아요."

내가 공항으로 출발하는 날 아침, 맥스는 늦게까지 잠을 잤어. 야간 촬영만 있는 날이라 오후 늦게 나가도 됐거든. 그래서 나는 그의 손을 꼭 잡아준 뒤 옷장에서 내 물건을 챙겼어.

나는 셀리아의 편지를 가져갈지 말지 결정하지 못했어. 봉투째로 상자에 담아 드레스룸 깊숙이 보관하고 있었거든. 지난 며칠 동안 챙겨갈 물건을 정리하면서 편지를 몇 번이나 넣었다 뺐다 했는지 몰라.

셀리아와 다시 연락하며 지낸 이후로 매일 편지를 읽고 또 읽었어. 내 몸에서 한시도 떨어뜨리고 싶지 않았어. 종이에 쓰인 글자를 손가락으로 따라 그리는 게 좋았어. 머릿속에서나마 그녀의 목소리를 듣는

게 좋았거든. 하지만 그날은 비행기를 타고 그녀를 보러 가는 날이었
잖아. 결국 편지를 그냥 두고 가기로 했어.

나는 재킷을 걸친 다음, 가방 지퍼를 열고 두툼한 편지를 꺼냈어.
그리고 모피 뒤에 꼭꼭 숨겨뒀어.

맥스에게 메모를 남겼어.

목요일에 돌아올게요, 맥시밀리안.

사랑하는, 에블린

주방에 갔더니 코너가 팝타르트 쿠키를 챙기고 있더라고. 내가 집
을 비우는 동안 코너는 해리에게 가 있기로 했어.

"아빠 집에도 팝타르트 있지 않아?"

"브라운 슈거 종류는 없어요. 아빠는 꼭 딸기 맛만 사놓더라고요.
딸기 맛은 질색인데."

나는 코너를 붙잡고 뺨에 뽀뽀했어.

"안녕. 엄마 없는 동안 말썽 부리지 마."

코너가 내게 눈을 굴렸어. 그게 뽀뽀 때문인지, 아니면 말썽 부리지
말라는 말 때문인지 알 수 없었어. 코너는 열세 살이 되면서 사춘기로
접어들기 시작했어. 더 이상 귀엽기만 한 어린 아이가 아니라서 벌써
마음이 서운했지.

"네, 네, 네." 코너가 말했어. "나중에 봐요."

나는 리무진이 기다리는 곳으로 가서 기사에게 가방을 넘겼어. 그
런데 바로 그 순간, 저녁 식사 후에 셀리아가 나를 더 이상 보고 싶지

않다고, 더 이상 할 얘기가 없다고 말할지도 모른다는 생각이 퍼뜩 스쳤어. 그렇게 되면 찢어지는 가슴을 안고 돌아오는 비행기에 오를 게 뻔했지. 그래서 결국 편지를 챙겨가기로 마음을 바꿨어. 그 어느 때보다 절실히 필요할 지도 모르니까.

"잠깐만 기다려요."

나는 기사에게 말한 뒤 다시 집 쪽으로 뛰어갔어. 엘리베이터를 타려는데 마침 코너가 나오더라고.

"벌써 왔어요?"

코너가 어깨에 멘 배낭을 살짝 들썩이며 말했어.

"두고 온 게 있어서. 주말 즐겁게 지내라, 귀염둥이. 며칠 뒤에 돌아온다고 아빠한테 전해줘."

"네, 알았어요. 참, 맥스 아저씨도 방금 일어났더라고요."

"사랑해."

나는 코너에게 말하면서 엘리베이터 버튼을 눌렀어.

"나도 사랑해요."

코너는 손을 흔들면서 말한 후 현관문으로 향했어.

나는 위층으로 가서 침실로 들어갔어. 그런데 그곳에, 내 드레스룸에 맥스가 있었어.

내가 그토록 소중하게 보관하던 셀리아의 편지들이 바닥에 흩뿌려져 있었어. 하찮은 광고물인 양 봉투에서 찢겨진 채로.

"당신, 여기서 뭐하는 거야?"

맥스는 검정 티셔츠에 추리닝 바지 차림이었어.

"내가 여기서 뭐하는 거냐고?" 맥스가 오히려 더 크게 소리쳤어. "너무 한 거 아니야? 지금 나한테 여기서 뭐하는 거냐고 묻는 거야?"

"당신이 내 물건에 손댔잖아."

"아, 그렇구나. 내가 당신 물건에 손댔구나, 내 사랑."

나는 몸을 숙이고 흩어진 편지를 집으려고 했어. 그런데 맥스가 편지를 발로 밀쳐냈어.

"바람을 피우셨다?" 맥스가 능글맞게 웃으며 말했어. "이제 보니 프랑스 사람이 다 되셨네!"

"맥스, 그만해."

"바람피웠다고 뭐라 하는 게 아니야. 최소한 증거는 남기지 말았어야지. 그게 상대방을 존중하는 거야."

보아 하니, 나와 결혼한 이후로 맥스는 나 몰래 여자를 만난 게 틀림없었어. 문득 맥스나 돈 같은 남자에게서 안전할 여자가 있을까 싶었어. 여자들은 흔히 에블린 휴고처럼 멋있으면 남편이 한눈팔지 않을 거라 생각하겠지만, 실상은 내가 사랑한 남자들도 별반 다르지 않았어.

"나는 당신을 속이고 바람피우는 짓 따윈 안 해, 맥스. 그러니까 제발 그만 해."

"그럴지도 모르지." 맥스가 말했어. "당신 말은 믿을 수도 있겠어. 하지만 당신이 다이크라는 건 도저히 믿을 수가 없군."

어떻게든 마음을 진정하려고 눈을 감았어. 끓어오르는 분노를 주체할 수 없어서 당장 폭발할 것 같았거든.

"나는 다이크가 아니야."

"이것들은 전혀 다른 얘기를 들려주는데!" 맥스가 편지를 발로 툭

차며 말했어.

"이 편지들은 당신이 상관할 게 아니야."

"만에 하나," 맥스가 잠시 뜸을 들이다 말을 이었어. "셀리아 세인트 제임스가 과거에 당신을 향한 감정을 이 편지들에 쏟아낸 거라면, 내가 잘못 생각한 거겠지. 그렇다면 이것들을 당장 치우고 사과할게."

"좋아."

"만에 하나라고 했어." 맥스가 일어서서 내 쪽으로 다가왔어. "그럴리는 없겠지만 만에 하나 이 편지들 때문에 당신이 오늘 LA에 가는 거라면… 그렇다면 얘기는 달라질 거야. 나를 바보로 취급하는 거니까."

LA에서 셀리아를 볼 의도가 전혀 없다고 말했다면, 정말로 그렇게 둘러댔다면, 맥스는 분명히 물러났을 거야. 심지어 내게 사과하고 직접 공항까지 태워다 줬을지도 몰라.

나는 본능적으로 내가 뭘 할지, 그리고 어떤 사람인지 거짓말로 둘러대고 숨기고픈 마음이 들었어. 하지만 막상 입을 열자 다른 말이 튀어나왔어.

"그녀를 보러 가는 길이었어. 당신 말이 맞아."

"나를 속이고 바람을 피울 생각이었어?"

"아니, 당신을 떠날 생각이었어. 당신도 눈치챘을 거야. 이미 얼마 전부터 눈치챘을 거야. 나는 당신을 떠날 거야. 꼭 그녀를 위해서가 아니라, 나를 위해서라도."

"그녀를 위해서?" 맥스가 말했어.

"나는 그녀를 사랑해. 늘 사랑했어."

맥스는 나를 몰아붙여서 승기를 잡았지만 전혀 기쁘지 않은 얼굴이었어. 오히려 곤혹스러운 표정으로 고개를 절레절레 저었어.

"세상에! 내가 다이크랑 결혼했다니, 믿을 수가 없군."

"그렇게 말하지 마."

"에블린, 당신이 여자랑 섹스를 한다면 레즈비언이라는 소리잖아. 자기혐오에 빠진 레즈비언이라니! 그건… 그건 적절하지 않아."

"나는 당신이 뭐가 맞다고 생각하든 관심 없어. 레즈비언을 싫어하지도 않고. 오히려 그런 사람과 사랑에 빠졌어. 하지만 나는 당신도 사랑했어."

"아, 제발." 맥스가 말했어. "이미 충분하니까 더 이상 나를 우롱하지 마. 당신을 사랑하며 숱한 세월을 보냈는데, 알고 보니 당신에겐 아무런 의미도 없었던 거잖아."

"당신은 나를 단 하루도 사랑하지 않았어. 그저 무비 스타를 품에 안고 싶어 안달했을 뿐이야. 나랑 한 침대에서 잠들고 싶어 했을 뿐이라고. 그건 소유욕일 뿐, 사랑이 아니야."

"당신이 무슨 말을 하는지 도통 모르겠군."

"물론 그럴 테지. 그 둘의 차이도 모르는 사람이니까."

"에블린, 나를 애초에 사랑하긴 했어?"

"그래, 사랑했어. 당신이 나와 사랑을 나누고 내게 욕망을 느끼게 해 줬을 때도 당신을 사랑했고, 내 딸을 잘 돌봐주고, 남들이 보지 못하는 내 모습을 알아봐 줬다고 믿었을 때도 사랑했어. 남들에겐 없는 통찰력과 재능이 있다고 믿었을 때도 당신을 무척이나 사랑했어."

"그러니까 당신은 레즈비언이 아니로군."

"이 문제로 당신과 논의하고 싶지 않아."

"아니, 나랑 논의할 거야. 논의해야 마땅하고."

"아니," 나는 흩어져 있는 편지와 봉투를 모아 주머니에 쑤셔 넣으며 말했어. "안 해."

"해야 한다니까."

맥스가 문을 가로막으며 말했어.

"맥스, 비켜. 나는 떠날 거야."

"그 여잘 만나러 가는 거라면 안 돼. 절대로."

"저리 비키라니까."

때마침 전화벨이 울렸지만 너무 멀어서 받을 수 없었어. 리무진 기사의 전화였을 거야. 당장 출발하지 않으면 비행기를 놓칠 터였어. 다른 비행기를 타면 되지만, 나는 마음이 급했어. 가능한 한 빨리 셀리아에게 가고 싶었거든.

"에블린, 가지 마." 맥스가 말했어. "잘 생각해 봐. 이건 말도 안 되는 일이야. 당신은 날 떠날 수 없어. 내 전화 한 통으로 당신을 무너뜨릴 수 있어. 그냥 아무나 붙잡고 이 얘길 터뜨리면, 당신 인생은 절대로 회복할 수 없을 거라고."

맥스는 나를 위협하진 않았어. 그저 무슨 일이 닥칠지 설명했을 뿐이야. 그저, '자기야, 지금 똑바로 생각해서 처신하지 않으면 안 좋은 일이 닥칠 거야'라고 말하는 거였어.

"맥스, 당신은 좋은 사람이야." 내가 말했어. "나를 괴롭히고 싶을 만큼 화난 거 알아. 하지만 내가 오랫동안 알아온 당신은 대체로 옳은 일을 하려고 애쓰는 사람이야."

"그런데 이번엔 그러지 않겠다면?"

그 말은 완전히 위협이었어.

"당신을 떠날 거야, 맥스. 지금이든, 나중이든 어차피 벌어질 일이
야. 이 일로 나를 끌어내리겠다고 결정한다면, 그렇게 하는 수밖에 없
겠지."

맥스가 움직이지 않자, 나는 그를 옆으로 밀치고 문 밖으로 걸어 나
갔어.

내 인생의 사랑이 기다리고 있었어. 나는 셀리아를 되찾을 작정이
었어.

55

스파고 레스토랑에 도착하니 셀리아는 이미 와 있더라고. 검정 슬랙스에 크림색의 얇은 민소매 블라우스 차림이었어. 바깥은 24도라 따뜻했지만 레스토랑 내부는 에어컨 바람 때문에 서늘했어. 그래선지 셀리아의 팔에 소름이 돋아 있었지.

붉은 머리칼은 여전히 아름다웠지만 이젠 염색한 티가 좀 났어. 햇빛을 받으면 황금빛이 감돌던 붉은 기가 살짝 구릿빛으로 변했더군. 푸른 눈은 예전과 마찬가지로 매혹적이었지만, 눈가엔 어느새 세월의 흔적이 묻어났어.

나는 지난 몇 년간 성형외과에 몇 번 갔었어. 아마 셀리아도 그랬을 거야. 나는 V자로 깊이 파인 검정 드레스를 입고 허리에 벨트를 맸어. 짧게 자른 금발은 색이 전보다 살짝 옅어졌어.

셀리아는 나를 보더니 자리에서 일어났어.

"에블린."

"셀리아."

나는 셀리아를 꼭 안았어.

"좋아 보이네요." 셀리아가 말했어. "늘 그렇듯이."

"너도 마지막으로 봤던 때와 똑같구나."

"우린 서로에게 거짓말한 적은 없잖아요." 셀리아가 웃으며 말했어. "이제 와서 굳이."

"넌 정말로 멋져." 내가 말했어.

"당신도 마찬가지예요."

나는 화이트와인을 한 잔 주문했고 셀리아는 라임이 들어간 클럽소다를 주문했어.

"이젠 술을 안 마셔요." 셀리아가 말했어. "예전과 달리 몸에 안 받더라고요."

"그렇구나. 네가 원한다면, 내 와인을 받자마자 창밖으로 던져 버릴게."

"아뇨." 셀리아가 웃으며 말했어. "나한테 안 받는다고 당신에게 문제될 건 없잖아요."

"나는 너에 관한 모든 것들이 내 문제가 되길 바라거든."

"뭐라고 하는지 알고 하는 소리예요?"

셀리아가 몸을 앞으로 내밀면서 속삭였어. 블라우스의 목 부분이 벌어지면서 빵 바구니에 닿았어. 버터가 묻을까 봐 걱정됐는데 다행히 묻지는 않았어.

"물론 알고 하는 소리지."

"당신은 내 인생을 두 번이나 무너뜨렸어요. 당신을 잊느라 몇 년씩 고생했다고요."

"그래서 그중 한 번이라도 성공했어?"

"완전히 성공하진 못했죠."

"바로 그거야."

"그런데 왜 지금이죠?" 셀리아가 물었어. "왜 진작 연락하지 않았어요?"

"네가 떠난 뒤로 백만 번도 더 연락했어. 네 문을 때려 부술 정도로 두드린 적도 있지." 내가 옛날 일을 상기해 줬어. "네가 나를 미워하는 줄 알았어."

"미워했죠." 셀리아가 몸을 살짝 빼면서 말했어. "지금도 미워요. 옛날만큼은 아니지만."

"나는 뭐 네가 안 미운 줄 아니?" 오랜 만에 만난 두 친구의 수다처럼 보이려고 목소리를 살짝 낮췄어. "조금이라도?"

셀리아가 미소를 지었어.

"밉겠죠. 당신도 사람이니까."

"그렇다고 해서 내가 하고 싶은 일을 못 하지는 않아."

셀리아가 한숨을 쉬면서 메뉴판을 쳐다봤어.

"나는 되돌릴 기회가 있다고 생각조차 못 했어." 나는 무슨 음모라도 꾸미듯 몸을 살짝 내밀며 말했어. "네가 떠난 뒤로 문이 완전히 닫힌 줄 알았거든. 그런데 지금 살짝 열린 거야. 나는 그 문을 활짝 열고 안으로 들어가고 싶어."

"무슨 근거로 문이 열렸다고 생각해요?"

셀리아가 메뉴판 왼쪽을 살피며 물었어.

"저녁 먹을 거지, 우리?"

"친구로서."

"너와 나는 한 번도 친구였던 적이 없어."

셀리아가 메뉴판을 닫아 테이블에 내려놨어.

"돋보기가 있어야겠어요." 셀리아가 말했어. "돋보기라니, 믿어져요?"

"너만 그런 게 아니야."

"나는 상처를 입으면 못되게 굴 수 있어요."

셀리아가 내게 옛날 일을 상기해 줬어.

"모르는 바가 아니야."

"나는 당신을 재능이라곤 없는 사람처럼 느끼게 했어요. 그리고 내가 당신의 부족한 부분을 채워주기 때문에 당신한테 내가 꼭 필요하다고 생각하게 했어요."

"알고 있어."

"하지만 당신은 전혀 부족하지 않았어요."

"그것도 이젠 알아." 내가 말했어.

"오스카상을 받은 후에 당신이 바로 연락할 줄 알았어요. 내게 상을 들이밀면서 자랑할 줄 알았어요."

"내 수상 소감은 들었니?"

"물론 들었죠."

"그때 너한테 손을 내밀었잖아."

나는 말하고 나서 빵을 한 조각 집어서 버터를 발랐어. 하지만 한 입도 안 먹고 바로 내려놨어.

"긴가민가했어요." 셀리아가 말했어. "그러니까 나한테 한 말인지 확신하지 못했거든요."

"네 이름만 빼고 다 말했잖아."

"'그녀she'라고 했죠."

"내 말이."

"당신에게 다른 그녀가 있을지도 모른다고 생각했어요."

나는 셀리아 외에 다른 여자들에게 시선을 돌리기도 했었어. 셀리아 외에 다른 여자들과 함께 있는 나를 그려보기도 했었지. 하지만 셀리아를 내 인생의 전부라고 여겼던 탓에, 그들은 늘 '셀리아가 아닌 여자'로 구분되었을 뿐이야. 내가 대화라도 해볼까 생각했던 다른 여자들은 '셀리아가 아닌 여자'라고 각인될 뿐이었지. 여자 때문에 내 커리어와 내가 사랑한 모든 것을 위험에 빠뜨린다면, 그 주인공은 셀리아뿐이었어.

"너 말고 다른 그녀는 없어." 내가 말했어.

셀리아는 내 말을 듣고 눈을 감았어. 그러다 한참 만에 입을 열었어. 참으려 했지만 도저히 참을 수 없는 것 같았어.

"하지만 늘 그들hes이 있었죠."

"또 그 소리구나." 나는 눈을 굴리고 싶은 걸 참으며 말했어. "나는 맥스와 함께 있었어. 너는 조앤과 함께 있었던 게 분명하고. 조앤이 나랑 견줄 만했니?"

"아뇨." 셀리아 말했어.

"맥스는 네 발밑에도 못 따라갔어."

"그런데도 여전히 그와 부부로 살잖아요."

"이혼을 청구할 거야. 그 사람은 곧 나갈 거야. 다 끝났어."

"참 갑작스럽네요."

"그렇지도 않아. 실은 진작 끝냈어야 했어. 게다가 맥스가 네 편지를 봤어."

"그래서 맥스가 당신을 떠나는 거예요?"

"아니, 맥스는 내가 자기 곁에 머물지 않으면 동성애자임을 밝히겠다고 위협했어."

"뭐라고요?"

"내가 맥스를 떠나는 거야." 내가 차분하게 설명했어. "나는 맥스가 하고 싶은 대로 하라고 둘 거야. 내 나이도 벌써 오십이야. 늙어 죽을 때까지 남들이 이러쿵저러쿵 하는 걸 일일이 통제할 수 없잖아. 요즘 엔 들어오는 역할도 죄다 형편없어. 선반에 올려둘 오스카상도 받았고, 눈에 넣어도 아프지 않은 딸도 있어. 해리도 있지. 나는 누구나 아는 유명 인사가 됐어. 기자들은 앞으로도 몇 년간 내 영화에 대해 써댈 거야. 더 바랄 게 뭐가 있겠니? 나를 기리는 황금 조각상?"

셀리아가 소리 내 웃었어.

"그게 바로 오스카상 아니겠어요."

나 역시 크게 웃었어.

"그렇지! 좋은 지적이야. 그렇다면 황금 조각상도 있다는 소리네. 이젠 더 이상 바랄 게 없어, 셀리아. 더는 올라야 할 산이 없다니까. 높은 산에서 떨어지지 않으려고 평생 숨기고 살았어. 흠, 그거 아니? 나는 이제 숨기는 데 지쳤어. 그냥 와서 나를 잡아가라고 해. 나를 밀어서 우물에 빠뜨려도 상관없어. 올해 말에 폭스 스튜디오와 계약한 마지막 영화만 찍고 나면 다 끝나."

"진심으로 하는 말은 아니죠."

"진심이야. 다른 꿍꿍이는 전혀 없어… 그 때문에 너를 잃었는데. 너를 또다시 잃고 싶지 않아."

"우리의 커리어 때문만이 아니에요." 셀리아가 말했어. "후폭풍을 예측할 수 없잖아요. 그들이 코너를 데려가면 어쩔 건데요?"

"내가 여자와 사랑에 빠졌다는 이유로?"

"그자들이 코너의 부모를 퀴어queer(동성애자. '괴상한, 별난'이라는 뜻도 있음)라고 생각한다는 이유로요."

나는 와인을 한 모금 삼켰어.

"너를 도저히 당해낼 수가 없다. 너는 내가 숨으려고 하면 겁쟁이라고 비난하고, 내가 숨는 데 지쳤다고 하면 그들이 내 딸을 데려갈 거라고 하는구나."

"나도 유감스러워요." 셀리아는 방금 한 말을 유감스러워하기보다는 우리가 이런 세상에서 사는 것을 더 유감스러워하는 것 같았어. 그래서 내 의도를 재차 확인했어. "진심이에요? 정말로 다 포기할 거예요?"

"그렇다니까. 정말로 다 포기할 거야."

"진짜로 확실해요?"

때마침 웨이터가 와서 셀리아 앞에 스테이크를 내려놓고 내 앞에 샐러드를 내려놨어. 웨이터가 가자마자 셀리아가 또다시 물었어.

"죽었다 깨어나도 후회하지 않을 자신 있어요?"

"그렇다니까."

셀리아는 말없이 앞에 놓인 접시를 응시했어. 이 상황을 어떻게 처리할지 궁리하는 것 같았어. 그 사이 내 몸은 자꾸만 앞으로 쏠렸어. 어떻게든 셀리아에게 더 가까이 다가가고 싶었거든.

"만성 폐쇄성 폐질환에 걸렸어요." 셀리아가 마침내 말했어. "아마 60살을 넘기 힘들 거예요."

나는 눈을 부릅뜨고 셀리아를 쳐다봤어.

"거짓말 하지 마."

"거짓말 아니에요."

"아니, 넌 거짓말을 하고 있어. 그게 사실일 리 없잖아."

"사실이에요."

"아니, 그렇지 않아."

"그렇다니까요."

셀리아는 말하고 나서 포크를 집어 들었어. 하지만 스테이크 대신 앞에 놓인 물을 조금 마셨어.

나는 휘몰아치는 생각으로 머리가 어질어질했어. 너무 두려워서 심장이 터질 것 같았어.

셀리아가 다시 입을 열었어. 나는 정신이 혼미했지만 집중해서 들으려고 애썼어. 꼭 알아야 할 중요한 내용이니까.

"일단 당신은 끝까지 힘내서 영화를 찍어요. 그런 다음… 그런 다음… 나와 함께 스페인의 해안 지방으로 옮기는 게 좋겠어요."

"뭐라고?"

"나는 늘 인생 말년을 멋진 해변에서 사랑하는 사람과 보내면 좋겠다고 생각했어요."

"네가… 네가 죽는다고?"

"당신이 촬영하는 동안 나는 스페인에서 적당한 장소를 찾아볼게요. 코너가 훌륭한 교육을 받을 만한 곳이어야겠죠. 여기 있는 집은 팔 거예요. 그 대신, 그곳에 엄청 큰 저택을 구입할 거예요. 해리와 로버트까지 지내도 될 만큼 큰 저택을."

"네 오빠 로버트?"

셀리아가 고개를 끄덕였어.

"로버트는 사업차 몇 년 전에 이곳으로 이주했어요. 그동안 우린 아주 가깝게 지냈죠. 오빠는… 내가 어떤 사람인지 알고 나를 든든하게 지원해줘요."

"그게 뭐야? 그 만성 폐쇄성-"

"폐기종의 일종이에요. 흡연 때문에 생기는 거죠. 당신도 아직 담배 피워요? 그렇다면 당장 끊는 게 좋아요."

나는 고개를 저었어. 담배를 오래 전에 끊었거든.

"진행을 늦춰줄 치료법이 있어요. 나는 대체로 정상적인 생활을 할 수 있어요. 한동안은."

"그다음엔?"

"그다음엔, 결국 활동은 어려워지겠죠. 숨쉬기도 어려워지고. 그렇게 되면 시간이 얼마 남지 않은 거겠죠. 그렇더라도 얼추 10년은 내다볼 수 있어요. 운이 좋다면."

"10년? 너는 이제 겨우 마흔아홉 살이야."

"그러게요."

내 눈에서 눈물이 흘러 내렸어. 참으려 했지만 그냥 주르르 흘렀어.

"여기서 울면 어떡해요?" 셀리아가 말했어. "사람들이 보잖아요."

"나도 어쩔 수 없어."

"알았어요. 알았어요."

셀리아는 지갑에서 백 달러짜리 지폐를 꺼내 테이블에 탁 내려놨어. 나를 의자에서 일으켜 세운 다음, 주차 담당자 쪽으로 걸어가 주차 티켓을 건넸어. 차가 나오자 셀리아는 나를 앞자리에 앉히고 자기 집까지 운전해 갔어.

"감당할 수 있겠어요?"

셀리아가 나를 소파에 앉힌 후 물었어.

"그게 무슨 말이야?" 내가 반문했어. "내가 어떻게 감당할 수 있겠어?"

"당신이 감당할 수 있어야," 셀리아가 힘주어 말했어. "우리가 이 일을 감행할 수 있어요. 함께 지낼 수 있다고요. 그러니까… 남은 인생을 함께 보낼 수 있다고요, 에블린. 당신이 감당할 수 있어야 한다고요. 하지만 당신이 견뎌낼 자신이 없다면, 나는 양심상 당신에게 이렇게 하자고 권할 수 없어요."

"정확히 뭘 견뎌내는 건데?"

"나를 다시 잃게 되는 것. 당신이 나를 다시 잃을 수 없겠다고 한다면, 나는 아예 당신이 나를 다시 사랑하게 하고 싶지 않아요."

"너를 다시 잃을 순 없어. 내가 그걸 어떻게 견디겠어? 하지만 그래도 감행하고 싶어. 아니, 할 거야. 그래," 내가 마침내 말했어. "견딜 수 있어. 이대로 피하느니 온몸으로 견뎌내고 말겠어."

"자신 있어요?"

"그래, 자신 있어. 이보다 더 자신 있었던 적이 없어. 셀리아, 너를 사랑해. 옛날에도, 지금도, 앞으로도. 그러니까 우리는 남은 시간을 함께 보내야 해."

셀리아가 내 얼굴을 붙잡고 키스했어. 내 눈에선 또다시 눈물이 흘렀어.

셀리아도 나랑 같이 울기 시작했어. 혀끝에 닿는 눈물이 내 것인지,

셀리아의 것인지 분간할 수 없었어. 그저 내가 언제나 사랑할 수밖에 없는 여자의 품에 다시 안겼다는 사실만 확실히 알았어.

결국 셀리아의 블라우스는 바닥에 떨어졌고 내 원피스는 허벅지 위쪽으로 자꾸 올라갔어. 셀리아의 뜨거운 입술이 내 가슴에 닿았어. 나는 드레스에서 몸을 빼냈어. 순백의 침대 시트가 매우 부드러웠어. 셀리아에게서는 담배와 술 냄새 대신 감귤류 냄새가 은은하게 났어.

다음날 아침, 베개를 따라 부채꼴로 펼쳐진 셀리아의 머리카락이 내 얼굴을 간질였어. 나는 몸을 옆으로 돌려 셀리아의 등에 바싹 붙였어.

"앞으로 이렇게 할 거예요." 셀리아가 말했어. "당신은 맥스를 떠나도록 해요. 나는 의회에 있는 친구에게 연락할게요. 버몬트 주 하원의원이에요. 마침 언론의 관심이 필요한 상태니까 당신이 그와 좀 어울려 줘요. 우리는 당신이 젊은 남자 때문에 맥스랑 헤어지려 한다는 소문을 퍼뜨릴게요."

"얼마나 젊은데?"

"스물아홉 살이에요."

"맙소사! 셀리아, 완전 어린애잖아."

"사람들도 딱 그렇게 말할 거예요. 그 정도는 돼야 충격을 받죠."

"그럼 맥스가 나를 비방하려 할 땐?"

"맥스가 당신에 대해 떠들어 봤자 별 소용이 없을 거예요. 상심해서 헛소리하는 줄 알 거예요."

"그다음엔?" 내가 물었어.

"그다음엔, 적당한 시점에 당신이 우리 오빠랑 결혼하는 거죠."

"내가 왜 로버트랑 결혼해?"

"그래야 나중에 내 재산이 전부 당신에게 돌아가죠. 내 재산은 당신이 다 관리할 거예요. 당신만이 내 유산을 차지할 수 있어요."

"재산 상속인으로 나를 지명해도 되잖아."

"당신이 내 연인이라는 이유로 누군가가 빼앗으면 어떡해요? 그건 안 돼요. 이 방법이 더 나아요. 더 안전하고."

"하지만 네 오빠랑 결혼하라고? 제정신이야?"

"로버트는 날 위해서라면 뭐든 할 거예요." 셀리아가 말했어. "게다가 보는 여자마다 자빠뜨리고 싶어 하는 한량이라, 당신 남편이라는 타이틀을 유용하게 써먹을 거예요. 서로 윈윈이에요."

"진실을 숨기려고 이 모든 걸 감행한다고?"

내 품에 안긴 셀리아의 흉곽이 크게 늘어났다 줄어들었어.

"진실을 말할 순 없어요. 사람들이 록 허드슨에게 무슨 짓을 했는지 봤잖아요. 그가 암으로 죽었다면, 아마 기금을 모으려고 장시간 특별 방송이라도 했을 걸요."

"사람들은 에이즈를 잘 모르잖아."

"그들도 알 만한 건 다 알아요." 셀리아가 반박했어. "그가 어떻게 걸렸는지 아니까 더 비난하는 거죠."

베개를 고쳐 베다가 순간, 가슴이 철렁 내려앉았어. 셀리아 말이 맞았거든. 지난 몇 년 동안 나는 해리가 에이즈로 친구나 전 연인을 잃고 상심하는 모습을 수없이 지켜봤어. 자기 자신도 병에 걸릴까 봐 두려워서, 또 사랑하는 사람들을 도울 방법을 몰라서 눈이 빨개지도록 우는 모습도 지켜봤어. 아울러 레이건 대통령이 눈앞에서 벌어지는 일을 인정조차 안 하는 모습도 지켜봤어.

"60년대 이래로 세상은 많이 변했어요." 셀리아가 말했어. "하지만 사람들은 별로 변하지 않았어요. 레이건 대통령이 동성애자 권리는 시민권이 아니라고 말한 게 불과 얼마 전이에요. 코너를 잃는 위험을 감수할 순 없잖아요. 그러니까 내가 하원에 있는 친구에게 연락할게요. 잭과 함께 그럴싸한 이야기를 꾸며볼게요. 당신은 영화를 찍고 우리 오빠랑 결혼해요. 그런 다음 다 같이 스페인으로 가요."

"해리와 얘기해볼게."

"물론 그래야죠. 해리가 스페인이 싫다고 하면 독일로 가도 돼요. 스칸디나비아나 아시아도 상관없어요. 사람들이 우리에게 관심을 기울이지 않는 곳, 코너가 평범한 어린 시절을 보낼 수 있는 곳, 그런 곳이면 어디든 괜찮아요."

"네 치료는 어떡하고?"

"내가 치료받으러 가면 되죠. 아니면 사람들을 데려올 수도 있고."

나는 잠시 생각해봤어. 괜찮을 것 같았지.

"좋은 계획이야."

"그래요?" 내 칭찬에 셀리아가 우쭐하더라고.

"이젠 하산해도 되겠다."

셀리아가 깔깔 웃더니 내게 키스했어.

"드디어 집에 돌아왔구나." 내가 말했어.

여긴 내 집이 아니었어. 우리는 이곳에 함께 살았던 적이 없었으니까. 그런데도 셀리아는 내 말뜻을 정확히 알아들었어.

"그래요. 드디어 집에 돌아왔어요."

나우 디스

1988년 7월 1일

갈수록 추잡해지는 휴고와 맥스 지라드의 이혼

에블린 휴고가 다시 한 번 이혼 법정에 서게 되었다. 휴고는 성격 차이를 이유로 이번 주에 서류를 제출했다. 그런데 이 방면에 도가 튼 에블린이라 해도 이번엔 좀 애를 먹을 것 같다.

소식통에 따르면, 맥스 지라드는 배우자 수당을 요구하면서 휴고에 대한 험담을 동네방네 떠들고 다닌다고 한다. 두 사람을 잘 아는 한 측근의 이야기를 들어보자.

"맥스는 너무 화가 나서 그녀에게 복수하려고 아무 말이나 막하고 다닌다니까요. 내 마누라는 사기꾼이다, 레즈비언이다, 내덕에 오스카상을 받았다, 라는 식으로 막말을 하는 걸 보면 맥스는 확실히 비통한 상태인가 봅니다."

한편, 휴고는 지난주에 훨씬 더 젊은 남자와 함께 있는 모습이 포착되었다. 버몬트 주의 잭 이스턴 하원의원은 이제 겨우 스물 아홉이다. 에블린보다 자그마치 20년이나 어리다. 두 사람이 함께 LA에서 저녁을 즐기는 사진을 보면, 로맨스가 한창 피어나는 것처럼 보인다. 그간 에블린의 행적이 썩 훌륭하진 않았지만, 맥스의 비난은 확실히 괜한 억지처럼 들린다. 그 점은 분명한 것 같다.

56

해리는 합류하지 않았어.

어차피 내 권한 밖에 있는 사람이었어. 해리가 내 뜻에 따르지 않는다고 함부로 조종할 마음도 없었어. 내 계획을 듣고서 해리는 모든 것을 뒤로 하고 유럽으로 떠나고 싶어 하지 않았어.

"나더러 은퇴를 제안하는 거야?" 해리가 말했어. "나는 아직 예순도 안 됐어. 맙소사, 에블린. 거기서 하루 종일 뭘 하면서 지내라고? 해변에서 카드놀이라도 할까?"

"그것도 괜찮을 것 같지 않아요?"

"한두 시간 정도는 괜찮겠지." 해리가 말했어. "그 다음엔 남은 인생 동안 뭘 할지 고심하느라 골머리를 앓을 거야."

해리는 오렌지주스처럼 보이는 것을 마시고 있었는데, 아무래도 보드카를 섞은 스크루드라이버 같았어.

우리는 〈테레사의 지혜Theresa's Wisdom〉 세트장에 마련된 내 분장실에 앉아 있었어. 해리가 대본을 받고서 나를 테레사로 점찍은 후 폭스 스튜디오에 판 영화였어. 주인공인 테레사는 남편을 떠나면서 자식들을 지키려고 고군분투하는 여자였어.

촬영이 시작된 지 사흘째 날, 나는 촬영 의상인 흰색 샤넬 정장에 진주 목걸이를 두르고 있었어. 크리스마스 만찬을 차려 놓고 남편과 이혼하겠다고 선언하는 장면을 촬영할 예정이었거든. 해리는 카키색

바지에 옥스퍼드 셔츠 차림으로, 여느 때처럼 잘생겨 보였지. 머리는 이미 반백에 가까웠지만, 나이를 먹을수록 샘이 날 정도로 더 매력적으로 보였어. 반면에 내 가치는 시들어 가는 레몬처럼 하루가 다르게 쪼그라들었어.

"해리, 당신은 이런 거짓된 생활을 멈추고 싶지 않아요?"

"거짓된 생활?" 해리가 내게 반문했어. "이게 다 당신을 위한 거짓말 아닌가? 셀리아와 어떻게든 잘해 보려고 말이야. 당신도 알잖아. 내가 전부 지지한다는 걸. 하지만 이런 생활이 나를 위한 거짓말은 아니야."

"당신에게도 남자가 있잖아요." 해리가 다 내 탓으로 돌리는 것 같아 은근히 화가 났어. "남자가 없는 척하지는 말아요."

"물론 있지. 하지만 의미 있게 연결된 남자는 하나도 없어." 해리가 잠시 뜸을 들인 후 말을 이었어. "나한테는 존밖에 없으니까. 하지만 존은 이미 떠나고 없어. 내가 유명한 이유는 순전히 당신이 유명하기 때문이야, 에블린. 당신과 관련된 일이 아니라면, 사람들은 나에 대해서, 혹은 내가 하는 일에 대해서 신경도 안 써. 앞으로 내 인생에 남자가 있다면, 끽해야 몇 주 만나고 헤어질 사람들이야. 나는 거짓된 생활을 하는 게 아니야. 그냥 내 인생을 살 뿐이지."

나는 숨을 깊이 들이마셨어. 이따가 촬영장에서 억눌린 아내 역을 하려면 너무 흥분하지 않는 게 좋았거든.

"당신은 내 상황이 안중에도 없어요?"

"무슨 그런." 해리가 말했어. "당신도 알잖아. 내가 신경 쓴다는 걸."

"흠, 그렇다면-"

"당신과 셀리아의 관계 때문에 우리가 왜 코너의 삶을 뿌리째 흔들어야 하지? 그리고 내 삶도?"

"셀리아는 내 인생의 사랑이에요. 당신도 잘 알잖아요. 나는 그녀와 함께 지내고 싶어요. 이제 다시 다 같이 지낼 때가 됐어요."

"그럴 수 없어." 해리가 테이블을 탁 치며 말했어. "다 같이 지낼 수는 없어."

그 말을 끝으로 해리는 내 분장실을 나갔어.

해리와 나는 주말엔 집으로 가서 코너와 놀아주고, 주중엔 영화를 찍었어. LA에 머무는 동안 나는 셀리아와 지냈고, 해리는… 내가 모르는 어딘가에서 지냈어. 행복해 보여서 굳이 물어보지 않았어. 마음 한 구석에선 그의 관심을 며칠 이상 끄는 사람을 만났나 싶었지.

그런데 내 상대역인 벤 메들리가 과로로 입원하는 바람에 〈테레사의 지혜〉가 예정보다 3주 이상 지체되었어. 마음이 오락가락하더라고.

한편으론 코너와 떨어져 지내야 해서 마음이 아프기도 했어. 하루라도 빨리 돌아가서 안아주고 싶었거든.

반면에 코너는 나한테 자꾸 짜증만 냈어. 엄마를 아예 짜증 유발자라고 낙인찍은 것 같았어. 내가 세계적으로 유명한 배우라는 사실도 딸이 엄마를 지독한 멍청이로 보는 데는 도움이 되지 않더라고. 그래서 뉴욕으로 돌아가 딸에게 끊임없이 거부당하느니 LA에 머물면서 셀리아와 지내는 게 더 행복할 때가 많았어. 그렇지만 코너가 나를 잠시라도 원한다 싶으면 다 때려치우고 바로 뉴욕으로 돌아갔을 거야.

촬영이 끝난 다음 날, 나는 물건을 정리하면서 전화로 코너에게 내일 일정을 얘기했어.

"아빠랑 나는 오늘밤 비행기로 돌아가니까, 아침에 눈을 뜨면 네 옆에 있을 거야."

"알겠어요." 코너가 말했어.

"아침은 채닝스에서 먹을까 하는데."

"엄마, 요새 누가 채닝스에 가요?"

"내 입으로 이렇게 말해서 유감스럽다만, 내가 채닝스에 가면 채닝스는 여전히 멋진 곳으로 여겨질 거야."

"내가 이래서 엄마를 구제불능이라는 거예요."

"엄마는 그냥 너랑 프렌치토스트를 먹으려는 것뿐이야, 코너. 이게 그렇게 나쁜 일이니?"

때마침 누군가가 할리우드 힐스 방갈로의 문을 두드렸어. 문을 열자 해리가 보였어.

"이만 끊을게요, 엄마." 코너가 말했어. "카렌이 놀러올 거예요. 루이자가 그릴에 미트 로프를 구워준댔어요."

"잠깐 기다려. 아빠 오셨다. 너랑 통화하고 싶대. 그래, 안녕. 내일 보자."

나는 전화기를 해리에게 건넸어.

"안녕, 귀염둥이. … 흠, 엄마 말도 일리가 있구나. 네 엄마가 다녀간 곳은, 거기가 어디든 으레 핫한 장소로 여겨지거든. … 그래, 좋지. … 좋아. 내일 아침, 우리 셋이서 아침을 먹으러 갈 건데, 새로운 맛집도 좋지. … 이름이 뭐라고? 위플스Wiffles?(여성의 여성의 성기를 뜻하기도 함-역자 주) 무슨 그따위 이름이 다 있냐? … 오케이, 오케이. 위플스에 가자. 괜찮아. 귀염둥이, 잘 자렴. 사랑한다. 내일 보자."

해리가 내 침대에 앉아 나를 쳐다봤어.

"아무래도 위플스로 가야겠는걸."

"어린 딸한테 쩔쩔매는군요, 해리."

"그게 어때서."

해리가 어깨를 으쓱하며 말했어. 그러더니 일어나서 물을 한 잔 따르더라고. 그 사이 나는 계속 짐을 쌌어.

"나한테 생각이 있는데…" 해리가 내 쪽으로 다가오며 말했어. 술 냄새가 살짝 풍기더라고. "들어봐."

"뭐에 대한 생각인데요?"

"유럽."

"오케이…"

나는 뉴욕에 돌아갈 때까지 그 일을 잠시 접어둘 생각이었어. 촬영을 마무리 짓고 집으로 돌아가면 그 문제를 좀 더 깊이 논의할 시간과 여유가 생길 테니까.

나는 내 계획이 코너에게 좋다고 생각했어. 뉴욕을 무척 좋아했지만 마음 편히 살기엔 다소 위험해졌거든. 범죄율이 치솟고 마약이 사방으로 퍼졌어. 그나마 어퍼 이스트 사이드는 상당히 안전했어. 그래도 코너를 위험 지역 인근에서 키우려니 영 께름칙했어. 더구나 부모의 일터가 사실상 서쪽 끝에 있으니, 우리가 없는 동안 루이자에게 코너를 전적으로 맡기는 게 좋을 리 없었어.

물론 우리 때문에 코너의 생활이 뿌리째 흔들리게 되겠지. 친구들과 헤어져야 한다고 하면 코너가 나한테 눈을 부라릴 게 뻔했어. 하지만 한적한 동네에서 살면 코너에게 좋은 점이 더 많을 터였어. 엄마와 시간을 더 많이 보낼 수도 있고. 게다가 이제 코너는 가십 기사를 읽고 연예 뉴스를 볼 나이가 됐어. 솔직히 말해서, TV를 틀었는데 엄마가 여섯 번째 남편과 이혼한다는 뉴스를 보면 좋을 리 없잖아?

"어떻게 해야 할지 궁리해 봤는데." 해리가 말했지. 내가 침대에 걸터앉자 해리도 내 옆에 앉으며 말을 이었어. "이곳으로, 다시 로스앤젤레스로 옮기는 게 좋겠어."

"해리…"

"그리고 셀리아는 내 친구랑 결혼하는 거야."

"당신 친구?"

해리가 내 쪽으로 몸을 돌렸어.

"내가 요새 누굴 좀 만나거든."

"네?"

"촬영장에서 우연히 만났어. 다른 프로덕션에서 일하는 사람이야. 처음엔 그냥 가벼운 만남이라고 생각했어. 그 사람도 그랬던 것 같아. 그런데 그게 아니었어… 그 사람과 함께 있는 내 모습이 자꾸 그려지는 거야."

나는 해리의 말에 무척 기뻤어.

"당신이 다른 사람과 함께 있는 모습을 더 이상 그리지 못하는 줄 알았어요."

내가 놀라움과 반가움이 뒤섞인 목소리로 말했어.

"그릴 수 없었지."

"그런데 어떻게 된 거예요?"

"이젠 그릴 수 있어."

"정말 듣던 중 반가운 소리에요, 해리. 하지만 당신 생각이 좋은 건지는 잘 모르겠어요." 내가 말했어. "그 남자를 알지도 못하는데."

"당신은 굳이 몰라도 돼." 해리가 말했어. "내 말은 그러니까 내가 셀리아를 선택한 게 아니잖아. 당신이 선택했지. 그리고 나는… 아무래도 그 사람과 함께 하고 싶어."

"나는 이제 연기 활동을 그만두고 싶어요, 해리."

나는 이번 영화를 촬영하는 내내 몹시 지쳐 있었어. 어떤 장면을 다시 찍자고 하면 눈을 굴리고 싶었어. 이미 천 번도 넘게 한 마라톤을 또 하는 기분이었어. 너무 시시하고 식상해서 운동화 끈을 매라는 요청에도 짜증이 나는 것과 같았어.

나를 흥분시키는 역할을 맡았다면, 여전히 뭔가 증명할 게 남았다고 느꼈다면, 그랬다면 달랐을지도 모르겠어.

80대나 90대까지 자기 일을 멋지게 해내는 여성도 많잖아. 셀리아가 딱 그런 사람이었어. 맡는 역할마다 눈을 못 떼게 할 정도로 뛰어난 연기를 펼쳤어. 그만큼 연기에 대한 열정이 남달랐거든.

하지만 나는 그렇게 열정적이지 않았어. 내 관심사는 연기 자체가 아니라 나를 증명하는 데 있었거든. 내 힘을 증명하고, 내 가치를 증명하고, 내 재능을 증명하는 것.

나는 그것들을 다 증명했어.

"좋아." 해리가 말했어. "당신은 더 이상 연기하지 않아도 돼."

"연기를 안 할 거면 내가 왜 로스앤젤레스에서 살겠어요? 나는 자유롭게 지낼 수 있는 곳, 아무도 내게 관심을 기울이지 않는 곳에서 살고 싶어요. 당신은 어렸을 때 동네에서 룸메이트처럼 함께 지내던 노

부인들을 본 적 없나요? 여자 둘이서 살아도 누구 하나 신경 쓰지 않았잖아요. 나는 그런 여자들처럼 마음 편히 살고 싶어요. 여기선 도저히 그럴 수 없어요."

"당신은 어디서도 그럴 수 없어." 해리가 말했어. "그게 지금껏 유명 인사로 살아온 대가야."

"그 말엔 동의하지 않아요. 나도 충분히 그렇게 살 수 있다고 보거든요."

"흠, 나는 그렇게 살고 싶지 않아. 그래서 말인데, 당신과 내가 다시 결혼하고 셀리아가 내 친구와 결혼하는 게 어때?"

"이 얘긴 나중에 다시 하도록 해요."

나는 일어서서 여행용 파우치를 들고 화장실로 향했어.

"에블린, 우리 가족 일을 당신이 일방적으로 결정하지 마."

"누가 일방적으로 결정한다는 거예요? 나는 그저 나중에 다시 얘기하자고 했을 뿐이에요. 선택지는 많아요. 유럽에 갈 수도 있고, 여기로 올 수도 있고, 그냥 뉴욕에 머물 수도 있어요."

해리가 고개를 저었어.

"그 사람은 뉴욕으로 못 옮겨."

나는 인내심이 한계에 다다랐어.

"나중에 논의해야 할 이유가 더 늘었네요."

해리가 일어났어. 불편한 심기를 드러내려나 싶었는데, 금세 마음을 가라앉히더라고.

"그래, 당신 말이 맞아. 나중에 얘기해."

내가 비누와 화장품을 챙기는데 해리가 다가오더니 내 팔을 잡고 이마에 키스했어.

"오늘밤에 데리러 와 주겠어?" 해리가 말했어. "내 숙소로? 공항까지 가면서, 또 비행하는 내내 더 의논해 보자고. 기내에서 블러디 메리를 한두 잔 마시며 반성도 좀 하고."

"우린 이 문제를 어떻게든 해결할 거예요. 당신도 그렇게 알고 있죠, 그렇죠? 나는 당신 없인 그 어떤 일도 안 할 거예요. 내 절친이니까. 내 가족이니까."

"잘 알지. 나한테도 당신은 절친이고 가족이야. 다만 존이 떠난 뒤로는 누구도 사랑할 수 없을 줄 알았어. 그런데 그 사람은… 에블린, 그 사람은 나를 다시 사랑에 눈뜨게 해줬어. 내가 다시 사랑할 수 있게 됐어."

"알아요, 알아요." 내가 해리의 손을 꼭 잡으며 말했어. "내가 할 수 있는 건 뭐든 할게요. 이 문제를 어떻게든 해결해 볼게요. 약속해요."

"오케이. 어떻게든 해결해 보자고."

이번엔 해리가 내 손을 꼭 잡아줬어. 그런 다음 밖으로 나갔어.

운전기사가 밤 9시경에 나를 데리러 왔어. 뒷자리에 탔더니 자신을 닉이라고 소개하더라고.

"공항까지 모실까요?"

"실은 가다가 웨스트사이드에 잠깐 들를 거야."

나는 해리가 머무는 숙소의 주소를 기사에게 건넸어.

할리우드의 허름한 동네를 벗어나 선셋 스트립을 지나면서 보니 참 많이도 변했더라고. 내가 떠난 뒤로 로스앤젤레스가 형편없게 변해서 기분이 우울할 지경이었어. 여기도 맨해튼과 별반 다르지 않았어. 지난 수십 년 세월이 전혀 좋은 방향으로 흐르지 못했어. 해리는 코너를 여기서 기르자고 했지만, 나는 두 대도시를 영원히 떠나야 한다는 느낌을 떨칠 수 없었어.

해리의 숙소 근처에서 빨간 신호등에 멈춰 서자 닉이 잠시 몸을 돌리고 씩 웃었어. 다부진 턱에 짧은 머리를 하고 있었어. 그렇게 씩 웃기만 해도 껌뻑 넘어갈 여자가 줄을 섰을 것 같았어.

"저도 배우입니다." 닉이 말했어. "당신처럼요."

"배역만 잘 맡으면 정말 좋지."

내가 점잖게 웃으며 말했어.

"이번 주에 에이전트를 구했어요." 닉이 고개를 끄덕이며 말했어. 신호등이 바뀌자 닉은 출발하면서 이야기를 계속했어. "이젠 정말 제대로 시작하는 기분이에요. 어 그런데, 공항까지 가려면 시간이 좀 걸릴 텐데… 저 같이 출발선에 선 사람에게 팁을 좀 주실 수 있나요?"

"아, 뭐…"

내가 창밖으로 고개를 돌리며 말했어. 어둡고 구불구불한 도로를 달리면서 닉이 또다시 물어오면, 나는 주로 운이 좌우한다고 말해줄 생각이었어.

아울러 자신의 출신 성분을 기꺼이 부정하고 자신의 몸을 상품화하며 선량한 사람들에게 거짓말을 밥 먹듯이 해야 한다고 말해줄 생각이었어. 남들의 이목 때문에 사랑하는 사람을 희생시켜야 하고 자신의 본 모습 대신 남들이 선망하는 거짓된 모습으로 살다가 결국엔 자신이 누구로 시작했는지 혹은 애초에 왜 그렇게 시작했는지도 잊어버려야 한다고 말해줄 생각이었어.

하지만 모퉁이를 돌아 해리의 숙소로 이어지는 좁은 길로 들어선 순간, 방금 전까지 내 머릿속에서 맴돌던 생각이 싹 사라졌어.

나는 몸을 앞으로 내민 채 충격으로 얼어붙었어.

우리 앞에 세단 한 대가 서 있었어. 쓰러진 나무 밑에 우그러진 채로.

세단이 정면으로 부딪치는 바람에 나무가 그 위로 덮친 것 같았어.

"어, 휴고 씨…"

"나도 보여."

닉이 뭐라고 더 하기 전에 내가 얼른 말했어. 눈앞에 보이는 장면이 단순한 착시가 아님을 닉이 확인해 주길 원치 않았거든.

닉이 길가에 차를 세웠어. 운전석 쪽에서 나뭇가지 긁히는 소리가 들렸어. 나는 손잡이를 붙잡은 채 꼼짝 못했어. 그 사이 닉은 문을 벌컥 열고 뛰어갔어.

간신히 문을 열고 땅에 발을 디뎠어. 닉이 차 옆에 서서 찌그러진 문을 열 수 있을지 살피는 사이, 나는 정면으로 가서 나무 옆에 섰어. 앞 유리창을 통해 내부를 들여다봤어.

그리고 너무나 두려워서 도저히 사실이라고 믿고 싶지 않은 장면을 목격했어.

해리가 핸들 위로 고꾸라져 있었던 거야.

나는 고개를 돌려서 조수석에 앉은 좀 더 젊은 남자를 쳐다봤어.

사람들은 흔히 생사가 걸린 상황에 직면하면 극도의 공포에 빠질 거라고 생각하지. 하지만 실제로 그런 일을 겪은 사람들은 대부분 공포가 사치에 지나지 않는다고 말할 거야. 그 순간엔 생각할 여유가 없어. 눈앞에 보이는 정보를 바탕으로 그냥 움직여야 해.

다 끝나고 나서야 비명도 지르고 울 수도 있어. 그제야 무슨 일이 일어났는지 돌아볼 수 있어. 진정한 트라우마를 경험하면, 흔히 뇌는 기억을 잘 못하게 돼. 카메라가 켜 있기는 한데 아무도 녹화를 안 하는 것과 같아. 나중에 테이프를 돌려보면 빈 화면만 보이는 거지.

내가 기억하는 내용은 이런 거야.

닉이 운전석 문을 부수고 열었어.

나는 해리를 끄집어내려고 몸을 수그렸어.

문득 해리를 움직이면 안 될 것 같다는 생각이 들었어. 잘못하면 후유증으로 몸이 마비될 수도 있으니까.

하지만 한편으론 해리를 운전대 앞에 그대로 둬도 안 될 것 같다는 생각이 드는 거야.

피 흘리는 해리를 두 팔로 붙잡았어.

눈썹 부위에 난 깊은 상처에서 피가 흘렀고, 얼굴의 반이 찐득한 피로 덮여 있었어.

안전벨트 때문에 목 아래쪽도 길게 찢어졌고.

치아 두 개가 무릎에 떨어져 있었어.

나는 해리를 붙잡고 앞뒤로 흔들었어.

"정신 차려요, 해리. 정신 차려요. 이대로 가면 안 돼요."

닉이 옆에서 소용없다고, 이미 죽었다고 말했어. 나도 이 지경으로 보이는 사람이 살아 있을 리 없다는 생각이 들었어.

그때 해리의 오른쪽 눈이 떠졌어. 희망이 보였어. 시뻘건 피에 비해서 눈의 흰자위가 더 선명하게 보였어. 그런데 해리의 숨결에서, 심지어 살에서도 위스키 냄새가 났어.

그 순간, 정신이 번쩍 들었어. 해리가 살아날지도 모른다는 생각이 스치자 내가 뭘 해야 하는지 알겠더라고.

그 세단은 해리의 차가 아니었어.

해리가 여기 있는 건 아무도 몰랐지.

얼른 해리를 병원으로 데려가야 했고, 그가 운전했다는 사실을 아무도 모르게 해야 했어. 그를 감옥에 가게 할 수는 없었어. 해리가 교통사고 과실치사죄로 재판을 받게 된다면?

아버지가 음주 운전으로 사람을 죽였다는 사실을 내 딸이 알게 할 수는 없었어. 그것도 자신의 연인을, 그에게 다시 사랑할 수 있음을 알려준 바로 그 사람을…

나는 닉에게 해리를 우리 차에 태우도록 도와달라고 부탁했어. 그리고 조수석에 탄 남자를 파손된 세단의 운전석으로 함께 옮겼어. 마지막으로, 가방에서 스카프를 꺼내 운전대를 닦았어. 좌석과 안전벨트도 깨끗이 닦았어. 해리의 흔적을 싹 지워버렸어.

그런 다음, 우리는 해리를 병원으로 데려갔어.

거기서 피 묻은 손으로 공중전화를 붙잡고 사고 신고를 했어. 내 눈에서 눈물이 뚝뚝 떨어졌어.

전화를 끊고 돌아서자 대기실에 앉아 있는 닉이 보였어. 가슴과 두 팔, 심지어 목에도 피가 묻어 있었지.

내가 다가가자 닉이 자리에서 일어났어.

"집에 가야지."

내 말에 닉이 고개를 끄덕였어. 여전히 충격에서 헤어나지 못한 상태였어.

"집에 갈 수 있겠어? 차를 불러줄까?"

"모르겠습니다."

"그럼 내가 택시를 불러줄게."

나는 지갑에서 20달러짜리 지폐를 두 장 꺼내 닉에게 건넸어.

"이거면 충분히 갈 수 있을 거야."

"네."

"집으로 곧장 가도록 해. 지금까지 있었던 일은 싹 잊고. 당신이 본 것도 다."

"우리가 무슨 짓을 한 거죠?" 닉이 말했어. "우리가 어떻게… 어떻게…"

"나한테 전화해." 내가 단호하게 말했어. "비벌리 힐스 호텔에 방을 잡을 테니까 내일 아침에 거기로 연락해. 아침에 일어나자마자 바로. 지금 이 순간부터 나한테 연락할 때까지 누구하고도 말하지 마. 내 말 알아들었어?"

"네."

"당신 어머니나 친구들, 심지어 택시 운전사한테도. 혹시 여자친구 있어?"

닉이 고개를 저었어.

"그럼 룸메이트는?"

닉이 고개를 끄덕였어.

"그럼 룸메이트한테는 거리에서 쓰러진 남자를 발견해서 병원까지 데려다줬다고 말해. 알았어? 그렇게만 말하면 돼. 그것도 무슨 일이 있었냐고 물어볼 때만 말해."

"알았어요."

닉이 고개를 끄덕였어. 나는 택시를 불러서 도착할 때까지 닉 옆에서 기다렸어. 잠시 후, 닉을 뒷자리에 태웠어.

"내일 아침에 일어나자마자 뭘 하랬지?"

내려진 창문 너머로 내가 물었어.

"당신에게 전화해야죠."

"좋아. 잠이 안 오면 생각해 봐. 당신에게 뭐가 필요한지. 당신이 한 일에 대한 보답으로 내가 뭘 해주면 좋을지, 잘 생각해 봐."

닉이 고개를 끄덕였어. 곧이어 택시가 부릉 소리를 내며 출발했어.

사람들이 나를 쳐다봤어. 피범벅이 된 에블린 휴고. 당장이라도 파파라치들이 들이닥칠 것 같았어.

나는 안으로 들어갔어. 직원에게 부탁해서 수술복을 빌리고 혼자 조용히 기다릴 방도 안내받았어. 옷은 얼른 벗어서 버렸어.

한 직원이 나타나서 해리에게 무슨 일이 있었는지 진술을 요구했어. 그래서 이렇게 말했어.

"얼마를 주면 나를 그냥 혼자 내버려둘래요?"

직원이 생각해 낸 액수가 지갑에 있던 돈보다 많지 않아서 내심 안도했어.

6시가 막 지났을 때쯤 의사가 들어와서 해리의 대퇴동맥이 파열되어 피를 너무 많이 흘렸다고 말했어.

짧은 순간, 나는 아까 벗어버린 옷을 가지러 가야 할지 생각했어.

내 옷에 묻은 그의 피가 도움이 될지, 그게 가능할지 생각해 봤어.

하지만 의사 입에서 나온 다음 말에 바로 정신을 차렸지.

"이겨내지 못할 겁니다."

해리가, 나의 해리가 죽을 거라는 사실을 알아차린 순간, 나는 숨이 턱 막혔어.

"인사라도 하시겠어요?"

병실에 들어갔더니 해리는 의식도 없이 누워 있었어. 평소보다 창백해 보였지만 피는 말끔히 닦여 있었어. 잘생긴 그의 얼굴이 온전히 보였어.

"오래 버티진 못할 겁니다." 의사가 말했어. "그래도 잠시나마 당신에게 시간을 드릴 순 있습니다."

나는 공포에 빠질 여유가 없었어. 공포조차 사치인 순간이었지.

그래서 해리가 누워 있는 침대로 다가갔어. 그리고 축 늘어진 그의 손을 잡았어. 어쩌면 술을 마시고 운전대를 잡은 그에게 화를 냈어야 했는지도 모르겠어. 하지만 나는 해리에게 도저히 화를 낼 수 없었어. 고통스러운 상황에서도 그가 늘 최선을 다했음을 알았으니까. 너무나 비극적이긴 하지만 이번에도 해리는 최선을 다했을 테니까.

나는 해리에게 얼굴을 붙이고 말했어.

"해리, 가지 말고 내 곁에 있으면 좋겠어요. 우린 당신이 필요해요. 나도, 코너도."

나는 해리의 손을 더 꽉 잡았어.

"하지만 꼭 가야 한다면, 가도 돼요. 너무 아프면… 때가 되면, 가도 돼요. 가더라도, 당신이 사랑받았다는 건 알고 가요. 내가 당신을 잊지

470

않을 거라는 것도, 코너와 내가 하는 모든 일에 당신이 함께 한다는 것도. 당신을 순수하게 사랑했어요, 해리. 당신은 정말 멋진 아빠였어요. 당신에게 내 모든 비밀을 털어놨어요. 내 절친이니까."

한 시간 뒤, 해리는 숨을 거두었어.

그제야 나는 극심한 공포라는 사치를 누릴 수 있었어.

호텔에 체크인한 지 몇 시간 뒤, 전화벨 소리에 잠이 깼어.

울어서 눈이 퉁퉁 붓고 목도 아팠어. 베게는 눈물로 얼룩져 있었어. 잠든 지 한 시간도 안 됐을 거야.

"여보세요?"

"저, 닉이에요."

"닉?"

"운전기사요."

"아," 내가 잠긴 목소리로 말했어. "그렇지."

"제가 뭘 원하는지 알았습니다."

목소리가 당당했어. 나는 그 기세에 겁이 났어. 기운도 없고 정신도 없었거든. 하지만 전화를 걸라고 한 사람은 나였어. 그 상황을 초래한 사람도 나였어. 굳이 말로 하지 않고도 당신 입을 다물게 하려면 뭘 원하는지 나에게 말하라고 똑똑히 전했던 거야.

"저를 유명하게 만들어 주십시오."

닉이 말했어. 그 순간, 스타덤을 향해 내가 품었던 마지막 티끌만큼의 애정마저 사라졌어.

"지금 요구하는 내용을 충분히 알고 하는 말이지?" 내가 말했어. "유명인사가 되면, 간밤의 일로 당신까지 위험해질 수 있어."

"그건 문제가 아닙니다."

"알았어." 내가 한숨을 쉬면서 말했어. "내가 배역을 구해줄 수는 있어. 나머지는 당신에게 달린 거야."

"좋습니다. 제게 딱 필요한 거네요."

나는 닉에게 에이전트 이름을 물어본 후 전화를 끊었어. 그런 다음 두 군데 전화를 돌렸어. 먼저 내 에이전트에게 연락해서 닉을 영입하라고 지시했어. 그다음 미국에서 가장 흥행한 액션 영화를 찍은 남자에게 연락했지. 50대 중반의 경찰서장이 은퇴하는 날 러시아 테러리스트를 소탕한다는 내용의 영화였어.

"돈?"

"에블린! 무엇을 도와드릴깝쇼?"

"당신의 다음 영화에 내 친구를 하나 써 줬으면 해. 시시한 배역 말고 좀 큰 역할로."

"오케이. 그렇게 할게!"

돈은 내게 이유를 묻지 않았어. 잘 지내냐고 묻지도 않았어. 우리는 묻지 않아도 될 만큼 산전수전을 다 겪었거든. 나는 돈에게 닉의 이름을 알려주고 전화를 끊었어.

전화기를 내려놓은 다음, 나는 시트를 부여잡고 엉엉 울었어. 내가 순수한 마음으로 끝까지 사랑했던 유일한 남자의 이름을 목 놓아 불렀어.

코너에게 소식을 전해야 한다는 생각에 가슴이 아팠어. 아버지 없이 커야 할 자식 생각에, 해리 캐머런이 없는 세상을 살아갈 생각에 가슴이 미어졌어.

나를 창조하고 지지해 준 사람은 해리였어. 나를 아무 조건 없이 사랑해 주고 내게 가족과 딸을 준 사람도 해리였어.

나는 호텔 방에서 비명을 질렀어. 창문을 열고서 허공에 대고 소리쳤어. 눈물 때문에 세상 모든 게 흐릿하게 보였지.

정신이 조금만 더 또렷했더라면, 닉이 얼마나 좋은 기회를 붙잡았는지 그리고 그 기회를 얼마나 잘 이용했는지 감탄했을지도 몰라.

좀 더 젊은 시절의 나였다면 닉에게 박수를 보냈을지도 몰라. 해리는 분명히 그에게 배짱이 있다고 말했을 거야. 알맞은 때에 알맞은 장소에서 기회를 잡는 사람이 많지만, 닉은 잘못된 때에 잘못된 장소에서 커리어를 쌓을 기회를 포착했어.

그런데 한편으론 내가 닉의 인생 역전에서 그 순간을 너무 높게 평가했는지도 몰라. 닉은 이름을 바꾸고 머리 스타일도 바꾼 다음 자신의 커리어를 착착 쌓아갔어. 그날 그곳에서 나를 만나지 않았어도 그 모든 일을 스스로 해냈을지도 몰라. 그러니까 내 말은 운이 다가 아니라는 뜻이야.

운도 필요하지만, 먼저 개자식이 되어야 하는 거야.

해리가 그걸 나에게 알려줬어.

나우 디스

1989년 2월 28일

프로듀서 해리 캐머런, 세상을 뜨다

왕성하게 활동하던 프로듀서이자 한때 에블린 휴고의 남편이던 해리 캐머런이 지난 주말 로스앤젤레스에서 동맥류로 사망했다. 향년 58세.

선셋 스튜디오의 요직을 박차고 나온 뒤, 캐머런은 할리우드에서 가장 훌륭하다고 인정받는 작품들을 연이어 제작했다. 50년대 고전으로 사랑받는 〈당신과 함께 하기 위하여To Be with You〉와 〈작은 아씨들〉은 물론이요, 1981년에 나온 〈우리 모두를 위하여〉 등 60년대, 70년대, 그리고 80년대를 풍미한 흥미로운 작품이 모두 그의 손에서 탄생했다. 아울러 곧 상영될 〈테레사의 지혜〉를 불과 얼마 전에 끝마친 상태였다.

캐머런은 친절하지만 예리한 취향과 친절하지만 단호한 태도로 유명하다. 할리우드는 가장 좋아하는 프로듀서를 잃고 슬픔에 잠겼다. 전직 동료 하나는 이렇게 말했다.

"해리는 배우들이 선망하는 프로듀서였어요. 그가 어떤 프로젝트를 시작하면, 다들 참여하고 싶어 안달했다니까요."

캐머런은 에블린 휴고와의 사이에 10대 딸 코너 캐머런을 두었다.

나우 디스

1989년 9월 4일

거친 야생마

익명 제보!

할리우드의 어느 집 귀한 자손이 바지를 내린 채 붙잡혔을까? 빈말이 아니라 정말로 그런 상태로 붙잡혔단다!

특A급 출신 여배우의 딸로 알려진 그녀는 최근 힘든 일을 겪었다. 그런데 남몰래 눈물을 훔치는 대신에 야생마처럼 미쳐 날뛰고 있다.

열네 살 난 이 야생마는 다니던 명문 고등학교에서 골칫거리로 전락하고, 뉴욕의 유명 클럽에서 자주 목격되고 있다. 더구나 멀쩡한 상태도 아니라고 한다. 단순히 술만 마시는 게 아니라 코밑에 하얀 가루가 묻어 있다는 얘기도 들린다.

그녀의 엄마는 어떻게든 상황을 통제하려 애썼지만, 이 야생마가 또래 학생 두 명과 침대에서 … 붙잡히는 바람에 수포로 돌아가고 말았다.

57

해리가 떠난 지 6개월이 흘렀어. 이젠 코너를 데리고 여기를 뜨는 수밖에 없었어. 그동안 별의별 방법을 시도해 봤어. 함께 시간을 보내면서 세심하게 보살피고, 정신과 치료도 받게 했지. 제 아버지에 대한 이야기도 들려줬어. 세상 사람들과 달리, 코너는 아버지가 교통사고로 죽은 걸 알았어. 그 일을 왜 은밀히 처리해야 했는지 이해하는 것 같았고, 그래도 속으론 엄청 괴로웠나 봐. 나는 어떻게든 코너의 마음을 열려고 노력했어. 하지만 내 노력만으론 역부족이었지. 코너가 갈수록 엇나갔거든.

코너는 열네 살에 아버지를 잃은 거야. 그 옛날 엄마를 잃었던 나처럼 너무 순식간에, 너무 애통하게. 나는 가엾은 내 아이를 지켜야 했어. 무슨 수를 써서라도.

일단은 아이를 세간의 관심에서 멀어지게 해야 했어. 코너에게 약을 팔고 그 애의 고통을 이용하려는 사람들에게서 떨어뜨려야 했지. 내가 지켜볼 수 있는 곳으로, 내가 온전히 보호할 수 있는 곳으로 데려갈 필요가 있었어.

코너는 마음을 가라앉히고 상처를 치료받아야 했어. 하지만 내가 여태 가꿔온 삶의 테두리 안에서는 그럴 수 없었지.

"알디즈." 셀리아가 말했어.

우리는 전화로 이야기했어. 얼굴은 몇 달째 못 봤지만 통화는 매일 밤마다 했어. 셀리아는 내가 바로 서 있도록 붙잡아 주고 앞으로 계속 나아가도록 밀어 줬어. 침대에 누워 통화할 때면 나는 주로 내 딸의 고통에 대해서 토로했어. 어쩌다 다른 이야기를 할 때만 내 아픔을 내비쳤어. 그렇게 셀리아와 이야기하다 보면, 터널 끝에 희미한 빛이 보이는 것 같았거든. 그러던 어느 날 셀리아가 알디즈를 제안한 거야.

"거기가 어딘데?"

"스페인 남부 해안에 있는 작은 도시예요. 로버트와 얘기해 봤는데, 그곳에서 멀지 않은 말라가에 친구가 몇 명 있나 봐요. 그들에게 연락해서 영어를 사용하는 학교를 알아봐 줬대요. 평범한 어촌이라 우리에게 관심을 보일 사람은 없을 것 같아요."

"조용한 곳이야?"

"그런가 봐요." 셀리아가 말했어. "코너가 기를 쓰고 찾지 않는 한 말썽 부릴 만한 게 별로 없을 것 같아요."

"워낙 어디로 튈 줄 몰라서."

"당신이 내내 붙어 있을 거잖아요. 나랑 로버트도 곁에 있을 테고. 코너가 잘 지내도록 우리가 각별히 신경 써야죠. 적절한 도움을 받게 하고 대화할 사람도 붙여주고, 좋은 친구를 사귀도록 도와주고."

그런데 스페인으로 옮기면 루이자를 잃게 될 터였어. 이미 루이자는 우리 때문에 LA에서 뉴욕으로 터전을 옮겼어. 이번에 또 스페인으로 옮기게 할 수는 없었어. 게다가 수십 년째 우리 가족을 돌보느라 지치기도 했으니. 우리가 미국을 떠나면 이참에 루이자도 쉬면서 자기 인생을 살아갈 거라는 인상을 받았어. 나는 루이자가 잘 지내도록 챙겨줄 생각이었어. 아무튼 나도 이젠 집안일을 직접 하면서 살아가려고 각오를 단단히 했지.

저녁을 준비하고 변기를 닦고 내 딸에게 도움이 되는 엄마가 되고 싶었던 거야.

"네 영화 중에 스페인에서 크게 히트한 작품이 있나?"

"최근엔 없어요." 셀리아가 말했어. "당신은요?"

"〈부띠옹뜨렝〉 뿐이야." 내가 말했어. "최근엔 없어."

"이 일을 정말로 감당할 수 있다고 생각해요?"

"아니." 나는 셀리아가 구체적으로 무엇을 묻는지도 모르면서 대답했어. "그나저나 어떤 부분을 말하는 거야?"

"평범한 사람처럼 사는 거요."

"오, 세상에!" 내가 웃으며 대답했어. "그거 하나는 단단히 각오하고 있어."

코너가 다닐 학교와 우리가 구입할 집들을 결정하고 어떻게 살아갈지 계획을 착착 세우고 나서야, 나는 코너의 방에 들어가 침대에 앉았어.

코너는 듀란듀란 티셔츠에 빛바랜 청바지를 입고 있었어. 금발 머리는 정수리 위로 높게 세워져 있었어. 쓰리섬을 하다가 걸리는 바람에 여전히 외출 금지 상태였어. 코너는 나가지도 못하고 뚱한 표정으로 내 얘기를 들을 수밖에 없었어.

나는 코너에게 연기를 그만둘 거라고 말했어. 다 같이 스페인으로 떠나서 온갖 소문과 카메라를 벗어나 좋은 사람들과 더 행복하게 지낼 거라고 말했어.

그런 다음, 잠시 망설이다 아주 조심스럽게 셀리아와 사랑하는 사이라고 털어놨어. 결혼은 로버트와 하겠지만, 그래야 하는 이유를 간결하고 명확하게 설명했어. 나는 코너를 어린애가 아닌 한 사람의 성인으로 대했어. 내 딸에게 마침내 진실을, 내 진실을 알려줬어.

해리에 대한 이야기는 안 했어. 셀리아와 언제부터 그런 사이였는지 등 코너가 굳이 몰라도 되는 내용도 말하지 않았어. 그런 이야기는 차차 해도 될 테니까.

하지만 코너가 마땅히 알아야 할 내용은 다 알려줬어.

할 말을 다 하고 나서 마지막으로 이렇게 덧붙였지.

"자, 이젠 네가 하는 말을 들어보자. 네가 하는 질문에 뭐든 대답할게. 이 문제를 놓고 함께 논의해 보자."

하지만 코너는 어깨만 으쓱할 뿐 별다른 얘기가 없었어.

"난 상관없어." 코너가 벽에 등을 대고 앉은 채 한참 만에 입을 열었어. "정말로 상관없어. 엄마가 누구를 사랑하든. 누구와 결혼하든. 나를 어디서 살게 하든. 어느 학교를 다니게 하든. 다 상관없어. 알았지? 그냥 나 좀 내버려둬. 내가 원하는 건 그뿐이야. 그러니까… 내 방에서 나가. 제발. 그렇게만 해 주면, 나머지는 엄마 마음대로 해."

나는 코너를, 코너의 눈을 똑바로 쳐다봤어. 아파하는 아이가 너무 안쓰러웠어. 젖살이 빠진 얼굴과 금발 머리를 보니, 문득 해리보다는 나를 더 닮아간다는 두려움이 엄습했어. 물론 통념상, 나를 닮으면 더 매력적이긴 하겠지. 하지만 코너는 마땅히 해리를 닮아야 했어. 세상은 우리에게 그 정도는 해줘야 했어.

"그래." 내가 말했어. "당분간은 너 혼자 있게 해 줄게."

나는 일어나서 방을 나왔어.

그 뒤로, 물건을 정리하고 이사업체를 구했어. 셀리아와 로버트에게 수시로 연락하며 계획을 실행에 옮겼어.

뉴욕을 떠나기 이틀 전, 나는 다시 코너의 방에 들어갔어.

"알디즈에 가면 너에게 자유를 줄게. 네 방도 네가 고르고, 친구들이 보고 싶다고 하면 여기로 가끔 올 수 있게 할게. 네가 좀 더 수월하게 살 수 있도록 뭐든 다 할게. 딱 두 가지만 약속해 줘."

"뭐?"

코너의 목소리는 시큰둥했지만 시선은 나를 향하고 있었어. 이젠 나와 대화할 준비가 된 거야.

"저녁은 꼭 함께 먹기. 매일."

"엄마-"

"너를 한껏 자유롭게 해 줄 거야. 믿어 줄 거고. 다만 너한테 딱 두 가지만 부탁하는 거야. 하나는 매일 저녁을 함께 먹는 거야."

"하지만-"

"이건 엄마도 물러설 수 없어. 3년만 지나면 어차피 대학에 가잖니. 하루 한 끼 정도는 양보해야지."

"좋아. 두 번째는 뭔데?"

코너가 고개를 돌리며 말했어.

"신경정신과에 다닐 것. 넌 그동안 너무 많은 일을 겪었어. 우리 모두 그랬지. 당분간만이라도 상담을 받아 봐. 이젠 마음을 털어놓을 때가 됐어."

몇 달 전에도 시도했던 일이야. 그땐 내가 너무 여렸던 탓에 거부하는 코너에게 지고 말았어. 이번엔 결코 물러나지 않을 생각이었어. 나도 더 강해졌거든. 더 나은 엄마가 되어야 했으니까.

아마 코너도 내 목소리에서 그걸 감지했던가 봐. 굳이 싸우려 들지 않더라고. 그냥 이렇게만 말했어.

"그러든가."

나는 코너를 꼭 안고 이마에 뽀뽀했어. 내가 막 놓아주려는데 코너가 두 팔로 나를 감싸고 꼭 안아줬어.

58

에블린의 눈에 눈물이 고였다. 한참 만에 에블린이 자리에서 일어나 반대쪽에서 휴지를 한 장 뽑았다.

에블린은 정말 대단한 여성이었다. 겉모습만 아름다운 게 아니라 인간적인 면에서도 대단히 놀라운 사람이었다. 물론 그 시점에서 내가 객관적 입장을 유지하기란 불가능했다. 다만 기자로서, 그녀의 아픔과 감정에 지나치게 동조하지 않으려 애썼다.

"참으로 어려운 일인데, 그간에 살아온 이야기를 이토록 진솔하게 들려주시다니…. 제가 존경한다는 걸 알아주셨으면 해요."

"그런 말 하지 마." 에블린이 말했다. "알았지? 정말 부탁인데, 그런 말 하지 마. 나는 내가 어떤 사람인지 알아. 내일 너도 알게 될 거야."

"자꾸 그렇게 말씀하시는데, 사람은 누구나 흠결이 있잖아요. 당신은 정말로 구제받을 길이 없다고 믿으세요?"

에블린은 나를 무시했다. 내게 눈길도 주지 않고 창밖만 내다봤다.

"에블린," 내가 다시 말했다. "당신은 진심으로-"

에블린이 고개를 홱 돌리며 내 말을 끊었다.

"압박하지 않기로 했잖아. 이제 곧 끝날 거야. 네겐 어떠한 궁금증도 남지 않을 거야."

나는 회의적인 얼굴로 그녀를 쳐다봤다.

"정말이야." 에블린이 말했다. "그거 하나는 확실히 믿어도 돼."

다정한 로버트 제이미슨

◆◆◆

나우 디스

1990년 1월 8일

에블린 휴고, 일곱 번째 결혼을 감행하다!

에블린 휴고가 지난 토요일 금융가인 로버트 제이미슨과 결혼식을 올렸다. 에블린에겐 이번이 일곱 번째 여정이지만 로버트에겐 처음이다.

그의 이름이 친숙하게 들린다면, 에블린이 그와 연결된 할리우드의 유일한 고리가 아니기 때문이다. 제이미슨은 세인트 셀리아 제임스의 친오빠이다. 소식통에 따르면, 두 사람은 불과 두 달 전에 셀리아의 파티에서 만났다고 한다. 첫 만남에서 홀딱 반해 결혼에까지 이른 것이다.

예식은 비벌리 힐스 법원 청사에서 열렸다. 에블린은 크림색 정장을, 로버트는 말쑥한 줄무늬 정장을 갖춰 입었다. 고 해리 캐머런과 에블린 사이의 딸, 코너 캐머런이 들러리를 섰다.

결혼 직후, 세 사람은 스페인으로 여행을 떠났다. 최근 스페인 남부 해안에서 부동산을 구입한 셀리아를 만나러 가지 않았을까 싶다.

59

코너는 알디즈의 바위투성이 해변에서 조금씩 살아났어. 씨앗이 싹트듯 천천히, 하지만 꾸준하게.

코너는 셀리아와 스크래블 게임을 즐겨 했어. 약속대로 매일 밤 나와 저녁 식사를 함께 했고. 때로는 주방에 일찍 내려와서 토르티야나 갈라시아 수프 만드는 걸 돕기도 했어.

하지만 코너가 제일 끌렸던 사람은 로버트였어.

로버트는 키가 크고 어깨가 넓었어. 나이를 먹으면서 배도 좀 불룩해지고 머리칼도 은백색으로 변했어. 처음에 로버트는 10대 소녀를 어떻게 대해야 할지 전혀 몰랐어. 살짝 겁먹은 것 같기도 했지. 무슨 말을 해야 할지 몰라서 쩔쩔 매다 슬며시 피하기도 하더라고.

먼저 손을 내민 건 코너였어. 그에게 포커 치는 법을 알려달라고 하고, 금융에 대해 설명해 달라고도 했어. 어떤 날은 낚시하러 가지 않겠냐고 제안하기도 했어.

로버트가 해리를 대신하지는 못했어. 그건 누구도 할 수 없는 일이었지. 그래도 코너의 고통을 조금 덜어줄 수는 있었어. 코너는 로버트에게 남자 애들에 대한 조언을 구했어. 로버트의 생일에는 멋진 스웨터를 골라주기도 했고.

로버트는 코너의 방에 페인트를 칠해줬어. 주말엔 코너가 제일 좋아하는 등갈비를 구워줬지.

시간이 지나면서 코너는 이 세상이 마음을 열어도 될 만큼 꽤 안전한 곳이라고 믿기 시작했어. 물론 아버지를 잃은 상처가 온전히 치유될 수는 없었어. 고등학교 시절엔 치유는커녕 덧나기만 하기도 했지. 하지만 코너는 더 이상 파티를 찾아다니지 않았어. 성적표엔 A와 B가 보이기 시작했고. 그렇게 꾸준히 노력하더니 결국 스탠포드에 합격한 거야. 그제야 내 딸이 두 발을 땅에 단단히 붙이고 양식과 분별을 제대로 갖췄다는 사실을 깨달았어.

코너를 대학에 데려다주기 하루 전, 셀리아와 로버트와 나는 코너와 함께 저녁을 먹으러 나갔어. 우리는 자그마한 수상 레스토랑에 자리를 잡았어. 로버트가 코너에게 포장지에 담긴 선물을 건넸어. 포커 세트였어.

"네가 그 많은 포커 게임으로 내 돈을 전부 따간 것처럼 사람들 돈도 다 따버려."

"그럼 내가 딴 돈을 투자하도록 아저씨가 도와주세요."

코너가 씩 웃으며 말했어.

"옳거니!" 로버트가 감탄하며 말했어. "그러면 되겠다."

로버트는 늘 셀리아를 위해 뭐든 하겠다는 마음으로 나와 결혼했다고 말했어. 하지만 결혼으로 가족이 생긴다는 점도 작게나마 영향을 미쳤다고 봐. 그는 한 여자와 안정적으로 가정을 꾸릴 사람이 아니었어. 그리고 스페인 여자들도 미국 여자들처럼 그에게 매혹적으로 다가왔지. 하지만 가족이라는 울타리는 그가 소속감을 느낄 수 있는 제도였고, 서류에 서명할 때부터 그 점을 알았던 것 같아.

아니, 어쩌면 로버트는 뭔지도 모른 채 뛰어들었는데 막상 겪어보니 마음에 쏙 들었는지도 몰라. 그렇게 운이 좋은 사람들이 꼭 있거든. 나는 늘 온몸을 던져서 내가 원하는 것을 쟁취해야 했어. 행복이 절로 굴러들어 오는 사람을 보면, 가끔은 나도 그랬으면 싶어. 물론 그들도 때론 나처럼 됐으면 하고 바랄 테지만.

코너가 미국으로 돌아가서 방학 때만 집에 오다 보니, 셀리아와 나는 예전보다 함께 할 시간이 많았어. 우리는 영화 촬영이나 가십 기사를 걱정하지 않아도 됐어. 우리를 알아보는 사람도 거의 없었어. 어쩌다 우리 중 하나를 알아보더라도 대부분 조용히 비켜갔어.

스페인에서 나는 진정으로 원하던 삶을 살았어. 아침에 눈을 뜨면 내 베개에 셀리아의 머리카락이 부채처럼 펼쳐진 모습에 마음이 다시 편안해졌어. 셀리아와 함께 있는 모든 순간이 너무나 소중했어.

우리 침실에는 바다가 내다보이는 커다란 발코니가 있었어. 밤이면 부드러운 바닷바람이 침실로 밀려들곤 했어. 나른한 아침이면 발코니에 앉아 함께 신문을 읽었어. 그럴 때면 손가락에 시커먼 잉크가 묻어났어.

나는 스페인어를 다시 사용했어. 처음엔 필요하니까 어쩔 수 없었어. 대화를 나눠야 할 사람이 많은데 스페인어를 제대로 구사하는 사람이 나밖에 없었거든. 그런데 그 필요성이 내겐 오히려 유익했던 것 같아. 불안감을 느낄 새도 없이 이것저것 부딪혀 나갔거든. 시간이 지나면서 잘 적응한 나 자신이 대견하더라고. 어릴 적 쓰던 쿠바식 스페인어가 스페인 표준어인 카스티야어와 똑같진 않았지. 수십 년 동안 쓰지 않았어도 그 단어가 기억에서 많이 지워지진 않았더라고.

나는 집에서도 자주 스페인어를 사용했어. 셀리아와 로버트는 얕은

지식으로 내 말뜻을 이해하려고 머리를 모았지. 내가 아는 바를 그들과 공유하는 게 무척 즐거웠어. 내 안에 깊숙이 묻혀 있던 부분을 꺼낼 수 있어서 정말 좋았어. 그 부분이 오랫동안 나를 기다리며 그 자리에 있었다는 걸 알게 되어 참으로 행복했어.

하지만 완벽해 보이는 나날 속에서도 밤마다 고통의 그림자가 우리를 엄습했어.

셀리아 상태가 갈수록 악화됐거든. 우리에게 남은 시간이 많지 않았어.

"이제 와서 어쩔 수 없다는 걸 알지만," 어느 날 밤 셀리아가 어둠 속에서 말했어. "때로는 우리가 잃어버린 세월이 너무 야속해요. 우리가 흘려버린 그 세월이."

"알아," 내가 셀리아의 손을 잡으며 말했어. "나도 그래."

"누군가를 충분히 사랑한다면, 뭐든 극복할 수 있어야 해요." 셀리아가 말했어. "우린 서로 무척 사랑했잖아요. 사랑받을 수 있다고 생각한 것보다 더 많이 사랑받고, 사랑할 수 있다고 생각한 것보다 더 많이 사랑했잖아요. 그런데 왜… 왜 우리는 그걸 극복하지 못했을까요?"

"극복했어." 내가 셀리아 쪽으로 몸을 돌리며 말했어. "그러니까 이렇게 같이 있잖아."

셀리아가 고개를 저었어.

"하지만 그 세월은…"

"고집이 셌던 거지. 그리고 극복하는 데 필요한 도구도 딱히 없었고, 둘 다 대장 노릇하는 데 익숙했잖아. 세상이 우리를 중심으로 돈다고 생각했고…"

"그리고 우리가 게이라는 걸 숨겨야 했잖아요." 셀리아가 말했어. "아니, 나는 게이지만 당신은 양성애자죠."

나는 어둠 속에서 미소를 지으며 셀리아의 손을 꼭 잡았어.

"세상이 그렇게 호락호락하지 않았죠." 셀리아가 말했어.

"우리가 욕심이 많았던 것 같아. 애초에 작은 동네로 가서 둘이 조용히 살 수도 있었잖아. 넌 선생님을 하고 난 간호사를 하면서. 그렇게 살았다면 세상이 좀 더 쉽게 돌아갔을 거야."

옆에서 셀리아가 머리를 흔드는 게 느껴졌어.

"하지만 우린 그렇게 살 사람들이 아니잖아요. 그렇게 타고나지 않은 걸 어쩌겠어요."

내가 고개를 끄덕였어.

"너답게 살려면, 그러니까 네 본연의 모습대로 살려면, 항상 물살을 거슬러 헤엄치는 것과 같다고 생각해."

"그런가요?" 셀리아가 말했어. "하지만 지난 몇 년간 당신과 지내다 보니, 나답게 살려면 하루를 마감하면서 당신의 브래지어를 벗겨야 한다는 생각이 드는데요."

내가 깔깔 웃으며 말했어. "사랑해. 다시는 떠나지 마."

"나도 사랑해요. 절대로 안 떠날게요."

하지만 그 말은 지켜지지 못할 약속임을 우리 둘 다 알았어.

나는 셀리아를 다시 잃게 된다고, 게다가 이번엔 영영 잃게 된다고 생각하니 견딜 수가 없었어. 셀리아가 없는 삶은 상상조차 버거웠어.

"나랑 결혼해 줄래?"

내 말에 셀리아가 쿡 하고 웃었어.

"농담 아니야! 너랑 결혼하고 싶어. 마지막으로 한 번만 더. 나한테 그럴 자격이 있지 않아? 일곱 번이나 했는데, 이제야말로 내 인생의 사랑과 마침내 결혼해야지 않겠어?"

"세상이 그렇게 호락호락하지 않다고 했잖아요." 셀리아가 말했어. "그리고 깜빡하셨나 본데, 당신은 지금 내 오빠의 아내랍니다. 오라비의 아내를 채갈 수 없잖아요."

"진심이야, 셀리아."

"나도 진심이에요, 에블린. 우리가 결혼할 방법은 없다고요."

"결혼은 그저 약속일 따름이야."

"당신이 그렇다면 그런 거겠죠." 셀리아가 말했어. "당신이 전문가니까."

"지금 당장 결혼하자. 너랑 나랑. 이 자리에서. 하얀 나이트가운을 걸칠 필요도 없어."

"무슨 소릴 하는 거예요?"

"우리 둘 간의 정신적 약속을 말하는 거야. 남은 인생을 걸고서."

셀리아는 생각에 잠겼는지 더 이상 말하지 않았어. 우리 둘이 침대에서 하는 약속이 무슨 의미가 있을까 따져보는 듯했어.

"자, 이렇게 할 거야." 나는 셀리아를 설득하려 애쓰며 말했어. "서로 눈을 바라보고 손을 맞잡을 거야. 속마음을 털어놓고 서로 함께 할 것을 맹세할 거야. 공식 문서나 증인, 종교적 승인 따위는 필요 없어. 내가 법적으로 결혼한 상태인 점은 중요하지 않아. 로버트랑 결혼한 이유는, 순전히 너와 함께 있고 싶었기 때문이니까. 우리는 어떤 규칙도 필요치 않아. 그저 서로만 있으면 돼."

셀리아는 말없이 한숨을 지었어. 그러다 한참 만에 말했어.

"좋아요. 함께 할게요."

"정말이지?"

나는 그 순간이 무척 의미심장하게 돌아가는 것 같아 내심 놀랐어.

"그래요." 셀리아가 말했어. "당신과 결혼하고 싶어요. 나는 늘 당신과 결혼하고 싶었어요. 다만… 진짜로 할 수 있다는 생각은 못했어요. 누군가의 승인이 필요 없다는 것도."

"그런 건 다 필요 없어."

"그렇다면 얼른 해요."

나는 웃으며 침대에서 일어나 앉았어. 그리고 탁자에 놓인 스탠드를 켰어. 셀리아도 일어나 앉았어. 우리는 마주보며 손을 잡았어.

"의식은 당신이 진행하는 게 낫겠어요."

"아무래도 많이 해봤으니까."

내 농담에 셀리아도 웃고 나도 웃었어. 우리는 50대 후반이었어. 오래 전에 했어야 할 일을 드디어 한다는 생각에 무척 들떴어.

"자," 내가 말했어. "이제 그만 웃자. 진짜로 시작할 거야."

"그래요." 셀리아가 웃음을 참으며 말했어. "준비됐어요."

나는 숨을 들이마시고 셀리아를 쳐다봤어. 눈가엔 잔주름이, 입가엔 팔자주름이 생겼어. 누웠다 일어나는 바람에 머리도 엉망이었어. 뉴욕 자이언츠 팀의 티셔츠를 입었는데, 어깨엔 구멍이 나 있었어. 남들 눈엔 어떨지 몰라도 내 눈엔 더 없이 아름다워 보였어.

"두 사람은," 내가 말했어. "이건 우리 둘을 의미하는 거야."

"그래요."

"우리는 오늘… 우리 두 사람의 결합을 축하하러 이 자리에 모였습니다."

"좋습니다."

"두 사람은 여생을 함께 보내려고 합니다."

"동의합니다."

"셀리아, 당신은 나 에블린을 당신의 아내로 맞아 아플 때나 건강할 때나, 부유할 때나 가난할 때나, 죽음이 우리를 갈라놓을 때까지, 우리 둘이 살아있는 한 사랑하겠습니까?"

셀리아가 미소를 지으며 나를 바라봤어.

"네. 그러겠습니다."

"그리고 나, 에블린은 셀리아 당신을 내 아내로 맞아 아플 때나 건강할 때나 기타 어떠한 상황에서도 사랑하겠습니까? 네, 그러겠습니다."

나는 식을 진행하다 약간의 문제가 있음을 깨달았어.

"잠깐, 반지가 없잖아."

셀리아는 적당한 게 없나 주변을 둘러봤어. 나는 셀리아의 손을 붙잡은 채로 탁자를 확인했어.

"이거요." 셀리아가 머리끈을 풀며 말했어.

나도 웃으면서 내 머리끈을 풀었어.

"좋아," 내가 말했어. "셀리아, 나를 따라해. 에블린, 이 반지를 내 영원한 사랑의 징표로 받아줘요."

"에블린, 이 반지를 내 영원한 사랑의 징표로 받아줘요."

셀리아는 머리끈으로 내 약지를 세 번 감았어.

"다시 따라해. 이 반지로, 나는 당신과 결혼합니다."

"이 반지로, 나는 당신과 결혼합니다."

"오케이. 이번엔 내 차례야. 셀리아, 이 반지를 내 영원한 사랑의 징표로 받아줘. 이 반지로, 나는 당신과 결혼합니다."

나는 셀리아의 약지에 머리끈을 감아줬어.

"아, 서약을 까먹었다. 그런데 서약도 해야 하나?"

"하면 되죠." 셀리아가 말했어. "당신이 하고 싶으면."

"좋아." 내가 말했어. "너는 네가 하고 싶은 말을 생각해. 나도 생각해 볼게."

"생각할 것도 없어요. 난 준비됐어요."

그 순간 놀랍게도, 심장이 몹시 두근거렸어. 셀리아가 무슨 말을 하는지 얼른 듣고 싶었거든.

"시작해."

"에블린, 나는 1958년부터 줄곧 당신을 사랑했어요. 그 마음을 늘 보여주진 못했지만, 또 다른 것들이 방해하도록 놔두기도 했지만, 맹세컨대 당신을 그토록 오랫동안 사랑했어요. 당신을 향한 사랑을 한 번도 멈추지 않았어요. 앞으로도 멈추지 않을 거예요."

나는 잠시 눈을 감고 그 말을 가슴에 깊이 새겼어.

그런 다음 내 서약을 말했어.

"나는 일곱 번이나 결혼했지만, 단 한 번도 이번의 반만큼도 옳다고 느낀 적이 없어. 너를 향한 사랑이야말로 나의 가장 참된 모습인 것 같아."

셀리아가 눈물을 보이면 어쩌나 싶었는데, 오히려 환하게 웃더라고.

"나에게 부여된 권한으로, 이제 우리가 결혼했음을 선언합니다."

셀리아가 소리 내어 웃었어.

"이제 신부에게 키스하겠습니다."

나는 셀리아의 손을 놓았어. 그런 다음, 얼굴을 잡고 그녀에게, 내 아내에게 키스했어.

60

그 뒤로 6년이라는 시간이 흘렀어. 셀리아와 내가 스페인 해변에서 생활한 지도 10년이 넘었어. 그 사이 코너는 대학을 졸업하고 월가에서 직장을 잡았어. 세상은 〈작은 아씨들〉과 〈부띠옹뜨렝〉과 셀리아의 세 차례 오스카 수상을 거의 다 잊었어. 셀리아 제이미슨은 호흡부전으로 세상을 떠났어.

우리 침대에 누운 채로, 내 품에 안긴 채로.

여름이었어. 바람이 들어오도록 창문을 열어 뒀었지. 방안엔 병자의 냄새가 감돌았지만 충분히 집중하면 소금기 어린 바다 내음을 맡을 수 있었어. 셀리아의 눈이 움직임을 멈췄어. 나는 아래층 주방에 있는 간호사를 소리쳐 불렀어. 그 뒤로는 기억나는 게 별로 없어. 셀리아를 떠나보내던 그 순간, 내 정신도 셀리아를 따라간 것 같아.

셀리아를 꼭 끌어안았던 것만 기억나. 꼭 끌어안고 이렇게 말했던 것만 기억나.

"벌써 가면 어떡해."

구급대원들이 내 품에서 그녀를 데려갔을 때, 내 영혼이 떨어져나가는 것 같았어. 문이 닫히며 다들 떠나고 셀리아가 어디에도 보이지 않자, 나는 로버트를 쳐다봤어. 그리고 바닥에 푹 쓰러졌어.

벌겋게 상기된 내 얼굴이 서늘한 타일에 부딪혔어. 차갑고 딱딱한 타일에 뼛속까지 아팠어. 얼굴 밑으로 눈물이 흥건하게 고였어. 그래도 나는 고개를 들 수 없었어.

로버트는 나를 일으켜 세우지 않았어.

그저 내 옆에 주저앉아 눈물만 흘렸지.

나는 셀리아를 영영 잃었어. 내 사랑. 내 셀리아. 내 소울메이트. 내 평생을 바쳐 사랑을 얻고자 했던 사람.

그 사람이 떠났어.

돌아올 수 없이 영원히.

그 순간, 극심한 공포라는 사치가 나를 다시 덮쳤어.

나우 디스

2000년 7월 5일

스크린의 여왕, 우리 곁을 떠나다

오스카상을 세 번이나 수상한 셀리아 세인트 제임스가 폐기종 합병증으로 지난주 세상을 떠났다. 향년 61세.

붉은 머리칼의 세인트 제임스는 조지아 주 작은 마을의 유복한 가정에서 태어났으며, 커리어 초반에는 흔히 조지아 주 출신의 어여쁜 소녀라는 뜻으로 '조지아 피치'라고 불렸다. 1959년 〈작은 아씨들〉의 베스 역으로 첫 아카데미상을 수상하며 진정한 스타로 거듭났다. 이후 30여 년 동안 아카데미 후보에 네 번 올랐고 두 번 더 트로피를 수상했다. 1970년에 〈우리의 남자들〉로 여우주연상을, 1970년에 셰익스피어 비극을 각색한 영화에서 맥베스 부인 역으로 여우조연상을 각각 수상했다.

세인트 제임스는 뛰어난 재능뿐만 아니라 이웃집 소녀 같은 친근한 이미지로도 사랑받았다. 미식축구 스타 존 브레이버만과 15년 동안 결혼 생활을 영위한 후 1970년대 말에 이혼했다. 이혼한 후에도 1980년에 브레이버만이 사망할 때까지 각별한 친구로 지냈고, 재혼은 하지 않았다.

세인트 제임스의 재산은 오빠이자 에블린 휴고의 남편인 로버트 제이미슨이 관리할 예정이다.

61

셀리아는 해리처럼 로스앤젤레스 소재 포레스트 론 공원묘지에 묻혔어. 로버트와 나는 목요일 오전에 장례식을 치렀어. 우리끼리 조용하게 치르려 했지만, 어디서 들었는지 모를 취재원들이 꽤 있었지.

나는 기다랗게 파인 구덩이를 뚫어져라 응시했어. 반짝이는 목관이 밑으로, 밑으로 내려졌어. 그 모습을 차마 지켜보기가 힘들었어. 내 본모습을 더 이상 억누를 수가 없었거든.

"잠깐 실례할게요."

나는 로버트와 코너에게 양해를 구하고 몸을 돌렸어.

거기서 벗어나려고 걸음을 옮겼어. 묘지의 구불구불한 언덕길을 따라 계속 올라갔어. 내가 찾던 곳이 나올 때까지.

해리 캐머런.

나는 해리의 묘비 옆에 주저앉아 오열했어. 목이 잠겨 소리가 나오지 않을 때까지 꺼이꺼이 울었어. 울면서 마음속으로, 머릿속으로 해리에게 애통한 내 심경을 토로했어. 말로 하지 않아도 해리는 내 속을 다 아는 사람이니까.

해리는 인생의 풍파를 헤쳐 나가도록 나를 늘 도와주고 지원한 사람이야. 그 어느 때보다 그가 필요했어. 그래서 무작정 그에게 찾아간 거야. 나를 치유해 줄 유일한 사람에게 나를 맡기러. 그렇게 목 놓아 울고 나서 몸을 일으켰어. 스커트의 먼지를 털고 다시 몸을 돌렸지.

나무 뒤에서 파파라치 두 명이 내 사진을 찍고 있더라고. 나는 그들의 관심에 분노하지도, 우쭐해하지도 않았어. 그냥 무덤덤했을 뿐이야. 그 사람들에게 소진할 감정이 전혀 남아 있지 않았거든.

그냥 그 자리를 떴어.

2주 뒤, 로버트와 내가 알디즈의 집으로 돌아온 후에 코너가 잡지를 하나 보냈어. 해리의 무덤에서 우는 내 모습을 표지로 실은 잡지였어. 코너가 표지에 붙인 쪽지에는 간단히 "사랑해요"라고 적혀 있었어.

나는 쪽지를 떼고 헤드라인을 읽었어.

"레전드 에블린 휴고, 숱한 세월이 흐른 뒤 해리 캐머런의 무덤에서 울다"

내 전성기가 한참 지난 후에도, 사람들은 여전히 셀리아 세인트 제임스를 향한 내 마음을 제대로 포착하지 못 했어. 예전과 달리 이번엔 내 감정을 하나도 숨기지 않았는데도.

하지만 진실은 그 자리에 있었지. 그들이 관심만 기울였다면 포착했을 거야. 사랑하는 사람을 잃은 슬픔을 덜기 위해 절친에게 도움을 구하며 내 본 모습을 그대로 드러내고 있었으니까.

하지만 그들은 완전히 잘못 짚었어. 애초에 진실을 제대로 포착하려고 애쓰지도 않았지. 언론은 늘 자기들이 말하고 싶은 대로 말하니까. 예전에도 그랬고 앞으로도 그럴 거야.

그 순간 깨달았어. 내 인생에 대한 진실을 알리려면 내가 직접 들려주는 수밖에 없음을.

책을 통해서.

코너의 쪽지는 놔두고 잡지는 쓰레기통에 버렸어.

62

해리가 떠나고 이제 셀리아마저 떠났어. 형식적이지만 안정된 결혼 생활을 유지하는 내가 언론에 오르내릴 일이 전혀 없었어.

스캔들과는 담을 쌓은 채 단조로운 일상이 이어졌어.

로버트와 나는 그 뒤로 11년 동안 해로했어. 우리는 코너와 가까이 지내려고 2000년대 중반에 맨해튼으로 돌아왔어. 이 아파트를 수리해서 지금까지 줄곧 살고 있지. 우리는 셀리아의 재산 중 일부를 LGBTQ+(성소수자. Lesbian, Gay, Bisexual, Transgender, Questioning Plus 의 머리글자. Queer Plus는 성 정체성에 갈등하는 사람을 가리킨다. – 역자 주) 단체와 폐질환 연구에 기부했어.

크리스마스에는 해마다 뉴욕시 노숙자 청소년 단체들을 위한 자선 행사도 열었어. 한적한 해변에서 몇 년간 유유자적하다가, 다시 사회 구성원으로 돌아온 것 같아 좋았지.

하지만 내가 가장 신경 쓴 사람은 코너였어.

코너는 열심히 노력해서 메릴린치에 들어갔어. 그런데 우리가 뉴욕으로 돌아온 직후, 금융계 문화가 싫다면서 직장을 그만뒀어. 로버트는 코너가 자신의 뒤를 잇지 않는다는 사실에 조금은 실망했지. 그 점은 분명했어. 하지만 코너에게 실망하진 않았어.

로버트는 코너가 와튼 스쿨에서 교편을 잡고 나서 가장 먼저 축하해준 사람이야. 자신이 인맥을 동원해서 자리를 주선했다는 사실은 코너에게 알리지 않았지. 그냥 뒤에서 조용히 돕고 싶어 했거든. 81세의 일기로 우리 곁을 떠날 때까지 로버트는 자신의 역할을 충실히 이행했어.

로버트의 장례식에서는 코너가 추도사를 낭독했고, 코너의 남자 친구인 그렉이 그의 관을 멨어. 그 뒤로, 코너와 그렉은 한동안 나와 함께 지냈지.

"남편을 일곱 명이나 떠나보낸 후로 엄마 혼자 살아갈 수 있을지 모르겠어요."

코너가 내 식탁에 앉아 말했어. 그 옛날 해리와 셀리아, 존과 내가 어우러져 살 때, 유아용 의자에 앉아 꼬물거리던 그 식탁이었어.

"나는 네가 태어나기 전에도 충만한 삶을 살았어." 내가 코너에게 말했어. "한때는 혼자 살기도 했고, 이제 다시 혼자 살 수 있단다. 그러니 내 걱정 말고 너와 그렉은 너희 인생을 살도록 해. 정말이야."

하지만 애들을 내보내고 문을 닫는 순간, 이 아파트가 얼마나 큰지, 얼마나 적적한지 깨달았어.

그래서 그레이스를 고용한 거야.

나는 해리와 셀리아에게서, 그리고 이번엔 로버트에게서 수백만 달러를 상속받았어. 이 많은 재산을 쏟아부을 대상이 코너밖에 없었어. 그래서 그레이스네 가족에게도 풍족하게 베풀었지. 내가 평생 누려온 호사를 조금이나마 나눔으로써 그들이 행복해지는 걸 보니 나 역시 행복했거든.

일단 익숙해지면 혼자 사는 것도 썩 나쁘진 않아. 내가 이 큰 아파트를 처분하지 않았던 이유는, 물론 코너에게 물려주고 싶었기 때문이지만 한편으론 혼자서도 지낼만했기 때문이야. 코너가 나를 보러왔다가 자고 가면 더 좋았어. 그렉과 헤어진 뒤로는 특히 그랬지.

자선 만찬을 주최하고 미술품을 사 모으면서 혼자서도 멋진 인생을 꾸려갈 수 있어. 꼭꼭 감춰온 진실이 무엇이든, 행복하게 지낼 방법을 찾을 수 있어.

피붙이가 죽기 전까지는.

코너는 2년 반 전인 서른아홉에 유방암 말기 진단을 받았어. 의사들이 몇 달밖에 살지 못 할 거라고 했어. 나는 사랑하는 사람을 먼저 보내는 기분이 어떤 건지 익히 알았어. 하지만 자식이 고통받는 모습을 지켜보는 아픔에 대해서는 전혀 아는 바가 없었어.

코너가 항암치료를 받고 토할 때는 꼭 안아 줬어. 너무 추워서 몸을 덜덜 떨 때는 이불로 감싸 주기도 했고. 나는 코너가 다시 아기가 된 것처럼 이마에 입을 맞췄어. 내게는 영원히 아기였거든.

코너의 귀에 대고 날마다 속삭였어. 내가 세상에서 받은 가장 큰 선물은 바로 너라고. 내가 세상에 온 이유는 영화를 찍거나 에메랄드그린 드레스를 입거나 군중에게 손을 흔들기 위해서가 아니라 네 엄마가 되기 위해서라고.

하루는 코너의 병상에 앉아서 이렇게 말했어.

"너를 이 세상에 태어나게 한 일이 내가 살면서 했던 일 중 가장 자랑스러운 일이야."

"나도 알아요." 코너가 말했어. "항상 알고 있었어요."

코너가 아버지를 여읜 뒤로, 나는 코너에게 허튼 소리를 하지 않기로 마음먹었어. 우리는 서로 믿고 신뢰하는 관계를 구축했어. 코너는 자신이 사랑받았음을 알았어. 자신이 내 삶을, 더 나아가 세상을 변화시켰음을 알았어.

내 아이는 그렇게 내 곁에서 열여덟 달 동안 병마와 싸우다 눈을 감았어.

사람들이 코너를 제 아버지 곁에 묻을 때, 나는 그 어느 때보다 고통스럽게 무너졌어.

극심한 공포라는 사치가 또 다시 나를 덮쳤어. 그 어느 때보다 격렬하게.

그리고 다시는 떠나지 않았어.

63

내 이야기는 그렇게 끝나. 사랑하는 사람들을 다 떠나보내고 어퍼 이스트 사이드의 크고 아름다운 집에서 혼자 쓸쓸히 살고 있어.

결말을 쓸 때, 모니크, 내가 이 아파트를 좋아하지 않는다는 점을 확실히 드러내 줘. 막대한 재산에 관심이 없다는 것도, 사람들이 나를 전설이라 생각하든 말든 전혀 개의치 않는다는 것도, 수백만 사람들의 찬사로도 차가운 내 마음을 녹일 수 없었다는 것도 확실히 드러내 줘.

결말을 쓸 때, 모니크, 내가 그리워한 건 사람들이라고 전해. 내가 잘못했다는 것도. 내가 걸핏하면 잘못된 선택을 했다는 것도 다.

결말을 쓸 때, 모니크, 내가 진정으로 원했던 건 가족뿐임을 독자가 확실히 이해하게 해. 그 가족을 찾았다는 것도, 결국엔 그 가족을 잃고 상심했다는 것도 독자가 확실히 알게 해.

필요하다면 구체적으로 설명하도록 해.

에블린 휴고는 사람들이 그 이름을 잊어도 상관하지 않는다고 전해. 에블린 휴고라는 사람이 살았다는 사실을 잊어도 상관하지 않는다고 전해.

에블린 휴고가 아예 존재하지 않았다고 전하면 더 좋아. 그녀는 내가 그들을 위해 만들어낸 인물이야. 사람들이 나를 사랑하도록 창조한 인물에 불과해. 내가 아주 오랫동안 사랑이 뭔지 잘 몰랐다고 전해. 하지만 이젠 잘 알기에 그들의 사랑이 더 이상 필요치 않다고 전해.

"에블린 휴고는 이제 집으로 가고 싶어 합니다. 그녀의 딸과 연인, 절친과 어머니가 있는 곳으로 갈 때가 됐습니다."

사람들에게 에블린 휴고가 작별을 고한다고 전해.

64

"'작별'이라니, 무슨 말씀이세요? 작별을 고한다는 말씀은 하지 마세요, 에블린."

에블린은 나를 똑바로 쳐다봤을 뿐, 내 말을 싹 무시했다.

"모든 내용을 한마디로 종합할 때," 에블린이 말했다. "내가 가족을 지키려고 했던 일은 뭐든 또 할 거라는 점을 확실히 드러내 줘. 그들을 구할 수만 있다면 그보다 더 많은 일도, 심지어 더 끔찍한 일도 불사했을 거라고 확실히 드러내 줘."

"자기 인생이나 또 자기가 사랑하는 사람과 관련해선 다른 사람들도 대부분 그렇지 않나요?"

에블린은 내 반응에 실망한 듯 보였다. 자리에서 일어나 자신의 책상 쪽으로 걸어가 종이를 한 장 꺼냈다.

구겨졌다가 반으로 접힌 채 오랫동안 보관된 종이었다. 한쪽은 불에 탄 것처럼 거무죽죽했다.

"해리와 함께 차에 있던 남자," 에블린이 말했다. "내가 현장에 남겨둔 사람."

그것은 물론 에블린이 했던 일 중에서 가장 끔찍한 일이다. 하지만 나라도, 그 상황에서 사랑하는 사람을 위해 똑같이 하지 않았을 거라고 확신할 수 없다. 똑같이 했을 거라는 뜻은 아니다. 다만 확신은 못하겠다는 말이다.

"해리는 흑인 남자와 사랑에 빠졌었어. 그 남자 이름은 제임스 그랜트였지. 그는 1989년 2월 26일 사망했어."

65

분노란 이런 것이다.

일단 가슴에서 치밀어 오른다.

처음엔 두려움으로 시작된다.

두려움은 곧 부정으로 옮겨간다. '아니야, 뭐가 잘못된 거야. 그럴 리 없어.'

그러다 진실과 맞닥뜨린다. '그래, 맞아. 그럴 수 있어.'

그러면서 깨닫는다. '그래, 그렇구나.'

그 순간, 당신에게 선택지가 있다. 슬퍼할까? 아니면 화를 낼까?

궁극적으로, 두 선택지 사이의 흐릿한 경계선은 몇 가지 질문에 대한 답변으로 귀결된다. 첫째, 비난할 수 있는가?

일곱 살 때 아버지를 여의면서 나는 한 사람을 비난했다. 내 아버지다. 아버지는 술을 마시고 운전했다. 한 번도 그런 적이 없던 분이라 너무 이상했다. 하지만 그런 일이 벌어졌다. 그 일로 나는 아버지를 미워할 수도, 이해하려고 애쓸 수도 있었다. 뭐가 됐든 내 아버지가 음주 운전을 하다가 차를 제어할 수 없었다는 사실은 변함이 없었다.

그런데 그게 아니란다. 아버지는 술에 취한 채 운전대를 잡지 않았다. 이 여자에 의해 길가에 홀로 버려졌다. 자신의 죽음을 자초했다는 불명예를 뒤집어쓴 채로. 나는 지금까지 아버지가 사고를 일으킨 장본인이라고 믿었다. 그런데 그게 다 거짓이란다. 눈앞에 비난의 화살이

둥둥 떠 있다. 얼른 낚아채서 에블린의 가슴에 꽂으라는 듯이.

양심의 가책은 받지만 딱히 미안해하지는 않는 모습으로 내 앞에 앉아 있는 품새로 보아, 에블린은 확실히 그 화살을 맞을 준비가 됐다.

이 비난은 그간에 내가 아팠던 세월에 대한 부싯돌과 같다. 살짝만 부딪쳐도 활활 타오르는 분노로 변할 테니까.

내 몸이 뜨겁게 달아올랐다. 눈에선 눈물이 주르르 흘렀다. 두 손을 불끈 쥐고 뒤로 몇 발짝 물러났다. 내가 무슨 짓을 할지 몰라 두려웠기 때문이다.

그런데 문득 이대로 물러나는 건 너무 관대한 처분이라는 생각이 들었다. 나는 그녀가 있는 곳으로 천천히 다가가 소파에 대고 그녀를 밀쳤다.

"당신에게 아무도 남지 않아서, 당신을 사랑해 줄 사람이 아무도 없어서 아주 고소하네요."

나는 내 행동에 스스로 놀라서 밀치던 손을 뗐다. 에블린이 몸을 추스르고 앉아 나를 쳐다봤다.

"나한테 당신 이야기를 팔게 해 주면 뭐라도 보상이 될 거라 생각했나보죠?" 나는 그녀에게 따졌다. "당신은 그간에 살아온 이야기를 고백하려고 나를 여기 앉혀 놓고 귀를 기울이게 했어요. 그렇게 해서 당신의 전기가 완성되면 나한테 무슨 보상이라도 될 줄 알았어요?"

"아니." 에블린이 말했다. "지금쯤이면 내가 면죄부 따위에 연연할 만큼 순진하지 않다는 걸 알았을 텐데."

"그럼 뭐죠?"

에블린은 손을 뻗어서 들고 있던 종이를 보여줬다.

"해리가 죽던 날 밤 그의 주머니에서 이걸 찾았어. 해리는 이 편지를 읽었던 것 같아. 애초에 술을 마시고 운전한 것도 편지 때문이었을 거야. 네 아버지가 보낸 거야."

"그래서요?"

"그래서… 나는 내 딸이 나에 대한 진실을 알았을 때 엄청난 위안을 얻었어. 너한테… 너한테 이 편지를 줄 수 있는 사람이 나밖에 없잖아. 내가 느꼈던 위안을 네 아버지에게 줄 수 있는 사람도 나밖에 없잖아. 나는 네 아버지가 진정 어떤 사람이었는지 네가 알았으면 해."

"아버지가 나에게 어떤 분이었는지는 이미 알아요."

말은 그렇게 했지만 속으로는 나도 긴가민가했다.

"네 아버지의 모든 걸 알고 싶어 할 거라 생각했어. 받아, 모니크. 편지를 읽어 봐. 원하지 않으면 보관하지 않아도 돼. 하지만 나는 늘 이걸 너에게 보내려고 했어. 네가 마땅히 알아야 한다고 생각했으니까."

나는 에블린에게서 편지를 획 낚아챘다. 조심스럽게 받아드는 호의를 베풀고 싶지 않았다. 자리에 앉아 편지를 펼쳤다. 편지 위쪽에 핏자국 같은 게 보였다. 아버지의 피인지, 아니면 해리의 피인지 잠시 궁금했다. 하지만 곧 그런 생각을 떨쳐냈다.

나는 편지를 읽기 전에 에블린을 쳐다봤다.

"자리 좀 비켜주시겠어요?"

에블린은 고개를 끄덕인 후 자리에서 일어났다. 문이 닫힌 후에야 나는 고개를 숙였다. 마음속에서 재구성해야 할 기억이 너무 많았다.

아버지는 잘못한 게 없었다.

아버지는 죽음을 자초한 게 아니었다.

지금까지 그런 각도에서 아버지를 바라봤고, 그런 렌즈를 통해 아버지와 화해를 시도했다.

그런데 지금, 거의 30년 만에 처음으로 내 아버지에게서 다른 이야기를 듣게 되었다.

친애하는 해리에게

당신을 사랑합니다. 내가 미처 생각지도 못한 방식으로 당신을 사랑합니다. 이런 유형의 사랑은 허구일 뿐이라고 생각하며 이제껏 살아왔습니다. 그런데 아니로군요. 너무나 사실적이라 만질 수도 있군요. 이제야 비틀스가 그동안 무엇을 노래했는지 알게 됐습니다.

당신이 유럽으로 떠나지 않기를 바랍니다. 하지만 내 바람과 반대로 하는 것이 당신에게 최선일 거라는 사실을 나는 압니다. 그래서 내 욕망에도 불구하고, 당신은 떠나야 합니다.

나는 이 로스앤젤레스에서 당신이 꿈꾸는 삶을 줄 수도 없고, 주지도 않을 겁니다.

나는 셀리아 세인트 제임스와 결혼할 수 없습니다. 그녀가 놀라울 만큼 아름다운 여성이라는 점에는 동의합니다. 그리고 솔직히 말하면, 〈로열 웨딩〉에 나온 그녀를 보고 살짝 반하기도 했습니다.

당신을 사랑하듯 내 아내를 사랑했던 적은 없지만, 내가 아내를 결코 떠나지 않을 거라는 사실은 변함이 없습니다. 나는 우리 가족을 너무나 사랑하기에 가정을 깰 생각이 추호도 없습니다. 그리고 당신에게 꼭 보여주고픈 내 딸은 내가 살아가는 이유입니다. 그 애는 나와 제 엄마랑 함께 살 때 가장 행복합니다. 내가 지금 있는 곳에 머물러야만 그 애가 최고로 멋진 삶을 살아갈 거예요.

안젤라가 내 인생의 사랑은 아닐지도 모릅니다. 진정한 열정을 느낀 지금에야 그 사실을 알았습니다. 하지만 에블린이 당신에게 남다른 의미가 있듯이 나에게 안젤라도 남다른 의미가 있습니다. 안젤라는 내게 가장 소중한 친구이자 동반자입니다. 당신과 에블린이 서로의 섹슈얼리티와 욕망을 솔직하게 털어놓는 걸 보면 무척 놀랍습니다. 안젤라와 나는 그런 문제를 허물없이 털어놓지는 못합니다. 앞으로도 그럴 것 같지 않습니다. 우리가 활기찬 성생활을 영위하진 않지만, 나는 내 반려자로서 그녀를 사랑합니다. 나 때문에 그녀가 고통받는다면 나 자신을 용서하지 못할 겁니다.

가족은 내 삶의 중심입니다. 나는 내 가정을 결코 깨뜨릴 수 없습니다. 해리, 당신에게서 찾아낸 사랑조차도요.

유럽으로 가세요. 그게 당신의 가족을 위해 최선이라고 믿는다면요.

그리고 여기 로스앤젤레스에서, 내가 당신을 생각하며 내 가족을 위해 최선을 다한다는 사실을 알아주십시오.

당신의 영원한,
제임스

나는 편지를 내려놨다. 그리고 허공을 응시했다. 그제야, 그제야 비로소 알았다.

아버지는 남자를 사랑했다.

66

얼마 동안이나 소파에 앉아 멍하니 천장만 바라봤는지 모르겠다. 아버지에 대한 기억을 떠올렸다. 뒤뜰에서 놀던 나를 번쩍 들어 공중으로 붕 띄우던 모습. 이따금 아침 식사로 바나나 스플릿을 먹게 해 주던 모습.

그런 행복한 기억은 으레 아버지의 사망 사고로 흐릿하게 변색되었다. 내게서 너무 빨리 아버지를 앗아간 당사자가 바로 아버지 자신이라고 믿었기에, 늘 뒷맛이 씁쓸했다.

이젠 아버지를 어떻게 이해해야 할지, 또 어떻게 생각해야 할지 모르겠다. 아버지를 규정하는 본질적 특징이 사라지고 전혀 다른 것들로 대체되었다.

아버지의 생전 모습을 떠올리고 또 떠올리다 문득 아버지가 숨을 거두던 순간을 상상하게 되었다. 죽음의 이미지가 자꾸만 떠올라 더 이상 가만히 앉아 있을 수 없었다.

그래서 벌떡 일어나 복도로 나갔다. 에블린을 찾아 두리번거리다 주방에서 그레이스와 함께 있는 에블린을 발견했다.

"이것 때문에 내가 여기 있는 건가요?" 내가 편지를 흔들며 말했다.

"그레이스, 잠시 비켜주겠어?"

"그럼요." 그레이스가 스툴에서 내려와 복도로 사라졌다.

그레이스가 시야에서 사라지자 에블린이 나를 쳐다보며 말했다.

"그것 때문만은 아니야. 물론 그 편지를 주려고 너를 추적하긴 했어. 그리고 너한테 나를 소개할 방법을 무척 고심했어. 너무 갑작스럽거나 충격적이지 않기를 바랐거든."

"그래서 비방트를 이용했군요."

"그래, 비방트가 그럴싸한 수단이 됐지. 내가 뜬금없이 전화해서 네가 누군지 안다고 설명하는 것보단 잡지사에서 너를 차출하는 게 훨씬 편하게 느껴졌거든."

"그러니까 베스트셀러를 빌미로 나를 여기로 유인하면 되겠다고 생각했군요."

"아니," 에블린이 고개를 저으며 말했다. "네 뒷조사를 시작하면서 네 기사를 대부분 읽었어. 특히 '죽을 권리'에 대한 기사를 읽었어."

나는 편지를 테이블에 내려놓으며 자리에 앉을까 생각했다.

"그래서요?"

"정말 잘 썼다고 생각했어. 정확한 정보를 균형 있게 전달하면서도 연민의 정이 엿보였어. 따뜻한 마음이 담겨 있었지. 네가 감정적이고 복잡한 주제를 교묘하게 풀어낸 솜씨에 감탄했어."

나는 에블린이 나를 칭찬하게 하고 싶지 않았다. 그런 말에 감사하고 싶지 않았기 때문이다. 하지만 엄마의 철두철미한 교육 덕분에 전혀 기대치 않은 순간에도 예의를 갖추고 말았다.

"고마워요."

"그 기사를 읽고 나니 네가 내 이야기를 멋지게 풀어줄 거라 생각되더군."

"사소한 기사 하나 때문에요?"

"네가 재능이 있다고 판단했기 때문이야. 그리고 나라는 사람과 내가 저지른 일의 복잡성을 이해할 만한 사람이 있다면, 그건 바로 너라는 생각이 들었기 때문이야. 너를 알면 알수록 내가 옳았다고 확신했어. 나에 대해서 어떤 책을 쓰든, 쉽진 않겠지. 하지만 단언컨대 이런저런 압력에 휘둘리지도 않을 거야. 나는 네게 그 편지를 주고 싶었어. 그리고 네게 내 이야기를 쓰게 하고 싶었어. 순전히 네가 그 일에 가장 적합한 사람이라고 믿었기 때문이야."

"그러니까 당신의 죄책감을 덜고 당신 인생에 관한 책을 당신이 원하는 방향으로 풀어가려고 나에게 이 모든 일을 겪게 한 거군요?"

에블린이 고개를 저으며 내 말을 정정하려 했지만, 나는 아직 끝나지 않았다.

"정말이지 놀랍네요. 어쩜 그렇게 이기적일 수 있죠? 게다가 죄를 참회하고 싶은 것처럼 보이는 이 순간에도 여전히 당신 중심이잖아요."

에블린이 한 손을 들었다.

"이 일로 네가 득을 보지 않는 것처럼 굴지는 마. 너는 이 일에 기꺼이 동참했어. 내 이야기를 원했잖아. 내가 너에게 제시한 상황을 아주 교묘하게 활용했잖아."

"에블린, 헛소리 집어치워요!"

"내 이야기를 원하지 않니?" 에블린이 따지듯 물었다. "그럼 하지 마. 내가 그냥 싸안고 죽을게. 그래도 상관없어."

나는 아무 말도 못하고 가만히 있었다. 뭐라고 대답해야 할지, 뭐라고 대답하고 싶은지 갈피를 잡을 수 없었다.

에블린이 기대하는 표정으로 손을 들었다. 괜히 하는 말이 아닌 듯했다. 답변을 요구하는 게 분명했다.

"네 노트와 녹음 파일을 챙겨 와. 여기서 당장 태워버리게. 얼른."

에블린이 충분한 시간을 줬지만 나는 꼼짝하지 않았다.

"그럴 줄 알았어."

"난 최소한 그 정도는 받을 자격이 있어요." 내가 살짝 위축되며 말했다. "당신은 최소한 그 정도는 줘야 마땅하다고요."

"누가 뭘 받을 자격 따위는 없어." 에블린이 말했다. "그저 누가 선뜻 나서서 가져가느냐의 문제일 뿐이야. 모니크, 너는 이미 선뜻 나서서 네가 원하는 것을 취하겠다고 입증했어. 그러니까 그 점에 대해선 솔직해져야 해. 누구도 피해자나 승리자가 아니야. 모두 다 그 중간 어딘가에 있어. 스스로 피해자네, 승리자네 떠벌리는 사람은 억지스러울 뿐만 아니라 전혀 참신하지도 않아."

나는 일어나 싱크대로 가서 손을 씻었다. 끈적거리는 느낌이 싫었다. 물기를 말린 다음에 에블린을 쳐다봤다.

"당신이 미워요."

에블린이 고개를 끄덕였다.

"잘됐구나. 미움은… 증오감은 참으로 단순한 감정이지, 그렇지 않아?"

"그야 그렇죠."

"다른 건 죄다 훨씬 복잡하잖아. 네 아버지는 특히 그렇지. 그래서 네가 그 편지를 꼭 읽어야 한다고 생각한 거야. 네가 알아차리길 바랐거든."

"정확히 뭘요? 아버지가 결백했다는 것? 아니면, 남자를 사랑했다는 것?"

"너를 사랑했다는 것. 그것도 아주 끔찍이. 너희 아버지는 딸 곁에 있으려고 로맨틱한 사랑을 뿌리쳤어. 네가 얼마나 멋진 아버지를 뒀는지 알고 있니? 네가 얼마나 사랑받았는지 알고 있어? 남자들은 흔히 말로만 가족을 버리지 않겠다고 해. 그런데 네 아버지는 실제로 그런 상황에서도 눈 하나 꿈쩍하지 않았어. 나는 네가 그 점을 알아차리길 바랐어. 만약 내게 그런 아버지가 있었다면, 나는 알고 싶었을 거야."

전적으로 좋은 사람도, 전적으로 나쁜 사람도 없다. 나도 안다. 나는 그걸 아주 일찌감치 배워야 했다. 하지만 살다 보면 그 말이 얼마나 맞는 말인지 잊게 된다. 또 모든 사람에게 적용된다는 사실도 쉽사리 잊게 된다.

절친의 명성을 지키고자 내 아버지의 시신을 운전석에 옮겨 놓은 여자 앞에 앉게 될 때까지는. 그리고 내가 얼마나 사랑받았는지 알아차리길 원한다는 이유로 그 여자가 30년 가까이 편지를 간직했다는 사실을 알게 될 때까지는.

에블린은 편지를 내게 더 일찍 줄 수 있었다. 아예 내다버릴 수도 있었다. 그런데 이도 저도 아닌 상황에서 내게 편지를 내밀었다.

나는 자리에 앉아 두 손을 눈에 올리고 비볐다. 마구 비비면서 내 앞에 다른 현실이 나타나길 빌었다.

하지만 눈을 떠도 여전히 그 자리였다. 그냥 이 현실을 마주할 수밖에 없었다.

"책을 언제 낼 수 있죠?"

"오래 걸리진 않을 거야."

에블린이 아일랜드 식탁 옆에 있는 스툴에 앉으며 말했다.

"헛소리 집어치우라고 했죠, 에블린. 책을 언제쯤 낼 수 있냐고요?"

에블린은 아무렇게나 놓여 있는 냅킨을 무심히 접기 시작했다. 그러다 나를 빤히 쳐다봤다.

"유방암은 가족력을 따지지." 에블린이 잠시 뜸을 들인 후 말을 이었다. "세상에 정의라는 게 있다면, 엄마가 딸보다 먼저 죽어야 마땅할 텐데."

나는 에블린의 얼굴을 살폈다. 입꼬리와 눈꼬리, 눈썹의 방향을 찬찬히 살폈다. 어디에도 그녀의 감정이 드러나 있지 않았다. 신문이라도 읽는 양 무표정했다.

"당신도 유방암을 앓고 있나요?"

에블린이 고개를 끄덕였다.

"얼마나 진행됐죠?"

"이 작업을 서둘러 마쳐야 할 만큼 심하게."

에블린이 나를 쳐다본 순간 나는 고개를 돌렸다. 왜 그랬는지 모르겠다. 분노 때문은 아니었다. 오히려 수치심 때문이었다. 그녀가 별로 안쓰럽게 느껴지지 않아서 죄책감이 들었다. 또 한편으론, 죄책감을 느끼는 내가 한심하기도 했다.

"내 딸이 시달리는 모습을 지켜봤어." 에블린이 말했다. "그래서 내 앞날이 어떨지 잘 알아. 난 미리 주변을 잘 정리해 둬야 해. 유언장을 완성하고 그레이스를 확실히 챙겨주고. 가장 아끼는 드레스를 크리스티 경매에 내놓고. 이제 마지막으로 남은 건… 편지와 책, 그리고 모니크 너야."

"이만 가야겠어요." 내가 말했다. "더 이상은 견딜 수 없어요."

에블린이 무슨 말을 하려 했지만 내가 막았다.

"아뇨. 더 이상 아무 말도 듣고 싶지 않아요. 한마디도 더 하지 마세요. 아셨죠?"

내가 그렇게까지 말하는데도 에블린이 입을 열었다.

"나는 그냥 다 이해한다고 말하려던 참이었어. 그럼 내일 보자."

"내일?"

나는 말하면서 에블린과 내가 아직 더 얘기할 게 남았는지 생각했다.

"사진 촬영이 있잖아."

"여기 다시 올 수 있을지 모르겠어요."

"흠," 에블린이 말했다. "네가 꼭 오면 좋겠다."

67

집에 돌아온 나는 곧장 가방을 소파에 던졌다. 피곤한데다 머리끝까지 화가 났다. 말라비틀어진 빨래처럼 눈이 뻑뻑했다.

코트도, 신발도 벗지 않은 채 자리에 앉았다. 내일 도착할 항공편 정보를 알리는 엄마의 이메일에 답장을 보냈다. 그런 다음, 다리를 들어 커피 테이블에 발을 올렸다. 그런데 발끝에 웬 봉투가 걸리적거렸다.

그제야 나는 커피 테이블이 그 자리에 있다는 걸 깨달았다.

데이빗이 도로 갖다 놓았나 보다.

M-

애초에 이 테이블을 가져가는 게 아니었어. 나한테 필요도 없는데
말이야. 창고에 처박아 두자니 아깝더라고. 여길 떠날 때 내가 너
무 옹졸했어.

아파트 열쇠와 내 변호사 명함을 동봉했어.

내가 할 수 없는 일을 해 줘서 고맙다는 말 외엔 특별히 할 말은 없어.

-D

나는 편지를 테이블에 내려놓고 다시 발을 올렸다. 꼼지락거리며 재킷을 벗고 신발도 벗어 던졌다. 고개를 뒤로 젖히고 숨을 크게 쉬었다.

에블린 휴고가 없었다면 결혼 생활에 종지부를 찍지 못했을 것이다.

에블린 휴고가 없었다면 프랭키와 담판을 벌리지 못했을 것이다.

에블린 휴고가 없었다면 성공을 보장할 베스트셀러를 쓸 기회를 잡지 못했을 것이다.

에블린 휴고가 없었다면 나를 향한 아버지의 헌신적인 사랑을 알지 못했을 것이다.

그렇더라도 에블린이 적어도 한 가지는 틀렸다고 생각했다.

나의 증오는 복잡미묘했다.

68

다음날 아침, 언제 출발했는지도 모르겠는데 어느새 에블린의 아파트에 도착했다.

그냥 일어나서 걷다 보니 이곳으로 향하고 있었다. 지하철역에서 여기까지 걸으며 생각해 보니, 애초에 오지 않을 생각도 없었던 것 같았다.

나는 비방트에서 내 입지를 위태롭게 할 만한 일을 할 수도 없고, 하지도 않을 터였다. 막판에 남 좋은 일 시키려고 선임기자 자리를 놓고 담판을 벌인 게 아니었다.

제시간에 맞춰 오긴 했지만 어쨌든 가장 늦게 도착했다. 그레이스는 이미 한바탕 전쟁을 치른 듯 보였다. 머리는 흐트러지고 억지로 미소 띤 얼굴엔 경련이 일었다.

"사람들이 거의 45분이나 일찍 들이닥쳤어요." 그레이스가 내게 속삭였다. "에블린은 동트기 무섭게 메이크업 담당자를 불렀어요. 잡지사 메이크업 담당자에게 맡기고 싶지 않았나 봐요. 그리고 조명 담당자를 8시 30분까지 오게 해서 자신을 가장 돋보이게 하는 위치를 찾았어요. 그게 글쎄 테라스였지 뭐예요. 아직 날이 추워서 거긴 청소를 제대로 못했거든요. 아무튼 구석구석 쓸고 닦는 데 2시간 넘게 걸렸다니까요."

그레이스가 장난스럽게 내 어깨에 머리를 기대며 덧붙였다.

"휴가를 가게 되어 얼마나 다행인지 몰라요."

"모니크!" 프랭키가 복도에서 나를 보고 소리쳤다. "왜 이렇게 늦었니?"

시계를 확인했다.

"이제 11시 6분인데요."

문득 에블린 휴고를 처음 만나던 날이 떠올랐다. 너무 긴장해서 말도 잘 안 나왔었다. 그땐 에블린이 참으로 대단해 보였는데, 지금은 그녀도 한낱 고통스러운 인간에 지나지 않아 보였다. 하지만 프랭키는 모든 게 생소할 터였다. 에블린의 참모습을 못 봤으니, 한 개인이 아닌 시대의 아이콘을 사진에 담는다고 생각할 터였다.

테라스로 나가 보니 조명과 반사판과 카메라들 한가운데에 에블린이 있었다. 스툴에 앉아 있는 그녀를 두고 사람들이 빙 둘러섰다. 희끗한 금발이 강풍기 바람에 흩날렸다. 에블린은 시그니처 컬러인 에메랄드그린의 긴 소매 실크 드레스를 입고 있었다. 스피커에선 빌리 홀리데이의 노래가 흘러나왔다. 에블린 뒤로 햇살이 쏟아졌다. 에블린은 우주의 중심처럼 보였다.

집에서 촬영하자던 이유가 있었다.

에블린이 카메라를 향해 미소를 지었다. 갈색 눈이 평소와 달리 유난히 반짝거렸다. 관심을 한 몸에 받고 있는 지금, 에블린은 무척 평온해 보였다. 진짜 에블린은 지난 2주 동안 나와 이야기를 나눈 여자가 아니라, 지금 내 앞에 보이는 여자가 아닐까 싶었다. 여든이 다 된 나이에도 한껏 당당하고 멋지게 좌중을 압도했다. 스타는 언제나 그리고 영원히 스타였다.

에블린은 유명인사가 될 운명이었다. 처음엔 그게 다 몸매와 얼굴 덕분이라고 생각했다. 그런데 카메라 앞에 선 모습을 직접 보니, 그녀가 자신을 과소평가했다는 생각이 들었다. 에블린은 몸매나 얼굴이 지금보다 못했더라도 여전히 레전드로 올라섰을 것이다. 그저 존재 자체로 사람들의 혼을 빼앗는 남다른 자질을 타고난 것이다.

에블린은 조명 담당자 뒤에 서 있는 나를 포착하고 하던 일을 멈추었다. 그리고 손짓으로 나를 불렀다.

"여러분, 여러분," 에블린이 말했다. "모니크와 함께 몇 장 찍어야겠어요."

"오, 에블린. 사진은 사양하겠어요."

사실 나는 그녀에게 가까이 가는 것조차 원치 않았다.

"모니크, 얼른." 에블린이 사정조로 말했다. "나를 기억해 줬으면 해서 그래."

에블린이 농담하는 줄 알고 두어 명이 쿡쿡 웃었다. 에블린 휴고를 잊을 사람은 없을 테니까. 하지만 나는 그녀의 진심을 알았다.

그래서 청바지와 블레이저 차림으로 에블린 옆에 섰다. 나는 안경을 벗었다. 조명의 열기와 강풍기의 바람이 얼굴을 때렸다.

"에블린, 새삼스러운 이야기가 아닌 줄 압니다만," 사진작가가 말했다. "아무튼 카메라가 당신을 사랑하나 봅니다."

깊게 파인 드레스 덕에 여전히 풍만한 가슴골이 고스란히 드러났다. 그녀를 레전드로 만들어준 바로 그것이 결국엔 그녀를 쓰러뜨리게 될 거라는 생각이 퍼뜩 스쳤다.

에블린은 나와 눈이 마주치자 미소를 지었다. 내가 괜찮은지 살피는 듯 조심스러운 눈빛이었고, 괜찮기를 바라는 듯 다정한 미소였다.

다음 순간, 나는 그녀가 진심으로 나를 챙긴다는 사실을 알았다.

에블린 휴고는 내가 괜찮은지 신경 썼다. 그간에 벌어진 일을 내가 잘 견뎌낼지 걱정했다.

마음이 흔들린 나머지, 엉겁결에 그녀에게 팔을 둘렀다. 하지만 바로 다음 순간 팔을 빼고 싶어졌다. 아직은 마음을 열고 싶지 않았다.

"아, 좋습니다!" 사진작가가 소리쳤다. "그대로 가만히 계세요."

나는 팔을 뺄 수가 없었다. 그래서 불편한 속내를 숨기고 연기를 하기로 마음먹었다. 화나지 않은 것처럼, 혼란스럽지 않은 것처럼, 비통하지 않은 것처럼, 슬프지 않은 것처럼, 실망하지 않은 것처럼, 충격받지 않은 것처럼, 불편하지 않은 것처럼.

나는 에블린 휴고에게 매료된 것처럼 행동했다.

그건 연기가 아니었다. 그간의 일에도 불구하고 나는 여전히 그녀에게 매료되었던 것이다.

사진작가가 떠나고 사람들이 짐을 모두 챙겨서 나간 후, 프랭키가 흐뭇한 마음으로 사무실로 출발했고, 나도 떠날 준비를 했다.

에블린은 위층에서 옷을 갈아입었다.

"그레이스." 주방에서 1회용 컵과 종이 접시를 치우는 그레이스를 보고 내가 말했다. "그동안 고마웠다고 인사를 전하고 싶었어요. 일이 다 끝났거든요."

"다 끝났다고요?"

그레이스의 질문에 내가 고개를 끄덕였다.

"어제부로 이야기를 다 들었어요. 오늘은 사진을 촬영했고, 이젠 쓰기만 하면 돼요."

말은 그렇게 하면서도, 이걸 어떤 식으로 접근할지 혹은 다음으로 정확히 뭘 해야 할지 전혀 몰랐다.

"아," 그레이스가 어깨를 으쓱하며 말했다. "내가 휴가를 떠난 동안 당신이 에블린과 여기서 같이 지낼 줄 알았는데, 아니었군요. 내 손에 코스타리카행 티켓 두 장이 있다는 사실에 들떠서 내 멋대로 생각했나 봐요."

"진짜 신나겠네요. 언제 출발해요?"

"이따 밤비행기로 출발해요." 그레이스가 말했다. "에블린이 어젯밤에 티켓을 주셨거든요. 일주일간의 경비까지 다 지불하셨어요. 남편과 나는 몬테베르데 근처에서 머물 거예요. '구름이 가득한 숲에서 짚라인을 즐긴다'는 말만 듣고도 이미 마음을 홀딱 뺏겼어요."

"그레이스는 그걸 누릴 자격이 있지."

에블린이 계단을 내려오며 말했다. 청바지와 티셔츠 차림이었지만 머리와 화장은 그대로였다. 멋스러우면서도 평범한 모습이었다. 에블린 휴고만이 동시에 연출할 수 있는 두 가지 면모였다.

"제가 없어도 정말 괜찮으시겠어요?" 그레이스가 말했다. "저는 모니크가 여기서 말동무를 해드릴 줄 알았어요."

에블린이 고개를 저었다.

"괜찮아, 그레이스. 마음 편히 가. 요새 애를 많이 썼잖아. 자네도 가끔은 쉬어야지. 무슨 일이 생기면 내가 연락할게."

"안 가도 되는—"

에블린이 그레이스의 말을 잘랐다.

"아니야, 가서 푹 쉬라니까. 자네가 여러모로 도와줘서 내가 얼마나 고마운지 몰라. 내 마음을 이렇게라도 표하고 싶어."

"정 그러시다면…" 그레이스가 살짝 웃으며 말했다.

"나는 괜찮으니까 이만 집으로 가 봐. 하루 종일 청소하느라 고생했잖아. 여행 가방도 싸야지. 자, 얼른 가 봐."

그레이스는 더 이상 거부하지 않았다. 고맙다는 인사와 함께 자신의 물건을 챙겼다. 모든 일이 순조롭게 흘러가는 것 같았다. 나가려는 그레이스를 에블린이 불러 세워 꼭 끌어안기 전까지는.

그레이스는 뿌듯해 하면서도 살짝 놀라는 것 같았다.

"자네가 없었다면 요 몇 년을 어떻게 살았을지 모르겠어. 내 마음 알지?"

에블린이 몸을 떼면서 말했다.

"별말씀을." 그레이스가 얼굴을 붉히며 말했다.

"코스타리카에서 즐겁게 보내도록 해." 에블린이 말했다. "제일 좋을 때잖아."

그레이스가 나가고 나서야 나는 지금 무슨 일이 벌어지는지 얼핏 짐작이 갔다.

에블린은 자신을 레전드로 만들어 준 바로 그것이 자신을 파괴하도록 놔두지 않을 작정이었다. 자기 몸의 일부라 할지라도 그런 힘을 갖게 하지 않을 작정이었다.

에블린은 자신이 원할 때 죽을 작정이었다.

지금이 바로 그때였다.

"에블린," 내가 말했다. "도대체 무슨…"

나는 차마 그 말을 꺼낼 수 없었다. 넌지시 내비칠 수조차 없었다. 에블린 휴고가 스스로 목숨을 끊는다니, 생각만으로도 너무 황당하게 들렸다.

괜히 그 말을 꺼냈다간 엉뚱한 상상을 한다고 에블린에게 비웃음만 살 것 같았다.

반대로, 그 말을 꺼냈다가 에블린의 체념 어린 확인을 받게 될지도 몰랐다.

어떤 쪽으로든, 나는 대응할 준비가 되어 있지 않았다.

"응?"

에블린이 말하면서 나를 쳐다봤다. 걱정하거나 불안하거나 긴장하는 것 같지 않았다. 평소 모습과 전혀 다르지 않았다.

"아, 아무것도 아니에요."

"오늘 와 줘서 고마워. 올지 말지 결정하지 못하는 것 같더니… 이렇게 얼굴 볼 수 있어서 참 다행이야."

나는 에블린이 미웠다. 그렇지만 한편으로는 그녀가 무척 좋았다.

그녀가 세상에 존재하지 않았기를 바라면서도 한편으로는 그녀를 대단히 존경하지 않을 수 없었다.

마음이 오락가락해서 어떻게 대해야 할지 확신이 서지 않았다.

나는 현관 손잡이를 돌렸다. 갈피를 못 잡고 간신히 이렇게만 말했다.

"잘 지내세요, 에블린."

에블린이 내 손을 잡고 꽉 쥐었다 놓았다.

"너도 잘 지내, 모니크. 너는 앞길이 창창해. 최고의 자리에 올라설 거야. 그렇게 될 거라고 나는 굳게 믿어."

에블린이 나를 쳐다보는데, 순간적으로 그녀의 표정이 읽혔다. 순식간에 사라진 미묘한 표정이었지만, 어쨌든 감정이 드러났다. 내 의심이 맞았다.

에블린 휴고가 작별을 고했다.

69

지하철 역사로 들어가 개찰구를 지나면서 나는 계속 고민했다. 지금이라도 몸을 돌려야 하나?

가서 문을 두드릴까?

119에 연락할까?

에블린을 막아야 할까?

나는 몸을 돌려 계단을 올라갈 수 있었다. 에블린의 집으로 돌아가서 "이러지 마세요!"라고 소리칠 수 있었다.

나는 충분히 그럴 수 있었다.

그냥 결정만 하면 됐다. 내가 그러고 싶은지. 그래야 하는지. 그러는 게 옳은지.

하지만 에블린은 내게 빚진 게 있다고 느껴서 나를 선택한 게 아니었다. 죽을 권리에 관한 내 기사 때문에 나를 선택한 거였다.

존엄하게 죽을 필요성을 내가 제대로 간파했기 때문에 나를 선택했다.

내가 자비의 필요성을 안다고 믿었기 때문에 나를 선택했다. 그 방법이 아무리 받아들이기 힘들다 하더라도.

믿을 만하다고 판단했기 때문에 나를 선택했다.

이젠 그녀가 정말로 나를 믿는다는 느낌이 들었다.

내가 탈 지하철이 우르릉거리며 들어왔다. 이걸 타고 공항으로 엄마를 만나러 가야 했다.

문이 열렸다. 사람들이 우르르 쏟아져 나오고 다시 우르르 들어갔다. 배낭을 멘 십대 소년이 내 어깨를 툭 치고 지나갔다. 나는 그 자리에 못 박힌 듯 꼼짝하지 않았다.

띠리링! 문이 닫혔다. 역이 텅 비었다.

나만 남았다.

누군가가 스스로 목숨을 끊을 것 같으면, 막아야 하지 않을까?

경찰을 불러야 하지 않을까? 문을 부수고 들어가 구해야 하지 않을까?

사람들이 다시 하나둘 들어왔다. 어린 아이와 엄마. 장바구니를 든 남자. 운동복 차림에 턱수염을 기른 세 청년. 시간이 지나자, 눈으로 쫓기도 어려울 만큼 빠르게 사람들이 모여들었다.

엄마를 만나려면 다음 열차에 올라타야 했다.

아니, 당장 돌아서서 에블린을 구해야 했다.

두 줄기 불빛이 선로에 비치면서 지하철이 다가오는 것을 알렸다. 곧이어 굉음이 들렸다.

엄마는 혼자서도 내 집에 찾아올 수 있었다.

에블린은 누군가가 자신을 구하러 오길 바라지 않았다.

지하철이 천천히 다가왔다. 문이 열렸다. 사람들이 쏟아져 나왔다. 나는 문이 닫히고 나서야 내가 안으로 발을 디뎠다는 걸 알았다.

에블린은 나를 믿고 자신의 인생 이야기를 맡겼다.

에블린은 나를 믿고 자신의 죽음을 결행하기로 했다.

그녀를 막는다면 그 믿음을 저버리게 될 터였다.

에블린에 대한 내 생각이 어떠하든, 그녀는 지금 제정신이었다. 멀쩡했다. 평생 자기 뜻대로 살아온 것처럼 자기 뜻대로 죽을 권리가 있었다. 운명이나 운에 휘둘리지 않고 자기 손에 전권을 쥐고 흔들 권리가 있었다. 나는 그 사실을 잘 알았다.

차가운 금속 봉을 붙잡았다. 지하철 속도가 빨라지자 몸이 흔들렸다. 나는 중간에 공항 철도로 갈아탔다. 공항의 도착 출구에 서서 엄마가 나를 향해 손을 흔드는 모습을 보고서야 내가 한 시간여 동안 긴장성 분열증에 시달렸음을 깨달았다.

생각할 게 너무 많았다.

아버지, 데이빗, 책, 에블린.

엄마가 가까이 다가오자, 나는 두 팔로 엄마를 감싸 안고 얼굴을 묻었다. 그리고 흐느껴 울었다.

수십 년 동안 꾹꾹 참아 뒀던 눈물이 한꺼번에 쏟아지는 것 같았다. 새로운 나를 위해 과거의 내가 작별을 고하는 것 같았다. 새롭게 거듭난 나는 예전보다 더 강인할 것이다. 그리고 세상 사람들을 더 냉소적으로 바라보는 동시에 이 세상에서의 내 입지를 더 낙관적으로 바라볼 것이다.

"오, 내 새끼!"

엄마는 어깨에 멨던 가방을 바닥에 떨어뜨리고 나를 꼭 끌어안았다. 주변 사람들이 쳐다봐도 전혀 신경 쓰지 않았다. 그저 나를 품에 안고 등을 쓸어 주었다.

나는 울음을 그치라는 압박감을 느끼지 않았다 왜 우는지 설명할 필요도 느끼지 않았다. 자식은 원래 좋은 엄마 앞에선 괜찮은 척하지 않아도 된다. 좋은 엄마는 자식 앞에선 다 괜찮다고 하기 마련이니까. 우리 엄마는 늘 좋은 엄마였다. 정말 훌륭한 엄마였다.

나는 실컷 울고 나서야 몸을 떼고 눈물을 닦았다. 우리 옆으로 서류 가방을 든 여자들과 배낭을 멘 가족들이 스쳐 지나갔다. 일부는 우리를 빤히 쳐다봤다. 하지만 엄마와 나를 이상하게 쳐다보는 시선에는 이미 익숙했다. 맨해튼처럼 여러 인종과 문화가 뒤섞인 대도시에서조차 엄마와 딸이 우리처럼 보이리라고 기대하는 사람은 많지 않았다.

"아가, 무슨 일 있니?" 엄마가 물었다.

"무슨 말부터 꺼내야 할지 도통 모르겠어요."

엄마가 내 손을 잡았다.

"그럼 번잡한 지하철은 포기하고 택시를 타면 어떨까?"

나는 웃으며 고개를 끄덕였다. 그리고 눈가에 맺힌 눈물을 닦아냈다.

허름한 택시의 뒷좌석에 앉아 라디오에서 흘러나오는 잡다한 소식을 듣다 보니, 어느 정도 마음을 가라앉힐 수 있었다.

"자, 얘기해 봐." 엄마가 말했다. "뭐가 그렇게 힘들었던 거야?"

내가 아는 걸 엄마에게 말해도 될까?

우리가 여태 믿고 살았던 가슴 아픈 그 일이, 아버지가 음주운전으로 돌아가셨다는 그 믿음이 사실은 거짓이었다고 엄마에게 말해도 될까? 음주운전을 다른 죄명으로 바꿔도 될까? 아버지가 생을 마감할 때 다른 남자랑 바람을 피웠다는 사실을?

"데이빗이랑 법적으로 완전히 이혼할 거예요."

"저런, 정말 힘들었겠구나."

나는 에블린에 대한 일로 엄마에게 부담을 줄 수 없었다. 도저히 그릴 수 없었다.

"아버지가 보고 싶어요." 내가 말했다. "엄마도 아버지가 그리우세요?"

"어휴," 엄마가 한숨을 내쉬며 말했다. "하루라도 그립지 않은 날이 없지."

"아버지는 엄마에게 좋은 남편이었어요?"

뜻밖의 질문에 엄마는 살짝 당황하는 것 같았다.

"좋은 남편이었지, 아무렴. 그런데 뜬금없이 그런 건 왜 묻니?"

"모르겠어요. 그냥 엄마랑 아버지 사이가 어땠는지 전혀 모른다는 생각이 들어서요. 아버지는 어떤 분이었어요? 엄마랑 있을 때?"

엄마의 얼굴에 미소가 번졌다. 참으려 해도 절로 떠오르는 미소였다.

"아, 네 아버지는 무척 낭만적이었지. 5월 3일만 되면 늘 초콜릿을 사 주곤 했어."

"결혼기념일은 9월인 줄 알았는데."

"맞아." 엄마가 웃으면서 말했다. "그냥 별일도 없는데 5월 3일마다 나를 기쁘게 해줬단다. 나를 행복하게 해줄 기념일이 많지 않다면서, 나만을 위한 기념일을 정해야 한다고."

"참 다정하셨네요."

때마침 택시기사가 고속도로로 진입했다.

"그리고 연애편지도 자주 써 줬단다." 엄마가 말했다. "정말 멋진 편지였어. 나를 예쁘다고 찬미하는 시도 적혀 있었어. 하나도 안 예뻤는데, 참 바보 같은 양반이었어."

"엄마 미모야 알아줬죠."

"아니야." 엄마가 태연한 목소리로 말했다. "딱히 예쁜 얼굴은 아니었어. 그런데도 네 아버지는 내가 무슨 미스 아메리카라도 되는 양 느끼게 해줬다니까."

"두 분은 아주 열정적인 부부였을 것 같아요."

내가 크게 웃으며 말했다.

"아니," 엄마가 한참 만에 내 손을 토닥이며 말했다. "열정적인 부부였다고는 말하기 어렵구나. 우린 그냥 서로 무척 좋아했어. 네 아버지를 만났을 때 마치 내 반쪽을 만난 것 같았어. 나를 이해해 주고 나를 안전하다고 느끼게 해 주는 사람이었어. 하지만 그렇게 열정적이진 않았어. 서로의 옷을 찢을 만큼 뜨겁게 달려들진 않았다는 의미야. 우린 그냥 함께 살면 행복할 거라 믿었어. 자식을 낳고 행복한 가정을 꾸릴 거라고 확신지어. 쉽지 않으리라는 것도, 부모님이 반대하리라는 것도 알았어. 하지만 그런 점들 때문에 오히려 더 가까워졌어. 세상과 맞서는 기분이었다고나 할까."

엄마가 잠시 뜸을 들이다 말을 이었다.

"이렇게 말하니까 별로 재미없지? 요즘 사람들은 화끈한 결혼 생활을 좋아하잖아. 그래도 나는 네 아버지랑 무척 행복했단다. 나를 돌봐 주는 사람이 있고, 내가 돌봐줄 사람이 있다는 게 참 좋았어. 나와 일상을 공유할 사람이 있다는 것도 참 좋았고. 나는 네 아버지가 아주 멋지다고 생각했어. 네 아버지의 의견과 재능을 높이 샀거든. 우리는 온갖 주제를 놓고 몇 시간씩 이야기꽃을 피웠어. 네가 갓난아기였을 때도 우리는 그냥 대화만 나누며 늦게까지 깨어 있곤 했어. 네 아버지는 내 절친이었어."

"그래서 재혼하지 않은 거예요?"

엄마는 바로 답하지 않고 잠시 생각했다.

"그게… 참 웃기지. 열정 이야기가 나와서 하는 말인데, 나는 네 아버지를 잃은 뒤에야 남자에게서 열정을 찾았어. 이따금… 하지만 네 아버지랑 단 며칠만 더 살 수 있다면, 아니 단 하룻밤만이라도 네 아버지와 얘기할 수 있다면 열정 따위는 없어도 좋아. 나는 열정이 그다지 중요하지 않았어. 네 아버지와 맺었던 친밀감이야말로 내가 가장 소중하게 생각하는 거야."

내가 아는 것을 언젠가는 엄마에게 말할지도 모르겠다.

어쩌면 절대로 말하지 않을지도.

그 사실을 에블린의 전기에 넣을지도 모르겠다. 아니, 그 차의 조수석에 누가 앉아 있었는지 끝내 밝히지 않을지도 모르겠다.

어쩌면 그 부분을 싹 들어낼지도 모르겠다. 내 엄마를 지키기 위해서라면, 에블린의 생애에 대해서 기꺼이 거짓말을 풀어낼 수 있을 것 같다. 내가 끔찍이 사랑하는 사람의 행복과 안위를 위해서라면, 기꺼이 사람들에게 진실을 알리지 않는 편을 택할 것 같다.

어떻게 할지는 나도 잘 모르겠다. 다만 엄마에게 가장 좋다고 생각되는 쪽으로 움직일 작정이다. 그 때문에 정직함을 희생하거나 내 진실성을 어느 정도 훼손하게 된다 하더라도 상관없었다. 전혀 상관없었다.

"나는 참 운이 좋았다고 봐." 엄마가 말했다. "네 아버지 같은 동반자를 만났으니까. 마음이 통하는 소울메이트를 찾았으니까."

표면 아래를 살짝만 들추면, 모든 사람의 애정 생활이 독창적이고 홍미로우며 미묘하다. 어느 하나 쉽사리 정의하기 어렵다.

나도 언젠가는 에블린이 셀리아를 사랑한 것처럼 기꺼이 사랑할 만한 사람을 만나게 될 것이다. 아니, 어쩌면 우리 부모님이 서로 사랑하던 식으로 사랑할 만한 사람을 찾게 될지도 모르겠다. 그런 사랑을 찾을 줄 알고, 세상에 온갖 종류의 멋진 사랑이 존재한다는 사실을 아는 것만으로도 지금은 충분했다.

하지만 아버지에 대해서는 아직 모르는 게 많았다. 아버지는 게이였을지 모른다. 자신을 이성애자로 여기면서도 한 남자와 사랑에 빠졌는지도 모른다. 어쩌면 양성애자였을지도 모른다. 이도 저도 아닌 다른 것이었을지도 모른다. 그런 건 아무런 의미가 없다.

아버지는 나를 사랑하셨다.

그리고 엄마도 사랑하셨다.

아버지에 대해 달리 무슨 이야기를 듣게 되더라도, 그 사실은 바뀌지 않는다. 추호도 바뀌지 않는다.

택시 기사가 현관 입구에서 우리를 내려줬다. 나는 엄마의 가방을 들고 앞장섰다.

엄마는 저녁으로 옥수수 차우더를 만들어 주겠다고 했지만, 텅 빈 냉장고를 보더니 피자를 시키자는 내 제안에 동의했다.

주문한 음식이 배달되자 엄마는 내게 에블린 휴고의 영화를 보면 어떻겠느냐고 물었다. 웃어넘기려 했지만 엄마 표정이 사뭇 진지했다.

"네가 에블린을 인터뷰한다고 말한 뒤로 〈우리를 위한 모든 것〉이 몹시 보고 싶더구나."

"글쎄요."

나는 에블린과 관련된 것은 다 멀리하고 싶으면서도 한편으론 엄마가 나를 설득해 주길 바랐다. 어떤 점에서는 에블린과 진정으로 작별을 고할 준비가 되지 않았기 때문이다.

"엄마를 위해서 같이 보자꾸나."

영화가 시작되었다. 화면 속에서 너무나 역동적인 에블린을 보고 감탄하지 않을 수 없었다. 에블린이 화면에 등장하면 도저히 시선을 뗄 수가 없었다.

몇 분 뒤, 그녀의 집 앞으로 달려가 문을 두드리며 그러지 말라고 소리치고픈 충동을 느꼈다.

하지만 꾹 참았다. 에블린을 그냥 놔두기로 했다. 그녀의 의사를 존중하기로 했다.

눈을 감았다. 나는 에블린의 목소리를 들으며 잠이 들었다.

어쩌면 꿈속을 헤매다 번잡한 마음을 다독였는지 모르겠다. 아침에 눈을 뜨니 아직은 너무 이르지만 언젠가는 에블린을 용서할 거라는 생각이 들었다.

뉴욕 트리뷴

영화계의 전설적 요부 에블린 휴고, 세상을 떠나다

피리야 아미릿, 2017년 3월 26일

에블린 휴고가 79세를 일기로 세상을 떠났다. 최초 보고에선 사망 원인이 발표되지 않았지만, 여러 소식통에 따르면 휴고의 몸에서 상반된 처방약이 발견된 것으로 봐서 우발적 약물 과용으로 보인다. 사망 당시 휴고가 유방암 초기 단계로 투병 중이었다는 보도는 확인되지 않았다.

휴고는 로스앤젤레스의 포레스트 론 공원묘지에 묻힐 예정이다.

50년대엔 스타일 아이콘으로, 60년대와 70년대엔 섹시한 요부로, 80년대엔 오스카상 수상자로 변신에 변신을 거듭하면서 휴고는 육감적인 몸매와 대담한 역할, 그리고 떠들썩한 연애사로 명성을 떨쳤다. 일곱 번 결혼했고, 어느 남편보다 더 오래 살았다.

은퇴 후 휴고는 매 맞는 여성을 위한 쉼터, LGBTQ+ 커뮤니티, 암 연구소 등 여러 단체에 엄청난 시간과 자금을 기부했다. 최근 크리스티 경매소는 미국 유방암 연구 재단을 위해 휴고의 가장 유명한 드레스 12벌을 경매에 붙인다고 발표했다. 그렇지 않아도 수백만 달러를 모금할 것으로 예상된 경매 입찰가는 하늘 높은 줄 모르고 치솟을 것이다.

　그녀를 위해 일했던 사람들에게 줄 후한 선물을 제외하고, 재산의 대부분이 자선단체에 기부되었다는 사실은 별로 놀랍지도 않다. 가장 큰 수혜자는 GLAAD(게이 레즈비언 명예훼손 금지 동맹. Gay & Lesbian Alliance Against Defamation: 미국의 미디어 상에 LGBT의 이미지를 감시하고 증진시키기 위한 비정부 기구-역자 주)가 될 것 같다.

　휴고는 작년에 인권 캠페인 연설에서 이렇게 말했다.

　"나는 이번 생에서 참으로 많은 것을 받았습니다. 하지만 그것을 얻으려고 치열하게 싸워야 했습니다. 내 뒤에 오는 사람들이 좀 더 안전하고 좀 더 쉽게 살아갈 수 있는 세상을 남기고 갈 수 있다면… 음, 그토록 치열하게 살아온 가치가 있겠죠."

에블린과 나

2017년 6월, 모니크 그랜트

올해 초 전설적인 여배우이자 제작자이자 자선가인 에블린 휴고가 세상을 떠났을 당시, 그녀와 나는 회고록을 집필하고 있었다.

에블린의 생애에서 마지막 2주를 함께 보내게 되어 영광이었다고만 말한다면, 내 감정을 상당히 절제하는 동시에 호도하는 것이리라.

에블린은 매우 복잡한 여성이었다. 그리고 그녀와 함께 보냈던 내 시간도 그녀의 이미지와 인생과 전설적 업적만큼이나 복잡했다. 지금까지도 나는 에블린이 어떤 사람인지, 또 내게 어떤 영향을 미쳤는지 파악하느라 고심하고 있다. 어떤 날은 내가 만난 그 누구보다 존경할 만한 사람이라는 확신이 들지만, 또 어떤 날은 거짓말쟁이에 사기꾼이라는 생각이 들기도 한다.

사실 에블린은 이런 상반된 평가에 만족하지 않을까 싶다. 그녀는 순수한 숭배에도, 추잡한 스캔들에도 더 이상 관심이 없었다. 오로지 진실에만 관심을 뒀다.

녹음을 수백 번 돌려 듣고, 함께 보내던 순간을 머릿속으로 수없이 되짚다 보니, 이젠 나 자신보다 에블린을 더 잘 안다고 해도 될 성싶다. 에블린이 이 책에서, 그리고 죽기 몇 시간 전에 찍은 멋진 사진에서 보여주고자 했던 것은, 대단히 충격적이면서도 아름다운 진실이었다.

그 진실을 밝힌다.

에블린 휴고는 양성애자였으며 생애 대부분을 동료 여배우인 셀리아 세인트 제임스와 열렬히 사랑했다.

에블린이 진실을 알리고 싶어 한 것은 셀리아를 사랑한 방식이 숨 막히게 아름다우면서도 가슴 찢어지게 아팠기 때문이다.

에블린이 진실을 알리고 싶어 한 것은 셀리아를 향한 사랑이 어쩌면 그녀에게 가장 훌륭한 정치적 행위였기 때문이다.

에블린이 진실을 알리고 싶어 한 것은 그녀의 삶 가운데 LGBTQ+ 커뮤니티를 널리 알려야 한다는 책임을 인식했기 때문이다.

하지만 무엇보다도, 에블린이 진실을 알리고 싶어 한 이유는 오로지 진실만이 자신을 있는 그대로 보여줄 수 있기 때문이다.

생의 끝자락에 이르러서, 마침내 에블린은 자신을 진솔하게 드러낼 준비가 되었다.

그래서 나는 여러분에게 진짜 에블린을 보여주려 한다.

아래 내용은 내년에 출간될 《에블린 휴고의 일곱 남편》이라는 전기에서 발췌한 것이다.

제목을 이렇게 결정한 데에는 그럴 만한 이유가 있다. 내가 에블린에게 너무 여러 번 결혼해서 곤란하거나 창피하지 않느냐고 물어본 적이 있었다.

"매번 남편들 이야기가 헤드라인을 장식하다 보니, 당신 자신과 당신의 업적이 가려지게 되잖아요. 사람들이 당신을 언급할 때 늘 에블린 휴고의 일곱 남편을 화제에 올리니까요. 그런 게 신경 쓰이지 않으세요?"

내 질문에 대한 답변은 역시나 에블린다웠다.

"전혀. 그들은 그냥 남편일 뿐이고, 나는 에블린 휴고니까. 그건 그렇고 사람들은 진실을 알고 나면, 내 아내에게 훨씬 더 많은 관심을 보일 걸."

에블린 휴고의 일곱 남편

초판 1쇄 인쇄 2023년 5월 22일
초판 1쇄 발행 2023년 5월 31일

지은이 테일러 젠킨스 레이드
옮긴이 박미경
펴낸이 송사랑
편집 연보라 장호건
디자인 이창욱
마케팅 김은호

펴낸곳 ㈜에스알제이
등록 2014년 4월 3일 제 406-2014-000002호
주소 제주특별자치도 제주시 남성로 127
전자우편 verybook.k@gmail.com

한국어판ⓒ ㈜에스알제이
ISBN 979-11-88102-23-5 03840